도쿠가와 시대의 문학 연구

도쿠가와 시대의 문학 연구

황소연 지음

보고사

머리말

　『일본 근세문학과 선서』를 출판하고 기존의 논문을 정리해 다시 책을 내게 됐다. 『일본 근세문학과 선서』에서는 도쿠가와 시대의 문학(일본근세문학)을 언급하면서도 한국과 관련된 사항을 가급적 다루지 않고 도쿠가와 시대를 통시적으로 조감해 보고자 노력했었다. '선서(善書)'라는 용어 자체는, 한국의 학계에 정착됐다고 보기 어렵지만 개념 자체가 새로운 것은 아니다. 요사이 일부 매체에서 '착한 가게(善店)'를 선정하면서 세간을 관심을 끌고 있는 것을 보면 한국인의 내부에는 '선함(善)'을 지향하는 유전자가 굳건히 살아있음을 느끼게 되는데 그 '선함' 속에는 당대의 경제적 합리성과 사회적 윤리성이 종합되어 있음을 알 수 있다. 이러한 시도가 사회적으로 성공할 수 있었던 외부 요인 중에 하나는 방송이라는 매체의 위력이기도 하다. 방송 시스템을 통해서 대중에게 정보를 전하고 그 정보를 수용한 소비자가 반응하면서 하나의 움직임이 형성되는 체계인데 '선서(善書)'의 보급도 인쇄 매체를 이용한 문화 전파와 생성, 소비의 한 유형으로, 매체에 의한 확산이라는 측면에서는 유사성이 있다.

　문화를 이용한 통치의 선구자를 일본에서 꼽으라면 도쿠가와 이에야스(德川家康, 1542~1616)를 들 수 있지 않을까 싶다. 이에야스는 막부의 기초를 다지는 과정에서 오다 노부나가(織田信長, 1534~1582)와 도요토미 히데요시(豊臣秀吉, 1537~1598)와는 달리 어려운 여건 속에서도 유교 학습에 열의를 보이며 출판에도 적극적이었다. 이러한 이에야스의 태도는 '말 위에서가 아니면 천하를 얻을 수 없고 말 위에서는 천하를 다스릴 수 없다'는 가치관을 반영한 것으로 알려져 있다. 막부 운영의 철학으로 이에야스가 성리학을 받아들여 기존의 사상과 경쟁적 공생 관계를 유도한 것은 학문에 대한 열의와 함께 대륙의 문화 정책에 대한 이해가 있었기 때문으로 추론되는 부분이다.

도쿠가와 일본시대는 266개의 번(藩)이 존재해 그 번을 각각의 영주가 위임받아 지배하는 권력 분점형 시스템으로 한국과 중국처럼 중앙 집권적 통치기구는 명치시대 이후에나 등장했다. 당대 일본을 지배한 도쿠가와 장군가(德川将軍家)도 유력한 번(藩) 중에 하나였으므로 막부의 지배 구조는 조선과 명·청에 비해 상당히 취약했다. 이러한 도쿠가와 막부가 260년간 유지될 수 있었던 것은 제한적인 막부권력을 갈등을 종합화하는 차원에서 적절하게 활용했으며 대외적으로도 기독교 세력을 배제한 안정된 시기였기 때문일 것이다.

도쿠가와 막부는 사회 각 계층과 번(藩)의 특수성을 인정하면서 권력이 약화되는 시점에서는 유교적 봉건 체제를 강화하는 개혁 – 교호개혁(享保改革, 1716~1745), 간세이 개혁(寬政改革, 1787~1793), 덴보 개혁(天保改革, 1841~1843) – 등을 감행하면서 권력을 유지했으나 유교적 가치관이 절대적인 시대는 아니었다. 시간이 지나 점차 막부 중심의 구심력이 약화되면서 결국은 서양 세력의 간섭을 적절하게 봉쇄하지 못하게 된다. 개국을 선택한 막부는 번(藩)들의 반발에 굴복해 일본 천황에게 권력을 반납하는 형식으로 1868년에 260년간의 도쿠가와 일본시대를 마감하게 된다.

본서에서는 기존에 작성한 논문과 글들을 전부 수록하지는 못했지만 도쿠가와 시대의 흐름을 의식하면서 문학에 관련된 내용을 세 개

영역으로 나누어 정리했다.

　하나는 도쿠가와 문학의 형성을 문화 환경의 토대 구축의 관점에서 고찰한 4편의 논문이다. 도쿠가와 시대 초기의 문화형성기에는 임진, 정유왜란을 통해 끌려간 다수의 조선인이 일본사회에 강제 편입돼 일시적 내지는 영구적으로 일본열도를 무대로 생활하게 된다. 조선인 포로에 대한 연구는 역사 분야를 중심으로 많은 연구가 진행되고 있지만 실제적인 사례를 중심으로 연구하는 수준까지는 미흡한 부분이 많다. 조선인 포로 중에서도 이문장(李文長)이라는 유학자의 삶을 복원해 도쿠가와 시대의 한 단면을 조명해 보고자 했으며 이문장의 제자인 아사야마 이린안(朝山意林庵)의 가나조시 작품의 세계를 내용적으로 고찰해 성리학과 일본문학의 접점을 모색해 보았다. 성리학의 유입으로 전통적인 일본 문학이 내용적으로 변화를 겪게 되는데 그 성리학적 세계의 수용과 반발의 과정을 겪으면서 새로운 세계관인 '우키요(浮世)'관이 탄생한다. 그 '우키요(浮世)'관을 바탕으로 한 여러 작품들이 도쿠가와 문학의 핵심을 이룬다고 해도 과언이 아니다.

　두 번째는, '우키요관'을 바탕으로 만개한 사이카쿠의 작품을 중심으로 도쿠가와 시대 문학의 특질을 살펴보았다. '우키요관'을 서양의 '카르페 디엠(carpe diem, 현재를 즐겨라)'적인 쾌락주의로 이해할 수도 있지만 도쿠가와 시대의 쾌락은 현실에서 쾌락 자체를 순수하게 추구했다기보다는 견고한 봉건적인 틀 내에서 자기 주장을 위한 선언적 요소가 강했다. 사이카쿠의『호색일대남』이 현실의 한계를 극복했다기보다는 그 한계를 인지한 후에 욕망의 무한성을 추구하는 '요노스케'라는 주인공을 조형했기에 리얼리티에 대한 논란이 계속되고 있지만 상인(町人, 조닌)계층에서는 설득력 있는 인물상이었을 가능성이 크다. 사이카쿠의 작품은 근대 이후 관념적으로 재구성된 일본인이 아니라 도쿠가와 시대를 산 생생한 일본인의 모습에 가깝다.

셋째로는 외부인의 시점을 통한 고찰이다. 조선통신사가 도쿠가와 시대의 문화 환경을 어떠한 관점에서 고찰했는가와 함께 근세와 근대의 교체기에 활동한 라프카디오 헌이라는 작가를 통해서 도쿠가와 시대의 문학이 새로운 시대를 맞이하면서 어떠한 양상을 보였는가를 검토했다. 두 번째와 세 번째 사이에는 다양한 장르의 작품과 작가가 존재하지만 그것을 포괄적으로 다루지 못한 것은 향후의 과제로 삼고자 한다.

모든 인간에게는 자신만의 '섬(島)'이 있다고 한다. 『호색일대남』의 주인공인 요노스케의 '섬(島)'은 여자만이 산다는 '여호도(女護島)'였으며 라프카디오 헌의 '섬(島)'은 이국적인 '도쿠가와 시대의 일본'이었으리라 생각된다. 가끔 나의 '섬'은 무엇일까 생각하면서 지금 일본인에게 '섬'이 있다면 무엇인지 묻고 싶을 때가 있다. 현재를 사는 우리가 험난한 동아시아의 근대기를 거치면서 무엇을 배웠을까 궁금할 정도로 퇴행적인 시절이다. 경제적으로는 동아시아 지역에서 세계화가 진전되고 있지만 정치적 측면에서는 아직도 자국 중심적인 사고에서 벗어나고 있지 못한 채 모두 보편적 가치에 역행하는 자기주장만 반복하고 있는 현실이 안타깝다. 제국주의 시대의 역사를 반성하지 않는다면 후세에 큰 빚을 남기게 될 뿐만 아니라 이 지역에 미래의 '섬'은 도래하지 않을 것이다. 향후 동아시아 국가들이 상대를 인정하고 인간적 도리를 존중하는 관계로 발전하는 과정에 있어서 도쿠가와 일본시대의 균형 의식이 참고가 되기를 개인적으로 희망한다.

끝으로 이 책을 낼 수 있게 도와주신 많은 분들에게 감사의 말씀을 전하고 싶다.

제2부
사이카쿠로 본 도쿠가와 시대와 문학

제1부
도쿠가와 시대의
문학의
성립

도쿠가와 시대(德川時代)를 일본에서는 '근세'라고 부르는데 일본의 내재적 발전 모델에서 근대의 출현을 준비한 시기라는 의미이다. 정치적으로 무사들이 실권을 장악한 시기로 도요토미 히데요시 세력과 도쿠가와 이에야스 세력의 교체를 바탕으로 하고 있으며 사회 경제적으로는 도시가 발달했으며 사무라이가 주역이던 시대에서 상인이 새롭게 등장한 시기이다. 전통적인 동아시아관에서 보면 사무라이와 농민이 주축이 된 중농주의적 사회체계에서 사무라이와 농민, 상인이 공생하는 문화 환경으로의 변화이다.

도쿠가와 막부는 260년간 체제의 기본 이념을 유교적인 틀 속에서 추구하였으나 조선이나 중국처럼 왕을 중심으로 한 강력한 관료체제를 구축하지는 못한 시대였다. 도쿠가와 막부 15명의 장군이 대를 이어 다른 영주(大名, 다이묘)와 권력을 분점해 전국 260여 개의 번을 지배하는 체재였다. 각 영주(大名, 다이묘)가 지배하는 영지 내에서도 성하촌(城下村, 조카마치)을 중심으로 일정한 문화활동이 있었지만 도쿠가와 시대의 특징적인 문화는 막부의 직할령인 도시를 중심으로 전개됐다. 그중에서도 교토(京都), 오사카(大坂), 에도(江戸)가 대도시로 발달하면서 도쿠가와 시대의 문화의 특징을 이루게 됐으며 이 세 도시를 연결하는 도로망이 정비돼 하나의 중심 서클을 형성해 현재도 일본문화의 핵심적인 지역이 되어 있다.

교토에는 전통적으로 일본 천황을 정점으로 한 귀족(公家)과 승려가 많이 거주하고 있었고 에도 지역은 정권의 중심지로 무사와 그 가족, 승려들의 비중이 높은 편이었다. 그에 비해 오사카에서는 상인들의 비중이 커 새로운 도시문화가 상대적으로 발달했다.

도쿠가와 시대의 특징에 대해 진보 가즈야(神保五弥) 씨는 다음과 같이 정리하고 있다.

첫째로 중세가 종교가 지배하는 사회였던 것에 비해 근세인 도쿠가와 시대는 법과 도덕이 지배한 시대이다.

둘째로는 중세와 달리 도쿠가와 시대의 대다수 국민이 문맹에서 해방 됐다.

셋째로 화폐제도가 확립되어 화폐경제의 시대가 도래했다.

넷째로 중세까지는 필사본의 시대였는데 근세에는 출판문화가 도래 했다.

진보 씨의 정리처럼 도쿠가와 시대는 전란이 끊이질 않았던 중세와 는 질적으로 다른 시대라고 할 수 있다. 일본의 중세와 근세를 나누는 구분은 한국에서 임진왜란을 중심으로 조선 전후기를 나누는 것과 유 사하다. 도쿠가와 막부 성립기는 대내외적으로 어려운 상황이었다. 외 적으로는 명청의 교체기로 동아시아의 지각변동이 일어나던 시기였으 며 서양의 기독교 세력이 동아시아에 진출하던 시기이기도 했다. 내부 적으로는 도요토미 히데요시의 잔여 세력의 일소와 기독교 세력과 내 부 불만 세력의 연대 가능성을 차단해야 했기에 통치이념을 유교적인 왕도정치를 구현하고자 한 이에야스의 선택은 결과적으로 유효했다. 일본 내에서 사회적인 입지가 취약했던 유학자들이 권력과의 교감을 통해 존재 이유를 확대해 갔다. 막부 성립기에 중요한 역할을 담당한 하야시 라잔(林羅山)이 관학의 위치를 차지했지만 여타의 유학자들도 자신의 유파를 확대하는 분립적인 성격이 강했다. 하야시 라잔의 등장 은 그의 스승인 후지와라 세이카(藤原惺窩, 1561~1619)의 역할이 컸으며 후지하라 세이카는 조선의 강항과 교류가 있었던 것으로 널리 알려져 있다. 도쿠가와 이에야스는 도요토미 히데요시가 조선을 침략하던 시 기인 1593년에 후지와라 세이카를 불러『정관정요(貞観政要)』,『한서(漢 書)』,『17사상절(十七史詳節)』 등의 강의를 들었으며 하야시 라잔을 소개

받고서는 주자(朱子)의 신주(新註)를 강의하도록 하였다. 이에야스가 도요토미 히데요시의 전성기에도 유교적인 통치에 관해 상당한 관심이 있었음을 알 수 있다.

　도쿠가와 시대가 출발할 당시 조선인은 피랍된 상황에서 포로 생활을 보내야 할 경우가 많았던 것으로 보이나 향후 실상을 밝히는 작업이 이어져야 한다고 본다. 조선의 유학자들 중에서 그 행적을 복원할 수 있는 사람이 많지 않은데 그 중에서 이문장은 충분히 검토할 가치가 있는 인물이다.

　당시 이문장은 일본에서 유학을 강습했으며 가나조시의 출판에도 직접 참여한 것으로 보인다. 그의 제자인 아사야마 이린안(朝山意林庵)은 유학에 기초한 가나조시 작품을 창작해 도쿠가와 막부 성립기에 중요한 역할을 담당한 것으로 파악된다. 가나조시의 시대는 사이카쿠(井原西鶴)의 『호색일대남』(1682)이 등장하기 이전을 지칭하는데 다양한 사람들이 자신들의 주장을 정력적으로 펼치던 시기이다. 기득권층인 사사(社寺) 세력과 신흥 유학세력이 경합을 벌였으며 유학 내부에서는 귀족인 공가(公家)의 유학과 신흥 성리학이 경합을 벌였다. 그리고 전통적인 가나문학이 새롭게 출판됐으며 상인들의 실용적인 문예가 등장하기 시작했다. 가나조시의 시대는 도쿠가와 시대의 모든 요소가 이미 제시되었다고 할 수 있는 시기이기도 하다.

제1장

이문장(李文長)과 그의 시대

−도쿠가와 시대를 예견한 조선의 유학자

1. 시작하며

일본의 명치(明治, 메이지) 정권은 도쿠가와 이에야스(德川家康, 1542~1616)가 세운 도쿠가와 막부 체계를 부정하고 도요토미 히데요시(豊臣秀吉, 1537~1598)의 복권 등을 통해 자신들의 정권 정당성을 구축하려는 노력을 했다. 그 과정에서 군국화가 진행되어 주변국에 대한 침략전쟁을 감행한 만큼 향후 일본이 주변국과의 관계 설정에 어떠한 논리적 근거를 제시할 수 있을지 그 귀추가 주목된다. 260년 전에 성립된 도쿠가와 막부는 임진·정유왜란의 무도함을 비판한 막부이기에 조선과의 선린교류가 가능했다. 일본이 근대의 탈아시아적인 시점에서 다시 아시아로의 회귀를 모색하는 시점이기에 유교적 가치하에 통일적인 세계를 구축한 도쿠가와 막부의 연구가 동아시아의 미래를 위한 흥미로운 시각을 제공하리라 믿는다.

정치사적 의미에서 조선침략을 주동한 히데요시 잔당 세력들은 1615년 오사카성 전투로 일소됐으며, 그 결과 일본 내에서 많은 조선인이 억류, 귀국과 잔류라는 상황에 놓이게 된다. 귀국한 사람 중에는 후세에 이름을 남긴 강항(姜沆, 1567~1618)과 정희득(鄭希得, 1573~1623), 조완벽(趙完璧, ?~?), 신응창 같은 인물들이 있는 반면에 다수의 조선인이 일본사회에 정주했다.[1] 일본에 피랍된 조선인의 연구는 나이토의 연구[2]로 하나의 틀이 제시된 상태이지만 그들이 일본 사회에서 어떤 삶을 영위했는가를 구체적으로 검증하며 종합적으로 검토할 수 있는 연구가 필요한 단계이다.

피랍된 체험을 바탕으로 쓴 강항(姜沆)의『간양록』은 조선 후기 도일하는 사행단에게 중요한 참고 서적이었다.『간양록』은 현재 확인되지는 않지만 이 책이 오사카에서 간행됐다고 신유한이『해유록(海遊録)』(1718)에서 언급할 정도로 후대에 많은 영향을 미쳤다. 또한 강항은 일본 성리학의 기초를 마련한 후지와라 세이카(藤原惺窩, 1561~1619), 하야시 라잔(林羅山, 1583~1657)을 통해 일본사회에 성리학을 전수했다는 의미에서 주목되는 존재이다. 강항처럼 유명하지는 않지만 당대에 활동한 유학자로는 와카야마 번에서 근무한 이진영(李眞榮, 1571~1633)과 이매계(李梅溪, 1617~1682)[3]를 들 수 있으며 한일 양국에 그 존재가 잘 알려지지 않은 이문장이라는 유학자도 있었다. 이문장(李文長, ?~1628)에 관한 기초적인 연구로는 조선총독부에 근무한 마쓰다 고[4] 씨의 연구와 일본미술사가인 가와모토 요시코 씨[5]의 논문을 들 수 있다. 가와모토

1 김문자 외,『임진왜란 조선인 포로의 기억』, 지앤에이커뮤니케이션, 2010, p.20.「임진, 정유왜란 때 피랍된 조선인 포로의 규모에 대해서는 정설이 없는 상태이다. 최호균은 약 40만 명, 이원순, 김의환은 약 10만 명, 나이토는 약 2~3만 명 정도로 추정하고 있다.」
2 内藤雋輔,『文禄慶長における被擄人の研究』, 東京大学出版会, 1976.
3 이상희,『波臣의 눈물』, 범우사, 1997.
4 松田甲,「朝山素心と李文長 付朝鮮の易」,『続日鮮史話 第2編』, 原書房, 1976.
5 川本桂子,「李文長のこと ある朝鮮被虜人のたどった人生」,『群馬県立女子大学紀要』(1호), 1981년 3월.

씨의 논고를 통해 이문장의 활동내역이 상당 부분 밝혀졌으나 이문장
의 후손과 접촉해 작성한 마쓰다 씨의 추가 논문[6]이 적절하게 국내외
학계에서 활용되지 않아 이문장에 관한 연구가 수십 년간 기형적인
상태로 전개되고 있다.

  본 논고에서는 마쓰다 씨의 논문을 새롭게 학계에 소개, 활용하면서
도쿠가와 막부 형성기에 일본사회에 잔류한 이문장이라는 한 조선인
유학자의 삶과 행적이 갖는 의미를 정리해 보고자 한다.

2. 이문장의 행적

이문장의 행적을 당시의 역사적 상황을 포괄하면서 연대순으로 기술
하도록 하겠다.

  ○ 이문장은 충청남도 임천(林川) 출신의 유학자
  이문장이 충청남도 임천 출신의 유학자라는 사실은 신응창(愼應昌)이
비변사에서 진술[7]한 내용으로 이문장의 출신지역을 거론한 유일한 자
료이다. 한편, 이문장은 일본에서 출판된 『동몽선습(童蒙先習)』의 서문
에서 자신을 '조선 아계후인 소암 이문장(朝鮮鵝渓後人素菴李文長)'이라고
밝히고 있다.[8] '아계(鵝渓)'는 이산해의 호이다. 이산해(李山海, 1539~1609)

---

6 松田甲, 「日本易学の功労者李文長の墳墓と後裔」, 『朝鮮』 5月号, 1932.
7 1617년 행적에서 구체적으로 언급.
8 가와모토 씨가 논문에서 활용한 그림에는 이문장의 화찬(画讃)의 시를 여섯 수 확인할
   수 있다. 그 한시에 이문장은 '이문장찬'으로 네 수, '아계소암'으로 한 수, '아계'로 한
   수 서명하고 있다. 이문장의 한시를 현재 6수 확인할 수 있으나 후일 다른 논고에서

의 본관인 한산은 이문장이 거주했다는 임천과는 20km 내외의 인접한
지역으로 이산해와의 관련성이 주목된다.

O 1597년 이후(정유왜란), 사쓰마(薩摩) 세력에 의한 피랍

신응창은 이문장이 사쓰마 세력과 밀접한 관계가 있는 것 같다고
진술했다. 정유재란 당시 호남지역을 거쳐 북상한 사쓰마의 시마즈 다
다토요(島津忠豊) 등에 의해 다수의 조선인이 피랍됐으며 『금계일기(錦
溪日記)』를 남긴 호남의 유학자 노인(魯認, 1566~1622)의 경우도 사쓰마
에서 포로생활을 보내는 등 사쓰마는 다수의 조선인이 거주한 지역이
다. 노인은 1598년에 명나라의 상선을 이용해 탈출한 후 1600년 1월에
중국을 거쳐 조선으로 귀국했다. 강항 역시 1600년에 조선으로 귀국하
는데 이 시기를 전후해 자력, 타력으로 일본을 탈출하는 조선인 포로
들이 소수이지만 존재했음을 알 수 있다.

일본의 정세는 1600년 세키가하라(關が原)에서 도쿠가와 이에야스
세력과 도요토미 히데요시 세력이 명운을 걸고 전투를 벌여 이에야스
측이 승리해 일본을 실제적으로 지배하는 기초를 마련한다.

O 1603년, 조선인 포로 규합 설

신응창이 비변사에서 이문장이 사쓰마(薩摩) 세력과 공모해 제주도
침략을 기획했다는 소문을 진술한다. 사쓰마 세력에 의한 제주도 침략
은 감행되지 않았지만 류큐(琉球)를 침략해 자신들의 세력권에 놓고자
한 시기인 만큼 개연성을 부정하기 어렵다.

다루고자 한다.

시마즈문서[9]

이귀생은 선왕의 직계손이다. 사쓰마의 포로들을 규합해 일만 명을 얻고자 했다. 즉 왕손을 추대해 조선을 공격하고자 함이다.(3월 3일) …(중략)… 일만 명을 얻는다면 직접 조선을 공격할 수 있다. 일만 명에 이르지 못해도 제주를 침략하는 데는 충분하다. 제주도는 조선의 서남 백리 밖에 있고 그 땅은 백여 리에 불과하다.(1603년 5월 길일) …(중략)… 시마즈 국서 이십삼 자안공상, 이 서신 5월에 도착해 국사관에 보관돼 있다. 조선인의 친필이다. 생각하건대, 두 개의 문서를 누가 작성했는지 알 수 없다. 친필이 사쓰마에 전해지는 것과 이 문서의 말단의 기술을 고려하면 사쓰마에게 전해준 것이 명백하다.

위의 '조선인 편지'를 사쓰마의 시마즈 집안에서 소장하고 있었는데 그 작성자의 진위는 판별하기는 어렵다. 이문장이 관여했을 가능성이 있다고 신응창이 진술한 '제주도 침략설'과 관련이 있는 문서로 추정된다. 이 문서 작성에 이문장이 관여했는지 아니면 그 공모 범위에 포함된 것인지 현재로서는 규명할 방법이 없다. 다만 서신에서 조선을 지칭하는 용어로 고려, 삼한 등 국명을 혼용하고 있는데 당시 조선의 유학자가 국명을 혼용하며 문서를 작성했다고 보기는 어렵다. 류큐 침략 의사를 가지고 있었으며 실제로 감행한 시마즈 집안에만 전해지는 문서인 만큼 서신의 제작과정과 내용의 신뢰성을 신중히 재검토할 필요

---

9   도쿄제국대학 편, 「島津文書」, 『大日本史料十二編の一』, 도쿄제국대학 발행, 1901, pp.126~132, 「彼李亀生者、先王之直孫也、請收我国被俘之衆、数得一万、則羽戴王孫渡入高麗」(三月三日)-中略-「得一万則可以直擣三韓也、得不盈万、則亦足以呑拠漢羅也、漢羅之国、在於朝鮮西南百里之外、而其地又不過百余里也」(慶長八年五月吉日)-中略-「島津国書」二十三慈眼公上 此書、及下五月書、皆藏於国士舘、乃朝鮮人真蹟也。按、二書所上不詳為誰、今拠真蹟伝在薩摩、又以此書末段数語考之、則其与薩摩明矣。」

성이 있다.

한편, 일본을 장악한 이에야스 세력은 조선과의 국교 정상화를 꾀하여, 조선에서는 피랍인의 쇄환을 위해 1604년에 송운대사(惟政, 1544~1610)와 손문욱(孫文彧, ?~?)을 파견, 1607년에 여우길(呂祐吉, 1567~1632)을 정식 피랍인 쇄환사절로 파견해 국교 정상화를 향한 수순을 밟는다.

1607년 조선 측의 피랍인 쇄환 요구에 일본 측은 '생금된 귀국의 남녀들이 각 군국에 흩어져 산 지 20년이 됩니다. 나라 안의 선비들이 사랑하고 불쌍히 여겨줌으로써 혹 시집이나 장가간 자도 있고 어린아이를 둔 자도 있습니다. 그들이 귀국할 생각이 없으면 각각 생각대로 해 주고, 고향으로 돌아갈 뜻이 있는 자는 속히 돌아갈 준비를 해주라는 것이 국왕의 엄명입니다.'[10]라는 서신을 혼다 마사노부(本多正信, 1538~1616)의 이름으로 예조판서 오억령(吳億齡, 1552~1618)에게 보낸다. 혼다 이름으로 보낸 서신은 당시 일본에 잔류를 희망하는 조선인의 의사를 포괄적으로 반영해 외교적인 입장에서 정리한 것으로 일본 잔류 희망자들에게는 비교적 자유로운 선택을 보장하고자 한 내용이라고 하겠다. 당시 일본 측에서 조선에 전한 서신은 양국의 국교정상화를 주도한 세력에 의해 작성됐을 가능성이 높으며 이문장이 이 일련의 과정에 참여한 것으로 가와모토 씨는 추론하고 있다.[11]

풍주도서선(豊州図書船)
일본 대마도 야나가와 다이라−삼가 편지를 드리옵니다. 조선국 예조상

---

10 경섬, 「해사록」, 『국역해행총재Ⅱ』, 민족문화추진회, 1977, p.311.
(『국역해행총재』은 널리 알려진 자료인 만큼 번역문은 가급적 그대로 인용했으며 원문은 생략한다.)
11 川本桂子, 앞의 논문.

국대인각하 조부인 시게노부가 생존 시에 조선에 충성을 다했습니다. 망부 가게나오가 말하기를, …(중략)… 이문장의 초안이다. 이문장이 나에게 제시한 친필원고가 여기에 있다.[12]

이 문서를 소장하고 있는 곳은 겐닌사(建仁寺)로, 도쿄(東京)대학 사료편찬소에서 필사해 보관하고 있다. 문서의 내용대로 쓰시마(対馬島)의 야나가와(柳川)의 바람이 실현된 것은 1622년이므로 그 이전에 작성된 것임을 알 수 있으며 일본 내에서 이문장이 조선과의 교섭 문서 작성에 참여했음을 알 수 있는 자료이다.

○ 1610년, 오사카에 체류

이문장이 오사카에서 시회(詩會)에 참가하고 있다. 유학자인 후나바시 히데카타(舟橋秀賢, 1575~1614)의 기록인 『게이초일건록(慶長日件録)』에, '1월 17일. 맑음. 존암에게 갔다. …(중략)… 조선의 문사 이문장이 모임에 참가했다. 그 자리에서 시회를 열었다.'[13]라는 기록이 보인다. 후나바시 히데카타의 『게이초일건록』에는 이문장 이외에도 일본에 거주하는 조선인 죽계(竹渓)와 1600년 1월에 시회를 가진 기록이 보인다. 당대 조선인 문사들이 일본에 거주하며 일본인 문사들과 교류를 하고 있었음을 알 수 있다. 후나바시는 이문장을 비롯해 조선에서 파견된 사절과도 접촉하던 당대 일본을 대표하는 유학자였다.

---

12 도쿄대학교 사료편찬소 소장, 『江雲随筆』, 「「豊州図書船」日本対馬柳川平−誠惶謹拝上書于 朝鮮国礼曹相国大人閣下伏惟 祖考調信生存之日尽忠貴国 亡父景直曰、−中略−右共李文長草案李文私示之於予手書之稿在于此」

13 山本武夫 교정, 『慶長日件録 第二』(史療纂集 107), 続群書類従完成会, 1996, pp.101~102, 「存庵処へ行、−中略−朝鮮文士李文長参会、即席詩作有之.」

○ 1612년, 『동몽선습(童蒙先習)』의 서문 작성

이문장이 『다이코키(太閤記)』의 작자인 오제 호안(小瀬浦菴, 1564~1640)
의 저작물인 『동몽선습』에 서문을 썼다. 이문장의 제자인 아사야마 이
린안(朝山意林庵, 1589~1664)이 1626년 간행된 『다이코키』의 발문을 쓴
것을 포함해 오제 호안과 상호 친숙한 교류관계를 맺고 있었음을 알
수 있다. 『동몽선습』은 여러 판본이 존재해 이문장의 서문이 있는 것과
없는 것이 있지만 서문이 출판 초기 단계에서 작성되는 것이 일반적인
만큼 현존하는 판본의 전후와는 관계없이 『동몽선습』이 출판된 1612
년경에 작성됐을 것으로 추론된다. 한편, 이문장은 서문에서 자신이
아계 이산해의 후인(朝鮮鵝渓後人素菴李文長謹叙)임을 밝히고 있다.[14] 이
산해(李山海, 1539~1609)는 사망한 상태이다.

○ 1614년, 교토(京都) 체류인가

이문장의 제자인 아사야마 이린안(朝山意林庵, 1589~1664)이 1614년
교토에서 이문장에게 유학을 사사받았다고 밝히고 있다.[15] 1614년은
도쿠가와 이에야스가 히데요시의 아들인 히데요리(豊臣秀頼, 1593~1615)
의 오사카성을 공격한 해이다. 오사카성 전투를 전후해 이문장은 오사
카, 사카이, 교토 등지로 이동하고 있다.

○ 1615년, 사카이(堺)에서 시회(詩會)

이문장은 다쿠안(沢菴, 1573~1645) 화상과 대단히 친밀한 관계였던 것

14　関場武 해제, 『童蒙先習』(近世文学資料類従 仮名草子18), 勉誠社, 1974.
15　도쿄대학사료편찬소 편, 『大日本近世史料 細川家史料二十一』, 도쿄대학출판회, 2008,
　　p.439, 「朝山意林庵、慶長十九年京都にて朝鮮の儒士李文長に師事す.(先祖附・朝山
　　家系図)」

으로 추정된다. 다케노 안사이(武野安斉, 1597~?)가 정리한 다쿠안 화상
의 연대기인『도카이화상기년록(東海和尚紀年録)』에서, 다쿠안 화상 43
세 때인 1615년에 이문장이 남이즈미(南泉)를 방문한 내용을 기술하고
있다.

> 조선인 이문장이 남이즈미에 놀러와 선사께서 교토에서 편지를 보내고
> 이를 방문하셨다. 이씨가 회답하여 말하기를 …(중략)… 누추한 곳에서 쓸
> 쓸히 20년을 지내면서 서신을 통해 친구를 만났습니다만 이도 끊어지고
> 소식이 없습니다.[16]

이문장이 다쿠안 화상을 몇 월에 만났는지 확인이 어려운 상태이다.
이문장이 '누추한 곳에서 쓸쓸히 20년을 지내면서'라는 표현을 썼는데
일본에 와서 20년이 지난 시점을 지칭한 것인지 자신이 지내는 곳을
가리키는 것인지 판단하기 어렵다. 자신이 거주한 지역을 지칭한다면
이문장은 오사카나 사카이 인근에서 20년 가까이 거주했을 가능성이
크다. 5월 8일에 히데요시의 아들인 히데요리(秀頼)가 오사카성에서 자
결함으로써 전국시대는 막을 내리고 이에야스에 의한 지배체제가 성
립된다.

○ 1616년 3월, 사카이, 나라, 오사카 등지를 다쿠안 화상과 유람
  오사카의 히데요시 잔여 세력이 일소된 후에 이문장은 당시 일본에
체류하던 조선인들과 유람에 나선 것을 다케노 안사이의『도카이화상

---

16 沢庵和尚간행회,「東海和尚紀年録」,『沢庵和尚全集 第六』, 巧芸社, 1928, pp.18~19,
  「朝鮮人李文長遊泉南師自洛寄書而訪之,李氏回啓云云。-中略-廿載僑郷, 踽踽涼涼,
  以文会友。 既不獲聞」

기년록』을 통해 확인할 수가 있다.

　　3월 이문장, 신창선, 배원신, 이석지 등이 이즈미, 미즈마, 우시타키,
쇼다이 및 셋슈의 스미요시 등을 연일 유람하고 큰 병난 후의 감흥을 수십
편의 시로 창화했다.[17]

　이문장과 다쿠안 화상과의 접점에 대해『만송조록(万松祖録, 만쇼소로
쿠)』에서 1616년 3월,

　　3월 조선의 이문장, 신창선, 배원신, 이석지, 이 세 사람도 이 문장과
같은 유랑객으로 이 땅에 있는 사람인가. 『무덕편년집성(武徳編年集成,
부도쿠헨넨슈세이)』에 1604년 8월, 조선의 사신 송운(松雲) 대사와 녹사(録
事) 손문욱(孫文彧)이 교토에 왔다. 이타구라 시게카쓰(板倉重勝)에게 명
령을 내려 대덕사를 임시 영빈관으로 삼아 해를 넘긴 일이 있기에, 이문
장 등도 대덕사에 기거한 일이 있어 선사와 친분을 쌓은 것일까. 함께
이즈미의 미즈마 …(중략)… 나라의 쇼다이사 및 셋슈의 스미요시를 연일
유람하고 수십 편의 시를 지었다. 병난 후의 감흥을 즐겼다. 이때의 시는
전하지 않는다.[18]

　송운대사가 1604년에 대덕사에 머물렀을 때 이문장과 다쿠안 화상

17　武野安斎, 앞의 책, p.21, 「三月李文長慎昌仙裵元臣李碩之同遊泉州水間牛滝二招提
　　及摂州住吉者連日有数十編唱和大率動兵後之感興矣.」
18　『万松祖録』, p.39, 「三月、朝鮮の李文長、慎昌仙、裵元臣、李碩之、此三人も李文長
　　と同しく浪客にて、此土に在る者か。武徳編年集成に慶長九年八月、朝鮮の使僧松雲
　　及録事孫文或入洛。板倉重勝下知して、大徳寺を仮に鴻臚館となして、越年あらしむと
　　いふ事あれは、李文長等も大徳寺に寓居せし事も有て知尚懇意するものか。と共に、泉
　　州水間一中略一南都招提寺及ひ摂州住吉に遊ふ事連日、数十編の唱和ありて。大に
　　兵後の興を催す。此時の唱和をつたえす。」

이 서로 안면이 있었던 것이 아닌가 추론하는 기술이다. 자료의 뒷받침은 없지만 충분히 개연성이 있는 지적이다. 일본 측이 조선에서 온 사행단을 접대하면서 이문장 등의 도움을 받았을 가능성이 크다고 보며 그 당시 대덕사에 있던 다쿠안 화상과 이문장은 서로 면식이 있었을 것이다.

○ 1616년 말, 쓰시마 체재

이문장에 대한 조선 측 기록은 많지 않지만 신응창이 귀국해 비변사에서 진술한 내용에 등장한다. 『비변사담록(備邊司胆録)』 1617년 1월 9일조에,

> 이문장(李文長)이란 사람은 임천(林川)의 선비입니다. 처음 살마(薩摩)에 있을 때 흉도(凶徒)를 불러 모아 역당(逆党)을 결성하고, 살마(사쓰마)에 병사의 지원을 요청하여 제주(済州)를 침범하려 하니 살마(사쓰마)가 꾸짖어 허락하지 않았습니다. 그러므로 그곳에 있지 못하고 대판성(大阪城)으로 옮겨와 있습니다. 신등이 돌아올 때 유인하여 데리고 대마도에 도착하였는데 죄인 박수영(朴守榮)이 쇄환되어 형을 받았다는 사실을 듣고 스스로 그 죄를 두려워하여, 섬의 집권자에게 청탁하여 뒤처져 돌아오지 않았습니다. 그 역모에 대한 일은 신등이 목격한 바가 아니며 또 문적(文蹟)도 없어 근거가 없다는 것을 알 수 있습니다. 생각하면 역모는 극악한 큰 죄입니다. 나라의 신민(臣民)이 되어 아뢰지 않고 숨긴 바가 있으면 다만 죄를 유음(幽陰, 귀신)에 얻을 뿐 아니라 또한 임금을 속이고 역적을 비호한 죄를 벗어날 수 없습니다. 그러므로 전후를 돌아보지 않고 아뢸 것을 결의하였습니다.[19]

19 국사편찬위원회DB(db.history.go.kr)에 의한 인용.(검색일 : 2011년9월28일), 「慎応昌陳述」『備邊司胆録』, 有李文長, 林川士子, 而初在薩摩時, 呼聚凶徒, 結成逆党, 請兵薩摩, 欲寇済州, 薩摩呵叱不許, 故不能居其地, 移在大坂城, 臣等帰時, 誘引率来,

1617년 1월 22일의 『비변사담록』에도 이문장이 등장한다.

> 이문장이 지금 대마도에 왔으니 무슨 조건으로든지 쇄환할 것이며, 신
> 응창의 진술서 한 부를 등사하여 들이도록 하라. 2월 3일 아침에 내림.[20]

신응창의 진술에 대한 대책으로 제시된 것이 이문장의 소환이었다.
1617년 4월 2일 『비변사담록』에 다시,

> 이문장이라는 사람을 쇄환하도록 이미 여러 번 계하하여 경상감사, 동
> 래(東萊) 등 관아(官衙)에 공문을 발송하였고, 관(館)에 체류하고 있는 왜
> 인에게 교섭하여 기필코 쇄환하도록 하였습니다. 근일 해도(該道)의 장계
> 를 보니 왜인 등영승(藤永勝)이 역관(譯官) 박언황(朴彦璜)과 문서약정(文
> 書約定)을 하고 갔으며, 뒤에 올 때에 분명히 쇄환하겠다고 하였다 합니
> 다. 회답사(回答使)가 출발할 때에 특별히 찾아 물어서 데리고 올 것을
> 다시 분부하여 보내는 것이 마땅합니다.[21]

여기서 언급된 역관 박언황(朴彦璜)은 1604년 유정을 따라서 도일한
경험이 있었으며 1624년에는 정입(鄭岦, 1574~1629)을 따라서 도일해
주로 송환업무를 담당한 역관이다. 당시 일본 사정에 정통한 역관으로

到于馬島, 聞罪人朴守栄, 刷還受刑事, 自懼其罪, 請托於島中執権者, 落後不帰矣, 彼
逆謀事, 非臣等目覩, 又無文蹟, 固知無稽, 第念逆謀, 極悪大罪, 為国臣民, 有所不達
則非徒獲罪於幽陰, 亦未免欺君護逆之明誅, 故不顧前後, 決意仰達, 已上所陳」

20 같은 DB(db.history.go.kr)에 의한 인용.(검색일 : 2011년9월28일), 「李文長今来于馬
島, 某条刷還而応昌所供中, 可議処一一議啓, 供辞一件騰入, 二月初三日朝下」

21 같은 DB(db.history.go.kr)에 의한 인용.(검색일 : 2011년9월28일), 「李文長称名人, 刷
還事, 曾已累累啓下, 行移于慶尚監司・東萊等官, 周旋開諭於留館倭人, 使之期於刷
還矣, 近見該道状啓, 則倭人藤永勝, 与訳官朴彦潢, 成標定約而去, 後来時, 丁寧刷還
云, 回答使発行時, 另為尋問刷来之意, 更為分付以送宜当」

볼 수 있으나 그가 이문장 소환에 어떤 태도를 보였는지 확인이 어려운 상태이다. 흥미로운 사실은『조선왕조실록』1601년 8월 17일에 등장하는 박언황에 관한 내용으로, '서울 사람 박언황은 임진년에 왜적에 피랍돼 일본으로 갔다. 남충원과 함께 쇄환됐는데 체찰사 이덕형(李德馨, 1561~1613)이 그가 대단히 왜의 정세에 밝은 점을 들어 특별히 천거했다'는 것이다.[22] 이덕형은 이산해의 사위로 이문장이 이산해와 관계가 있는 인물이었다면 이덕형과 이문장, 박언황은 상호 인지의 범위 내에 있었을 가능성이 크다.

이문장의 행적을 비변사에서 진술한 신응창에 대한 언급이 유몽인(柳夢寅, 1559~1623)의『어우야담』에「중국의 병사가 된 유해(劉海)」라는 글에서 보인다. 신응창의 아들이 명나라 장수를 따라 중국에 들어가 다시 조선에 파견된 유해(劉海)라는 것이다.

> 명나라 조정의 관리인 유해(劉海)는 우리 조선국 진주 사람이다. 원래의 이름은 신민(慎敏)으로, 부친의 이름은 응창(應昌)이다. 신(慎)이라고 하는 것은 조선의 대성이다. 동성의 인물들이 대거 높은 자리에 오르고 있다.[23]

『어우야담』에는 신응창의 시도 함께 소개되어 있는데 9명의 가족이 전란으로 모두 흩어져 겨우 3명만이 살아남고 나머지는 행방을 알 수

---

22 같은 DB(db.history.go.kr)에 의한 인용.(검색일 : 2011년10월15일), 「京城人朴彦璜, 壬辰年分, 爲倭賊所擄, 入于日本, 至是与南忠元俱来, 体察使李德馨, 以其頗識賊情, 特為上送.」

23 柳夢寅作・梅山秀幸訳, 「中国兵になった劉海」, 『於于野譚』, 作品社, 2006년, pp.67~69, 「明の朝廷の官人である劉海は、わが朝鮮国の晉州の人である。もとの姓名は慎敏といい、父親の名は応昌である。慎というのは朝鮮国の大姓であり、同姓の者たちが多く顕官についている。−中略− 九人家属各分離 処処相思処処悲 処処分離今会合 六人無処可聞知」

없다는 내용이다. 신응창의 비애에 찬 감정이 잘 드러나 있다. 신응창은 1616년 당시 61세로 정유왜란 때 지리산에서 다카하시 우콘다이후(高橋右近大夫, 1571~1614)에게 피랍돼 미야자키 휴가현(日向県)에 포로로 있다가 다카하시가 에도(江戸)로 갈 때 동행을 했다. 그곳에서 다카하시가 유배를 가자 풀려나 오사카와 대마도를 거쳐 귀국했다고 진술서에서 밝히고 있다.

○ 1617,8년경, 규슈 다시로(田代) 거주

신응창과 함께 쓰시마에 온 이문장이 귀국을 하지 않고 머무른 1617년은 조선의 사신 오윤겸(吳允謙, 1559~1636)이 일본을 방문한 해로 이문장은 조선 측에서 소환하려고 한다는 사실을 이미 알고 있었을 것이다. 일본은 1616년에 이에야스의 사망으로 정세가 유동적인 상황으로 도쿠가와 막부로서는 조선과의 교류를 통해 안정적인 틀을 구축하면서 정권의 기초를 공고히 해야 하는 중요한 시점이었다. 당시 조선과의 교류는 이에야스 측근인 혼다 마사노부(本多正信, 1538~1616)의 아들 혼다 마사즈미(本多正純, 1565~1637)가 책임지고 있었다. 혼다 마사즈미와 쓰시마에서 조선과의 교류를 담당했던 야나가와 시게오키(柳川調興, 1603~1684)의 관계에 대해서 아라이 하쿠세키(新井白石, 1657~1725)는,

　　1616년 조선통신사가 왔을 때 승록사 전남선사 숭전장로 즉 금지원이다. 국서를 작성해야 한다고 후젠수 야나가와 시게오키(柳川調興)가 시게오키는 고 후젠수 노리노부(調信)의 아들이다. 막부 초기에 각지의 다이묘의 자식을 증인이라고 해서 볼모로 잡아둔 일이 있었다. 노리노부의 아들인 시게오키도 그때 곤노스케(権之助)라고 했는데 인질로 슨푸(駿府)의 혼다 마사즈미(本多正純)에게 맡겨져 있었다. 노리노부가 사망한 후에 아버지를 이어 작위를 받고 조선의 일을 담당하게 됐다. 장로에게 사신을 보내서.[24]

조선과의 교류에 깊이 관여했던 쓰시마의 야나가와(柳川)가, 혼다집안(本多家), 즉 혼다 마사노부(本多正信)와 그의 아들 혼다 마사즈미(本多正純)의 영향하에 있었음을 알 수 있는 내용이다. 이문장이 초안을 작성한 겐닌사(建仁寺)의 문서를 포함해 이문장의 일본 내에서의 인간관계의 범위를 추론할 수 있는 내용이다. 1617년 조선의 사절은 도쿠가와 막부 입장에서는 정권의 정통성을 선전할 대단히 중요한 외국사절로 소홀히 할 수 없는 상태였다. 그런 상황에서 조선 측의 수배자인 이문장은 도움보다는 도쿠가와 막부의 중요한 정치일정에 악영향을 끼치는 존재로 작용했을 가능성이 있다. 문제의 소지를 방지할 의도로 이문장을 규슈의 다시로(田代)에 있는 쓰시마 영지에 머무르게 조치를 했을 가능성이 크다. 이문장의 다시로 체재를 시사하는 자료가 「이문장의 서신(李文長雁書)」이다.

사카이(堺)의 다이안사(大安寺)가 지쿠고 야나가와(筑後柳川)에 오는 길에 옛 친구이기에 들렀기에 마침 좋은 기회라 생각하고 편지를 드립니다. 저의 집에 관한 일입니다만 올봄에 교토로 올라가게 해 달라고 쓰시마영주님에게 말씀을 드렸는데도 아직도 소식이 없어 곤란해 하고 있습니다. 빨리 교토에 거주를 정해 노구를 편안히 하고자 이렇게 부탁 말씀드립니다. 요사이, 쓰시마 영주님의 배려로 편안하게 처자를 부양하고 있습니다만 이 시골에 더 이상 거주하는 것을 원치 않습니다. 어느 곳에 가더라도 쓰시마영주님을 배반해 다른 영주를 모시는 일은 꿈에도 생각하고 있지

24 국서간행회편, 「五事略上」, 『新井白石全集』, 국서간행회, 1977, p.632, 「元和二年の信使来たりし時に僧録司前南禅崇伝長老 即金地院也 国書を草すべしと聞こえて柳川豊前守調興 調興は故豊前守調信が子なり国初には諸国大名の家人の子を以て証人と称して質子に参らする事にて調信が子調興も其頃は権之助と申せしが質として駿府に在りしを本多上野介正純に預けられ調信死して後には父が後を継ぎ叙爵して朝鮮の事を仰蒙れり長老に使を遣して」

않습니다. 본국에 귀국하는 것은 어렵다고 하지만 적어도 교토에 살면서 자식들에게 사람 사는 세상을 보여주고 싶습니다. 자비심을 가지시고 일이 이루어지도록 힘써 주시기를 부탁드립니다. 전해 듣기로는 혼다 마사즈미(本田上州) 님이 저희의 신상에 대해 한두 번 물으셨다고 들었습니다. 쓰시마영주님에게 이문장이 교토에 살고자 하니 마음 편하게 살게 해주시길 바란다는 말씀을 상황을 고려해 해주시기를 아무쪼록 부탁드립니다. 소장로의 후임으로 조선과 문서교환을 담당할 하카타 사람을 가르쳐 지금 조선에서도 예전보다 낫다는 말을 하고 있습니다. 그렇기에 모양새만 근무하는 것으로 해놓으면 지금 어디에 두어도 특별히 문제 될 것은 없습니다. 이방인의 애처로운 처지를 생각해 주십시오. 자유롭게 행동할 수 없는 것만큼 괴로운 것이 없습니다. 이전부터 자비심이 많으신 분이기에 이렇게 말씀드립니다. 번거로우시겠지만 이 다이안사(大安寺)를 대면해 사정을 들어주셨으면 합니다.

이문장

5월 15일

가타기리 슈젠마사님 배상[25]

---

25 福井保解題, 『視聴草』(内閣文庫所蔵史籍叢刊 特刊第二), 汲古書院, 1986년, pp.504~
506, 「堺大安寺筑後柳川下向之次て、むかしよりの旧友たるにより御見舞之条、幸便よろ
こひ一書申上候。然者我等儀、此春京へのほせ可申由、対馬殿御申候へとも、今にらち明不申候て迷惑仕候。とく洛中に居住仕老身をやすめ申度、先願斗御座候。当時対馬殿殊外御懇意にて、こころやすく妻子をはこくみ申候へ共、田舎にくちはて申候ては本意にあらず存候。いつくに罷居候ても、対馬殿をそむき、又よの御大名衆に身をいれ可申儀にてはゆめゆめあらす候。本国へ罷帰事こそなり不申候得共、せめて洛中のすまひを仕、子ともに人めを見せ申度ために御座候。御慈悲を以て何とそ御才覚奉願候。承候へは、本田上州様、我等事を一両度も御たつねのよし承候。対馬殿に御ことはを被添候て、李文長洛中にすまひ申たかり候て、心安いつくにも御をき可被成由御申候て、被下候儀、御才覚にて何とそ奉願存候。蘇長老のあとめに高麗との文の取り交わしをはかたの者へおしへ申て、今はむかしにましたると、高麗にも申候。さ候へ共、如形御奉公をも仕候ておき申候ても、今はいつくに御おき被成候てもくるしからさる儀に御座候。異国者のあさましき身上をさへ、しゆうに不仕候事迷惑不過之候。むかしより御しひふかき故如此申上候。この大安寺御むつかしなからご対面被成候て、御きき奉願存候。恐惶頓

이 편지의 수신자인 가타기리 슈젠마사(片桐主膳正)는 가타기리 사다타카(片桐貞隆, 1560~1627)로 가타기리 가쓰모토(片桐且元, 1556~1615)의 동생이다. 처음에 히데요시(秀吉) 군에 속해 조선침략에 참가했으며 히데요시의 사망 후에는 그의 아들인 히데요리(秀頼)의 측근으로 활동했다. 1614년 이에야스 세력과 히데요시 세력의 갈등이 표면화된 호코사(方広寺)의 종명사건(鐘名事件)에서 히데요리 세력이 형인 가쓰모토를 이에야스 세력의 스파이로 몰아 제거하려고 하자 형과 함께 피신한 후 히데요리를 공격하는 오사카성 전투에 참가한다. 그 공을 이에야스 측으로부터 인정받아 1615년에 야마토(大和) 고이즈미(小泉)에 1만6,400석의 영지를 받아 명치시대까지 이어진 다이묘이다. 가타기리 가쓰모토(片桐且元)가 정유왜란 때 조선의 성을 공격해 피랍한 어린 남매를 히데요리와 결혼한 이에야스의 손녀 덴주인(天樹院, 1597~1666)에게 선물해 두 남매가 소메기 하야오(染木早尾)와 야우에몬 마사노부(八右衛門正信)의 이름으로 일본에서 생활했음이 알려져 있다.[26] 가타기리(片桐) 형제가 오랫동안 오사카에서 활동한 인물이고 조선인 포로와도 관계가 있었던 만큼 이문장과의 관계 또한 충분히 접점이 있었으리라 본다. 가타기리(片桐)에 대해 1607년 경섬(慶暹, 1562~1620)의 『해사록』에, '지공관은 히데요리의 대관 가타기리 슈젠(片桐主膳)이며, 곧 오사카의 집정 가타기리 이치마사(片桐市正-且元)의 아우로서 그 지공과 영접하는 예절이 극히 정성스러웠다'[27]라는 기술과 함께 피랍인 24명을 보내왔다는 기록 등 조선 측 자료에 자주 등장하는 인물이다. 이문장의 기록

首。李文長 五月十五日 片桐主膳正様 慎上書」
26 大石学,「近世日本社会の朝鮮人」,『日本歴史』(日本歴史学会編集), 吉川弘文館, 2002년 12월호.
27 경섬, 앞의 책, pp.267~268.

이 단편적으로 여러 서적에 등장해 진위를 확정하기 어려운 상태지만 편지의 내용은 생활인의 모습 그 자체로 대의명분보다는 『초씨역림』에 나오는 '의는 정을 이기지 못한다(義不勝情)'는 현실주의적 태도를 반영한 내용 그대로이다.

○ 1620년경, 교토로 상경한 것인가

규슈에 거처하던 이문장이 다시 교토로 상경해 유학을 가르치며 활동한 상황을 다쿠안 화상의 서신을 통해 확인할 수 있다. 다쿠안 화상이 다이묘인 고이데 요시후사(小出吉英, 1587~1666)에 보낸 편지에서 이문장에 관해 언급하고 있다.

> 주안(中庵)이 영주님 덕분에 학문을 연마하고 있습니다. 이문장이 교토에 있는 것은 드문 일이라고 생각합니다. 저와 이문장, −안이 이야기를 나누어 이문장의 자식처럼 지도해 달라고 요청을 했습니다. 오산의 장로와 서당들에게 사서를 강의하고 있지만 이것은 외부인을 위한 대강의 강의이고 논어를 거의 마쳤다고 합니다. 주안을 아침저녁으로 자식처럼 대하면서 문답을 나누며 사서를 모두 자세하게 마쳤다고 합니다. 그 밖에 필요한 것들도 서둘러 거의 마쳤습니다. 오경 중에 예기는 사서와 같습니다.[28]

다쿠안 화상 서신집을 편집한 쓰지 젠노스케(辻善之助, 1877~1955) 씨는 1616년경의 편지로 추정하고 있으나 이문장의 행적을 고려하면

---

28 沢庵和尚全集刊行会, 「小出吉宗に贈る書」, 『沢庵和尚全集巻四』, 巧芸社, 1930, pp.4~5, 「中庵儀、御かけにて、学問とも仕候。李文長在京中者、稀なる事に御座候と存、私李文長と(ㄲ)庵申、文長子共前に指南被仕候様にと申候故、五山方長老西堂衆四書共御聞候へとも、是は外様にてあらき事にて御座候上、やうやう論語はて申分御座候。中庵と朝夕子共に同様に仕候て問申候故、四書皆々とをしこまかにすまし申候。其外とくと仕候もの共、大方よみ申候。五経之内礼記一部は、四書程御座候」

1619년 내지는 20년경의 편지가 아닐까 추정된다. 다쿠안이 편지에서 거론한 '주안(中庵)'은 '하타 주안(波多中庵)'으로 후일 호소카와 집안(細川家)에서 근무해 다쿠안의 서신과 호소카와 집안문서에 자주 등장한다. 예를 들어, 다쿠안이 1637년 호소카와 다다토시(細川忠利, 1586~1641)에게 보낸 편지에서 '주안(中庵)과 이야기를 나누고 싶으니 내일이라도 저에게 보내주십시오. 형제들이 전하는 말도 있습니다.'[29]라는 내용을 포함해 다수의 편지에 주안이 등장하는 것을 보면 다쿠안 화상이 대단히 아끼던 후학이었음을 알 수 있다. 한편, 다쿠안은 1642년 고이데 요시후사(小出吉英)에게 보낸 서신에서 주안의 사망 사실을 알리고 있다. '사쿠안(策庵)의 동생 주안이 고향에서 사망했습니다. 중풍이 재발해 17,8일경부터 정신이 혼미해져 초하룻날 사망했습니다.'[30]라고 보고를 하고 있다. 이문장의 제자이자 다쿠안의 제자이기도 했던 주안의 사망은 이문장은 이미 사망한 후였지만 두 사람 모두에게 큰 슬픔이자 손실이었을 것이다. 주안이 근무한 호소카와 집안은 이문장의 또 다른 제자인 아사야마 이린안과 그의 동생이 근무하던 곳으로 이문장과도 관계가 깊은 다이묘이기도 하다.

○ 1621년, 진원빈(陳元贇)을 교토에서 만남
명나라 사람인 진원빈이 교토에서 이문장을 만난 것을 밝히고 있다.

말하기를, "내가 스물 두세 살 경에 교토에서 이문장을 만났다. 문장의

---

29 같은 책, p.214, 「細川忠利に贈る書(寛永十四年)中庵を明日ニも、ちと可被下候。かたり申度候。兄弟之方も伝語とも御座候」
30 같은 책, p.503, 「小出吉英に贈る書(寛永十九年)策庵弟中庵、八月朔、於国本死去仕候。中風再発仕、十七八日頃キリ無性ニ成、朔日ニ相果申候」

나이가 여든에 달했는데, 내가 시를 열 수를 짓고 이문장이 두 수를 지었
다. 이문장은 손을 들고 입을 벌려가며 피로의 기색을 보였다."라고 했다.
"어째서 당신은 호를 호박도인이라 했는가."라고 물었다. 말하기를, "이
문장이 호박의 베개를 선물로 줘서 그 베개가 너무나 마음에 들어 호로
삼았다."고 했다.[31]

가와모토 씨는 이 두 사람의 만남을 1624년으로 추정하고 있으나
후일 이문장의 행적과 비교해 보면 고마쓰바라 도(小松原涛) 씨의 1621
년 설이 보다 타당한 것으로 판단된다. 진원빈(陳元贇)은 33세인 1619년
에 일본에 도일해 활동한 인물로 당시 일본에 체재하던 명나라 사람
중에서는 활동의 폭이 넓고 이문장과도 교유 관계에 있었다. 진원빈은
강홍중(姜弘重, 1577~1642)의『동사록』1624년 12월 18일에 등장하는 원
빈(元贇)으로 추정된다. '중국사람 원빈은 복건 사람으로 작년에 공적
인 일로 이곳에 왔다가 병으로 지금까지 머물러 있었다. 세 사신에게
서신을 보내왔는데 문장과 필적이 자못 재주가 있었으니 대개 중국
외랑의 신분이었다. 답서를 내는 것이 온당치 않아 역관을 시켜 말로
회보하게 하였다.'[32]라는 기술을 볼 때 당대의 유력한 인사들이 조선통
신사와 접촉하고 있었음을 알 수 있다. 조선 사절은 진원빈의 글을 평
가하면서도 적극적으로 만나 교류할 의사가 없었던 듯하다.

○ 1624,5년, 교토(京都)에서 가족과 함께 생활
이문장에 관한 기록이 집중적으로 등장하는 것이『녹원일록(鹿苑日

---

31 小松原涛,「朝鮮系李文長」,『陳元贇の研究』, 雄山閣, 1962, p.85,「日僕二十四五時,
遇李文長於京師, 文長歲垂八十, 僕作詩十文長二, 乃擧手開口做疲労気喘之狀, 曰文
長恁地的. 子何号虎魄道人, 曰文長遺虎魄枕, 吾甚愛以為号.」
32 강홍중,「동사록」,『국역해행총재Ⅲ』, p.232.

録, 로쿠엔니치로쿠)』[33]으로 교토에서의 이문장의 일상을 추론할 수 있는 좋은 재료이다. 『녹원일록』에 등장하는 이문장의 기록이 사십여 차례에 이른다고 가와모토 씨가 지적하고 있다. 주요한 내용을 정리하면 다음과 같다.

3월 17일(1624년), 오늘 대명인 이문장, 법명 소암의 여숙을 방문.(今日. 赴大明李文長法号素庵之旅邸.)

3월 19일, 시를 지어 대명인 소암 노인에게 보냄. 화답시를 받음. 다시 붓을 날려 전운에 화답시를 지어 소암에게 다시 보냄. 또 화답시를 받음.(賦詩寄大明素庵老人. 有和編. 又走筆. 依前韻而和. 又寄素庵. 又有和.)

3월 20일, 식사를 마치고 소암 지선에 감. 도중에 지선의 하인을 만남. 편지를 한 통 받아 펴보니 어제 내가 보낸 네 수에 대한 화답시였다. 지선의 여숙에 들러 네 수의 화답시를 드렸다. 그 아들 이학봉, 이귀봉이 한 수씩 지어 내밀었다. 나도 각각에 한 수씩 화답시를 지었다. 이학봉이 다시 다른 한 수를 다시 내밀었다. 나도 다시 서둘러 이에 한 수 지어 화답을 했다. 여러 수를 지었는데 모두 즉석에서 서둘러 지은 것이다.(齊了. 素庵芝仙. 於路中逢芝仙僕. 則惠一書. 開見之. 又和前日之拙作者四首. 則至芝仙旅舍. 呈四首和編. 其令子李鶴峰·李亀皐亦各和一首. 予亦各各呈和編. 李鶴皐別賦一詩更予. 予亦走書和之. 以上数首. 皆即席走筆也.)

4월 10일, 오시에 소암 옹을 초대했더니, 남선사의 청송화상, 대령화상, 장경당의 문숙, 소암의 아들 이학봉, 이귀봉이 왔다. 이학봉이 칠언 팔구, 오언 팔구를 지어 각각 이에 화답했다. 소암이 귀가하면서 오언절구를 지었기에 이에 화답했다.(午刻招素庵翁故, 南禅聴松和尚·大寧和尚·長講堂文叔·素庵子李鶴峰·李亀峰(皐カ)来臨. 李鶴皐(峰カ)題七言八句·五言八句. 各和之. 素庵臨帰, 賦五言絶句. 又和之.)

4월 20일, 식사를 마치고 소암에게 갔다. 오늘부터 대학 강의를 시작해

33 辻善之助 編, 『鹿苑日録 第五巻』, 太洋社, 1936, pp.311~324.

은자 한 냥을 냈다.(斉了. 赴素庵. 今日大学講始. 呈銀子一枚.)

5월 6일, 이 선생님 댁에 갔다. 초사에 대해 이야기를 나눴다.(赴李先生々々談楚辞.)

5월 17일, 오늘 오시에 이귀봉이 시를 지어 나에게 보냈다. 이에 서둘러 화답을 했다.(今日午刻李亀峰賦詩而恵予. 走筆和之.)

5월 22일, 이 선생님 여숙에 갔다. 논어의 강의를 들었다.(赴李先生旅邸. 聴論語之講.)

5월 25일, 꽃병 한 개, 접시 열 개를 이 선생님께 드렸다. 어제 거처를 옮기셨다.(花瓶一ヶ·皿十ヶ贈李先生. 昨日遷居也.)

6월 17일, 소암의 논어강의에 참석했다. 대덕사 서강원. 연수좌가 자리를 마련했다.(赴素庵論語之講. 於大徳瑞光院. 縁首座設会席.)

9월 9일, 농지 한 다발, 동전 이십 냥을 소암에게 축하금으로 보냈다. 농지 세 다발은 부인과 두 아들에게 보냈다. 백설귀 한 봉지를 받았다.(濃紙一束·青銅二十疋為賀資遣素庵. 濃紙三束遣内儀並二子. 恵玉恵雪餅一袋.)

10월 초하루, 소암의 강의에 참석했다. 청송원이 몹시 늦었다. 그를 오랫동안 기다렸다. 소암이 조선의 찐 떡을 대접했다. 처음으로 맛을 봤다. 강의가 끝나도록 청송이 오지 않았다.(赴素庵講. 聴松院甚遅. 待之甚久. 素庵出高麗蒸餅. 始而服之者也. 然而講. 聴松終不来.)

10월 27일, 소암이 본사에서 논어를 강의했다.(素庵於当軒講論語.)

1월 3일(1625년), 다이안사 이문장의 아들, 게사이, 우혜이지가 왔다. 게사이로부터 조선의 붓 한 쌍을 받았다.(大安寺李文長子息·敬斎·右平次来臨. 敬斎恵高麗筆一双.)

1월 5일, 이문장이 찾아왔다.(到李文長.)

1624년은 조선의 정입이 사행으로 일본을 방문한 해이다. 이문장이 『논어』를 강론하던 대덕사에 조선의 통신사행이 11월 19일에 도착해 거처로 삼고, 11월 26일에는 114명을 대덕사에 남겨두고 에도로 출발한다. 교토를 출발한 다음 날인 11월 27일, 조선시대 일본어 학습서인

『첩해신어』의 편저자로 유명한 강우성(康遇聖, 1581~?)이 이 사행에 역관으로 참가했는데 이문장의 활동을 언급한 내용이 나온다.

> 강우성이 말하기를, "간밤에 대진 사람과 대화를 나누었는데, 조선사람 이문장이 지금 왜경에서 점을 쳐주고 생계를 꾸려가고 있는데, 포로로 잡혀 온 사람들에게 공갈하여 말하기를, 조선의 법이 일본만 못하고 생계가 심히 어려워 살 수 없으니, 본국으로 돌아가는 것이 조금도 이로울 것이 없다며, 만 가지 좋지 않은 말로 두루 다니며 유세를 하여 본국을 흠모하는 마음을 끊어버리게 하므로 사로잡혀 온 사람들이 모두 문장의 말에 유혹되어 귀국하려고 하지 않는다." 합니다. "또 마음 쓰는 것이 이와 같으므로 사신이 왔다는 말을 듣고 혹 심문을 당할까 염려하여 숨어 나오지 않습니다." 하였다. 이른바 문장이라는 자는 어느 지방에서 왔는지 알 수는 없으나 이와 같은 간사한 무리가 다른 나라에서 날뛰니, 대단히 불행하고 통분할 일이다.[34]

위의 내용으로 보면 역관 강우성과 강홍중은 이문장의 존재를 잘 몰랐던 모양이다. 이문장이 교토에서 점을 쳐주며 생계를 유지하고 있는데 그가 피랍인들이 귀국하려는 것을 만류하고 다닌다는 내용이다. 『녹원일록(鹿苑日録, 로쿠엔니치로쿠)』에 등장하는 내용과 함께 이문장의 활동을 살펴보면 이문장이 교토에서 유학을 가르치는 일과 함께 점을 쳐주는 일을 하면서 생계를 유지하고 있었으며 피랍인 사회에서 영향력을 발휘하는 입장에 있었음을 알 수 있다. 유학자가 점을 쳐주며 생계활동을 한다는 표현에는 다소 비판적인 시점이 작용하고 있다고 여겨진다. 흥미로운 사실은 귀환을 거부하는 이문장에 대해 비판적이던

---

34 강홍중, 앞의 책, pp.215~216.

강홍중이 귀로인 1월 12일에 교토에서 박승조라는 피랍인을 만났는데 그가 돌아갈 수 없다는 사정을 말하자 납득[35]하는 부분이다. 임진·정유왜란으로부터 30년 정도가 지나 귀환보다는 정착을 택하는 사람이 많았음을 알 수 있다. 연구자 중에 이 기록을 당시 조선과 일본의 사회상황 비교에 활용하는 예[36]가 있는데 이문장은 이미 조선에 돌아갈 수 없는 처지의 인물이었던 사실을 고려할 필요가 있다. 그리고 강홍중이 만난 고게쓰 소간(江月宗玩, 1574~1643)은 다쿠안 화상과 절친한 관계인 대덕사파 선승이다. 조선과의 문서 작성 및 통신사의 움직임의 배후에 이문장의 존재가 느껴진다. 조선의 사절을 맞이해야 하는 교토의 승려들이 이문장을 통해 학문을 연마하고 한시를 주고받으면서 조선사절과의 만남에 대비했을 가능성이 크다고 본다. 주목되는 내용은 이문장이 점을 치며 생활한다는 내용이다. 일본은 전통적으로 기복 풍습의 뿌리가 깊어 점술은 수요가 많은 경제활동이었다. 강항도『간양록』에서,

> 중국사람 황우현 등이 모두 부학의 생원으로 배를 타고 왜경에 도착하여, 스스로 사람의 상을 잘 보고 의술을 잘하고 역법을 잘한다 하니, 왜는 드디어 추대하여 천하제일로 삼았다. 그리고 여러 일본의 장수들이 날마다 수레와 말을 가지고 서로 모시고 가는 까닭에 금, 은, 비단이 상장에 가득했다. 그가 왜국에 산 지 10여 년이 되어도 고국으로 돌아가기를 잊어버렸으니, 오직 그 사람이 보잘것없는 것만이 아니라 왜적의 어리석고 미욱함이 실로 그렇게 만들었다고 보겠다.[37]

---

35 같은 책, p.251.
36 米谷均, 「朝鮮侵略後における被虜人の本国送還について」, 『壬辰戦争』, 明石書店, 2008, p.119.
37 강항, 「간양록」, 『국역해행총재Ⅱ』, p.199.

점술은 의술과 함께 지식 계층이 부를 축적하는 유효한 수단이었음을 알 수 있다. 강항이 비판적으로 본 중국의 황우현과 같은 이들에게 점술에 빠진 일본사회는 능력을 발휘하기에 훌륭한 여건을 갖춘 곳이라고 할 수 있으며 이문장에게도 예외는 아니었을 것이다. 이문장의 귀환저지 활동의 내용을 확인하기 어렵지만 1624년 사행에서 조선인 피랍자의 송환은 소수에 그치고 있다. 『동사록』 1625년 2월 16일에, '박언황이 고쿠라(小倉)에서 돌아왔는데, 그곳 대관 등의 접대는 겉으로는 간곡한 기색을 보였으나 쇄환하는 한 가지 일은 안으로 인색한 뜻이 있어 남녀 15인만을 데리고 왔다'[38]며 송환업무가 원활하지 않았음을 알 수 있다. 박언황이 방문한 고쿠라는 조선인 피랍자가 많던 지역으로 호소카와 집안의 영지였다. 이문장에 대해 상세히 알고 있었을 박언황의 발언이 사행문에서 보이지 않는 것은 다소 의외라고 할 수 있다. 1624년 사행은, 조선과 도쿠가와 막부가 전쟁의 상처를 극복하고 새롭게 신뢰 구축을 하는 사행이라고 하겠다. 이 사행을 전후해서 교토에 등장한 이문장의 행적이 묘연해진다.

○ 1628년 6월 6일 사망, 쓰시마에 묘

이문장이 사망한 시점과 교토에서의 활동의 중간을 이어주는 자료가 없는 상태이지만 이문장의 사망 연도는 후손의 기록으로 확인할 수 있다.[39] 이문장의 분묘에 관한 기록은 쓰시마 관련의 여러 기록물에서 확인하는 것이 가능하다.

---

38 강홍중, 앞의 책, 「동사록」, 『국역해행총재Ⅲ』, p.267.
39 마쓰다, 앞의 논문, 「日本易学の功労者李文長の墳墓と後裔」.

㉠ 이문장은 조선의 유력한 사람이라고 들었습니다. 조선의 북방의 난을 피해 대마도로 건너온 후에 선대 영주님이 중용하시면서 조선의 풍토와 형세, 역사 등을 상세히 물었던 사람이라고 합니다. 도헤이나이 님에게 들은 이야기임.[40]

㉡ 이문장은 조선인이다. 스모타(李田) 씨의 조상이다. 그 묘는 지금의 국분사가 있는 산의 동남에 있다. 소나무 두 그루가 있는 곳이 그의 묘의 표식이다.[41]

㉢ 이문장의 묘는 지금의 국분사 뒷산 위에 있다. 묘의 표식으로 큰 소나무가 있었는데 1811년에 조선통신사를 초빙했을 때에 그 연유를 몰랐는지 벌채해 버렸다고 한다. 이문장이 뒷산 일대를 영주에게 받아 소유하고 있었는데 나중에 구타미치의 땅으로 대체됐다고 전해지고 있다. 1848년 8월 2일 요시조에다치바나사에몬의 이야기[42]

이문장의 후손이 성을 스모타(李田) 씨로 변경하고 일본에서 가계를 이어갔음을 알 수 있다. 마쓰다 씨가 확인한 후손 소장의 문서에는 '사카이 출신의 부인 사이에 딸이 하나 있다'고만 기록[43]돼 있으나 『녹원일록』에는 적어도 세 명의 아들이 확인된다. 이학봉, 이귀봉, 다이안

---

40 鈴木棠三 편, 『閑窓独言』(対馬叢書第六集), 村田書店, p.86, 「李文長朝鮮国ノ歴々ト承及候。彼国北方ノ乱ヲ避ケテ当国ニ渡居候而御先祖様御代重宝シテ被召置委ク風土形勢等御聞ナサレシタル人ト申候藤兵内丈へ聞合候又□□(不読)」

41 鈴木棠三 교주, 『楽郊紀聞 1』, 平凡社, 1977, p.404, 「(巻七 28) 李文長は、朝鮮国の人也。李田氏の祖也。其墓は今の国分寺の山の東南にあり。弐株の松樹の有所、其墓じるしの由なり。」

42 같은 책, pp.404~405, 「(巻七 29)同人が墓は、今の国分寺の後ロの山の上に有。墓印の松は大木にてありしを、文化信聘、国分寺御普請の時に、其訳を知らざりしにや、伐取たりとぞ。李文長後ろ山を一帯に賜りて領せしを、後ろには久田道に振替へ給はりしと申伝ふる由也。嘉永元戊申八月二日、吉副橘左衛門話。」

43 마쓰다 논문, 「日本易学の功労者李文長の墳墓と後裔」, 「李田家系図 素庵(婦人生畍女子一人有)−成行(安右衛門)−恒保(安兵衛)−恒英(安右衛門)−恒広(常右衛門)−恒尚(安兵衛)−政尚(杢右衛門)−政久(忠左衛門)−久常(左近)−久雄(登太)」

사(大安寺)라는 세 아들과 부인이 등장하는데 후손의 기록에는 보이지 않는다. 이문장의 남계 후손이 조선으로 귀국했을 가능성은 희박하며 새롭게 성을 만들어 일본 사회에 정착했을 가능성이 크다고 보인다. 여계, 남계를 떠나 이문장의 후손으로는 도쿠가와 시대에는 스모타 안우에몬(李田安右衛門)이 조선통신사행의 쓰시마 측 수행원으로 사행에 참가한 기록을 확인할 수 있다.[44] 그리고 스모타 모쿠에몬(李田杢右衛門)이 쓰시마 영주로부터 받은 급료는 35석이다.[45] 명치시대에 들어서는 1902년 4월 9일부터 1905년 3월 16일까지 나라시장(奈良市長)을 역임한 스모타 도타(李田登太)[46]가 있고 그 아들인 스모타 간조(李田完三)[47]는 조선총독부 소속의 재판소 서기로 있었고 또 다른 아들로 양자를 간 다와라 시로(俵四朗, 俵田四朗 : 1889년 8월생)[48]는 조선총독부 문서과 서기로 근무하다가 1935년에 함경북도 회령의 군수를 역임한 것을 확인할 수 있다.

---

44 呉市船山記念館 편, 『宝暦度朝鮮人来聘記』, 呉市, 1990, p.1031, 「使徒士 李田安右衛門」

45 安藤良俊 외편, 『対馬藩分限帳』, 九州大学出版部, 1989, p.22, 「米三十五俵 暢願 李田杢右衛門 忠左衛門 登太」

46 市長公室広報公聴課 편, 『奈良』(市制100周年記念要覧), 奈良市, 1998, p.142.

47 국사편찬위원회DB(db.history.go.kr)에 의한 인용. 검색일(2011.10.19), 「朝鮮総督府 裁判所 書記」

48 국사편찬위원회DB(db.history.go.kr)에 의한 인용. 검색일(2011.10.19), 「俵四朗(俵田四朗 : 1889年8月生), 長崎県 下県郡 厳原町(原籍)1906年大阪府警察書記, 1911年 朝鮮総督府 農商工部 臨時写字生, 1932年朝鮮総督府房文書課で勤務.1935年4月, 朝鮮総督府, 郡守に任命(咸鏡北道 会寧郡)」

3. 이문장의 학문적 배경

조선시대 유학자의 학문적 계통을 밝히는 것은 스스로 학문적 배경을
기술한 경우는 비교적 명확하겠지만 기록을 남기지 않은 경우에는 파
악에 어려움이 따른다.[49] 특히 1500년대 조선의 유학계는 명나라의 양
명학과 조선의 성리학 등이 혼재하는 상황으로 순수한 의미에서의 학
파의식이 존재했는지 단순한 지연, 혈연적 관계에 기초한 붕당적 의미
가 강한지 그 맥을 정리하는 것이 용이한 작업만은 아니다. 이러한 조
선의 영향을 받은 일본의 도쿠가와 초기의 상황은 조선보다 더욱 다채
로운 상황이었을 것이다. 학문의 정제성보다는 새로운 학문을 수용해
새로운 사회를 만들려고 하는 운동적인 관점에서 유학이 보급된 시기
이기 때문이다. 이문장이 남긴 단편적인 글로 파악한다면 성리학에 입
각한 유학자임에는 틀림이 없겠지만 일본 내의 최고의 승려들과 교류
한 것을 보면 구체적인 학문적 견해를 고수했다기보다는 현실 수용의
차원에서 모든 것을 통일적인 관점에서 이해하려고 했을 가능성이 크
다고 본다. 이문장의 아들(다이안사)이 승려직을 선택한 것을 보면 이문
장 일가가 처해진 환경은 말 그대로 유불혼합적인 상황으로 성리학적
세계를 관철하려는 의지는 미약했던 것이 아니었을까 추론된다. 여러
곳에서 보이는 이문장의 이름을 통해 활동의 폭을 가늠해 보고자 한다.

묘주인(妙壽院)이라는 거유가 세상에 등장해 유학자의 본의를 널리 퍼
뜨렸다. 그 이후 조선국의 이문장 선생님은 한층 유학의 본질을 전달한
인물로 인륜의 길을 가르치시며 전했다. 이로 인해 일본에서 유학에 입문

---

49 김선희, 「일본 주자학에 대한 일고찰-강항 연구를 중심으로-」, 『일본문화연구』 30집,
2009.

하는 사람이 많아졌다. 도슌(道春) 선생님은 묘주인 선생님의 가르침을 받은 분이다.[50]

　『도나이기(豊内記)』의「시키노 전투(志岐野合戦)」에서 유학자 이문장을 거론한 부분이다. '묘주인(妙寿院)'은 강항에게 학문을 전수받았다는 일본 성리학의 태두 후지하라 세이카이다. 『도나이기(豊内記)』의 작자를 특정하기 어려운 상태이지만 이문장을 후지하라 세이카와 함께 거론하면서 도슌은 후지하라 세이카의 제자라고 언급하는 것을 보면 이문장은 후지하라 세이카, 도슌(하야시 라잔)과는 다른 맥락에 위치해 있었음을 알 수 있으며[51] 세 사람을 함께 논할 정도로 이문장의 존재감에 비중이 있었다고 추론되는 부분이다.

　일본에서 전란이 끝나 학문에 대한 열기가 고조되는 분위기를 1607년 경섬의 『해사록』을 통해서도 확인하는 것이 가능하다. '근년에 글로써 도중(徒衆)을 모은 자가 있어 한 해 안에 천백 명이나 되니, 나라 사람들이 비웃고 헐뜯기를 "일본의 군대가 강함은 천하에 소문이 났는데 만일 문교를 일삼는다면 병정(兵政)이 해이해져서 도리어 약국이 될 것이다."라며 배척하였다.'[52] 경섬이 방문한 1607년의 일본은 군사문화를 칭송하는 세력이 강하게 존재하는 가운데 학문의 열기가 고조되고 있던 시기였음을 알 수 있는 내용이다. 그 학문 열기의 중심에는 후지하

50　統群書類従完成会 편,「志岐野合戦」,『豊内記』(統群書類従第弐拾輯下)統群書類従完成会, 1923, p.42,「大道ヲ知ラサリシニ。妙寿院卜云大儒。世ニ生レテ儒者ノ本意ヲ広メ給ヘリ。其ヨリ以来。朝鮮国ノ李文長先生ナト。弥儒ノ旨ヲツタエタル人ニテ。人倫ノ道ヲ教ヘ授ケタリ。此ニヨッテ。日本ニ儒道ノ門ニ入タル人多シ。道春先生ハ妙寿院先生ノ教ヘヲ受タル者ナリ。略儒門ノ理リヲモ聞知リタル上ヘニ。広ク書籍ニ渡リ。異国本朝古事不見事ナシト云ヘリ。」

51　黒住真,『近世日本社会と儒教』, ぺりかん社, 2003, p.147.

52　경섬,「해사록」,『국역해행총재Ⅱ』, pp.337~338.

라 세이카가 있었고 제도적으로는 천황과 귀족의 역할을 학문연구로
규정할 정도로 강력하게 유학적 입장을 지지하는 도쿠가와 막부의 시대
정신이 작용하고 있었다고 할 수 있다. 이러한 시대적 환경이 이문장에
게도 역량을 발휘할 충분한 여지를 마련해 주었다고 하겠다.

　이문장의 활동을 추론할 수 있는 자료 중에 하나가 『본좌록(本佐録,
혼사로쿠)』이다. 일본 근세의 정치사상을 논할 경우 주목받는 저술로,
서명은 '혼다 사도수 마사노부(本多佐渡守正信)의 기록'을 축약해 붙인
것이다. 이 저술에 등장하는 '가라비토(唐人)'의 실체를 논할 때 역사적
으로 이문장과의 관련성이 언급되고 있다.[53] 해박한 사람이 일본에 왔
을 때, 중국의 정치에서 칼을 쓰지 않고도 수백 년간 나라를 계승하고
자손이 번성하는 예가 많고 일본에서도 예로부터 천하를 다스리며 자
손에게 물려줬는데 요사이 천하가 안정되지 못하고 1대, 2대에서 끝나
는 경우는 무슨 이유인가라는 질문을 했더니,

　　당인(唐人)이 말하기를, 일본도 중국도 상대도 말세도 인간의 마음에는
　　변함이 없다. 천도를 모르면 마음을 쓰고 몸을 움직여도 천하는 다스려지
　　지 않는다. 천도를 알고 천하를 다스릴 경우에는 마음도 편안하고 몸도
　　고생하지 않고 자연스럽게 천하가 안정되고 자손이 번성하게 된다. 가라
　　사람(唐人)의 가르침을 통해서 이 천도라는 이치를 깨달았다.[54]

　이 『본좌록(本佐録)』에서 지칭하는 '가라사람(唐人)'에 대해 도쿠가와

53　石田一良・金谷治 교주, 「本佐録」, 『藤原惺窩・林羅山』(日本思想大系28), 岩波書店,
　　1975, p.395.
54　같은 책, 「本佐録」, 『藤原惺窩 林羅山』, pp.277~278, 「唐人答て云, 「日本も唐も上代も
　　末代も、人の心にかはりはなし。天道を知らずしては、心を労し、形を労しても、天下治
　　まらず。天道を知て、天下を治る時は、心を労せず、形を労せずして、自然に天下治
　　り、子孫さかふるなり」。唐人に伝て、此天道の理を得たり。」

시대의 지식인 사회에서 다양한 의견이 제시되는 가운데 아라이 하쿠
세키(新井白石, 1657~1725)는 『본좌록고(本佐録考)』에서 이 '가라사람'이
이문장일 가능성을 무로 규소(室鳩巣, 1658~1734)의 전언을 통해 제시하
고 있다.

> 그 책에서 '가라사람에게 들었다'라고 한 것을 이케다(池田)는 세이카
> (惺窩)를 지칭하는 것이라고 했지만 그 책에서 논하는 설이 타당하다고
> 여겨지지 않는 점이 이곳저곳에 보여 이케다의 말을 신용하기는 어렵다.
> 만약 그 당시 세상을 논한다면 조선의 이문장처럼, 유학의 깊은 세계에서
> 일가를 이룬 인물은 아니지만 하늘의 이치를 논하는 정도의 일이라면 있
> 을 법도 한 일이다.[55]

무로 규소(室鳩巣)는 아라이 하쿠세키와 동문으로 둘 다 기노시타 준
안(木下順庵, 1621~1699)의 제자이다. 조엄(趙曮, 1719~1777)은 『해사일기』
에서 무로 규소에 대해 '기노시타 준안(木貞幹)의 제자이며 이학(理學)에
이름이 있음'이라고 언급하고 있다.[56] 무로 규소가 근무한 곳은 가가번
(加賀藩) 마에다가(前田家)로 『태합기(太閤記, 다이코키)』를 쓴 오제 호안이
거주하고 그의 아들이 근무한 번이기도 하다. 이문장에 관한 상세한
정보를 공유했을 가능성이 크다고 본다. 아라이 하쿠세키의 언급을 통
해서, 이문장은 강항처럼 표면화되지 않았지만 일본 도쿠가와 시대 초

---

55 국서간행회 편, 「本佐録考」, 『新井白石全集』, 국서간행회, 1977, pp.547~548, 「佐州
唐人に逢はれ候て治道の要を得られし由の事に付てしるされ候所の事ども一中略一先師
にて候もの申候ひしは此程池田勘兵衛の家に秘せしものなりといひて借されしもの佐州選
定の処なり其書に唐人に聞しといふ事のあるを池田は惺窩の事にこそといひしかど其書説
の如きはよしとも思はぬよしこ々かしこに見えたりさらば池田のいひしごとくにはあるべから
ずもし其世を論ぜんに朝鮮の李文長が如き道の蘊奥究めしなどいふ事は聞こえざれども
天の命などいひ沙汰せんほどの事有まじきにもあらず。」

56 조엄, 「해사일기」, 『국역해행총재VII』, p.313.

기에 성리학을 보급하는 데 일정한 역할을 담당한 인물이었음을 알
수 있다. 이문장의 제자로는 아사야마 이린안(朝山意林庵)이 대표적이
다. 아사야마는 호소카와 집안과 관계가 깊은 학자이다. 하야시 라잔
처럼 많은 제자를 양성하고 막부에 봉사한 관학(官學)의 대표 인물이
아닌 만큼 일본 사회에서의 확장성에는 한계가 있었다고 판단된다. 아
사야마의 제자인 오카하라 주(岡原仲)가 세운 비문에 아사야마가 이문
장의 제자라는 것이 명기돼 있어 현재 이문장의 일본 내에서의 학맥을
확인할 수 있는 귀중한 1차 자료이다.

> 승려를 따라 독서, 학습을 하다가 이후 유학으로 전향해 학문을 연마했
> 다. 성장해 교토에서 조선의 유학자 이문장을 만나 성학(유학)의 가르침
> 을 전수받았다. …(중략)… 1713년 계사년 계추 21일 후학 오카하라 주 선
> 효자 히사마루 건립[57]

아사야마 이린안의 학문적 경향에 대해서 여러 설이 있지만 항간의
인식은 '역학'에 뛰어난 학자라는 이미지가 있어 '易林庵'이라는 호[58]를
사용할 정도였다. 『규소소설(鳩巣小説)』에 등장하는 아사야마 이린안
(朝山意林庵)의 일화를 소개하면 다음과 같다.

> 『주역』에 관한 이야기를 듣고자 한다는 천황의 말씀이 있었지만 마땅한
> 교수를 찾기 어려운 상황이었다. 그때 교토에 이린안(意林庵)이라는 신분
> 이 높지 않은 유학자가 역학에 정통해 있다는 말씀을 듣고 궐내로 초빙하

---

57 寺田貞次 편, 「贈正五位 朝山素心墓」, 『京都名家墳墓録』, 山本文華堂, 1922, p.194,
「倚附于僧徒, 碩学読書, 然学伝宗儒術, 長而朝鮮儒士李文長, 到于洛之日相見, 受聖
学之道通,(下略)正德三癸巳年季秋二十有一日 後学岡原仲撰 孝子久丸建之」
58 高田与清, 『松屋筆記』, 국서간행회, 1908, pp.47~48.

라고 했다. 단 일반인을 당상에 불러들인 전례가 없어 임시로 6위의 관복을 만들어 이린안(意林庵)에게 하사해 궐내에서 착용하게 하고는 역학에 관한 강의를 들으셨다.[59]

아사야마 이린안(朝山意林庵)이 역학에 정통해 궐내에서 강의했다는 일화가 널리 민간에 알려졌다는 것을 예증하고 있다. 아사야마 이린안의 강의에 대해 미우라 수코(三浦周行) 씨는 『주역(周易)』이 아니라 『중용』[60]이라고 논증하고 있지만 이린안이 당대에 뛰어난 학자이자 역학에도 일가를 이룬 인물이었음에는 틀림이 없다. 이린안의 대표적인 저작물로는 1638년에 출간된 『기요미즈 이야기(清水物語, 기요미즈모노가타리)』를 들 수 있다. 일본 근세문학사에서 이문장을 『기요미즈 이야기』의 작자인 이린안의 스승이라는 사실을 지적하는 데 그치고 있는데 향후 이문장을 중심으로 『기요미즈 이야기』의 세계를 재검토할 필요성이 있다고 본다. 이문장 스스로 이산해의 후인이라고 밝히고 있는 만큼 이산해와 학문적 배경을 공유했을 가능성이 크다. 이산해는 숙부인 이지함(李之菡, 1517~1578)으로부터 가르침을 받았는데 이지함은 『토정비결』의 작자로 알려질 만큼 당대에 역술로 출중한 인물이다. 이지함의 스승은 기(氣)를 중요시 했다는 서경덕(徐敬德, 1489~1546)으로 이지함의 동문이자 서경덕의 제자로는 박순(朴淳, 1523~1589), 허엽(許曄, 1517~1580), 정개청(鄭介淸, 1529~1590) 등이 알려져 있다.[61] 이문장과 이린안

---

59 近藤瓶城 편, 『鳩巢小説』(続史籍集覧), 近藤出版部, 1930, p.50, 「易ヲ御聴可被遊旨勅定ニ候ヘトモ講官ノ衆難成ニ付其剋洛中意林庵ト申儒者軽キ者ニ候ヘトモ易ニ通シ候旨達叡聞可被為召ノ旨被仰出候。但布衣韋帯ノ者無位官シテ堂上罷出候義旧例無之段議奏有之候処仮ニ六位ノ冠服ヲ被製意林庵ヘ被下参内ノ時計着用候ヲ易ヲ講シ申候。」
60 三浦周行,「後光明天皇の御好学と朝山意林庵(再び)」, 『史学雑誌』(29편 11호).

이 역학에 능했던 것은 서경덕에서 이지함으로 이어지는 이기(理氣)를 하나로 이해하는 일파의 학문적 특징과도 맥을 같이하는 것이다. 예를 들어, 피랍인 노인(魯認, 1566~1622)은『금계일기(錦溪日記)』에서, '저의 선생이신 곤재 정개청 선생은 일국의 사문으로서 일찍 작고하여 항상 대들보가 꺾이었음을 슬퍼하였고 매양 스승이 없어 갈피를 못 잡아 울곤 하였습니다.'[62]라고 서경덕의 제자인 정개청이 자신의 스승임을 명확히 밝히고 있다. 노인과 이문장이 서경덕에서 연유하는 학문적 계통을 공유한 인물이었을 가능성이 큰 만큼 노인의 학문적 역량과 특색을 파악하면 이문장을 이해하는 데 도움이 될 것이다. 노인이 중국 상인의 도움으로 사쓰마를 탈출해 중국에서 대우를 받은 이유는 시문을 잘 짓는다는 것 이외에도 관상과 역학에 능했다는 점이다.

　　㉠1598년 3월 29일, 임공이 말하기를, "이 사람은 시와 문장에 능할 뿐만 아니라 또 사람의 상을 잘 봅니다." 하니 파총이 크게 기뻐하며 술자리를 마련하라고 명령해 산해진미를 한 상 가득 준비했다.[63]
　　㉡1598년 3월 30일, 마침내 그 아들을 불러 나에게 상을 보라는 것이었다. 그는 나이 겨우 여덟 살인데, 영특하고 기묘한 아이였다. 그 기상에 따라 상을 보았더니 파총이 크게 기뻐하며 또 자기의 상을 보라고 했다.[64]
　　㉢1598년 4월 29일, 큰비가 연일 내렸다. 홀로 방안에 누워 있으니 돌아가지 못하고 지체되어 있는 신세가 민망스러워『주역』을 펴놓고 손수 돌아갈 날이 언제쯤일까를 점쳐 보고 한 절구를 읊었다.[65]

61　장숙필,「기론과 도학 정신의 융합/화담학파」,『조선유학의 학파들』(한국철학총서 6), 예문서원, p.115.
62　魯認,「금계일기」,『국역해행총재IX』, p.91.
63　같은 책, p.31.
64　같은 책, p.34.
65　같은 책, p.70.

당대 조선의 저명한 학자가 아닌 노인이 명나라에 들어가 관상과 점술로 인정을 받았다는 점은 흥미로운 사실이다. 당대의 중국은 도교를 기본으로 한 삼교일치의 사회인 만큼 성리학적 입장을 고수하는 조선보다는 점술에 유연한 태도를 취하고 있었을 것이다. 이러한 중국의 사회 환경이 노인의 능력을 높이 산 것임을 알 수 있다. 이러한 노인의 능력이라면 명나라 사람들이 삼교일치적인 내용을 설파하며 활동하던 일본에서도 충분히 통했을 것이다. 현재 강항, 후지하라 세이카, 하야시 라잔이 일본 성리학의 주종을 이룬 것을 부정하기는 어렵겠지만 강항 이외에도 다수의 조선인 유학자들이 일본 근세 초기에 활동하고 있었음을 알 수 있다.

조선국 3백 년 이래 이와 같은 사람을 들어보지 못했다. 나는 불행하게도 일본에 잡혀있지만 이와 같은 사람을 만난 게 큰 행운이 아니겠는가 …(중략)… 일본의 유학박사는 예로부터 그저 한당의 주석을 읽고 경전에 일어로 훈을 다는 정도였다. 정주의 서적에 대해서는 아직 열에 하나도 몰랐다. 따라서 성리학을 아는 사람이 드물었다. 이에 세이카 선생님이 아카마쓰 씨에게 권해, 강항과 십 수 명에게 사서오경의 청서를 하도록 시켰다.[66]

후지하라 세이카와 하야시 라잔의 주변에는 강항을 비롯해 수십 명의 조선인 피랍자가 존재했다는 것이다. 후지라하 세이카의 학문적 경향을 순수한 성리학자로 보기 어렵다는 것이 학계의 중론이다. 일본

66 京都史蹟会 編, 「惺窩先生行状」, 『林羅山文集』, 弘文社, 1930, p.463, 「朝鮮国三百年以来, 有如此人吾未之聞也. 吾不幸雖落于日本. 而遇斯人不亦大幸乎. -中略- 本朝儒者博士自古, 唯読漢唐註疏, 点経伝加倭訓, 然而至于程朱書, 未知什一, 故性理之学知者鮮矣. 由是先生, 勧赤松氏, 使姜沆等十数輩浄書四書五経.」

내에 성리학 수용에는 이황의 영향이 크다고 하지만 도쿠가와 초기
상황에선 이황도 여타의 유학자처럼 상대적인 존재에 지나지 않았을
것이다. 예를 들어, 일본에서 이황의 저술인『천명도설(天命図説)』(鄭之
雲, 李退溪)이 출판된 것은 1646년으로 시기적으로 다른 서적에 비해
이르다고 할 수 없다.『천명도설』의 전제인『입학도설(入学図説)』(權近)
의 출판은 1634년으로 후지하라 세이카도『입학도설』을 소장하고 있
었음이 알려져 있다.[67] 이황의 서적이 출판된 시점을 중심으로 그의
학문적 세계가 일본 내에서 진지하게 인식되는 계기가 됐다고 이해해
도 큰 무리는 없을 것이다.

조선인 유학자들은 시간이 지나면서 일본의 일반인들에게도 알려지
게 된다. 강항은 후지하라 세이카, 하야시 라잔과의 관계를 통해, 미야
코노 니시키(都之錦)의 우키요조시(浮世草子) 작품인『원록대평기(元禄大
平記, 겐로쿠다이헤이키)』등에 등장한다.[68]

> 조선의 강항을 만나 성리의 문답을 하셨는데 강항이 크게 놀라고 기뻐
> 하면서 말하기를, "조선국 삼백 년이래 이러한 일이 없었다. 지금 우연히
> 일동에 와서 드문 사람을 만났는데, 이는 나의 행운이다."라며 일본에 체
> 재하는 동안 아침저녁으로 친하게 교류했다.

강항이 단편적으로 일본의 대중문학에 등장하는 것에 비하면 이문
장의 등장은 보다 본격적이고 일관된 구조의 틀을 가지고 있다. 이문

---

67 藤本幸夫,「大英図書館所蔵朝鮮本に就いて」,『朝鮮学報』216輯, 2010.7.
68 中嶋隆 編,「元禄大平記」,『都の錦集』, 국서간행회, 1989, p.152,「朝鮮の姜沈に出
　　会、性理の問答せられけるに、姜沈大におどろきよろこんでいはく『朝鮮国三百年此か
　　た、かかる事なし。いまたまたま日の本に来りめづらしき人にあふ事かな。是わが幸いな
　　り』とて滞留の間、朝夕なれしたしびけるとかや。」

장이 일본의 문예와 역사에 등장하는 예를 정리해 보고자 한다.

4. 오사카성 전투와 이문장

일본의 군웅할거는 1615년의 오사카성 전투를 끝으로 종결된다. 무로
마치 막부(室町幕府, 1336~1573)를 오다 노부나가(識田信長, 1534~82)가
1573년에 쓰러뜨린 이후에 히데요시, 이에야스에 의한 권력의 공방기
를 거쳐 1615년 히데요시 세력의 완전한 몰락으로 일본의 군웅할거의
시대가 종결되고 이에야스를 중심으로 한 도쿠가와 막번 체제가 성립
한다.

　임진·정유왜란 시에 포로로 잡혀간 다수의 조선인들은 침략을 주도
한 히데요시 측에 속해 있어서 삶의 궤적을 추적하기 곤란한 상태이
다. 히데요시 추종 세력의 일부가 도쿠가와 쪽으로 전향해 그 이름이
전하는 경우가 있는데 그 중 한 사람이 이문장이다. 이문장을 어느 쪽
인물이라고 단정하기는 어려우나 쓰시마 세력이 이에야스 쪽에 편입
되면서 이에야스 세력 하에서 조선과의 교섭문서 작성 등에 협력하면
서 비교적 자유로운 생활을 보냈을 가능성이 크다. 이진영과 같은 사
람은 와카야마 번에 취직을 한 상태여서 공식적인 기록 등을 통해서
이름을 확인하는 것이 가능하지만 이문장의 경우는 번에 공식적으로
취직한 상태는 아니라고 판단된다.

　이문장의 이름이 공식화된 계기는 오사카성 전투이다. 이 오사카성
전투는 임진왜란처럼 국가 간의 대규모 전란은 아니었지만 히데요시
세력을 축출하는 최종전의 성격이 강해 일본 사회에서 패자와 승자의
운명이 극명하게 갈린 역사적인 전투라고 할 수 있다. 이 전투를 다룬

실록물의 묘사 또한 어느 쪽의 입장에 서느냐에 따라 내용이 판이하게 다른 것은 봉건시대 전투에서의 승자와 패자의 운명을 반영하고 있기 때문일 것이다. 몰락한 히데요시 세력의 입장에 가까운 필사본『오사카 이야기(大坂物語, 오사카모노가타리)』에서 오사카성 전투의 계기를 묘사한 전후의 내용을 보면,

> 1612년 봄경, 관동에서 오사카에 사신을 보내 말하기를, "대불전이 불에 탄 뒤에 아직 재건이 되지 못했다. 만약에, 아버지 히데요시를 추모하고자 한다면 히데요리가 지금 재건해야 하지 않겠나."라고 말씀을 해왔기에, 히데요리가 듣고서, "속으로 저도 그 일을 말씀드리고자 했는데 재건을 권하는 말씀을 하시니" 하면서, 수일이 지나지도 않아 각지의 대장장이와 장인들을 소집해 3년 정도 걸려 48m의 로샤나 불상, 불당, 범종을 완성했다. 서둘러 공양 법회를 열려고 교토의 고승들을 불러 모았다. 그 중에서 도후쿠사(東福寺)의 간(韓)장로에게 범종의 명문을 작성하도록 했다.[69]

오사카성 전투의 빌미가 된 대불전의 보수문제는 관동, 즉 이에야스의 권유로 이루어졌다는 내용으로 대불전의 보수를 통해 세력 확장을 꾀한 것이 아니고 범종의 문구 또한 특별한 의미를 갖는 것이 아니라는 주장이다. 실제로 1607년 경섬의『해사록』에도 히데요리에 관한 기술이 많이 보이는데, '그의 어미가 히데요리를 위해 불사를 많이 행하여

---

69 青木晃 외 편, 「大坂物語」,『畿内戦国軍記集』, 和泉選書, 1989, p.177, 「慶長十七年の春の比、関東より大坂へ御使をたての給ひしは、「大仏殿えんじやうの以後、終にこんりうなし。然は父大閤の仰なれば、今以秀頼こんりう然べし」と仰遣されければ、秀頼聞召、「内々それがしもか様の事を申入度と存候処に、こんりういたすべきよし、仰承」とて、数日と(時日をカ)移さず諸国のかぢ・ばんじやうを指集、程なく三ヶ年の内に拾六丈のろしやな仏、御堂も鐘も悉成就し侍ける。いそぎ供やうをいたさばやとて、洛中の貴僧高僧をめされ、中にも東福寺のかん長老をめされ、鐘の書付をぞさせられける。一中略一慶長廿年 乙卯ノ五月七日」

뒷일을 빌었다 한다.'[70]라며 당시의 일본 상황을 기술하고 있다. 이에
반해 이에야스 측에 가까운 활자본『오사카 이야기(大坂物語)』의 내용
은 불사(佛事)를 둘러싼 경과보다는 히데요리가 변란, 즉 반란을 일으
킬 생각을 지니고 있었음을 암시하는 내용이 언급돼 있다.

> 1614년 봄경부터 세상에 왠지 소란스러운 일들이 빈발해 히데요리의
> 노신 가타기리 이치마사(片桐市正)를 관동에 불러, 오사카 사태를 처리하
> 려고 하던 참에, 어찌된 일인지 히데요리가 특별한 이유도 없이 오히려
> 이치마사(市正)를 숙청해 변란을 준비하는 마음이 있었다. 이치마사는 오
> 사카에 돌아가지 못하고 동생인 슈젠(主膳)과 3백여 기를 대동하고 자신
> 의 성인 이바라키(茨木)로 철수했다.[71]

이에야스에게 있어서 히데요시의 후계자인 히데요리는 마치 히데
요시에게 있어서 노부나가의 아들처럼 곤란한 존재였을 것이다. 1607
년『해사록』을 보면, '오사카는 히데요시의 아들 히데요리가 살고 있
는 곳이다. 히데요리의 그때 나이 15세로 기안(気岸)이 웅대하며 음식
을 먹을 때에도 풍악을 패하지 않았다. 오직 호화와 사치를 스스로 즐
기며 처사가 대부분 유약하므로 왜인들이 오활(迂濶)하다고 하였다.'[72]
라고 언급하고 있는데, 히데요리는 한 나라의 군주로서는 부족하다는
부정적인 평가가 일본 사회에서 돌다가 사행단에 전해졌음을 알 수

---

70 경섬, 앞의 책, p.270.

71 渡辺守邦 교주, 「大坂物語」, 『仮名草子集』(新日本古典文学大系74), 岩波書店, 1991,
   p.6, 「慶長十九年の春の比より、世上何となくささやく事共多かりければ、秀頼の老臣片
   桐市正を関東へ召され、大坂の御仕置仰せ渡されけるところに、いか成る事かありけ
   ん、秀頼御ゆういんなく、かへって市正を勘当なされ、大坂御用心ありければ、市正大
   坂にこらへかね、弟主膳を相具し、三百余騎にて茨木へ引き籠る。」

72 경섬, 앞의 책, pp.269~270.

있다.

이에야스 측에 가까운『오사카 이야기(大坂物語)』는 활자본으로 출판
된 반면 히데요시 세력에 가까운『오사카 이야기』는 필사본의 형태였
기에 파급 효과 면에서 큰 차이가 있었을 것이다. 출판본『오사카 이야
기』의 내용에서는 이에야스의 측근이며 조선과의 교류를 장악했던 혼
다(本多) 집안에 대한 우호적인 기술이 많다.

> ㉠혼다 사도수(本多佐渡守)라는 사람은 행동이 규정(矩)을 어기지 않는
> 다는 칠십의 나이에 지략이 깊어 도주공(陶朱公)도 부끄러워할 정도이다.
> 임금이든 신하이든 간에 대륙에도 일본에도 유례가 없는 일이다.[73]
> ㉡혼다 오스미수(本多大隅守)는 이에야스의 노신인 사도수(佐渡守)의
> 막내아들이다. 항상 무용을 즐겨 그 주변에 모여드는 사람 중에 훌륭한
> 인재가 많았다. 수시로 오사카 세력을 추격해 수급을 많이 베어 공을 세
> 웠다. 두 장군도 대단히 기특하게 생각하시고 각 다이묘도 칭찬을 하자
> 부러워하지 않는 사람이 없었다.[74]

당대의 권력자인 혼다 마사노부(本多正信)와 그 아들의 평가에 있어
활자본에서 대단히 우호적임을 알 수 있다. 오사카성 전투는 정치적으
로 민감한 사안으로 정권을 잡은 이에야스 측에서는 다각도로 사회를
안정시킬 방법을 모색했을 것이다. 이문장이 이 오사카성 전투를 전후

---

[73] 앞의 책, 「大坂物語」, 『仮名草子集』, p.29, 「こゝに、本多佐渡守といふ人、七十にして
矩を蹂えず、知略の深き事、陶朱公も恥ぢぬべし。君と云臣といひ、漢家にも本朝に
も、たぐひなき事どもなり。」
[74] 같은 책, 「大坂物語」, 『仮名草子集』, p.41, 「本多大隅守は、大樹の老臣佐渡守の末子
にてありけるが、つねに武勇を好まれける間、あひ集まる者みな甲斐〻しき者どの多かり
けり。その故に度々大坂勢追ひまくり、首数多く打つ取りければ、両御所ことに感じ仰せ
られ、諸大名もほめければ、うらやまぬ者こそなかりけれ。」

해서 앞날을 예견하는 인물로 다수의 실록물과 기록에 등장하는 것은 주목할 만한 일이다. 이문장이 등장하는 기록을 성립연대 순으로 정리하면 다음과 같다.

㉠ 지난 2월 5일. 신시에 오사카 천수각에서 검은 연기가 맹렬하게 올라 하늘을 덮었다. 성안에서 근무하는 사람들은 모르고 있었는데 밖에 있던 사람들이 순식간에 천수각이 소실되는 것이 아닌가 해서 모두가 서둘러 말을 몰아 성을 향해 모여들었다. 성안에서 근무하던 시중들이 몰려드는 사람들에 놀라 천수각에 올라보니 아무런 이상이 없었다. 단지 천수각 위에 연기 같은 것이 구름처럼 뒤덮여 있었다. 그 당시 조선인 이문장선생이라는 박학한 유학자가 있었다. 역학에도 조예가 깊었다. 다음 날 이분을 모셔 점을 치게 했더니 와(頤)가 익(益)에 만나는 궤라고 했다. 그말은, 인면구구(人面九口)라는 것은 천하에 구설(口舌)이다. 효함(殽函)을 부순다고 하는 것은 이 집안의 운세가 다해 위험하다고 말했다. 이 말을 듣고 오만방자한 사람은 무슨 일이 있겠는가 두려워할 필요가 없다고 했다. 한편 분별이 있는 사람은, 천도와 인도는 둘이 아니고 하나이다. 요사이 세상의 인심이 난을 좋아하고 지금 하늘에서 큰 변이를 운기를 통해 나타낸 것을 그저 가벼이 볼일이 아니다. 무언가 사변이 있을 것이라는 사람이 많았다. 과연 천하의 큰 사변의 전조라는 것을 후에 깨우치게 되었다.[75]

---

75 統群書類従完成会 편, 「大坂城怪異事」, 『豊内記』(統群書類従第弌拾輯下)統群書類従完成会, 1923, p.27, 「去二月五日。申刻ニ大坂殿主ヨリ黒気竜唱立登テ天ニ覆ヘリ。殿中伺公ノ衆ハ嘗テ不知処ニ。外様ニ有シ人々。スハヤ殿主コソ焼失スレトテ。皆膚背馬ニ乗テ。御城ヲ指テ馳せ付ケリ。殿中伺公ノ侍。馳参ル人々ヲトロキテ。殿主ニ登テ見レバ。何ノ異ル事モナク。只殿主ノ上ニ煙ノ如ナル物靉キ覆リ。其比朝鮮人ニ李文長先生トテ博学ノ儒者アリ。繇ノ道モ上手成ケレバ。翌日是ヲ召テ占ハセ給フニ。頤ノ益ニ遇フ占方ナリ。其言ハ人面九口ト云ヘルハ。天下ノ口舌也。殽函ヲ破ルトニ云ヘルハ。当家ノ御運ノ末ニ成テ危トソ中ケル。是聞テ無理放埒ナル人ハ。何条何事ノ有ヘキ。恐ルニ不足ト云フ。又心有人ハ天道人道一致ニシテニツアラス。近年世間ノ

ⓒ 1614년 중춘부터 동남쪽에서 혜성이 나와 그 꼬리가 서북으로 향했다. 세상 사람들이 이 현상을 이상히 여겼다. 당시 조선에서 와있던 이문장 선생이라는 사람이 있었다. 그가 말하기를 『무비지(武備志)』를 가지고 판단하기에 가장 나쁜 별이다. 그 이유는 혜성이 안에서 나와 꼬리가 동쪽으로 향할 때에는 천하의 백성이 죽고, 상이 하를 죽이는 형상이다. 꼬리가 북으로 향할 때에는 천하가 서로 죽이고 남으로 향해도 역시 그렇다. …(중략)… 그러던 차에 같은 해 2월 5일 신시에 오사카 천수각에서 검은 연기가 맹렬하게 치솟아 하늘을 뒤덮었다. 성안의 사람들은 이것을 알지 못했지만 성 밖에서 발견하고 화재로 망하는 것이 아닌가 해서 많은 사람이 허둥대며 몰려들었다. 성안의 사람들도 놀라 천수각에 사람을 보내 확인하게 하니 검은 연기가 뒤덮여있을 뿐 아무런 이상이 없었다. 사람들이 보통일이 아니라며 이상해했다. 이문장이 더 점을 쳐 말하기를 와(頤)가 익(益)을 만나는 점이다. 그 말은 인면구구(人面九口)라 해서 천하의 구설(口舌)이다. 살함(殺函)을 부순다고 하는 것은 히데요리 공의 기세가 기울거나 대단히 위험하다고 말했다. 듣는 사람들이 눈썹을 찡그리며 두려워했으며 또한 에이산(叡山)에 기현상이 있었다.[76]

ⓓ ○4일 혜성이 동쪽에서 나왔다. ○오일 신시에 오사카 본성 천수각

人心ニ乱ヲ好ミ。今又天ヨリ大変ヲ示テ。雲気ニ顕ル事。旁以テ軽カラス。何事カ出来ント怪ム人モ多カリケル。果メ天下大難ノ前兆トハ後ニソ思ヒ知ラレタル。」

76 早稲田大学出版部 編, 「彗星出づる事附大阪妖怪の事」, 『難波戦記』(物語日本史大系第十一巻), 早稲田大学出版部, 1928, pp.5~6, 「慶長十九年の仲春より東南の方に彗星出て、其尾西北に向ふ、世人是を怪む、此時朝鮮国より来朝したる李文長先生と云ふ者あり。渠申しけれるは、武備志を以て考ふるに、最も悪星か、其故は、彗、中より出て尾東に向ふ時は、天下の人民死し、上、下を殺す也。尾、北に向ふ時は、天下相殺す、南に向ふも亦然り。一中略一然る処に同年二月五日の申の刻、大坂天守より黒気竜唱立ち登りて天を覆へり、殿中の人は是を知らずと雖も、城外より見付け、焼亡せしむるかと諸人周章騒で馳せ参る、城中の諸士も驚き立つて人を天守に登らしめて見せけるに黒雲覆ふのみにて異なる事なければ、是徒事にあらずと諸人之を怪む。李文長又占つて申しけるは、頤之益に遇ふ占也。其言は人面九口と云ひ、是れ天下の口舌也、殺函を破ると云ふは秀頼公の御運相傾くか、最も危しと云へり、聞く人眉を顰めて恐れけるに又叡山に一つの不審あり。」

에서 검은 연기가 났다. 밖에서 보기에 검은 연기처럼 보였다. 이로 인해 성 밖에 있던 사람들이 소란스런 행동을 일으켰다. 히데요리가 가타기리 슈젠 마사타카에게 명령을 내려 조선의 유랑객 이문장에게 『초씨역림』에 의거해 점을 치도록 했다. 점괘가, '인면구구 장설위부 유파호련 은상절후(人面九口長舌爲斧劉破瑚璉殷商絶後)'라고 했다. 또한 '집병쟁강 실기정량 패아살향(集兵爭强失其貞亮敗我殺鄕)'이라는 점괘도 나왔다. 생각하건대 대흉이라고 했다. 히데요리가 놀라 영지와 인접지역의 큰 신사와 큰 사찰에서 기원을 드리도록 했는데, 그 신하들은 말할 것도 없고 일반인들도 눈썹을 찡그렸다고 한다.[77]

㉣ 2월 4일, 혜성이 동남쪽에서 나왔다. 조선에서 온 유학자 이문장이 이것을 보고 말하기를, "내년 봄과 여름 사이에 병난이 일어날 것이다. 『무비지(武備志)』를 가지고 생각해 보건데 최악성이다. …(중략)… 만약 내년 봄과 여름사이에 동남(東南)에서 전투가 벌어지면 서북(西北)은 반드시 패할 것이다."라고 했다. 혜성이 봄에서 여름 사이에 나타났다. 세상 사람들이 몹시 이것을 두려워했다. 2월 5일, 신시, 오사카성 천수각에서 검은 연기가 났다. 성 밖에서 이것을 보니 연기와 같았다. 사람들이 성안에서 불이 난 것이라고 많이들 모여들어 진화한다고 소란을 피웠다. 성안에 이르러 이것을 보니 검은 구름이 덮인 것으로 아무런 이상이 없었다. 사람들 모두가 기이한 일이라고 했다. 히데요리(秀賴)가 이것을 보고 가타기리 슈젠마사 사다타카(片桐主膳正貞隆)에게 명령을 내려 조선의 이문장에게 이 현상을 점치도록 했다. 이문장이 『초씨역림』에 의거해 현상을 점을 치니, 임의 감(臨ノ坎)에 가는 점괘를 얻었다. 그 풀이에서 말하기를, "인면구구 장설위부 착파호련 은상절후(人面九口, 長舌爲斧, 斲破瑚璉, 殷

---

77 木村高敦 편, 「慶長十九年二月」, 『武德編年集成 下卷』, 名著出版, 1976, p.183, 「○四日彗星東方ヨリ出ル○五日申ノ刻大坂本城天守ヨリ黒気立外ヨリ観ル処偏ニ煙ノ如シコレニ依テ城外城中大ニ騒動ス秀頼則片桐主膳正貞隆ニ命メ朝鮮ノ浪客李文長ニ焦氏ガ易林ニ拠め外城中シメラル所人面九口長舌爲斧劉破瑚璉殷商絶後ト云詞ニアタレリ。又集兵爭强失其貞亮敗我殺鄕モ立外ヨ按ル所大凶ト云々秀頼驚テ領内隣国ノ大社大寺ニ於テ祈祷セシメラル其群臣ハ謂ニ及バズ庶民眉ヲ顰ムト云々」

商絶後)"라 했다. 또 점을 쳐서 간의 익(艮ノ益)을 행하는 괘를 얻었다. 그
풀이에서 말하기를, "심병쟁강 실기정량 패아살향(尋兵争強, 失其貞良, 敗
我殺卿)"이라고 했다. 이문장의 말이, "이것은 대흉이다."라고 했다. 히데
요리(秀頼)가 크게 놀라 사신을 기내의 신사, 사찰에 보내어 그 재난을
피할 수 있도록 기원을 드리도록 했다.**[78]**

ⓓ 이문장은 어떤 연유로 이 땅에 머무르게 된 것일까. 갑인년에 오사카
에서 난이 발생하려고 했을 때, 성의 천수각에서 갑자기 화염이 타올랐
다. 성 안팎이 술렁거렸다. 사람들이 몰려들어 진화하려 했지만 그 출처
를 확인할 수가 없었다. 사람들이 조용해지면 다시 타올랐다.(원주-2월
5일의 일인가)이러한 일이 빈번히 있자 가타기리 슈젠 마사에게 명령을
내려 이문장으로 하여금 점을 치도록 했다. 이문장이『초씨역림』으로 괘
를 보니 건(艮)이 겸(謙)으로 변했다. 건익(艮益) 심병쟁강 실기정량 패지
효향 해여맹명(尋兵争強, 失其貞良. 敗之殷郷. 奚予孟明) 부겸(否謙) 인면
귀구 장설이치 유파호련 은상절사(人面鬼口. 長舌利歯. 劉破瑚璉. 殷商絶
祀) …(중략)… 농성의 시작부터 끝까지 점 괘가 조금도 틀리지 않은 것은
대단한 점술가이다.『초씨역림』은 예로부터 점술에 사용된 일이 많지 않
았는데 이문장에게 어떻게 전해졌을까. 본질적인 것은 아니라고 하지만
볼만한 재능을 있다고 하는 것은 이를 두고 하는 말이리라. 이문장은 서
법에도 일가를 이루어,『주카이효경(中楷孝経)』을 보니 대단히 훌륭했

---

78 일본국회도서관 소장,『大三河志』(卷六七), pp.33~34,「二月四日 慧星東南ニ出ル。
朝鮮ヨリ来リ儒者李文長是ヲ見テ曰、来年春夏ノ間兵革発ランカ、武備志ヲ以テ考ルニ
最悪星ナリ。一中略一若又来春夏ノ中ニ東南ヨリ兵起ラバ西北ハ必ス負ヘシト云。慧
星春ヨリ夏ニ至ル。世人甚是ヲ懼ル。談叢　五日　申ノ刻、大坂本丸ノ天守ヨリ黒気起
ル。城外ヨリコレヲ望ムニ烟ノ如シ。人民城中失火有リト大ニ馳集リ是ヲ鎮メント騒擾ス。
城中ニ到り是ヲ見ルニ黒雲覆フノミニテ曾テ其事ナシ。人皆怪異ナリト称ス。秀頼是ニ
依テ片桐主膳正貞隆ニ命ジ朝鮮ノ李文長ヲシテ是ヲ占ハシム。李文長焦氏ガ易林ニ拠
テ是ヲ占フニ臨ノ坎ニユクヲ得タリ。其辞ニ曰、人面鬼口、長舌為斧、斲破瑚璉、殷商
絶後。又占フニ艮ノ益ニユクヲ得タリ。其辞ニ曰、尋兵争強、失其貞良、敗我殷郷トア
リ。李文長ガ曰是大凶ナリ。秀頼大ニ警キ使ヲ命ジ幾内ノ神社仏閣ニ遣ハシ其災ヲ除シ
事ヲ祈祷ス。東遷」

다.(아사이씨 장서)**79**

㉴「1614년 2월」 ○4日 이에야스, 슨푸 근교에서 사냥을 했다. 그 날 밤부터 혜성이 동남쪽에 나타났다.(국사일기, 대삼하지) ○5日 이 날 오사카성내의 천수각에서 연기가 났다. 많은 사람이 화재라 생각해 놀라서 몰려들었다. 그 연기의 출처를 확인할 수 없었다. 한객 이문장이 점을 쳐 말하기를 병난의 징조로 큰 흉조라고 했다. 히데요리가 크게 놀라 여러 사찰과 신사에 기원제를 올리도록 명령을 내렸다.**80**

㉵ 이문장은 조선인이다. 1614년 오사카성 천수각에서 검은 연기가 올랐다. 이문장이 『초씨역림』으로 이 현상을 점쳤다. 인면 아홉 구멍, 긴 혀가 도끼가 되고 유가 호련을 격파하고 은상이 절멸한다.『나니와전기』, 『편집집성』**81**

◎ 19년. 정월. 혜성 동남에 보임. 이월. 오사카 천수각에서 연기가 남. 많은 사람이 구원을 위해 달려갔으나 별일이 없음. 조선인 이문장에게

79 日本随筆大成編輯部,「朝鮮の易者」,『一宵話』(日本随筆大成 第一期 19), 吉川弘文館, 1976, pp.434~435,「李文長は。いかがして此地にとどまりしやらん。甲寅の歳。大坂に乱おこらんとする時。城の殿主の上に火烟忽ちもえ上がる。城の内外驚きさわぎ。人かけ走り救はんとすれば。いづくに火ありともみえず。人静まれば又もえ上がる。[割註] 二月五日の事か」かかる事度々ありしにや。片桐主膳正に命じ。李文長して占はしむ。文長焦氏が易林によりて。卦を布けば。艮が謙に変ぜり。艮益尋兵争強。失其貞良。敗之骰郷。奚予孟明。否謙。人面鬼口。長舌利歯。劉破瑚璉。殷商絶祀。一中略一籠城の始より終り迄。此占に露違はざりしは。いみじき易者なりけり。焦氏易は。昔より占の術に用ひし事多からぬを。文長如何して伝へけん。雖小道。有可観者。とは。此等をやいふらん。此文長。書法にも又達したり。中楷の孝経を見しが。いと見事なりき。浅井氏蔵書」
80 국사대계편수회 편,「台徳院殿御実紀25」,『徳川実紀第一編』(新訂増補 国史大系38), 吉川弘文館, 1964, p.650,「慶長19年2月,○四日 大御所駿府近郊に御鷹狩あり。今夜より彗星東南にあらわる。(国師日記、大三河志)○五日,この日大坂城内天主より烟出る。衆人火炎なりと驚き馳集りしに。その烟の出る所さだかならず。韓客李文長占して兵兆大凶とす。右府大におどろき諸寺諸山に命じて祈祷せしめらる。(大三河志、慶長日記)」
81 早稲田大学蔵書,『西州投化記』(1812年序),「李文長朝鮮人也。慶長十九年大坂天守黒気起、文長以焦氏易林占之。人面九口、長舌為斧、劉破瑚璉、殷商絶後。難波戦記、編年集成」

점을 치도록 함. 건(艮)이 익(益)을 만남. 말하기를, 심병실강 상기정량 패아살향(尋兵失疆. 喪其貞良. 敗我殺郷) 다시 점을 침. 임(臨)이 감(坎)을 만남. 말하기를, 인면귀구 장설여부 착파호련 은상절후(人面鬼口. 長舌如斧. 斲破瑚璉. 殷商絶後)라는 점 괘를 얻음. 히데요리가 크게 놀라 무속인에게 이를 기원하도록 함.[82]

㉢드디어 2월 5일 신시, 천수각 위에 수천만 마리의 곤충의 무리가 날아들어 모였다. 멀리서 바라보니 검은 연기 같고 그 모습이 마치 횃불과 같았다. "아니, 천수각이 불에 탄 것인가."라고 성 밖의 사람들이 놀라 허둥대며 달려서 모여들었다. 성안의 사람들도 처음으로 그것을 알아 서둘러 천수각으로 달려가 올라가보니, 단지 하늘에 연기 같은 것이 걸쳐져 있을 뿐 달리 이상한 것이 없었다. 이 일이 예삿일이 아니라고 생각해 그 다음 6일, 당시 일본에 와있던 조선의 유학자 이문장이라는 사람을 불러서 점을 쳐 보도록 했다. 이문장이 명에 따라 이 현상을 점쳐보니 부(否)의 겸(謙)에 가 만나는 것으로 한(漢)의 초공(焦贛)이 저술한 『역림(易林)』에 의거해 점을 쳐보니 "그 정(貞)은, 진(秦)은 낭호(狼虎)이고, 진(晉)과 강함을 다투어 그 나라를 병합하고 호를 시황(始皇)이라고 한다고 돼 있다. 그 회(悔)에는 인면(人面)에 귀구(鬼口), 긴 혀는 도끼와 같다. 호련(瑚璉)을 부수고 은상(殷商)의 제사가 끊긴다."라고 하기에 요도기미(淀君)가 듣고서 "참으로 두렵구나."라고 무의식중에 얼굴색을 바꾸고 서둘러 신사와 불당에 사신을 보내 기원을 올렸다. 양식이 있는 사람은, 실로 이 집안이 멸망할 징조인가 보다고 하면서 은밀히 눈썹을 찡그렸는데, 하루나가(治長) 등은 "어찌 그런 일이 있겠는가, 이는 관동이 멸망하고 오사카가 흥할 상서로운 기운이다."라고 떠들면서 즐거워하며 용기를 드러내며 새삼스럽게 마음 쓰는 기색이 없었다.[83]

---

82 頼襄子, 『校刻日本外史』, 大川屋書店, 1907, p.523, 「十九年. 正月. 彗星見東方. 二月. 大坂天主閣烟起. 衆趨救則無矣. 使韓人李文長筮之. 遇艮之益. 曰. 尋兵失疆. 喪其貞良. 敗我殺郷. 再筮. 遇臨之坎. 曰. 人面鬼口. 長舌如斧. 斲破瑚璉. 殷商絶後. 秀頼大懼. 命巫禳之.」

83 熊田葦城, 「大阪の凶兆」, 『日本史跡大坂陣前編』, 至誠堂書店, 1912, pp.53~55, 「愈々

㉠에서 ㉢까지는 도쿠가와 시대의 기록이고 ㉧은 명치시대이다. ㉠에서 ㉧까지는 점 궤의 표기에서 다소 차이를 보이지만 이문장의 역할과 이야기의 전개에 대한 기술은 일관성을 유지하고 있다. 명치시대의 ㉧에서는 내용이 변화하고 있다. 이문장이 기록된 책의 성격을 보면, ㉠㉡㉤이 실록물이고 ㉢㉦은 개인에 의한 기록 즉 수필류이고 ㉣㉥㉢은 공식적인 역사기록이다. ㉧은 명치기의 흥미위주의 실록물이다. ㉠『도나이기』는 이문장이 등장하는 오사카성 전투의 실록물중에서는 가장 오래된 기록으로 오사카성 전투와 가장 인접한 시점에 작성됐다고 판단된다. ㉡『나니와전기』는 ㉠『도나이기』의 영향하에 성립됐다. 이 작품들에 이문장이 등장한 이후에 오사카성 전투를 다룬 실록물과 기록에 이문장의 이름이 중요한 역할로 등장한다. 마침내 이문장은 도쿠가와 막부의 정사인 ㉤『도쿠가와 실기(德川実記, 도쿠가와지키)』에 그 이름과 활동이 역사적 사실로 기재되게 된다.

이문장이 제시한 점 궤로는, '인면(人面)에 구구(鬼 또는 九口), 긴 혀는 도끼와 같다. 호련(瑚璉)을 부수고 은상(殷商)의 제사가 끊겼다(人面九口長舌為斧. 斲破瑚璉殷商絶後)'와 '병사를 모아 서로 강함을 겨루다 그 정예

二月五日申の刻、天主閣の上に数千万の飛虫群れ集まる。遠く望めば黒気の如く、其状宛ら狼煙に似たり。素破や天主こそ燒亡すれ、と城外の人々驚き慌てて駈け付け来る。城中の面々始めて其れを知り、急ぎ天主閣に馳せ登れば、只天上に煙の如きものの靉き掩へるばかり、別に何の異なることもあらず。此事常事にはあらじと思へば、其翌六日、当時来朝中なる朝鮮の儒者李文長なるものを召して占考せしむ。文長命に応じて之れを筮すれば、否の謙に之くに遇ふ。漢の焦贛の著せる易林に拠りて占ふに、其貞には、秦は狼虎たり、晋と強を争ふ、其国を併呑し、号して始皇と曰ふ、とあり。其悔には、人面にして鬼口、長舌斧の如し、瑚璉を斲破し、殷商祀を絶つ、とありければ、淀君聞きて、扠ても怖しや、と思はず色を変じ、急ぎ使を神社仏閣に馳せて祈祷を乞ふ。心あるもの、実にや御家亡滅の兆にこそあるべけれ、と密に眉を顰むれども、治長等は、何とて左ることのあらん、是れ関東の亡びて、大坂の興るべき瑞気なり、と唱へて悦び勇み、更に心に掛くべき色もあらず。」

를 잃고 패하여 자신의 근거를 몰살한다(集兵争強失其貞亮敗我殺郷)'가 중심내용이다. 점 궤의 특이성보다는 히데요시 세력을 일소하는 오사카성 전투에서 조선의 유학자가 도쿠가와 세력의 승리를 점치는 내용이 흥미로운 설정이다. 이문장에게 점 궤를 의뢰한 가타기리(片桐)는 이문장이 편지를 보내 어려움을 호소했다는 사다타카(貞隆)이다.

이문장이 역학에 능한 모습과 함께 등장하는 서적이『초씨역림(焦氏易林)』과『무비지(武備志)』이다.『초씨역림』에 대해 이문장이 얼마나 알고 있었는지 추측의 범위를 넘기 어려운 상황이지만 조선의 유학자 사이에서는 비교적 알려진 서적이었음을 알 수가 있다.『조선왕조실록』의 1542년 조에 김안국(金安國)이 올린 상서를 보면, 학자에게 절실한 것은 아니지만 점을 치는데 중국인들이 존중하는 책이기에 출판했으면 한다고 건의하고 있다.

> 『초씨역림』은 서한(西漢)의 초공(焦貢)이 저술한 책입니다.『주역(周易)』의 서점(筮占)에 쓰이므로, 옛『요사(繇辞)』와 비슷하니 학자에게는 절실하지 않으나 역점(易占)에 관계되므로 중국 사람들이 숭상합니다.[84]

이 건의로 조선에서 직접 출판에 이르렀는지 확인하기 어려운 상황이지만 조선의 지식인 사회에『초씨역림』이 유포되어 있었음을 유추할 수는 있다. 일본에서는 1692년에『대역통변(大易通変, 焦氏易林)』의 이름으로 출판됐다.[85]『무비지』의 경우는 모원의(茅元儀, 1594~1644)가

---

84 국사편찬위원회DB(db.history.go.kr)에 의한 인용. 검색일(2011.10.10)「1542年 金安国 上書」(『朝鮮王朝実録』),「『焦氏易林』, 西漢焦貢所著, 用於『周易』, 筮占, 類古『繇辞』, 雖不切於学者, 而関於易占, 故中国人尚之。」

85 長沢規矩也編,『大易通変(焦氏易林)』(和刻本諸子大成 六輯), 汲古書院, 1976.

1621년에 편찬한 책[86]으로 일본에서는 1664년에 출판됐다. 이문장이 1614, 5년의 오사카성 전투를 전후해서 참고할 수 있는 서적은 아니었다. 후인에 의한 가필 부분으로 이 문장의 행적이 전설화되는 과정에서 추가된 부분으로 이해하는 것이 타당하다고 본다.

5. 마치며

임진·정유왜란 때 피랍된 다수의 조선인이 일본사회에 정주해 그 유래를 확인하기 어려운 가운데 이문장을 비롯한 소수의 단편적인 기록만이 전해지고 있다. 예를 들어, 일본 문헌 속에 등장하는 조선인 포로의 이름을 재편집한 『서주투항기(西州投化記)』에는 이문장을 비롯해 15명의 피랍자의 이름이 보이나, 여러 기록에서 조선인으로 언급되는 맹이관(孟二寬)은 명나라 사람으로 기록돼 있다. 맹이관은 일본 성으로 다케바야시(武林)를 사용했으며 그의 후손인 유칠(唯七)은 일본 근세기 복수사건인 충신장의 47인 중에 한 명이다. 와카야마 번에 근무한 이진영처럼 자신이 조선인임을 명기하고 그 성을 후손이 유지한 예는 대단히 드문 사례이다. 이문장의 행적 또한 조선의 한 지방의 유학자가 전란을 겪으면서 일본 근세기의 학문 풍토 형성에 기여한 인간의 여정으로서 대단히 역동적이며 흥미로운 사실이 아닐 수 없다. 이문장은 그의 주장대로 이산해와 관련이 있는 임천의 유학자로 추정된다. 이산해와 관계가 있었던 만큼 이산해의 숙부인 토정 이지함에게도 학문을 전수받았을 가능성이 크다. 『토정비결』로 유명한 이지함은 서경

86 「武備志」, 『和刻本明清資料集』, 古典硏究会, 1974.

덕의 학풍을 계승한 유학자로 기일원주의자라 할 수 있다. 전란의 피랍자인 노인이 자신의 스승이라 밝힌 정개청이 서경덕의 문하생이므로 이문장과 노인은 모두 서경덕의 학문적 경향을 계승하고 있다고 하겠다. 피랍인 강항에서 시작해 후지하라 세이카, 하야시 라잔으로 이어지는 학풍이 조선에서 이황의 학문이 주류를 형성하는 흐름에 호응해 일본 성리학의 주류를 형성하지만 이문장에서 아사야마 이린안으로 이어지는 학맥은 일본사회의 심층에 접목돼 내재화됐다는 점에서는 또 다른 의미를 갖는다고 할 수 있다.

조선에서 이문장의 활동을 제주도 침략을 도모한 음모자 내지는 조선인 포로의 귀환을 저지하는 이적 활동가로 본 이상 이문장의 귀국 가능성은 없었으며 그의 선택을 당대 국가 운영을 책임진 조선 지배층의 의리(義理) 공세로는 설득하기 어려웠을 것이다. 일본 기록에서 확인되는 이문장의 모습은 모반인이라기보다 학문을 통해 이국에서 삶을 도모하는 평범한 조선인 유학자의 모습이다. 그가 어떤 음모에 적극적으로 가담했다는 물적 증거를 찾을 수 없는 상황에서 그를 음모가로 규정하기는 어렵다고 본다. 오히려 조선 유학의 축적물과 일본의 불교계와의 교류를 장을 마련해 일본 사회의 새로운 조류 형성에 기여한 유교적 계몽주의자라고 평가하는 것이 현시점에서는 온당하지 않을까 생각한다.

이문장이 일본 역사에 그 이름을 남길 수 있었던 것은 시대 배경과 무관하지 않다. 히데요시 세력에 온정적인 실록물에는 이문장의 예견이 등장하지 않는 반면에 도쿠가와 측에 선 실록물에서는 이문장의 행적을 상세히 소개하는 대조적인 기술 입장을 취하고 있기 때문이다. 무도한 히데요시 세력을 일소해 새로운 시대를 열고자 한다는 도쿠가와 막부의 정당성 주장과 인과론적으로 히데요시와 악연인 조선인 유학자의 예언이 하나의 담론을 형성해 세간에 회자되었을 것이다. 마침내 이문장의 행적은 도쿠가와 막부의 정사인『도쿠가와 실기』에서도 역사적 사실로 다루게 되는데 이는 임진·정유왜란이 무사도에 반하는 침략전쟁이었다는 도쿠가와 막부의 인식과 밀접한 관련이 있다고 추론된다.

제2장

『기요미즈 이야기(清水物語)』의 창작의식
-이상 사회를 위한 현실 비판을 중심으로

1. 시작하며

도쿠가와 막부의 성립은 오랜 전국시대의 종언이자 새로운 시대의 출발을 위한 전기가 마련된 사건이었다. 기본적으로 막부의 운영은 군사력에 의지한 것이었지만 새로운 시대를 이끌 사상적인 토대가 절실하게 요청되는 시기가 도래한 것이다. 도쿠가와 이에야스(德川家康, 1542~1616)의 최측근인 혼다 마사노부(本多正信, 1538~1616)가 남긴 『본좌록(本佐録, 혼사로쿠)』의 중심 내용[1]은 '중국의 정치를 듣자니 칼을 사용하지 않고 사백여 주를 다스리고 나라를 대대손손 물려주는 일이 많다'는 기술에서 알 수 있듯이 어떻게 권력을 안정적으로 영구히 유지할 수 있을까의 문제였다. 도쿠가와 막부 초기에 성리학이 제도화되는 흐름 속에서 1638년에 『기요미즈 이야기(清水物語, 기요미즈모노가타리)』가 출

1　『本佐録』, p.277, 「唐の治を聞に、太刀かたなを用ひずして、四百余州を治て、代々子孫に伝へたる事多し」
　　『본좌록(本佐録, 혼사로쿠)』의 저자에 관해서는 이문장의 관여를 포함해 후지와라 세이카 등 여러 가지 설이 제기되고 있는 상태임.

판되는데 유동적인 당시의 사회상과 무관하지 않을 것이다.

　가나조시(仮名草子) 작품 중의 하나인 『기요미즈 이야기』는 아사야마 이린안(朝山意林庵, 1589~1664)의 저술로 알려져 있다. 아사야마 이린안은 조선인 포로 이문장(李文長, ?~1628)의 제자로 도쿠가와 시대 초기 출판물에서 그 이름을 확인할 수 있으며 후학의 묘비명에도 이문장의 제자임을 밝힐 정도로 이문장과의 관계가 돈독한 유학자이자 작가였다. 조선의 유학자와 도쿠가와 문학의 출발을 이어주는 연결고리로서 작품이 갖는 의미는 크며 향후 『기요미즈 이야기』는 일본 연구자뿐만 아니라 한국에서도 비중 있게 다룰 필요가 있는 작품 중에 하나이다.

　『기온 이야기(祇園物語, 기온모노가타리)』[2]에서 『기요미즈 이야기』를 당시에 2, 3천 부가 팔릴 정도로 호평을 받은 작품으로 소개하고 있는데 『기온 이야기』와 같은 비평서와 다수의 추종작이 발표된 이 작품에 쏠린 시대적 관심사를 규명하는 작업은 도쿠가와 문학 태동기의 분위기 파악과 함께 일본근세문학사의 토대를 확인하는 작업의 일환으로 의미 있고 흥미로운 일이다.

　도쿠가와 시대의 일본사회는 조선을 통해 본격적으로 성리학이 전래되면서 유학을 학습하는 분위기가 사회 전반에 확산됐다고 하지만 기존의 불교를 포함한 다른 세력들이 온존하는 공생관계라고 할 수 있다. 일본의 성리학 전래에 관해서는 조선과의 관련성을 중심으로 고찰한 아베 요시오(阿部吉雄)의 연구가 있으며 그 밖에도 많은 연구자가 조선의 퇴계학이 일본 성리학에 끼친 영향을 사상적인 측면에서 중점적으로 다루고 있다.[3] 조선 유학이 일본 유학에 끼친 영향에 대해서는

2　간에이(寛永) 말년 경에 출판됐으며 1675년의 『古今書籍題林』에 『기요미즈 이야기』의 반론서로 소개되고 있다.
3　阿部吉雄, 『日本朱子学と朝鮮』, 東京大学出版部, 1965.

체계적인 연구가 진척되고 있지만 당대의 문학 작품을 포함한 일본 사회의 전반적인 흐름에 대해서는 다소 미진한 상태이다.

『기요미즈 이야기』의 창작의식에 관련한 연구로는 유불논쟁을 촉발시킨 유교적 저작물이자 사무라이의 '志'를 고양시키기 위한 작품으로 이해하는 에모토 히로시(江本裕) 씨[4]의 견해가 있으며 최근에는 도쿠가와 막부의 정치를 비판한 작품이라는 와타나베 겐지(渡辺憲司) 씨의 주장[5]과 함께 맹목적인 불교신앙에 대해서는 거리를 두고 있지만 작품에는 불교적인 요소가 강하다는 오구라 레이이치(小椋嶺一) 씨 등의 주장까지 제기되면서 현재 다양한 설이 상호 대립하고 있는 상황이다. 국내에서도 교훈적인 측면에 주목해 분석을 시도한 연구가 있다.[6]

본고에서는 『기요미즈 이야기』가 한일교류의 산물이라는 측면에서 작품 내에 표출된 작자의 창작의식과 현실 비판과의 관계를 당대의 조선 유학자들이 판단한 일본사회의 모습과 비평서인 『기온 이야기』의 내용을 참고로 검토하고자 한다.

---

4   에모토 히로시(江本裕) 씨는, "그 '志'라는 것은 무엇인가. 그것은 거의 새로운 질서가 확립된 간에이기(寛永期)의 정치체제 속에서의 위정자 및 사민(四民)의 최상부에 위치하는 무사의 올바른 자세를 가르치기 위한 '志'였다."라고 작자가 작품의 서문에서 제시한 '志'의 의미를 해석하고 있다.

5   와타나베 겐지(渡辺憲司) 씨는 "서울을 유린하는 도쿠가와 정권에 대한 비판을 문답형식을 빌려서 현자인 자기 존재에 대해 조명한 것이 본 작품이다."라고 작자의 창작의식을 정리하고 있다. 노마 고신(野間光辰)은 "아사야마 이린안이 도쿠가와 다다나가(德川忠長, 1606~1633)에게 직언을 했는데 그것이 받아들여지지 않아 직책에서 물러나 야인생활"을 것이 현실 비판의식으로 이어진 것이 아닌가라고 소개하고 있다. 다니와키 마사지카(谷脇理史)는 현실 비판의식을 일정 부분 인정하지만 당대의 검열 등에서 문제가되지 않을 정도의 작자가 비판의 수위를 조절하고 있다고 주장한다.

6   박창기, 1996, pp.333~355.

2. 시마바라의 난과 신인간형의 추구

일본 근세사회와 유학의 관련 양상에 대해서는 크게 두 가지 입장이 상호 대립하고 있는데 도쿠가와 막부의 운영에 성리학이 중심적인 역할을 담당했다는 견해와 성리학이 일본 사회의 심층까지는 영향을 끼치지 못했다는 주장이다. 성리학의 영향을 단정적으로 규정하기는 어렵지만 일본 사회는 전체적으로 유교의 영향권 내에 있었다고 해도 과언이 아닐 것이다. 이런 일본 사회를 당시의 조선 유학자들은 어떻게 보았을까. 유학에 대해 조예가 깊었던 조선인의 견해인 만큼 일본 사회의 유교화 추이를 판단하는 하나의 기준으로 활용할 수 있을 것이다. 1600년을 전후해 일본에서 포로 생활을 보낸 강항(姜沆, 1567~1618)은,

> 백성들은 비록 풍년을 만날지라도 다만 겨만 먹으며, 산에 올라 고사리 뿌리나 칡뿌리를 캐어 조석을 나고, 또 차례로 입직(入直)하여 나무를 하고 물을 길러 지공하는 실정이니, 왜놈 중에 가긍한 사람은 오직 소민(小民)입니다.[7]

일본이 상후하박한 사회임을 지적하면서 일반 백성의 삶에 대해 연민의 정을 가지고 기술하고 있다. 이러한 강항의 태도는 백성의 뜻을 하늘의 뜻으로 이해하는 유학자의 전형적인 시점으로 '하늘(天)'과 '백성'의 일체성을 강조한 말이다. 맹자도 '하늘이 보는 것은 나의 백성이 보는 것을 통해서 보고, 하늘이 듣는 것은 나의 백성이 듣는 것을 통해서 듣는다(『맹자』 「万章上」편에서 인용하는 『서경』의 말)'는 인식과 함께, 백

---

7 강항, 「간양록」, 『국역해행총재Ⅱ』, 민족문화추진회, p.138, 한문을 직역한 것이 많아 생경하나 특별한 경우가 아니면 수정하지 않고 번역자의 의견을 존중해 인용했다.

성이 가장 귀하며 사직이 그 다음이며 군주가 가장 가볍다는 말을 남겼
는데 모두가 유교적 민본주의 사상의 맥락 위에서 언급된 내용들이
다.[8] 학문적으로 강항과 교류한 것으로 유명한 후지와라 세이카(藤原惺
窩, 1561~1619) 역시 유사한 견해를 공유하고 있었음을 『간양록』의 기술
을 통해서 확인할 수 있다.

> 일본의 생민이 지치고 시든 것이 이때보다 더 심한 적은 없었소. 조선이
> 만약 중국 군사와 함께 일어나서 백성을 조문하고 죄 있는 자를 토벌하되,
> 먼저 항복한 왜인 및 통역으로 하여금 왜언(倭諺)으로 방을 내걸어, 백성
> 의 수화(水火)의 급함을 구제한다는 뜻을 보이며, 군사가 지나가는 곳마
> 다 추호도 (백성의 인명과 재산을) 침범하지 아니한다면 비록 백하관(白
> 河関)까지라도 갈 수 있을 것이오.[9]

  사회의 근간을 이루는 일반 백성의 삶에 대해 소홀한 일본 사회는
외부 세력의 개입으로 쉽게 붕괴될 것이라는 후지와라 세이카의 현실
비판 의식을 전한 것이다. 유학적 애민관이 반영된 강항과 후지와라
세이카의 비판 의식은 당시 일본 사회에서는 소수자의 의견에 지나지
않았을 것이다. 당시 일본은 무사를 중심으로 한 패권주의적 세계관이
지배하고 있었음을 여러 자료를 통해서 확인할 수 있다. 이시다 이치
로(石田一良) 씨도 전국시대의 기풍을, 수단과 방법을 가리지 않고 승리
하는 것이 선(善)인 시대였다고 『일본사상사개론』에서 정리하고 있다.

  전국시대의 무장은 『아사쿠라소테키화기(朝倉宗滴話記, 아사쿠라소테

---

8   히라이시 나오아키 저·이승률 역, 『한 단어사전, 천』, 푸른역사, 2013, p.34.
9   「간양록」, p.185.

키와키)』에 기술된 것처럼 '사무라이는 개라고 불려도 동물이라고 불려도
승리하는 것이 최선이다'는 의식 하에서 살고 있었다. '개, 동물이라고
불리는 행동을 취하면서까지 승리에 집착할 수는 없다'는 반성의 목소리
가 있어도 전국시대 사무라이에 있어서 그 무엇보다 승리하는 것이 최선
이었던 것에는 변함이 없다.[10]

강항과 후지와라 세이카의 민본주의적 비판 의식을 당대의 무사 중
심의 패권주의적 정서와 비교해 보면 그 이질성을 쉽게 알 수 있다.
패권주의가 팽배한 시대 분위기 속에서 '일본의 생민이 지치고 시든
것이 이때보다 더 심한 적은 없었소'라는 현실 비판을 제시하고 확산시
키는 역할을 당대의 유학자가 담당한 것이다. 막부 성립기에 도쿠가와
이에야스는 전국시대를 종식시키기는 과정에서 자신과 지방의 영주를
차별화시키는 공적인 요소(公儀)를 활용했는데[11] 패권을 잡은 후에는
천황의 조정에서 임명하는 직책보다는 유학적인 세계관이 통치에 더
유효했을 것이다. 막부체제를 안정시키는 과정에서 서양에서 유래한
크리스천은 외부와 연결될 가능성이 있는 사회 불안 요소로 철저한
탄압의 대상이 되었지만 동아시아 세계에서 오랜 세월에 걸쳐 검증된
유학 사상은 군주권을 강화하는 차원에서 적극적으로 활용되었다. 시
대적 요청에 직면한 일본의 유학의 학습열을 강항은 다음과 같이 전하
고 있다.

　성경(聖経)을 다스리는 자는 혹은 공안국(孔安国)·정현(鄭玄)의 전주(箋
注)를 주로 삼기도 하고, 혹은 주회암(朱晦庵)의 훈해(訓解)를 주로 삼기도

10　石田一良, 『日本思想史概論』, 吉川弘文館, 1970, p.158.
11　池上裕子, p.339.

하여, 문(門)을 갈라 왕복(往復)하여 각기 당여(党与, 같은 편에 속하는 사람들－필자)를 세웠다.[12]

　특정세력이 담당하던 학문인 유학이 1600년을 전후해서 일반 지식인들에게 퍼져나가는 상황이었음을 알 수 있다. 전통적인 유학의 주석서를 포함해 새로운 성리학의 기운이 일본 사회에 파급되는 과정에서 상호 교류와 경쟁이 존재하는 시기였다. 강항이 귀국한 이후에도 조선인 포로 중에 상당수가 일본에 체재하면서 유학을 확산시키는 역할을 담당하게 된다. 그 중에 한 사람이『기요미즈 이야기』를 쓴 아사야마 이린안의 스승인 이문장이다. 이문장의 활동에 대해서는 상당 부분이 확인되고 있는 중이다.[13] 조선의 유학자가 일본에서 생계를 꾸려나갈 수 있었던 중요한 자원은 한학에 대한 지식이다. 유학에 조예가 깊은 조선인들은 일본인들에게 한학을 전수하면서 생계를 유지했는데 이문장의 경우에도 다수의 승려들에게 유학을 전수하고 있었음을『녹원일록(鹿苑日録, 로쿠엔니치로쿠)』을 통해서 알 수 있다.[14] 일본의 고승 중에 한 명인 다쿠안 소호(沢庵宗彭, 1573~1645) 선사도 그의 제자인 주안(中庵)을 이문장에게 보내 유학을 학습을 시키고 있다.[15] 그리고 다른 조선인 피랍인들도 한학을 바탕으로 의사로서 개업을 하는 사람들이 다수 있었음을 1617년에 작성된『부상록』의 기록을 통해서도 확인할 수 있다.

12 『간양록』, p.201.
13 황소연, 「이문장과 그의 시대」,『日本学研究』37집, 2012. 6.
14 辻善之助,『鹿苑日録』, 1935, pp.311~324.
15 沢庵和尚全集刊行会,『沢庵和尚全集』, 1930, pp.4~5.

　㉠ 진주 사인(士人) 장한량(張漢良)의 아들 인개(仁凱)라는 사람이 와서 뵈었는데, 글씨 쓰는 것으로써 생활하는 밑천으로 한다 하였다.[16]
　㉡ 양응창과 김응창이 모두 중이었는데, 양(梁)은 제법 글을 알고 본국에 있을 때에 유술(儒術)을 업으로 했다 하였다.[17]
　㉢ 박우, 왜명은 휴암인데 중이 되어 의술을 업으로 하여 암도에 있으며, …(중략)… 안경우 승명은 탁암이고 의술을 업으로 하면서[18]

　한학이 일본 사회에 적응하는 주요한 수단이었음을 알 수가 있다. 일본 사회의 정세에 대해서는 포로쇄환과 일본과의 국교회복을 위해서 일본을 방문한 사행인 관찰 중에, '신태랑의 관하 사람들은 흩어져서 뇌인(牢人)이 되었습니다. …(중략)… 소위 뇌인(牢人)이란 우리나라의 무뢰한(無賴漢)과 같은 것이었다. …(중략)… 사 뇌인이 여염집에 많이 있어 관사(館舍)에 내려갈 수 없더라도, 배를 포구 안에 대는 것은 관계가 없을 듯한데, 반드시 여기에다 돌려대도록 한 것은 그 사정을 측량하기 어렵다'라며 영지이동 등으로 뇌인 즉 로닌(牢人)이 발생해 사행(使行) 진행에 어려움이 따르고 있음을 기술하고 있다.[19] 오사카 전투를 포함해 히데요리 세력을 정리하는 과정에서도 다수의 로닌이 발생해 사회적으로 불안정한 시기였다. 유동적인 일본의 정세 속에서 방일한 조선의 사행단과 일본인 문사사이에서 유학의 일반적인 내용에 머무르지 않고 퇴계의 사단칠정론에 이르기까지 폭넓고 깊이 있는 대화가 오고간 것이 주목된다. 하야시 라잔이 조선 사절에게 퇴계와 고봉의 논쟁에서 고봉의 설이 더 주목된다는 이야기를 할 정도로 성리

16　이경직, 「부상록」, 『국역해행총재Ⅲ』, 민족문화추진회, p.70.
17　이경직, 「부상록」, p.71.
18　이경직, 「부상록」, p.115.
19　이경직, 「부상록」, p.57.

학에 관한 밀도 있는 대화가 이루어지던 시기라고 할 수 있다.[20] 『기요미즈 이야기』가 출판된 전후시기에는 유학중에서도 성리학이 빠르게 퍼져나가고 있었음을 1636년의 김세렴의 기록에서 확인할 수 있다.

> 아이들에게는 반드시 도덕경(道德経, 노자)을 먼저 가르치고 장왜는 반드시 무경칠서(武経七書)를 배우는데 언문으로 번역하였다. …(중략)… 지금은 경전(経伝)을 읽는 자가 오로지 회암(晦菴)의 주(註)를 주장하며 여염 사이에 글 읽는 소리가 서로 들리며 강호(江戸)와 준하(駿河)에는 다 부자(夫子)의 사당을 세웠다.[21]

강항이 체재했던 시점에서 30여 년이 흐른 상황인데 성리학이 주도적인 학문으로 자리 잡고 있었음을 알 수 있다. 공자 사당을 도쿠가와 막부의 중심 지역에 설립한다는 것은 일본 사회에서 유학의 내재화가 가속화되는 상황이었음을 추론할 수 있다. 조선의 유학자가 전한 일본인은 '그 풍속이 귀신을 믿고 부처를 섬기고 깨끗함을 좋아하며, 경학(經學)을 논하되 돈오(頓悟)를 으뜸으로 삼는다'고 당대의 일본인은 조선과 달리 유학 경전을 학습하면서도 불교적인 수양에 가치를 두는 절충적인 성향을 지니고 있다고 진단한다.[22] 조선의 사대부에게는 유학적 입장이 과거제도와 같은 사회적 시스템을 통해 기능하고 있었지만 일본은 조선에 비해 제도화가 미약한 상황이었다.

1636년에 통신사가 방문한 이후 1637년에 시마바라에서 크리스천에 의한 난(島原乱, 1637~1638)이 발생한다. 1638년에 『기요미즈 이야기』와

---

20 김세렴, 「해사록」, 『국역해행총재Ⅳ』, 민족문화추진회, p.99.
21 김세렴, 「해사록」, p.171.
22 김세렴, 「해사록」, pp.188~189.

같은 작품이 출판되는 배경으로 주목할 필요성이 있다. 『기요미즈 이 야기』가 출판될 당시에는 난이 진압된 상태였지만 크리스천에 대한 경계심과 사회 안정을 위한 새로운 대안이 강하게 요구되던 시기였다. 작품의 내용을 통해서도 크리스천에 대한 경계심을 확인할 수 있다.

> 세상에 부질없는 것 중에 크리스천이라고 하는 것만큼 허황된 것을 들어본 적이 없는데 그 권유를 받아들인 사람은 목숨과 바꾼 것이다. 또한 일향종(一向宗), 일연종(日蓮宗) 중에는 어떤 방법에 의한 것인지도 알 수 없는 사람이 단지 감사한 가르침이라고 받아들여 목숨을 걸며 재산을 기부하고 당탑(堂塔)에 많은 사람이 모여드는 것은 (일본)사람이 가르침에 잘 좌우되기 때문이다.[23]

시마바라의 난은 도쿠가와 막부가 크리스천을 탄압하는 과정에서 발발한 사건이라고 할 수 있다. 크리스천에 대한 도쿠가와 막부의 탄압은 막부 권력의 기초를 확립하는 과정에서 지속적으로 이루어졌다. 『기요미즈 이야기』의 작자가 크리스천과 함께 불교의 일부 종파인 일향종(一向宗), 일연종(日蓮宗)도 함께 비판하고 있다는 점에서 주목된다. 이는 불교 종파에 사람들이 좌우된다는 것은 유학과 같은 올바른 가르침이 일본 사회에 부재하기 때문이라는 작자의 인식의 표출이다. 일향종은 전국시대에 맹위를 떨쳤던 종파로 봉건영주에게 경계의 대상이었으며 시마즈번 등에서는 단속이 엄격해 숨어서 신앙생활을 하는 사람들이 있었다. 일연종의 경우는 '불수불시파(不受不施派)'를 지칭하는 것으로 생각된다. '불수불시파'는 법화경을 믿지 않는 사람들에게는 보시를 주지도 받지도 않는 종파로 막부의 단속에도 불구하고 자신들

---

23 『淸水物語』, p.147.

의 종교적 신념을 관철하고자 노력한 사람들이다. 일부 종파이지만 이러한 세력을 거론해 비판한 것은 미약한 정치권력에 대한 불안 요소로 작용할 가능성이 있었기 때문일 것이다.

『기요미즈 이야기』의 크리스천, 불교 비판에 대해『기온 이야기』의 작자는 적극적으로 반론을 제시하고 있다. 크리스천을 옹호하지는 않지만 일향종(一向宗)이나 일연종(日蓮宗)을 믿는 사람들은 선조 대대로의 신앙을 믿고 지켜온 이들로 크리스천으로 개종할 가능성이 없음을 강조하며 긍정적인 존재로 평가한다. 반면에 불가의 가르침을 버리고 세상을 사는 수단으로 사서(四書)를 조금 배워서는 학식이 있는 얼굴을 하고 불가를 수행하던 승려가 자신의 환속한 이유를 설명하려고 불법을 비난하는 사람이 있는데 이들이야 말로 문제라며, 불교를 버리고 새로운 흐름인 유학을 수용하는 사람을 크리스천과 다를 바 없다고 비난한다. 불교의 종파를 옹호하는『기온 이야기』주장은 일본 사회의 역사성에 의지해 당대의 기득권 세력으로서의 자기 방어적인 요소가 강하다. 불교에서 유교로 전향한 후지와라 세이카, 하야시 라잔, 아사야마 이린안 모두가 불교 측의 비난에서 자유로울 수 없는 도쿠가와 초기의 전형적인 지식인이다.

『기요미즈 이야기』의 출판은 크리스천의 난으로 촉발된 사회불안을 극복하는 차원에서 일본의 다양한 세력들이 자신들의 존재감을 피력하는 가운데 새로운 세계관에 입각한 인간형을 대안으로 제시한 것이라고 할 수 있다.

3. 현인 등용과 공(公)적인 사회

『기요미즈 이야기』의 창작의식이 도쿠가와 막부정치에 대한 비판이라
는 와타나베 씨의 주장이 주목을 받고 있는데 작품과 당대의 비판서의
내용을 포함해서 시대적인 상황을 고려한 포괄적인 검토가 필요하다.

　와타나베 씨의 주장을 뒷받침할 만한 구체적인 논거가 작품 내에
많지 않은 상황에서 '천하의 군주 위에 있는 사람'에 관한 주석을 풀이
하면서 도쿠가와 장군을 천하의 군주로 해석하고 그 위에 있는 사람을
천황으로 규정한 것은 작품을 천황 중심의 세계관과 막부 중심의 세계
관의 충돌로 이해하고자 하는 논자의 의도가 반영된 것이다. 작자의
창작의도를 파악하는 데 있어서 중요한 문제로 세심한 검토가 필요한
부분이다. '군주의 존중을 받아 위로 올라가도 실제는 군주가 아니다.
녹봉은 적고 모든 일을 자신의 뜻대로 할 수 없기에 군주의 위에 있어
도 항룡의 후회가 없다'는 존재를 와타나베 씨는 일본의 천황을 지칭하
는 것으로 해석한 것이다.[24] 문맥상 주의 문왕이 삼로·오경을 설치해
분별자를 모셨듯이 유학적인 사고에서 권력과는 무관한 현인 내지는
성인의 존재를 '천하의 군주 위에 있는 사람'으로 설정했다고 해석하는
것이 작품의 취지에 부합한다. 작품에서 일관되게 다루고 있는 내용이
군주의 자질에 관한 것이므로, 군주와 현인과의 관계를 설명하는 과정
에서 사물의 이치에 밝은 분별자를 군주 위에 두었다고 해석하는 것이
타당하다고 본다. '천하의 군주 위에 있는 사람'을 도쿠가와 장군과 일
본 천황과의 상하관계로 이해하는 것은 이 작품을 너무 정치적인 현실
을 염두에 두고 도식적으로 해석하고자 하는 논자의 의도가 앞섰기

---

24 『清水物語』, p.191.

때문이 아닐까 생각한다. 그런 의미에서 이 작품에 표출된 현실 비판의
식을 정치적인 해석의 차원이 아니라 강항이나 후지와라 세이카가 공
유한 유학자의 비판의식의 연장선상에서 논의할 필요가 있다.

『기요미즈 이야기』의 기본 구성은 '나'라는 존재가 기요미즈사(清水
寺) 순례자의 질문과 그에 화답하는 노인(翁)의 이야기를 듣는다는 설
정인데, 작품 내에서의 '나(予)'라는 존재와 노인의 화답이 창작의식과
밀접한 관련을 지니고 있다고 할 수 있다. 작품 속의 '나(予)'라는 인물
에 대한 언급을 살펴보면,

> 나도 그때, 사립문을 나와서 오토바의 산을 따라서 단풍을 감상하며
> 하루를 보내며 지내는데 달이 뜬 날에 늦가을 비가 정취가 있어 잠시 법당
> 에 들러 우선 합장을 하고,[25]

'나(予)'는 사립문 안에서 세상과 거리를 두면서 학문을 연마하는 존
재로 부처에 대해서도 예를 갖추는 존재라는 것을 암시하고 있다. 사
립문 안에(柴の戸の内)에 거주하는 사람에 대한 작품 내의 언급은 '현인
(賢人)'을 설명하는 내용 중에 '학문을 연마'하는 사람으로 묘사된다.
현인이라고 하는 것은 성인(聖人)은 아니지만 학문을 통해 성인의 길을
연마해 자신을 수호하는 기준으로 삼고 있는 사람이다. 그런 의미에서
'나(予)'라는 존재를 재구성해 보면, 학문을 통해서 성인의 길을 모색하
는 유학자임을 은연중에 암시하고 있는 것이다. 노인은 순례자의 질문
에 대답하면서 다양한 모습으로 존재하는 현자의 등용을 강조한다.

---

25 『清水物語』, p.142.

순례자가 말하기를, 세상에 사람은 많고 땅은 넓습니다. 위로는 정사가
번잡해 현인이 세상에 숨어 지내면 모르는 일도 있을 것입니다.[26]

정무가 번잡한 위정자가 은둔해 있는 현자를 찾아내 등용하는 것은
현실적으로 어렵지 않겠느냐는 순례자의 반론에, 노인은 정치하는 대
신이 현명하다면 그 주위에 소인배는 사라지고 현자가 모일 것이며
현자가 세상을 버리고 은둔해 있지도 않을 것이라고 대답한다. 그런데
요사이 등용되는 사람을 보면 대대로 물려받은 보물, 금은을 사용해
낯 뜨거운 부탁을 하며 환심을 사거나 강력한 연줄에 의지하면서 청탁
을 해 상대방이 거절할 수 없도록 해서 출세하는 사람밖에 없다. 중국
에서는 공사장에서 일하던 부설(傅說)이 천하를 보좌하는 대신이 됐고
하급무사였던 한신(韓信)은 하루아침에 대장군으로 발탁됐으며 낚시를
하던 태공망(太公望)도 발탁이 됐으며 적국의 대신이었던 기자(箕子)마
저 등용을 했듯이 현자를 능력에 따라 활용해야 하는데 일본의 현실에
서는 좀처럼 드문 일이라고 설명한다. 은둔해 있는 현인을 적극적으로
발굴해 활용해야 한다는 입장을 강조하고 있다. 『기요미즈 이야기』의
현인의 등용에 관한 논의의 배경에는, 서경(書經)에 '왕이 왕답고 신하
가 신하다우면 올바른 정치가 이루어져 들(野)에 현인(賢)이 방치되는
일이 없다'는 말과 통하는 내용이다.[27] 이 『기요미즈 이야기』의 현실
비판을 유학적 비판의식의 글로 읽어야 하는 이유는 군주가 군주답지
않고 신하가 신하답지 않고 들에는 현자가 자리를 잡지 못해 묻혀있는
현실에 대한 문제 제기이기 때문이다. 이러한 문제의식은 이미 유학

---

26 『淸水物語』, p.154.
27 『서경』, pp.52~53.

경전에 근거한 내용으로 당대의 독자를 의식해 유학의 세계관을 『기요미즈 이야기』에서 풀어서 제공하는 정도의 내용이다. 현실 진단과 함께 지도층의 기질에 대한 비판도 작품 내에서 다양하게 이루어지고 있다.

> 순례자가 말하기를, "여러 지방 사무라이의 기질이 천해지는 것은 어떤 이유에서 비롯된 것입니까." 답해 말하기를, "그 주군의 활용법이 사적인 것에서 연유한 까닭입니다."[28]

세상의 사무라이의 기질이 비천해지는 이유는 사(私)적인 행태 때문이라고 설명하고 있다. 이러한 지적은 천하를 '공(公)'적인 개념으로 이해해 사(私)적인 선호를 극복해야 한다는 말로 공공성을 확보하기 위해 현자를 등용해야 한다는 유학적 세계관과 맥을 같이 하는 것이다.

> 순례자가 말하기를, "우리 지방은 큰 영지의 형태를 갖추고 있지만, 귀한 자도 천한 자도, 영주도 영내도 작년보다 올해 쇠퇴하고 어제보다 오늘 기우는 것은 무슨 연유에 의한 것입니까."
> 답해 말하기를, "사농공상의 사민은 나라의 보물로 없어서는 안되는 존재입니다. 그 밖에 쓸모없는 사람을 유민(遊民)이라고 합니다. 유민이 많은 나라는 쇠퇴하게 되어 있습니다."[29]

일본의 사정이 매년 악화되는 이유는 무엇인가에 대한 화답이다. 노인은 유민이 없어야 한다는 것이다. 그 방법은 군주에 봉사하는 사람과 필요한 관리 이외에는 모두가 생산에 전념하면서 나쁜 마음을 교정

---

28 『清水物語』, p.158.
29 『清水物語』, p.157.

하고 타인의 고통을 줄이며 허송세월 하지 않는 것이 유민을 없애는 방법이자 생활을 좋게 하는 방법이라고 언급한다. 『기온 이야기』에서도 '유민'에 관한 언급이 있는데 막부에 대한 비판으로 이해하기보다는 승려를 유민으로 해석하는 것에 대한 자기 방어적인 기술이 강하게 나타난다. 즉, 위의 내용이 막부에 대한 비판으로 해석하기보다는 유학자의 승려에 대한 비판으로 이해하고 있었음을 알 수 있다. 노인을 통해 제시된 견해는, 소수의 뛰어난 현인이 수신제가하는 금욕적인 삶을 영위하면서 군주를 보좌하면 이상적인 세계가 구현된다는 것이다. 순례자가, 다수의 의견에 따르라는 말이 있는데 현명하지 못한 사람은 많고 현자는 적지 않느냐는 질문에, 노인은 선발된 현자 중에 다수의 의견을 존중하라는 뜻이라고 해석한다. 결국은 절제된 현자에 의해 운영되는 봉건적인 세상을 지향하고 있으며 그런 현자를 찾아내 등용해야 한다는 유학적 세계관의 설명인 것이다.

　작자가 '의리를 모르고 무도(無道)한 것이야 말로 안타까운 일이다'라고 기술한 『기요미즈 이야기』의 의리관은 기존의 사무라이 계급의 '의리(義理)'관과는 거리가 있는 유학적 내용에 기초한 것이다. 도쿠가와 시대의 의리관 전개에 대해 미나모토 료엔(源了円) 씨는 다음과 같이 정리하고 있다.

　　유교적 의리 용법이 반드시 일반화된 것은 아니었다. 놀랄 만큼 짧은 기간 안에 의리라는 어휘가 그 본래의 의미를 상실하고 일본의 습속과 합쳐져 새로운 의미를 획득하는 과정이 시작됐다. 즉, 이에야스(家康)가 정이대장군에 임명된 지 고작 32년이 지난 1635년에 출판된 가나조시 중에 하나인 『칠인의 비구니(七人びくに)』에는 성리학적 의리와는 다른 의리가 묘사되고 그 계보의 의리는 1688년에 출판된 사이카쿠(西鶴)의 『무가의 의리 이야기(武家義理物語)』로 수렴됐다.[30]

미나모토(源) 씨의 정리에 비추어보면, 『기요미즈 이야기』에서의 의리는 사이카쿠의 『무가의 의리 이야기(武家義理物語)』로 수렴되는 의리가 아니라 짧은 기간 안에 사라졌다는 공(公)적인 세계를 강조하는 유학적 의리관이라는 것이다. 일본화된 사무라이의 의리의식은 주종관계의 사(私)적인 은혜와 복종에 의해 발생하는 것으로 『기요미즈 이야기』의 작자가 상정하는 공(公)적인 개념, 즉 천하의 가치를 공유하는 보편적인 개념과는 거리가 있다. 『칠인 비구니(七人びくに)』가 1635년에 출판돼 일본적인 의리관으로 분화됐다고 하지만 1638년에 출판된 『기요미즈 이야기』의 의리관은 일본적인 의리관과는 이질적인 유학적 의리관의 주장이다. 당대의 사회적 분위기에서 특정한 의리관이 단계적으로 전개됐다거나 절대적인 기준이 작용했다기보다는 『기온 이야기』에서 『기요미즈 이야기』의 내용을 비판했던 것처럼 의리관에서도 다양한 세계관이 상호 공존하는 시기로 이해할 필요가 있다. 로닌을 활용해야 한다는 『기요미즈 이야기』의 주장은 일본적인 의리관에 입각했다기보다는 유학적인 입장에서 공(公)적인 사회를 위해 인재를 등용해야 한다는 관점에서 접근하고 있는 것이다. 일본 사회의 기존의 상식과는 다른 이질적인 가치이다.

> 순례자가 말하기를, "우리 영주에게 들려주었으면 하는 내용입니다. 지금이라도 듣는 사람이 있다면, 중국 성인의 시대처럼 모든 것이 행해지겠습니까." 노인이 말하기를, "지금부터 어찌 그대로 중국처럼 되겠습니까."[31]

---

30 源了円, p.49.
31 『清水物語』, p.146.

당대의 일본인들이 중국을 어떻게 인식했는가를 나타내는 흥미로운 내용이다. 후대에 갈수록 중국에 대한 흠모와 존경에서 대립적인 요소가 강해진다고 하지만 대화에 등장하는 노인의 견해는 중국에 대해 대단히 우호적이며 중국사회를 하나의 이상적인 모델로 인식하고 있다. 일본은 소위 그 모델을 학습해야 하는 혼란기의 소국인 것이다. 이러한 일본인의 소국의식은 중국을 유학적 세계관의 본산으로 인식하고 그 사회를 흠모했기에 가능한 발상이다. 예를 들어, 『기온 이야기』에서는, 세계 지도를 거론하며 중국이 일본보다는 크지만 생각만큼 비중이 크지 않다고 중국을 상대화시키는 시점을 제시하며 『기요미즈 이야기』의 중국 중심의 세계관을 비판한다.

『기요미즈 이야기』에서의 현실 비판은 당대의 정치적 상황에 대한 비판이라기보다는 도쿠가와 시대 초기에 형성된 강항과 후지와라 세이카의 성리학적 현실 인식과도 맥을 같이하는 비판 의식으로 유학적 세계관에 입각한 인간형의 출현으로 '공(公)'적인 사회를 구현하기 위한 비판의 토대를 제시한 것이라고 할 수 있다. 이 작품의 현실 비판을 와타나베 씨는 정권에 대한 비판의식으로 해석하는데 작품의 내용상 막부에 대한 정치적 비판보다는 유학적 세계관의 강조를 위한 문제제기로 보는 것이 타당하다고 본다.

4. 상(常)과 변(變)의 복합적 세계관

『기요미즈 이야기』에서 작자가 전체적으로 유학적인 세계관을 강조하고 있음에도 불구하고 불교적인 성격이 강하다는 주장이 제기되는 것은 이 작품에서 제시하는 유학적 세계관의 복합적인 성격과 함께 작자의 현실 인식의 태도와 관련이 있다고 본다.

『기요미즈 이야기』의 저자는 인간과 현실세계를 판단하는 기준으로 유학적인 세계관의 내재성과 함께 동시에 가변성을 강조하고 있다. 그 내재적인 세계관을 구성하는 요소가 이른바 '오상·오륜(五常·五倫)'으로 여기서 '상(常)'이라고 한 것은 항상 인간 세계에 실재하는 가치라는 것을 강조하기 위한 용어의 선택이며 '하늘(天)'의 불변의 도리에 해당하는 것이다. 그리고 하늘의 도리인 '천도(天道)'를 설명하면서 이 세상 어디에나 존재하는 보편적인 것으로 '아들에게 아버지는 천도이며, 신하에게는 주군이 천도이며, 여자에게는 남편이 천도이기에 이 질서를 어기면 천도를 어기는 것'이라는 주장을 하는데, 유학의 가르침을 천도의 틀을 통해 제시한 내용이라고 할 수 있다.[32] 이처럼 『기요미즈 이야기』에서 천도와 오상오륜을 강조하고 있기에 이 작품을 유학적 교훈을 설파하는 작품으로 평가하는 주장이 설득력을 얻는 근거가 되지만 이 세계의 가변적인 성격에 대해서도 언급을 하고 있다는 점에서 이 작품의 유학적 세계관은 복합적인 성격을 띠게 된다. 유학을 논하면서 가변성을 언급하는 태도를 송휘칠 씨는 마에다 쓰토무(前田勉) 씨의 정리를 인용해 현실순응적인 종속(從俗)의 논리로 규정한다.[33] 불교에서도 세상과 인간의 마음은 변화하는 것으로 인지하는데 『기요미즈 이야기』에서도 '사람의 마음은 좋게든 나쁘게든 움직이면 움직이는 것이리라'라는 마음의 가변성과 함께 세상의 변화를 설명하는 방법으로 '역(易)'을 예로 들고 있는데 '시(時)'에 따라 항상 세상이 변한다는 것이다.

---

[32] 『淸水物語』, p.189.
[33] 송휘칠, p.109.

변하지 않는 것은 오상오륜(五常五倫)의 길, 변해서 좋은 것은 갖가지
규정. 나쁘게 변하는 것은 변하지 않는 것보다 못하다. 384효의 점괘도
'시(時)' 한 자에 응축된다. 무슨 일이든 시(時)에서 일어나 변하는 것이
다.[34]

'시(時)'에 따라 세상이 변한다는 것은 변하지 않는다는 '하늘의 길(天
道)'의 가치인 오상오륜과는 배치되는 내용이다. 오상오륜은 도덕적이
고 윤리적인 범주에서 이 세계와 인간의 마음에 내재되어야 하는 가치
인데 그것을 포괄하는 세상이 '시(時)'에 따라 변화한다는 『기요미즈
이야기』의 설명은 유학의 경전에 근거한 기술이지만 내재된 가치와
가변적인 세계를 동시에 설명해야 하는 복합적인 상황에 직면하게 된
다. 불교를 옹호하는 『기온 이야기』의 작자도 '시(時)'에 따라 세상이
변한다는 것에게는 긍정적인 반응을 보이지만, 안회와 같이 인자한 사
람이 단명하고 도척과 같은 악당이 부귀하고 장수하는 것이 세상의
모습으로 유학적인 하늘의 길이 이 현실 세계를 제대로 설명하고 있지
못하다고 비판한다. 이러한 『기온 이야기』의 지적은 이 세상의 도리를
눈에 보이는 것만으로 설명할 수 없다는 입장으로 그 바탕에는 유학에
대한 비판 의식이 작용하고 있다. 그리고 유학에서 세상만물과 천지의
윤리를 복희가 팔궤(八軌)로 제시하고 그 이후의 주문왕, 주공단, 공자,
명유들이 주석을 했지만 일본에서는 복희가 제시한 내용을 천만분의
일도 해석하는 사람이 드물다고 하면서 유학적 세계관의 적용의 난해
함을 지적하고 있다. 불교에서 말하는 '삼세윤회설'은 눈에 보이지 않
을 뿐이지 실재하는 이치인데 자신의 눈에 보이지 않는다고 해서 불법

---

34 『淸水物語』, p.147.

을 나쁘게 이야기하는 것은 잘못이라고 주장하고 있다. 복희의 팔괘도 눈에 보이지 않는 이치의 설명이기에 세상 사람들은 맹인과 다를 바가 없으며 눈에 보이지 않는 세계를 설파하는 불법과 무엇이 다르겠냐고 반문하고 있다.

『기요미즈 이야기』에서도 『기온 이야기』에서 제기한 현실 세계의 선악의 모습과 하늘의 길(天道)이 일치하지 않는 모순을 의식하고 기술한 내용이 있다. '선한 사람이 상태가 좋지 못한 것은 선함이 부족하기 때문이라고 생각해야 한다. 악한 사람이 상황이 좋은 것은 악함 속에서도 건질 만한 것이 있기 때문이라고 알아야 할 것이다. 이렇게 깨달으면 하늘도 사람도 원망할 일이 없다'는 설명의 방법을 취하고 있다.[35] 결국은 현실의 모습 중에 인간의 인지범위를 벗어난 것이 있다는 것을 인정한 내용이다. 원황 등이 '공과격(功過格)'에 의해 '공(功)'과 '과(過)'의 격을 치밀하게 계산해 인간의 행불을 설명하면서도 그 틀로 설명하기 어려운 부분이 발생하게 되면 눈에 보이지 않는 세계에 의지해 현실의 모순을 극복하려고 한 것과 유사한 구조라고 할 수 있다.

『기요미즈 이야기』의 주장은, 이 세상에는 변화하는 것과 변하지 않는 것이 있는데 좋은 가르침을 통해 오상오륜의 내용으로 변해야 한다는 것이다.

> 순례가 말하기를, "풍속을 고쳐야 한다고 생각하십니까."
> 노인이 말하기를, …(중략)…"그처럼 눈에 보이지 않는 가르침에조차 움직이는 사람의 마음이기에 하물며 천지의 도리, 눈앞의 일로 사심없는 이치를 어느 누가 거역하겠습니까. 가르치는 방법만 좋다고 한다면 어떤

---

35 『清水物語』, p.190.

모습의 풍속으로도 될 것입니다. 단지 좋은 가르침이 없어 사람의 마음의
뿌리가 천해져 간다고 생각하고 있습니다."**36**

　크리스천, 불교와의 비교를 통해 유학의 가르침의 유용성에 대해 역
설하고 있다. 오상오륜의 '상(常)'보다도 오히려 현실의 '변(變)'에 더욱
무게를 두고 이상적인 사회로의 변화를 『기요미즈 이야기』에서는 강
조하고 있다. 여기서 작자는 변화의 내용으로 유학적 성격을 지칭하고
있으며 다양한 현실적인 문제를 유학적 세계관을 통해 해결하고자 하
고 있다. 인간은 성인의 길을 학습을 통해서 배우게 되는데 학습 내용
보다 중요한 것이 음양에 기초한 인간적 도리라는 것이다. 학습을 강
조하는 것은 유학의 가장 기본적인 성격을 반영한 것이며 그 학습이
인간적인 바탕 위에서 이루어져야 한다는 것도 유학의 가르침을 강조
한 내용이다.
　『기온 이야기』에서도 '불교 경전에서 삼강오륜을 그저 버리라고 가
르치는 일은 없다. 자신만이 옳다고 강하게 집착하면 길을 잃게 된다
고 말하는 것이다'라고 유학의 윤리적 가치에 대해서는 불교에서도
공유한다고 기술하면서도 유학에 대한 태도가 관용적인 것만은 아니
었다.**37**

　　공자와 노자의 길은 세상을 다스리는 하나의 방편이다. 이것은 공자와
　　노자에게서 연유한 것이 아니고 신들의 법칙인 것이다. 그렇기에 불법을
　　근본으로 삼아야 한다. 일반인들이 그것을 모르고 불법을 비난하는 것은
　　신을 훼손하는 것이다. 신을 능멸하는 것은 일본의 군신을 천하게 여기는

36 『淸水物語』, pp.147~148.
37 『祇園物語』, p.51.

것과 같다. 나라를 취하려는 음모만 없을 뿐이지 크리스천과 같다. 싯구,
문장 외에는 배워도 의미가 없다. 단지 신의 뜻에 맡겨 불법을 믿으면
나라는 평안해질 것이다.[38]

『기요미즈 이야기』의 유학적인 세계관의 강조에 대한『기온 이야기』
의 반론으로 어디까지나 불교가 근본이고 유교는 하나의 방편이며 현
상에 지나지 않는다는 것이다. 『기온 이야기』에서 유학을 논하는 자세
도 자기 편향적이다. 『기요미즈 이야기』의 창작의식에 대해서도『기온
이야기』에서는 불교적인 관점에서 언급하고 있다.

　　　기요미즈 참배시의 모습을 기록했기에 기요미즈 이야기라고 한 것이리
　　라. 단, 기요미즈에 빗대서 세상 사람들의 마음의 때를 정화하고자 하는
　　마음도 있으리라. 작자의 본의를 알 수 없다.[39]

『기온 이야기』에서 '기요미즈에 빗대서 세상 사람들의 마음의 때를
정화하고자 하는 마음'으로『기요미즈 이야기』의 창작의식을 파악한
것은 불교적인 시점에서 작품을 해석하고자 하는 의도가 작용하고 있
기 때문이다. 불교를 인정하면서도 승려나 불교에 호의적이라고 판단
하기 어려운『기요미즈 이야기』의 내용들이 무시된 것은『기온 이야
기』의 시점과 관련성이 있을 것이다. 삶을 초극할 수 있다는 승려의
말에 사무라이가 칼을 빼자 승려가 도망을 갔다는『기요미즈 이야기』
의 예화는, 불교에서 아무리 현실을 부정하고 저승에서의 행복을 기원
한다고 하지만 이승에서의 삶의 애착을 버리지 못한 채 일반인들에게

---

38 『祇園物語』, p.69.
39 『祇園物語』, p.5.

현실에 대한 회의만 부추기는 것이 아닌가 하는 작자의 비판의식이 작용하고 있다고 여겨진다.

『기요미즈 이야기』에서 '역(易)'을 통한 세상의 변화, 즉 가변성을 언급함으로써 유학의 가르침이 상대화되지만 유동적인 현실관을 작가가 제시했기에 불교적인 입장에서도 접근이 가능했던 것이다. 또한 『기온 이야기』에서도 불교를 강조하지만 유교의 가르침을 전적으로 부정하지 않은 것은 『기요미즈 이야기』가 유학적인 세계를 강조하면서 불교를 용인하듯 특정한 가르침을 독선적으로 주장하기 어려운 시대적 상황을 양자가 인지하고 있었음을 말하는 것으로 생각된다.

> 세상을 다스리고, 나라를 다스리는 것은 공자와 같은 성인의 길에 맡기고, 출가의 길은 장님처럼 눈에 보이지 않지만 불도에 따르면 현생과 이승 모두 좋지 않겠느냐.[40]

유학을 비판하면서도 불교와의 공생을 강조하는 내용이다. 현실문제는 유학에 맡기고 불교는 이승의 문제를 다루겠다는 것이다. 『기요미즈 이야기』의 출판과 『기온 이야기』의 출판을 통해서 상호공존이라는 하나의 결론에 도달한 것이다.

『기요미즈 이야기』의 작자인 아사야마 이린안이 불교를 옹호했다기보다는 유학적인 기준에 입각해 새로운 인간과 사회를 지향하는 과정에서 불교의 장점도 수용했다고 이해하는 것이 온당하다고 본다. 단지 현재의 세상이 변해야 하는데 그 변해야 하는 지향점은 비유학적인 세계로의 변화가 아니라 이상적인 유학의 세계로의 변화를 염두에 두

---

40 『祇園物語』, p.19.

고 있는 것이다.

5. 마치며

『기요미즈 이야기』의 출판은 일본의 17세기 초 유동적인 사회상과 밀
접한 관련이 있다. 도쿠가와 막부가 군사력을 바탕으로 통일을 이룬
상태에서 유동적인 일본사회를 어떻게 통제해 운영할 수 있을까 고민
한 시기라고 할 수 있다. 이 일련의 과정에서 조선과 중국의 유학 시스
템을 참고했다는 것을 『본좌록』과 『기요미즈 이야기』, 『기온 이야기』
등을 통해서 알 수 있다. 당대의 조선 유학자가 관찰한 일본의 학문적
추이는 성리학이 중심적인 역할을 담당하지만 전체적으로는 유학, 불
교, 도교의 가르침이 혼재하는 자기 수양적인 요소가 강하다고 평가한
다. 일본 사회의 정신적 지형도를 적확하게 지적한 내용이다.

　『기요미즈 이야기』에서는 유학적인 내용인 '오상오륜'을 강조하면
서 세상이 시간에 따라 변화한다는 가변성을 강조하고 있다. 작자는
시간에 따라 모든 것이 변화하므로 인간의 마음을 오상오륜에 맞게
변화시켜야 하고 개인적인 마음을 공적인 것으로 변화시켜야 한다고
기술하고 있지만 불교 입장에 선 『기온 이야기』에서는 시간의 해석을
이 세상 만물이 변화하는 것으로 이해해 무상의 관념에 연결하고 있
다. 시간의 해석에 있어서 『기요미즈 이야기』는 불교적인 세계와도 연
결이 돼 있지만 사회의 공적인 역할을 강조하는 점에서는 불교와는
차별화되는 가르침을 설파하고 있다.

　『기요미즈 이야기』에서 가장 비중 있게 다루는 부분은 공적인 세계
의 구현을 위해 학문을 연마하고 세상에 숨어있는 현인을 적극적으로

등용해야 한다는 주장이다. 중국의 많은 사례를 인용하면서 그들의 등용이 새로운 세계를 형성하는 데 결정적인 역할을 담당했다는 논지이다. 현인이란 학문을 연마한 사람으로 그들의 보좌를 받으면서 정치를 해야 안정적인 사회를 유지할 수 있다는 것이다. 그런데 이 학문의 연마에 있어서 가장 중요한 것은 인간에 대한 애정이 기능보다 중요하다는 것이다. 이는 유학에서 말하는 성선설에 근거한 인간형으로 모든 가치의 출발이 이곳에서 시작하기에 유학적인 선한 인간으로부터의 출발을 주장하고 있는 것이다.

작품의 창작의식은 유학적 세계관인 공(公)적인 가치를 일본사회에 고취하기 위한 목적으로 이해된다. 일본에서 정치가 올바르게 운용되고 있지 않은 것은 민간의 현인들을 활용하는 공공성이 부족하기 때문이다. 작품의 현실비판은 자신의 유학적 논지를 설명하기 위한 하나의 설정이자 작품의 존재 이유기도 하다.

작자가 서문에서 언급하고 있는 '하나의 길'이라는 것은 군주에 대한 비판적 성격 내지는 교학적 성격의 강조보다는 일반인의 도덕률을 증가시키고 안정적인 사회를 구현하기 위해 유학적 세계관의 강조하고 제공하려고 하는 의도가 강하다.

제3장

도쿠가와 시대 초기 문학과
'의리(義理)' 의식

1. 시작하며

도쿠가와 시대의 문학을 한마디로 정리한다는 것은 용이한 일은 아니
지만 서민들의 정서를 기초로 한 '의리(義理)'와 '인정(人情)'이 중심개념
이라고 언급하는 경우가 많다. '인정'을 보통 사람의 심정이라고 한다
면 '의리'는 봉건사회를 지탱하는 질서의식 내지는 가치관으로 이 두
개념이 갈등을 일으키는 과정을 작품화한 것이 많다.

  그렇다면 봉건적인 집단의 가치관인 '의리(義理)'는 언제 성립한 것
일까. 우리는 일상적으로 '의리'라는 단어의 뜻과 연원을 의식하지 않
고 친숙하게 사용하고 있다. 이 '의리'라는 어휘가 일본의 전통 사회와
밀접한 관계를 맺고 있다는 것을 인지하는 사람은 의외로 많지 않다.
'의리(義·理)'라는 개념이 중국에서 발생해 한국에서 널리 사용되고 있
지만 도쿠가와 시대의 문학을 이해하는 데 있어서 중요한 개념이기도
하다. 일본의 '의리관(義理觀)'에 대한 정의로는 일본의 무사도(武士道)
를 정리한 니토베 이나조(新渡戸稲造, 1862~1933)의 설명을 한 예로 들
수 있다. 니토베는, "'의리'의 연원은 맹자의 '의(義)'에서 구할 수 있으

나 일본의 현실생활에서 사용하는 '의리'의 내용은, 보편적 가치를 대변하는 철학적 개념의 '의(義)'와는 다르게 특수한 상황 내에서의 우월적 의미를 뜻하는 내용으로 많이 사용된다[1]고 정의했다. 다시 말해, 일본의 '의리'는 유교적인 '의'의 개념에서 파생해 다른 의미의 영역에서 빈번하게 사용되고 있으며 유교 문화에 기초한 보편적인 '의'의 개념보다는 일본의 특수한 사회문화를 배경으로 성립한 용어임을 지적한 것이다. 이 '의리'라는 용어가 일본의 특수한 사회문화적 배경에서 성장한 개념이기에 그 연원을 이해하는 작업이 일본 사회의 특수성을 분석하는데 흥미로운 시점을 제공해 줄 수 있다. 니토베의 특수한 사회와 '의리'를 연결한 논점에서 도쿠가와 시대의 문학과 의리의 관계에 대해 적극적으로 논한 사람이 미나모토 료엔(源了円) 씨이다. 미나모토 씨는 일본 의리관의 형성 시기를 대륙에서 성리학이 유입된 도쿠가와 시대 초기로 해석하고 있다.

　　도쿠가와 시대 초기가 되어 우리들의 주제와 관계가 있는 의리라는 용어가 사용되기 시작한 것은 성리학이 새로운 시대의 학문과 교학으로서 막부에 의해 채택되고 여러 사람이 보급에 노력한 사실과 깊은 관계가 있는 듯하다. …(중략)… 그러나 이러한 유교적 의리의 용법이 반드시 일반화된 것은 아니다. 놀랄 만큼 짧은 기간 내에 의리라고 하는 말이 그 본래의 의미를 상실하고 일본 습속에 맞추어 새로운 의미를 획득하는 과정이 시작됐다. 즉, 이에야스가 정이대장군에 임명된 32년 후인 1635년에 출판된 가나조시 중에 하나인『칠인 비구니』에는 이 성리학적인 의리와는 다른 의리가 묘사되어 있다. 그리고 그 이후 지카마쓰와 그 밖의 작가에 의해 일본화된 의리의 개념이 전개되고 있다.[2]

1　新渡戸稲造,『武士道』, 岩波書店, 1989, p.40.
2　源了円,『義理と人情─日本的心情の一考察─』, 中央公論社, 1969, pp.48~49,「徳川

도쿠가와 시대 초기에 도래한 성리학적인 '의(義)' 사상이 급속하게
일본화가 진행되어 불과 30년 정도의 세월을 통해 일본 사회의 토착적
인 의식인 '의리(義理)'로 전환됐다고 하는 주장이다. 이 주장은 동아시
아 내에서의 '의(義)' 사상의 영향관계와 함께 도쿠가와 시대 문학의
전개 양상을 이해하는 데 있어서도 중요한 시사점을 제시한다고 할
수 있다.

현재, 동아시아에 널리 유포된 '의(義)' 사상과 일본인의 '의리(義理)'
의식과의 상관관계가 도쿠가와 초기 문학의 성립과 어떤 관련성을 맺
고 있는가를 구체적으로 검토해 보고자 한다.

2. '의리(義理)'의 일반적 의미와 연원

현재 '의리'의 의미가 일본에서 어떻게 정의하고 있는지 '의리(義理)'라
는 사전의 항목을 통해 살펴보면 다음과 같다.[3]

時代の初期になって、われわれの主題と関係のある義理という用語が使われ始めるの
は、朱子学が新しい時代の学問・教学として幕府によって採用され、そしていろいろの人
の手によってその普及のための努力がなされたことと深い関係があるように思われる。一
中略一しかしながら、このような儒教的義理の用法は必ずしも一般化したわけではな
かった。おどろくべく短い期間のうちに、義理ということばがその本来の意味を失い、わが
国の習俗を合して、新しい意味を獲得する過程が始まった。すなわち、家康が征夷大将
軍に任ぜられてからわずか三十二年たった寛永十二(一六三五)年に出版された仮名草
子の一つ『七人びくに』には、この朱子学的義理とは異なる義理が描かれ、そしてその
後、近松その他の作家によって日本化された義理の観念が展開した。われわれの問題
とするのは、この日本化された義理である。」

3 『角川 新字源』、角川書店、1990.
　㋐正しいすじ道 ㋑人が行うべき道理
　㋒(国) ⓐ他人に対する自分の面目、つきあい上、しなければならない道.

ⓐ 바른 길, ⓑ 사람이 행해야 할 도리

ⓒ (国) ⓐ 타인에 대한 자신의 면목, 교제상 해야만 할 도리 ⓑ 피가 같
지 않은 집안의 구성원.

　'의리(義理)'에 대한 일본어의 뜻을 크게 나누어서 셋으로 정리하고
있다. ⓐ, ⓑ는 유교에서 말하는 전통적인 의미의 '의(義)'의 뜻이고 ⓒ이
일본적인 '의리'의 내용이다. 일본 고유의 자의(字意)라는 의미에서 의리
(義理)를 일본 고유의 의미라는 뜻에서 '(国)'으로 분리해 표기하고 있다.
의리에 관한 사전적 의미가 현재에는 비교적 명확하게 구분돼 있지만
도쿠가와 시대에 의리가 어떠한 개념으로 사용되었는지 구체적인 내용
을 파악하기는 쉽지 않다. 1603년에 성립한 『일포사전(日葡辞書)』에서는
'의리'의 뜻을 다음과 같이 정리하고 있다.

ⓐ Guiri(의리) Yoqi cotouari(의로운 이치) 좋은 도리
ⓑ 혹은, 사물을 분류해 기술한 사항(의미). 예, Cono qiono guiriga
cudaranu, 1, qicoyenu.(이 경전의 의리가 진부하다. 혹은 들리지 않는다.)
경전·서적의 도리, 혹은 사물을 분류해 기술한 사항(의미)을 알 수가 없다.
ⓒ 한편, 예의바름·절도. 예, Guirino fucai fito.(의리가 깊은 사람) 대
단히 예의가 바른 사람·절도가 있는 사람.[4]

　전체적으로 전통적인 '의(義)'의 개념에 가까우나 ⓒ의 내용은 행동

ⓑ 血のつながりのない親族の門がら.

4 土井忠生 他, 『邦訳 日葡辞書』, 岩波書店, 1980, p.302.
「Guiri(義理) Yoqi cotouari(義き理)良い道理、あるいは、ことをわけて述べた事柄(意
味)。例、Cono qiono guiriga cudaranu, 1, qicoyenu.(この経の義理がくだらぬ。また
は、聞こえぬ)この経·書物の道理、あるいは、ことをわけて述べた事柄(意味)がわから
ない。また、礼儀正しさ·律義さ。例、Guirino fucai fito.(義理の深い人)非常に礼儀正
しい人·律義な人。」

거지에 관한 기술로 일본 특유의 의리의식과도 통할 수 있는 내용이다. 일본적인 의리의식을 '특정한 관계 속에서의 도리'라고 정의한다면 예절이 바른 사람도 그 범주에 들어갈 여지가 있다. 문제가 되는 것은 언제부터 일본에서 '의(義)'와 '의리(義理)'가 서로 다른 개념으로 사용되기 시작한 것인가 하는 시점에 관련된 내용이다. 이에 대해 니토베 씨는,

> 의리는 의에서 파생된 말로 처음에는 그 원형에서 살짝 벗어난 정도였지만 점차 거리가 생기면서 마침내 세속의 용어로서는 그 본래의 의미를 벗어나고 말았다. 의리라고 하는 문자는 '정의의 도리'라는 의미이지만 시간이 지나면서 세론이 이행하기를 기대하는 막연한 의무감을 가리키게 되었다.[5]

니토베는 의(義)에서 의리(義理)가 파생했다는 주장을 『무사도』에서 전개하고 있는데 그 파생 시점에 대해서는 명확하게 밝히고 있질 않

---

5 新渡戸稲造, 『武士道』「これは義からの分岐と見るべき語であって、始めはその原型から僅かだけ離れたに過ぎなかったが、次第に距離を生じ、ついに世俗の用語としてはその本来の意味を離れてしまった。義理という文字は「正義の道理」の意味であるが、時をふるに従い、世論が履行を期待する漠然たる義務の感を意味するようになったのである。」（参考）「義理は道徳における第二義的の力であり、動機としてはキリスト教の愛の教えに甚だしく劣る。愛は「律法」である。私の見るところによれば、義理は偶然的なる生まれや実力に値せざる依怙ひいきが階級的差別を作り出し、その社会的単位は家族であり、年長は才能の優越以上に貴ばれ、自然の情愛はしばしば恣意的人工的なる習慣に屈服しなければならなかったような、人為的社会の諸条件から生まれでたものである。正にこの人為性の故に義理は時をへるうちに堕落して、この事かの事―例えば母は長子を助けるために必要とあらば他の子どもをみな犠牲にせねばならぬのは何故であるが、もしくは娘は父の放蕩の費用を得るために貞操を売らねばならぬのは何故であるか等々を、説明したり是認したりする時によびだされる漠然たる妥当感となったのである。私見によれば、義理は「正義の道理」として出発したのであるが、しばしば決疑論に屈服したのである。」

다. 그에 반해 미나모토 씨는 성리학의 유입시기에 의(義)가 유입됐으며 머지않아 일본적인 '의리(義理)'로 대체됐다고 주장하고 있다. 일본의 성리학이 임진·정유왜란 기(1592~1598)에 조선을 통해서 들어간 만큼 조선의 의리관과 도쿠가와의 의리관의 관계에 대해서도 상호 고찰할 필요가 있다고 생각되는데 한국에서의 '의리(義理)' 연구는 유학의 범주에서 논해지는 경우가 일반적이고 사회적 관계에서 '의리'를 폭넓게 사용함에도 불구하고 구체적인 연구가 부족한 상태이다.

오석원 씨는 현재 한국 사회에서 통용되는 의리관이 잘못 활용되고 있다고 지적하고 있다.[6]

> 의리는 일반사람들이 자주 사용하는 용어이다. 심지어 주먹세계에 사는 사람들조차 의리를 강조하고 있다. 그러나 진정한 의리란 무엇인가. 흔히 의리라고 하면 변하지 않는 한결같은 마음이나 관념적인 도덕원리로만 이해하기 쉽다. 물론 의리는 인간의 보편적 원리인 천리에 따라 인간의 도리를 행하는 것이므로 순수한 도덕성을 강조하며, 의리의 실천을 위하여 무엇보다도 진리와 도덕에 대한 신념과 의지 그리고 용기가 필요하므로 한결같은 절조를 요청한다. 그러나 도덕성을 상실하거나 잘못된 약속이나 행위를 한결같이 지키는 것은 이미 의리의 범주에서 벗어난 것이라고 할 수 있다.

한국 사회에서 통용되는 의리의식이 전통적인 한국의 의리의식과 명백하게 다른 특수한 세계 속의 어휘가 일반화된 것이라는 지적이다. 한편 이승환 씨는 한국인의 의리의식이 일본인의 영향과 서양문명과의 접촉 과정에서 변이를 거쳐 한국 사회에서 형성됐을 가능성을 지적

---

6 오석원, 『한국도학파의 의리사상』, 성균관대학교 출판부, 2005, p.4.

하고 있고[7] 김낙진 씨도 그 주장을 지지하고 있다.[8]

　　이승환 교수는 현대 한국어에서 통용되고 있는 의리라는 개념은 인간관계로 맺어진 소규모 집단 안에서 구성원들(친구, 동지, 동료 등) 상호 간에 서로에게 기대되는 인간적 도리의 뜻하는 것으로, 正義(Justice)처럼 낯선 타인들 간에 보편적으로 요구되는 공적의무가 아니라 인간관계로 맺어진 면접집단 내부 구성원들 사이의 사적(私的)인 의무라고 한다. 그는 이에 대비하여 전통 학문에서 사용하던 의리의 개념을 제시하기도 하였다. 옛날에 의리는 주로 의미내용의 뜻으로 쓰이거나, 도덕적 원칙 또는 올바른 도리의 의미로 쓰였다. 그래서 현대 한국인들이 사용하는 의리 개념은 본래적 의미의 의리와는 크게 다른 것 같다고 추정한다. 현대적 의미의 의리 개념은 일제강점기에 일본의 영향을 받아 이식된 일본식의 의리이거나, 성리학적 의리(즉 올바름의 이치로서의 의리) 개념이 근대에 들어 유입되기 시작한 서양문물의 영향을 받으면서 의미변동(meaning change)을 일으켜 새롭게 정착된 용어라고 추측한다.

유학의 '의(義)'에서 파생된 일본적인 의리의식을 일본 학계에서는 일본 사회의 특수성을 설명하는 중요한 개념으로 명확하게 인식하고 있으며 한국의 학계에서도 한국인이 일상적으로 사용하는 의리라는 개념이 일본사회에서 형성돼 한국으로 유입됐을 가능성을 조심스럽게 인정하고 있는 것이다. 그렇다면 일본적인 의리의식이 어떻게 형성됐으며 한국에 어떻게 영향을 끼치게 됐는가를 파악할 수 있다면 한국과 일본 사회를 비교하는 데 상당히 흥미로운 시점을 제공해 줄 것이다. 한국 내에서 의리라는 용어가 사용된 용례를 내적으로 더 분석할 필요

---

7   이승환 외, 「의리와 정의」, 『윤리질서의 융합』, 철학과 현실사, 1996, p.41.
8   김낙진, 『의리의 윤리와 한국의 유교문화』, 집문당, 2004, pp.32~33.

가 있는데 '의리'를 사적인 관계에서의 도리라는 개념으로 사용한 구체적인 예를 찾기는 용이하지 않다. 일본적인 의리의식이 한국에서 어떻게 사용되기 시작했는가에 대한 하나의 가능성으로 제시할 수 있는 것은 구한말에 한국에 적극적으로 소개되기 시작한 일본 소설의 영향을 상정할 수 있다. 예를 들어, 일본 명치기(明治期, 1868~1912)의 흥행소설인 도쿠토미 로카(德富蘆花, 1868~1927)의 『불여귀(不如帰, 호토토기스)』를 조중환(趙重桓, 1884~1947)이 1912년에 『불여귀』로 번역 출판했는데 작품 중에 '의리'에 관한 용례가 다수 보인다.[9]

> ㉠ 어머니는 내 몸을 위해서만 말씀을 하시나 그런 몰인정하고 <u>의리없는</u> 짓을 하고야 오래 살면 또 무엇합니까. 인정도 없고 의리 없는 짓을 하고 무슨 집안의 유익이 있겠습니까.[10]
> ㉡ 자식이 없어도 이연하고 흉한 병이 있어도 이연하는 것은 이 세상에서 다들 하는 법인데 응, 다케오야, 무슨 <u>의리없고</u> 인정 없을 것이 있느냐.[11]
> ㉢ 그래도 <u>의리니</u> 인정이니 그러니, 너는 부모보다 계집이 더 중하니깐 다시 말할 것도 없다. 이 천하의 무도한 놈아, 응, 너는 밤낮 계집, 계집 하니 어미 아비는 어찌할 터이냐.[12]

---

9 德富蘆花, 『不如帰』(秀選 名著復刻全集 近代文学館), 日本近代文学館, 1984.
10 박진영 편, 『일재 조중환 불여귀』, 보고사, p.142.
   德富蘆花, 『不如帰』, p.188, 「阿母は私の身体ばっかり仰有るが、其様な不人情な不義理な事して長生したって如 何為ますか。人情に背いて、義理を欠いで、決して家の為めに宜い事はありません。」
11 『일재 조중환 불여귀』, p.143.
   德富蘆花, 『不如帰』, p.189, 「子供が無かと離縁する、悪い病気があつと離縁する。此が世間の法、嗚武どん。何の不義理な事も不人情な事もないもんぢゃ。」
12 『일재 조중환 불여귀』, p.143.
   德富蘆花, 『不如帰』, p.191, 「まだ義理人情を云うっか。卿は親よか妻が大事なっか。たわけ奴が。何云ふと、妻、妻、妻ばかい云ふ。親は如何すっか。」

일본 소설의 충실한 번역이다. 이러한 번역 소설을 통해서 일본의 도쿠가와 시대에 형성된 의리의식들이 한국사회에 거부감 없이 유입됐을 가능성이 크다고 판단된다. 도쿠가와기의 의리의식이 근대기를 통해서 한국에 유입된 것은 당대의 한국 독자들이 무리 없이 소설을 읽을 수 있을 정도로 일본적인 의리의식에 상당히 공감하고 있었음을 알 수 있다. 한국에서의 일본적인 의리의식의 전개에 대해서는 다른 기회를 통해서 검토하고자 한다.

3. 가나조시와 의리

도쿠가와 초기의 문학을 논할 경우 계몽적인 요소가 풍부한 초기의 가나조시(仮名草子)와 현실세계를 주로 다룬 이하라 사이카쿠(井原西鶴, 1642~1693)의 우키요조시(浮世草子)로 나누어 기술하는 것이 문학사의 일반적인 서술방법인데, 이 문예관의 변화에 따라 의리의식 또한 다른 양상을 보인다는 것이 미나모토 씨의 주장이다.

그런데, 『일본국어대사전』의 의리 항목을 보면, '훌륭한 무사의 행동, 무사의 의리, 이에 비할 자가 없다고 모두가 안타까워했다.'라고 '의리'라는 어휘의 초출이 남북조 경의 『소가 이야기(曾我物語)』 필사본에서 처음으로 보인다는 것이다.[13] 이 당시부터 의리라는 어휘가 쓰이고 있었다면 미나모토 씨가 주장하는 도쿠가와 초기에 대륙으로부터 의리의식이 일본으로 유입됐다고 하는 주장과 상반되는 내용이다.

---

13 『일본국어대사전 4권』, 小学館, 2001, p.579. 「善き侍の振舞、弓矢のぎり、これにしかじと惜しまぬ者はなかりけり. 曾我物語(南北朝頃)」

도쿠가와 이전에 의리(義理)라는 어휘가 쓰이고 있었다면 일본에 성리학과 무관한 의리에 관한 의식이 이미 존재했다는 것을 예증하는 것이다. 도쿠가와 시대 이전의 자료로 의리에 대한 언급이 많이 보이는 서적으로는 『인국기(人国記)』[14]가 있는데 와타나베 도루(渡辺徹) 씨는 '구본 『인국기』의 성립연대는 1502년(文亀 2) 이후에서 1573년(天正원년) 이전의 71년간에 해당된다'[15]라고 성립 시기를 추정하고 있다. 이 시기는 일본의 전국시대(1467~1568)로 대륙으로부터 성리학이 유입되기 이전의 전란기에 해당된다.

『인국기』에 나오는 의리에 관한 기술은 다음과 같다.

『인국기』
㉠ 이 지방의 풍속, 실제를 받아들이고 노력하는 사람이 적기 때문에 의리를 모른다. 의리를 모르기 때문에 용기와 비겁함을 논해도 관심을 표명하지 않는다.[16]
㉡ 이 지방 사람은 지혜가 있어 간지가 많고 의리가 부족하다.[17]

이 두 예에서의 의리는 현실 속에서의 사람의 도리라는 측면에서 논해지고 있다. 구체적인 내용을 파악하기는 어렵지만 성리학적 의리 정신처럼 세속적인 관계를 초월한 추상적인 의미의 의(義) 사상과는 다소 거리가 느껴진다.

---

14 浅野建二 校注, 『人国記・新人国記』, 岩波書店, 1989.
15 浅野建二, p.290.
16 浅野建二, p.16, 「この国の風俗、実を用ひ勤むる人少なき故に、義理を知らざるなり。義理を知らざる故に、勇臆の儀を沙汰すれども、余所の事に心得るなり」
17 浅野建二, p.56, 「この国の人は智ありて、邪智多くして義理鮮し」

시나노 지방의 풍속은, 무사풍속이 천하제일이다. 원래 농민, 상인의
풍속에도 기율이 있다. 이가, 이세, 시마의 풍속에 오기 내의 풍속을 더한
것보다도 훨씬 위로, 의리가 강하고 겁내는 일이 없으며 백 인에 구십
인은 절도가 있다. 간혹 겁이 많은 자가 있다고는 하지만 이도 다른 지방
에서 말하는 정도는 아니다. 평소에 이야기를 나눌 때도 약하고 비열한
말을 하지 않는다. 만약에 비열한 일을 말하고 행동으로 보인다면 사람들
모두가 이를 미워해 교제하지 않으므로 유약한 사람도 나중에는 의리를
알고 그 지방의 기풍에 따르게 된다.[18]

　이 예에서도 '의리'는 현실생활을 하는 사람의 도리로 해석할 수 있
다. 주목되는 내용은 의리라는 것이 집단적인 행동에 기초해 있음을
알 수 있는 내용이다. 도리에 벗어난 행동을 하는 사람이 의리를 상실,
회복하는 과정에서 집단적인 배제와 용인이 전제된다는 사실이다. 이
러한 집단의식의 작용이 의리의 회복으로 연결되고 있음을 제시하는
예라고 할 수 있다.

이가 지방의 풍속, 한결같이 실제를 상실하고 탐욕스럽다. 그런 연유
로, 지토(영주)는 농민을 현혹하고 착취하는 것이 일상이다. 농민은 지토
(영주)가 약탈할 것을 밤낮으로 염려해 꿈에서 조차 의리라는 것을 모르기
때문에 무사의 풍속 또한 받아들여지지 않는다.[19]

---

18 浅野建二, pp.45~46, 「信濃の国の風俗は、武士の風俗天下一なり。尤も百姓・町人の
　風儀もその律義なること、伊賀・伊勢・志摩の風俗に五畿内を添へたるよりは猶も上なり。
　所以は義理強くして、臆することなく、百人に九十人は律義なり。たまたま臆病なる者あり
　といへども、それも他国の形の如くの人と云ふ程には有らずして、適々の物語にも、弱み
　の比輿の事はこれ無し。若し比輿の事を述べ亦なすときんば、人皆これを悪みて交はら
　ざる故に、柔弱の人も、後には義理を知りて国風となるなり」
19 浅野建二, p.25. 「伊賀の国の風俗、一円実を失ひ欲心深し。さるに因って、地頭は百姓
　を誑かし、犯し掠めんとすること日々夜々なり。百姓は地頭を掠めんことを日夜思ひ、夢

이 내용도 상하 간의 신뢰의 붕괴가 의리의 부재를 의미하는 내용으로 의리라고 하는 것이 특정집단의 내적 질서와 신뢰를 담보로 하고 있음을 말하는 내용으로 이해된다. 주목되는 것은 의리가 무사집단 내부의 가치에 머무르지 않고 농민과 무사 간의 사이에서도 적용된다는 점이다. 이미 의리의 내용이 사회적 신뢰 관계의 측면에서도 활용되고 있었음을 보여주는 예이다.

> ㉠ 그리하여 겁을 내는 사람이 적고 절박한 상황을 상정한 판단을 하며 의리가 강하고, 주인은 부하를 어여삐 여기며 부하는 주인을 신뢰하며 의지는 훌륭하지만 사물의 이치를 깨달은 사람이 적어 학문과 수행의 길로 향하는 사람이 없어 보인다.[20]
> ㉡ 스호 지방의 풍속은 절도가 제일이지만 요시키·사하·쓰노 세 군의 사람은 의리가 부족하고 어제까지 친구로서 어깨를 나란히 했던 사람도 오늘 운수가 좋으면 주군으로 삼는 풍속으로 항상 절도도 이욕 때문에 허사가 되고 법을 어기는 사람이 백 명 중에 7, 8십 명에 이른다.[21]

의리라고 하는 것이 추상적 개념의 이해를 필요로 하는 것이 아닌 특수한 상황에서의 집단의식을 표현한 것이라고 말하고 있다. 스호지방 사람들이 의리가 부족하다고 하는 것은 기존의 관계보다 새로운 힘에 의한 역학관계를 중시한다는 점에서 의리가 없다는 저자의 기술

にだに義理と云ふことを知らざるが故に、武士の風俗猶以て用ひられざるなり」

20 浅野建二, pp.60~61,「然るに因って臆する気の人寡くして、差しかかりたる分別のみにして、義理の心強く、主は被官を哀れみ、被官は主を頼み、意地暉麗なれども、物の理に至る人鮮うして、その執行の道に赴く人これ無しと見えたり」

21 浅野建二, p.77,「周防の国の風俗は、律義第一なれども、吉敷佐波都野三郡の者は義理少く、昨日まで朋輩と肩を双ぶる人をも、今日仕合せよければ主君と仰ぐ風俗にして、常の律義も利欲のために無になり、法を背く人百人に七、八十人かくの如し」

은 현재의 시점에서도 충분히 통용될 수 있는 의리의 내용이다.

『인국기』의 예를 통해서 보면, 미나모토 씨가 주장하는 도쿠가와 초기에 유입된 성리학적인 의리관말고도 현재 일본에서 사용하고 있는 의리의식과 유사한 의리의식이 이미 무사집단에 존재했음을 알 수가 있다. 즉, 전국시대에 널리 읽혔으리라 추정되는 『인국기』에 의리라는 용어가 다수 사용되고 있었다는 것을 보면 의리의식이 상당히 오래전부터 사용됐다는 반증이다. 또한 『인국기』의 작자는 무사도에 대해서도 뚜렷한 인식을 하고 있었음을 알 수 있는데, '무사 풍속이 대단히 강하다고 하지만 무사도를 생각하는 마음이 없기 때문에 위험한 일이 많은 풍속이다.'[22]라는 기술을 보면 당시의 무사들에게 일정한 행동논리인 무사도가 존재했으며 그 논리적 기반 위에 의리라는 가치가 평가의 기준으로 작용하고 있었음을 확인하는 것이 가능하다.

그렇다면, 도쿠가와 시대의 성리학의 영향 속에서 성립했다고 할 수 있는 가나조시를 대상으로 성리학 이전의 의리의식과 어떻게 변화했는지 살펴보고자 한다. 도요토미 히데요시(豊臣秀吉, 1536~1598)의 일대기적인 성격을 띠는 『태합기(太閤記, 다이코키)』[23]에도 의리에 관한 기술이 다수 보인다.

　　『태합기(太閤記, 다이코키)』(1625년)
　　마쓰나가는 훌륭한 대관(代官)이나 이익에 밝고 바른 이치(正理)에 어두운 면이 있다. 따라서 요시테루를 죽인 것이다. 사이토의 행위를 좋다고 한다면 상하 의리를 잃고 금수에 가까운 것이 될 것이다.[24]

22　浅野建二, p.85, 「武士の風俗一段手強しといえども、武士道吟味これ無き故、危ふき事のみ多き風俗なり」
23　江本裕・桧谷昭彦 校注, 『太閤記』, 岩波書店, 1996.

이 의리도 『인국기』에 나오는 무사 간의 신뢰라는 의미의 의리로 이해된다. 이곳에 바른 이치(正理)라는 개념을 사용하는 것은 성리학적인 영향이라고 볼 수 있으며 의리와 바른 이치로서의 정리는 다른 개념이라는 것을 알 수가 있다. 성리학의 영향으로 추상적 개념인 의리를 사용했다고 보기보다는 기존의 의리와 다른 새로운 개념을 표현할 안정적인 어휘를 확보하지 못해 사용한 느낌이다.

그렇지만 주된 내용은 히데요시 공이 망군 노부나가 공의 자식에 대해 의리를 어기면서 자식인 히데요리에게 여러 신하들이 의리를 느껴 충성을 바치라고 한 것이다. 그렇게 원하는 마음이 있었다면 노부나가 공에게 두터운 은혜를 입고서 어찌 보답을 하지 않는다는 말인가.[25]

이 의리도 상하 무사 간의 신뢰를 의미하는 내용으로, 히데요시가 노부나가와의 의리를 저버리고서도 자신의 자식을 위해서 의리를 요구한 것에 대한 비판이다. 이 의리는 성리학적 의리사상이라기보다는 『인국기』에 많이 보이는 무사 간의 의리의식과 유사한 내용이다.

학자는 책을 널리 보는 것에 전념해 이의(理義)의 실제를 다하지 않기 때문에 마음이 안정되는 일이 없고[26]

---

24 江本裕, p.48, 「松永は能代官男なり。利に聡く、正理にうとく有るべしや。然るにより、義輝を殺せしなり。斎藤が行ひをよしとせば、上下義理を失して禽獣に近く成べし」

25 江本裕, p.164, 「去共大旨は秀吉公亡君信長公の御連枝に対し義理を違へ侍りて、又秀頼には諸臣義理を存、忠を奉れとや。かくあらまほしくおぼされなば、信長公の厚恩を御子達に対し何ぞ報謝し給はざる」

26 江本裕, p.586, 「学者書を広く見ん事をのみ専らとし、理義の実を尽さざれば一心定る事なく」

추상적 개념으로 이의(理義)를 사용하고 있다.『태합기(太閤記, 다이코키)』에서는 일반적인 의리와 바른 이치를 구별해서 사용하려고 한 흔적이 보이는데 위의 예도 그 안에 포함되리라 본다.

> 철인이 선출되어 대임의 직을 맡으면, 국가가 혼란에 빠졌으면 하고 희망해도 혼란은 일어나지 않는다. 일본이 의리가 강하기로는 중국에도 뒤지지 않을 것이다. 그렇지만 아쉬운 일은, 중국의 의리는 사정에 따라 대소가 있는데 반해 일본은 매사가 너무 긴밀하다. 다른 나라에서는 사람을 뽑는 법이 있기 때문인가.[27]

중국과 일본의 의리를 구별해서 기술하고 있다. 일본의 의리가 긴밀하다고 하는 것은 인간적 유대의 밀접함을 포함하는 의미로 해석되며 일본의 군신 간의 관계와 과거제를 통해서 관계를 맺는 중국적인 의리의 개념 차이를 피력하고 있다.

『태합기(太閤記, 다이코키)』에 나오는 의리관은『인국기』에 나오는 의리의식과 중첩되면서 다소 차이를 보인다.『인국기』의 의리의식이 무사 집단 내지는 상하 간의 긴밀한 관계 속에서 형성된 특별한 감정이라고 한다면『태합기』의 의리관은 성리학적인 사상을 배경으로 접근한 점이 특징이라고 할 수 있다. 이러한『태합기』의 사상에 대하여 히노타니 아키히코(桧谷昭彦) 씨[28]는 '호안(甫庵)에게는 그의 저작류에서 볼 때, 그의 천(天)의 개념이 중국의 선서(善書)의 사상에 영향을 받아 성리학적인 것이면서 동시에 비성리학적인 요소를 지니고 있다는 것을 전제

27 江本裕, p.602,「哲人選選出され大任の職にあらば、国家みだれよかしとねがふ共得べからず。吾朝之義理のつよきは唐にもをとるまじくや。しかはあれど口惜しき事侍るなり。唐の義理は宜に合て大小有る。日本は毎事緊密也。異朝は選士法の有故か」
28 桧谷昭彦,「『太閤記』における「歴史」と「文芸」」,『太閤記』, p.667.

로 한다면 중국 명대의 선서 사상이 상당히 농후하다는 것을 부정할
수 없다.'고 성리학적인 세계와 비성리학적이지만 중국의 다른 유학
사상의 영향하에서 성립됐음을 인정하고 있다. 이러한 『태합기』의 세
계는 대단히 근세적인 요소를 대륙으로부터 수용해 작성됐음을 알 수
가 있다.

『태합기(太閤記, 다이코키)』보다 10년 뒤인 1635년에 출판된 『칠인 비
구니』의 의리의식이 미나모토 씨는 성리학적인 의리관인 의(義) 사상
에서 일본 토착적인 의리의식으로 전환된 예라고 보고 있다. 이러한
토착적인 의리의식이 대중문학 작가인 사이카쿠(西鶴, 1642~1693)와 지
카마쓰(近松, 1653~1724)에게로 이어지고 있다는 것이다.

> 세상의 의리를 생각해 되돌아가려고 하니 털이 빠진 새가 날려고 하는
> 것처럼 쉽지가 않다.[29]

이 『칠인 비구니』(1635)에 등장하는 의리는 미나모토 씨의 지적대로
사이카쿠가 말하는 세상일반의 의리로 유곽에서 일을 하던 유녀의 고
백 형식의 내용인 만큼 하층부의 삶에서도 의리라는 단어가 깊숙이
파고들어 활용되었다는 증거이다. 이 작품의 성격이 고백조의 문학작
품이므로 『인국기』, 『태합기』와 다른 느낌을 주지만 의리의 기본적인
내용에 있어서는 '관계상의 도리'라는 내용으로 쓰인 어휘인 만큼 큰
차이를 발견하기 어렵다. 그리고 의리라는 어휘의 토착화가 진행됐다
고 하는데 『칠인 비구니』보다 30년 뒤에 출판된 『오토기보코(御伽婢子)』

---

29 『七人比丘尼』(近世文芸叢書 第三), 国書刊行会, 1910, p.179, 「世中のぎりをおもんじ給
ひてかく御かへり侍しかば、はぬけ鳥の立わづらふごとくにてぞありし」

(1666)의 '의리'의 내용에 대해서 검토하고자 한다.

> ㉠ 아들인 하야토노스케에게 가르치기를, "새와 짐승, 땅을 기어다니는
> 벌레까지도 제 각각의 특별한 재능이 있다. 한 가지 재주도 없는 것은
> 없다. 하물며 사람으로 태어나 더욱이 무사라고 하는 것은 무예 중에서
> 한 가지의 재능을 살려서 그 능력을 가지고 주군의 은혜에 보답하기 위해
> 노력해야 한다. 헛되이 봉록을 받아 배불리 먹고 따뜻하게 입고 사욕을
> 채우면서 의리(義理)도 모르고 한 가지 재주와 재능도 없는 인간은 동물보
> 다도 못한 천하의 대도적이다. 해와 달, 구름과 안개, 초목까지 각각 모두
> 에게 보탬이 되는 게 있다. 재능도 재주도 없는 사람은 남에게 도움을
> 주는 일없이 오히려 해가 되는 경우도 있다. 마음에 잘 새겨서 명심해라."
> 라고 유언을 했다고 한다.[30]
> ㉡ 인과의 섭리를 알면서도 혼란을 겪어, 죽어서 덴구도(天狗道)에 떨어
> 져, 학문을 관장하는 학두(学頭)의 직을 맡아 글을 쓰고 음미하며 그 뜻과
> 이치(義理)를 명확히 해서 전달하는 일을 하고 있습니다.[31]

㉠의 의리는 특수한 관계에서의 의리이므로 『인국기』 이래로 많이
보이는 예이다. ㉡의 의리는 『태합기』에서 정리나 이의로 표현하려고
했던 추상적인 개념의 의리로 특수한 관계에서 출발하는 의리와는 다
른 내용이다. 『오토기보코』의 작자인 아사이 료이는 의리에 관하여 독

---

30 花田富士夫 外 校注, 『伽婢子』, 岩波書店, 2001, p.146.
「子息原隼人佐にをしへけるは、「鳥獣・傍虫の類まで、こと更侍たらむものは、弓矢の
事につけてはひとつの得手をよく鍛練して、これをもって主君の所用にたて御恩をほうじた
てまつるべし。いたづらに俸禄をたまはり、飽くまで食ひ、あたたかに着て、邪欲をかま
へ、義理をしらず、一芸一能もなきものは、ちくしやうにもをとりて、これは天地の間の大
盗賊なり。日月・雲霧・草木、をのをのみなその益あり。無芸無能にして人のため益な
く、かへって害になるものあり。かまへてよく心得よ」と遺言せしとかや」
31 花田富士夫, pp.302~303, 「学頭の職にえらばれ、文をつづり、書をかんがへて、その
義理をあきらめ、つたゆ」

자적인 의식을 가지고 활용하고 있었음을 아래의 예에서도 알 수가 있다.

> 세상 사람이 집이 부유해지고 융성해 돈이 풍족해질 때는 예법(禮法)도 알고 의리(義理)도 존중해 정직하게도 보이는 것이다. 집안이 쇠퇴해 가 난해지면 절로 무례(無禮)하게 되고 의리를 버리고 돈을 좇아 물건을 탐하 는 것이 세상 사람들의 마음이다. 그런데, 이러한 전란을 만나 집은 불타 서 무너지고 가산을 모두 잃고 자신의 몸만 살아남아 그날 하루를 보내기 도 어려운 괴로운 생활 속에서도 그 과부 여인은 깊은 자비심으로 소녀를 양육하고 게다가 죽어서도 버리지 않고 땔감을 주워 화장을 하고 황금을 얻어 불사를 행했다. 게다가 자신을 위한 일이 아니었기에 그 진정한 마 음가짐에 누가 감동하지 않겠는가.[32]

이『오토기보코』의 문장에는 중국 원전이 있는데 그 내용을 비교해 보면 아사이 료이가 의리에 대해 어떻게 이해했으며 당대의 일본인이 의리에 대해 어떻게 의식하고 있었는지 어느 정도 파악이 가능하리라 본다.

> 집안에 재산이 풍부할 때는 예의가 흥한다. 재산이 부족하면 예의가 함께 쇠퇴하는 것이 인간의 모습이다. 요즘 민가에서 겪는 궁핍함은 대단 히 심하다. 어찌 이 여인과 같이 남은 목재를 주워 맹녀를 화장시킬 수

---

32 花田富士夫，p.365，「それ世の人、その家富さかえて金銀ゆたかなる時は、礼法をもし り、義理をもつとむ、正直にもみゆるもの也。家おとろへ身まづしければ、をのづから無 礼になり、義理をすてて徳につき、物をむさぼるは世のつね人のこころぞかし。さればか かるみだれに逢て、家は焼くづれ、資材はうしなひ、わが身すがらになり、その日だに 暮らしかね、まことの心ざし誰か感ぜざらん。此故にここにしるして、をしへの端とす。今 の人、もし利を見て義をわすれ、徳によりてよこしまをなさば、この婿の女房のため、恥 ずかしき罪人ならずやといふ」

있겠는가. 또한, 맹녀의 옷자락에서 돈을 얻어 자신의 것으로 하지 않고 승려와 화상을 모시고 맹녀를 추모한 것은 기특한 일이다. 옆집 여인도 곤궁하고 궁핍한 생활에서 한 행동이기에 그 진심이 이와 같다. 이에 이 곳에 특별히 기록하고자 한다. 잠시 눈앞의 이익을 보고 의를 잊은 사람 은 이 옆집 여인에 대한 죄인이 아니겠느냐.[33]

중국 원전에는 의리에 관한 기술이 전혀 보이질 않는다. 아사이 료 이가 스스로 의리라는 단어를 사용해 가며 '의리(義理)도 존중', '의리 를 버리고 돈을 좇아'라고 번안을 하고 있다. 의리의식이 토착화된다 는『칠인 비구니』보다 30년 뒤의 작품으로 이러한 의리의식은『인국 기』에 보이는 의리의식과는 다른 내용을 포함하고 있는데 이것은 도 쿠가와 시대 초기에 대륙의 영향하에 형성된 아사이 료이 류의 의리 의식으로 미나모토 씨가 주장하는 토착화되기 이전의 의리의식에 가 까운 것이다.

미나모토 씨는 현재 사용되고 있는 의리의 의미가 도쿠가와 시대 초기 성리학의 수용과정에서 파생된 것으로 정리하고 있으나 일본 사 회의 다양한 의리의식을 미나모토 씨의 주장대로 유입과 토착화라는 도식으로 이해하기가 용이하지 않다. 다양한 의리의식이 존재하는 상 황에서 성리학적인 의(義)가 유입돼 새로운 관념이 형성되었다고 하는 해석은 유효할지 몰라도 성리학적인 의(義)를 모태로 설정해 그곳에서 일본 내의 의리의식이 파생됐다고 설명하기에는 다소 무리가 있어 보 인다. 오히려 기존의 의와 의리의식에 성리학적인 의(義)의 개념이 새

33 황소연,『일본 근세문학과 선서』, 보고사, 2004, pp.130~133, 「大家富材饒則禮儀興 矣. 材苟不足, 則禮儀俱廢. 蓋人之常情也. 當是時也. 民家財物罄空窘迫尤甚. 豈謂隣 婦独能拾余燼之材. 焚燒盲女衣中獲金. 不爲己用. 与盲女供僧畫像. 奇哉. 隣婦能於 困窮窘逼之際. 存誠如是. 故特書之. 且今之見利忘義者. 不爲斯隣婦之罪人乎.」

롭게 부가돼 병존했을 가능성이 크다.

4.『무가의 의리 이야기(武家義理物語, 부케기리모노가타리)』와 의리

가나조시와 그 이전의 의리관을 제3장에서 비교해 봤다. 가나조시 기의 의리관과 그 이전의 의리관에는 연속성을 확인할 수 있는 경우와 내용적으로 확연한 차이를 보이는 경우가 있다. 그 차이를 초래한 주된 요인은 임진왜란 기에 조선을 통해서 유입된 성리학의 영향으로 그 이전의 전통적인 의리의식과 도쿠가와 초기의 의리의식 간에 의미의 차이가 발생한 것으로 판단된다. 미나모토 씨의 주장에는 도쿠가와 이전의 의리의식과 도쿠가와 초기의 의리의식의 차이에 대해서는 언급이 없다. 대륙을 통해서 도쿠가와 초기에 유입된 의리의식이 머지않아 일본적인 문예의식의 발현과 함께 의리의식 자체도 전환됐다고 하는 주장으로 그 맥락에서 사이카쿠의 작품에 기술된 의리도 이해하고 있는 것이다.

　　의리의 문제를 다룬 사이카쿠의 작품은, 잘 알다시피『무가의 의리 이야기(武家義理物語, 부케기리모노가타리)』(1688)와 복수담을 주제로 하면서 그 상황에서의 의리의 문제를 많이 다룬『무도 전래기(武道伝来記, 부도덴라이키)』(1687)가 주된 것으로 그 밖에『남색대감(男色大鑑, 난쇼쿠오오카가미)』과『사이카쿠 여러 지방 이야기(西鶴諸国ばなし, 사이카쿠쇼코쿠바나시)』(1685)에 다소 언급된 정도이다. 방대한 사이카쿠의 작품 내에서는 많지 않은 양이지만 의리의 관념사에 있어서는 중요한 문헌이다.(사이카쿠 이전에『칠인 비구니』(1635)라고 하는 가나조시가 나왔지만, 그 의리의

내용은 사이카쿠와 같은 계통이므로 생략). 앞에서 언급한 것은 모두 무사의 의리를 다룬 작품으로 사이카쿠는 지카마쓰의 경우처럼 상인의 의리를 묘사하지는 않았다. 사이카쿠에 있어서 상인은 어디까지나 지혜와 기량에 의해 이익을 추구하는 존재로 그곳에는 무사의 세계처럼 의리는 존재하지 않았다. 사실 그가 상인을 대상으로 한 작품을 쓸 때에는 그것을 보증하는 객관적인 조건이 있었던 것이다.[34]

미나모토 씨의 주장은 가나조시인 『칠인 비구니』(1635)에 변형된 일본적 의리의식이 기술됐으며 사이카쿠의 '무가물(武家物)'을 중심으로 그 전환된 내용이 보이고 지카마쓰(近松)에 의해 도쿠가와 시대의 서민들의 정서인 의리와 인정이 활발하게 전개됐다고 하는 주장이다. 일본적인 의리의식의 발현과 증폭, 그리고 완성이라는 틀로 이해하고 있다고 생각된다. 사이카쿠의 무가물에서는 『무가의 의리 이야기』와 같이 의리에 대한 내용이 많이 보인다. 예를 들어, 『무도 전래기』에서의 의리는 지고한 추상적 개념이 아니라 무사 간의 신뢰관계를 의미하는 내용임을 어렵지 않게 이해할 수가 있다.

　㉠ 의리에 얽매여 아픈 배를 갈랐다고 말을 해댔다.[35]

---

34 源了円, p.13, 「西鶴が義理の問題を取り扱った作品は、周知のように『武家義理物語』(1688)や、仇討ちを主題にし、そこにおける義理の問題を多く取り扱った『武道伝来記』(1687)が主なもので、その他『男色大鑑』(同上)や『西鶴諸国ばなし』(1685)に散見する程度である。厖大な西鶴の作品の中ではわずかの量を占めるにすぎないが、義理の観念の歴史においては重要な文献である(西鶴以前に『七人びくに』(1635)という仮名草紙が出ているが、その義理の内容は西鶴と同系統なので省略)。右に述べたものはいずれも武士の義理を取り扱った作品で、彼は近松のばあいのように、町人の義理を描くことをしていない。西鶴にとって、町人はあくまで知恵と才覚によって利益を追求すべきものであり、そこには武士の世界のような義理は存しなかった。事実、彼が町人を対象とする作品を書いたころには、それを裏づける客観的条件があったのである。」

ⓛ 무사는 모두가 의리를 존중하고 있지만 의리를 지키는 것도 지키지 않는 것도 각각의 성격에 의한 것입니다. 성격이 침착한 사람이 있었으면 하는 것이 바로 이 순간입니다. 라고 말했는데, 남편을 가볍게 여기는 본심이 드러내자 야지로의 기분이 상했다.[36]

위의 두 예의 의리는 인간의 보편적 도리라고 하기보다는 무사 간의 인간적인 관계라고 할 수가 있다. 이러한 의리의식은 무가물에 한정된 것이 아니라 사이카쿠 작품에 광범위하게 보이는 현상이다. 특히, 호색물을 중심으로 한 작품의 예를 살펴보아도 무가물과 커다란 차이가 발견되지 않는다. 미나모토 씨는 언급을 하지 않았지만 사이카쿠의 의리의식이 『칠인 비구니』와 통한다면, 그 예를 무사를 다룬 무가물에서 찾을 것이 아니라 '호색물(好色物)'을 중심으로 한 작품군에서 의리의식을 규명하는 것이 보다 합리적이라는 생각이 든다. 사이카쿠 '호색물'에 표현된 의리의식을 정리하면 다음과 같다.

ⓙ 유곽에서 일하는 유녀이기에, 의리를 근본으로 삼고 정을 씨로 삼아 손님을 위해 손가락과 머리카락을 자른다고 하는 것은 진정성이 깃든 마음가짐이다.[37]
ⓛ 저는 유녀라고 해도, 의리에 목숨을 던져야 한다면 그 자리를 피하지 않겠다고 밤낮으로 각오를 다지고 있었는데, 이런 처량한 신세로 전락해

---

35 본 논고에 있어서 사이카쿠 작품의 인용은 富士昭雄 外 訳注, 『決定版 対訳西鶴全集』, 明治書院, 1992에 의했다.
『武道伝来記』, p.13, 「義理にせめられ、いたい腹を切りけると申しなしぬ」
36 『武道伝来記』, p.298, 「侍は其わかちなき、義理の道、たてるも立てざるも、心心の胴骨 つよき者の羨き時、殊更今なりと云、心底の程、弥二郎是を耳に障て」
37 『椀久一世の物語』, p.29, 「傾城の勤めとて、義理を元とし、情けを種とし、指・髪を切る 事、思へば誠ある心根」

상대가 없어 좀처럼 죽을 수도 없습니다.[38]

ⓒ "유녀의 체면이라는 것은 그런 것이 아닙니다. 더구나 와카야마 님의 뒤는"이라고 하면서 청을 거절했다. "과연 와카야마와의 의리를 지키는 것은 훌륭하다만 그녀는 이미 유곽을 떠나 여염집 아낙이 되었단다."[39]

ⓔ 그런데 이 정사라는 것을 잘 생각해 보면 의리 때문도 아니고 정 때문도 아니다.[40]

ⓜ "우리들이 함께 있으면서 당한 복수를 하지 않을 수가 없다."라고 말하자, "잘못 아셨습니다. 당한 게 아니라 도리에 어긋난 사랑을 해서 이렇게 된 겁니다."라고 말했다. "말을 해라."라고 추궁을 당하자 의리상 말을 할 수밖에 없었다.[41]

미나모토 씨는 의리의 문제를 사이카쿠 작품의 무가물(武家物)에 한정시켜 파악했으나 사이카쿠 무가물에 선행하는 '호색물(好色物)'에서도 위의 예를 통해 알 수 있듯이 유곽을 중심으로 의리에 관한 기술이 빈번하게 등장한다. 현재 사용하는 의리의식이 『인국기』에서 확인되듯이 무가사회를 중심으로 발전했을 가능성이 높다고 판단되지만 사이카쿠가 활동한 겐로쿠(元禄, 1688~1704) 시대에는 이미 여러 특수한 집단 내에서 의리의식을 강조하는 보편화된 관념으로 의리를 이해했다고 본다.

한편, 미나모토 씨는 사이카쿠가 묘사한 의리에 대하여,[42] '사이카쿠

---

38 『好色一代女』, p.200,「我、女郎なれば迎、義理には身を捨る事、其座はさらじと、明暮思ひ極めしに、是程身のかなしきにも、相手なしには死なれぬ物ぞ。」
39 『諸艶大鑑』, p.202,「女良の分はさらにあらず。殊更若山さまの跡なれば」と中。「若山手前の義理は、はや此里をはなれ、常の女也。」
40 『諸艶大鑑』, p.304,「されば、此思ひ死を、よくよく分別するに、義理にあらず、情けにあらず。」
41 『好色一代男』, p.50,「「我々有ながら、其仕返しなくては」と申せば、「各別の義也。すぐならぬ恋より仕合」。「かたれ」と申。いはねばならぬ義理になって、」

가 찬미한 것은 유교화된 사도(士道) 이전의 전국적인 무사도에 있어서의 의리이다.'라고 주장하고 있다. 의리를 시대별로 규정짓는 작업이 생각보다 용이하지 않다는 것을 위의 작품들을 통해서 확인하는 것이 가능하다.

사이카쿠가 무가물을 통해서 표현한 의리의식이 특수한 집단 내에서의 동료애적인 의리의식이라는 측면에서는 전국시대의 의리의식과 일맥상통하는 내용이라고 필자도 생각하지만 이는 의리라는 속성이 무사집단 내에서 일찍이 형성된 면에도 원인이 있지 않을까 판단된다. 무사의 기능이 변하지 않은 만큼 무사의 의리도 본질적인 변화를 겪었다고는 볼 수 없다. 단지, 무사도를 주장하는 『무가의 의리 이야기』의 내용이 전국시대와 같다는 것은 다소 검토의 여지가 있다. 예를 들어, 『무가의 의리 이야기』의 서문에 보이는 무사상이라고 하는 것은 무사적인 기질이라는 측면보다는 사회적 역할로서 이해하려는 측면이 강하기 때문이다. 『무가의 의리 이야기』의 서문을 통해 무사의 의리관을 살펴보면 무사의 본질적인 역할에 대한 기술로 어느 시대를 반영한다고 보기보다는 무사의 본래적 기능에 대해 기술하고 있다.

원래 인간의 마음은 만인에게 다를 것이 없다. 장검을 차면 무사, 에보시를 쓰면 신관, 검은 옷을 입으면 승려, 괭이를 쥐면 농민, 손도끼를 사용하면 직공, 주판알을 튀기면 상인인 것을 나타낸다. 이처럼 가업이 다르면 외견도 신분도 다르게 되기 때문에 모두가 집안의 가업을 소중히 해야 한다. 활과 말은 무사의 역할이다. 위급한 상황을 대비하기 위해

---

42 미나모토, 「西鶴の讃美するのは、儒教化された士道以前の、戦国的武士道における義理である」

토지를 주면서 고용한 주인의 은혜를 망각하고 한 순간의 싸움과 다툼처럼 사사로운 일 때문에 자신의 목숨을 버리는 일은 진정한 무사의 길이 아니다. 의리에 온 몸을 바친다고 하는 것이 무사의 길 중에 가장 어울리는 삶의 방식이다. 고금의 그러한 이야기를 전해, 무가의 의리에 관계된 이야기를 본서에 모은 것이다.[43]

미나모토 씨는 사이카쿠가 묘사한 무사상을 전국시대의 무사의 모습으로 규정하고 있는데 인물의 설정이 전국시대라고 해서 이 작품에 그려진 무사의 모습을 전국시대적이라고 판단하는 것은 다소 무리가 있으며 위의『무가의 의리 이야기』의 서문에도 사이카쿠가 제시하고 있듯이 무사를 기능적인 측면에서 파악하고 있다. 제2장에서 인용한 『오토기보코』의 무사론과 통하는 내용이다.『무가의 의리 이야기』를 통해 전국시대의 무사의 의리를 사이카쿠가 묘사했다고 한다면, 도쿠가와 시대의 성리학을 통해서 일본에 유입된 의(義) 사상 이전을 사이카쿠가 독창적으로 복원해 묘사한 것이 되는데 사이카쿠에게 당대의 의리의식을 배제하고 전국시대의 의리의식을 재현할 능력이 있었는지는 의문이 간다. 만약에 사이카쿠가 의식한 의리가 전국시대의 의리라고 한다면 성리학 영향 이전에 의리라는 것이 존재했으며 그 의리가 성리학의 영향으로 다양한 요소를 반영하다가 사이카쿠라는 성리학의 세례를 받지 않은 민간의 지식인에 의해 다양한 의리 속에서 전국시대

---

43 『武家義理物語』, p.3,「それ人間の一心、万人ともに替れる事なし。長剣させば武士、烏帽子をかづけば神主、黒衣を着すれば出家、鍬を握れば百性、手斧つかひて職人、十露盤をきて商人をあらはせり。其家業、面々一大事しるべし。弓馬は侍の役目たり。自然のために、知行をあたへ置かれし主命を忘れ、時の喧嘩・口論、自分の事に一命を捨るは、まことある武の道にはあらず。義理に身を果たせるは、至極の所、古今その物がたりを聞つたえて、其類を是に集る物ならし。」

의 의리가 세상에 재현됐다고 이해하는 쪽이 타당하지 않을까 싶다.

즉, 무사라고 하는 것도 세상의 여러 직업 중에 하나의 역할인데 이 직업은 다른 직업과 달리 의리가 보다 중시되는 것으로 안정기에 접어들어 조직화된 근세의 무사상의 모습을 사이카쿠가 제시한 것이다. 이러한 직능적인 무사상은 『오토기보코』에서도 여러 곳에서 보이는 견해로 도쿠가와 시대에 들어 형성되기 시작한 기능화된 무사의 상을 형상화한 것이며, 『무가의 의리 이야기』에는 내용적으로도 도쿠가와 시대의 새로운 흐름을 반영한 이야기가 엿보인다.

지금까지 미나모토 료엔 씨를 중심으로 성리학적 바탕에서 무가의 의리를 주로 고찰했는데 승려인 아사이 료이의 『오토기보코』 등에 사용된 의리의 개념을 살펴보면 성리학적 관점에서 의리의 개념을 사용한 것이 아니라 보다 넓은 범위의 윤리의식으로 활용되고 있었다.

『태합기』에서도 의리(義理)와 이의(理義)를 많이 사용하고 있는데 유학적 개념의 의(義)에는 의리보다 이의의 의미가 가깝다. 이미 도쿠가와 초기에 일본의 의리의식이 상당히 광범위하게 확산된 상태에서 점차 유학자를 중심으로 관념화가 이루어졌다는 추론이 설득력을 지닌다고 할 수 있다. 삼교일치에 근거한 선서적인 내용과 일본적 의리의식은 내용상 커다란 차이가 있지만 이야기의 차원에서는 서로 융합돼 새로운 형태를 낳고 있다.

예를 들어, 『오토기보코』의 13-7화는 폭정에 시달리다 부인과 함께 성을 탈출해 도망가던 무사가 하녀로 둔갑한 괴물에게 갓난아기와 부인을 잃고 상념에 차 출가해 행방을 감춘다는 설정이다. 『오토기보코』에는 권선징악적인 이야기를 포함해 다양한 이야기들이 번안 소개되어 있는데 이 13-7화는 의(義)의 개념에서 성을 탈출하는 동기는 납득이 가지만 그 이후의 설정과 내용의 전개가 유기적이지 못하다. 이 이야기에 비하면 『무가의 의리 이야기』의 5-1화는 성에서 탈출한 여인이 고난을 겪다가 선을 베풀어 그 굴레를 벗는다는 전형적인 선서의 인과적인 내용을 갖추고 있다.

이야기의 인과적인 설정은 히노타니 씨가 『태합기』에서도 중국의 선서의 영향이 보인다고 했듯이 근세기 문학의 주요한 특징 중에 하나이다. 도쿠가와 시대에 유입된 외래 사상의 영향을 『태합기』, 『오토기보코』, 『무가의 의리 이야기』에서 공통적으로 확인하는 것이 가능하다. 즉, 『무가의 의리 이야기』의 세계는 의리라는 무사의 전통적인 개념을 활용하면서 도쿠가와 시대의 사상의 흐름위에서 형성됐다고 할 수 있다. 일본적인 의리의 관념과 선서적인 세계는 대단히 이질적인 내용으로 선서가 보편적인 가치를 지향한다면 일본의 의리의식은 특수한 상황 속에서의 진리를 추구해 서로의 가치가 충돌할 가능성이 크지만 『무가의 의리 이야기』의 5-1화와 같이 서로 영향을 주면서 새롭게 창작되는 예가 등장한다. 의리 내용의 다양성이 상당할 정도로 분화, 진척되고 있었음을 알 수가 있다.

5. 마치며

미나모토 씨의 '의리'에 관한 주장은 도쿠가와 시대의 문학 연구에 지대한 영향을 끼쳤음에도 불구하고 세부적인 내용에 있어서는 다각적인 검토가 필요한 저술이다. 원래 '의리'의식은 일본의 무사집단 내에서 강하게 존재했는데 도쿠가와 시대에 성리학이 조선으로부터 유입되면서 기존의 의리의식과 도래한 의(義)의 관념이 갈등을 겪으면서 내재적이던 의리의식이 일반화되는 과정을 거쳤다고 이해하는 것이 타당하다고 본다.

도쿠가와 초기에 '의(義)' 사상이 한국과 중국을 경유해 유입됐을 가능성은 미나모토 씨의 주장대로 높지만 그 의(義)의 개념에서 일본적인 의리의식이 단시간 내에 형성됐다고 정리한 것은 다소 도식적이다. 『태합기』와 이후의 『오토기보코』 등의 가나조시에는 의(義) 사상과 의리(義理) 의식이 혼재하던 시기로, 사이카쿠 등에 의해서 일본의 의리의식이 일반화되는 단초가 형성됐다고 보며 의(義) 사상은 그 나름대로의 발전 과정을 통해 전개됐다고 추정된다. 의(義) 사상은 상층부 지도계층의 문화의식이라고 할 수 있는데 일본의 서민층의 의식을 표현하는 유곽의 세계까지 의(義)의 침투와 변형이 단기간에 이루어졌다고 판단하기는 어려우며 무사집단의 내재적 가치이던 의리가 출판문화의 성행으로 문예를 통해 일반인에게 확대 재생산되는 틀로 이해할 수 있다고 본다.

이러한 흐름의 연장선상에서 사이카쿠는 무가(武家)를 대표하는 관념인 '의리'의식을 추출해 서민을 향한 무가작품인 『무가의 의리 이야기』를 제공한 것이다. 이 작품은 상인사회(町人社会)의 일원이었던 사이카쿠의 탁월한 현실인식에 기초해 무가의 특징인 의리를 작품의 재료로 삼아 정리한 것으로 의리라는 단어가 일반화되는데 큰 역할을 담당했다고 여겨진다. 가나조시 기에는 성리학적인 의(義) 사상을 작품을 통해 표현하고자 노력했다면 사이카쿠에 의해 시작된 우키요조시에서는 의(義) 사상에서 벗어나 의리의식의 표현에 집중한 시기였다. 그 의리의식의 기초는 무가사회였지만 사이카쿠의 시대에는 이미 유곽을 비롯한 사회의 다양한 공간에 이 의리의식이 침투돼 있었음을 사이카쿠의 호색물을 통해서 확인할 수 있다.

따라서 미나모토 씨는 의와 의리를 동일선상에 놓고 소멸과 극복의 시점에서 논의를 했지만 의와 의리는 밀접한 관계에 있으나 봉건적인 일본사회에서 본래 하나가 될 수 없는 별개의 사항으로 병존하며 활용되지 않았나 추론해 본다.

　도쿠가와 시대에 한국과 중국으로부터 유입된 의(義) 사상은 새로운 사상의 유입의 차원에서 큰 의미를 지닌 것이고 의리의식이 문예에 표현되기 시작한 것은 특정 집단의 논리였던 의리의식이 일반인들에게 수용되어가는 과정으로 이해할 수 있다. 일본의 이러한 특수집단의 의식이 문예화되어 구한말에 여과 없이 한국사회에 유입돼 오늘날 한국인들이 무의식적으로 일본식 의리의식을 혼용하고 있는 현실에 이르렀다고 생각한다.

제4장
'우키요(浮世)'라는 세계관

1. 시작하며

『호색일대남(好色一代男)』에 대한 평가가 국내에서는 그리 높지 않은 편이지만 몇 가지 측면에서 획기적인 작품으로 평가할 수 있다. 첫 번째로 가장 도쿠가와 시대의 문학작품답다는 것이다. 도쿠가와 시대가 일본의 다른 시대와 차별화될 수 있는 것은 도시를 바탕으로 한 문화의 성립이다. 그 도시를 중심으로 성장한 상인계층이 자신들의 독자적인 문화를 의욕적으로 출판했다는 점이다. 또한, 『호색일대남』에는 일본의 귀족시대 문학인 『겐지 이야기(源氏物語)』 등을 상인계층의 관점에서 철저히 활용해 일본의 전통을 의식하면서 상인 중심의 문화의 새로운 지평을 열었다는 점이다. 사이카쿠 문학의 탄생은 어느 날 위대한 작가의 출현으로 돌발적으로 발생한 것이 아니라 도쿠가와 막부 성립 후 근 80년간의 가나조시(仮名草子)의 기간[1]을 거치면서 내적 발현이

---

1   가나조시의 기간은 조선으로부터 유입된 인쇄술과 출판업의 전개 등이 문자 해독률의 상승과 맞물려 일본의 문운이 상승하던 시기이다.

126 제1부 도쿠가와 시대의 문학의 성립

일어난 결과이라고 할 수 있다. 가나조시에서 우키요조시로의 이행과
정에 대해서는 불명확한 점이 많다. 우키요조시는 비교적 정의가 간단
하지만 가나조시는 그 편폭이 너무나 큰 편이다. 예를 들어 사이카쿠
의 호색물이 유녀평판기에서 출발했다는 견해가 있는데 가나조시에서
유녀평판기의 비중은 일부분에 지나지 않아 큰 틀에서 바라보면 교훈
적인 문예에서 현세중심의 문예로의 이행과정이라고 할 수 있다.

　가나조시의 분류에 대해서는 나카무라 유키히코(中村幸彦) 씨의 7계
열설과 진보 가즈야(神保五弥) 씨의 8계열설 등이 있다.[2] 분류 방법에는
다소 차이가 있지만 가나조시의 내용을 공통적으로 지적하는 것은 종
교적·교훈적·계몽적·정보제공적인 요소가 강하다는 것이다. 사이카
쿠가 출현하기 이전 가나조시의 중심 작가로 활약한 사람이 『오토기보
코(伽婢子)』를 번안한 아사이 료이(浅井了意)이다. 이문장의 제자인 아사
야마 이린안의 쓴 『기요미즈 이야기』는 교훈적인 가나조시에 해당한
다고 할 수 있다. 이린안의 작품은 아사이 료이만큼 많지 않으나 『태합
기(太閤記)』, 『동몽선습(童蒙先習)』 등에 서문을 작성한 것을 보면 유교
적인 식견을 바탕으로 글을 쓰고 있었음을 알 수 있다. 아사이 료이의
출판 활동도 도쿠가와 초기 가나조시의 전영역과 밀접한 관계를 지닌
작품과 서적 등을 출판했다. 호조 히데오(北条秀雄) 씨의 정리에 의하
면[3] 아사이 료이의 저작물은 조선의 『삼강행실도(三綱行實圖)』를 일역
한 『일역삼강행실도(和訳三綱行実図)』를 비롯해 52점에 이른다. 실용적
인 안내서나 종교적인 저술을 제외하고도 1658년에 출판한 『인내기(堪
忍記, 간닌키)』, 1663년의 『요석(かなめ石, 가나메이시)』, 1665년경의 작품

2　神保五弥 편, 『日本近世文学史』, 有斐閣双書, 1978.
3　北条秀雄 저, 『改訂増補 浅井了意』, 笠間書院, 1972, pp.123~127.

인『우키요 이야기(浮世物語)』, 1666년에 출간한『오토기보코(伽婢子)』[4] 등이 도쿠가와 초기에 널리 읽혔으며 그 후로도 다수의 작품을 남긴 가나조시를 대표하는 작가라고 할 수 있다.

아사이 료이는 불교 승려로 종교적인 출판물에 관심이 많았지만 활동의 원동력을 한국·중국 등의 서적을 통한 새로운 문화의 동향에 대한 탐구심과 당대 일본 사회에 대한 진지한 관찰로 크게 나누어 볼 수 있다.

『인내기(堪忍記, 간닌키)』는 전형적인 중국의 선서를 번역한 작품으로 중국의 계몽적이고 교훈적인 이야기에 아사이 료이가 지대한 관심을 기울이고 있었음을 알 수 있다.『요석(かなめ石)』은 당대에 발생한 지진과 그 여파에 대해서 치밀하고 냉정하게 관찰한 현실고발성 기록물이다. 그리고 외국의 학문과 일본의 현실을 문학적으로 융화시키려고 노력한 작품으로『우키요 이야기(浮世物語)』와 1666년에 출간한『오토기보코』 등의 작품을 들 수 있다.

본고에서는 도쿠가와 문학의 전개를 염두에 두면서 아사이 료이의 세계관을 그의 '우키요(浮世)' 인식을 중심으로 고찰해 보고자 한다.

2. 우키요(浮世)의 인식

가나조시 기의 대표적 작가인 아사이 료이는 출생연도가 확실하지 않으나 1691년에 사망한 것으로 확인되고 있다. 일본 근세문학 전기의

---

4 본 논문에서의『오토기보코』인용은, 황소연 역『오토기보코』(강원대학교 출판부, 2008)를 활용했다.

가나조시(仮名草子)를 대표하는 작가로 종교적·계몽적인 내용의 서적과 함께 일반적인 읽을거리의 출판에도 적극적으로 관여했다. 아사이 료이에 관한 사전적인 정의를 인용하면 다음과 같다.

> ?~1691. 도쿠가와 시대(1603~1868) 전기의 가나조시의 작자, 승려로 호는 표수자(瓢水子)·송운(松雲)이다. 본성사(本性寺, 혼쇼지) 소의방(昭儀坊)이라고도 칭한다. 아버지는 오사카(摂津)의 본조사(本照寺, 혼쇼지)의 주지였는데 동생이 사건을 저질러 종문(宗門)에서 추방당한다. 료이는 부친의 유지를 받들어 사찰의 부흥을 꾀하고자 청원서를 제출해 1675년 교토(京都)에 본조사와 발음이 같은 명의만 있는 절(紙寺号)인 본성사를 허가받았다. 관영(寛永, 1624~1644) 말부터 교토에 거주하면서 불서인『정토삼부경고취(浄土三部経鼓吹)』고전주석인『이세 이야기(伊勢物語)』외에『인내기(堪忍記, 간닌키)』,『가소기평판(可笑記評判)』,『동해도명소기(東海道名所記)』,『서울참새(京雀, 교스즈메)』,『오토기보코(伽婢子)』,『일본여감(本朝女鑑, 혼초조간)』등 다양한 가나조시를 저술했다. 계몽·교훈 속에서도 강한 현실 비판이 있고『우키요 이야기(浮世物語)』의 모두에 '우키요관(浮世観)'을 제시하고 있다.[5]

아사이 료이가 많은 작품을 남기고 있는데 근세적인 '우키요관(浮世観)'을 제시했다는 점에 무엇보다 의미가 있다. 이 '우키요관'이야말로 일본의 중세문학과 근세문학을 구분하는 중요한 인식의 전환이기 때문이다. 그 '우키요(浮世)'라는 용어의 출전에 대해서는 일본 국학(国学)의 초석을 마련했다고 평가받는 모토오리 노리나가(本居宣長, 1730~1801)가 '우키요(浮世)라는 글자가 나오는 중국의 문장으로는 당나라 시인인 이백(李白)의 「春夜宴桃李園序」의 「光陰者百代過客 而浮世如夢」'이라는

---

5 『岩波 日本史辞典』, 岩波書店, 1999.

설을 제시하고 있다.[6] 이백이 사용한 '우키요(浮世)'와 도쿠가와 기에
사용한 '우키요'에는 현실을 지칭한다는 의미에서는 동일하게 사용했
는지 모르지만 내용상의 차이가 있다고 여겨진다. 도쿠가와 시대에 등
장한 '우키요'의 개념은 한 순간에 형성된 것이 아니고 중세의 종교적인
현실에 대한 반발과 현세를 긍정하는 인식을 상인계층을 중심으로 새
롭게 형성한 것이다. 아사이 료이가 인식한 '우키요관'을 그의 작품인
『우키요 이야기(浮世物語)』를 통해서 살펴보면 다음과 같은 내용이다.

> "조금 오래된 이야기지만 속요(俗謠) 중에, '이상한 일이다. 마음(心)이
> 라고 하는 것은 자신의 것이면서 조금도 뜻대로 되지 않으니 말이다.'라
> 는 노래를 신분고하, 남녀노소를 막론하고 모두가 부르고 있습니다. '사
> 념(思念)이라고 하는 것은 이루어질 수 없는 것, 그렇기에 우키요(憂世)겠
> 지.'라는 노래가 있습니다. 무슨 일에 있어서도 <u>생각대로 되지 않고 뜻대</u>
> <u>로 되지 않는 것이 이 세상이기에, 우키요(憂世)</u>라고 하는 것이겠지요.
> '가려운 발을 신발너머로 긁는다.'라고들 합니다만, 이 속담처럼 가려운
> 곳에 손이 닿지 않듯이, 일이 잘 되는가 싶더니 결정적인 순간에 그르치
> 는 것은 정말로 애가 타는 일입니다. 몸과 마음이 자신의 것이면서도 뜻
> 대로 되지 않는 것은 정말로 이상한 일입니다. 자신의 몸조차 뜻대로 할
> 수 없으니 세상의 일 무엇 하나 뜻대로 되는 일이 있겠습니까. 그렇기에
> 우키요겠지요."라고 어떤 사람이 말을 하기에,
> 　내가 "아니, 그런 뜻이 아닙니다. 이 세상에 살다 보면 보고 듣는 모든
> 것이 선악에 관계없이 재미가 있습니다. 그리고 '한 치 앞이 나락'이라는
> 말이 있듯이 장래의 일은 알 수가 없기 때문에 장래의 일 따위는 수세미의
> 껍질인양 신경 쓸 것도 없으며 생각할수록 몸에 해롭기만 하니 그때그때
> 적당하게 처리하는 것이 좋습니다. 그 뒤는 달구경·눈구경·꽃구경·단풍

6　河竹登志夫,『憂世と浮世―世阿弥から黙阿弥へ』, 日本放送出版協会, 1994.

놀이를 하면서 노래를 부르고 술을 마시면서, 흔들흔들 평소의 괴로움을
발산하면서 지갑이 텅텅 비는 것도 개의치 않고, 어떤 경우에도 포기하지
않는 이른바 물에 떠서 흘러다니는 표주박처럼 <u>가라앉는 일없이 들뜬 마</u>
<u>음가짐으로 이 세상을 살아가는, 이런 둥둥 떠다니는 삶의 모습을 우키요</u>
<u>(浮世)</u>라고 이름붙인 것입니다."라고 말하자 사리에 밝은 달인이 듣고서
"과연 이치에 닿는 말입니다."라고 감탄했다고 한다.[7]

중세의 염세적인 '우키요(憂世)'에서 현실세계에서의 삶을 긍정하는
'우키요(浮世)'로의 인식의 전환이 극적으로 이루어지고 있음을 전하는
내용이다. 도쿠가와 시대의 문학을 논하는 경우 반드시 언급되는 문장
중에 하나이다. 이러한 도쿠가와 시대정신의 발현은 문학에서만 이루어
진 것은 아니다. 시기와 정도의 차이는 있겠지만 도쿠가와 시대의 문예
와 예술 전반에 걸쳐 널리 보이는 시대적 현상으로 이해할 수 있다.[8]
가와타케 도시오(河竹登志夫)는 '1600년 세키가하라 전투(関原戦, 도쿠
가와 이에야스(德川家康)의 동군과 히데요시 세력인 이시다 미쓰나리(石田三成)의
서군이 일본 천하를 놓고 격돌한 전투. 이 전투의 승리로 도쿠가와 이에야스(德川家
康)가 일본 전체를 지배하는 계기를 마련했다. ─역자)가 끝나고 평화로운 세상
이 되자 현세 향락적인 기운이 급속히 번져 서민 생활의 가장 중요한
내용이 된 것은 너무나 당연한 일이다. 이윽고 '우키요 그림(浮世絵)',
'우키요 소설(浮世草子, 우키요조시)'를 시작으로 우키요(浮世)모(某)라는
말과, 장르명, 작품이 탄생해 근세의 풍속문화를 특징짓는 요소가 된
다'고 정리하고 있다.[9]

7   谷脇理史 外校注・訳, 「浮世物語」, 『仮名草子集・浮世草子集』, 小学館, 1971.
8   楢崎宗重, 「浮世絵へのアプローチ」, 『浮世絵と印象派の画家たち展』, 2001年 日本委
     員会, 1980.
9   河竹登志夫, 『憂世と浮世─世阿弥から黙阿弥へ』, 日本放送出版協会, 1994.

　'우키요'의 중심적인 내용은 일본 근세기의 사람들이 중세의 불교적인 염세관에서 벗어나 현실 수용의 자세로 변화하고 있음을 위의 예를 통해서 알 수 있으며 이러한 세계관의 변화를 시대적 분위기의 전환으로 설명하는 데 있어서 아사이 료이의 '우키요관'이 일반적으로 활용되고 있다.

　그러나 아사이 료이의 '우키요관'을 근세기의 전형적인 '우키요관'으로 평가하는 견해에 대하여 사이카쿠 연구가인 다니와키 마사치카(谷脇理史) 씨는 '중세적 우키요(憂世)를 부정하고 근세적인 우키요(浮世)를 주장하고 있는 것으로 유명한 『우키요 이야기(浮世物語)』의 1장(章)이, 엄밀히 말하면 뜻대로 되지 않는 현세(現世)를 인식하면서 그것에 대처하는 마음가짐을 말하는 것으로, 아사이 료이의 우키요관에는 중세적 향락사상의 색채가 강하게 작용하고 있다'고 사전적인 의미에서 일반적으로 인용되는 아사이 료이에 의한 '우키요관'이 전면적인 인식의 전환이라는 주장에 대해 비판적인 입장을 취하고 있다.[10] 다양한 저술을 남긴 아사이 료이의 '우키요관'을 한마디로 정의하기는 용이하지 않으나 이 『우키요 이야기』에서 인식한 '우키요'의 인식은 작품에서는 물론이고 다른 작품과 비교해 보면 전체를 관통하는 작가의 창작의식으로 인정하기는 어려운 면이 있는 것은 사실이다. 예를 들어, 『우키요 이야기』의 권5의 4화 「불효불초한 자식은 없는 이만 못한 이야기」에서는 맹자가 대를 이을 자식이 없는 것을 불효라고 하지만 세상에는 부모의 명망과 재산을 모두 탕진하고 끝내는 사람의 목숨마저 빼앗는 자들이 너무나 많다. 이런 자식은 없는 이만 못한 것이라고 세세한 예를 들어가며 주장하고 있다. 『우키요 이야기』가 '우키요'의 인식을 제시한

10　谷脇理史 校注·訳, 「浮世物語」, 『仮名草子集』, 小学館, 1999.

작품으로 유명하지만 내용적으로는 교훈적인 이야기가 상당수 작품 내에 혼재돼 있다. 1663년에 출판된 『요석(かなめ石)』[11]의 경우도 유사한 모습을 보인다. 1662년에 발생한 지진의 피해를 르포 형식으로 구체적인 예를 들어가며 기술한 작품이다. 그 중에서도 하권의 3화인 「부부싸움을 하고서 도심을 일으킨 이야기」는, '이 당시 교토 안에서 갑자기 신심(信心)이 발동해 우키요(浮世)를 배회하는 어리석은 자가 있었다.'는 문장으로 시작하는 이야기이다. 큰 지진이 일어난다는 소문에 전전긍긍하다가 지진이 나자 멀리 줄행랑을 쳤는데 그가 손에 붙잡고 뛴 사람은 자신의 아내가 아닌 거리에서 동냥을 하는 여자 걸인이었다. 남편의 행동에 격분한 아내가 남자를 집에서 쫓아내자 갈 곳이 없는 남자는 마음에도 없는 불심을 가장해 삭발을 하고 각지의 지인의 거처를 돌면서 배회한다는 이야기이다. 이 이야기는 현실세계의 한계와 현실에서의 삶의 한계를 느낀 주인공이 뜻에도 없는 승려가 되어 각지를 유랑한다는 것으로 이미 종교적인 심성은 사라지고 생존을 위해 분투해야 하는 '우키요'의 세계를 비판적으로 제시하고 있다. 남편이 손을 잡고 뛴 여성 또한 길거리에서 구걸을 하는 구마노비구니(熊野比丘尼)로 이미 이 현실세계는 신이 보살펴주는 세계라기보다는 생존 자체를 걱정해야 하는 냉혹한 세상(浮世)임을 기술하고 있다. 료이가 유교적인 가르침을 비판하고 있지만 교훈적인 내용의 제시에서는 다를 바가 없다.

　이러한 료이의 세계관은 중세의 불교적 세계관에 입각해 현실을 '우키요(憂世)'로 인식하는 것은 유사하지만 이미 종교적인 믿음이 상실한 세상의 모습을 제시하고 있다는 점에서 탈중세적이라고 할 수 있다.

11　井上和人 校注·訳, 「かなめ石」, 『仮名草子集』, 小学館, 1999.

이러한 료이의 현실인식이『우키요 이야기』의 '우키요관'을 창출한 에
너지가 됐지만 현실을 능력을 발휘할 수 있는 적극적인 욕망의 분출구
로 해석하기 위해서는 사이카쿠(西鶴)의『호색일대남』의 출현을 기다
려야 했다. 사이카쿠가 중세적 세계에서 탈피해 근세적인 형식과 내용
의 '우키요'의 세계를 지향했다고 한다면 료이는 교훈적이고 계몽적인
세계가 혼재된 과도기적 '우키요(浮世)'의 모습으로 현실세계를 인지하
고 있다.

　아사이 료이의 이러한 중의적(重意的)인 '우키요관'을『오토기보코(伽
婢子)』에서는 어떻게 반영하고 있는지 살펴보기로 하겠다.

3. 탈봉건의 낭만성

1665년경에『우키요 이야기(浮世物語)』를 출판하고 1666년에 13권 13책
으로 출판된『오토기보코』는 1699년에 재판 발행됐으며 간행연도가
불분명한 판본도 다수 존재한다.[12]『오토기보코』는 도쿠가와 시대 문
학 중에서도 상당히 오랜 기간 동안 영향력을 행사한 작품으로 특히
괴이(怪異) 소설에 있어서는 거대한 맥의 기점을 형성하는 중요한 작품
이다.

　아사이 료이의 작품이 후대에 끼친 영향은 지대한 것으로 그 중에서
도 가장 널리 알려진 것이『오토기보코』중의 일화(一話)인 권3의 3화
인「모란초롱」이다. 그 영향의 파장이 근대기까지 이어지는데 다른 예
를 찾기가 어려울 정도로 특이한 일이다. 이 이야기는『전등신화』의

---

12 『増補 国書総目録』, 岩波書店, 1982.

「모란등기」가 원화로 일본 근세기는 물론 명치시대의 고단(講談, 역사
적 사건이나 작품에 음률을 부여해 전달하는 예능의 일종-필자)에까지 영향을
끼친 것으로 보고되고 있다.[13] 특히, 다치카와 기요시(太刀川淸) 씨는
'伽婢子라는 서명은「모란등기」속에 나오는 盟器婢子에 의한 것이 확
실하다'[14]라고 서명의 유래를 지적하고 있다. 이『오토기보코』는 대륙
의 문화에 뿌리를 두고 있으면서 일본의 근세기를 관통해 명치시대(明
治, 1868~1912)의 문예에 까지 그 영향을 미친 대표적인 작품 중에 하나
이며 도쿠가와 시대의 중요한 한 부분을 형성했다고 할 수 있다.[15] 그
런 측면에서『오토기보코』는 동아시아 문학과 일본문학의 상호 관련
양상을 파악하는 데 있어서 중요한 의미를 지닌 작품이라고 평가할
수 있다.

『오토기보코』의 서문을 읽으면, '이 책은 범용한 사람과 아이들이
즐거이 읽고 쉽게 뜻을 깨우치도록 하는 바이며 남녀의 음탕함을 논하
는 것에 대한 경계의 의도가 있으며 저승과 이승의 신과 귀신의 이치를
명확하게 하고자 함이다.'라고 경세적인 요소를 담고 있는 듯한 기술
을 볼 수 있다.

그렇다면 이 경세적인 자세가 전 작품을 관통하고 있는 것일까. 많
은 경우의 작품에서 서문은 중요한 역할을 담당하지만 본문의 내용과
그다지 밀접한 관계를 가지고 있지 못한 경우도 있을 수 있으므로 서문
을 토대로 본문의 내용을 전적으로 재단하는 것은 신중을 요하는 작업
이다. 특히 일본의 봉건적인 틀 안에서는 외부의 시선을 의식한 서문

---

13 太刀川淸,『牡丹灯記の系譜』, 勉誠社, 1998.

14 상동서, p.33.

15 산유테이 엔초 저·황소연 외 역,『괴담 모란등롱』, 도서출판 문, 2014.

의 기술과 내적인 내용은 많이 다를 수 있기 때문이다.

『오토기보코』에 인용된 서적은 다양하지만 그 중에서도 주목을 받으며 꾸준하게 활용된 이야기는 「모란등화」의 예에서 알 수 있듯이 남녀 간의 사랑을 다룬 내용이 아닐까 싶다. 전체적으로 남녀 간의 정을 표현한 작품 중에서 『전등신화』[16]의 영향을 받은 작품이 많지만 『전등신화』와는 무관한 작품도 다수 보인다. 예를 들어, 남녀 간의 사랑을 다룬 작품으로 분류할 수 있는 것을 정리하면 다음과 같다.

　㉠ 2-2 「진홍색 띠」(『전등신화』「금봉차기」)

　앞부분은 『이세 이야기』의 영향이 보인다. 중국 소설 등에서는 부친 간의 언약이 중요한 의미를 갖지만 『오토기보코』에서는 남녀 간의 정이 우선시되며 이러한 설정은 일본의 고전 소설의 영향으로 보는 것이 타당하다.

　㉡ 3-3 「모란초롱」(『전등신화』「모란등기」)

　일본 근세기에 가장 널리 퍼진 이야기 중에 하나이다.

　㉢ 4-2 「꿈속의 약속」(『전등신화』「위당기우기」)

　『겐지 이야기(源氏物語)』, 『이세 이야기(伊勢物語)』 등의 인용이 보인다. 이곳에서도 여인이 남성의 모습에 흠모해 상사병이 걸리는 설정이다.

　㉣ 6-3 「유녀 미야기노」(『전등신화』「애경전」)

　스루가의 유명한 유녀. 아들의 번거로움을 생각해 결혼을 승낙. 원전에서는 가볍게 결혼을 승낙했다고 하나 『오토기보코』에서는 유녀라는 사실에 고민하는 모습을 설정했다.

　㉤ 8-3 「노래로 맺은 인연」(『금오신화』「이생규장전」)

　여성의 정절을 다룬 이야기로 이색적이라고 볼 수 있다.

　㉥ 9-3 「금각사 유령과 맺은 인연」(『전등신화』「등목취유취경원기」)

　일본 고전의 세계, 문화적 배경에 대한 지대한 관심이 보이는 이야기

16　최용철 역, 『전등삼종 상·하』, 소명출판, 2005.

이다.

ⓐ 11-3 「생을 바꿔서 맺은 인연」(『전등신화』 「녹의인전」)

폭정과 남성의 질투심이 표현돼 있다.

ⓑ 12-2 「유령이 보낸 편지」(『전등신화』 「취취전」)

애절한 부부간의 사랑이야기.

ⓒ 3-1 「눈으로 본 아내의 꿈」(『몽유록(夢遊錄)』 「장생(張生)」)

무로의 유녀.

ⓓ 4-5 「입관한 시신의 재생」(『영귀지(靈鬼志)』 「당흰(唐咺)」)

부부간의 정과 자녀의 유령에 관한 이야기.

ⓔ 7-4 「혼령과 맺은 인연」(『영귀지』 「왕현지(王玄之)」)

『전등신화』의 「모란등기」의 이야기와 유사.

ⓕ 7-5 「죽음을 초원한 인연」(『영귀지』 「유참군(柳参軍)」)

세상과 부모의 의견과 대립하는 젊은이들의 미의식의 충돌이라고 할 수 있다. 부모의 의견보다는 자신들의 의견을 관철하는 의지가 엿보인다.

ⓖ 10-3 「소원을 빌어 유령과 맺은 인연」(『재귀지(才鬼志)』 「노계형(魯季衡)」)

정략결혼을 의도했지만 사랑을 느끼게 돼 죽음, 재회의 과정을 그려 냈다.

위 이야기들의 출전으로는 『전등신화』가 다수를 점하지만 그 이외에도 『금오신화』, 『오조소설(五朝小説)』에서 발췌 번안한 것들이 적지 않다.[17] 이야기의 특징은 부모의 의견보다는 남녀 간의 사랑을 적극적으로 인정하고 있다는 점과 그들의 의지가 현실이나 환생이라는 우회적인 설정을 통해서라도 관철된다는 사실이다. 이러한 젊은이들의 사랑이 성립된다는 것은 봉건적 세계의 질서와 절대성이 젊은이들의 욕

---

17 황소연, 『일본근세문학과 선서』, 보고사, 2004.

망에 의해 상대화되는 '우키요'의 실현이라고 볼 수 있다.

『오토기보코』에는 '인과'를 사랑의 문제와 연결시켜 다룬 작품이 많은데 작자는 외국의 남녀 간의 이야기를 일본적인 이야기로 전환시키려는 노력을 다양한 각도에서 시도하고 있다. 그 중에 한 예가 『겐지 이야기(源氏物語)』, 『이세 이야기(伊勢物語)』를 작품 내에서 적극 활용하는 자세이다.

젊은 남녀의 사랑을 존중하고자 하는 작자의 의도가 『전등신화』의 영향이라는 주장은 가능하나 다른 문헌의 예도 『오토기보코』에 다수가 보이는 만큼 작자의 의도하에 『전등신화』와 일본의 고전문학이 적극적으로 활용되었다는 것을 알 수 있다.

불교 승려의 입장에서 '애집(愛執)'에 해당하는 남녀 간의 사랑을 인정한다는 것은 종교적 측면에서는 모순이라고 볼 수도 있지만 작자인 아사이 료이의 현세 긍정의 자세가 반영된 것으로 이른바 도쿠가와 시대의 문학을 이해하는 데 있어서 중요한 개념인 사랑이 그의 '우키요(浮世)'의 중심 내용으로 제시되고 있다.

사상적 배경으로는 주변화(周邊化)의 조짐을 보이기 시작한 불교적인 입장에서 일본 사회의 전통적인 인간의 마음과 현실과의 연결고리를 찾아 낭만적인 사랑의 가능성을 제시하고자 했다고 할 수 있다.

4. 새로운 질서와 우키요(浮世)

『오토기보코』에는 낭만적인 사랑의 이야기 말고도 세상을 위한 교훈적인 내용의 이야기도 많고 담고 있다. 아사이 료이는 개인적으로 조선의 『삼강행실도』, 중국의 선서 등을 참고로 하면서 새로운 시대에 맞는 교학의 양상을 모색하고 있었다고 판단된다.

> ㉠ 12-5 「눈 먼 아이를 보살핀 보답」(『오조소설(五朝小説)』「모정객화(茅
> 亭客話)」)
> 선행에 의한 인과.
> ㉡ 1-2 「황금 백량」(『전등신화』「삼산복지지(三山福地志)」)
> ㉢ 6-3 「유녀 미야기노」(『전등신화』「애경전」)

㉠의 「눈먼 아이를 보살핀 보답」은 『오조소설(五朝小説)』에 있는 이야기를 번안한 것으로, 전란으로 부모를 잃은 아이를 보살펴 주고 그아이가 사망한 후에는 정성껏 장례를 치러주어 다케다 신겐이 이 이야기를 듣고 포상하며 여인을 현상(顯賞)했다는 내용이다. 전형적인 응보담(応報談)으로 중국의 선서에 많이 등장하는 유형의 이야기이다. 이러한 인과를 바탕으로 한 응보담은 성리학자는 물론이고 국학자들로부터도 환영을 받지 못하는 설정이지만 일반 서민들에게는 상당한 영향력을 행사했다.

도쿠가와 시대의 대표적 국학자인 모토오리 노리나가(本居宣長, 1730~1801)는 '인과응보의 설은, 처지에 맞게 잘 만든 이야기이기에 논할 가치도 없다'고 비판을 가하고 있다.[18] ㉡의 이야기도 전형적인 선서의 내용으로 『전등신화』를 참고해서 번안한 작품으로 당대의 일본인들이 읽었을 경우에는 대단히 이질적인 사유의 방법이 표현된 이야기라고 할 수 있다. 당시의 일본인에게 이 정도로 신의를 저버리는 사람에게 보복을 하지 않는다는 것은 상상하기 어려운 내용이다. 이야기의 주인공이 복수를 결심했다가 그의 가족의 처지를 고려해 복수를 단념하고

---

18 大久保 正校注, 「玉くしげ」, 『近世思想家文集』, 岩波書店, 1973.

복수를 생각했다는 이유로 복이 달아날 처지에 빠졌다가 마음을 바로
잡아 연명할 수 있었다는 이야기는 대단히 중국적인 내용이다. 이러한
내용을 아사이 료이는 소중하게 취급했을지 모르나 도쿠가와 문학의
흐름을 고려한다면 주된 맥을 형성하지는 못했다.

도쿠가와 시대의 사회상은 절차를 밟은 '사적(私的) 보복'을 용인하
는 사회였기 때문이며 일본의 서민들은 사적 보복담의 주인공을 영웅
시하는 태도까지 보이고 있다. 그 전형적인 예가 '주신구라(忠臣藏)'로
정당한 법의 심판을 받아 자결한 주군의 복수를 감행한 47명의 무사를
법리적 판단과는 달리 긍정적인 시각에서 다루고 있다. 이와 같은 사
적인 보복을 긍정하는 사회 분위기 속에서도 사이카쿠의 『사이카쿠
여러 지방 이야기(西鶴諸国話, 사이카쿠쇼코쿠바나시)』의 권3의 7화처럼 사
적 보복을 부정하는 이야기도 존재하지만 도쿠가와 시대의 작가는 사
적 보복을 작품화하는 데 대단한 열의를 보였다. 일본적인 상황에 맞
지 않는 중국적인 교훈이 퍼지지 못한 예라고 할 수 있다.

그와는 반대로 일본 사회에 널리 퍼진 예가 ⓒ의 이야기이다. 유녀
를 아내로 맞이하는 과정에서 모친이 반대하지만 끝내는 자식을 생각
하는 마음에서 결혼을 승낙하게 되는데 그 이후의 이야기 전개는 아내
가 정절을 지키려다 목숨을 잃는 이야기로 각색된다. 이 정절을 지키
기 위해 목숨을 버린 이야기는 한국의 『삼강행실도』에서도 자주 등장
하는 내용이지만 유녀 출신의 부인이 성공적으로 가정을 이끌었다는
이야기는 일본적인 설정이다.

일본 사회에서 유녀를 아내로 맞이하는 이야기가 자주 등장하지만
현실 세계에서 모두가 가족의 일원으로 자연스럽게 받아들여진 것은
아니다. 유녀는 도쿠가와 문화의 중심적인 존재였지만 그 자체를 사회
적으로 높이 평가한 것은 아니었다. 그러나 유녀와 유곽에 대한 기록

은 가나조시 기부터 광범위하게 작성됐는데 이를 통상적으로 유녀평
판기물(遊女評判記物)이라고 한다. 유곽의 발생에 대해서는 색(色)을 중
시한 도요토미 히데요시에 의한 설치[19]라는 인식이 일반적이다. 현 막
부와는 관계없는 사회로부터 격리된 해방구로서의 이미지가 유곽에는
있었는데 교토에 설치된 시마바라(嶋原) 유곽의 어원이 크리스천의 반
란이 일어난 시마바라의 성(城)과 유사하기 때문이라는 설을 아사이
료이가 주장하고 있으며『색도대감(色道大鑑)』에서는 이 설을 부정하며
새로운 설을 주장하고 있을 정도이다.[20] 유녀에 관한 일종의 정보지인
유녀평판기에 대한 평가는 유녀와 유곽에 대한 의존도가 심화된 도쿠
가와 후기 문학의 전공자일수록 문화적 자료라는 차원에서 비교적 높
이 평가하는 입장에 있다. 가나조시 기에 발생한 유녀평판기적인 흐름
이 이하라 사이카쿠의 우키요조시(浮世草子)의 창작에 영향을 준 것은
부정할 수 없는 사실이나 유녀평판기와 사이카쿠 작품 간에 문학적인
가치 측면에서 커다란 차이가 있다고 보는 시각이 일반적이다. 아사이
료이가『오토기보코』에서 유녀를 번안에 적극적으로 활용했다고 하는
것은 가나조시 기에 유녀의 존재가 사회에 널리 퍼져있었다는 사실의
반영을 넘어서 유녀의 세계와 일반인의 삶을 문학적으로 접목시킬 수
있는 가능성을 제시했다는 점에서 주목된다. 유녀와 일반인의 삶을 접
목시키고자 한 노력이 후대의 이하라 사이카쿠의 작품에서도 엿보인
다. 예를 들어,『호색일대남(好色一代男)』[21]에서 전설적인 유녀인 요시
노의 일화를 소개하고 있다.

19 『색도대감(色道大鑑)』, p.345.
20 『색도대감(色道大鑑)』, p.346.
21 富士昭雄 外訳註, 『好色一代男』(決定版対訳西鶴全集 一), 明治書院, 1992.

요시노를 낙적을 해서 부인으로 삼았다. 요시노는 천성적으로 기품을 지니고 있는데다가 세상의 일도 보고 배워 그 현명함이란 말로 다하기 어려울 정도였다. 후세(後世)를 기원하는 불심(仏心)도 남편과 동일한 법화종(法華宗)으로 삼고 남편이 담배를 싫어한다고 해서 자신도 끊고 무슨 일이든지 남편의 마음에 쏙 들었다. 그런데 친족들이 유녀를 아내로 삼는다는 것은 도리에 어긋난 처사라고 비난하면서 절교를 선언했기 때문에 요시노의 입장이 곤란했다. 그래서 요시노는 요노스케에게 여러 번 절연을 청했다. "인연을 끊는 것이 어렵다면 제가 별장에 거처하면서 가끔 찾아주시면 어떨까요."라고 청원을 해도 요노스케는 조금도 동요하지 않았다. "정 그러시다면 제가 나서서 친족분들과의 사이를 회복시켜 보겠습니다."라고 요시노가 말하자, 요노스케는 "스님과 간누시(神主, 신사의 주지)의 중재도 듣질 않는 사람들인데 무슨 수로 당신이 할 수 있겠소."라고 물었다. 요시노는, "우선, 명일 요시노와는 절연을 하고 되돌려 보내겠습니다. 부디 예전과 같이 저를 대해 주십시오."라고 겸손한 말투로 인사를 드리고, "마침 마당의 벚꽃이 제철이니 부인들을 초대하고자 합니다."라는 편지를 보내주십시오."라고 권했다. 요노스케가 위의 내용으로 편지를 보내자, "본래부터 무슨 큰 원한이 있는 것이 아니니."라고 모두들 그날 가마들을 타고 몰려들었다.

유녀와의 결혼에 반대하던 친지들이 그녀의 살림살이와 다재다능한 기량을 직접 확인하고는 모두가 만족하면서 귀가했다는 이야기이다. 『오토기보코』에서 등장하는 다재다능한 미야기노의 모습은 사이카쿠의 『호색일대남』에서도 확인하는 것이 가능하다. 도쿠가와 시대를 통해 유녀가 일반 가정의 여인보다 훌륭하다는 논의가 호사가들을 통해서 빈번하게 제기되는데 아사이 료이는 『오토기보코』를 통해서 유녀와 정절을 지키는 여인상을 접목시켜 이러한 논쟁의 단초를 제공했다고 해도 과언이 아니다.[22]

이러한 ㉠㉡㉢의 예를 통해서 보면 아사이 료이는 교훈적인 내용을 다루면서 현재 일본인이 이해하는 근세적인 '우키요관'과는 다르지만 당대에 일본 사회에 부재했던 사유의 방법들을 적극적으로 제시하고 있다는 것을 알 수 있다.

이러한 사유의 방법을 제시함으로써 아사이 료이는 이 세상에 다양한 사유의 형태가 존재하는데 그것이 바로 '우키요'라는 것을 제시하고자 한 것은 아닐까 추론된다.

5. 우키요(浮世)의 상대성

『오토기보코』의 68화는 일관된 편집 의도하에 작성됐다고 보기 어려울 정도로 다양한 이야기를 담고 있지만 그 내용 중에는 상호 보완적인 내용들도 많이 있다.

예를 들어 여성의 질투에 대해 유교사회에서는 금기시했던 전통이 있다. 그러나 『오토기보코』 11-3화 「생을 바꿔서 맺은 인연」(『전등신화』 「녹의인전」)은 폭정의 예를 들면서 남자의 질투에 대해서도 잠시 다루고 있다. 번안의 과정에서 아사이 료이의 설정이 다소 바뀐 부분도 있으나 전체적인 틀은 『전등신화』 「녹의인전」의 구성을 적극 활용하고 있다. 여성의 질투가 불러오는 문제에 대해서 아사이 료이는 『인내기(堪忍記, 간닌키)』에서 다양하게 다루었는데 『오토기보코』에서는 남성과 여성을 구별하는 성적 역할의 차이에서 여성의 질투를 다루었다고 보기보다는

---

22 일본 헤이안 시대의 대표적인 수필인 『마쿠라노소시(枕草子)』에서는, 궁중에 출사해서 근무하는 여성과 집안에 머무는 여성 간에 우열을 논한 논설이 보이는데 이러한 논쟁은 근세기의 유녀평판기에 빈번하게 등장하는 소재이다.

일본의 역사적인 유래 속에서 여성의 질투문제를 고찰하고 있는 점이 흥미롭다.

권10-2화「수신이 된 부인」의 이야기는 질투의 내용임에는 틀림이 없으나『겐지 이야기』의 '로쿠조 미야스 도코로'와 '하시히메 신사' 등의 내용과 연결시켜 질투를 마음의 문제로 다루면서 당시 유행하던 '명소안내기(名所案内記)'[23]적인 유래담의 성격도 가미해 남성의 질투와 여성의 질투를 특별히 구별해서 논하고 있지는 않다.『인내기(堪忍記, 간닌키)』에서와 같이 여성의 일방적인 인내를 강조하는 자세에서 한 인간의 성정으로서의 격정성을 그리는 쪽으로 변화한 것이 아닌가 생각된다.

『오토기보코』에는 질병에 대한 이야기가 많이 등장하는데[24] 중국에서 유입된 선서계통의 이야기에서는 질병은 곧 전생의 악행과 연결되는 이야기가 많으나『오토기보코』에서의 기병은 악행과의 인과관계의 설명이『인내기』처럼 집중적으로 보이질 않는다. 질병에 대해서는 전통적인 선서에서 보이는 단순한 심상적인 인과론에서 벗어나 외과적 치료의 가능성을 제시하면서 정신적인 수양을 통한 치유에 무게를 두고 있다.

이러한 료이의 시점은『인내기』처럼 마음을 특정한 목적에 맞추어 재구축하려고 하는 교도적인 태도에서 벗어나 몸과 마음이 공존하는 틀에 대한 모색을 시도하고 있다고 할 수 있다. 예를 들어, 현실 생활에서 질병을 앓고 있는 사람 모두를 전생의 악행에 의한 것이라고 한다면 당시의 일본인들이 얼마만큼 신뢰했을까 의문이다. 당대의 석학인

---

23 아사이 료이는『江戸名所記』,『東海道名所記』,『京雀』과 같은 명소 안내기를 출판하고 있다.

24 江本裕,『近世前期小説の研究』, 若草書房, 2000.

하야시 가호(林鵞峰, 1618~1680)가 실제적으로 자신의 질병인 '혹'에 대한 기록을 남겼는데 전생의 인과와 연결시켜 해석하기보다는 실제적인 치료 방법에 주목하고 있음을 알 수 있다.

> 외과를 사용해 그 바깥쪽을 공격하고 그 안에 탕약을 넣는다. 곡기로 보양을 하면서 마음을 편하게 기거하면 백여 일이 지나 처음처럼 회복된다.[25]

아사이 료이는 하야시 가호처럼 질병을 전적으로 물리적 현상으로만 해석하고자 한 것도 아니며 모두가 인과에 의해 발생한 것이라고 보지도 않았다. 아사이 료이가 서문에서 '이 책은 눈에 보이지 않는 세계에 대한 기록'이라고 밝혔듯이 현실의 의미를 독립적이고 단절적인 것으로 파악하기보다는 미지의 저승과 이승이 함께 공존하는 순환의 구조 속에서 이해했기 때문이다. 당시 해금령에 의해 외국의 문물을 자유롭게 접할 수 없던 시절에 동양적인 것과 서양적인 것에 대한 종합적인 고찰을 염두에 두고 있다는 점은 료이가『오토기보코』를 통해서 표현하고자 했던 현실 즉 '우키요'의 공간적 다양성을 제시한 것이다. 그 다양함이 하나의 세계 속에 공존하는 세계관의 제시가 본서를 통해서 아사이 료이가 의도한 바일 것이다. 아사이 료이는『오토기보코』의 서문에서 다음과 같이 기술하고 있다.

> 춘추에서는 난적들의 일을 기록했으며 시경에서는 국풍·정풍의 편을 실어 후세에 뜻을 밝히고 거울로 삼게 했습니다. 더욱이 불경에서는 삼세 인과의 이치를 가르치며 사생유전의 업을 경계하고 신통 혹은 변화의 모

25 日野竜夫編,『鵞峰林学士文集』(近世儒家文集集成 第12), ぺりかん社, 1997.

습들을 설파합니다. 또한 신도에서는 초목토석에 이르기까지 모두 그 신령이 있는 것을 기록해서 측량할 수 없는 오묘한 묘리를 나타내도록 합니다. 삼교는 각각의 영리·기특·괴이·감응이 헛되지 않음을 가르치고 그 길에 이르도록 하는 매개자의 역할을 합니다.

아사이 료이는 삼교일치적인 세계관을 바탕으로 서민교화의 자세를 보였는데 교화의 시점은 불교의 승려였던 만큼 불교적인 색채가 짙지만 도교, 신도, 유교적인 세계에 대해서도 수용하는 자세를 취했다. 특히,『오토기보코』는 도쿠가와 시대의 문학 전개에 있어서 대륙의 흐름을 일본적인 세계관과 접목시킨 중요한 작품이다. 또한,『오토기보코』의 복합적인 작품세계는 이후의 도쿠가와 시대의 문학에서 특징적인 요소를 강조하는 창작방법으로 전환되기 이전의 모습으로 도쿠가와 시대 문학의 원형을 이루는 요소가 이 작품의 내부에 광범위하게 내재되어 있다.

이러한 종합적이고 복합적인 아사이 료이의 세계관이 작품내의 '우키요관'을 형성한 것으로 이른바 근세적인 낭만성을 인정하고자 하는 의식과 새로운 세상의 교도관을 확립하고자 하는 의도가 료이의 '우키요관'의 중의적(重義的) 성격으로 귀결된 것이다.

6. 마치며

근대 산업발달에 기초한 서구문명이 일본에 영향을 주기 전까지 서양의 상업주의적 세력의 영향은 비교적 제한적이었다. 일본은 같은 동아시아 국가인 한국과 중국으로부터 영향을 받으면서 자국문화를 구축하고 내용을 심화시켜나가는 틀을 유지해 왔다. 『오토기보코』가 발표된 1660년경도 예외가 아니다. 임진왜란을 통해서 조선으로부터 다수의 서적과 새로운 문물이 도래해 도쿠가와 시대의 토대를 이루었으며 중국과의 교역을 통해서도 새로운 문물이 일본으로 들어왔다. 도쿠가와 시대를 대표하는 『오토기보코』라는 '괴담집'이 탄생하게 된 배경이다.

이 『오토기보코』는 아사이 료이가 한국과 중국의 다양한 서적과 전승으로부터 68화를 취사·선택해 일본적인 문화의 틀 속에서 자신의 '우키요'의 가치를 구현하고자 한 작품이다. 다양한 이야기가 혼재된 인상을 받지만 작품 전체에 작자의 의도가 관철되어 있다. 작자의 시점은 끊임없는 가치의 상대화 과정으로 절대적인 기준에 대한 부정에서 시작하고 있다. 그러한 가치관을 대변하는 것이 아사이 료이에 의해 제시된 '우키요'의 다양성으로 가장 가까운 곳에 존재하는 '마음'조차 하나의 가치로 정의할 수 없는 우리이기에 우리가 구성하는 '우키요' 또한 하나의 틀로 정의될 수 없다는 것을 의미한다.

성리학이 도쿠가와 시대의 통치이념으로 등장한 시기에 쓰여진 『오토기보코』의 작품세계는 파악하기 어려운 인간의 마음과 다양한 '우키요'의 묘사를 통해 인간 존재와 마음의 다양성이 존중받는 '우키요'라는 공간의 구현이 아니었을까 추론된다. 세상을 하나의 체계로 인식하는 성리학과는 대조적이다.

『오토기보코』에 담겨진 이야기들은 도쿠가와 시대의 출판문화의 발달로 다양한 장르에 걸쳐 영향을 주었으며 현재의 일본문화의 중요한 일부분으로도 기능하고 있다. 『오토기보코』가 일본이 동아시아 다른 국가와도 문화적으로 유대감을 형성할 수 있는 매개체 역할을 담당할 수 있다고 확신한다.

제2부
사이카쿠로 본
도쿠가와 시대와
문학

사이카쿠(西鶴)의 별명은 '오란다(Holland, 和蘭)류 사이카쿠'이다. 모두가 평범한 하이카이(俳諧)를 할 때 사이카쿠만큼 하이카이 세계에 이색적으로 도전한 시인은 없을 것이다. 하이카이 시의 평판도를 논하자면 바쇼(芭蕉)를 포함해 훌륭한 시인이 많으나, 하이카이 정신에 충만한 삶을 산 시인으로는 사이카쿠만한 사람을 찾기 어려울 것이다.

1642년에 오사카의 부유한 상인의 아들로 태어나 하이카이 선생으로 활동하면서 1677년에 하루에 1,600구를 읊었으며 1680년에는 4,000구, 1684년에는 2만 3천5백 구를 읊어 전인미답의 대기록을 세운다. 산문으로는 1682년에 『호색일대남(好色一代男)』을 간행한 후 1684년에 『제염대감(諸艶大鑑)』, 1685년에 『사이카쿠 여러 지방 이야기(西鶴諸国話)』, 『완큐의 일생(椀久一世物語)』, 1686년에 『호색오인녀(好色五人女)』, 『호색일대녀(好色一代女)』, 『일본이십불효(本朝二十不孝)』를 간행, 1687년에 『남색대감(男色大鑑)』, 『휴대용 벼루(懐硯)』, 『무도전래기(武道伝来記)』, 1688년에 『일본영대장(日本永代蔵)』, 『무가의 의리 이야기(武家義理物語)』, 『호색성쇠기(好色盛衰記)』, 『신가소기(新可笑記)』 등, 1689년에 『일본앵음비사(本朝桜陰比事)』 등, 1691년에 『완큐 이세의 일생(椀久二世物語)』, 1692년에 『세상의 셈법(世間胸算用)』, 1693년에 『우키요영화일대남(浮世栄華一代男)』 등을 간행했다. 1683년 이래 배우평판기와 연극대본 실용지리서 등을 출판했으며 1693년 8월 10일에 오사카에서 52세에 세상을 떠난다. 사후에 출판된 작품으로는 『사이카쿠가 남긴 선물(西鶴置土産)』을 비롯해 4편의 작품이 있다.

사이카쿠는 하이카이 시인으로도 유명하지만 『호색일대남』이라는 작품으로 우키요조시라는 장르를 탄생시킨 작가로서도 더 유명하다. 우키요조시의 정의에 대해서 데루오카 야스타카 씨는, 『호색일대남』이후 오사카와 교토(上方지역)를 중심으로 약 80년간 유행한 현실주의적이고 오락적인 상인문학을 지칭한다고 정의했다. 논자에 의해 다소 차이는 있지만 우키요조시의 특질을 포괄적으로 정리한 내용이다.

사이카쿠의 산문에 대해서는 통상적으로 호색물, 잡화물, 무가물, 상인물 등으로 나누는 것이 보통이다. 호색물은『호색일대남』을 비롯해 사이카쿠의 이미지를 대표하는 작품들이다. 상인물은 상인들의 삶을 사실적으로 묘사해 평가가 높지만 무가물에 대해서는 다소 평가가 낮은 편이다. 역시 사이카쿠를 대표하는 문예는 호색물로 유교를 통치이념으로 표방하는 사회에서 호색물이 갖는 의미는 선정적인 내용에 그치는 것이 아니라 대사회적인 비판의식의 발로이며 존재 자체가 반사회적인 요소를 지니고 있다고 해도 과언이 아니다. 처음에는 유곽을 중심으로 유녀에 대해 언급했지만 점차 일반인들의 사랑 문제를 다루면서 그 영역을 넓혀간다. 사이카쿠는 몇 통의 편지가 필사본으로 전해질 뿐 대부분을 출판이라는 형식을 통해 일반인들과 소통을 했다고 생각한다.

근대기의 일본작가들이 도쿠가와 시대의 게사쿠(戲作) 문학을 철저하게 비판하면서도 사이카쿠 문학에 열광한 이유는 그의 작품이 갖는 사실적 성격과 함께 봉건적 교학(敎學)과는 일정한 거리를 유지한 그의 문학 세계에 기인하는 바가 아닐까 생각한다.

제1장

사이카쿠 소설의 창작의식

-『호색일대남』의 삽화를 매개로

1. 시작하며

도쿠가와 시대의 문학을 논하는 데 있어서 가장 기념비적인 작품을
꼽으라면 역시 사이카쿠의 『호색일대남(好色一代男)』일 것이다. 일본의
중고등학교에서 이 작품을 어떻게 교육시키는지 궁금하지만 일반인들
의 감수성을 풍부하게 해주는 정서적인 작품은 아니라고 생각된다. 일
본의 하이쿠 시의 성인이라고 칭송받는 마쓰오 바쇼(松尾芭蕉, 1644~
1694)는 이하라 사이카쿠(井原西鶴, 1642~1693)와 동시대를 살았는데 사
이카쿠가 소설과 연극에 집중하는 모습을 보면서 '인정을 말한다고 해
도 요사이 노골적으로 세세한 부분까지 찾아내 묘사하는 사이카쿠는
깊이가 없고 품위가 떨어진다'고 비판을 했다.[1] 하이쿠의 세계에서도
사이카쿠는 '오란다 사이카쿠'라는 이칭이 있었듯이 기존의 질서를 무
시하고 자신의 세계를 추진하는 이단아로서의 역량은 타의 추종을 불

---

1 『去来抄』(校本芭蕉全集第七巻), 富士見書房, p.123, 「人情をいふとても、今日のさかし
   きくまぐま迄探り求め、西鶴が浅ましく下れる姿あり」

허하는 존재라고 할 수 있다.

사이카쿠의 자비에 가까운 형태로 출판한『호색일대남』에서 시작된 우키요조시는 가나조시의 교훈적 태도에서 탈피해 상인계층의 다양한 현실의 모습을 담고 있다는 점에서 기존의 작품들과 차별화된 평가를 받고 있다. 상인계층의 현실을 문예화한『호색일대남』의 창작의식에 대한 논의가 활발하게 진행되고 있지만 성립과정과 작품의 현실적인 성격에 대한 견해에서는 뚜렷한 견해의 차이를 보이고 있다.

기존의 대표적인 연구를 정리하면,『호색일대남』의 마지막 장에서 주인공인 요노스케(世之介)가 일본을 떠나 여자만이 산다는 여호도(女護島, 뇨고가시마)로 출항하는 소설의 결말을 두고서 데루오카 씨와 노마 씨의 설이 대립하고 있다. 주인공인 요노스케는 신흥 상업 계층을 상징하는 존재이며 그들이 분출하는 에너지가 작품 생산의 기초라고 파악하는 데루오카 설이 널리 지지를 받고 있다.[2] 이 견해에 반대하는 입장에서는 여호도로 향하는 요노스케의 설정은 당대 일본 상황에 대한 시대적 한계와 좌절을 의미한다고 해석[3]하는 노마 씨의 견해가 있다.

전자는 주인공인 요노스케가『호색일대남』의 모든 장에 걸쳐 주인공으로서의 역할을 충실하게 담당하고 있다는 해석과 연결되어 있으며 후자는 권5 이후의 작품에서 유녀가 주역이고 주인공인 요노스케는 단순한 조역으로 전락했다는 해석과 깊은 관련성이 있다. 노마 씨의 견해는 우키요조시의 발생이 가나조시의 유녀평판기에 기초하고 있다는 입장에서 출발하고 있는 반면에 데루오카 씨는 사이카쿠의 작가

---

2 暉峻康隆,『西鶴評論と硏究 上』, 中央公論社, 1948.

3 野間光辰, 「西鶴と西鶴以後」,『岩波講座日本文学史』, 岩波書店, 1959.

정신을 더 평가하는 입장이다.

이러한 양설이 대립하고 있는 상황에서 다니와키 마사치카(谷脇理史) 씨는 작품을 이분해서 이해하는 것은 문제가 있다고 지적하면서 주인공의 위상을 중심으로 전체를 다섯 그룹으로 분류해 권5를 중심으로 양분하는 설을 부정했다. 다니와키 마사치카 씨의 논지는『호색일대남』의 전장(全章)[4]에 다양한 이야기가 분산돼 있는 만큼 권5를 중심으로 이분하는 단계론적 성립 과정을 부정한다는 견해이다.[5]

현재『호색일대남』의 내용상 특징을 놓고 구체적인 분석이 다양하게 진행되고 있지만 의견이 점차 세분화되면서 성립과정뿐만 아니라 창작의식을 추론하는 것이 곤란한 상태가 아닌가 판단된다. 따라서『호색일대남』의 창작의식을 파악하기 위해서는 성립 과정을 포함해 주인공인 요노스케와 유녀와의 관계를 아우르는 새로운 관점에서 작품 전체를 조명할 필요가 있다고 본다. 그 방법으로는 종래의 연구에서 소홀히 다뤘던 삽화를 통한 내용 분석이 새로운 가능성을 제시할 것으로 판단해 본고에서는 성립론을 중심으로 창작의식을 파악하던 종래의 방법에 삽화를 포함시켜 보다 종합적으로 사이카쿠의 창작의식의 분석을 시도해 보고자 한다.[6]

---

4 『호색일대남』은 54장(章)으로 구성되어 있다. 『겐지 이야기』의 54첩을 의식한 것이다. 일대기적 성격을 띠고 있으므로 화(話)라는 단위보다 장(章)을 사용해 설명하고자 한다.
5 谷脇理史, 『西鶴研究序説』, 新典社, 1981.
6 『호색일대남』의 삽화는 사이카쿠 자신이 그린 그림으로 인정하는 만큼 내용 분석에서 적합한 자료로 활용 가능하다.

2. 『호색일대남』의 삽화

『호색일대남』은 내용뿐만 아니라 책의 형식에 있어서도 큰 변화를 가져왔다. 두 장 반의 본문에 반장의 삽화를 규칙적으로 전 54장(章)에 걸쳐 설정했다는 것은 작가가 본문과 함께 삽화에 대해서도 특별한 관심을 가지고 책을 출판했다는 것을 의미한다.

삽화를 작품의 일부로 읽어야 한다는 의견에 대해서는 많은 연구자들이 공감하고 있음에도 불구하고 사이카쿠 연구에서 삽화가 거론되는 경우는 많지 않다. 이러한 연구 분위기 속에서 와카키 다이이치(若木 太一) 씨는 사이카쿠 본(本) 삽화의 과제를 다음과 같이 정리하고 있다.[7]

> ㉠ 그림이 들어간 하이쿠 서적(絵入俳書)에서 시작해서 『호색일대남』으로 상징되는 우키요조시를 창작하고 사이카쿠의 자화(自画)인정 및 그 표현의식과 기법 등 기본적인 문제에 대한 해명.
> ㉡ 직업 화가에게 삽화를 의뢰하고 본문과 삽화를 합해서 작품을 완성시키고 출판물 내지는 상품으로서 제공하는 현재와 같은 분담형 제작 과정과 정보미디어로서의 출판체제에 대한 실태 해명.
> ㉢ 작품을 본문과 삽화의 유기적 총체로서 이해해 해석을 시도하는 것.

이러한 항목의 문제제기에는 이견이 없지만 어떻게 해명하고 해석할 것인가에 대해서는 연구자의 의견이 다양할 수밖에 없다. 와카키 씨는 사이카쿠가 선행 문헌의 삽화를 기계적으로 재구성했다는 설을 제기하면서 이러한 방법을 사이카쿠의 '창조적 모방'으로 설명하고 있다. 씨의 논증대로 사이카쿠가 선행문헌의 삽화를 전면적으로 이용했

---

7 「西鶴本の挿絵ー『好色一代男』の模倣と創造ー」,『元禄文学の開花Ⅰ』, 勉誠社, 1992.

다고 단정하기는 어렵지만 사이카쿠 작품의 삽화를 이해하는 데 있어서는 일정한 의미를 부여할 수 있다고 본다.

삽화가 작품을 분석하는데 어느 정도까지 유효한가에 대한 판단은 연구자의 입장에 따라서 다를 수밖에 없다. 작품을 쓴 작가에 있어서 삽화의 구성·표현을 글로 기술한 문장과는 방법은 다르겠지만 의도하는 바는 같다고 할 수 있다. 삽화가 본문과 다른 점은 그림이라는 표현 형식으로 인해 구체적인 표현보다는 인상 깊은 장면을 포착해 작가의 의도를 전달한다는 점이다. 즉, 그림과 문장은 표현하는 방법에서의 차이는 인정할 수 있지만 전달하는 내용에 있어서는 동일한 것이다.

본문의 내용과 삽화의 상이성에 대해서도 연구자에 따라 판이한 입장을 보이고 있다. 도쿠가와 시대의 문학 연구에서 삽화 분석의 부정적인 예로 자주 제시되는 것이 본문과 삽화의 상이성에 따른 삽화의 신뢰도에 관한 것이다. 이러한 관점은 삽화 제작과정의 불투명성에 기인하는 바가 크다. 삽화를 평가하는 입장에서는 다소 불일치하는 점이 있다고 하더라도 삽화를 통한 새로운 시점 연구의 가능성과 효용성에 주목하는 경향이 강하다.

예를 들어, 사이카쿠『제염대감(諸艶大鑑, 쇼엔오카가미)』(일명 호색이대남)의 권2의 2화 삽화를 보면 홍수 때문에 본문의 내용과는 관계없이 떠내려가는 고양이와 닭이 그려져 있는데 한층 '홍수'의 이미지를 효과적으로 전달하고 있다. 이러한 예에서 알 수 있는 것은 사이카쿠의 삽화가 단지 본문의 재현이라기보다는 그림을 통한 일정한 의미의 재생산이라는 측면이 강하다는 것이다. 사이카쿠가 그린 삽화를 분석해 정리하는 것은 용이한 일은 아니지만 그가 그린 삽화의 장면을 고찰하면서 그 특질을 이해해 보고자 한다.

[제염대감 2-3] [오쓰에]

위의 삽화에서 인상 깊은 것은 한가운데의 자토(座頭, 유객을 안내하며 흥을 돋우는 사람-필자)의 모습이다. 이 그림은 오쓰(大津)의 우키요에(浮世絵)를 사이카쿠가 참고하고 있음을 나타내는 예이다. 오쓰에(大津絵)에 관해서 사이카쿠는 『호색일대남』[8]의 권3의 5에서 다음과 같이 기술하고 있다.

> 그 병풍에 붙인 그림을 보자 꽃을 기울이면서 요시노에 가는 인형, 판목으로 인쇄한 홍법대사의 그림상, 쥐며느리의 그림, 가마쿠라 단에몬과 다몬쇼자에몬이 자토로 분장한 그림으로 이것은 모두 오쓰의 오이와케에서 그린 것이다.

작품에서 사이카쿠가 오쓰 그림에 관해서 언급하고 있는 것을 보면 상당한 지식이 있었던 것으로 판단된다. 삽화를 기계적으로 선행문헌에서 추출해 활용했다고 보기보다는 당시의 다양한 그림을 보면서 작

---

8 본문에서의 사이카쿠 작품 인용은 富士昭雄 외, 『決定版対訳西鶴全集』(明治書院, 1992)에 의한다.

품의 삽화를 구성했다고 생각된다. 또한, 사이카쿠의 삽화는 그림만이 아니라 책의 내용과 자신의 생각에 기초하면서 삽화의 재미를 종합적으로 고려했다고 판단된다.

『호색일대남』의 삽화에는 몇 가지의 특징이 있는데 그 중에서 첫 번째가 '주대종소(主大従小)'라는 그림의 표현방법이다. '주대종소'는 삽화 속에서 중심적으로 표현하고자 하는 것을 크게 표현하고 보조적인 것은 작게 표현하는 방법이다. 지금까지 『호색일대남』의 삽화에 있어서 인물의 대소는 사이카쿠의 서투른 그림 솜씨 때문이라는 인식이 일반적이었는데 인물의 표현에 있어서 특정 인물을 크게 그린다는 것은 솜씨의 문제와는 다른 것으로 그림을 그리는 사람의 의식이 자연스럽게 반영됐다고 할 수 있다. '주대종소'는 주로 표현하고 싶은 대상을 크게 그리면서 전달의 효과를 고려했다고 파악하는 것이 온당한 해석이라고 보여진다. 그 이유는 다른 삽화에는 보이지 않는 요소가 몇 개의 삽화에 한정돼 보이는데 이것을 서투름으로 규정하기는 어렵다는 것이다. 많은 삽화를 제대로 그린 사이카쿠에게 특정한 그림에 있어서 실수를 한다는 것은 다소 설득력이 떨어진다. 또 다른 특징은 주인공인 요노스케(世之介)를 마름 문양(撫子紋)으로 전장(全章)에서 통일하려고 했다는 점이다. 주인공 요노스케를 문양을 중심으로 표현하고자 한 것은 일본의 문학작품에는 그다지 전례가 없는 일이다. 『호색일대남』의 삽화에서 문양이 활용된 것에 대한 지적은 이루어졌지만 작품 내용과의 관계를 언급하는 데 있어서는 미진한 감이 있다. 이 두 가지를 『호색일대남』 삽화의 가장 큰 특징으로 정리할 수 있다. 즉, 삽화를 통한 고찰은 원고의 상태까지는 알 수가 없으나 그 원고를 작자가 어떠한 관점에서 썼는지 혹은 삽화를 그릴 때 원고에 대하여 어떠한 생각을 가지고 있었는가를 파악할 수 있는 방법 중에 하나이다. 특히 『호색일대남』처럼 면밀한 계산을 거쳐 본문과 삽화를 배치한 작품에 있어서는 유기적인 분석이 더욱 요망된다고 할 수 있다.

따라서 『호색일대남』의 '주대종소(主大從小)'와 '문양'이라는 회화적 방법과 본문을 중심으로 사이카쿠의 창작의식을 고찰해 보고자 한다.⁹

3. 주대종소와 유녀

『호색일대남』을 권1에서 권4까지는 요노스케의 색도(色道) 수련 과정이며 권5 이후는 유산 상속을 통해 명기(名妓) 순례를 한다는 내용으로 정리했을 경우, 색도 수련기의 요노스케에 비해 권5 이후 요노스케의 존재감이 옅어진다는 주장이 강하다. 『호색일대남』을 양분하는 성립설에 대해 다니와키 씨는 반론을 제기하면서 주인공의 위상을 다섯으로 분류하며 『호색일대남』의 다양한 측면을 제시했다. 다니와키 씨의 분류를 정리하면 다음과 같다.

> A 요노스케가 한 장(章) 전체에서 행위를 계속해 유곽과 호색풍속의 견문이 적고 그 대상이 직업 여성 내지는 남성이 아닌 경우. 7장
>
> B 요노스케가 행위하는 자인 동시에 三都(오사카·교토·에도) 이외의 유곽과 호색풍속을 견문하는 묘사를 포함해, 그 호색의 대상이 여성인 장. 7장
>
> C B와 같지만 그 호색의 대상이 시마바라·신마치·요시하라 이외의 직

---

9 삽화를 중심으로 창작의식을 고찰하는 것은 어느 정도 원고가 완성된 시점에서 작가가 원고를 염두에 두면서 삽화를 그렸다고 볼 수 있기 때문에 분석자료로서 충분한 가치가 있다.

업여성 인장. 18장

　D 요노스케의 견문 부분을 포함해 그 호색의 대상이 직업적인 남색의 장. 3장

　E 요노스케의 호색의 대상이 시마바라·신마치·요시하라의 유녀이고 요노스케보다 유녀쪽이 주인공화되고 평판기적인 묘사를 포함하고 있다고 보이는 장. 19장[10]

여기에서 삽화의 '주대종소(主大從小)'의 방법[11]과 다니와키 씨가 E계열로 분류한 삼도(三都, 교토·오사카·에도)의 유녀를 중심으로 사이카쿠의 관점을 추론하고 다니와키 씨의 E계열에는 들어가지 않지만 사이카쿠가 평가했다고 생각되는 유곽·유녀에 대해서도 생각해 보고자 한다.

우선 다니와키 씨의 E계열 이외의 장에서 사이카쿠가 높이 평가했다고 생각되는 유곽·유녀를 들어보면, 권3의 1「사랑에 버린 돈(恋のすて銀)」, 권5의 3「욕심으로 가득찬 이 세상에 이런 일이(欲の世中に是は又)」, 권5의 6「현대풍의 남자를 몰라본다(当流の男を見しらぬ)」, 권8의 4「교토의 유녀 인형(都のすがた人形)」의 4장이다.

4장의 삽화를 보면,

이들 4장에 있어서는 유녀가 요노스케보다 크게 강조된 상태로 그려져 있다. 이 4장은 하나의 유희 장면으로 권3의 1은 '교토', 권5의 3은

10　권5의 1·7, 권6의 1~7, 권7의 1~7, 권8의 1~3.

11　이태호 씨는 고구려 벽화를 설명하면서 '위계에 따라 사람의 크기를 달리했던 당시의 화법(畵法)으로 볼 때 두 부인의 키가 같아서 눈길을 끈다. 집안에서 갖는 정부인과 첩의 위상이 별로 다르지 않았던 모양이다'라고 기술하고 있다(「동아일보」, 2004. 2. 10). 주대종소의 화법이 전근대 동아시아의 신분질서를 반영하면서 광범위하게 존재했음을 말하는 내용이다.

[3-1]   [5-3]

'반슈 무로쓰', 권5의 6은 '아키노 미야지마', 권8의 4는 '나가사키 마루야마'의 장면이다. 이 네 개의 장소에 대해 사이카쿠는 호의적인 평가를 하고 있다.

　권3의 1화는 '교토'이기에 당연하다고 생각되어지지만 '이 모든 자유야말로 서울, 서울이다(万の自由、みやこなれや都)'라고 칭찬하고 있다.

[5-6]   [8-4]

권5의 3화의 무로에 관해서는 '무로는 서쪽에서 제일가는 항구이다. 유녀는 옛날보다 나아지고 풍취도 오사카와 비교해 뒤지지 않는다고 한다.'[12]라고 서두부에서 쓴 후에 정이 깊은 유녀가 등장하는데 사이카 쿠의 평가가 높다는 것을 알 수 있다. 이것에 반해 아키노 미야지마를 다룬 권5의 6화는 유곽에 대한 평가는 낮지만 등장하는 유녀의 현명함 을 중심으로 장(章)의 내용이 쓰여 있다. 수준이 낮은 아키노 미야지마 의 풍경 속에서도 현명한 유녀가 있다는 의미에서 칭찬의 의도가 있었 다고 판단된다. 권8의 4화의 나가사키의 마루야마에 관해서는 '바로 마루야마에 가서 보았는데 들었던 것보다 유곽이 훌륭했다'[13]고 높이 평가하고 있다. 이 4장 속에서 권3의 1·권5의 3·권8의 4화는 유희 장 면으로서 평가가 높으며 권5의 3·권5의 6에 있어서는 유녀에 대한 평 가가 높다. 그 평가 기준은 권5의 6화에 있어서는 어떤 다이묘(大名)와 의 일화에서 알 수 있듯이 손님의 신분을 판단하는 유녀의 현명함이 다. 권5의 3화에 있어서는 현명함과 돈에 욕심을 보이지 않으면서 사 람에게 배려하는 마음을 평가하고 있다.

E계열의 유녀 속에서 사이카쿠가 '주대종소'로 높게 평가한 유녀는 권5의 1「나중에는 님을 붙여서 부른다(後には様付てよぶ)」, 권6의 2「몸 이 불에 탄다고 해도(身は火にくばるとも)」, 권6의 7「노래와 글을 쓴 하오 리(ぜんせい歌書羽織)」, 권7의 4「내미는 술잔은 천이백 리(さす盃は百二十 里)」의 4장이라고 생각한다. 그 삽화를 보면 알 수 있듯이 위 장의 유녀 는 요노스케보다 크게 강조되어 있다. 이 4장의 내용상의 공통점을 들

---

12 『호색일대남』, p.159, 「室は西国第一の湊、遊女昔にまさりて、風儀もさのみ大坂にかは らずといふ」

13 『호색일대남』, p.281, 「すぐに丸山にゆきて見るに、女郎屋の有り様、聞及びしよりはまさ りて」

면 첫째는 현명함, 둘째는 복수(複数)의 남자를 인정하는 미의식이다.

4장의 삽화를 보면,

[6-7]

[7-4]

[5-1]

[6-2]

4장의 다유급 유녀를 두 요소를 중심으로 고찰해보고자 한다.

우선 유녀에 대한 사이카쿠의 존중 의지가 없다고 판단되는 예를 살펴보면 다음과 같다.

⊙ 그 근처에 퍼질 정도의 냄새나는 방귀를 두 번 뀌는 것을 재떨이로
막았다. 그것을 알면서도 뀌는 것이 괘씸하다.[14]

ⓛ 어느 날 저녁 고즈카야의 고베만을 동행해, "오늘 무슨 일이 있어도
어려운 문제를 제시해 상대 유녀를 바꾸자, 서둘러라."라고 했다.[15]

이와 같이 쓰여 있는 유녀의 경우라면 이미 사이카쿠의 이상의 유녀
가 아닌 것은 물론이고 존중의 의지도 인정하기 어렵다고 보여진다.
'주대종소'로 그려진 앞 4장의 유녀의 가장 큰 공통점은 현명함이다.
그 예를 들어보면,

⊙ 무슨 일이 있어도 요노스케 님은 요시노와 연을 끊으셔서는 안됩니
다. 같은 여자로서 그 사람을 만나면 너무나 즐겁습니다. 상냥하고 영리
해서 누구의 신부로도 손색이 없는 사람입니다.[16]

ⓛ 그 날 예약 손님인 곤시치 님이 오셨다는 전언이 있었다. 유기리는
조금도 당황하지 않고 고다쓰 밑에 요노스케를 숨겼다. 불을 끈 것을 알
고서 배려하는 마음씀씀이가 현명하고 고마웠다. 비록 화상을 입어 죽는
다 해도 여한이 없다.[17]

---

14 『호색일대남』, p.180, 「其あたり響ほどの香ひ、ふたつまでこく所を、火皿にて押えける。
覚ありてこきぬる、こころ入のさもしさ、思ずしらずは釈迦も、こきたまふべし。」

15 『호색일대남』, p.211, 「或暮方に、小柄屋の小兵衛斗、召連られ、何によらず、けふをか
ぎりに、難儀を申懸、手をよく退て、あそびを替るぞ。いそげと。」

16 『호색일대남』, p.152, 「何とて世之介殿の、吉野はいなし給ふまじ、同じ女の身にきへ、
其おもしろさ限なく、やさしくかしこく、いかなる人の娌子にもはづかしからず。」

17 『호색일대남』, p.193, 「其日のお敵、権七様御出と、呼つぎぬ、すこしもせかず、火燵
の下へ隠れけるこそ、最前をおもひ合て、かしこき御心入、忝くて、譬、やけ死ぬると
も、爰ぞかし。」

ⓒ 어제 일은 오늘 말하지 않고 오늘 일은 내일 말하지 않는다. 타고난 영리한 사람으로 편지를 보낼 때도 양쪽 모두에 마음을 썼다.[18]

ⓔ 그러면 제 뜻이 없어집니다. 처음에 이불이 차가워서 일이 없는 두 사람을 불러서 이불을 덥혀놨는데 그 보람이 없군요. 그리고 나서는 옷고름을 풀었다.[19]

권5-1의 '요시노'는 물론 '유우기리', '노아키', '다카오'에 관해서도 그녀들의 현명함이 그려져 있다. 또한 4장에 공통된 것은 복수의 남자를 받아들이고 있다는 것이다. '요시노'는 요노스케와 관계를 가지면서 대장장이의 제자를 받아들인다. 다카오와 유우기리도 마찬가지로 격에 맞지 않는 요노스케를 받아준다. 노아키에 있어서도 양부(両夫)가 존재한다. 유녀에게 복수의 손님이 있는 것은 당연한 일이지만 최상급 유녀인 요시노에게 대장장이 제자와 유우기리·노아키·다카오에 있어서 요노스케는 손님이었기 때문에 받아들여진 것이 아니라 간절한 바람 때문이었다.

유녀가 격에 맞지 않는 요노스케와 대장장이의 제자를 손님으로 받아들인다는 것을 어떻게 판단하는 가는 『호색일대남』을 이해하는 데 있어서 중요한 의미를 지니고 있다고 생각된다. 오카모토 다카오(岡本隆雄) 씨는 그의 논문에서 유녀담의 특색을 정부(데쿠다, 間夫)담으로서 이해하고 있다.[20] 매우 설득력 있는 설이라고 생각되지만 『호색일대남』의 요노스케를 유녀의 정부로 규정하는 것은 다소 무리가 있다고 본다.

---

18 『호색일대남』, p.217, 「きのふの噂を、けふいはず、今日の事を明日かたらず、そなはっての利発人、文つかはしけるにも、両方同じこころを尽し。」

19 『호색일대남』, p.245, 「それは私の志し、無に成といふ物じゃ、初のほどは、ふとんも冷て有しを、よしなき二人をあたためさせ候甲斐もなしと、様子よく帯とかせて。」

20 「『好色一代男』論―遊女譚の特色を中心に―」, 『国語国文研究81』, 1988. 12.

당시에 있어서 유녀의 정부(間夫)라고 하는 것은 요노스케의 모습과는 다른 것이었다고 생각한다. 정부(間夫)라고 하는 말을 검토해 보면,

ㄱ『색도대경(色道大鏡)』[21] 권1
  어느 설에, 형식적인 남자가 있는데 그 사이로 밀통을 하면 마부(間夫, 틈새의 남편)라고 써야 한다고 말한다. 이것은 신용하기 어렵다. 이미 자신이 만나는 유녀에게 마부가 있다고 들으면 그 사이가 당장에 멀어지는 것이 세상의 이치이다. 이렇게 될 줄 알면서 마부를 갖는 것은 진실로 사모하기 때문이다. 이로 인해 마부(真夫, 진실된 남편)로 쓴다.
ㄴ『요시하라 참새(吉原雀)』[22]
「비밀 정부에 관한 일」
  깊은 사이가 되어서 몰래 만나는 것은 죄스러우면서 흥미롭기가 그지없다.

  위의 내용에서 알 수 있듯이 정부(間夫, 真夫)라고 하는 것은 진실로 마음이 통하는 오랜 지기로 요시노에게 있어서 대장장이의 제자와 다카오에 있어서 요노스케는 정부(間夫, 真夫)라고 이야기하기 어렵다. 사이카쿠가 유녀 한 명에 복수(複數)의 상대를 설정하면서 표현하고자 했던 것은 유곽의 미의식인 '사랑의 상대성과 공유'에 대한 입장이었다. 그 관점을 나타내는 『호색일대남』의 기술을 보면 다음과 같다.

---

21 藤本箕山撰, 『色道大鏡』, 八木書店, 1974. 7, 「或説に、表向の男あるに、其間にて密通すれば、間夫(まぶ)と書べきにやといへり。是信用しがたし。既に我あふ女郎に真夫ありと聞ては、其知音忽に離るる事、是常の例也。かくとはしりながら真夫をもつ事、真実にあひおもふしるしなり。これによて、真夫と書く。」
22 小野晋 編, 『近世初期遊女評判記集』, 古典文庫, 1965. 9, 「「ないしやうまぶの事」ふかきちいんとなりて、ないしやうにてあふものは、かたじけなき事、おもしろき事、いふ斗なし。」

㉠ 오늘은 이 세계의 도리를 아는 요노스케 님이기에[23]
㉡ 노아키는 직업상 양손에 꽃과 단풍을 바라보는 것이라고 했다. 얕은 여울을 건너는 사람은 이 세계의 사랑의 샘의 깊이를 모른다.[24]

사이카쿠는 복수(複數)를 상대로 갖는 것, 즉 유녀가 자신을 바라는 사람을 받아들인다는 것을 '와케(分け, 사랑의 도리)' 내지는, '이 세계의 사랑의 연못'으로서 표현하고 있다. 이 '사랑의 도리(와케)'라든지 '사랑의 연못'은 당시에 있어서의 '정(情, 나사케)'을 의미하는 것이다. 『미녀의 정 비교(名女情比, 메이조나사케구라베)』의 「겐지·나리히라의 사랑의 평판(源氏業平恋の評判)」에서 겐지는 '오로지 일관된 이로고노미(色好み, 호색가)이다'라고 평가하면서, 나리히라는 '정'을 이해하는 인물로 평가하고 있다. 겐지가 비판받는 이유는 수에즈미하나(末摘花)에게 박정한 태도를 보였기 때문인데 자신의 기호에 맞는 사람을 찾아다니는 것은 단순한 이로고노미로 상대의 욕망을 이해하며 받아주는 나리히라에 뒤지는 점이라고 평가하고 있다.

위의 평가는 사람의 욕망을 어떤 차원에서 이해할 것인가가 중요한 기준이다. 겐지가 자신의 욕망의 차원에서 상대를 바라봤다면 나리히라와 요노스케는 상대의 입장에서 욕망을 이해하는 마음을 지녔기에 단순한 '호색가'가 아닌 '정(情, 나사케)'을 아는 인물로 평가됐다. 그 점에 있어서 최상급 유녀인 다유(大夫)가 복수(複數)의 상대를 가지는 것을 사이카쿠는 '정'이라고 표현하고 있다. 또한 '사랑의 도리를 아는 사람(와케시리)'이라든가, '이 세계의 사랑의 연못'의 의미도 '정'의 논리

---

23 「けふはわけ知の、世之介様なれば」(5-1)
24 「野秋は勤のために、両の手に、花と紅葉を、詠めつる物といへり、是はあさ瀬をわたる 人、此里の恋の淵をしらず。」(6-7)

로서 이해하고 있다고 생각된다. 즉, 사이카쿠가 칭찬하고 있는 4명의 다유는 현명함도 있지만 상대의 욕망을 이해하는 '정'이 깊은 인물로 그려져 있다.

그러나 유녀를 칭찬하는 사이카쿠의 관점은 격식과 명분을 존중하는 세상과 유곽의 논리를 부정하는 것이기도 하다. 도쿠가와 시대는 유학을 통치의 대의명분으로 삼고 있던 시기로 당대를 지배하던 5대 쓰나요시 장군은 특히 유교적 통치에 관심이 지대한 인물로 알려졌다. 이러한 당시대의 사회적 가치와 유곽의 일반적 정서를 부정하면서 사이카쿠는 사랑의 상대성을 수용하는 유녀를 높이 평가하는 자세를 보인다. 신분이 낮은 남자의 욕망을 이해하는 유녀는 이미 유곽의 고급 유녀라기보다 현실 세계와 유리된 하나의 신성화된 여인(聖女)적인 성격을 띠는 것이다. 작가의 미의식의 기준에서 위의 8장(章)의 유녀를 가장 평가했다고 할 수 있다. 『호색일대남』의 성립 과정을 추론한 기존의 설에서는 유녀와 요노스케의 우열관계가 중점적으로 논의됐지만 삽화를 통해 표현된 작가의 견해는 유녀와 요노스케의 우열관계보다는 유곽의 미의식의 강조이다. 유녀를 포함해 사람의 욕정을 인정하는 『호색일대남』의 서술구조 속에서 요노스케가 어떻게 조형되고 있는가를 고찰해 보고자 한다.

4. 문양과 정체성

『호색일대남』에서 사이카쿠가 요노스케를 그리는 가운데 중요시한 것은 문양(紋)의 통일성이다. 요노스케의 조형은 마름의 문양을 통해서 전체적인 통일성을 확보했다. 그 의도가 삽화에 잘 표현돼 있다. 하나의 문양을 통해 주인공을 처음부터 일관되게 그렸다는 것은 작가가 특별한 관심을 가지고 주인공을 조형했다는 것을 의미한다. 즉, 문양이라고 하는 것은 근세기에 널리 활용됐는데『호색일대남』에서는 유희 세계의 상징으로 사용되고 있다.

> ㉠ 나고야의 산자, 가가의 하치 등과 함께 일곱 마름 문양을 똑같이 갖춰 입고[25]
> ㉡ (요노스케가 품속에서) 옅은 자색의 비단을 꺼냈는데 마름 문양의 가조각이었다.[26]
> ㉢ "마름 문양의 등인데, 아직까지 요노스케를 잊지 못하고 있는가."라고 어둠 속에서 욕을 했다.[27]

유희 세계의 심벌로서 문양이 중요한 역할을 하고 있는 예를『호색일대남』에서 지적하는 일은 어렵지 않다. 여기에서 사이카쿠는 문양의 세계를 어떻게 이해했는가가 문제시되지만 그 답은 사이카쿠가 4명의 다유를 칭찬하는 관점에서 추론할 수 있다.

즉, '와케시리'라든가 '이 세계의 사랑의 연못'이라고 하는 것은 '문양'의 세계 논리와 깊은 관련을 가지고 있다. 이 문양의 세계 속에서 그려진 요노스케는 어떤 때는 논리의 대변자로서 어떤 때는 논리의 실천자로서 독자 앞에 등장한다. 요노스케가 논리의 대변자로서 등장하는 장에 있어서 요노스케의 존재는 이른바 사랑의 주역이 아닌 '조역'으로서의 모습으로 평판자의 입장이다. 예를 들면,

---

25 「名古や三左、加賀のはちなどと、七つ紋のひしにくみして」(1-1)
26 「うすむらさきの服紗物より、瞿麦の紋所ありし瓜出して」(3-1)
27 「紋挑灯の瞿麦、今に替らぬかと闇よりの悪口」(7-5)

산사부로가 말렸지만 거칠게 나무에서 끌어내려 모습을 보자 가난한 절의 승려였다. 심오한 이 길을 깨달아 산사부로를 사모하는 마음이 절실하다는 것을 요노스케가 알아채고서 마음껏 만나도록 했다.[28]

이와 같이 요노스케의 인식과 행동은 유곽세계에 있어서 '사랑의 도리를 터득(와케시리)'과 '사랑의 연못'을 이해하고 있는 인물로 그려져 있다. 여기서 말하고 있는 '심오한 이 길'이라고 하는 것은 '사랑의 도리(와케)', '사랑의 연못'의 세계이다. 사랑의 세계의 이해자이고 대변자인 요노스케는 사랑을 평가하는 입장으로 사랑의 주재자이다. 사랑의 주체로 등장하는 예는 전반부에 비교적 많이 보인다.

너는 열여섯이 되어 관례도 치렀고 작은 나리히라(業平)라고 부르지 않냐 …(중략)… 그 여인은 사와라기초의 어느 무사 댁에서 일을 하던 사람인데 너무 예뻐서 도리가 아닌 편지를 천 통이나 써서 보냈지만 답장이 없었다. 하루는 직접 대면해 사랑을 고백했다. "자신의 처와 관계를 갖는 것도 죄가 큰데 애가 둘이나 있는 사람에게 마음을 품다니 참으로 딱 하시네요."라고 핀잔을 줬다. 요노스케는 부끄러움도 돌이켜보지 않고 "이렇게 말하는 것이야말로 운명입니다. 만약 뜻에 따르지 않는다면 눈앞에서 지옥의 모습을 보게 될 것입니다."라고 설득을 했다.[29]

위 내용은 『태평기(太平記, 다이헤이키)』의 고노 모로나오(高師直, ?~

---

28 「あらく引きおろす時、山三色々断も聞いれず。様子をみれば、悲しき寺の同宿也。此道のしんてい、殊勝なる事ぞと世之介取もって、こころまかせに逢すること」(5-4)

29 「其方は十六なれば、初冠して、出来業平と申侍る一中略一此女さはらぎ町の去御方にありしよしにて、いとやさしき有様を堪兼て、いろいろ道ならぬ事を書くどきて、千束おくりけるに、返しもなくて、或時さしわたして、さなきだに思ひもよらざるに、二人の子も有事を、さもしき御こころざしと、恥しむるをも顧ず、申かかるこそ因果なれ。したがひ給はずは、劔の山を目の前とくどけば」(2-3)

1351)가 다카사다(高貞)의 아내를 너무 연모해 그를 역모죄로 몰아 아내를 빼앗으려다 여인과 가족을 죽음으로 몰고간 이야기이다. 『태평기』의 내용은 음산하고 비장한 반면, 요노스케의 이야기는 인과와 배려를 강조하면서 웃음을 자아낸다.

여기서 요노스케가 여자를 설득하는 논리는 '정(情, 나사케)'론이다. 요노스케가 '인과'라며 설득을 시도하는데 이러한 '인과'라는 단어는 숙명적인 사랑을 논하는 남녀 사이에서 빈번히 사용된 듯하다. 『미녀의 정 비교(名女情比, 메이조나사케구라베)』에서도,

> 전생의 연이라고 듣고 서로의 마음을 살며시 주고받았다. 쓰쿠바 산에서 떨어지는 물이 적다고는 하지만 끝내는 흘러 흘러 큰 연못을 이룬다.[30]

남녀 사이의 애정을 인과와 연으로 규정한 것으로 요노스케가 사용한 인과와 상통하는 것으로 보인다. 이 인과는 의지로 조절할 수 없는 불가항력적인 것으로 '나사케(情)'론으로 해결할 수밖에 없는 내용이다. 요노스케가 자신의 욕망을 '인과'를 활용하면서 여인의 '나사케(情)'에 호소하지만 속계(俗界)의 일반 여성은 유교적인 경구를 앞세워 거절한다. 여기에서 사이카쿠는 모로나오(師直)의 이야기를 염두에 둔 요노스케의 행동을 '도리가 아닌 일'로 기술하고 있다. 이것을 '길이 아니다'고 느끼는 사이카쿠의 인식은 요노스케는 언제까지나 요노스케이고 나리히라나 모로나오가 될 수 없다는 도쿠가와 시대의 인식의 표현이기도 하고 속화된 주인공의 모습이기도 하다. 이것은 요노스케와 나

---

30 「多生劫のえんときときは、ましてたがひに、こころをかはし。おもひそめしは、わづかなれども。築波根のみねよりおつるみなのかわの。ながれながれてふ となりける。」

리히라·모로나오가 모두 '사랑'의 세계를 향하고 있지만 두 사람과 달리 요노스케만이 웃음거리가 된 것은 유곽과 세상 일반을 분리해서 사고한 사이카쿠의 현실의식에 기인하는 바가 크다고 본다. 나리히라나 모로나오는 귀족시대와 무사시대를 대표하면서 세상 일반을 의식할 필요가 없었지만 근세 상인계층을 대변하는 요노스케는 그 출발선상부터 다른 입장이었다. 현실과 유리된 요노스케의 형상화에 활용된 것이 '문양'으로 요노스케는 출발부터 근세적인 장치 속의 인물이었다. 봉건적 질서 속에서 조형된 요노스케의 활동 무대가 유곽인 것은 당연한 일로 제한된 공간에서 유녀와 '정(情, 나사케)'론을 전개하며 근세적인 미의식을 표현하고 있다. 그 예를 살펴보면,

> 다유는 시치사에몬이 부르러 와도 가지 않았다. 요노스케는 사랑은 함께 공유하는 것으로 생각해 다유를 나무라며 꼭 가도록 말을 했다.[31]

요노스케는 '사랑은 공유하는 것'으로 유녀를 나무라고 있다. 그렇다면 다유의 행동은 문제가 있는 것일까. 이 요노스케는 다유에게 유곽이라는 특수한 환경에서의 '의리' 관계를 강조하고 있는데 유녀에게 요노스케는 다른 사람과 구별되는 특별한 '의리' 관계임을 강조하는 자세라고 할 수 있다. 이와 같은 미의식의 이해가 있기에 다유의 복수 (複数)의 상대를 인정할 수 있으며 칭찬할 수 있는 것이다. 그러면, 왜 '사랑은 공유'하는 것일까가 문제가 된다. 이것은 사이카쿠가 사람의 욕망과 마음은 이 세계에 있는 사람에 있어서는 같다는 인식을 하고

---

31 『호색일대남』, p.228, 「七左方より呼び立共帰らず。世之介も恋はたがいとおもひ、太夫をいさめ、是非行と申せば」

있기 때문이며 현실세계와 유리된 유곽이라는 공간을 배경으로 하고
있기 때문이다.

> 차우지의 비단 조각으로 재봉사가 만들어 준 앞주머니에 훔친 잔돈을
> 모아, 어느 날 저녁 잔심부름꾼에서 종업원이 된 젊은이 중에서 마음이
> 맞는 사람을 골라 기요미즈, 야사카로 갔다.[32]

여기에서 사이카쿠는 요노스케와 '젊은 사람'을 '같은 마음(同じ心)'으
로 파악하면서 욕망을 일반화시키고 있다. 이러한 의식에서 '사랑은
공유하는 것'이며 복수의 상대를 받아들이는 유녀를 '사랑의 도리(와케)'
라든지 '사랑의 연못'으로서 설명할 수 있는 여지가 마련된다고 볼 수
있다. 이와 같은 사이카쿠의 시점을 표현하는 요노스케의 예를 보면,

> (요노스케가) 손뼉을 치면서 "참으로 인연은 알 수 없는 것이다. 그 빈고
> (備後) 손님의 십 분의 일만큼이라도 사랑을 받아봤으면 좋겠다."라고 했
> 다.[33]

요노스케의 요구는 인간의 마음이 같고 사랑은 공유하는 것이기 때
문에 당연한 것이다. 또한, 이 논리를 이해하는 사람이 '사랑의 연못'을
알고있는 사람이며 '사랑의 도리(와케)'를 아는 사람이다. 즉, 사이카쿠

---

32 『호색일대남』, p.32, 「茶宇嶋のきれにて、お物師がぬうてくれし前巾着に、こまかなる露
を盗みためて、或夕暮、小物あがりの若き者をまねき、同じ心の水のみなかみ、清水、
八坂にさし懸り」
33 『호색일대남』, p.161, 「同じ枕の夜、いつよりはうれしさのままに忘れず、いまにおもひ出
し候と申。横手をうって、ゑんはしれぬ物かな。其備後衆の十がひとつかはいがられた
ひとなづめば」

가 상정하고 있는 '정(情, 나사케)'의 세계는 무언가를 갈망하는 사람과 그 상대가 현실적인 잣대와는 다른 차원에서 일체화되고 완성되는 것이다. 이와 같은 세계를 체득한 유녀가 4장의 다유이며 요노스케와 이 세계에서 즐기고자 하는 인간, 그리고 유녀가 이 '정(情, 나사케)'의 세계를 이해하면서 미적 세계는 완성되는 것이다.

즉, 요노스케를 통일적인 문양으로 표현한 것은 현대적 의미의 개인 표출과 자기 정체성 확립과는 거리가 있다.『호색일대남』에서 문양 자체가 갖는 의미가 개인보다는 개인이 속한 무리를 표현하는 집단 개념이므로 문양을 통한 요노스케의 표현에는 출발점부터 집단의식이 강하게 반영되어 있다. 이처럼 문양을 통해서도 개인의 표출에 제약을 받는 요노스케가 사랑의 세계에서도 욕망의 보편주의를 택하면서 그 개인의 존재는 약화될 수밖에 없다고 본다. 색도(色道) 수련기에 있어서는 자신의 욕망을 무한대로 확대시키는 존재였기에 생동감을 부여할 수 있었으나 거대한 유산을 상속받고 모든 것이 채워진 상태에서는 보편적 욕망을 인정하는 색도의 달인으로 유녀를 중심으로 한 상대화가 가속된다.

기존의 사회 질서를 부정하는 논리로서의 욕망의 보편성은 요노스케라는 새로운 인물조형에 큰 힘으로 작용했다. 그러나 현실적으로 독점적 위치가 가능한 존재가 된 후의 요노스케가 욕망의 보편성을 인정하면서 색도의 달인인 사랑을 공유하는 존재로 그려지면서 미의식의 표현이 용이해진 반면에 독자적인 인물 조형에는 어려움이 있었다고 보여진다. 사랑의 상대성과 욕망의 보편성을 인정하는 작자의 창작시점에 의해 요노스케라는 주인공은 한 유녀에게 상대적인 존재에 불과했기에『호색일대남』에서 요노스케가 유녀보다 존재감이 옅은 것은 당연한 일이다. 즉, 문양을 통해 표현된 요노스케는 욕망의 보편성을 표현하기 위한 하나의 매개체이며 '주대종소'에서 유녀가 작가의 미의식을 대변했듯이 요노스케도 작가의 미적 세계 속에서 기능하고 있다. 『호색일대남』의 창작의식을 파악하는 데 있어서 끊임없이 논의에 중심에 있는 최종장의 해석을 통해서 작품 전체상에 접근해 보고자 한다.

5. 여호도(女護島, 뇨고가시마)와 현실

『호색일대남』론에 있어서 이 최종장의 의미는 앞에서 언급한 대로 청춘의 심벌로서 주인공인 요노스케가 출항하는 설과 죽음을 상징적으로 표현해 지옥을 향해서 간다는 설이 있지만 사이카쿠가 표현하려고한 내용은 이처럼 극단적인 내용이 아니라 제한된 상황 속에서 '선택할 수 있는 자유'에서 오는 쾌감 정도가 아니었을까 하는 생각이 든다.

[8-5]

요노스케의 행동을 묘사하는 데 있어서 집단적인 요소가 많이 반영되어 있다. 그의 탄생을 알리는 권1의 1장과 작품의 마무리의 장(章)인 8권의 5장(章)에서 그는 혼자가 아니라 그와 가치를 공유하는 집단과 함께 존재한다.

　ㄱ 나고야 산자, 가가의 하치 등과 함께 일곱 마름 문양을 똑같이 갖추

어 입고,[34]

ⓒ 그로부터 요노스케는 한 마음인 친구 7명을 모아, 오사카 강의 작은 섬에서 새로운 배를 건조해 호색호(好色丸)라고 명명하고 …(중략)… 지금부터 여자만이 사는 섬으로 가서 마음대로 여자를 고르자고 하자, 비록 정력을 모두 소비해 흙이 된다고 해도 일대남(一代男)으로 태어난 이상 가장 바라던 일이라고 하면서 흥분을 감추지 못했다. 이즈 지방에서 날씨를 살핀 후 배를 연풍(恋風)에 맡기고서는 1682년 10월 말에 행방을 감추었다.[35]

'한 마음(一心)'이라는 표현에서 알 수 있듯이 요노스케는 한 사람의 요노스케가 아니고 '한 마음' 속의 전체와 융합된 부분이다. 이 일곱 사람은 마름 문양으로 표현되는 하나의 상징이 『호색일대남』의 지향점에 가깝다. 사이카쿠가 높게 평가한 유녀의 모습은 이른바 '나사케(情)'의 세계를 구현하는 존재로 속세의 신분이나 권력과는 무관하게 색도(色道)를 향한 열정을 평가했다. 그러한 미의식을 인지하는 유녀를 높이 평가하면서 요노스케와 친구들을 마름 문양을 통해서 일체화된 형태로 그 세계를 지탱하는 인물들로 조형했다. 이렇게 집단으로 사랑을 공유하는 색도(色道)는 근세적인 현실을 반영한 것으로 그 현실은 유곽이라는 공간에 기초한 것이었다. 유곽에 기초한 삶을 현실 세계에 적용시키는 과정에서는 많은 문제가 발생한다는 것을 사이카쿠도 잊지 않고 제시하고 있다. 그 대표적인 예가 권2의 3장이다.

---

34 『호색일대남』, p.3, 「名古や三左、加賀のはちなどと、七つ紋のひしにくみして。」

35 『호색일대남』, pp.287~288, 「それより世之介は、ひとつこころの友七人誘引あはせ、難波江の小嶋にて、新しき舟つくらせて、好色丸と名を記し、一中略一 是より女護の嶋にわたりて、抓どりの女を見せんといへば、いづれも歓び、譬ば腎虚してそこの土となるべき事、たまたま一代男に生まれての、それこそ願ひの道なれと、恋風にまかせ、伊豆の国より日和見すまし、天和二年神無月の末に、行方しれず成にけり。」

"내가 두 남자를 갖는다는 것은 어림도 없는 소리."라며 문을 꽉 닫고 안으로 들어가 버렸다. 세상에 이처럼 굳은 정조를 지닌 사람도 있는 모양이다.[36]

유곽도 일반인이 사는 세상도 현실이지만 요노스케의 갈망이 일반인의 세계에서는 좌절하는 모습을 해학을 섞어가며 표현하고 있다. 그리고 『호색일대남』의 미적세계를 지탱했던 현실적인 기반을 사이카쿠는 스스럼없이 요노스케가 여호도(女護島)로 떠나기 전에 보인 행동을 통해 독자에게 제시한다.

요노스케는 결심한 바가 있어 돈을 서울 안에 뿌리고 절과 사당에 탑을 건립하고 등도 봉납했다. 가부키 와카슈에게 집을 선물하고 친숙한 유녀를 유곽에서 빼내 자유를 선사했다.[37]

요노스케와 함께 '정(情, 나사케)'이라는 미의식을 구성한 와카슈(若衆)와 유녀는 현실적으로 대우를 받으면서 유복한 생을 영위하는 존재가 아니었음을 사이카쿠도 인정하고 있는 것이다. 경제적으로는 와카슈도 유녀도 자유롭지 못했겠지만 특히 유녀는 유곽이라는 제한된 공간에서 삶을 강요당하는 존재였다. 이처럼 현실 세계에서 고통 받는 존재가 삶을 향유하기 위해서는 현실의 변화가 수반되어야 하지만 주인공의 노력은 금전을 기초로 한 공여로 현실의 제도적인 변화는 아니었다.
사이카쿠가 『호색일대남』에서 이상적인 '나사케(情)'의 세계를 미의

---

36 『호색일대남』, p.52, 「私両夫にま見え候べきかと、戸をさしかためて入ける。世に又かかる女もあるぞかし。」
37 『호색일대남』, p.280, 「世之介はおもふかぎりありとて、金銀洛中に蒔ちらし、社塔の建立、常灯をとぼし、役者子共に家をとらし、馴染の女郎は其身自由にしてとらせ」

식으로 상정하면서 현실 세계의 일반적 윤리의식과는 다른 논리를 제
시했다. 현실의 윤리를 부정하는 차원에서 일대남(一代男)의 모습을 다
양한 관점에서 서술했지만 현실의 가치 체계를 부정한 그 상태에서
작품을 어떻게 마무리 지어야 하는가 고민한 끝에 얻은 결론이 여호도
(女護島)행인 것이다.

   현실 질서를 부정하는 욕망에서 출발한 요노스케를 현실적인 인물
로 조형 하는 데는 두 가지 방법을 고려할 수 있다. 하나는 유곽의 논리
를 현실에도 그대로 적용시켜 현실과 대립하는 것이다. 또 한 가지는
현실의 질서를 부정한 자신을 부정하면서 현실 질서에 회귀하는 이중
부정의 방법이다. 그러나 사이카쿠는 적극적인 대립과 자기부정보다
는 주인공에게 희화화된 성격을 부여하면서 작품과 현실과의 사이에
거리를 확보하는 여호도(女護島)행이라는 방법을 택했다. 일본에서 여
인만이 산다는 여호도 전설은 진나라 서복(徐福) 전설에 뿌리를 두고
있다. 진시황의 명령으로 불로초를 채집하러 나선 서복은 다수의 종자
를 대동했는데 그 중에서 오백 명의 소녀(童女)를 태운 배가 섬에 표류
해 여호도가 됐다는 것이다.[38] 이러한 여인만이 사는 섬의 전설이 현실
과 다소 유리된 채 독립적인 공간을 형성한 도쿠가와 시대의 유곽과
연결되는 것은 너무나도 자연스러운 해석이다. 이 이상화된 섬에 귀의
하는 집단의식의 관념상 대변자가 요노스케라고 할 수 있으며 그의
여호도행은 고전적인 인물인 겐지·나리히라·모로나오 등을 작품에
적극적으로 원용한 사이카쿠의 창작 방법의 일환으로 전설을 활용한
예이다.

   이 마지막 장의 '한 마음'인 칠 인의 항해는 청춘의 찬가도 죽음의

38 浅沼良次, 『女護が島考』, 未来社, 1981.

길도 아닌 현실의 논리를 부정한 '정(情, 나사케)'라는 미적 세계를 구현하기 위해 주인공을 전설과 연결시켜 희화화시킨 설정이다. 『호색일대남』을 통해 표현된 사이카쿠의 창작의식은 현실에 기초하면서도 현실 세계로의 회귀하지 않는 꿈의 표현이다. 현실과 갈등하지도 현실에 귀의하지도 않는 방법으로 '정'의 세계를 구현하려고 한 것이 『호색일대남』을 구상한 사이카쿠의 창작의식이라고 생각된다.

6. 마치며

사이카쿠는 세상을 하직하면서 '이 세상의 꿈을 보며 지낸 것이 두 해나 더 지났다(浮世の月見過しにけり末二年)'라는 사세구(辞世句, 세상을 떠나면서 남기는 구 – 필자)를 남겼다. 인생 오십 년이라고들 하는데 자신은 무려 이 년이나 더 살았다고 하는 여유롭고 익살스러운 표현이다. 이 짧은 구 안에 한계의 인식과 함께 주어진 생을 위해 전력 질주한 한 인간의 모습이 너무나도 적절하게 표현돼 있다.

사이카쿠가 불혹의 나이를 넘겨 출판한 『호색일대남』에 있어서 요노스케의 모습을 청춘의 심벌 내지는 삶의 좌절이라고 단선적으로 해석하기에는 많은 문제점이 따른다. 청춘의 심벌로 단정하기 어려운 점은 상당 부분의 장(章)에서 주인공보다 유녀가 주된 역할을 한다는 점이다. 유녀가 중심이 되는 장에 있어서는 삽화가 '주대종소(主大従小)'의 입장에서 유녀가 중심에 위치하며 크게 그려져 있는 것을 확인할 수 있다. 이것은 유녀를 중심으로 사고한 작자 의식의 반영이라고 할 수 있다. 이러한 요노스케와 유녀의 관계를 파악하는 것에 의해 『호색일대남』에서 조역으로 전락한 요노스케라는 주인공의 성격을 이해할 수 있다. 또한『호색일대남』에서 요노스케를 시대적 한계와 좌절로 해석하는 견해는 일견 타당한 면도 지니고 있지만『호색일대남』전편에 흐르는 해학과 마름 문양으로 전장을 통일한 주인공 조형에 대한 설명으로는 적절하지 못하다. 오히려『호색일대남』의 창작의식을 청춘의 심벌·삶의 좌절로 파악하기보다는 그의 마지막 사세구에 보이는 것처럼 현실적인 삶과 그 한계 속에서의 꿈의 실현으로 이해해야 할 것이다. 즉, 사이카쿠 초기 호색물은 개인적 삶에 있어서의 빈곤과 전체로서의 관념화되고 이상화된 세계가 공존하는 작품세계를 형성하고 있다. 시대적 총아로서 유녀와 요노스케를 이해했을 경우에는 진취적이고 관대하지만 한 개인의 현실 삶에 있어서는 생활고에 고통 받는 존재이다.

요노스케와 유녀라는 설정은 교훈적 가나조시의 세계, 다시 말해 도쿠가와 초기의 계몽적 세계에 대한 강한 부정에서 출발하고 있다. 이러한 주인공이 새로운 세상의 열기를 대변하면서 용인됐던 것은 관념화되고 이상화된 집단으로서 현실과 다소 유리된 공간을 통해 적정한 거리를 확보했기 때문이다.

『호색일대남』의 작품세계가 사회적 윤리의 체계를 부정하면서 출발했지만 봉건 시대의 작가가 그 부정의 의지를 관철시킨다는 것은 대단히 어려운 작업이었으리라 사료된다. 따라서 사이카쿠가 취할 수 있는 방법은 풀어헤친 욕망을 또다시 사회적 선이라는 틀로 재환원시키는 이중부정의 구조를 취하든지 아니면 특수한 집단의 일로 욕망을 희화화 시켜 현실과 거리를 확보하는 수밖에 없을 것이다. 결국 사이카쿠는 사회적 선으로의 회귀보다는 당시대 지배계층에는 부정적으로 이해됐던 고전세계의 인물인 겐지·나리히라 등을 원용해 욕망을 희화화시키면서 현실과의 거리를 확보하는 방법으로 자기류의 삶의 방법을 주장한 것으로 이해된다.

제2장
오사카의 출판문화 전개와 사이카쿠(西鶴)
-1686년을 중심으로

1. 시작하며

일본의 출판문화는 오랜 역사를 지니고 있지만 본격적인 전개는 임진
왜란을 통해 유입된 활자 인쇄를 비롯한 출판 기술이 그 근간을 이루고
있다. 조선으로부터 출판 기술을 받아들인 일본사회는 커다란 변화를
겪게 되는데 도쿠가와 막부가 안정되면서 식자층이 증대하고 문화를
향유하고자 하는 계층이 생성되기 시작했다. 가나조시를 비롯한 다양
한 출판물이 간행된 것은 중세와는 확연히 다른 출판문화가 문화를
주도한 것을 반증하고 있으며 출판문화를 바탕으로 한 새로운 형태의
작가가 등장하게 된 것도 도쿠가와 시대의 중요한 특징 중에 하나이
다. 출판되는 책의 종류는 1670년의 예를 들면 출판서적 목록에 오른
출판물이 3900점 정도인데 불교 관련 서적이 전체의 44.3%, 학문서가
22.8%, 일본어로 쓴 문예서가 26.5%, 의학서가 6.4%를 점하고 있었
다. 도쿠가와 시대를 통해 매년 출판되는 신작(新作)의 수는 400~600
점 정도로 초기에는 교토에서 출판되는 서적이 압도적이었으나 1740
년경부터 에도(현 동경)의 출판물이 총수에서 교토를 능가하기 시작했

다. 오사카의 출판물은 교토와 에도에 비해 소수였으나 점차 증가해 1750년경부터는 교토의 출판물수와 비교 가능한 수준까지 증대했다.[1] 1670년대에서 1692년까지의 변화에서 주목되는 것은 일본어로 쓴 문예서의 비중이 26.5%에서 34.3%로 증가한 사실이다. 이 당시에 활동한 대표적인 작가를 든다면 가나조시에서는 아사이 료이가 있지만 역시 대표적인 작가가 꼽는다면 오사카를 중심으로 활동한 이하라 사이카쿠(井原西鶴, 1642~1693)이다. 그의 최초의 소설인 『호색일대남』(1682)은 출판문화가 낳은 대표적인 문학 장르인 우키요조시(浮世草子)의 시작을 알리는 작품이다. 사이카쿠에 대한 도쿠가와 시대의 평가는 너무나 다양해 다 소개하기 어렵지만 유명 작가 중에 한 명인 교쿠테이 바킨(曲亭馬琴, 1767~1848)은 1811년에 간행된 『연석잡지(燕石雜志, 엔세키 잣시)』에서 '사람들이 오늘날 눈으로 본 일들을 기술해 해학을 도모하는 것은 사이카쿠로부터 시작됐다'[2]라고 도쿠가와 시대의 현실 중심 문학의 시작이 사이카쿠임을 적시하고 있다. 유학자들 중에서는 고이 난슈(五井蘭洲)가 『난주명화(蘭洲茗話, 난슈메이와)』에서 '기교적인 측면에서 이야기 하자면 근년의 사이카쿠가 쓰는 소설이 수호전을 능가한다'[3]라고 평가하고 있을 정도이다.

우키요조시는 관념적이나 역사적인 이야기가 아닌 현재 살고 있는 사회와 인간의 모습을 그린 소설의 일컫는 말로 그 내용은 다양하게 나타난다. 사이카쿠 소설은 유곽(遊廓)을 배경으로 한 이야기와 일반인

---

1 中野三敏監修, 『江戸の出版 I』(江戸文学15号), ぺりかん社, p.12.
   笹山晴生 외편, 『山川日本史総合図録』, 山川出版社, 1985, p.67, 부록에 도쿠가와 시대의 출판사 현황을 실었다.
2 谷脇理史 외편, 『西鶴』, おうふう, p.602.
3 谷脇理史 외편, 『西鶴』, おうふう, p.600.

의 사랑이야기를 묘사한 호색물(好色物)부터 상인의 경제활동을 소재로 한 상인물(町人物), 무사의 이야기를 다룬 무가물(武家物), 여러 지방의 다양한 이야기를 다룬 잡화물(雜話物) 등이 있다. 사이카쿠는 저명한 하이쿠 시인이었지만 만년에 약 10년간 20여 편의 소설을 발표했으며 연극 대본을 발표하는 등 도쿠가와 시대의 현세 중심의 대중문화를 가장 개성적으로 발전시켰다고 할 수 있다.

사이카쿠로부터 시작된 우키요조시의 흐름을 파악하는 데 있어서 1686년(貞享 3)이 갖는 의미는 대단히 중요하다. 이 1년을 어떻게 파악하는가에 따라 사이카쿠의 전체상이 달라질 수 있으며 우키요조시의 흐름에 대한 평가 또한 달라질 수 있기 때문이다. 따라서 1686년의 의미 파악을 둘러싼 논의가 끊임없이 제기되고 있다. 그 중에서 주목되는 설을 정리해 보면, 1686년에 호색물(好色物)에 대한 막부의 출판금지령이 내려졌다는 주장[4]이 제기돼 커다란 반향을 일으켰지만 현재 파악 가능한 자료의 범위 내에서는 적극적으로 이 설을 지지할 만한 자료적 근거가 없다. 또한 이 시기의 작풍의 변화를 사이카쿠가 에도(江戸, 현 동경)로 이주했기 때문이라고 설명하는 설[5]이 주장됐지만 이 설 또한 현재는 지지를 받지 못하고 있는 실정이다.

위의 설과 함께 적극적으로 논해진 것이, 1686년에 들어서서 사이카쿠의 우키요조시 작품이 출판된 사실을 작풍의 변화와 연결시켜 이해하려는 시도이다. 1682년(天和 2)에『호색일대남』을 출판하고 1686년까지 3년간 사이카쿠가 쓴 우키요조시는『제염대감(諸艶大鑑, 쇼엔오카가미 일명 호색이대남)』,『사이카쿠 여러 지방 이야기(西鶴諸国話, 쇼고쿠바

---

4 滝田貞治,『西鶴雑組』, 厳松堂書店, 1937.
5 真山青果,「井原西鶴の江戸居住時代」(『中央公論』1929년 3월호).

나시)』, 『완큐의 일생(椀久一世物語, 완큐잇세모노가타리)』의 세 작품뿐이
다. 1686년에 들어서서는 『호색오인녀(好色五人女)』, 『호색일대녀(好色
一代女)』, 『일본이십불효(本朝二十不孝)』 등을 출판하고 있고 다음해 1월
에 『남색대감(男色大鑑)』을 출판하고 있다. 이와 같은 작품발표는 사이
카쿠가 이 해에 들어서서 우키요조시 창작에 적극적으로 참가하고 있
다는 것을 의미한다. 이러한 상황을 놓고, 출판저널리즘에 포섭된 사
이카쿠의 상황으로 파악하는 데루오카 야스타카(暉峻康隆) 씨의 설[6]과
사이카쿠가 오사카의 출판계를 리드하고 있었다는 다니와키 마사치카
(谷脇理史)[7] 씨의 설이 현재 대립하고 있다. 사이카쿠와 출판계와의 관
계는 양자 간의 힘의 역학 관계뿐만 아니라 사이카쿠의 창작관의 파악
에도 영향을 미치는 중요한 문제이다.

　데루오카 씨는 사이카쿠의 작품이 호색물(好色物)에서 상인물(町人物)
로, 상인물에서 무가물(武家物)로 이행하는 것으로 파악하고 있다. 이
때문에 데루오카 씨는 『호색오인녀』-『호색일대녀』-『일본이십불효』
-『남색대감』의 순으로 출판된 작품 속에서 『남색대감』은 이른바 호색
물의 하나로 『일본이십불효』보다 먼저 쓰였다고 논하고 있다.[8] 데루오
카 씨의 주장은 사이카쿠의 자주적인 전향(轉向)을 논하면서 출판저널
리즘에 휩싸여 단시간 내에 쓸 수 있는 소재를 중심으로 작품을 쓴
사이카쿠 상(像)도 함께 논하고 있는데 사이카쿠의 작풍의 전개와 출판
저널리즘에 좌우되는 사이카쿠가 양립할 수 있는가에 대해서는 검토의

6　暉峻康隆, 「西鶴と出版ジャーナリズム性」, 『西鶴新論』, 中央公論社, 1981.
　　金井寅之助, 「西鶴小説のジャーナリズム性」, 『西鶴考』, 八木書店, 1989.
7　谷脇理史, 「出版ジャーナリズムと西鶴」, 『西鶴研究論巧』, 新典社, 1981.
8　暉峻康隆, 「『男色大鑑』の成立-『遊仙窟』圏内の三作品-」, 『西鶴新論』, 中央公論社,
　　1981.

여지가 남아있다고 본다. 또한, 나카무라 유키히코(中村幸彦) 씨는 이 시기의 사이카쿠를 "『일본이십불효』부터 진지하게 담리(談理)의 자세를 보이기 시작했다."며 사이카쿠의 작풍의 변화를 지적하고 있다.[9] 이에 반해 다니와키(谷脇) 씨는 "사이카쿠의 방향전환은 사이카쿠 자신의 내적 욕구로부터 태어난 소재의 전환이다."라고 규정한 뒤에 "1686년 후반에서 1687년에 걸쳐 다양한 세계로 소재를 확대해 호색물의 세계에서 방향을 전환했다."고 논하고 있다.[10] 여러 설의 논지는 내용적으로 다르지만 1686년의 사이카쿠의 변화를 모두가 인정하고 있다는 점에서는 일치하고 있다. 그와 같은 변화를 통해, 사이카쿠의 작품이 호색물에서 탈호색물(脱好色物)로 전향했다는 사실과 이 당시 오사카의 출판문화가 상당히 활발하게 전개되고 있었다는 사실의 확인은 가능하다.

즉, 1686년 사이카쿠의 작풍 변화는 오사카 출판사(本屋)의 움직임을 포함해서 통합적으로 파악하는 것이 보다 효과적이라고 생각한다. 그 변화가 의미하는 것을 교토의 출판계의 동향 등을 포함해 오사카의 대표적인 출판사인 이케다야(池田屋), 모리타야(森田屋), 오사카의 출판문화 형성과 전개의 관점에서 고찰해 보고자 한다.

2. 오사카의 출판문화 전개와 이케다야

1686년 발표된 사이카쿠의 작품은 『호색오인녀』가 모리타야(森田屋)에서, 『호색일대녀』가 이케다야(池田屋), 『남색대감』은 후카에야(深江屋)

---

9 中村幸彦, 「西鶴の創作意識とその推移」, 『中村幸彦著述集』第5卷, 中央公論社, 1982.
10 谷脇理史, 「貞享三年の西鶴」, 『西鶴硏究序說』, 新典社, 1981.

에서 출판됐다. 이 세 출판사는 모두 오사카의 출판사로 사이카쿠와는 1686년뿐만 아니라 그의 활동 기간 동안 긴밀한 관계를 유지한 출판사 (本屋)들이다. 지금까지는 사이카쿠의 탈호색(脱好色)이 주로 논해졌지만 사이카쿠를 둘러싼 출판 상황을 위의 출판사들을 중심으로 검토해 보고자 한다.

이케다야는 일찍부터 사이카쿠의 우키요조시에 관여하고 있던 출판사이다. 이케다야의 출판물을 정리하면서 그 출판 경향을 생각해 보고자 한다.

1683(天和 3) 『女諸礼集』
1864(貞享 1) 『諸艶大鑑』
1685(貞享 2) 『西鶴諸国ばなし』
1686(貞享 3) 『諸芸小鏡』[11]
　　　「序記　貞享三年正月吉辰洛陽書堂　中村氏序」
　　　「刊記　貞享三年二月吉日　京　高　通鷹金町
　　　　　　　　　　　　　　中村　孫兵衛(主版元)
　　　　　　　　　　　　江戸　青物町
　　　　　　　　　　　　　　本屋清兵衛
　　　　　　　　　　　　大坂　心斉橋筋呉服町角
　　　　　　　　　　　　　　岡田三郎右衛門」

　　　『好色一代女』

　　　『本朝二十不幸』
　　　「序記　貞享二二捻孟陬日　鶴永印　松寿印」
　　　「刊記 貞享三暦 江戸青物町
　　　　　　　　　　万谷清兵衛
　　　　　　　　　大坂呉服町八丁目

---

11 『雑芸叢書 第二』, 国書刊行会, 1915.

丙寅　　　　岡田三郎右衛門

霜月吉辰 同 平野三丁目

千種五兵衛　　　板

『本朝列仙伝』

「序記　　摂州難波城下　　　　田中玄順編集」

「刊記　　貞享三年丙寅歳中冬吉辰 江戸青物町

万屋清兵衛

大坂呉服町心斉橋筋角池田屋

書林　岡田三郎右衛門板行」

1687(貞享 4)『武道伝来記』

「刊記　　　貞享四年 初夏

江戸日本橋青物町

万屋清兵衛

大坂呉服町真斉橋筋角

岡田三郎右衛門」

1688(元禄 1)『新可笑記』

「序記　　　　　　難波俳林　　　　西鵬」

「刊記　　　　元禄元 戊辰　捻　十一月　吉日」

江戸日本橋青物町

万屋清兵衛　　　板

大坂真斉橋筋呉服町角

岡田三郎右衛門　　行

1691(元禄 4)『熊野紀行』[12]

「刊記　　福寿堂[13]

---

12 東北大学図書館文庫蔵.

13 福寿堂이라고 칭한 예로 이케다야의 출판이다.

岡田三郎右衛門刊」

1691(元禄 4)『源平太記評判』[14]
　　　　「刊記　　　元禄四辛未年初秋上旬」
　　　　京　高　通鷹金町
　　　　中村　孫兵衛
　　　　大坂心斉橋通呉服町角
　　　　岡田三郎右衛門 (主版元)

（필자 주) 主版元의 판단은 1696년(元禄 9) 서적목록에 의함.
岡田三郎右衛門은 이케다야의 이칭임.

　　사이카쿠와 밀접한 관계에 있는 이케다야의 1686년 전후의 출판을
고찰하면 어느 해보다도 1686년에 출판물이 많이 보인다. 그 이유로는
출판사로서의 역사가 짧은 이케다야의 의욕적인 활동이 가능하게 될
정도로 오사카의 출판 상황이 정비되기 시작한 시기가 1686년경이 아
닌가 하는 것이다.[15] 더욱이 주목되는 것은 1686년경부터 오사카의 책
을 주로 에도(江戶)에서 판매하는 요로즈야 세베에(万屋清兵衛)가 등장
하는 점이다. 요로즈야에 관한 사항을 이치코 나쓰오(市古夏生) 씨의
설[16]을 통해 살펴보고자 한다.

　　『執筆法諺解』, 延宝八年八月古辰 / 本屋五兵衛 / 同平兵衛 / 同清兵
　　衛 …(중략)…『집필법언해(執筆法諺解)의 경우, 출판사의 거주지가 명기
　　되어 있지 않다. 「本屋五兵衛」는 오카니시 이추(岡西惟中)의 저술을 출판

14　早稲田学蔵. 狩野文庫 마이크로필름에 의함.
15　宗政五十緒, 「元緑期の文化」, 『元緑期の文化の流れ』, 勉誠社, 1992.
16　市古夏生, 「二都板・三都板の発生その意味」(『国文』 77호).

한 오사카의 平兵衛愚常를 가리킨다고 보아도 무방하다. 「本屋平兵衛」
는 1683(天和 3)년 8월 간행의 『예기월령언해』(礼記月令諺解)에 있는 「大
坂本屋五兵衛 板行」이라는 간기를 참고로 하면 오사카의 출판사로 보아
도 무방하다. 교토에는 五兵衛라고 하는 출판사가 몇 곳 있지만, 「本屋五
兵衛」라는 출판사는 알지 못한다. 「本屋清兵衛」의 경우는 에도의 요로즈
야 세베에(万屋清兵衛)일까. 확실히 本屋清兵衛라는 예가 초기의 출판물
에 보인다. 그렇다면, 이 『집필법언해』는 오사카와 에도의 공동 출판(連
名板)이 되고, 게다가 1696(元禄 9)년 간행의 서적목록은 출판자(板元)를
오사카로 하고 있기 때문에 오사카에서 출판한 것을 에도의 판매처가 연
명한 것이 된다. 오사카와 에도가 제휴한 최초의 예가 된다.

이치코 씨는 『집필법언해』의 세 개의 출판사를 해석하는 데 있어서
'平兵衛'와 '五兵衛'의 두 출판사는 오사카의 출판사로 해석하고 있다.
타당한 지적이라고 생각하지만 문제가 되는 것은 '清兵衛'를 에도(江戸)
의 요로즈야 세베에(万屋清兵衛)로 해석이 가능한가 하는 것이다. 초기
의 출판물에 '本屋清兵衛'가 보인다고 기술하고 있지만 에도(江戸)라고
하는 지명을 표기하지 않고 '清兵衛'로 되어있는 것을 요로즈야 세베에
(万屋清兵衛)로 이해하는 것은 다소 무리가 있다고 생각한다. 요로즈야
세베에가 판매처로 참가하고 있다면 에도라는 지명을 표기하는 것이
오히려 자연스럽다고 본다. '清兵衛'라는 이름이 보이는 출판물을 몇
점 확인하는 것이 가능하다. 우선 『호색 조개 놀이(好色貝合, 고쇼쿠카이
아와세)』의 간기(刊記)에 '清兵衛'가 등장한다.

貞享四年　　秋九月　板行　書林　三右衛門　　　開
　　　　　　　　　　　　　　　　清兵衛　　　　板

여기서 '三右衛門'은 『호색훈몽도휘(好色訓蒙図彙, 고쇼쿠군모즈이)』의

공동출판처(相版元)인 교토의 '花洛 銅駝坊 三右衛門'이 아닐까 생각하지만 '淸兵衛'에 관해서는 단정하기 어려운 상황이다. 『집필법언해』의 '淸兵衛'가 『호색 조개 놀이(好色貝合, 고쇼쿠카이아와세)』의 '淸兵衛'인지를 결정하는 것은 곤란하지만 『집필법언해』의 판권이 오사카에 있는 것을 판단하면 '淸兵衛'는 오사카 출판사 '淸兵衛'로 에도의 '万屋淸兵衛'와는 다른 출판사로 여겨진다. 『신소죽집(新小竹集, 신쇼치쿠슈)』이 오사카 '淸兵衛'의 출판[17]이고 『가모노초메이 방장기 언해(鴨長明方丈記諺解, 가모노초메이 호조키 겐카이)』[18]의 간기도 다음과 같이 되어 있다.

元禄七甲戌 　　　　　　　　 大坂心斉橋
　　　　　　　　　　　　　　　書林平兵衛
仲春上旬 　　　　　　　　　　 同筋順慶町
　　　　　　　　　　　　　　　書肆淸兵衛

　『집필법언해』의 '淸兵衛'는 『가모노초메이 방장기 언해』에서도 '平兵衛'와 공동출판(相板)이 되어 있는 오사카의 '淸兵衛'로 생각하는 것이 자연스럽다고 생각한다. 즉, 『집필법언해』의 세 출판사는 모두가 오사카의 출판사로 이 책은 에도와 오사카의 제휴의 최초의 예로 파악하기에는 다소 무리가 있다고 본다. 요로즈야 세베에(万屋淸兵衛)와 오사카의 출판사와의 결합은 『제염대감』의 에도 판매처가 미카와야 구베(参河屋久兵衛)로 되어있는 것에서 보면 1684년 이후가 아닐까 생각한다. 1686년 출판된 『제례소경(諸禮小鏡, 쇼레이고카가미)』에의 참가가 오사카 출판사와의 빠른 제휴의 예에 속한다고 여겨진다.[19] 요로즈야 세

17　野間光辰, 『西鶴年譜考証』, 中央公論社, 1983.
18　早稲田大学蔵狩野文庫 마이크로필름에 의함.

베에가 이케다야를 통해 참가했을 가능성이 높다고 생각되지만 요로
즈야 세베에가 이케다야와 특별한 관계였다고 단정할 수 없는 것은
거의 같은 시기에 모리타야(森田屋)의 『호색오인녀』에도 참가하고 있기
때문이다.[20] 요로즈야 세베에에 대한 연구는 초기 단계로 요로즈야 세
베에의 활동범위에 관해서는 보다 구체적이고 광범위한 검토가 앞으
로 이루어져야 한다고 본다. 그러나 에도의 요로즈야가 오사카의 출판
계와 1680년대에 들어서서 본격적으로 제휴하기 시작했다는 것은 이
시기에 오사카의 출판문화가 독자적인 색채를 띠기 시작했다는 것을
반증하는 예라고 할 수 있다. 또한 주목되는 것은 지금까지 우키요조
시의 출판에서 유명한 이케다야와 교토 출판사와의 관계이다.

　이케다야의 1686년경의 우키요조시 출판에는 교토의 나카무라 마고
베(中村孫兵衛)는 참가하고 있지 않지만 나카무라의 서적 출판에 이케다
야가 보이는 것은 이른 시기부터 이케다야(池田屋)와 교토 출판사와의
밀접한 관계를 대변하는 것이다. 나가쿠라 마고베(中村孫兵衛)의 출판물
을 『德川時代出版者出版物集覧』[21]을 보충하면서 인용하고자 한다.

> 1681(延宝 9)　増補大和言葉
> 1681(延宝 9)　いおひ袋
> 1682(天和 2)　眠寐集 (亀屋半左衛門과 공동출판)
> 1686(貞享 3)　諸芸小鏡(池田屋, 万屋와 공동출판)

19　浅野晃 씨는 「西鶴初期浮世草子の研究」, 『西鶴文学の魅力』에서 "『好色五人女』의 초
　판에 대해서는 여러 가지 의견이 있지만 판면에 의한 판목의 마모상태를 보면, 大坂北衛
　堂前森田庄太郎과 江戸青物町清兵衛와의 연명에 의한 출판을 초판으로 인정해도 좋
　을 듯하다."라고 의견을 제시하고 있다. 浅野설을 따르고자 한다.
20　塩村耕, 「西鶴と出版書肆をめぐる諸問題」(『国語と国文学』 1993년 11월).
21　矢島玄亮, 『德川時代出版者出版物集覧』, 矢島玄亮, 1976.

1686(貞享 3) 好色訓蒙図彙(三右衛門과 공동출판)

1687(貞享 4) 双林兩部抄下

1688(元禄 1) 文章欧治(唐本屋又兵衛와 공동출판)

1690(元禄 3) 談義まいり(唐本屋又兵衛와 공동출판)

1691(元禄 4) 説法用歌集(西村理右衛門과 相板)

1691(元禄 4) 源平太平記評判(池田屋와 공동출판)

1695(元禄 8) 重訓学要抄

1697(元禄 10) 西陽雑俎

1704(宝永 1) 和語運珠(島崎忠兵衛와 공동출판)

1708(宝永 5) 国名風土記

1710(宝永 7) 弁疑書目録(中村富平와 공동출판)

1711(正徳 1) 山州名蹟志

(필자 주) 1696년(元禄 9) 서적목록에 의한 中村孫兵衛(永原屋)의 출판물 보충을 참고자료에 실었다.

　나카무라 마고베는 『호색훈몽도휘(好色訓蒙図彙, 고쇼쿠군모즈이)』라고 하는 호색 관련 서적을 출판하고 있지만 우키요조시의 출판에는 적극적으로 관여하고 있지 않은 편이다. 이케다야를 통해 사이카쿠의 작품의 출판에도 참여할 수 있는 입장에 있었다고 생각되지만 현재 그 예는 보이지 않는다. 나카무라 마고베가 출판에 참가한 『변의서목록(弁疑書目録)』에는 이케다야에서 출판한 사이카쿠의 『일본이십불효』에 관한 기록이 있는 것으로 보아도 이케다야가 출판하는 서적의 정보를 취하고 있다는 것을 알 수 있는데 사이카쿠의 우키요조시 출판에는 참여하지 않고 있다. 나카무라야가 사이카쿠의 우키요조시 출판에 흥미를 보이지 않았던 것은 사이카쿠의 평가가 낮았다기보다는 나카무라야가 본래 우키요조시라는 문학작품의 출판에 흥미가 없었다고 이해하는 것이 타당하리라 본다.

사이카쿠가 1686년의 호색물에서 탈호색물로 전환했다고 하는 것은 다양한 형태로 논해져왔지만 이케다야와 같이 사이카쿠의 호색물을 출판해 온 유력한 출판사에도 탈호색의 경향이 보인다는 지적은 적극적으로 이루어지지 않았다. 이케다야는『제염대감』,『호색일대녀』와 같은 호색물을 출판했지만 그 이후에는 전과 다른『일본열선전(本朝列仙伝)』,『무도전래기(武道伝来記)』,『신가소기(新可笑記)』,『원평태평기평판(源平太平記評判)』과 같은 우키요조시 작품들을 출판하고 있다.

이케다야는 초기의 호색물에서 점차 한학과 역사 관련의 서적을 중심으로 1686년 후반 이후에 방향을 전환하고 있다. 위의 출판물에서도 알 수 있듯이 이케다야가 오사카에서 한학 등을 바탕으로 한 출판이 가능할 정도로 오사카의 학문 수준을 포함해 점차 출판문화의 수용층이 확대되고 있음을 알 수 있다.

1686년, 나카무라야의 출판물인『제예소경(諸芸小鏡, 쇼게이고카가미)』의 출판에 이케다야(池田屋)가 참가하고 있지만, 반대로 1691년의 이케다야의『원평태평기평판』의 출판에 나카무라야가 참여할 정도로 오사카의 이케다야는 출판사로서의 성장이 인정된다. 즉, 이케다야는 1686년의 후반 이후에는 호색물에서 새로운 작품을 적극적으로 출판하면서 자신의 출판물에 교토의 출판사를 참여시킬 정도로 성장한 것이다. 오사카를 근거로 한 이케다야와 같은 출판사의 성장은 교토, 에도의 출판사가 오사카의 출판사와 공동출판을 고려할 수 있는 길을 열었다고 볼 수 있다.

이케다야는, 1686년 후반 이후 호색물에서 탈호색으로 전환했는데, 사이카쿠의 호색물을 함께 출판하고 있던 모리타야(森田屋)에 대해서도 검토해 보고자 한다.

3. 모리타야(森田屋)와 출판저널리즘

모리타야(森田屋)는 사이카쿠의 우키요조시를 출판한 출판사로 널리 알려져 있다. 이치코(市古) 씨의 기술을 통해 살펴보면,

> 1679년 간행의 『오사카의 학(難波鶴, 나니와즈루)』에 '書物屋', '草子屋', '板木屋' 등의 항목이 있고 '書物屋'에 '御堂前 本屋庄太郎'이라고 있다. '森田'이라고는 기술되어있지 않지만 그밖에 '庄太郎'을 칭하는 출판사가 밝혀지지 않아 그 당시 성을 사용하지 않고 '本屋'이라고 하는 예가 많이 보이는 만큼 이것을 '森田庄太郎'이라고 해도 무방하리라 본다. 1679년경에는 영업을 개시한 듯하다. 그 최초의 간행서는 1684년 5월 간행의 『속 가림 양재집(続歌林良材集, 조쿠카린료자이슈)』이 아닐까 생각된다. …(중략)… 사이카쿠의 우키요조시를 출판하는 시점에 있어서는 신흥의 출판사라 하지 않을 수 없다.

위와 같이 모리타야(森田屋)를 정리하고 있다. 1686년 전후의 모리타야(森田屋) 출판물을 열거해 보면 다음과 같다.

1684(貞享 1)	続歌林良材集	
1685(貞享 2)	椀久一世の物語	西鶴
1685(貞享 2)	小竹集	西鶴序文
1685(貞享 2)	医者鑑病人鑑	竹斎療治評判
1686(貞享 3)	好色五人女	西鶴
1688(貞享 5)	古文孝経[22]	(西村七朗兵衛와 相板)
1688(貞享 5)	日本永大蔵	西鶴

---

22 長沢規矩也, 『和刻本漢籍分類目録』, 汲古書院, 1976.

1688(貞享 5)　国朝佳節録[23]　　　　松下見林
　　　　　　「刊記　　貞享五年　戊辰年　林鐘　吉旦
　　　　　　　　　大坂北御堂前
　　　　　　　　　　　森田庄太郎開版」

1689(元禄 2)　家内重宝記

1689(元禄 2)　三教政宗
　　　　　　「刊記　元禄二己巳歳八月吉旦
　　　　　　　　　書林板　京都尾市兵衛肆
　　　　　　　　　　大坂森田庄太郎
　　　　　　　　　　江戸葛巻治兵衛
　　　　　　(『河野省三記念文庫目録』)

1692(元禄 5)　和漢郎詠集
1693(元禄 6)　和漢郎詠集諺解　　岡西惟中
1693(元禄 6)　異称日本伝[24]　　　松下見林
　　　　　　　「刊記 元禄六暦癸酉　八月十六日
　　　　　　　　　摂州北御堂前
　　　　　　　　　書肆 毛利田庄太郎 開版」
　　　1693(元禄 6)　砿石集[25]
　　　　　　　刊記 元禄六歳 正月下旬
　　　　　　　　　書林 大坂北御堂前
　　　　　　　　　　　　毛利田庄太郎繍版 (主版元)
　　　　　　　　　京　富小路仏光寺上ル

23　早稲田大学中央図書館蔵.
24　19와 동일.
25　상동.

中河喜兵衛 鏤梓

(注) 主版元의 판단은 1696년(元禄 9) 서적목록에 의함.

모리타야(森田屋)도 이케다야와 같은 신흥 유력 출판사라 할 수 있는 데 그 활동에 있어서는 같은 시기의 다른 출판사보다 한발 앞선 데가 있었다고 할 수 있다. 이케다야의 출판물인 『사이카쿠 여러 지방 이야 기』의 간기 부분에 그려져 있는 그림의 참신함이 현재 높게 평가받고 있는데 모리타야의 출판물인 『일본이십불효』의 목록 그림과 『일본영 대장』의 목록 그림 등은 당시의 출판물로서는 상당히 참신하고 혁신적 인 기획이다. 이케다야의 기획에 대해서는 논해지는 경우가 있지만 모 리타야(森田屋)에 대해서는 아직 논의가 진행되지 않고 있다. 책을 기획 하는 능력에 있어서도 두 출판사는 오사카뿐만 아니라 교토, 에도의 출판물과 비교해도 뛰어난 것을 알 수 있다.

사이카쿠라는 유능한 작가와 두 출판사 모두 밀접한 관계를 유지했 지만 이케다야와 모리타야는 한학 등에 능통한 당시에 유명한 집필진 과도 교류를 갖고 있었다. 한편, 모리타야는 당시 지명도가 높은 명사 들에게 원고를 청탁하면서 자기선전에도 열심이었던 것 같다. 그와 같 은 모리타야의 태도가 엿보이는 것은 『국조가절록(国朝佳節録)』[26]과 『이 칭일본전(異称日本伝)』에 작자의 이름과 함께 책 속장에 「浪華書森田永 英鏤梓」 「浪華書房崇文軒刊行」와 같이 출판사명을 병기하고 있는 점으 로, 이 당시의 출판으로는 드문 일이다. 또한 모리타야(森田屋)의 태도 가 『광석집(砥石集, 고세키슈)』[27]의 「오사카 사람 지장보살을 봉납할 약속

---

26 『元禄大平記』 권6의 「모두 쟁쟁한 작가들이다」에서 "国朝佳節録은 끊임없이 팔렸다. 異称日本伝는 대단히 귀중한 책이다."라고 본서가 당시 호평이었던 것을 전하고 있다.

27 일본국회도서관장서.

을 하고서 병이 나은 일」에 잘 나타나있는데, 그 내용을 인용해 보면,

> 오사카 호쿠인도(大坂北印堂)의 앞에 모리타(毛利田)라는 출판인이 있었
> 다. 친분이 있던 사람이 일향종(一向宗)을 믿었다. …(중략)… 1690년의 여
> 름 그가 크게 병들어 이미 약으로 치료할 상태가 아니었다. …(중략)… 그런
> 데 모리타(森田) 씨는 원래 지장보살을 믿었다. 항상 법어를 암송했다.
> 어느 날 그 병자의 집을 방문해 너무나 안타까운 마음이 들어 조용히 지장
> 보살에게 기도를 드렸다. 지금 보살의 덕으로 쾌유를 한다면 …(중략)…
> 이 일은 출판사 모리타가우에몬(毛利田可右衛門)이 자세히 알고 있다.

병자가 있어 모리타(毛利田) 씨가 지장보살에게 기원해 병이 나았다
고 한다. 기원을 할 때 보살상을 만들어 봉납할 약속을 한 것을 잊어버
리자 하녀의 꿈에 보살이 나타나 모리타 씨의 이름을 말했기 때문에
모리타 씨에게 그 연유를 들어본 즉 기원을 할 때 보살상을 만들어
봉납할 약속을 했다는 것이다. 그래서 보살상을 만들어 안치했다는 내
용이다. 자신의 출판물에 신상에 관한 내용을 넣은 것은 상당히 드문
일로 작자와 출판사를 병기하는 방법 등을 고려하면 이 이야기 또한
출판사인 모리타야(森田屋)의 자기선전 의식이 반영된 것이 아닌가 생
각된다. 이러한 예를 통해서 본 모리타야는 당대의 저명한 작자를 확
보하면서 자기선전을 포함해 의욕적으로 기획을 하면서 출판업을 운
영한 것을 알 수 있다.

특히 주목되는 것은 이케다야와 함께 사이카쿠와 깊은 관계를 맺고
있던 모리타야(森田屋)도 이른바 호색물에서 조쿄(貞享) 후반부터는 손
을 떼고 있다는 점이다. 사이카쿠의 『호색오인녀』의 출판 이후, 사이
카쿠의 상인물인 『일본영대장』의 출판을 담당하고 있는데, 두 작품은
내용상 큰 차이를 보인다. 그 변화의 방향은 좀 더 교훈적이고, 현실

생활에 밀접한 내용이 많다.

모리타야와 이케다야는 당시 오사카 우키요조시 출판의 중심적인 존재였다고 할 수 있는데 이 두 출판사가 1686년 이후에는 호색물의 출판에 소극적이다. 호색물의 우키요조시를 적극적으로 출판하고 있던 두 출판사가 호색물의 출판에 소극적인 태도를 보이게 된 것은 사이카쿠가 호색물을 쓰지 않게 됐다는 사실만으로는 설명하기 어려운 점이 많다. 예를 들어, 다른 작가를 모색한다든가, 타 지역의 다른 출판사와 공동출판을 시도한다든가 여러 가지 방법이 있었으리라 생각된다. 그럼에도 불구하고 탈호색을 시도했다는 것은 오사카의 출판 상황에 대한 독자적인 이해가 바탕에 있었다고 여겨진다. 모리타야의 탈호색 방향은 한학과 불교 설화 등의 출판으로 이케다야의 출판 상황과 유사하다. 이 두 출판사의 출판 현황을 놓고 판단할 수 있는 것은 오사카에 있어서도 한학 관련 서적과 역사물을 주석하고 출판할 수 있는 지적인 토대가 형성되고 있었음을 알 수 있다.

즉, 1686년의 탈호색 흐름을 사이카쿠의 창작의식 변화를 중심으로만 지금까지는 파악했는데, 그 변화 요인은 사이카쿠의 내부에만 있는 것이 아니라, 사이카쿠와 오사카의 출판계의 현실인식이 맞물려 새로운 흐름을 형성했다고 이해하는 것이 보다 타당하리라 본다.

4. 교토 출판계의 사이카쿠 수용

오사카의 출판계에서 적극적으로 호색물을 출판하고 있던 두 출판사가 1686년 이후 호색물의 출판에서 손을 떼면서 오사카의 우키요조시는 전체적으로 탈호색물의 양상을 보인다. 그러한 오사카의 변화가 갖는 의미를 당시의 기술을 통해 추론해 보고자 한다.

교토의 니시무라야(西村屋)의 우키요조시는 사이카쿠를 의식해서 쓰인 것으로 유명하다. 니시무라야가 출판한 작품은 사이카쿠의 작품의 영향을 받아『호색삼대남(好色三代男)』을 1686년 정월에 출판한 이후 계속해서 호색물의 우키요조시를 출판하고 있다. 그 내용은 사이카쿠의 작품과 비교해 뛰어나다고 할 수 없다. 당시 우키요조시의 출판은 오사카 쪽이 교토보다 내용적인 질과 다양성의 면에서 우위에 서있었다. 그러나 사이카쿠의 작풍의 변화의 시점인 1686년 후반을 기점으로 호색물의 출판은 그 중심이 서서히 교토로 이행해간다. 현재 논해지듯이 사이카쿠가 당시 우키요조시의 출판계 전체를 리드하고 있었다고 여겨지지만 오사카와 교토의 전개양상은 내용적인 면에서 달랐다.

오사카의 모리타야와 이케다야는 호색물에서 멀어져가고 있는 데 반해, 교토의 출판계에서는 호색물의 작자로 사이카쿠가 알려지면서 오히려 호색물이 유행하기 시작했다. 그 유행을 교토에서 만들어 내는데 니시무라야가 커다란 역할은 했다고 본다. 1686년의 니시무라야의 출판 상황을 나카지마 다카시(中嶋隆) 씨의 논문[28]과『니시무라소설전집(西村本小説全集)』[29]을 참고로 하면서 정리해 보면,

> 1686년(貞享 3) 『好色三代男』
> −사이카쿠의 영향은 제목의 유사성에 국한되는 것이
> 아니라 내용적인 측면에서도 지적이 가능하다.
> 『諸国心中女』

---

28 中嶋隆,「西村市朗右衛門末達について−その出版活動と歿年の推定−」(『近世文芸』32호).
29 『西村本小説全集 上・下』, 勉誠社, 1985.

-이 작품 또한 사이카쿠의 영향하에 있는 작품으로 권
5의 1,3장은 문체의 유사성이 지적되고 있으며, 권1의
6장 등에서는 『西鶴諸国はなし』 등과 같은 제재를 취
급하고 있다.

『浅草拾遺物語』

『好色伊勢物語』

-주석에 『好色一代男』, 『諸艶大鑑』에 인용한 것을 명
기한 것을 보면 사이카쿠 작품과의 영향관계가 명확해
진다.

1687년(貞享 4) 『御伽比丘尼』

『新竹斉』

『山路の露』

1688년(貞享 5) 『二休咄』

-二休로부터 "사이카쿠는 스이(師)라고 생각했는데 그
는 야보(野暮)에 지나지 않는다."(권3)고 사이카쿠를 비
난하는데 이 작품도 『好色伊勢物語』와 같이 사이카쿠
의 영향하에 있다는 것을 반증하는 예이다. 당시에 이
작품처럼 사이카쿠를 호색가의 측면에서 비난한 예를
다른 곳에서는 발견할 수 없다. 이 책이 출판된 1688(貞
享5)년의 시점은 사이카쿠가 호색물에서 이탈하기 시
작한 시기이다. 오사카에 있어서는 사이카쿠와 호색물
을 출판하고 있던 유력 출판사들이 방향을 전환하고 있
었는데 교토(京都)에서는 호색물의 유행이 사이카쿠의
영향하에서 출발해 크게 유행하게 된다. 교토의 출판사
는 새로운 모색을 하는 사이카쿠의 우키요조시보다 호
색물 자체에 흥미가 있었던 것이 아닐까 판단된다.

『日本永代蔵』

京　　　　四条通麩屋町

　　書林　　金屋長兵衛

```
江戸        神田新革屋町
            西村梅風軒
        貞享五年戊辰歳 正月吉日
    大坂書肆    北御堂前
            森田庄太郎刊板
```

―『日本永代蔵』의 출판에 에도의 西村梅風軒이 참가하고 있는데, 교토에서 金屋라고 하는 출판사와 공동출판(相版)으로 되어있는 것을 보면 교토의 西村가 이 상인물에 흥미를 갖고 참가할 의욕이 있었다면 충분히 가능한 일이었으리라 생각된다.

```
1689년(元禄 2)  『(好色くれない)』
1690년(元禄 3)  『好色ひいなかた』
              『好色咄浮世祝言揃』
1691년(元禄 4)  『好色かんたむの枕』
              『色道たから船』
```

위의 인용에서 알 수 있듯이 교토의 니시무라야(西村屋)는 1686년 이후에도 정력적으로 호색물의 출판에 힘을 기울이고 있다. 이것은 오사카의 사이카쿠는 물론 이케다야, 모리타야가 호색물에서 이탈하는 것과는 상반되는 움직임이다.

이와 같은 현상은 당시 우키요조시를 출판하고 있던 오사카의 출판사와 교토의 출판사 간의 출판 상황에 대한 인식의 차이에 기인하며 서로가 상대방의 출판 경향에 대한 분석을 하면서 발생한 상황이라고도 할 수 있다. 전통적으로 학문의 배경을 갖고 있는 교토에서는 한학을 중심으로 한 출판 등이 활발하게 이루어지고 있었지만 오사카에 비해 우키요조시의 출판이 부족하다고 판단했을 것이다. 반면에 오사카에서는 학문적인 내용의 출판에서는 교토의 영향하에 있었지만 내부적으로 축척을 이루면서 교토 출판계가 독점하던 한학 관련 서적의 출판에 관심을 보여 양 지역에서 서로의 결핍된 부분을 보충하는 과정에서 서로 다른 양상을 보이고 있다.

이 차이를 설명하는 것이 교토의 니시무라야(西村屋)와 오사카의 이케다야(池田屋)와 모리타야(森田屋)의 움직임의 차이이다. 당시 출판계의 동향을 기록을 『호색 통변 노래 점(好色通変歌占, 고쇼쿠쓰헨우타우라나이)』[30]의 서문(序)을 통해 검토하면,

> 눈을 바짝 뜨고 세상에 많은 것을 생각하면, 도로에 탁발을 든 스님이 있고 네거리에는 몸을 파는 처자가 있고 문 앞에서 개들이 사랑을 나누고 책방에는 호색의 간판이 있다. 이 모두 색이 아닌 게 없다.

이 책은 1688년 3월에 출판된 책으로 '책방에는 호색의 간판이 있고'라는 기술에서도 당시 출판계에 호색물이 많이 출판된 것을 알 수 있다. 이 책의 출판자는 교토의 조야 기베에(帳屋喜兵衛)와 후지야 히코사부로(藤屋彦三郎), 에도의 후시미야 헤자에몬(伏見屋兵左衛門)으로 저명한 출판사는 아니지만 당시 호색물의 성황을 계기로 출판에 참여한 것으로 보여진다. 이 작품보다 일 년 앞서 출판된 『호색파사현정(好色破邪顕正, 고쇼쿠하쟈켄쇼)』[31]의 서문에도,

> 이 세상은 새 잎이 무성하고 바람에 가지도 흔들리지 않는다. 단지 요란스러운 것은 호색의 책이 범람하는 것이다.

---

30 吉田幸一編,「好色物草子集」,『近世文芸資料第十』, 古典文庫, 1968.
31 상동.

이 책 자체가 당시의 호색물의 유행을 대변하고 있는데, 이 두 예와 함께『니큐 이야기(二休咄, 니큐바나시)』에 '사람의 마음이 호색이 된 뒤에 사이카쿠도 크게 환영을 받게 됐다'는 내용 등을 바탕으로 1687·8(貞享 4·5)년경을 판단하면 이른바 호색물의 성황기에 해당하는 시기로 사이카쿠가『호색일대남』,『제염대감』을 쓴 시기는 물론 1686(貞享 3)년경까지는 호색물의 대유행이라기보다는 선도적인 역할을 담당한 시기로 보는 것이 타당하다. 오히려 사이카쿠가 호색물에서 방향을 이탈하려고 한 시기가 전체적으로는 호색물의 붐을 이룬 시기라고 할 수 있다. 호색물이 대량으로 창작되는 흐름 형성에 사이카쿠가 그 계기를 마련했지만 사이카쿠의 호색물의 확산과 이미지의 확대에 니시무라야가 크게 개입되어 있다고 여겨진다. 그 예로『호색 이세 이야기(好色伊勢物語, 고쇼쿠이세모노가타리)』의 주에『호색일대남』과『제염대감』이 많이 사용되고 있다는 것과『니큐 이야기』에서 사이카쿠의 이름을 거명하면서 '호색가(好色家)'로서의 사이카쿠를 이미지화시키고 있다는 점이다. 니시무라야의 출판물에서 사이카쿠가 거론되는 이유는 여러 가지가 있겠지만 명확한 것은 니시무라의 출판물을 통해 사이카쿠가 좀 더 넓은 지역에 선전됐다는 사실이다. 이와 같은 움직임은 주로 호색물을 출판하려고 한 교토의 출판사가 사이카쿠를 호색물의 대표주자로 인정하면서 그 흐름을 형성하고자 한 것이 아닌가 여겨진다. 그러나 호색물이 유행한다고 해도 갑자기 좋은 작품을 쓸 수 있는 것이 아닌 것은 니시무라야의 출판물을 통해서 확인된다.

사이카쿠와 당시의 우키요조시 작가와의 영향관계는 지금까지 논해져 왔듯이 다른 작가가 사이카쿠를 추종하는 형태였다. 그 추종의 흐름을 주도한 것은 호색물의 출판이 활달해지기 시작한 교토에서 적극적으로 행해졌다고 할 수 있다. 1686(貞享 3)년 이후의 교토, 오사카,

에도의 우키요조시 출판을 노마 고신(野間光辰) 씨의 『초기 우키요조시
연표(初期浮世草子年表)』에 기초해 표를 작성[32]해 보면 다음과 같다.

	교토	오사카	에도
1686	好色三代男 好色諸国心中女 浅草拾遺物語 好色伊勢物語 好色訓蒙図彙	近代艶隠者 好色五人女(森田) 好色一代女(池田) 本朝二十不孝(池田)	大和絵のこんげん 好色絵本大全 田はた難題物語 好色江戸むらさき
1687	御伽比丘尼 好色しなの梅 新竹斉 山路の露 籠耳 男色十寸鏡 好色旅日記 好色貝合 色道大鼓	男色大鑑(深江屋) 懐硯 武道伝来記(池田) 武道一覧 好色破邪顕正	風流梅のかほり 本朝美人鑑 色のそめ絹 色之介好色一代男
1688	好色大神楽 正月揃 好色通変歌占 色慾年八卦 由之こうしょく文伝受 好色注能毒 衣更着物語	日本永代蔵 武家義理物語 人倫糸屑 色里三所世帯 好色盛衰記 新可笑記(池田)	市野屋物語
조쿄연간 (貞享, 1684~1688)	諸国此比好色覚帳 好色旅沈 好色あお梅 好色日用食性		

이 우키요조시의 연표를 보면 각 지역의 출판 특징을 엿 볼 수 있다.
에도의 출판계는 독자적인 작품을 발표하고자 했으나, 아직 가미가타

---

32 野間光辰, 『初期浮世草子年表 近世遊女評判記年表』(日本書誌学大系 40), 青裳堂書
店, 1984.

(上方, 오사카와 교토 지역-필자)의 작품출판에 공동으로 참여하거나 가미가타의 유행작가를 활용하려고 한 자세가 강한 것을 알 수 있다.

예를 들어, 에도의『요노스케 호색일대남(世之介好色一代男)』은 사이카쿠의『호색일대남』을 에도에서 출판한 것이다. 에도뿐만 아니라 교토의 출판계에서도 1686년 이후에 호색물의 출판이 많은 것이 큰 특징이다. 그 수에 있어서도 세 도시 중에서도 교토가 가장 많다고 할 수 있다. 1686년까지는 니시무라야의 출판이 주류를 이루고 있지만 1687년부터는 소규모 출판사에서 호색물의 출판에 참여해 그 유행이 계속된다. 그리고 교토에서는 호색물의 유행에 동반해서 다수의 작품이 출판됐지만 호색물 이외의 주목할 만한 작품은 눈에 띄지 않는다.

이와 같은 교토의 호색물의 유행과는 다른 움직임이 오사카에서는 보인다. 오사카에서 출판된 우키요조시는 일찍이 다니와키 씨가 논했듯이 사이카쿠의 주도하에 행해졌을 가능성이 크지만 1686년 후반이후 출판은 교토의 호색물의 유행에 비해 보다 다양한 시도가 행해지고 있다. 같은 시기의 교토에서는 보이지 않던 무가물(武家物)과 상인물(町人物) 등이 발표된 것도 이 시기이다.

즉, 교토의 출판에서 중요한 역할을 담당하고 있던 니시무라야가 호색물을 출판하면서 다른 작품세계도 시도했지만 오사카의 이케다야, 모리타야처럼 사이카쿠와 같은 훌륭한 작가를 확보하지 못해 내용상으로는 오사카의 우키요조시의 전개와 같은 과정에는 내용상 미치지 못하는 결과를 낳았다. 오사카의 출판계가 타 지역 특히 교토의 출판계로부터 내용적으로 주목받은 것은 우키요조시의 출현으로 가능해졌다. 그 움직임의 중심에는 사이카쿠가 있었지만, 그 기초는 오사카의 출판문화의 형성이라고 할 수 있다. 그 출판문화의 전개 과정에 사이카쿠라는 작가의 출현으로 오사카라는 상업도시에 뿌리를 둔 문학이 출현하게 된다. 그와 같은 독자적인 문화의 형성이 1686년을 전후해서 가능해졌다고 할 수 있다.

　그러나 교토와는 다른 전개를 보이기 시작한 오사카의 출판계에서도 호색물의 출판이 완전히 없어진 것은 아니다. 사이카쿠와 함께 오사카의 우키요조시 장르를 개척한 이케다야, 모리타야가 호색물의 출판에서 이탈해 가는 데 반해, 이 시기의 호색물 출판에 의욕을 보인 것이 사이카쿠의 하이카이 서적을 다수 출판한 후카에야(深江屋)이다. 이 후카에야에 대해 기라 스에오(雲英末雄) 씨는 다음과 같이 기술하고 있다.[33]

　　후카에야의 출판활동이 1679, 80년을 정점으로 덴나기(天和期, 1681~1684)에는 그 여운이 있으나, 이후에는 1687년『남색대감』(교토의 山崎屋市兵衛와 공동출판), 1689년『신요시하라쓰네즈네쿠사』(新吉原つねづね草)『마나쓰레즈레쿠사』(真字徒然草, 에도의 마쓰바세베에(松葉清兵衛), 교토의 야마자키야이치베에(山崎屋市兵衛)와 공동출판으로 명맥을 유지한다. 또한 1693년에는『시키시 내친왕[34] 가집(武子内親王歌集, 시키시나이신노오카슈)』, 1695년에는『가모군기(蒲生軍記, 가모군키)』가 알려져 있는데, 그 출판량은 많지 않고 게다가 하이카이 서적은 한 점도 없다. 이미 하이카이 전문출판으로서의 모습을 발견하기는 어렵다.『남색대감』,『신요시하라쓰네즈네쿠사』가 사이카쿠,『시키시내친왕 가집』,『가모군기』에 이추(惟中)가 관여한 것을 보면 후카에야와 그들과의 관계가 계속 이어졌음을 알 수 있다.

33　雲英末雄,「俳諧書肆の誕生」(『文学』1981년 11월).
34　일본 천황의 형제나 아들을 친왕(親王)으로 부르는데 여자의 경우는 내친왕(内親王)이라고 한다.

1686년을 중심으로 한 후카에야의 출판물을 정리해 보면 다음과 같이 하이카이 시 이외의 서적을 출판하고 있다.

1681년(天和 1)　大坂新町古今若女郎衆序
1686년(貞享 3)　はなむけ草
1687년(貞享 4)　男色大鑑
1688년(貞享 5)　人倫系くず
1689년(元禄 2)　新吉原常づね草

여기서 주목되는 것은 1686년 이후 사이카쿠가 출판한 책의 특징이다. 사이카쿠의 출판물은 하이카이의 경쟁 상대였던 이추(惟中)의 작품과는 달리 이른바 호색물 계통의 책이다. 몇 년간 사이카쿠의 책을 출판하지 않았던 후카에야에서 이추(惟中)와 달리 호색물만 내고 있는 것은 두 사람의 학식의 차이도 있겠지만 호색물의 출판에서 이름을 얻은 사이카쿠에게 옛 관계를 통해 호색물 출판을 희망했을 가능성이 높다.

1686년 후반에서 1687·8년의 사이카쿠의 우키요조시 전개에 있어서『남색대감』의 출판은 이색적이라 할 수 있다. 즉, 오사카에서 사이카쿠의 우키요조시의 작품을 다수 출판하고 있는 이케다야와 모리타야와는 달리 후카에야는 사이카쿠에게 호색물의 출판을 강하게 요청한 것이 아닌가 여겨진다. 그리고 후카에야의 이와 같은 출판 방침의 배경에는 오사카의 우키요조시의 흐름보다는 교토에서의 호색물의 유행에 따른 교토 출판사의 요청이 있다고 판단된다.『남색대감』의 출판사를 보면 후카에야와 함께 '京二条通 山崎屋市兵衛'가 함께 참가하고 있다.『마나쓰레즈레쿠사』의 출판에도 그 이름이 보이는 것을 보아 후카에야와 야마자키야는 밀접한 관계를 맺고 있었다고 생각된다. 야마자키야는 사이카쿠의 제자인 단스이(団水)의『색도대고(色道大鼓, 시키도 오쓰즈미)』를 출판한 출판사이다. 야마자키야의 출판에 대해 시오무라 고(塩村耕) 씨의 정리[35]를 인용하면,

> 1682년(天和 2)『女用文章』(京 吉野屋次郎兵衛와 공동출판)
> 1686년(貞享 3)『当流庸文章』(京 丸屋半兵衛와 공동출판)
> 『諸国御雛形』(吉野屋次郎兵衛와 丸屋半兵衛 등과 공동출판)
> 『色道大鼓』(丸屋半兵衛와 공동출판)
> 『庭訓往来図讃』(丸屋半兵衛와 공동출판)

시오무라 씨는 "야마자키야는 단스이와 관계가 깊은 출판사로『남색대감』의 발간에는 단스이가 어떤 역할을 한 것이 아닌가 추론하고 있다."그 가능성은 충분히 고려할 수 있지만 이들의 움직임은 단스이와 사이카쿠 두 사람의 문제라기보다는 교토의 호색물의 유행이 오사카의 사이카쿠에게 접근한 예로 판단하는 것이 타당하리라 본다. 야마자키야와 깊은 관계를 맺고 있는 요시노야 지로베에(吉野屋次郎兵衛)는 니시무라야(西村屋)와도 관계를 맺고 있는 출판사로 1687년에 사이카쿠의 문하생인 가타오카 시조(片岡旨怒)가『호색 여행 일기(好色旅日記, 고쇼쿠타비닛키)』를 요시노야 지로베에에게서 출판하고 있다. 그리고 단스이는 요시노야 지로베에(吉野屋次郎兵衛)와 친밀한 야마자키야(山崎屋)에서『색도대고(色道大鼓, 시키도오쓰즈미)』를 출판하고 있다. 이 야마자키야(山崎屋)는 후카에야(深江屋)와 함께 사이카쿠의『남색대감』의 출판에 참가하고 있다. 즉 그 관계를 간단히 정리하면 아래와 같은 도식으로 표현할 수 있다.

---

35 塩村耕,「西鶴と出版書肆をめぐる諸問題」,『国語と国文学』(70-11), 1993년 11월.

오사카(大坂)	교토(京都)	
사이카쿠(西鶴)	단스이(団水)	가타오카(片岡)
후카에야(深江屋)	야마자키야(山崎屋)	요시노야 지로베에(吉野屋次郎兵衛)–西村屋
『남색대감』	『색도대고』	『호색 여행 일기』
(1687. 1월)	(1687. 10월)	(1687. 9월)

오사카에서 사이카쿠를 중심으로 한 이케다야와 모리타야의 우키요
조시의 출판경향과는 다른 것으로 교토의 출판사가 호색물의 출판에
열의를 보인 예라고 할 수 있다. 그 교토의 출판사의 움직임은 사이카
쿠에 접근하면서 사이카쿠를 호색물에 참여하도록 시도했지만 당시
사이카쿠는 호색물에서 새로운 세계로의 방향전환을 시도하던 시기로
주위의 요청에 모두 응할 수 없었다고 여겨진다. 이로 인하여 사이카
쿠와 친밀한 관계에 있던 단스이나 시조가 호색물에 참가한 것이 아닌
가 생각된다. 두 사람은 사이카쿠의 문하생으로『호색 여행 일기』에
사이카쿠의 하이카이가 인용되어있고, 『색도대고』의 서문에 그려져
있는 부채가 단스이의 작품임을 나타내듯이 그 부채 속의 학과 같은
새가 의미하는 것은 사이카쿠와의 관계를 암시하는 것으로도 해석이
가능하다.

사이카쿠의 호색물을 둘러싼 오사카, 교토 출판사의 움직임을 위의
예를 통해서 확인할 수 있는데 오사카 출판문화의 성장에 따라 당시
선진 문화지역이었던 교토와 오사카의 출판계가 새로운 공조관계를
형성해 간다. 이것은 오사카의 출판계가 사이카쿠를 포함해서 새로운
영역을 모색할 정도로 성장한 것을 의미하며 임진왜란 이후에 본격적
인 발전을 보인 일본의 출판문화가 각 지방으로 확산되면서 독자적인
영역을 구축하는 흐름으로 이해할 수 있으며 새롭게 형성된 오사카의
상인문화가 처음으로 고도 교토에 역류하는 시기로 파악할 수 있다.

5. 마치며

사이카쿠는 1686년 후반 이후 호색물(好色物)에서 새로운 작풍으로 전향을 시도했다. 그것에 의해 태어난 것이 무가물(武家物)이고, 상인물(町人物)이다. 이와 같은 시도는 사이카쿠 단독의 힘만이 아니고 유력 출판사의 협조하에 오사카 우키요조시의 전개도 그와 같은 방향에서 움직였다고 할 수 있다. 오사카에서 사이카쿠와 함께 우키요조시를 리드하고 있던 이케다야(池田屋)와 모리타야(森田屋)가 호색물에서 탈호색물로 전개해 가는 것에 비해 교토의 우키요조시는 사이카쿠의 호색물의 영향하에서 호색물이 크게 유행했다. 탈호색물로 움직이고 있던 사이카쿠와 오사카의 출판계에 후카에야(深江屋)를 매개로 해서 사이카쿠의 호색물 획득에 참여하게 되는데, 이것이 『남색대감』의 출판에 야마자키야(山崎屋)가 교토의 출판사로서는 처음으로 사이카쿠의 작품출판에 참가하게 된 배경이 아닐까 생각한다. 또한 사이카쿠가 호색물을 쓰지 않게 되자 사이카쿠 주변의 사람인 문하생들이 교토 출판사의 움직임에 응했다고 보여진다.

　일본의 출판문화는 교토를 중심으로 발달했지만 점차 주변도시로 확산하면서 오사카에서도 독자적인 출판사가 등장하고 사이카쿠와 같은 뛰어난 작가의 출현으로 교토보다도 우수한 문학작품과 장르를 창출하게 됐다. 오사카와 교토의 출판계의 상이한 전개를 극명하게 보여주는 시기가 1686년으로, 이 해를 중심으로 오사카의 출판문화는 교토로부터 독립적인 입장을 취하면서, 다른 한편으로는 오사카, 교토, 에도의 출판사가 새로운 협조관계를 형성해 가는 시기이기도 하다. 이러한 시대적 환경 속에서 사이카쿠의 문학이 전개됐기에 1686년의 사이카쿠의 작품 변화 또한 오사카의 이케다야와 모리타야 등의 배려와 무관하지 않다고 본다.

교토의 출판사와는 달리 오사카의 출판사와 사이카쿠의 현실인식이 일치한 점에서 오사카에서 처음으로 탈호색의 작품이 다수 출판될 수 있었으며 새로운 문화가 오사카라는 도시공간을 통해 처음으로 형성되는 토대가 마련됐다.

제3장

『세상의 셈법(世間胸算用, 세켄무네산요)』의 성립과 사이카쿠의 변화

1. 시작하며

이하라 사이카쿠(井原西鶴)의 작품 변화 특징을 파악하기 위해서는 다양한 접근방법이 있으리라 생각한다. 지금까지의 사이카쿠 연구에서는 호색물 금지설이라는 외적 강제 요인이 주로 논해졌지만 최근의 연구 성과에 의하면 금령이 실시됐을 가능성은 희박한 것으로 확인됐다. 한편에서는, 사이카쿠의 내적 동인으로 창작의식의 변화를 통해 작풍 변화를 적극적으로 해석하는 작업이 이루어지고 있는데 불혹의 나이를 넘긴 작가의 의식 세계의 성장을 지지하는 입장과 이에 부정적인 입장이 첨예하게 대립하고 있다.

작가의 성장을 지지하는 입장에서는 작품의 변화를 성장으로 파악하려는 의식이 강한 반면, 성장을 인정하지 않는 연구자는 작풍 변화는 단순한 소재의 확대에 지나지 않는다고 한다.

작품의 변화를 창작 의식의 변화와 연동시켜 파악하는 시도는 상당한 설득력을 지니고 있지만 현존하는 1686년 이후의 사이카쿠 작품 속에는 창작 의식의 성장이라는 틀로서는 설명하기 곤란한 호색물과 관련된 작품과 내용이 다소 포함되어 있다. 그로 인해 제기되는 것이 사이카쿠의 성장부정론과 출판저널리즘의 문제라 할 수 있다.

사이카쿠의 내적 성장을 부정하고 소재의 전개를 중심으로 작품을 파악하는 입장은 출판 저널리즘과 밀접한 관련을 갖고 있다. 소재를 발굴한 구체적인 상황을 판단하기는 어렵지만, 소재를 발굴하는 데 있어서 사이카쿠는 항상 독자를 중심으로 인식하고 있다. 이러한 작가의 태도는 출판사가 독자를 의식하는 입장을 반영할 여지가 많다. 따라서 사이카쿠의 1686(貞享 3)년의 변화를 사이카쿠와 긴밀한 관계를 갖고 있는 출판사의 움직임과 연결시켜 파악하면 새로운 해석이 가능하다고 본다.

1686년에 사이카쿠와 밀접한 관계를 가지고 있던 출판사는 이케다야(池田屋), 모리타야(森田屋), 후카에야(深江屋) 등의 출판사이다. 이 출판사들의 움직임과 사이카쿠의 관계를 1686년 후반을 중심으로 정리해 보면,

	이케다야(池田屋)	모리타야(森田屋)	후카에야(深江屋)
1686년	『호색일대녀』 『일본이십불효』	『호색오인녀』	
1687년	『무도전래기』		『남색대감』
1688년		『일본영대장』	

이러한 작품 이외에도 출판사가 불명인 『휴대용 벼루(懐硯, 후토코로스즈리)』를 1686년의 후반에 쓰였을 가능성이 제기되고 있다. 출판된 작품 중에서는 호색물인 『남색대감』의 성립 시기가 『일본이십불효』보다 앞선다고 논해지고 있다. 호색물에서 탈호색물로 이행해 가는 사이카쿠가 힘을 기울여 쓴 것은 새로운 시도인 『무도전래기』의 무가물(武

家物)과 1686년 후반에 초고[1]가 존재했다고 추정되는 상인물(町人物)이 아닐까 여겨진다.

상인물의 초고는 『일본영대장』의 출판된 작품을 중심으로 그 원형이 논해졌는데, 『일본이십불효』의 성립에서 파악되는 사이카쿠의 상인물의 구상은 발표된 것과는 좀 달랐을 가능성이 있다.

후지에 미네오(藤江蜂夫) 씨는 "추석(오본)을 앞두고 채권자에게 위협받는 빈가의 모양(권5의 1)과 절연 당한 젊은이의 눈에 비친 낭인의 참상(권5의 4), 자산을 탕진한 남자가 자신의 양친과 빈곤한 생활을 하는 모습(권3의 2) 등 『세상의 셈법』을 생각하게끔 하는 여러 장이 있다."고 논하고 있다.[2] 즉 1686년 후반에 존재했다고 생각되어지는 『일본영대장』의 초고는 발표된 작품과는 달리 『일본이십불효』에 보이는 상인물의 측면도 포함하고 있는 것이 아닌가 추론하고 있다.

따라서 1686년 후반의 사이카쿠 상인물의 구상을 좀 더 구체적으로 검토할 필요가 있다. 지금까지 주로 거론된 『일본영대장』뿐만 아니라 『세상의 셈법』쪽에서도 재검토할 필요성이 있다.

『세상의 셈법』의 성립의 문제에 대해서는, 지금까지 구원고의 이용 가능성에 대해 몇 개의 시론[3]이 행해졌지만, 현재도 1691년 연말을 중

---

1   富士昭雄 씨는「日本永代蔵の成立―『野郎立役大鏡』―をめぐって」,『西鶴文学の魅力』에서 이론을 제기하고 있지만, 학계의 전반적인 의견인 정향 3년설을 따르기로 하겠다.

2   藤江蜂夫氏,『町人物の成立と展開』,『元禄文学の開花 I』, 勉誠社, 1992.

3   渡邊憲司氏(「世間胸算用・鼠の文づかひ」考『日本文学研究』제21호, 1985) 권1의 4를 와타나베 씨는 "이「鼠の文づかひ」의 한 편은「本朝二十不孝」성립 무렵에는 불효이야기 제공의 한 자료로서 사이카쿠의 수중에 있었던 것은 아닐까."라고 추론하고 있다. 또한 吉江久弥氏(『色道太鼓と西鶴の作品』,『国文学 言語と文芸』40호, 1965)는 "권4의 3「享主の入替り」가 정향 4년 전반까지는 쓰여 있었다고 말할 수 있다고 여겨진다."고 논증하고 있다.
    江本裕 氏(「黄昏の小説空間・世間胸算用」,『国文学』, 1979년 6월호)는 논문에서 "작자

심으로 새롭게 쓴 작품이라는 것이 정설을 이루고 있다.

현재 『세상의 셈법』은 사이카쿠 만년의 작품으로 그 완성도가 높은 것으로 평가되고 있다. 따라서 사이카쿠 작품세계의 변천을 파악하는 것 이외에도 사이카쿠의 작품 출판의 과정을 이해하는 데 있어서도, 『세상의 셈법』의 성립문제는 대단히 중요한 사항이 아닐 수 없다. 성립론이 어떠한 의미를 갖고 있는가에 대해서는 논자에 따라 다양한 입장이 있을 수 있지만, 작품의 성립과정을 무시한 채 내용만 다루는 것은 피상적인 인상론에 일관하는 것으로 본격적으로 작품을 논하기에 앞서 성립과정을 검정하는 작업은 중요한 의미를 지닌다. 그러나 사이카쿠와 같이 작가 개인의 기록이 거의 남아있지 않은 작가의 경우에는 그 작품의 성립과정과 시기를 추정하는 것은 결코 용이한 작업이 아니다. 작품의 성립시기를 정리하지 못한 채 작가와 작품을 논하는 작업 또한 많은 문제점을 내포하고 있으므로 가능한 그 과정을 규명하는데 진력하고자 한다.

따라서 『세상의 셈법』의 권5의 2「재능의 족자」(才覚ノ軸スダレ)를 중심으로, 『세상의 셈법』의 전 장(章)이 출판 의뢰에 맞춰 사이카쿠가 1691년 말경에 쓴 것이 아니고 사이카쿠의 수중에 있던 원고를 사용하고 있다는 것을 검토하도록 한다. 또한, 검토한 내용을 기초해 사이카쿠의 작품세계의 변천에 있어서 권5의 2「재능의 족자」가 지닌 의미에 대해서도 함께 고찰하고자 한다.

는, 「大胸日」을 예시한 대로 부자연스러운 형태를 취하면서 일단 전편에 사용하고 있다. 그러나 그 사실이 世間胸算用 전편이 그와 같은 목적하에 쓰였다는 것을 의미하지는 않는다."라고 사이카쿠가 옛 원고를 이용해 元禄 4년 후반에 편집했을 가능성에 대해서 논하고 있다.

2. 『세상의 셈법』의 집필 시기

성립론은 다양한 측면을 고려하면서 고찰해야 하지만 본고에서는 내용 검토를 통해서 성립과정을 추론해보고자 한다. 『세상의 셈법』의 각장에서 집필 시기를 예상할 수 있는 곳은 많지 않지만, 본문에 쓰여 있는 몇 개의 사항에서 그 시기를 판단할 수 있는 장도 있다. 그 예를 검토해보면,

> 권1의 2「장검은 옛날의 칼집」
> 정월 초하루에 일식이 있었던 것은, 지금으로부터 69년 전의 일로, 그 때로부터 현재인 1692년 임신년의 정월 초하루에 다시 생겨, 이 날의 해돋이의 경치는 정말로 진기한 것이었다. 달력은 690년 지토 덴노(持統天皇) 4년에 기호력(儀鳳曆)을 채용하고 그 후에 때때로 달력이 개정됐지만, 일식, 월식이 달력에 표시된 대로 나타났는가 어떤가를 기준으로 해서 개정했기 때문에 누구도 이것을 의심하는 사람은 없다.

이것에 대하여 데루오카 야스타카(曻峻康隆) 씨는 "적어도 10월경에 분포된 달력을 보고 정월 초하루의 일식에 때 맞춰 거론하고 있기 때문에 1691년 후반기인 연말이 다된 시점에서 탈고한 것을 알 수 있다."[4]고 논하고 있다. 또한, 그 이유에 대해서는,

> 1685년부터 막부가 채용한 야스이 하루미(保井春海)의 정향력(貞享曆)은, 매년 8월, 에도 천문관으로부터 신력 7권을 교토에 올려 보내 즈치미카도(土御門)가(家)가 그 개정본 7부를 마치부교(町奉行)를 거쳐 마치도시

4　이 설은 今井虎之介氏(「西鶴小説のジャーナリズム性」, 『西鶴考』, 八木書店, 1989)의 논과 궤를 같이 하는 것이다.

요리(町年寄)에게 명령해 마치도시요리가 그 중에 2권을 보관용으로 남겨 놓고, 5권을 달력 판매점에 건넨다. 달력판매상은 이것을 접는 달력, 철 한 달력, 휴대용 달력 등으로 개판해서 천문관과 마치부교의 검열을 받은 후에 분포하는 것이다. 민간의 손에 건네지는 것은 아무리 빨라도 10월경 이었으리라 생각한다.[5]

이 장은 1691년 10월 이후에 쓰였다고 봐도 좋을 것이다.[6] 이 장과 거의 같은 시기에 쓰였다고 생각되는 것이 권3의 1이다.

> 권3의 1 「교토의 첫선 공연」(가오미세시바이)
> 작년의 가을, 교토에서 가가번(加賀藩)의 배우인 곤파루(金春)류의 배 우가 봉납의 노(能)를 공연했을 때 4일간의 좌석료로 한 칸에 은 열 냥씩 정했는데 모두 팔려 빈자리가 없고 게다가 노(能) 공연 전에 선금으로 좌 석료를 지불했다.[7]

여러 주석서에 쓰여 있는 것과 같이 지난 가을은 1691년으로 교토에 서 다케다 곤베(竹田勸兵衛)가 봉납의 노(能)를 공연한 해이다. 그 근거 로 제시된 것이,

> 1691년 3월 28일
> 고용 노 배우인 다케다 곤베, 교토에서 봉납의 노을 행한다고 해서 금품 을 하사했다.

---

5 『西鶴新論』, 中央公論社, 1981.
6 前田金五郎氏는 "1692년의 달력을 보지 않고도, 엔포판(延宝版) 『고대달력편람대전(古 暦便覽大全)』을 사용하면 집필 가능하다."(『西鶴語彙考』, 勉誠社, 1993)고 논하지만 전체적인 집필이 행해진 것은 역시 출판이 임박한 시기라고 여겨진다.
7 『세상의 셈법』, p.68.

「정린기」

3월 28일에 교토에서 삼백 석의 봉록을 받는 노 배우인 다케다 곤베 야스노부, 노 봉양을 청원했기에, 이에 은 오관과 작은 금화로 삼십 냥, 노 의상을 하사했다.[8]

이 기록을 가지고 생각해보면, 이 장도 권1의 2와 거의 같은 시기인 1691년의 연말에는 쓰였다고 할 수 있다. 즉, 『세상의 셈법』이 1692년 정월 출판이기 때문에 판을 세기는 작업시간 등을 고려하면 이 장(章) 들은 출판이 임박한 시점에서 쓰인 것이라고 할 수 있다. 이 두 장을 가지고 사이카쿠의 시간 설정의 특징을 고찰해보면, 데루오카 씨가 권 1의 2의 '1692년'이라는 기술에 대해 출판 시점에 맞춘 기술로 해석하고 있듯이 사이카쿠는 작품 속에서 치밀한 시간 설정을 시도하고 있다. 이 『세상의 셈법』이 출판된 것은 1692년의 정월로 사이카쿠는 1692년의 독자 입장을 염두에 두면서 『세상의 셈법』의 시간 설정을 한 것이다. 이 두 개의 장은 확실히 1691년의 후반에 쓰였을 가능성이 높지만, 다른 장에 있어서도 이와 같이 단정할 수 있는 가는 검토의 여지가 있다. 이 점을 좀 더 고찰해 보고자 한다. 우선 문제가 되는 권5의 2「재능의 족자」의 본문의 일부를 살펴보자.

구마노의 비구니가 인간의 중대사를 그린 지옥, 극락의 그림을 보여 빌게 한다든지, 또는 숨이 넘어갈 정도로 노래를 불러도 허리에 찬 한 되의 국자에 가득 받는 것은 어렵다. 그런데, 같은 후세의 일이라도, 기진

---

8   野間光辰氏, 『西鶴集 下』(日本古典文学大系本) 補注, 「元禄四年三月二十八 御抱能 役者竹全権兵衛, 京都二勧進能フ行 フヲ以テ, 全品ヲ附与ス. 「政隣記 三月二十八日於 京都, 御扶持人御役三白石竹田権兵衛安信, 勤進能願之通被仰出侯由申越依之銀五 貫目, 金小半三十両, 能装束被下之」(『加賀藩資料』, 第五編)

하는 중생들의 마음가짐이 크게 다르다. ㉠작년 겨울 나라의 대불 건설을 위해 류쇼인 일행이 순행을 시작해, 기진을 받고 있는데, 믿음이 없는 사람에게는 권하지도 않고, 말없이 돌아, 스스로 기진하는 사람의 것만을 받았는데도 같은 한 되의 국자이지만, 한 발 걸으면 한 관, 열 발 걸으면 십 관, 혹은 금은을 기부하는 사람도 있어, '부처도 돈만큼 광채가 난다'는 속담이 있는데, 부처의 공덕도 필시 커다랗게 느껴지는 지금이야말로 불법의 극성기라 할 수 있다. 이것은 특별한 기부라 해서 불교 팔종 모두가 기진의 마음가짐이 있어, 기특하기가 한이 없다. 이미 변두리의 작은 집까지도 장자의 만관, 빈자의 한 닢이라고, 이것도 쌓이면 ㉡한 개에 십이 관이나 하는 기둥도 될 것이다.[9]

이 장이 쓰인 시점을 추론할 수 있는 것은 선을 그은 ㉠의 부분이다. '후유토시(冬とし)'라고 하는 것은 '작년의 연말'의 의미로 여러 주석서에 쓰여 있는 대로라고 생각한다. 이 말을 사이카쿠가 사용한 예를 많이 찾을 수는 없지만 『호색일대녀』의 권4의 3에서도 보인다.

　당신께서 귀여워하셨던 오카메가, 작년 겨울에, 2,3일 앓다가 죽었는데, 숨을 거두기 전에 '엄마, 엄마' 부르며 당신을 찾았습니다하면서 울기 시작했다.[10]

9　『세상의 셈법』, pp.136~137, 「されば能野びくにが、身の一大事の地獄極楽の絵図を拝ませ、又は息の根のつづくほどはやり唄をうたひ、勧進をすれども、腰にさしたる一升びしゃくに一盃はもらひかねける。さる程に、同じ後生にも、諸人の心ざし大きに違ひある事かな。㉠冬とし、南都大仏建立のためとて、竜松院たち出給ひ、勧進修行にめぐらせられ、信心なき人は勧め給はず、無言にてまはり給ひ、我が心ざしあるばかりを請けたまふも一升びしゃくなるに、一歩に一貫、十歩に十貫、あるひは金銀をなげいれ、釈迦も銭ほど光らせ給ふ、今仏法の昼ぞかし。是￥は各別の寄進とて、八宗ともに奉加の心ざし、殊勝さ限りなかりき。すでに町はづれの小家がちなる所までも、長者の万貫貧者の壱文これもつもれば、㉡一本十二貫目の丸柱ともなる事ぞかし。」
10　『호색오인녀』、「あれさまのかかがゆかりやったこちのお亀が、冬年、二、三にちわづれふ

여기의 '후유토시(冬年)'도 여러 주석서에 보이듯이 작년의 겨울, 작
년의 연말의 뜻이다. 『일본국어대사전』에서 '후유토시(冬年)'를 찾으면
'작년의 연말, 작년의 겨울'로 모두 작년 연말의 의미이다. 지면 관계상
이 단어의 용례를 모두 들 수는 없지만, 위의 예에서 '후유토시(冬年)'는
작년의 연말을 가리키는 말이라는 것을 확인할 수 있다. 그렇게 되면
문제가 되는 것은 『세상의 셈법』의 권5의 2에 나오는 '작년 겨울'은
언제의 '작년 겨울'인가 하는 것이다. 『세상의 셈법』권1의 2, 권3의
1 등의 예에서 파악되는 『세상의 셈법』의 시간 설정의 특징을 중심으
로 해석하면 이 작년 겨울은 1692년의 독자를 의식해서 쓴 1691년의
일이라 판단하기 쉽지만 이 장의 경우는 그와 같이 해석하는 것은 곤란
하다. 왜냐하면 사이카쿠가 '작년 겨울(冬年)'의 일로 쓰고 있는 것은
'나라의 대불 건립을 위해 류쇼인의 일행이 순행에 나선(南都大仏建立の
ためとて、竜松院たち出給ひ)' 일이기 때문이다. '나라의 대불 건립을 위해
류쇼인의 일행이 순행에 나선' 일은 여러 주석서에 보이듯이 1685년
11월의 일로 이해해야 한다. 그리고 대불 자체의 복구는 사이카쿠가
권1의 2, 3의 1을 쓸 때에는 이미 끝난 사업이었다.

> 1691년 신미년 2월 30일, 대불상 수복의 주물이 완성됐다. 햇수로 6년
> 이 걸렸다.[11]

즉, 이 장의 '작년 겨울(冬とし)'의 '나라의 대불 건립을 위해 류쇼인의
일행이 순행에 나선' 때는 1685년 11월로, 이 장을 쓴 것은 1686년의

て死んだが、おばは一と、そなたの事を、思引取まで云たと、泣出す。」
11 「大仏殿再建記」、『公慶上人年譜聚英』、「元禄四年辛未年二月三十日、大仏像修復鋳
掛成就ス，年数合六年．」

일이라고 보아야 한다.

3. 류쇼인의 순행과 대불 수복

'나라의 대불 건립을 위해 류쇼인의 일행이 순행에 나선' 때가 1685년이
라는 것은 확인됐지만 오사카와 교토를 순행한 것은 언제였을까가 문
제이다. 여러 주석서에서는 막연하게 정향연간(貞享年間)이라고 추정하
고 있는데 나라와 인접한 오사카, 교토를 장기간 거치지 않았다고 하는
것은 상식적으로 납득하기 어렵다. 여기에서 류쇼인의 고케이(公慶,
1648~1705)의 행적을 『고케이상인연보취영(公慶上人年譜聚英)』과 「대불
전재흥발원이래제흥륭약기(大仏殿再興発願以来緒興隆略記)」[12]를 중심으로
정리해 보고자 한다.

> 1682년(天和 2)
> 하치만궁(八幡宮)의 조영(造営)을 탄원(訴願)- 거부당한다.
>
> 1684년(貞享 1)
> 대불전(大仏殿) 재건을 장군가에 청원함.
> 5월 27일 거부당함.
> 6월 9일 허가를 받음.
>
> 1684년(貞享 1) 8월 25일
> 권화 허가(勧化許可)를 교토에 가서 가잔인 사다노부(花山院 定誠,

---

12 平岡定海氏, 「[史料]大仏殿再興発願以来緒興隆略記」, 『南都仏教』, 제24호.

1640~1704)·간로사 가타나가(甘露寺 方長, 1649~1694)에게 전달한다.

1684년(貞享 1) 11월 29일
대희원(大喜院, 다이키인)에서 대불연기(大仏縁起)를 강의했다.
나라초(奈良町)에 권화(勧化)를 담당하는 모임이 결성됐다.

1685년(貞享 2)
2월 니가쓰당(二月堂) 슈지회(修二会)에 들어가 칩거했다.(나라)
3월 에도에 내려가 아사쿠사 장수원(長寿院, 조주원)에서 권화(勧化)를
시작했다.(강의)
6월 5일부터 권화첩(勧化帖)을 냈다.
고케이(公慶)는 「대불연기(大仏縁起)」를 강의하고 또한 같은 장소에서
보물을 진열해 참배자에게 보였다.

1685년(貞享 2) 11월 3일 나라에 돌아왔다.
11월 29일 「대불보수사업 시작의 규칙(大仏修覆事始之規式)」이 행해
졌다.
이 날 대희원(大喜院)에 자리를 마련해 연기(縁起)를 강의하고 나라(奈
良)의 권화(勧化)가 시작됐다.

11월 29일 대불상의 앞에서 법사를 거행했다. 또한 대희원(大喜院, 다이
키인)에도 자리를 마련해 처음으로 연기(縁起)를 강의했다. 소위 말하는
대불 순행의 시작이다. 이 날, 석장을 집고, 짚신을 신고 처음으로 나라
(奈良)를 권화(勧化)하기 시작했다. 모두 찬탄해 마지않았다. 이때부터 오
사카, 교토, 널리 60여 주를 돌아, 사람들이 재물을 기부했다. 즉 보물인
석장과 연잎으로 만든 갓은 슌조쇼닌(俊乗上人, 1121~1206)이 소지하던
것이다. 소위 권화 석장이라고 하는 것을 물려받았다. 매번 연기를 강석
하고, 또한 그 설교에 구족계(具足戒, 비구·비구니가 지켜야 할 계율)를 받
고, 십념(十念, 불교신자의 극락왕생을 위한 열 가지 마음가짐 -필자)을 받는

사람이 하루에 몇천 명인지를 모른다. 나중에는 여러 제자들이 연이어 연기를 강의했다.[13]

같은 11월 29일 대불 보수의 시무식을 거행했다.

9월 28일 밤에 에도의 미나미다이쿠초(南大工町)에서 목수의 오래된 꺽 쇠를 주워 대불 조영에 바치자, 모든 사람이 일을 훌륭히 끝낼 수 있는 징조라고 축하했다. 이번 대전의 시무식 하례에 사용한 후 매번 이것을 활용했다.[14]

같은 12월부터 다음 해에 걸쳐 교토, 오사카, 후시미의 관청(奉行所, 부교소)에 권화 신청서를 제출해 해당지역의 우다 성주(宇陀城主), 사원 영지에도 위의 취지를 설명해, 범띠 해(1686)의 정월부터 순행을 시작해, 연기를 강의하고, 일반인에게 보물 등을 공개했다. 이후 해마다 나가서 권화를 위해 연기를 강의하고 보물 등을 공개하기 위해 근처 마을들을 왕복한 것은 모두 여기에 기록하지 않는다.[15]

1686년(貞享 3) 2월 3일

대불 권화(大仏勧化) 사무가 번잡하게 되자, 곡식 창고에 류쇼인(龍松 院)을 세워서 옮김.(나라)

---

13 「十一月二十九日一大像ノ尊前ニ, 修法事, 又夕大喜院ニ設座, 始テ講緑起. 俗ニ謂大 仏事始. 此ノ日, 自飛錫, 著草鞋, 始勧化 南都, 皆無不睡膜, 自是, 歴難波京師, 遍ク巡 六十州, 人興財物, 則宝殊ノ杓, 以天笠ノ蓮実, 造之. 俊乗上人所携杓也. 俗ニ謂フ, 勧 進柄杓, 受之. 毎ニ講緑起, 又兼説ニ以具足仏心, 受十念者, 不知日幾千人後チ群弟 子, 代代講緑起.」

14 「同十一月二十九日大仏修覆事始之規式営之九月二十八日夜 東武南大工町, 番升之 古曲金拾専一之具人皆成満之端表祝之, 此度 事始用之大殿釿始之賀儀毎例用之也.」

15 「同十二月より翌年二室京大坂伏見町奉行所ロ勧進之届申入并当国群ロ宇陀城主, 且 寺社領趣申廻侯共何方茂無異儀依許容, 寅正月より打廻り依ロ所緑紀談宝等為拝申也, 此以後年年出府, 又者為勧化緑起, 宝物等相携近国近郷所所勧化往復等之度数悉ニ テ不記之. 大仏殿再興発願以来緒興隆略記」

이때 오사카의 부유한 상인인 홋코쿠야 지우에몬(北国屋治右衛門)이 동괴(銅塊)를 기부했다.

4월 2일 고케이(公慶). 에도에 내려가려 함.

1687년(貞享 4) 3월경

고케이(公慶), 교토에서 권화(勧化)하려고 함.

1688년(貞享 5) 윤 4월 2일

이날부터 승려 천 명, 장인 오백 명을 초청해 대불전(大仏殿) 시공의 법의(法儀)를 행함.

6월 11일

고케이(公慶). 오사카 구본사(九品寺)에서 권화함.

8월 5일

고케이(公慶) 쇼닌 칭호(上人号)를 수여받음. 그 일로 12일 궁궐에 들어감.

1689년(元禄 2)

1월 15일 『삼론계송(三論偈頌)』을 판각함.

3월 19일 고케이(公慶). 에도에 내려감.

12월 8일 에도에서 돌아옴.

1690년(元禄 3)

2월 18일 대불전(大仏殿)에 쓸 재목의 보관을 위하여 차지(借地)를 청원해 허락 받음.

8월 15일 대불존상(大仏尊像)의 머리 부의 새로운 주조물이 완성.

1691년(元禄 4)

1월 18일 진수하치만궁(鎮守八幡宮)의 시공식을 행함.

2월 30일 대불존(大仏尊)의 수복이 완성됨.

4월 고케이(公慶). 미마사카 지방(美作国)을 권화함.

5월 반슈(幡州)의 아카시(明石)에 도착함.

윤 8월 26일 천궁식(遷宮式)을 행함.

11월 19일 고케이(公慶). 에도에 내려감.

12월 3일 류코(隆光, 1649~1724)에게 관정(灌頂, 수도자가 일정한 지위에 오를 때 그의 정수리에 물을 붓는 의식-필자)을 받음.

1692년(元禄 5)

3월 8일 이 날부터 3월 8일까지 대불(大仏) 개안(開眼) 공양을 행함.

'나라의 대불 건립을 위해 류쇼인의 일행이 순행에 나선' 때는 1685년(貞享 2) 11월 29일부터 여러 지방의 권화(勧化) 순례를 의미하는 것으로 오사카와 교토에서도 그 해 연말에 신청을 해서 1월부터는 이미 권화 순례를 돌고 있었던 것이다. 지금까지 '「대불전재흥발원이래제흥륭약기(大仏殿再興発願以来緒興隆略記)」'가 연구에 이용되지 않았기 때문에 오사카에서의 권화에 대해서 애매한 추론밖에 할 수 없었던 것이다. 이 기록에도 있듯이 권화는 1685년(貞享 2) 겨울에 나라(奈良)를 출발해서 교토, 오사카의 권화에 들어간 것이다. 이것에 의해 여러 지방의 권화를 1685년(貞享 2)에 시작해 오사카에는 정향연간(貞享年間)이라고 하는 부자연스러운 해석은 수정되어야 한다. 그리고 '나라의 대불 건립을 위해 류쇼인의 일행이 순행에 나선'에 관한 기록이 『호색일대녀』(1686년 6월간)에도 보인다.

이때, 시모테라 거리에서 나라 동대사의 대불의 연기를 읽는데 귀천이 함께 듣는 와중에 여자의 전성기는 지나가고[16]

---

16 『호색일대녀』, 「此程、下寺町にて、南都東大寺大仏の緑起読給ふに、貴賎袖をつらねける中に、女盛はすぎゆく」

이『호색일대녀』가 1686년(貞享 3) 6월에 출판된 것이기 때문에 여기에 쓰여 있는 내용은 출판 직전의 사실을 사이카쿠가 쓴 것이다. 이 내용을 바탕으로『세상의 셈법』의 내용인 '작년 겨울, 나라의 대불 건립을 위해 류쇼인의 일행이 순행에 나서, 권화 수행을 도는데(冬とし、南都大仏建立のためとて、竜松院たち出給ひ、勧進修行にめぐらせられ)'에 대하여 생각해보면 사이카쿠는『호색일대녀』에도 쓰여 있는 것처럼 고케이(公慶)의 권화 활동(勧化活動)에 대해 흥미를 갖고, 1686년(貞享 3)에 고케이(公慶)에 관한 몇 가지 문장을 쓴 것이라고 생각한다. 여기서 주목하지 않으면 안 되는 것은 '작년 겨울(冬とし)', '나라의 대불 건립을 위해 류쇼인의 일행이 순행에 나서'라고 하는 기술은 1686년의 시점이 아니면 해석이 곤란할 뿐만 아니라 쓸 이유도 없다고 생각한다. 그러면 방선을 그은 ⓒ의 '한 개에 십 이관의 기둥이 될 것이다.(一本十二貫目の丸柱ともなる事ぞかし)'를 어떻게 해석할 것인가의 문제가 남는다. 이것은 과연 대불전의 건립이 시작되고 나서 유포된 사실일까 하는 것이다. 류쇼인 고케이(龍松院 公慶)의 일련의 활동은 처음부터 대불전의 건립을 위해서였고 대불전 건립의 절차를 대불 수복에서 시작해 대불전건립을 생각한 듯하다. 그러나 이 절차와 권화 수행을 할 때 대불 수복만을 말 한 것이라고는 생각되지 않는다. 사람들의 신앙심을 불러일으키는 데는 대불 수복이 가장 효과적이었으리라 생각되지만, 대불전도 건립하려고 하는 고케이(公慶)의 입장에서는 대불전의 일도 함께 설파하는 것이 효과적이었다고 여겨진다. 그것을 확인 가능한 것은 1692년에 만들어진 권화첩(勧化帖)「대불전조영의해 서문(大仏殿造立之年序)」에 다음과 같이 쓰여 있다.

대권화승려 슌조(俊乗) 화상 1567년 영록(永禄) 십 년에서 1685년 정향

(貞享) 이 년까지 백십구 년[17]

이 권화첩(勸化帖)의 내용에서 보면 1685(貞享 2)년의 시점에서 대불전의 건립은 시작됐다고 보아야 할 것이다. 고케이(公慶)가 대불전 건립에 착수한 것은 1691년에 대불의 수복이 끝나고 난 다음 해인 1692년이다. 대불의 수복 권화첩(修復勸化帖)이 만들어진 것은 1685년이다. 이 두 개의 권화첩의 내용은 동일한 것으로 1685년의 권화첩[18]에 대불전 건립의 서문을 첨부한 것이 1692년의 권화첩[19]이다. 그러면 이 사이에 대불전의 권화(勸化)는 없었던 것일까. 실제로는 1688년 4월 2일부터 8일까지 「대불전시공규칙 천승공양(大仏殿木作始規式千僧供養)」이 행해졌다. 여기에서 『대불전재건기(大仏殿再建記)』「1688년 4월 대불전 시공(元禄元年四月大仏殿新始)」에 수록되어 있는 기록을 보면 다음과 같이 기록돼 있다.

銀十三貫五百目
一기둥　　한 개 길이　八十間　木口 四尺弐寸　　단 접합한 목재
銀壱貫目
一 도리　　한 개 길이　五 間 幅　　弐尺五寸　두께 二尺
銀七百目
一 서까래　한 개 길이　　九 間　　　四尺弐寸　두께 壱尺
銀壱貫八百目

---

17 大勸進沙門 俊乗坊大和尚 自永禄十年至貞享二年之間百十九年

18 『勸化帖』일본국회도서관장서.

19 주8)의 일본국회도서관장의 정향 2년의 勸化帖에는 대불 건립에 관한 것과 大仏殿造立之年序로 되어있는데, 大仏殿造立之年序는 원록 5년의 勸化帖의 내용을 사용한 것으로 파악된다. 대불에 관한 것은 정향 2년과 원록 5년이 같은 내용이다.

一 대들보　한 개 길이　五 間　幅　　弍尺七寸　두께 二尺二寸
銀百九十目

銀五十目
一 뒤판 한 평　　　　　　　一 중인방 길이 五間 폭 二尺四方
一 기와 한 장 銀壱文目　　　　一 대못　한 개　壱文目五分
一 대 꺾쇠 한 개 壱文目　　　一기둥의 묶음 쇠 한 개　弍百目
一 대 연화 한 장 五貫目　　　　　一 소 연화 한 장 三貫目

　위의 기진물의 백분의 일, 천분의 일이라도 마음 가는 대로 기부가
있었으면 합니다.

　大仏 모임
　井筒屋　　孫九郎
　…(중략)…
　이상 17인이 모임의 시작 인원임.

　이 대불계가 언제 결성됐는지 위의 항목이 언제 설정됐는지 현존하
는 자료의 범위 내에서는 판단하기 어렵지만 확실한 것은 대불계의
참가자들이 1688년 4월에 상기의 항목에 따라 기부하고 있다는 것이
다. 또한 위의 항목 중에서 불상에 관한 항목인 '대, 소 연화'와 대불전
의 사항이 함께 병기돼 있는 것도 주목된다. 이것을 가지고 생각하면
대불수복(大仏修復)과 대불전(大仏殿)의 건립은 1692년의 권화첩(勧化帖)
과 관계없이 일반 사람들에게 동시에 알려졌을 가능성이 높다고 여겨
진다. 또한 사이카쿠가 쓴 방선ⓒ의 '한 개에 십이 관의 기둥 : 一本十
二貫目 一 기둥 壹本 길이 八十間 木口 四尺貳寸 단 접합한 목재'는

숫자의 면에서 근접해있다고 할 수 있다. 그러나 여기에서 문제가 되
는 것은 '한 개에 십이 관의 기둥도 될 것이다'라고 지금부터 모으면
십이 관의 기둥을 기부할 수 있다고 하는 내용이다. 실제 행해진 권화
(勧化)를 소지원 법인 에이슈(惣持院法印英秀)가 1688년에 기록한 『대불
전 시공 천승 공양 사기(大仏殿釿始千僧供養私記)』를 통해보면,

　　㉠ 첫날 대불전의 참배의 인원을 혹자는 심산으로 백만 인이라고 했다.
칠일 동안에 나라의 사원, 민가, 여인숙이 만원이었던 것에서 짐작해 알
수 있다. 관청에서 명령하기를, 상인의 집을 여인숙으로 개방하도록 했
다. 연고가 없는 승려와 사람들은 들에서 노숙을 했다. 나라 오백년 이래
의 군중이라고들 했다. 교토, 오사카의 작가들이 이 모습을 작품화했고,
어린아이의 가무에도 이 내용으로 넘쳐 났다.
　　㉡ 기부하는 쌀이 오백여 석으로, 가까운 마을에서 가지고 왔다.
　　㉢ 공양하는 돈이 천여 량, 기둥이 두 개, 교토의 모임에서 은으로 십칠
관, 그 밖에 철, 등, 의복, 거울, 칼, 장신구, 부엌 물건 등의 기부를 모두
기록할 수가 없다.
　　여러 절에서도 출사할 때는 공양미와 돈을 가지고 왔다.[20]

이 기록을 가지고 사이카쿠의 기술을 조명해보면, 『세상의 셈법』의
'이것도 쌓이면 한 개에 십이 관의 기둥이 될 것이다'는 화제가 된 대불
전 시공식 이전의 기술로서 해석하는 것이 타당하리라고 본다. 사이카

---

20 『東大寺叢書』(『大日本仏教全書』), 「初日大仏殿参能之人数, 或人積云, 百万人云云,
七日之内准知南都欄若俗家旅客満満. 依奉行之下知. 商人屋宅為旅薼. 非緑僧俗臥野
郊. 南都五百載以来群集云云. 洛陽大坂狂言戯語. 此沙汰. 幼児歌舞此義耳. 一所寄鉢
米. 五百余 町町近郷白米而特来一㉡奉加拝銭. 合金千両余. 柱弌本施入. 京講中銀而
弐十七貴目余. 基外鉄銅衣服鏡太刀荘厳具飯具之寄不及記. 緒寺出仕之時. 為斎米銀
子特参有之.」

쿠와 같이 숫자에 상세한 사람이 방선의 ⓒ과 같은 거액의 기부가 이루어지고 있음에도 불구하고 몇 년이나 지난 상태에서 권5의 2와 같은 문장을 썼다고는 생각하지 않는다. 1688년에 교토, 오사카의 유아까지 알만한 사항을 1691년에 '작년 겨울, 나라의 대불 건립을 위해 류쇼인의 일행이 순행에 나서' 쓴다고 하는 것은 납득하기 어려운 사항이다. 즉, 『세상의 셈법』의 권5의 2는 1688년 이전에 쓰인 것으로, '작년 겨울, 나라의 대불 건립을 위해 류쇼인의 일행이 순행에 나서'의 기술에서 추론해보면 1688년의 초고인 것을 확인할 수 있다.

4. 상인물과 교훈

『세상의 셈법』의 권5의 2「재능의 족자」가, 사이카쿠의 수중에 있던 초고인 것을 대불전 건립과정을 통해 검증해 봤다. 대불전의 건립과정을 추론할 수 있기에 여기서는 사이카쿠의 작품 속에 대불전에 관한 기술이 어떻게 쓰여 있는가를 검토하도록 하겠다. 당시 세상을 놀라게 했을 대공사인 만큼 사이카쿠의 작품에도 몇 번의 기술이 보인다. 이것을 열거해 보면,

　　㉠ 이때, 시모테라 거리에서 나라 동대사의 대불의 연기를 읽는데, 귀천이 함께 듣는 와중에 여자의 전성기는 지나가고[21](1686년)
　　㉡ 작년 겨울 나라의 대불 건설을 위해 류쇼인 일행이 순행을 시작해, 봉양 수행을 돌고 있는데, 믿음이 없는 사람에게는 권하지도 않고, 무언

---

21 『호색일대녀』, 「此程、下寺町にて、南都東大寺人仏の緑起読給ふに、貴賎袖をつらねける中に、女盛はすぎゆく」

으로 돌아[22](1692년)

ⓒ 그 대불은 오래도록 불탄 들녘에 비, 이슬, 눈, 서리에 머리가 썩는 것을 보는 것도 슬프던 차에, 지금 한 사람의 승려, 건립에 뜻을 세워 지방을 순회하는데, 그 봉양의 마음이 깊다.[23](1695년)

ⓓ 들뜬 마음에 여기에 뿌리는 돈을 사람에게 도움이 되는 시조(四条)의 하천 변의 무너진 다리를 세울까 나라의 대불 건립에 공양에 쓰면 후대에 이름이 남는 것을,[24](1691년?)[25]

여기에서 쓰인 시기를 확정할 수 있는 것은 『호색일대녀』뿐이지만, 『사이카쿠 조쿠쓰레즈레』의 권3의 1은 데루오카 씨가 『사이카쿠 조쿠쓰레즈레』의 초고의 성립시기를 분류할 때 제4의 장르인 『사이카쿠 여러 지방 이야기』 계통으로서 분류한 것이다. 또한 이것의 집필시기를 "1686년 이후, 1688년경까지의 집필, 『일본이십불효』, 『사이카쿠 여러 지방 이야기』, 『휴대용 벼루』 등의 일부로서 고찰해야 할 것이다."라고 논하고 있다. 이 설은 나중에 검토하기로 하고 사이카쿠의 대불(大仏)에 관한 기술을 생각해보면 고케이(公慶)의 여러 지방의 권화(諸国勧化)가 시작된 이래로, 사이카쿠는 고케이에 커다란 흥미를 나타내고 있었다고 보여진다. 여기에서 『세상의 셈법』의 기술과 『사이카쿠 조쿠쓰레즈레』 권3의 1의 기술에 유사한 내용을 비교해 보면,

---

22 『世間胸算用』, pp.136~137, 「冬とし、南都大仏建立のためとて、竜松院たち出給ひ、勧進修行にめぐらせられ、信心なき人は勧め給はず、無言にてまはり給ひ」
23 『西鶴俗つれづれ』, 「基大仏ひさしく焼野に立せ給ひ、雨、露、雪、霜にみぐしの朽ちるも見るにかなしかりんしに、今又ひとりの沙門、建立の願ひ国国に通じ、奉加の心ざしふかし。」
24 『新小夜嵐 上』, 「うかうかとここに蒔ちらす金子を人の為になふるべき四条河原のくずれ橋をかかるか南都大仏に付か末の代に名の残る事を」
25 谷脇理史, 「西鶴を中心とした元禄文学略年表」, 『西鶴』, 朝日新聞社, 1993.

　　㉠ 장자의 만 관, 빈자의 한 닢²⁶
　　㉡ 장자의 만 금, 빈녀의 거울 하나, 그 빛을 나라에 나타내시니²⁷

　이 두 개의 장의 기술 방법은 같은 소재를 사용하고 있는 것도 있어 유사한 내용이 많다고 여겨진다. 이와 같이 유사한 장의 전후관계를 정하는 것은 대단히 어려운 작업이다. 그러나 『사이카쿠 조쿠쓰레즈레』 권3의 1이 고케이(公慶)의 지방 권화(勧化)를 염두에 두고 쓴 것은 명백한 사실이고, 대불(大仏)의 권화에 대해서도 『세상의 셈법』의 기술 보다 더욱 서사구조가 진행된 것을 고려하면, 『세상의 셈법』의 권5의 2보다 나중에 쓰인 것으로 파악된다. 『사이카쿠 조쿠쓰레즈레』 권3의 1은 후반의 이야기가 고케이와 관계가 있는 것으로 문제가 된다고 생각한다.

　　이곳에서 온천욕을 하고 계실 때 갑자기 만복이 충만한 석가상으로 숭상을 받고²⁸

　이 『사이카쿠 조쿠쓰레즈레』 권3의 1의 후반의 고케이(公慶)의 이야기는 대불(大仏)의 수복이 끝난 시점에서 쓰인 문장임에는 틀림이 없다. 그러면, 『사이카쿠 조쿠쓰레즈레』 권3의 1은, 고케이의 권화(勧化)에 의해 대불의 수복이 끝난 1691년 이후 내지는 적어도 대불의 두상의 수복이 끝난 1690년 이후에 쓰인 것으로 이해하는 것이 타당하다고 생각한다. 『사이카쿠 조쿠쓰레즈레』의 위의 기술을 『세상의 셈법』 권5

26　『世間胸算用』, p.137, 「長者の万貫 貧者の壱文」
27　『西鶴俗つれづれ』, 「長者万金、ひんにょの一境と、そのひかりをならにあらはせしは」
28　『西鶴俗つれづれ』, 「是を湯にし、ゐたまふに、たちまち万徳円満釈迦の像と拝まれ給ふ」

의 2에 '작년 겨울, 나라의 대불 건립을 위해 류쇼인의 일행이 순행에 나서'와 비교해 보면, 『세상의 셈법』쪽이 앞에 쓰인 것으로 생각해야 한다. 그렇게 되면, 데루오카 씨의 『사이카쿠 조쿠쓰레즈레』의 초고 분류는 수정되어야 한다고 본다. 그러나 본고에서는 『사이카쿠 조쿠쓰 레즈레』의 초고 분류에 대해서는 보류하고 다른 논문을 통해서 논하고 자 한다. 또한, 『신사요아라시』의 대불 관련 기술에서는 대불 건립에 대한 기부의 의미는 느껴지지만, 한 사람의 승려가 대불전(大仏殿) 건립 을 하려고 여러 지방을 순회하는 것에 대한 사이카쿠의 흥미는 이미 퇴색된 것이 아닌가 생각된다. 즉, 사이카쿠는 1686년의 단계에서 고 케이의 지방 권화에 흥미를 유발해서, 그것을 자신의 작품에 살리려고 몇 개의 다른 작품에 고케이의 지방 권화를 활용했다고 생각된다. 그 러면, 1686년에 쓰였다고 여겨지는 『세상의 셈법』권5의 2는 어떠한 내용의 장일까. 『세상의 셈법』은 사이카쿠의 작품 중에서도 높게 평가 되는 작품으로, 그믐날을 중심으로 전개되는 다양한 인간의 모습이 리 얼하게 묘사되고 있다는 것이 주된 평가이다. 이러한 『세상의 셈법』의 성격을 논할 경우에 권5의 2의 이야기는 거의 언급되는 일이 없는 장 으로, 지금까지의 『세상의 셈법』론에서 보면 결코 뛰어난 단편은 아니 다. 사이카쿠가 『세상의 셈법』을 출판하는 단계에서 다소 수정을 가했 는지는 모르지만, 주된 내용은 초고의 상태 그대로 라고 추정된다. 이 장의 특징은 이른바 상인에 대한 강한 교육성이 저변에 흐르고 있다. 예를 들면,

　　　이를 생각해보면, 세상은 각자에 심혈을 기울여, 조그만 것이라도 저축
　　을 해야 한다. 부자가 되는 것은 그 천성이 각별하다. 어떤 사람의 아들이
　　9살부터 12살까지 습자를 배우러 다니는데 …(중략)… 사람의 지혜처럼

다른 것은 없다.[29]

여기에서 엿보이는 사이카쿠의 의도는 12세까지의 아이들에 대해서는 그 연령에 어울리는 것을 하는 것이 좋다고 설파하면서 어려서부터 돈에 집착하는 것은 바람직하지 않다는 내용을 담고 있다. 또한 이와 같은 아이를 자랑하는 부모에 대해서도 가업의 수업을 받기 전에 어린아이가 잔 지혜를 발휘해 세상을 살아가려고 하는 것은 좋지 않고, 또한 큰 인물이 되지 못한다고 경계하고 있다. 이와 같은 내용으로 보면 사이카쿠가 여기(余技)를 적극적으로 인정한 것은 아니라고 생각한다. 왜냐 하면, 열세 살부터는 본격적으로 세상살이 수업에 들어가기 때문에 그 나이가 되기 전까지는 돈을 버는 것은 생각하지 말고 어린아이답게 지내는 것이 좋다고 말하고 있기 때문이다. 이와 같은 교훈성 때문에『세상의 셈법』을 논하는 경우에 있어서 본 장은 항상 낮은 평가를 받아왔다고 생각된다. 상인에 대한 교훈성을 사이카쿠의 상인물 안에서 어떻게 평가할 것인가를 검토해 보면, 일찍이 데루오카 씨의 지적이 있었던『배우대평판(野良立役舞台大鏡, 야로타치야쿠부타이오카가미)』[30]의 기술 '사이카쿠법사가 쓴『일본영대장』의 가르침에 따르지 않고 선조 대대로 전해온 재물을 모두 날려버린 것도 그 옛날, 옛날,(西鶴法師がかける永代蔵の教にもそむき先祖相傳の財宝おのづから皆之丞と消うせしもむかしむかし)'로부터 사이카쿠의 상인물 초고의 존재는 커다란 논란을 불러일으켰는데, 초고가 존재했다는 것에 대한 인식은 공통된 것이라고 생

---

29 『세상의 셈법』, p.137,「是おもふに、世はそれぞれに気を付て、すこしの事にてもたくはえをすべし。分限に成けるものは、其生まれつき格別なり。ある人のむすこ、九歳より十二のとしのくれまで、手習にかよはしけるに、一中略一人の知恵ほどちがふたる物はなかりし。」
30 「立役舞台大鏡」、『歌舞伎評判集成』(제1권), 岩波書店, 1972, p.267.

각된다. 어떠한 내용의 초고인가에 대해서는 아직 다양한 논의가 진행
되고 있지만, '『일본영대장』의 가르침'이라고 하는 기술에서 보면 대단
히 교훈성이 풍부한 내용이었으리라 추론된다. 이것에 대해서 다니와
키(谷脇) 씨는 1686년 후반에 사이카쿠가 쓴 상인물은 교훈성이 강한
작품이라는 견해를 보이고 있다. "사이카쿠는 『장자교(長者教)』의 취향
을 빌려 새로운 시대를 반영하면 충분할 '『신장자교(新長者教)』'의 집필
에 착수해, 좀 안이한 구상에 의한 것이었지만, 새로운 작품세계를 만
들고자하는 의욕을 갖고 있었으리라 생각된다. 이른바, 1686년 후반기
다각적인 모색을 시도하고 있는 사이카쿠가 '『신장자교(新長子教)』'를
쓰려고 구상을 갖고 있었던 것에서, 그 이전의 일본문학사에 유례가
없는 사이카쿠의 상인물의 세계가 시작되는 것이다."라고 논하고 있
다.[31] 이 1686년의 상인물과 『세상의 셈법』의 권5의 2의 교훈성은 깊은
관련을 갖고 있는 것이라고 생각한다.

5. 마치며

본고에서 『세상의 셈법』의 전체에 대해서 그다지 언급하지 않은 것은
『세상의 셈법』의 성립론에 중점을 두었기 때문이다. 『세상의 셈법』의
성립은 지금까지 1691년 연말에 새롭게 작품을 쓴 것으로 정설화되어
있었지만, 권5의 2와 같은 장은 1686년에 쓰인 초고로, 1686년에 존재
했다고 하는 사이카쿠 상인물의 초고의 일부인 것이 명백하다. 따라서
1686년의 사이카쿠의 변화는 호색물에서 상인물로 이행하는 것으로,

---

31 「貞享三年の西鶴」, 『西鶴研究序説』, 新典社, 1981.

상인물의 구상에 있어서는『일본영대장』으로 바로 연결되는 것이 아니라 1692년에 발표한『세상의 셈법』을 포함한 좀 더 폭넓은 세계였다고 할 수 있다. 1686년의 사이카쿠의 변화의 중심에서는 자신과 밀접한 세계인 상인물에 대한 인식과 지향이 있었다.

제4장

사이카쿠(西鶴) 소설작품의 창작방법
−서반부(序盤部) 기술을 중심으로

1. 시작하며

사이카쿠 작품의 모두부(冒頭部)의 재미와 특이성은 그의 작품의 특징을 이루고 있다. 일찍이 이 점에 주목해서, 모두부의 서술방법과 내용을 통해 사이카쿠의 창작방법을 명확히 하고자 하는 연구가 계속돼 왔다.

　이러한 모두부의 재미와 내용을 논하기에 앞서 모두부가 작품, 즉 하나의 이야기 속에서 어떻게 설정돼 있는가를 규명할 필요가 있다. 그것에 의해 모두부의 특성이 한층 더 명확해 지리라 생각한다. 그렇게 하기 위해서는 우선 모두부의 범위를 규정하고 작품의 모두부를 분석해서 모두부가 어떠한 선행문예를 의식하면서 창작됐는가를 구체적으로 논증하는 작업이 필요하다고 본다. 이러한 작업이 사이카쿠 작품의 내용과 서술 방법을 논하기 위해서는 우선적으로 행해져야 한다고 판단되며 이를 위해 모두부를 포함한 서반부를 하나의 창작 유형으로서 고찰해 보고자 한다.

　사이카쿠의 서술방법에 대한 고찰은 노마 고신(野間光辰) 씨가 정리한 '사이카쿠의 5개의 방법'이 있다.[1] 이 논고에서 노마 씨는 사이카쿠의 방법을, (1)이야기의 방법 (2)하이카이(誹諧)적 방법 (3)극적 방법 (4)재구성과 첨삭의 방법 (5)대작의 방법으로 정리하고 있다. (1)의 이야기의 방법이란 화예(話芸) 또는 이야기꾼의 방법으로 표현할 수 있는 말로 기존의 문어적인 표현과 커다란 차이를 보이는 사이카쿠 문장의 리듬감을 이해하는 데 가장 적절한 분석으로 볼 수 있다. (2)하이카이 적 방법이란 하이카이 시를 다년간 지도한 사이카쿠가 산문을 작성하는 데에도 이용했을 가능성이 높은 방법으로 (1)(2)를 노마 씨는 사이카쿠의 방법론의 토대로 파악하고 있다. (3)극적 방법이란 연극계와 밀접한 관계를 유지한 사이카쿠가 연극적인 취향을 많이 반영했다는 내용으로 그 개연성에 대해서 이견을 제시할 연구자는 없을 것이다. (4)재구성과 첨삭의 방법, (5)대작자의 문제는 사이카쿠에게 항상 붙어 다니는 문제로 아직도 결론에 이르지 못하고 있다. 근대에 들어서서 사이카쿠는 자신의 견문을 토대로 소설을 쓴 위대한 작가라는 평가와 단순한 이야기꾼에 지나지 않는다는 입장이 맞섰는데 이와 같은 견해 차이가 현재까지 이어지고 있다. (4)(5)는, 사이카쿠의 작품이 창작물이라는 것에 대한 노마 씨의 부정적인 입장을 반영한 분석으로 이해할 수 있다. 노마 씨 역시 '사이카쿠의 5개의 방법'에서 논했듯이 다양한 방법을 이용해서 소설을 쓴 사이카쿠의 창작방법을 간단히 정리하기란 용이한 작업이 아니다.

노마 씨가 열거한 사이카쿠의 방법론은 다방면에 걸쳐있어 그 내용을 비판하기는 곤란하며 세부적인 항목을 중심으로 검토를 진행하는 것이 효과적이라고 판단된다. 구체적인 방법을 논증하는 것도 상당히

---

1 野間光辰, 『西鶴新新巧』, 岩波書店, 1981.

어려운 작업이다.

본고에서는 하나의 유형을 추출해 사이카쿠 이야기 구성의 특징을 검토하고자 한다. 유형을 추출하는 방법으로는 사이카쿠의 초기 작품 몇 개를 검토 대상으로 삼아 모두부의 범위와 그 모두부를 포함한 서반부의 형식상 특징을 고찰하고 그 모두부를 통해 사이카쿠의 창작방법과 인식이 어떻게 전개됐는가를 고찰해 보고자 한다.

2. 우키요조시와 조루리

사이카쿠는 다양한 장르에 걸쳐 창작활동을 전개했다. 하이카이와 소설뿐만 아니라 연극에도 많은 관심을 나타냈으며 관련 작품도 여러 편 남기고 있다. 특히, 『호색오인녀(好色五人女)』(1686)와 조루리와의 관련성은 내용에 한정되지 않고, 구성면에서도 밀접한 관계가 있다는 것이 밝혀졌다. 1685년에 있어서 사이카쿠의 활동은 조루리 작품의 창작이 말하듯이 연극계와 밀접한 관계를 맺고 있다. 사이카쿠는 『호색일대남』(1682)과 『제염대감』(1684)을 쓸 때도 하이카이뿐만 아니라 연극의 세계에도 대단한 흥미를 갖고 있었다고 생각한다. 『달력(曆, 고요미)』(1685), 『야시마 개선(凱陣八島, 가이진야시마)』(1685) 등의 조루리 작품은 사이카쿠가 기대한 정도의 흥행성과를 올리지는 못했다고 생각한다. 그 조루리 작품 『달력』, 『야시마 개선』과 거의 같은 시기에 출판된 『사이카쿠 여러 지방 이야기』(1685)를 중심으로 조루리와의 관련을 고찰하는 것이 효과적이라고 본다.

『사이카쿠 여러 지방 이야기』는 다양한 내용의 이야기를 모은 작품집답게 모두부의 내용 또한 다양하게 설정돼 있다. 여기에서는 모두부

에 쓰여 있는 내용의 검토보다 모두부의 범위를 포함한 서반부의 구성
과 창작에 참고가 됐다고 여겨지는 조루리의 서반부 구성에 대하여
생각해 보고자 한다.

(가) 「이상한 발소리(不思議のあし音)」[2] (『사이카쿠 여러 지방 이야기』 권1
의 5)

㉠ 중국의 공야장(公治長)은 여러 새소리를 분별했으며, 일본의 아베
모로야스는 소리를 듣고 그 사람의 운명을 점칠 수 있었다. 이들의 말류
라 칭할 만한 사람이 있었다.[3]

㉡ 여기에, 후시미의 분고다리 한쪽에 조릿대로 엮은 담장을 치고 흐르
는 물과 같이 유유하게 세상을 사는 맹인이 있었다. 지금은 세상을 등졌
지만, 옛 풍채가 남아 보통 사람으로는 여겨지지 않았다. 항상 대나무로
만든 피리를 불어 운세를 판단했는데 어긋남이 없었다.[4]

㉢ 하루는, 돈야(問屋) 거리의 기타쿠니야(北国屋)라고 하는 집 이 층에
서 9월 23일 달맞이 행사가 있었다.[5]

(나) 「구름속의 팔씨름(雲中の腕押)」(『사이카쿠 여러 지방 이야기』 권1의 6)

㉠ 겐나(元和, 1615~1624) 연간에 큰 눈이 내려 하코네산 조릿대가 파묻
혀 버렸다. 사람 왕래가 끊기고 10일 정도 말의 통행이 없었다.[6]

---

2 본 논고에 있어서 사이카쿠 작품의 인용은 麻生磯次・富士昭雄 訳注, 『決定版対訳西鶴
全集』, 明治書院, 1992에 의한다.

3 『사이카쿠 여러 지방 이야기』, 「唐土の公治長は、諸鳥の声をききわけ、本朝の安部の
師奉は人の五音をきく事を得たまへり。此流れとや申べし。」

4 『사이카쿠 여러 지방 이야기』, 「爰に伏見の、豊後ばしの片陰に、笹垣をむすび、心を
ゆく水のごとくにして、世を暮らしぬる盲ひとあり。捨し身のむかし残りて、ただ人とはみえ
ず。つねに一節切ふきて、万の調子を聞たまふに違ふ事まれなり。」

5 『사이카쿠 여러 지방 이야기』, 「有時に、門屋町の北国屋の二階ざしきにて、九月二十
三夜の月を待事ありて」

6 「元和年中、大雪ふつて、箱根やまの玉笹をうづみて、往来の絶て、十日計も馬も通な

ⓒ 여기에, 새조차 다닐 수 없는 깊은 산속에 암자를 만든 지사이보(知斎坊)라고 하는 수도승이 있었다. 불단을 설치한 적도 없고 세상을 꿈처럼 지내면서 어느새 백여 살이 되었다. 항상 16고누를 두면서 소일했다.[7]

ⓒ 하루는, 이 깊은 산에 나이 든 스님이 찾아와 고누의 상대가 되어 즐겼다.[8]

이와 같이 이야기의 서반부를 삼단(ⓐ,ⓑ,ⓒ)으로 나눠서 생각하는 것이 가능하다고 생각한다. 제1단인 ⓐ은 이른바 모두부로, 본 이야기와 직접적인 관계는 없지만 앞으로 전개될 내용을 암시하는 설정이다. 이 ⓐ의 모두부의 내용을 생략해도 문제가 없을 부분으로 본 이야기에 들어가기 전의 여분의 공간으로 이해할 수 있다. 이 공간을 어떻게 표현하는 가는 작가 개인의 역량 문제이기도 하다. 당시의 작가들이 모두부에 대해서 어떻게 인식했는지 판단하기는 어렵지만 『사이카쿠 여러 지방 이야기』에서는 사이카쿠의 다른 작품보다도 적극적으로 모두부를 설정해 그 공간을 최대한 활용하려고 한 의식이 강하게 표출된 작품으로 판단된다.

제2단인 ⓑ은 본이야기의 도입부에 해당하는 부분으로 인물 등을 등장시켜, 이것에 관련된 사항과 배경을 설명하는 부분이다. ⓑ부터는 본이야기의 전개에 들어가는데 본격적인 이야기의 전개라고 하기보다는 그 전개에 필요한 설정에 해당된다.

그리고 제3단의 ⓒ 이후는 이야기가 본격적으로 전개되는 본화의 전개부이다. 이와 같이 이야기를 삼단으로 나누어, 이 삼단을 서반부

し。」

7 「爰に鳥さへ通はぬ降に、庵をむすび、短斎坊といふ、木食ありしが、仏棚も世を夢のごとく暮して、百余歳になりぬ。常に十六むさしを、慰にさされけるに」

8 「有事、奥山に、年かさねたる法師のきたって、むさしの相手になってあそびける。」

로 칭하는 것이 가능하다고 본다. 즉, ㉠모두부 ㉡본화 도입부 ㉢본화 전개부로 서반부를 정리할 수 있다.

『사이카쿠 여러 지방 이야기』는 다년간 하이카이 지도자로 활동한 사이카쿠가 조루리 등을 발표하면서 쓴 세 번째 우키요조시 작품으로 창작방법이 틀을 갖추기 시작한 시기의 작품으로, 서반부의 구성을 삼단으로 나누어 고찰하는 것이 가능하다. 서반부를 삼단으로 구성하는 데 있어서 참고한 것이 조루리의 서술방법이 아닐까 생각한다.

(가) 『우시와카 도라노마키』(『うしわか虎の巻き』[9])

㉠ 가만히 생각해보면, 일은 작은 것에서 시작해 반드시 큰 것에 이른다. 씨앗 하나가 큰 나무가 되는 것과 같다.[10]

㉡ 여기에, 세이와 천황의 후예, 사마카미 요시모토의 막내아들인 우시와카마루는 아직 나이는 어리지만 군사와 병술에 조예가 깊었다.[11]

㉢ 하루는, 우시와카가 스즈키의 아이를 앞에 불러놓고[12]

(나) 『마쓰요 낭자 이야기』(『松世のひめ物語』(1674년, 上方板)

㉠ 많은 부처의 자비가 여러 가지라고 하지만 특히 뛰어나고 고귀한 것은 아미다불의 서원이다. …(하략)…[13]

㉡ 여기에, 와슈, 다카다 마을에는 아키바우에몬이라고 하는 유서있는 부자가 있었는데 금은재화에 부족함이 없이 여유로운 삶을 살고 있었다.

---

9   조루리 작품의 본문 인용은 橫山重編, 『古淨瑠璃正本集』, 角川書店에 의한다.
10   「さてもそののち、もふひそかにおもんみれば。ことはせうじ yりおこって。かならず大におよふ。一りふの大木となるがごとし。」
11   「ここにせいわの御べうゑい。さまのかみよしともの末子。うしわか丸と申すは、いまだじゃくねんともうせども、ぐんりひょうじゅつのおうぎをきはめ一下略。」
12   「あるとき、わかぎみは、すす木のせうじを御前にめされ。」
13   「さてもをののち、それしょぶつの御ひ、さまさまなりといへ共。ことにすくれて、たっときは。みだちゃうせのほんぐはんなり一下略。」

자식이 한 명 있었다. 마쓰요 낭자라고 해서 16세가 되었다. 자태가 매우 아름답고 온 나라에 미인이라는 소문이 자자했다.**14**

ⓒ <u>하루는</u>, 우에몬이 말하기를, 딸 마쓰요 낭자를 이소다 슈젠 님께**15**

(다)『마쓰카제와 무라사메(松風村雨, 마쓰카제무라사메)』(1672년경 간행)

ⓐ 천지개벽하고 이자나기, 이자나미노 미코토, 천신 7번, 지신 5번 … (하략)…**16**

ⓑ <u>여기에</u>, 나라, 헤이제이인의 시대에, 유키히라주나곤이라고 하는 귀족이 한 명 있었다. 그런데 유키히라는 시가와 관현에 조예가 깊었으며, 궁중에 출사하면서 영화를 누리고 있었다. …(하략)…**17**

ⓒ <u>하루는</u>, 주나곤이 영화로운 나머지, 가게마사를 불러놓고**18**

위와 같이 조루리에서도 서반부를, 즉 ⓐ모두부 ⓑ본화도입부 ⓒ본화전개부로 나눌 수 있다. 여기에서『사이카쿠 여러 지방 이야기』의 서반부와 조루리의 서반부의 구성이 일치한다. 특히 '여기에(爰に)', '하루는(あるとき)'이라는 삼단구성의 표현을 일치를 보이고 있다.

여기에 쓰여 있는 '여기에(爰に)'는 그 단어의 의미가 문장 속에서 작용하고 있다기보다는 모두부와 본화의 사이를 연결시키는 역할을 하는 단어이다. 즉, 이 단어를 생략해도 의미는 통하는 일종의 화제전환에

---

14 「<u>ここに</u>、わしう、たかたこうには、あきばうゑもとで、ゆゆしきふくじん有けるが。きんぎんさいほうに、くらからず、うたかにおくらせ給ひける。御子一人おはします。まつよひめと申て、十六才になり給ふ。ようぎたいはい、うるはしく。こくちうに、かくれなき、びじんのきみとぞきこへける。」

15 「<u>あるとき</u>、うへもん、申されしは。さてもむすめ、まつよひめを。いそだしゅぜんどのへ」

16 「そもそも、天ちかいひゃくし、いざなぎ、あさなみのこと、天神七だひ、ぢじん五だひ」

17 「<u>ここに</u>ならの都、へいぜいゐんの御うちに、ゆきひらのちうなごんとて、くぎゃう一人おはします、しかるにゆきひら、しいかくはんげんにくらかるず、きみにみやつきたてまつり、ゑいくわにさかへ給ひける−下略−。」

18 「<u>ある時</u>、ちうなごん、ゑいぐわのあまりに、かけまさをめされ」

사용되는 단어로 보아도 좋을 것이다.[19] '하루는(あるとき)'도 서반부에서는 본화 도입부와 본화 전개부의 전개를 연결하는 단어로서 본화 전개에 사용되는 상투적인 성격을 가지고 설정된 단어이다. 이것은 『사이카쿠 여러 지방 이야기』의 몇 가지 이야기의 서반부가, 내용은 조루리와 다르다고 해도, 그 서반부의 구성면에서는 같은 방법을 취하고 있는 것으로 판단된다.

3. 『제염대감(諸艶大鑑)』의 서반부

앞 단에서 『사이카쿠 여러 지방 이야기』의 몇 개의 이야기와 조루리 작품의 예와 비교하면서 모두부를 포함한 서반부의 구성에 대하여 고찰해 봤다. 『사이카쿠 여러 지방 이야기』와 같은 계통인 『오토기 이야기(御伽物語)』, 『오토기보코(伽婢子)』, 『신오토기보코(新御伽婢子)』, 『소기 여러 지방 이야기(宗祇諸国咄)』 등의 모두부를 포함한 서반부의 구성과는 커다란 차이가 보인다. 따라서 작품의 내용과 취향은 다르다 해도 구성을 중심으로 보면, 위 작품과의 관련성보다는 조루리와의 관련성이 더욱 밀접하다고 인정하지 않을 수 없다. 모든 조루리 작품을 사이카쿠 작품과 비교하는 것은 대단히 어려운 작업이다. 그러나 그 관련을

---

19 요코야마 다다시(橫山正) 씨는 「古浄瑠璃時代の序詞」, 『浄瑠璃操芝居の研究』, 風間書房, 1963년에서,
「<u>爰に</u>門脇の平宰相…(硫黄之嶋)」
「<u>さても</u>六原の御所には…(くらま出)」
「<u>去程に</u>半官たいりを…(四国落)」
밑줄 친 부분의 그 본래의 의미를 상실하고 단순히 모두부의 형식구로서 다음에 계속되는 본문을 유도하기 위한 역할을 하고 있는 것에 지나지 않는다고 논하고 있다.

구성면에서 추구해 가면 유사성을 지적하는 것이 가능하다. 1장에서 고찰했듯이 '여기에(爰に)', '하루는(あるとき)'을 포함한 삼단의 구성에 있어서 조루리와『사이카쿠 여러 지방 이야기』는 일치하고 있다. 이것은 『사이카쿠 여러 지방 이야기』의 몇 개의 이야기가 조루리의 어느 단계의 구성상의 특징을 훌륭하게 이용하고 있다는 사실을 말하는 것이다. 좀 더 구체적으로 사이카쿠의 조루리 작품인『야시마 개선(凱陣八島)』과 우키요조시 작품인『제염대감(諸艶大鑑)』은『사이카쿠 여러 지방 이야기』를 통해서 조루리 서반부와 우키요조시 서반부의 차이점과 유사성을 검토해 보고자 한다.

『제염대감(諸艶大鑑)』은 사이카쿠 우키요조시의 제2작이며『야시마 개선(凱陣八島)』의 전년도에 발표된 작품이다. 작품에 대한 평가는『호색일대남』에 비해서 다소 떨어진다는 것이 일반적이다. 이 작품의 부제가 '호색이대남(好色二代男)'인 관계로 일찍부터 출판저널리즘이 작용한 작품으로 이해되고 있다. 내용은『호색일대남』의 주인공인 요노스케(世之介)의 아들인 요덴(世伝)이 요노스케로부터 비전서를 전해받는다는 설정을 취하고 있지만 작품내용에는 거의 등장하지 않는다. 이 작품의 성립을 보다 구체적으로 암시하는 것은 간기부분에 쓰여 있는 내용으로

> 위의 전부 여덟 권은, 세상의 흥미로운 읽을거리를 찾아서, 시노부쿠사(忍ぶ草)·나비키쿠사(靡き草)·미나코이쿠사(皆恋草), 이것을 모아서 출판하는 것이다.

위의 내용에 대한 해석은 3부의 초고를 중심으로 사이카쿠가 작품을 썼다고 보는 견해와 가볍게 열거했다는 해석이 서로 대립하고 있다.

작품 이외에는 판단할 자료가 없는 만큼 구체적인 논증은 이루어지지 않고 추론을 통한 가설만 제시되고 있다.

성립과정에 대한 판단은 상당히 어려운 문제이지만 작품의 내용이 정연하지 못한 것도 사실이다. 주인공이라고 할 요덴(世伝)은 첫 부분인 권1의 1화와 마지막 권8의 5화에 이름만 등장할 정도로 작품의 구성이 치밀하지 못하다.

이러한 『제염대감(諸艶大鑑)』의 이야기에도 모두부를 포함한 서반부는 중요한 역할을 담당하고 있다. 서반부 설정에서 삼단구성을 취하는 이야기를 살펴보면 다음과 같다.

> (가) 「무욕의 방(欲捨て高札)」(『제염대감(諸艶大鑑)』 권3의 1)
> ㉠ 사람은 욕망에 손발이 붙은 것과 같다.[20]
> ㉡ 여기에, 뾰족 주둥이 오나베라고 해서 중매를 업으로 삼고 있던 사람이, 사랑의 다리를 놓듯, 에도의 나카바시(中橋)의 히로코지에 살고 있었다.[21]
> ㉢ 하루는, 오랫동안 홀아비 신세인 세토모노 거리의 술집에 와서 하는 말이, 다행히 좋은 혼담이 있습니다. 어느 분이 금 이백 냥과 18, 9살의 처자를 한 명 딸려서, 시집보내고 싶다고 하고 있습니다.[22]
>
> (나) 「함께 죽고자 뽑은 목검(死ば諸共の木刀)」(『제염대감(諸艶大鑑)』 권5의 3)
> ㉠ 오늘만 있고 내일을 모르는 몸이지만, 이슬도 사라지기까지는 얼마간의 시간이 있다. 번개와 같이 담배 피는 사이도 기다리지 않을 정도로

---

20 「人間は欲に手足の村たる物ぞかし。」
21 「爰に壷口のつぁべとて、よを仲人として渡る者、恋の中橋の広小路に住みける。」
22 「有事、男所帯にして、年久しき、瀬戸物町の酒棚に来てささやくは、幸いの御縁が御座る。去方に、金子弐百両、十八、九成小娘を独付て来る。是非よばしやれといふ。」

유녀의 목숨만큼 덧없는 것이 없다. 그렇다고 해서, 바로 앞도 보이지 않는 세상, 나날이 익숙해지면 사람만큼 귀여운 것은 없다.[23]

ⓛ <u>한루라고 하는 남자</u>가 요시하라의 미우라시로자에몬의 다유인 와카야마와 오랫동안 친숙했는데, 그녀의 계약기간이 일 년 남짓 남았다. 계약기간이 끝나가는 유녀에게는 원래 손님이 없지만, 와카야마는 현명한 다유였기에 손님 비위를 맞추는 데 능숙해 변함없이 인기를 누렸다. 이러한 인기는 한루가 몬비(손님을 반드시 받아야 하는 특정한 날-필자) 이외의 날에도 열심히 찾았기 때문이다. 하루라도 만나지 않으면 와카야마도 우울해졌고, 한루 쪽에서도 찾지 않는 날이 없었다.[24]

ⓒ <u>한루는,</u> 유곽에서 빼 내주기로 언약을 했다. 와카야마는 본처로 삼아도 부족함이 없는 여인이었다. 그렇지만, 한루는 비할 데 없는 와카야마의 마음을 의심해, 깊은 관계에도 불구하고 십일간이나 찾질 않았다. 그러자 와카야마는 그 동안의 사모의 정을 편지에 쓰고 나중에는 '눈물'이라는 글자만을 붓이 다할 때까지 백 번, 이백 번 써서 보냈다. 그러나 한루는 일부러 답장을 보내지 않고 있었다.[25]

(다)「신용궁의 유흥(新竜宮の遊興)」(『제염대감(諸艶大鑑)』권6의 1)

㉠ 오무로의 유서 있는 나무에서 꽃이 피었는데, 중국인(왕건)이 "주막

---

23 「けふあつて明日は、露も消るに間のあり。稲妻*石火たばこ呑間も、女良の命程はかなき物はなし。それじゃとて、先は見へぬ世の中、一日増りになじめば、人程かはひらしき物はなし。」

24 「<u>半留といふ男</u>、三浦四朗左衛門抱の大夫若山に、年久しくあひなれ、勤の程も今一とせにたらず。何国にても、出前の女良は淋しくなるものぞかし。若山かにこき太夫にして、お敵の気を取る事を得て、ぜいむかしにかはらず。是ひとつは半留心のまま、役日の外勤めてやらるるゆへ也。一日あがねば、太夫も思ひにしずみ、半留も通はぬ日はなし。」

25 「<u>有事</u>、申かわして、頓てに請出し、本妻にしてから、ふそくなき女也。若山万に此上はなき心ざしを、半留まだうたがひて、よき中を絶て、十日にあまりゆかざりしに、其内の文かきつくして、後は泪といふ字計、百も二百目も筆つづく程、封じ籠て遣しけるに、態と返事もせず。」

두른 높은 누각이 셀 수 없이 많고, 궁 앞에는 버드나무가, 관청 앞에는 꽃이 피었네(酒幡高楼一百家, 宮前楊柳寺前花)"라고 읊으면서 바라본 경치도 이 정도는 아니라고 생각된다. 젖가슴을 감추는 그곳의 여자보다도 가슴을 풀어헤쳐 보이는 일본 풍속이 얼마나 훌륭한지 모른다. '무엇이든 숨기는 것에 좋은 것은 없다'라고 첩을 찾아다니는 것을 업으로 하는 오이케의 다네라고 하는 노파가 말을 했다.[26]

ⓒ 오사카에 자태가 뛰어나고 팔방미인이라는 별명을 갖고 있는 여자가 있었다. 언제나 옷자락이 긴 옷을 즐겨 입고 있었다. 한쪽 다리가 굵어도 그렇게 한탄할 것은 없다. 여주인의 항상 오른쪽에서 걸어가며 행차하는 데 신경을 쓰는 후지야의 다유가 있었다.[27]

ⓒ 하루는, 자세히 보니 귀에서 밑으로 흘러내린 듯한 부스럼 흔적이 있었다. 사람 눈에 띄는 정도가 아니었는데 유녀라고 하는 직업은 어려운 것이다. 이 다유도 지금은 가마의 창 너머로 꽃을 감상하는 마님이 되었기에 무엇이 있다 해도 개의할 바가 아니다.[28]

(라) 「솥바닥을 닦는 마음(釜迄琢く心底)」(『제염대감(諸艶大鑑)』 권6의 4)

㉠ 교토의 『소데카가미』에 요이슈(能衆), 분겐(分限), 가네모치(銀持)라고 세 개의 기준을 세우고 있다. 보통 요이슈(能衆)라고 하는 것은 대대로 이렇다 할 가업이 없고, 유서 있는 도구들을 가지고 눈이 올 때면 다회(茶会), 꽃이 필 때면 가회(歌会)라고 하듯이 아침저녁으로 생업을 모르는 사람들이다. 또한 분겐(分限)이라고 하는 것은, 그 토지의 사람으로부터

---

26 「御室の名木咲て，酒幡高楼前の花と、あちの人の詠めしも、爰程には有るまじ。乳房隠す女より、胸あけ掛て見せたる、和朝の風俗増すべし。万かくす事によきはなしと、妾者を聞き出す、御池のたねが姨も申せし。」

27 「難波女に、姿のたらはぬ所なしとて、八方よしといふ者有。常住長衣好む。何ぞ片足ふときをなげく。又、藤屋の太夫に、遺手右の方に立ちならびて、いつても道中を大事に懸る。」

28 「有事、気を付けて見るに、耳よりしたに流れて、すこしの蓮根の跡、人の目に懸る程にはなきに女良はむつかしき物也。最も今は、乗物の窓より花をだに見する、奥様となれば、何があつてもかまはず。」

인정을 받아서 생업을 계속하면서 운영은 지배인에게 맡기고, 세세한 것에 본인은 관여하지 않는 사람들이다. 가네모치(銀持)라고 하는 것은 최근에 돈을 모은 사람들로 쌀값 폭등으로 돈을 번다든가, 여러 상품을 사놓고, 혹은 돈을 빌려주는 등으로 해서 스스로 장부기입을 하는 사람들이다. 이들이 만관의 돈을 가지고 있다고 해도 요이슈(能衆), 분겐(分限)과 같이 좋은 집안의 사람들과 교제하는 일은 없다.[29]

ⓛ 그때, 기쿠야라고 해서 생업에서 은퇴해서 승려의 모습이 된 사람이 있었는데, 2천 관의 재산을 가지고 요이슈(能衆) 집단의 다이코모치를 하면서 이쪽저쪽으로 놀러 다니면서 지내고 있었다.[30]

ⓒ 하루는, 시마바라의 오사카야라고 하는 유녀집에서 은밀한 연회를 개최해 요이슈(能衆) 집단을 초대했는데, 마레노스케, 유메마쓰, 히루다유라고 전부 가명으로 부르는 모두 60여 살의 은둔자뿐이었다.[31]

권3의 1화가 형식구를 포함한 가장 전형적인 예이고 나머지 이야기 역시 모두부 삼단 구성의 방법을 취하고 있다. 『제염대감(諸艶大鑑)』에는 삼단구성의 다소 변형된 형태도 보인다. 예를 들어 (ㄱ,ㄴ)을 하나로 설정한다거나, (ㄴ,ㄷ)을 하나로 설정하는 이야기이다. 다소 변형된 예이기도 하지만 삼단구성의 틀 속에서 이해할 수 있다. 예문을 살펴보면 다음과 같다.

---

29 「平城の銀持に、能衆, 分限, 銀持とて、是に三つのわかち有。俗言に、能衆といふは、代々家職もなく、名物の道具伝えて、雪に茶の湯、花に歌学、朝夕世の事業をしらぬなるべし。又、分限といふは、所に人もゆるして、商売をやめず、其身は諸事かまはぬなるべし。金持といふは、近代の仕合、米のあがりを請け、万の買置、又は銀借、自信に帳面も改むるなるべし。十千貫目あらばとて、是等を歴々の中に入て、まじはる事なし。」

30 「其比、菊屋とて、引込入道、弐千貫目の家徳はありながら、能衆中間の太鞁持して、あなたこなたに日を暮らしぬ。」

31 「有時、嶋原の大坡屋に、内証あそび、此人々を申入るに、稀之助・夢松・昼太夫と、替名呼て、皆六十余の法師也。」

(마) 「소리를 듣는 사람의 행방(一言聞身の行衛)」(『제염대감(諸艶大鑑)』 권3의 3)

(㉠,㉡) 이세의 요모이치라는 봉사는 오음을 들어 길흉을 점치고 모든 것을 알 수 있었다.[32]

㉢ 하루는, 오사카의 봄을 즐기려고 거주지를 매화꽃이 피는 임시숙소로 옮겨 정하고, 단가(檀家)를 도는 하급신관인 로쿠다유를 길벗으로 삼아서 여행에 나섰다. 스즈카강을 건널 때, 옛 사람이 '오동나무의 썩은 다리'라고 노래로 읊은 것도, 이 강의 흐름을 말한 것이다. 저 바위의 튀어난 곳에 오래된 벌집이 있군, 이라고 눈이 보이질 않는 사람에게 가르치는 것도 우습다.[33]

(바) 「유녀는 무슨 팔자인가(流れは何の因果経)」(『제염대감(諸艶大鑑)』 권8의 1)

㉠ 이 넓은 세상에서 장사거리를 걱정할 필요가 없다. 저 노승 은원(隱元)은 먼 타국에서 여의봉(如意棒) 하나 가지고 일본에 건너 왔지만 요사이 불교가 융성해 뜻하지 않은 행운을 잡았다. 이 또한 자연의 덕을 갖추었기 때문일 것이다. 그렇지만 돈을 쓰는 방법도 모르고 평생 즐거움을 경험하지도 못했다. 입적한 뒤에 무엇이 됐는지 아는 사람도 없다. 그런 연유로 우키요를 꿈이라고 하는 것이다.[34]

㉡,㉢ 하루는, 오쓰의 시바야 거리에 로쿠야라고 하는 유녀가 있어, 밤

---

32 「袖風や、伊勢の右望都といふ座頭、五音の占を聞て、万の事を見通しぞかし。」

33 「有時、難波の春に住所を替えて、梅のかり宿を定め、旦那まはりの御師、六太夫を道すがらの友として、鈴鹿川を越て、桐の朽橋と読しも、是なる滴り。あらなる岩のとつばなに、年かさねたる峰の巣のあるはと、目の見えぬ人にあしへるもおかし。」

34 「此広ひ世界に、身すぎを案ずる事なかれ。既に老僧隠元は、はるかなる国より、棒壱本で、振売に渡り、近年、仏法さかんの仕合、是自然の徳そなはれり。されども、金銀遣ふすべをしらず、一生おもしろい目にもあいたまはず。御遷化の後は、何になり結ふも、しつた人もなし。爰をもつて夢とは申也。」

낮의 구별 없이 대포소리 흉내를 냈는데, 주인이 탄식하면서 타일렀지만 아무리해도 멈추지 않았다. 기량도 보통은 돼, 손님도 적지 않았는데, 흉내 내는 소리가 너무 커서 놀래, 끝내는 그것이 소문이 나서 유녀생활도 할 수 없게 되었다.[35]

위와 같이 작품구성에 문제가 많다고 하는『제염대감(諸艶大鑑)』의 모두부에서도 삼단구성의 설정이 적극적으로 시도되고 있는 것을 확인할 수 있다. 그 다음해 발표한 사이카쿠의 조루리에는 그 모두부 구성의 특징이 명확하게 드러나고 있다. 사이카쿠와 연극계와의 교류는 하이카이를 통해서 상당히 이른 시기부터 있었다. 그러한 교류를 말하는 것이 사이카쿠가 편집한 하이카이 시집에 배우의 하이카이가 다수 수록되고,『제염대감(諸艶大鑑)』을 출판하기 1년 전에는 배우들의 평판기『오사카의 얼굴은 이세의 분(難波の顔は伊勢の白粉)』을 출판할 정도로 사이카쿠는 연극계와 밀접한 관계 속에서 작품 활동을 했다.

> 『야시마 개선(凱陣八島)』
> ㉠ 농은 생각에서 나오고 경망스러운 행동은 계책에서 취해진다. 이 모든 것이 사람의 마음에서 비롯되는 것이다.[36]
> ㉡ 인황 77대. 고시라카와인이라고 하는 훌륭한 군주가 있었다.[37]
> ㉢ 호겐 봄날에 눈발, 바람 없는 나무의 오른쪽에는 벚나무, 왼쪽에는 귤나무[38]

---

35 「有時、大律の紫屋町に、六弥といふ女良、昼夜のわかちもなく、鉄砲の音を口真似するを、親方なげきて、異見するども、やむ事なし。形も大かたなれば、客もおもひ付ども、彼口がしましきにおどろき、其後は沙汰して、色の勤めもやみぬ。」

36 「戯言もおもひより出、戯動もはかりよりおこる。是皆人心のなせる所。」

37 「ここに人皇七十七代。後百河院とあがめ奉りゆゆしきせいしゆおはします。」

38 「されば保元の春の雪、かぜにをとなきなみ木にはうこんのさくらさこんのたちばな。」

위와 같이 모두부의 문장 앞에 놓여진 형식어는 사라지고(그 이전의
조루리 작품에서는 보인다) 상기의 작품에서 알 수 있듯이 조루리 그 자체
도 변화를 계속하면서 전개해 가는 것을 알 수 있다. 『야시마 개선(凱陣
八島)』의 모두부와 『사이카쿠 여러 지방 이야기』의 모두부의 기술 방법
을 대조해 보면,

(가) 「번개의 병중(神鳴の病中)」(『사이카쿠 여러 지방 이야기』권2의 7)
ㄱ 욕심 때문에 한 집안 형제 사이에서 서로 등지고 찾지 않는 것이
세상이다.[39]
ㄴ 시나노 지방, 아사마산 기슭에 마쓰다도고로라고 해서 그 토지에
오랫동안 사는 마을 사람이 있었다. 올해 88세가 되어 지금은 이 세상에
미련도 없고,[40]
ㄷ 임종이 가까워졌을 때, 도로쿠(藤六)、도시치(藤七)라고 하는 두 자
식을 머리맡에 불러,[41]

(나) 「집념의 숨결(執心の息筋)」(『사이카쿠 여러 지방 이야기』권5의 5)
ㄱ 의붓자식도 성인이 되면, 당연히 부모를 부양하는데, 예부터 세상사
람들이 의붓자식을 미워하는 것은 지금도 변함이 없다.[42]
ㄴ 남부씨의 성하촌에는 센다이 우에몬이라고 해서 오랫동안 그 토지에
살고 있던 철상인이 있었다. …(중략)… 후처를 맞이하기로 했다. 이 두
번째 처는 무엇하나 마음에 들지 않았는데 참고 사는 동안 5년 정도가
흘렀다.[43]

---

39 「欲には一門兄弟中も、見すつる事、世のならひぞかし。」
40 「信濃の国、浅間の麓に、松田藤五郎と申て、所ひさしき、里人のありしが、今年八十
八歳にして、浮世になにをか、思ひ残すこともなく」
41 「末期のちかづく時、藤六、藤七、二人の子を枕に」
42 「継子も成長しては、掛るものなるに、むかしより世界の人心、是をにくむ事替わりず。」
43 「南部の町に、仙台屋宇右衛門と申して、所ひさしき、くろがねの商人あり−中略−また妻

ⓒ 우에몬은 오랫동안 병을 앓아 세상을 떠나려고 할 때, 후처를 머리맡
에 불러놓고,⁴⁴

『야시마 개선(凱陣八島)』의 ㉠부분과 「번개의 병중(神鳴の病中)」의 ㉠,
「집념의 숨결(執心の息筋)」의 ㉠부분은 내용에서도, 그 표현에서도 큰
차이는 보이지 않는다. 그리고『야시마 개선』의 ⓒ부분에 있어서는 종
래의 단순한 설정에서 빠져나와, 보다 풍부한 표현에 바뀌어가는 것을
알 수 있다. 이『야시마 개선』의 서반부에서 알 수 있듯이 조루리의
작품에서도 종래부터 관용구에 쓰이던 표현에서 점차 작자 나름의 표
현양식으로 전환되는 것이다. 예의「번개의 병중」, 「집념의 숨결」에
보이듯이『사이카쿠 여러 지방 이야기』의 안에서도 그 변화의 유형이
보인다. 즉, 예의「이상한 발소리(不思議のあし音)」, 「구름속의 팔씨름(雲
中の腕押)」의 삼단구성에서 관용적인 어구가 보이지 않는데, 이것은 조
루리에 있어서 '여기에(爰に)'라든지 '하루는(あるとき)'과 같이 관용적인
말을 넣은 일정한 서술방법에서 보다 풍부한 표현을 위해서 관용구가
탈락해 가는 과정이다. 그 변화해 가는 것을 사이카쿠가 작품 속에서
다양한 표현을 위해서 적극적으로 활용했다고 할 수 있다.

を持たせけるに、何に付けても、おもはしからねど、かんにんして、はや五年あまりもすぎ
ける。」
44 「宇右衛門もながながわづれひて今はうき世のかぎりの時、のちづまを、枕ちかくよびよ
せ」

4. 서반부 설정 변화와 특징

앞에서 고찰한 서반부의 삼단구성을 모두부를 포함한 하나의 유형으로 이해하고, 이것이 어떻게 전개됐는가를 『사이카쿠 여러 지방 이야기』를 중심으로 그 변화의 과정을 검토해 보고자 한다. 「이상한 발소리(不思議のあし音)」・「구름속의 팔씨름(雲中の腕押)」의 예와 같이 '여기에(爰に)', '하루는(あるとき)'을 넣은 삼단의 구조가 가장 기본이 됐다고 판단된다. 이러한 기술방법에서 변화가 일어난다고 하는 것은 작자가 서서히 자신만의 표현, 서술방법을 존중해가는 과정이라고 할 수 있다. 이러한 변화과정을 통해 뛰어난 작품이 생겨났다고 이해할 수 있다. 사이카쿠도 서반부의 삼단의 서술방법을 조루리에도 사용하고, 『사이카쿠 여러 지방 이야기』에도 자신 특유의 표현과 함께 혼용했다고 판단된다. 이 하나의 형식을 모두부를 바탕으로 해서 서반부의 구성과 표현의 변화를 추론하면,

> 「등불에 나팔꽃(灯挑に朝かお)」(『사이카쿠 여러 지방 이야기』 권5의 1)
> ⊙ 들에는 국화, 싸리가 흐드러지게 피고, 가을 경치만큼 차분하고 정취가 깊은 것도 없다. 풍류를 아는 사람은 와카를 읊는데, 와카야말로 일본고유의 문화이다. 뭐라 해도 풍류의 길은 흥취가 있는 것이다.[45]
> ⓛ 나라의 히가시 거리에 여유롭게 살면서 아침저녁으로 찻물에 마음을 쏟아, 흥국사의 우물의 물을 퍼올리며 세상을 즐겁게 지내고 있는 유명인이 있었다.[46]

---

[45] 「野は菊・荻咲て、秋のけしき程、しめやかにおもしろき事はなし、心ある人は歌こを和国の風俗なれ、何によらず、花車の道こそ一興になれ。」
[46] 「奈良の都ひがし町に、しほらしく住なして、明暮茶湯に身をなし、興福寺の花の水をくせ、かくれなき楽助なり。」

ⓒ <u>하루는</u>, 이 마을의 영리한 사람들이 나팔꽃을 감상할 수 있는 아침다회(茶会)를 청했다.⁴⁷

  이 이야기도 서반부의 구성을 삼단으로 나누어보는 것이 가능하다. 「이상한 발소리(不思議のあし音)」·「구름속의 팔씨름(雲中の腕押)」의 예에서 보이는 ⓛ부분의 '여기에(爰に)'는 생략되어 있지만, 그것은 '여기에(爰に)'라는 단어 자체가 그 서반부에 있어서 그다지 큰 의미를 내포하고 있지 않다는 것을 의미하는 것이기도 하고, 「이상한 발소리」「구름속의 팔씨름」의 예와는 다소 다른 점이 있는 것은, 문말에 설정돼있는 가카리무스비이다. 이것은 간분(寬文, 1661~1673)경부터 조루리의 모두부를 가카리무스비로 설정하는 예가 보인다. 본 작품도 그 흐름을 받아들이고 있다고 본다. 「등불에 나팔꽃(灯挑に朝かお)」의 예에서는 「이상한 발소리」, 「구름속의 팔씨름」보다 다소 표현이 풍부해져 있는데, 아직 '하루는(ある時)'과 같은 표현이 남아있는 상태이다. 이 장(章)보다 훨씬 성공한 듯이 생각되는 예를 들어 보고자 한다.

  「무라사키 여인(紫女)」(『사이카쿠 여러 지방 이야기』 권3의 4)
  ㉠ 지쿠젠(筑前) 지방의 소데노미나토라는 곳은 옛날 와카에서 읊던 모습과 달리 지금은 인가가 많이 들어섰고 생선을 파는 가게도 많이 생겼다.⁴⁸
  ⓛ 그 항구에서 나는 비린내를 싫어하며 항상 어육을 금하면서 수행하며, 불도 …(중략)… ⁴⁹

---

47 「ある時、此里のこざかしき者ども、朝かおの茶の湯をのぞみしに」
48 「筑前の国、そでの湊といふ所は、むかし読める。本歌に替わり、今は人家となって、看棚見え渡りける。」
49 「磯くさき風をも嫌ひ、常精進に身をかため、仏の道ー中略ー」

ⓒ 때는 초겨울, 데이카가 살았다는 '시구레 속의 정자'의 옛날을 떠올리면서[50]

위와 같이 형태로는 삼단의 구성, 그 자체에는 변함이 없다고 할 수 있지만 그 내용, 연결방법, 즉 표현방법에 있어서는 지금까지의 서술방법과 커다란 차이가 보인다. 앞의 ㉠㉡ⓒ라고 하는 삼단의 구조를 이용한 '여기에(爰に)', '하루는(ある時)'과 같은 관용적인 단어가 여기에 오면 그 모습이 보이지 않게 되면서, ㉠㉡ⓒ이라고 하는 각단이 그 나름의 풍부한 표현으로 변해가고 있다. 특히 주목해야하는 것은 ㉠과 본화도입부에 해당하는 ㉡의 연결이 한층 강화된 것과 ⓒ의 본화도입부의 설정이 '하루는(ある時)'에서 보다 개성적인 표현을 통해 설정된 것이다. 여기에서 사이카쿠의 모두부의 표현도 한층 세련된 형태를 취하고 있다고 생각된다. 그리고 가장 효과적인 모두부의 서술방법으로서 쓰여 있다고 보이는 작품을 들어보면,

「그믐날은 맞지 않는 계산(大晦日はあはぬ算用)」(『사이카쿠 여러 지방 이야기』 권1의 3)

㉠ 비자나무, 황밤, 신송, 풀고사리를 파는 소리가 시끄럽게 들리고 옆집에서는 정월의 떡방아를 치고 있는데, 여기서는 검댕이도 치우지 않고[51]

㉡ 한 해가 다가는 섣달 28일까지 수염도 깎지 않고 오래된 칼집을 두드리면서 …(중략)… 저녁에는 등불도 보이질 않는다.[52]

ⓒ 애처로운 세모에, 아내의 오빠가,[53]

---

50 「折ふしは冬のはじめ、時雨の亭の、いにしへを思ふに」
51 「榧・かち栗・神の松・やま草の売声もせはしく、餅突宿の隣に煤をも払はず。」
52 「二十八日迄髭もそらず、朱鞘の反をかへして一十略一夕の油火をも見ず。」
53 「是はかなしき年の暮れに、女房の兄」

이 이야기는『사이카쿠 여러 지방 이야기』속에서 가장 평판이 좋은 작품으로 그 완성도가 높은 작품으로 평가받고 있다. 이 작품의 서반부의 구성을 보면, 특징적인 것은 지금까지 살펴본『사이카쿠 여러 지방 이야기』의 장과는 달리 ㉠의 모두부와 ㉡의 본화도입부가 훌륭하게 조화돼 있다. 이와 같이 사이카쿠는 조루리의 서반부 구성을 이용해서 우키요조시에서도 다양하게 활용, 변화시켰다고 판단된다.

모두부의 내용은 다양한 양상을 보이는데, 사이카쿠는 이 모두부를 통해서 자신의 의견을 적극적으로 제시하고 있다. 예를 들어「번개의 병중(神鳴の病中)」(『사이카쿠 여러 지방 이야기』권2의 7)의 모두부에 쓰인 '인간은 욕망에 손발이 붙어있는 존재이다.'라는 사이카쿠의 인간 이해는 기존의 모두부에서는 볼 수 없었던 참신하고 날카로운 지적이다. 이처럼 사이카쿠 작품의 모두부는 작자의 생각을 직접적으로 전달할 수 있는 공간으로 활용됐으며, 이 모두부의 고찰을 통해서 사이카쿠의 창작의식을 파악할 수 있다고 본다. 본고에서는 서반부의 구성상의 특질을 고찰하는 데 주안점을 두었다. 모두부의 내용상의 검토는 추후의 과제로 남기고자 한다.

5. 마치며

지금까지『사이카쿠 여러 지방 이야기』를 포함한 사이카쿠 초기 작품 몇 개의 예를 들면서 조루리와 같은 패턴이라고 생각되는 삼단 구성을 추론해 봤다. 사이카쿠는 기본적으로 하이카이 전문가로 산문 세계에 들어와 왕성하게 작품을 발표했는데 자신의 독창성을 발현하는 틀 자체는 독창성보다는 효율성을 고려한 듯하다.

사이카쿠의 작품은 기본적으로 단편적인 이야기를 모아서 하나의 작품으로 발표한 것이 많은데『사이카쿠 여러 지방 이야기』를 포함해 많은 작품의 모두부의 구성에서 삼단 구성을 취하고 있으며 구조적인 면에서 특징적이라고 할 수 있다. 이러한 구조는 조루리의 삼단 구성을 포함해 단편적인 이야기를 구성하는 데 있어서 사이카쿠가 참조하기 용이했다고 파악된다.

사이카쿠는 다양한 모두부 설정을 통해서 작품을 썼다고 생각되지만 '여기에(爰に)', '하루는(ある時)'이라고 하는 형식은 사이카쿠가 우키요조시를 쓰는 데 있어서 즐겨 사용한 대표적인 창작방법이라고 여겨지며 새로운 예화를 드는 데 효율적이었다. 이 삼단 구성은 작품에 따라 그 빈도에는 차이가 있다. 『사이카쿠 여러 지방 이야기』, 『호색오인녀』에서는 많이 사용했으나『호색일대녀』에서는 한 예도 없다. 그런데 『일본이십불효』의 모두부에 그 설정이 다시 보인다. 이것은 모두부의 설정이 작품의 성격에 따라 다소 다르게 행해졌다는 예로 일대기적인 성격이 강한 작품에는 비교적 적게 나타나는 반면에 단편을 다수 수록한 작품에는 빈도수가 높다.

일대기적인 성격이 강한 작품에서는 주인공 분석을 통해서 작자의 의도를 파악할 수 있지만 다양한 단편을 묶은 작품에서는 모두부를 분석하는 것이 효과적이다. 왜냐하면, 모두부가 본이야기를 전개하는 데 있어서 필수불가결한 설정이 아님에도 불구하고 작자가 적극적으로 모두부를 설정했다는 것은 모두부를 통해서 자신의 의견을 반영하고자 하는 의식이 강했다는 것을 반증하는 것이기 때문이다.

따라서 사이카쿠가『호색일대남』에서『세상의 셈법(世間胸算用)』까지 이용한 모두부를 분석하면 사이카쿠의 창작의식을 파악할 수 있으리라 생각한다. 특히, 사이카쿠와 같이 호색물에서 상인물, 무가물,

잡화물 등으로 작풍을 자유자재로 바꾸면서 단기간에 많은 작품을 남
긴 작가의 창작의식의 변화를 추론하는 데 있어서는 모두부 분석은
대단히 유효한 방법이다. 모두부 분석을 위해서는 서반부에서 모두부
를 따로 분리하는 작업이 선행돼야 하며 본고에서 고찰한 서반부의
삼단구성은 하나의 기준을 제시할 수 있다고 본다.

제5장

상인문화와 사이카쿠
–『일본영대장』을 중심으로

1. 시작하며

일본의 관동지역을 대표하는 정치문화의 도시가 동경이라면 오사카는 상인문화를 바탕으로 한 관서지역의 중심도시로 대조적인 역사와 문화를 지니고 있다. 일본의 방송에서 동경사람과 오사카사람의 행동양식을 비교하는 내용을 자주 소개하는 것도 두 지역의 사람들이 보이는 특징적인 행동양식이 있기 때문이다. 예를 들어, 동경사람들은 좀처럼 타인의 급료 등의 개인적인 경제상황을 질문하는 일이 없지만 오사카 사람들은 초면에 묻는 것을 주저하지 않는다. 여러 가지 요인이 작용하고 있겠지만 체면을 중시하는 동경사람들과는 달리 오사카 사람들은 타인을 판단하는 데 있어서 경제상황을 중요시하며 그 내용을 확인하는 데 적극적이라는 것이다. 아마도 상인도시에 어울리는 현실적인 생활의 논리가 강하게 작용하고 있기 때문이 아닐까 생각된다.

일본의 상인문화를 대표하는 도시, 오사카에서 배출한 작가를 꼽는다면 이하라 사이카쿠(井原西鶴, 1642~1693)를 거론하지 않을 수 없다. 오사카의 부유한 상인의 집안에서 출생한 그는 상인의 도시에서 처음

으로 상인에 의한 상인의 문학을 창출한 인물이다. 일본문학에서 상인
문학이 지배층의 문학과 어떻게 다른가에 대한 문제는 입장에 따라
논의의 여지가 있겠지만 봉건사회에서 피지배층이 자신들의 현실을
문학화한다는 것은 획기적인 일이라고 할 수 있다. 일반적으로 지배층
이 관념적인 사상으로 무장해 지배구조를 견고히 하려는 특징을 지니
고 있다면 출생부터 피지배자의 입장에 놓인 봉건시대의 상인계층이
사회의 지배적 관념에 대해서 반 이념적 내지는 소극적인 자세를 취하
는 것은 자연스러운 현상이다. 이러한 상인의 현실인식을 바탕으로 형
성된 사이카쿠의 문학은 전체적으로 관념적인 주제보다는 현세적이며
현실적인 문제에 집착하는 경향을 보인다.

사이카쿠가 상인계층의 계층적 특성을 반영해 창출한 '우키요조시
(浮世草子)'의 '우키요(浮世)'란 현실세계를 의미하는 용어로 현실세계를
어떻게 바라볼 것인가에 대한 자세를 반영한 어휘이기도 하다. 사이카
쿠 이전의 문학에서는 불교의 세계관이 강하게 작용해 현실을 '우키요
(憂世)'라는 고통스러운 세계로 인식해 현실세계의 이탈을 통한 마음의
안정을 가르침의 하나로 삼았다.[1] 세상을 사는 사람들에게 자신과 세
상의 의미를 끊임없이 경소화(輕小化)시키는 의식의 수행을 통해 고통
으로부터 탈피할 수 있다고 가르쳤다면 사이카쿠의 현실인식은 아무
리 괴로워해도 현실은 현실이므로 주어진 세계에서 얼마만큼 자신의
행복을 최대한 추구할 것인가가 주된 관심사였다.

이 넓은 세상에서 장사거리를 걱정할 필요가 없다. 저 노승 은원(隱元)

---

1 졸고, 「『오토기보코』의 세계관 : 우키요(浮世)를 바라보는 시점을 중심으로」, 『중국소
  설논총』, 제29집, 2009. 3.

은 먼 타국에서 여의봉(如意棒) 하나 가지고 일본에 건너 왔지만 요사이 불교가 융성해 뜻하지 않은 행운을 잡았다. 이 또한 자연의 덕을 갖추었기 때문일 것이다. 그렇지만 돈을 쓰는 방법도 모르고 평생 즐거움을 경험하지도 못했다. 입적한 뒤에 무엇이 됐는지 아는 사람도 없다. 그런 연유로 우키요를 꿈이라고 하는 것이다.[2]

　은원(隱元, 1592~1673)은 명말청초기(明末清初期)의 승려로 중국의 황벽산(黄檗山) 만복사(万福寺)의 주지로 있다가 나가사키(長崎)에 소재하는 중국사찰의 요청을 받아들여 1654년 63세의 나이로 도일(渡日)한 인물이다. 1659년에 귀국을 희망하는 은원에게 일본의 막부는 교토 인근의 우지(宇治)에 땅을 제공하면서 절을 짓도록 한다. 은원은 중국의 황벽산 만복사와 동일한 이름의 사찰을 건립해 일본에서 처음으로 황벽파를 개창하게 된다.[3]

　이 은원의 예는, 세상사는 일은 어떻게든 되지만 사후에 어떤 세계로 가는지 아무도 알 수 없으니 사후세계에 연연하지 말고 현실세계의 삶을 좀 더 향유하자는 내용으로 사이카쿠의 우키요관(浮世観)과 밀접한 관련이 있는 기술이다. 사이카쿠는 '인간이란 욕망에 손발이 달린 존재'라고 정의하며[4] 주어진 현실 속에서 생의 행복을 극대화할 수 있는 방법이 무엇인지를 모색하는 자세를 보였는데 그의 작품을 통해 17세기 말 일본 상인계층의 욕망과 현실의 의미를 고찰해 보고자 한다.

2　『好色二代男』(決定版対訳西鶴全集), 明治書院, 1992, p.300.

3　木村得玄, 『黄檗宗の歴史・人物・文化』, 春秋社, 2005.

4　『好色二代男』(決定版対訳西鶴全集), 明治書院, 1992, p.110.

2. 17, 8세기 일본의 상인문화

일본을 방문했던 많은 조선시대 통신사들의 기록 중에 공통되는 점은 일본의 각 지역의 상업이 활성화되어 있다는 지적이다. 1682년 김지남(1654~?)이 일본 오사카에서 받은 인상을 기술한 내용을 살펴보면 다음과 같다.

　하구(河口)에는 장사하는 배가 꼬리에 꼬리를 물고 있어 몇천 척이나 되는지 알 수가 없다. 언덕 위에는 인가와 층층으로 된 누각과 큰 집들이 즐비하게 섞여 늘어서 있는데 몹시 크고 화려하다. …(중략)… 문 앞에는 각각 등불과 촛불을 달아서 환하기가 대낮과 같아 몇천, 몇만 호가 되는지 알 수가 없다. 대체로 성지(城池)의 견고함과 배의 정밀하고 교묘함과 누각의 웅장하고 화려함과 사람들의 번성한 것이 사람의 마음과 눈을 놀라게 하여, 중국의 소주(蘇州)나 항주(杭州)를 보기 전에는 아마 이곳을 제일이라 하겠다.[5]

　이러한 오사카의 이미지는 조선통신사만의 느낌은 아니었고 일본인 스스로도 도시화의 진행에 따른 인식의 변화를 드러내고 있다. 사이카쿠가 교토의 밤풍경을 조선의 통신사에게 보여주고 싶다고 말할 정도로 17세기말 일본은 상업이 융성해 도시의 이미지가 변모하던 시기였음을 알 수 있다.

　(교토의) 구만 팔천 채라는 가옥의 수는 노부나가(信長) 시대의 일이다. 지금은 제방의 대나무밭도 시내가 되어 모두가 가업에 정진하며 생활을

5　「동사일록」, 『국역해행총재VI』, pp.287~288.

하고 있다. '천 가구가 있으면 함께 먹고 살 수 있다'는 속담이 있듯이 여기에서 무슨 일을 하든지 생계를 걱정할 일은 없다.[6]

도시의 외견에 감탄한 통신사들이었지만 한발 더 다가가 도시의 내부를 엿보면서 일본의 상업자본주의에 대한 부정적인 입장을 피력하기도 한다. 그 대표적인 예가 상업적으로 운영되는 일본의 유곽에 대한 인식이다.[7]

> ㉠ 풍속에 각 지방에 노래하고 춤추는 기생을 설치하는 법이 없으므로 여행하는 부상(富商)들이 모두 지나는 곳마다 사사로이 창녀(娼女)를 접하므로 이름난 도시의 큰 객점(客店)에는 모두 창루(娼楼)가 있다. 오사카(大坂)의 번화한 곳은 화류(花柳)로서 이름이 났다.[8]
> ㉡ 노화정(蘆花町)이라는 기생이 사는 거리는 10여 리에 걸쳐있는데, 비단·향사(香麝)·붉은 주렴·그림 장막을 설치하였고 여자는 국색(国色)이 많았다. 명품(名品)을 설치하고 아름다운 얼굴을 자랑하며 애교를 파는데 하룻밤에 백금의 값을 요구하기도 하였다.[9]

조선처럼 기생을 관리하는 제도가 없었던 일본에서 유곽을 상업적으로 운영하는 모습을 스케치한 것이다. 오사카에서 가장 화려하고 번화한 건물은 매춘이 이루어지는 유흥장이라고 1719년에 오사카를 방문한 신유한(1681~?)은 기술하고 있다. 당대의 조선에서는 찾아보기 어려웠던 체계화된 매춘업에 대한 놀라움과 흥미의 기술이라고 할 수

---

6 『本朝二十不孝』(決定版対訳西鶴全集), 明治書院, 1992, p.6.
7 졸고, 「한일 아속의 엇걸림-조선통신사와 사이카쿠의 유녀관을 중심으로-」, 『일동학연구』 창간호, 2009. 8.
8 「해유록 하」, 『국역해행총재Ⅱ』, p.93.
9 「해유록 상」, 『국역해행총재Ⅰ』, p.481.

있다. 당대 일본에서 행해지던 수많은 사업 중에 하나인 매춘업에 대한 부정적인 기술의 배경에는 돈을 받고 성을 판다는 사실에 대한 거부감이 내재되어 있다.

> 지금 너희들이 말하는 상상주(上上姝)라는 것은 추잡한 놈이나 이름난 사람들 가리지 않고 다만 돈만 계산하여 애교를 바친다고 하니, 이것은 문에 기대어 웃음을 파는 하품(下品)으로서 몇 푼어치도 못 되는 것이다.[10]

당대 조선의 문사들은 기생과 인간적인 교류를 했다는 전제하에 일본의 유곽을 이해하고 있는데 유곽은 하나의 사업체이므로 특정한 유객과 유녀의 인간적인 교류를 공식적으로 인정할 수 있는 시스템은 아니었다. 일본의 유곽에 대한 관심은 조선통신사뿐만 아니라 서양인에게도 동일하게 보인다. 독일인 의사인 시볼트[11](1796~1866)의 1861년 5월 22일의 일지를 보면, '통행로 쪽으로, 창기의 얼굴을 보여주기 위해 불을 밝힌 방이 있다. …(중략)… 그녀들은 이른바, 오이란, 조로, 신조라는 세 계급으로 구별되고 있다.[12]'라며 요코하마의 요시하라 유곽의 관찰기록을 남기고 있는데 그녀들의 계급이 인기도 즉 수입과 밀접한 관련이 있음을 함께 기술하고 있다. 매춘업은 가치판단을 수반하는 문제였지만 다른 상업 활동도 활발하게 일본의 도시에서 이루어지고 있었음을 신유한의 기록을 통해 알 수가 있다.

---

10 앞의 책, 「해유록 하」, p.93.
11 시볼트는 일본의 서양학문 수용에 커다란 영향을 끼친 사람으로 1823년에서 1830년까지 1차, 1859년에서 1862년까지의 두 번에 걸친 방일을 통해 서양 학문의 전파뿐만 아니라 일본을 서양에 알리는 데 있어서도 결정적인 역할을 담당했다.
12 石山禎一 외 역, 『シーボルト日記』, 八坂書房, 2005, p.130.

백공(百工)의 기교(技巧)와 잡화(雜貨)의 거간꾼이 온 나라에 퍼져 있으
며, 또 바다 섬의 모든 오랑캐와 교통한다. 이런 번화하고 풍부함과 시원
하고 기이한 경치가 천하에 으뜸이라 할 수 있다는 것이 옛 글에 기록된
바, 계빈(罽賓) · 파사(波斯)의 나라도 이보다 더할 수는 없을 것이다.[13]

신유한을 포함한 조선통신사가 한정된 일본의 모습을 표현한 내용
이지만 이 기술을 통해 당대 일본의 상업화 사회로서의 면모를 예상하
는 것은 그다지 어렵지 않다. 이처럼 상업화된 사회를 주도하는 일본
의 상인들의 삶과 가치관에 대해서 구체적으로 기술한 사이카쿠의 등
장은 그야말로 일본 상업자본주의의 시대적 요청이라고도 할 수 있다.
사이카쿠의 작품은 현실에 기초한 다양한 소재를 다루고 있는데 상인
들의 세계와 밀접한 호색물(好色物)과 상인물(町人物) 소설들의 평가가
높다. 호색물은 당대의 유곽과 현실세계의 사랑을 다룬 연애물로『호
색일대남』(1682년 출판), 『호색이대남』(1684년 출판), 『호색오인녀』(1686년
출판),『호색일대녀』(1686년 출판) 등이며 사이카쿠 초기 작품의 특징을
이루고 있다. 호색물의 작품을 발표한 후에 사이카쿠가 상인들의 현실
세계의 명암을 가감 없이 다룬 작품으로는『일본영대장』(1688년 출판),
『세상의 셈법』(1692년 출판)을 들 수 있다. 모든 작품에 일본의 상인 문
화가 반영됐다고 할 수 있다. 그 중에서도 사이카쿠가 이해한 부자와
부의 의미를 파악하기 위해서는『일본영대장(日本永代蔵)』(1688)을 중심
으로 이해하는 것이 보다 효과적이라고 할 수 있다.

---

13 앞의 책, 「해유록 상」, p.481.

3. 부의 축적과 능력

상인 자제들을 위해 사이카쿠가 남긴 교훈적인 책이 『일본영대장』이
다. '영대장(永代蔵)'이라는 것은 영원히 지속되는 창고의 의미로 당대
부를 축적한 상인들의 고민인 '어떻게 부를 유지할 것인가'에 대한 지
침서이자 교육용 참고서라고 할 수 있다. 서문에 해당하는 권두 화(話)
에서 사이카쿠는 '돈이 생명'이라고 단언한다.

> 보통사람에게 평생 동안 가장 큰 일은 이 세상을 사는 것이기에 사농공
> 상은 물론이고 신불을 받드는 승려와 신관들 또한 검약의 신의 가르침에
> 따라 돈을 저축하지 않으면 안 된다. 돈이야말로 부모 이외에 생명의 어
> 버이라고 할 수 있다.[14]

총 30편의 모델소설인 『일본영대장』을 통해 사이카쿠가 표현하고자
했던 부자와 부의 의미는 무엇일까. 구체적인 모델을 통해서 그 의미
를 생각해 보고자 한다. 사이카쿠는 부(富)를 이루기 위한 기본 조건으
로 권3-1화인 '약탕법이 다른 처방약'에서 다음과 같은 사항을 열거하
고 있다.

> 부자환이라는 묘약의 처방을 전수해 주겠소. △일찍 일어나기 5량 △가
> 업 20량 △밤에 하는 부업 8량 △검약 10량 △건강 7량, 이 50량을 잘게
> 부수어 마음속에 깊이 새겨서 저울에 잘 달아 정성껏 조제해 아침저녁으
> 로 복용하면 부자가 됩니다.

---

14 谷脇理史, 『日本永代蔵』(完訳日本の古典), 小学館, 1983, p.13.

부자가 되기 위한 기본적인 사항으로 건강, 가업, 근검절약, 부업 등을 들고 있다. 세상을 사는 사람들이 일반적으로 지켜야 할 덕목에 가깝다고 할 수 있다. 사이카쿠는 당대의 부자에 대한 정의를『소데카가미(袖鑑)』에서 인용하고 있다.

> 교토의『소데카가미(袖鑑)』에, 요이슈(能衆)·분겐샤(分限者)·가네모치(銀持)라는 세 부류의 부자 기준을 세워놓고 있다. 세상 사람들이, 요이슈는 대대로 이렇다 할 가업도 없이 유서 깊은 도구들을 상속받아 눈이 오면 다도를 즐기고, 꽃이 피면 시를 읊으면서 평생 사업이라는 것을 모르는 사람들이다. 한편, 분겐샤는 살고 있는 지방에서 사람들로부터 인정을 받고 사업체를 운영하지만 그 운영을 종업원에게 맡기고 세세한 부분에는 관여하지 않는 사람들이다. 가네모치라는 것은, 최근에 돈을 번 사람으로 쌀 가격이 앙등해서 돈을 번다든지, 다양한 상품을 구입해 둔다든지, 또는 돈을 대부하는 사업 등을 하면서 스스로 장부정리를 하는 사람들이라고 한다.[15]

요이슈와 분겐샤는 돈과 함께 명성 내지는 봉건사회에서의 상층의 가치를 향유하는 계층으로 이른바 당대에 부를 축적한 사람들과는 다른 부류로 인식하는 내용이다. 사이카쿠 작품에 주로 등장하는 인물군은 요이슈나 분겐샤가 아닌 이른바 가네모치와 그의 자식들이다. 사이카쿠는 부모에게 유산을 받지 않고 당대에 부자의 반열에 오른 사람가운데 은 오백 간메 이상을 분겐이라 하며 천 간메 이상을 장자(長者)라고 했다. 이 정도 재산이 있으면 돈이 돈을 버는 반열에 오르므로 몇천 간메의 재산으로 증식할 수 있다고 언급하고 있다.[16]『일본영대장』에

---

15 『好色二代男』(決定版対訳西鶴全集), 明治書院, 1992, p.241.
16 谷脇理史, 앞의 책, p.17.

서는 당대에 돈을 모으는 고단한 삶을 그리는 한편 그 돈을 탕진하는 2세들의 삶도 냉정하게 그려내고 있는데 부를 반드시 고정된 것으로 이해하고 있지는 않다. 당대 오사카에서 부를 축적한 집안이 계속 이어지는 집은 거의 없다고 언급하며 새롭게 부를 축적한 사람은 오사카 인근의 농촌지역에서 출생한 농가의 차남들로 어렸을 때부터 오사카 상점에서 견습생활을 하면서 사업을 익힌 후에 독립해서 부를 축적하는 것이 일반적이라고 했다. 사이카쿠는 '인간은 환경 여하에 달려있다. 귀족의 자식이 조화를 만들어 판매하며 생계를 도모할 수도 있다.[17]'라며, 귀족과 상인이라는 신분적 구별은 존재하지만 세상을 사는 내용은 다를 바가 없다는 의견이다. 더구나 상인계층 내에서의 요이슈, 분겐샤, 가네모치라고 하는 것은 고정돼 있는 것이 아니라 시간과 환경에 따라 충분히 변화하는 가변적인 것으로 이해하고 있다.

　일본의 부자에 대한 내용을『일본영대장』에 등장하는 구체적인 모델을 중심으로 살펴보기로 하자. 한국인들도 많이 알고 있는 일본 대기업 중에 하나인 미쓰이(三井)에 관한 일화가『일본영대장』권1-4화에 소개되어 있다. 제목은 '옛날은 신용거래 지금은 현금거래'로 의류업에서 기초를 다진 미쓰이가의 창업주 미쓰이 구로에몬(三井九朗右衛門)의 이야기이다. 당시의 상인들은 외상으로 신용거래를 하는 것이 일반적인 시대였는데 미쓰이 의류점에서는 신용거래를 중지하고 현금으로만 거래하도록 했다. 현금거래와 함께 40여 명의 유능한 점원이 각자 한 품목만 다루게 하는 전문성에 기초로 한 상거래를 시작했으며 수십 명의 직공이 그 자리에서 의복을 제작해주는 획기적인 제작시스템도 도입해 번성했다고 기술하고 있다. 사이카쿠는 이 미쓰이의 창업

---

17 谷脇理史, 앞의 책, p.25.

주에 대해 '대상인의 표본'이라고 평가하고 있다.

> 상점의 주인을 보면 눈·코·손·발이 있고 뭇사람과 다른 점이 없는데
> 가업에 있어서는 다른 사람과 달리 현명하다. 대상인의 표본이다.

사이카쿠가 대상인의 표본이라고 평가한 미쓰이가에 대해서는 '현
금거래를 고수'했다는 평가가 일본 사회에 일반적으로 알려져 있으나
가가와 다카유키(賀川隆行) 씨는 『근세 다이묘 금융사 연구(近世大名金融
史の研究)』에서, 미쓰이가의 상법을 현금거래를 고수했다기보다는 중
앙권력인 막부에 대해서는 손해를 감수하면서도 대출을 감행했다고
언급하고 있다. 그 이유로는 막부 상대의 금융업자라는 명성을 유지하
기 위한 것으로 실제적인 이윤은 사업을 도모하는 상인들에게 담보대
출을 실시해 얻었다고 한다. 미쓰이가 큰상인의 반열에 들어간다고 한
다면 부모에게 상속받은 재산 없이 부를 축적한 사람으로 사이카쿠는
'후지이치(藤市)'를 들고 있다. 『일본영대장(日本永代蔵)』의 권2-1화가
'최고의 임대업자' 후지이치에 관한 이야기이다. 후지이치는 가게에
세 들어 살면서 부를 축적한 사람인데 담보로 잡았던 물건에 이자가
쌓여 생전 처음으로 집을 소유하게 되자 탄식을 한다. 그 이유로는 지
금까지 사람들이 자신을 부자라고 했던 것은 두 칸짜리 가게를 빌려
사업을 하면서 천 간메(千貫目)라는 재산을 지녔기 때문인데 집을 소유
하게 된 지금은 교토의 최고 부자들의 비하면 티끌 정도에 지나지 않는
재산이기 때문이라고 했다. 후지이치는 검약의 대명사이자 정보의 중
요성을 체득한 상인의 모델이기도 했다.

> 첫째로, 인간은 건강이 세상살이의 기본이다. 후지이치는 가업 외에 폐

지로 장부를 만들어 놓고는 가게를 떠나지 않았다. 하루 종일 붓을 잡고
환전상의 점원이 지나가면 돈의 거래가격을 물어서 적어놓고, 미곡도매
상의 가격도 묻고, 생약, 의류점의 점원이 지나가면 나가사키의 사정을
물었다. 솜, 소금, 주류의 가격은 에도의 판매점에서 연락이 오는 날을
기다렸으며, 매일 모든 사항을 기록해두어, 교토 내에서 모르는 일이 있
으면 후지이치의 가게에 물으면 된다고 해서 귀중한 존재로 대우 받았다.

후지이치가 원래부터 구두쇠였다기보다는 다른 사람들에게 모범을
보이려고 했다고 사이카쿠는 기술하고 있다. 당시 사람들이 처음으로
수확한 가지[18]를 먹으면, 75일 수명이 연장된다고 해서 재미삼아 구입
하지 않는 사람이 없었다. 하나에 2몬(二文), 두 개 3몬(三文)이라 모두
두 개씩 샀는데 후지이치는 하나만 사면서 남은 1몬(壱文)으로는 가지
가 많이 나는 시기에는 큰 것을 많이 살 수 있다고 한 그의 태도를
평가하고 있다. 연초에 부를 이룬 후지이치에게 인근의 아이들이 부자
가 되는 방법을 듣고자 찾아와 한참 이야기를 나눈 후 모두가 야식을
고대하는 시점에, '야식을 주어도 좋은 시간이지만 그것을 주지 않는
것이 부자가 되는 마음가짐이다'고 가르쳤다고 일화를 소개하고 있다.
후지이치는 검약을 바탕으로 정보를 중시한 전형적인 상인의 예라고
할 수 있다.

권1-5화는 나라(奈良)의 과부가 복권으로 밑천을 마련해 성공한 이야
기도 훌륭한 모델로 소개하고 있다. 남편이 5간메(五貫目)의 부채를 남
기고 죽었는데 재산이라곤 3간메(三貫目)하는 집밖에 없었다. 과부는
채권단에게 집을 경품으로 삼아 복권을 발행해 당첨자에게 집을 양도

---

18 가지는 일본어로 'なす(茄子)'로 일을 성취한다는 'なす(成す)'와 동음이의어이다. 성공
을 기원하는 의미에서 복용.

하는 방식을 취하고 싶다고 설득해 승낙을 받아냈다. 복권 한 장에 은
(銀) 4몬메(四文匆)로 정해 발행하자 많은 사람이 손해를 봐도 4몬메라고
생각해 복권을 적극적으로 구입했다. 전부 3천 장의 복권이 팔려 부인
은 은(銀) 12간메(十二貫目)를 받아 5간메의 빚을 청산하고 7간메의 수익
을 올렸다. 그 돈을 밑천삼아 부자가 됐으며 그 집은 남의 집에서 일하
는 하녀가 당첨돼 4몬메로 집을 장만했다는 일화를 소개하고 있다.

  후지이치의 경우는 단순한 검약의 대명사가 아니라 시장의 동향을
누구보다도 분석적으로 파악하고 정보를 선점하는 특징을 지닌 사업
가이다. 미쓰이의 경우 또한 봉건사회에서 지배층인 영주들과는 신용
거래를 하지만 불량채권으로 고통 받는 동업자들의 현실을 접하면서
현금거래를 고수하는 수완을 보인다. 현금거래와 함께 시작한 전문성
과 스피디한 상법은 자금의 유동성을 확보에 큰 도움을 줬을 것이다.
나라의 미망인의 이야기 또한 수완에 의한 난국의 타개라는 점에서
흥미롭다.

  『일본영대장』에서 사업에 성공해 부를 축적하는 사람들의 특징은
남들이 주목하지 않는 사실에 착안해 재능을 발휘하는 공통된 특징을
지니고 있다. 모두가 노력하는 세상을 상인이 살아가기 위해서는 위의
예에서도 알 수 있듯이 사업적인 수완이 중요하지만 상도(商道)에서의
윤리적인 상거래의 중요성을 강조하고 있다.

  『일본영대장』 권4-4화의 고바시노 리스케(小橋利助)는, 새벽에 상인
들의 수호신인 에비스의 모습으로 차를 짊어지고 다니면서 팔아 상인
들의 호응이 좋았다. 자신의 아이디어로 사업이 점차 궤도에 오르면서
차를 다루는 상점도 개업해 많은 종업원을 두면서 번성했다. 그런데,
돈 만 냥이 모일 때까지는 결혼할 생각이 없다면 돈에 집착하는 생활을
보내다가 버리는 차를 구입해 새 차에 섞어 파는 악심을 일으켜 끝내는

발광을 하면서 죽음을 맞이한다는 이야기이다. 돈이 생명처럼 중요하다고 역설한 사이카쿠였지만 그 돈은 합리적인 기준에 따라 벌어야 한다는 것을 고바시의 이야기를 통해서 강조하고 있다.

사이카쿠가 소개한 성공모델의 상인은 자질을 갖추고 노력했기에 부를 이룬 사람들이다. 이것이 사무라이와 결정적으로 다른 상인만의 특징이다. 무사는 잘못을 저지르지 않는 이상 자신의 영지를 물려받아 평생 세상살이를 하는데 큰 문제가 없다. 그에 반해 상인의 삶이란 시장의 변화에 따라 얼마든지 달라질 수 있는 가변적인 것으로 시장자체도 하루하루가 다르다고 할 수가 있다. 모두가 사는 우키요의 세상이지만 상인의 우키요(浮世)가 더욱더 유동적인 세계였기에 상인의 능력과 노력이 요구됐다.

4. 부와 유흥의 조화

봉건사회에서 피지배층으로 태어난 사람들이 그 체제를 수용하는 데는 나름대로의 논리적인 근거가 필요했을 것이다. 다카하시 도미오(高橋富雄)씨는 이시다 바이간(石田梅岩, 1685~1744)이 『도비문답(都鄙問答)』에서 상인의 이윤은 욕심이 아니라 사무라이들이 받는 급료처럼 천하가 인정한 정당한 보수로 전혀 나쁠 것이 없다고 한 내용을 소개하면서, '일본 근세 3백 년을 통해 가장 중요한 대문장의 하나로 평가할 수 있다. 일본역사에 있어서 직업윤리·상업윤리학의 독립을 선언한 대문장이다'[19]라고 근대적 직업윤리의 단초로서 높이 평가하고 있다.

---

19 高橋富雄, 『武士の心 日本の心』(下卷), 近藤出版社, 1991, p.305.

이러한 이시다 바이간의 사상이 일본의 상인문화의 바탕 위에서 전개된 것은 이론의 여지가 없다.

사이카쿠가 쓴 『일본이십불효』(1686)의 작품에 등장하는 불효자들은 가업에 전념하지 않고 무예에 힘쓰는 농민의 자제에서 노(能)에 심취한 상인의 자제까지 그 영역은 넓고 다양하다. 효(孝)를 기본적으로 부모에 대한 자식의 도리와 태도라고 정의할 수 있는데 사이카쿠는 부모에 대한 도리를 가업을 통해서 해야 한다는 입장이었다. 사이카쿠의 직업관을 알 수 있는 글로는 『무가의 의리 이야기』(武家義理物語) 서문을 들 수 있다.

> 본래 인간의 마음이라고 하는 것은 모든 사람에게 다를 바가 없다. 칼을 차면 무사이고 에보시를 쓰면 신사의 간누시이며 검은 옷을 입으면 승려인 것이다. 괭이를 잡으면 농민이고 손도끼를 사용하면 직공이고 주판알을 튕기면 상인인 것을 자연스럽게 알 수 있다. 이처럼 가업이 다르면 외견과 신분도 달라지지만 각자의 가업을 소중히 여기고 노력하지 않으면 안 된다.[20]

상인 출신의 작가인 사이카쿠에게 직업이 인격이라는 인식은 없다. 다만 세상에 태어나기를 그 집안에 태어났기에 그 일을 하면서 살아갈 뿐이라는 현실수용적인 인식이다. 직업의 벽을 허물어 사회를 변화시킬 수 있는 시대적 상황이 아니었기에 자신의 가업을 통해 충분히 생계를 유지해 나갈 수 있다는 희망적인 생각으로 신분이라는 형식보다는 삶의 내용과 질에 초점을 맞추어 강조하고 있음을 알 수 있다. 모두가 자신의 가업을 유지하기 위해 노력하는 세상으로, 당대 상인들이 자식

---

20 『武家義理物語』(決定版対訳西鶴全集), 明治書院, 1992, p.3.

의 유년기부터 상인으로서의 기본 자질에 대한 교육에 전념했음을 사이카쿠의 모든 작품을 통해서 알 수가 있다.

> ㉠ 세상살이에 필요한 금화와 은화를 감별하는 기술을 배우도록 하려고 료가에초(両替町)에 가스가야(春日屋)라는 외가 쪽 친척이 있어 보냈다.[21]
> ㉡ 요노스케의 부모는, 자식이 장사의 길을 몰라서는 곤란하다고 생각해 가스가 마을에 마침 거래처가 있어 저울의 눈금 읽는 법등을 배울 수 있도록 요노스케를 보내기로 했다.[22]

금광개발로 거대한 부를 축적한 요노스케의 아버지이지만 아들에게는 상인으로서의 최소한의 덕목을 익히도록 다른 상가에 자식을 보내 수업을 쌓도록 하고 있다. 『호색일대남』(1682)의 주인공인 요노스케가 상인으로서의 재능을 발휘하는 일은 없지만 당대의 상인들의 삶을 엿볼 수 있는 장면이다.

상인으로서의 기본적인 덕목과 교육을 받아야 한다는 것이 사이카쿠를 비롯한 당대 상인들의 공통적인 생각이었을 것이다. 사이카쿠는 부를 축적해야 하는 중요성을 강조했지만 맹목적인 부의 축적에 대해서는 비판적인 태도를 취하고 있었다. 다양한 일화를 통해, 사이카쿠에게 부란 삶을 풍요롭게 하기 위한 도구적인 요소가 강하다는 것을 알 수가 있는데 『일본영대장』의 모델을 4가지 유형으로 분류해 고찰할 수 있다.

제 1유형은 검약에 집착하는 유형이다. 『일본영대장』 권1-2화인 '2대에 망한 부채(扇)업자'는 평생을 인색한 검약가로 살면서 아들에게

---

21 『好色一代男』, 앞의 책, pp.12~13.
22 『好色一代男』, 앞의 책, p.53.

2천 관의 유산을 물려주고 죽었다. 아들도 아버지 이상으로 검약을 실천하고 살다가 우연히 시마바라(島原) 유녀에게 가는 편지를 줍는데 금전 한 닢이 들어있었다. 그 돈을 전달해주려고 간 길에 주인은 못 찾고 이런 세상이 있다는 것을 처음으로 알고 유흥에 빠져 결국은 재산을 모두 탕진했다는 이야기이다.

권5-3화인 '콩 한 알로 밝힌 등불'은 빈곤에 허덕이던 농부가 사람들이 귀신을 쫓는다며 뿌린 콩을 주워서 심은 것이 결실을 맺어 감사의 뜻으로 등을 제작해 사람이 왕래하는 길을 밝히자 더욱 부자가 되었다. 농기구를 개량하기도 하면서 88세까지 즐거움이라고는 모르고 오직 돈을 모았다. 세상을 떠나면서 친족과 점원에게는 금전적인 베풂도 없이 자식에게만 천칠백 간메를 물려줬다. 그런데, 자식은 아버지와 달리 친족들에게 관대하게 베풀면서 호쾌한 유흥을 즐기다 자기 자식에게는 빚만 남기고 세상을 떠난다. 1세대가 검약과 고생을 하면서 모은 재산을 그대로 자식에게 물려주지만 그 자식들은 부모의 바람과는 다른 생활을 보내면서 부모가 모은 재산을 탕진하고 자기 자식에게는 빚만 물려준다는 이야기이다. 결국은 무엇을 위해서 돈을 벌고 무엇을 위해서 상속할 것인가라는 인생관의 문제인데 사이카쿠는 상속을 위한 부의 형성과 검약에 대해서는 부정적이라는 것을 위의 이야기들을 통해서 알 수 있다.

반면에 사이카쿠는 젊어서의 방황에 대해서는 비교적 관대한 입장을 견지했다. 제2유형은 유흥의 세계를 아는 상인 유형이다. 권2-3화의 다이코쿠야(大黑屋)는 교토에서도 알려진 부자이다. 그 집의 장남인 신로쿠(新六)는 유흥에 빠져 돈의 씀씀이가 점점 커진다. 이에 상점의 점원들이 장부를 맞추려고 노력했으나 유흥이 지나쳐 결국에는 아버지가 알게 된다. 신로쿠의 유흥에 분노한 아버지는 결국은 절연절차(勘

刊)를 밟아 아들을 공식적으로 버리게 된다. 집에서 쫓겨난 신로쿠는 걸인에 가까운 생활을 보내면서 밑바닥 인생을 보내는 다양한 사람들과 접하게 된다. 겨우 에도에 도착해 지인에 의지해 수건 행상을 시작한다. 궁리를 거듭하면서 돈을 벌기 시작해 마침내 부를 이루고 명성을 얻었다는 이야기이다. 젊어서의 유흥과 고난이 훗날의 성공에 긍정적으로 작용한 예이다.

권4의 2화인 '마음에 새긴 명품 병풍'은 하카타(博多)에서 무역업으로 가산이 기운 가나야(金屋)의 이야기이다. 가나야는 집을 처분해 마련한 돈으로 나가사키로 가서 새로운 사업을 하고자 했으나 자본금이 부족해 엄두도 못내는 실정이었다. 홧김에 나가사키의 마루야마 유곽에서 마지막 밤을 보낼 생각으로 갔다가 화조(花鳥)라는 유녀를 만나게 된다. 화조의 방에는 명품 병풍이 놓여 있었는데 화조는 그 가치를 전혀 모르고 있었다. 병풍을 갖고 싶다고 하자 화조는 주저 없이 가나야에게 주었다. 그 병풍을 가지고 상경한 가나야는 큰돈을 받고 판매해 예전과 같은 대상인이 되었다. 그 후에 나가사키에 가서 화조를 유곽에서 빼주고 그녀가 원하는 남자와 결혼을 시켜줬다는 이야기이다. 유흥이 일생일대의 반전을 가져다 준 경우다. 유흥이 긍정적인 측면으로 작용한 예라고 할 수 있다. 사이카쿠가 돈에 집착해 그 돈을 자식에게 물려준 예를 통해 그 무의미함을 역설하면서 유흥을 통해 재기하는 사람을 긍정적으로 묘사하고 있다는 것은 흥미로운 일이다.

제3유형은 참월(僭越)형이다. 신로쿠와 가나야의 예는 유흥 그 자체를 죄악시한다기보다는 유흥을 통한 반전이 있음을 나타낸 이야기이지만 권3의 2화인 '교토 물을 실어다 목욕한 부자'는 자신의 분수를 망각하고 유흥을 즐기다 몰락한 경우이다. 요로즈야 산야(万屋三弥)는 '가업을 중시해라'라는 아버지의 유언을 받들어 검약한 생활을 보낸다.

버려진 땅에 기름을 짤 수 있는 유채꽃 씨를 심을 구상으로 농토를 개간해 거대한 부를 이루었다. 그러나 어머니를 모시고 교토로 꽃구경을 가서는 유녀에게 반해 낭비가 시작됐다. 교토에서 유흥을 즐기다가 고향에 내려와서도 교토풍을 흠모해 주택을 건설하고 배로 교토의 물을 운반해 목욕을 즐기다가 목숨을 잃고[23] 남은 재산은 모두 타인의 소유가 됐다는 이야기이다.

제4유형은 고진감래(苦尽甘来)형이다. 고생을 통해 돈을 벌고 행복한 삶을 보낸 전형적인 예로 『일본영대장』 권3의 1화 '약탕법이 다른 처방약'을 들 수 있다. 자본이 없어 무슨 장사를 해야 할까 고민하던 주인공이 에도의 목공들이 목재조각을 버리면서 다니는 것을 알고 그것을 모아 판매하기도 하고 젓가락으로 가공해 부를 축적한 이야기이다. 주인공은 40년 동안 십만 냥의 돈을 모아 그 뒤부터는 노후의 유흥을 즐기기 시작했다. 돈이 아무리 많아도 죽은 뒤에는 아무런 의미가 없음을 알고 노후의 생활비를 마련해 이 세상의 즐거움을 만끽했다는 이야기로 다음과 같이 끝을 맺고 있다.

> 사람은 젊어서 돈을 모아 나이를 먹은 후에 그것을 여러 사람에게 베푸는 것이 중요하다. 특히나, 저 세상에 가지고 갈 수가 없는 것이라고 하지만 이 세상에 없어서는 안 되는 것이 돈이다. '돈세상'이라는 표현이야말로 핵심을 찌른 말이다.

이러한 젊은 시절의 노력은 무엇을 위한 것인가. 사이카쿠의 작품을 통해서 파악되는 모습은 노력과 여유로움의 조화라고 할 수가 있다. 당대 상인계층의 최고의 가치는 봉건제의 틀을 건드리지 않으면서 윤

---

23 1647년 밀무역과 사치로 처형된 守田山弥助氏定로 추정된다.

택한 삶을 유지하는 것으로 축적한 부를 바탕으로 세상의 고상한 취미를 즐기면서 부유한 사람들과의 교제의 폭도 넓혀가는 것이 이상적인 모습이었다. 지금도 마찬가지이지만 사람이 유복하고 안정적인 삶을 보내기 위해서는 최소한 두 가지 조건이 해결돼야 했다. 하나는 삶을 즐길만한 자금력이다. 다른 하나는 관계의 안정이다. 일본에서는 자식을 공식적으로 포기할 수 있는 제도가 있었지만 자식과 부모의 관계를 청산하는 것은 예나 지금이나 쉬운 일은 아니며 친인척을 포함한 관계가 삶의 안정을 위협하는 일이 적지 않다. 사이카쿠가 가업의 중요성을 강조한 것은 '세상살이'의 근거가 견실해야 안정적인 삶을 구축할 수 있으며 그것을 바탕으로 자신이 욕망하는 우키요(浮世)를 구현할 수 있다는 구조로 이해할 수 있다. 즉, 사이카쿠에게 일, 가업이라고 하는 것은 여유로움을 즐기기 위한 전제이자 수단이다. 그 방편을 통해 축적한 부를 바탕으로 삶의 여유로움을 느끼며 인생을 만끽하는 것이 생애에 있어서 무엇보다도 중요한 가치였다고 할 수 있다.

5. 마치며

『일본영대장』(1688)에 앞서 출판한 『호색일대남』(1682)은 사이카쿠의 첫 소설로 마흔이 넘어 출판한 작품이다. 주된 내용은 일본의 유곽을 경험한 후에 최후에는 친구들과 일본을 탈출해 여인들이 사는 여호도(女護島)로 향한다는 이야기이다. 일반적으로 이 작품을 전합서(転合書)라고 하는데 흥미삼아 쓴 소설이라는 뜻이다. 유곽 순례와 일본을 탈출해 여호도로 향하는 설정은 진지한 삶의 모색이라기보다는 현실세계와 우키요(浮世)적인 세계의 대비를 통해 살아가는 의미를 독자들이

재해석하도록 유도하고 있다. 이러한 작품세계의 탄생은 사이카쿠와 17세기말 일본 상인계층의 에너지의 분출과 밀접한 관련이 있다. 『호색일대남』(1682)과 『일본영대장』(1688)은 전혀 다른 취지에서 창작된 작품이지만 현실세계의 우키요관(浮世觀)을 지탱하는 것이 '금전'이라는 사이카쿠의 인식에는 변함이 없다.

사이카쿠 이전부터 많은 사람들이 세상을 꿈이라고 했다. 사이카쿠도 세상이 꿈이라는 인식에는 동의를 한다. 하지만 그 속에서 펼쳐지는 인간의 삶은 너무나도 다양하며 인간 개개인은 모두가 자신의 세상살이를 하면서 살 수 밖에 없다고 정리한다. 명문귀족도 아니고 사무라이집안도 아닌 상인계층의 젊은이에게 행복한 삶이란 무엇일까. 그 질문에 대한 사이카쿠의 답은 부의 축적이며 그 부를 통해 행복한 생인 우키요(浮世)를 실현해야 한다는 것이다. 사이카쿠는 자신이 사는 17세기의 세상은 '황금의 솥을 캐는 일 따위는 없고 부귀한 자도 괴로움이 있고 빈천한 자도 즐거움이 있다. 인간은 누구나가 처지에 맞지 않는 영화를 꿈꾸기 마련인데 그 때문에 신세를 망친 예가 예로부터 셀 수 없이 많다.'[24]라며 중국고전에 나오는 행운은 없으며 누구나 행복할 수 있기에 자신의 처지에 맞는 삶의 방식을 선택해 노력하며 능력을 발휘해야 한다는 것이다.

사이카쿠는 중국의 노승 은원(隱元)이 일본에서 많은 것을 이루었지만 삶 자체는 무미건조한 것이었기에 자신의 욕망을 반영한 우키요를 실현하는 것이 중요하다고 강조하고 있다. 인생의 행복은 많은 돈을 상속받는 것도 남겨주는 것도 아닌 현재의 생을 얼마만큼 성공적으로 향유하는 가에 있다고 말이다.

---

24 『本朝二十不孝』(決定版対訳西鶴全集), 明治書院, 1992, p.38.

제6장

겐로쿠 문학과 여성
−사이카쿠 작품속의 여성상을 중심으로

1. 시작하며

일본의 문예 부흥기를 꼽는다면 겐로쿠 문화기(元祿, 1688~1704)로 5대 장군 쓰나요시(綱吉, 1646~1709)가 통치(1680~1709)한 약 30년의 시기를 들 수 있다. 이 시기에 일본의 주요한 학문적 기반이 이루어졌으며 문예도 정점에 이르렀다. 주요 작가로는 이하라 사이카쿠(井原西鶴, 1642~1693), 마쓰오 바쇼(松尾芭蕉, 1644~1694) 지카마쓰 몬자에몬(近松門左衛門, 1653~1724) 등이 활동했으며 유학자로는 성리학을 비판하며 고의학(古義学)을 주창한 이토 진사이(伊藤仁斉, 1627~1705), 성리학과 진사이의 고의학을 비판하며 고문사학(古文辞学)을 주창한 오규 소라이(荻生徂来, 1666~1728) 등이 있다. 국학자로는 게이추(契沖, 1640~1701)가 1690년에 『만엽집(万葉集)』의 주석서인 『만엽대장기(万葉代匠記)』를 완성해 일본 국학연구의 기초를 마련한 것을 비롯해 일본의 독자적인 문예와 학문의 기초가 개화된 시기이다. 출판문화를 기초로 한 활발한 정보 유통이 학문적·예술적 독자성의 바탕을 이룬 시기이며 지역적으로는 교토, 오사카를 중심으로 한 상방(上方, 가미카타) 지역이 문화를 주도하던 시기이다. 이 당시 조선은 숙종연간(1675~1720)에 해당하며 청은 강희제 치세(1662~1722)로 동아시아의 왕권이 안정적이던 시기였다. 조선통신사가 1682년(숙종 8)에 473명, 1711년(숙종 37)에 500명, 1718년(숙종 44)에 475명이 파견돼 조선의 문사들이 일본의 문화를 적극적으로 탐색하던 시기이기도 하다.

일본의 문예부흥기인 겐로쿠기[1] 여성의 삶에 대한 이해는 봉건시대의 일본 여성의 가치관을 이해하는 데 멈추지 않고 일본 사회 전반에 대한 이해의 폭을 넓혀줄 것이다. 일본 여성에 대해 한국에서는 '개방적'이라는 상당히 유형화된 이미지가 통용되고 있다는 생각이 든다. 이러한 한국인의 일본 여성관의 연원과 흐름을 밝히는 작업은 용이하지 않으나 한국인이 인식한 일본인이란 전통적으로 상호 이질적인 존재였다는 것을 통신사의 기행문을 통해서 확인할 수가 있다.

> 일반 사람들의 성품은 경솔하고 단순하여 기쁨과 노염을 조절하지 못하니, 기쁘면 말하고 웃고 대답하는 것이 마구 기울어져 넘어지고, 노여우면 부르짖고 날뛰면서 생사를 모르며, 조그마한 은혜도 잊지 않고 사소한 원망도 꼭 갚는다.[2]

이 기록은 1711년 통신부사로 사행에 참가한 임수간(任守幹, 1665~1721)의 기록으로 겐로쿠기의 일본인의 모습에 대한 조선 유학자의 관찰기록이다. 간략한 묘사이지만 '조그만 은혜도 잊지 않고 사소한 원

---

1 元禄期 : 겐로쿠는 일본의 연호로 서력으로는 1688~1704년에 해당되지만 문화사적인 의미로 겐로쿠기를 사용할 경우는 5대 장군 쓰나요시의 통치기인 1680년에서 1709년의 오사카, 교토 지역을 중심으로 한 근세 상공인들이 문화적 주체로 등장해 활동한 시기로 사용할 수 있다고 본다.
2 임수관, 「동사일기」, 『국역해행총서IX』, 민족문화추진회, 1977, p.278.

망도 꼭 갚는다'는 일본인의 '의리의식'과 '사적 복수관'의 상당히 핵심
적인 내용까지 파악하고 있다. 그의 관찰력이 예사롭지 않았음을 알
수 있다. 조선통신사의 의(義)와 리(理)의 입장에서 판단하기에 일본인
의 의와 리는 너무나 개인적인 감정에 기초한 것이라는 지적이다. 이
러한 일본인들의 행동에 대해 1718년 사행에 참가한 신유한(申維翰,
1681~1752)은 대의를 위한 행동이라기보다는 자신의 위복을 위한 것이
라고 기록하고 있다.

> 그 법령이 사람을 몰아넣기를 이와 같이하고 의식(衣食)의 나올 데가
> 다른 길이 없으므로 그들이 생명을 가벼이 여기고 죽음을 두려워하지 않
> 는 것이 처음부터 의(義)를 위해 그런 것도 아니요, 또 타고난 성질이 그런
> 것도 아니라 실은 스스로 제 몸을 위해 그러한 것이다.[3]

생명을 가볍게 여기는 일본인들의 행동이 철저한 사회적 통제하에
서 생존을 위한 것으로 당대 조선인들의 '의(義)'의 관념과는 다르다는
것을 통신사들은 간파하고 있었다. 이렇게 양국 간의 이질적인 문화
환경을 '의(義)'라는 관점에서 통신사들은 관찰하며 기록을 남겼다. 그
일본인관에는 여성에 대한 견해도 보이는데 일본 겐로쿠 시대를 중심
으로 조선통신사의 일본 여성에 관한 기술과 당시대의 일본문학을 대
표하는 사이카쿠의 작품과의 비교를 통해서 좀 더 포괄적인 시점에서
일본 여성상을 도출해보고자 한다.

---

3 신유한, 「해유록 하」, 『국역해행총서Ⅱ』, 민족문화추진회, 1977, p.55.

2. 조선통신사가 본 일본의 여인

조선통신사의 사행문학 중에서 백미라고 평가받고 있는 신유한의『해유록』에는 다양한 일본 여성에 관한 기술이 보인다.

> 여자의 경우엔 얼굴은 아름다우나 음행이 많은지라, 양가(良家)의 여인도 사통(私通)하기가 일쑤이고, 창녀(娼女)라도 뛰어난 미인이면 온 시중 사람들을 맞이하면서 조금도 부끄러움이 없다. 풍속이 목욕을 숭상하여 한겨울에도 목욕을 쉬지 않는가 하면, 어디를 가나 시가지에 목욕실을 만들어 놓고 값을 받는데, 남녀가 한데 섞여 발가벗고 서로 친압하면서도 부끄러워하지 않는다. 나라 풍속이 또 남색(男色)을 좋아하여, 자기의 아내나 첩보다도 더 사랑하는지라, 이 때문에 서로가 다투고 질투하여 살해까지 하는 자가 매우 많다고 한다.[4]

신유한의 기록은 대체적으로 정확하다. 다만 봉건사회였던 일본 사회 전체를 일반화시켜 기술하기에는 부적절한 부분도 있다. 신유한이 거론한 일본의 여성은 '양가의 여인'과 '유녀' 두 종류인데 그가 기술한 '양가의 여인'의 계층을 어떻게 규정해야 할지 쉽지 않다. 양반계층이었던 그의 입장에서 양가라고 하는 것은 사무라이 집안을 의미하는 '무가(武家)'일 가능성이 높지만 경제적으로 윤택한 상공업자를 지칭하는 것인지 불분명하다. 신유한은 '유녀'[5]에 대해서 비교적 상세한 기술을 남기고 있는데 아마도 당시의 조선에는 부재했던 '유곽'이라는 공간이 특이하게 느껴진 것이 아닌가 싶다. 그 기록을 보면,

---

4 상동서, pp.278~279.
5 신유한이 관찰한 것이 일본의 유녀(遊女)이고 유곽이기에 창녀라는 표현보다는 유녀로 표기하고자 한다.

또 풍속이 각 지방에 노래하고 춤추는 기생을 설치하는 법이 없으므로 여행하는 부상(富商)들이 모두 지내는 곳마다 사사로이 유녀(娼女)를 접하므로 이름난 도시의 큰 객점(客店)에는 모두 창루(娼楼)가 있는데 오사카(大坂)의 번화한 곳은 화류(花柳)로서 이름이 났다.

…(중략)…

상상(上上)의 집이라도 하루의 화채(花債)가 백금(白金) 열 냥에 지나지 아니하고, 중·하는 차등이 있다. 내가 통역하는 것을 듣고 웃으며 흉보기를,

"옛적부터 정(情)과 색 가운데는 빠져서 혹한 남녀들이 있어, 남자는 인연을 기뻐하여 천금을 아끼지 아니하고, 여자는 정에 감동되어 한 푼의 돈도 사랑하지 아니하나니, 이것이야말로 상상(上上)의 풍류스런 일인데, 지금 너희들이 말하는 상상주(上上姝)라는 것은 추잡한 놈이나 이름난 사람들을 가리지 않고 다만 돈만 계산하여 애교를 바친다 하니, 이것은 문에 기대어 웃음을 파는 하품(下品)으로서 몇 푼어치도 못 되는 것이로다."

유곽에서 유녀가 웃음을 파는 것을 신유한은 상당히 감성적으로 접근하고 있는데 이러한 그의 태도에 대해 일본 측 통역이 문화적 차이를 강조하며 설명한다.

통역이 말하기를,
"나라의 풍속이 서로 다릅니다. 여자의 마음이야 어찌 그렇겠습니까? 일본의 호귀(豪貴)한 집에서 그런 특수한 미인을 사서 이익을 얻는 물건으로 삼기 때문에 소위 창루(娼楼)에 화려한 온갖 기구를 다 주인이 설비하여 놓고 문에 간판을 붙여서 그 값을 정하고는 매일 세(稅)를 받아가니, 저 미인들은 감히 제가 임의로 할 수 없으므로 눈물을 흘리면서 이별을 서러워하는 자도 있고 부끄러움을 무릅쓰고 억지로 몸을 바치는 자도 있습니다."[6]

유녀의 행태에 대해 신유한이 비판적 입장을 취하다 일본 측 통역이 어디 사람의 마음에 다름이 있겠냐고 반론을 제기하면서 유곽의 사업적 성격에 대해서 설명하는 내용이다. 신유한의 일본관찰이 많은 영역에서 상세한 부분까지 이르고 있지만 조선의 유학자가 유곽의 사업적 성격에 대해 동조하기에는 어려움이 있었을 것이다. 신유한이 일본의 정세를 기술한 내용 중에는 혹독한 징세로 인한 일반인의 고단한 삶을 묘사한 부분이 있다.

> 주(州)·국(国)의 세법(税法)이 심히 각박하여 추호(秋毫)도 빠뜨리지 아니하므로 먼 촌의 농민들은 1년 내 경작하여도 다 관청에 바치고, 풍년에 콩죽도 계속하기 어려워서 제 아내와 자식을 파는 자까지 있다.[7]

신유한이 기록한 대로 일본의 농민들이 자식을 파는 일이 있었는데 이는 노예로 판다기보다는 기간을 정해 계약을 해서 업자에게 맡기는 것이 보통이다. 고용계약을 맺고 일하러 가는 사람을 어떻게 규정해야 하는가 어려움이 따르지만 '계약제 노예'로 설명하는 사람도 있다. 유곽에서 일하는 유녀의 경우도 농촌 지역에서 태어난 여자아이를 유곽에서 계약을 통해 데려와 유녀로 육성하는 것이 보통이었는데 농촌지역에서 부양하기 어려운 잉여 인구가 노동력으로 도시로 유입되는 시스템이다.

통신사가 일본의 구체적이고 종합적인 사정까지 파악하기에는 시간적, 공간적 한계가 있었을 것이다. 사업으로 운영되는 유곽에서 유녀의 진정한 정(情)을 구하는 것은 불가능하지는 않지만 돈의 위력보다

6 상동서, p.93.
7 신유한, 「해유록 하」, 『국역해행총서Ⅱ』, 민족문화추진회, p.54.

유녀의 의지를 평가하고자 한 것으로 유곽의 생리와는 맞지 않는 감상적인 접근이다.

3. 겐로쿠기 여성과 의리

조선통신사가 기술한 일본 여성상과 사이카쿠 작품에 묘사된 내용을 중심으로 겐로쿠기 일본 여성의 모습에 좀 더 다가가 보기로 하겠다. 편의상 사이카쿠 작품에 묘사된 여성을 유녀와 일반 상인계층 그리고 무사인 지배계층으로 나누어 고찰해 보고자 한다.

(가) 유녀(遊女)

유녀는 신유한이 돈에 애정을 판다고 비난했지만 유녀가 애정을 파는 것은 사업이다. 유곽을 경영하는 입장에서는 유녀가 특정한 남자에게 애정을 품는 경우에는 문제가 될 수 있다. 사이카쿠의 첫 번째 소설인 『호색일대남』에서 유녀가 사랑을 할 경우 발생할 문제를 엿볼 수 있다.

> (요노스케는) 미카사를 만나 무슨 일이 있어도 목숨이 있는 한 관계를 계속하자고 서로 약속을 했다. 만나면서 한 동안 재미가 있고 정취 나게 놀았지만 끝으로 갈수록 사정이 어려워졌다. 요리집(揚屋, 아게야)로부터 그전부터 쌓인 계산을 청구하자 미카사는 포주로부터도 둘의 관계를 청산하라는 압박을 받았다. …(중략)… 그 해 11월 첫눈이 쌓인 날에 포주는 미카사에 대한 미움이 쌓여 그녀를 알몸으로 만들어 넓은 뜰의 버드나무에 동여 맸다. "이래도 요노스케와 만나는 것을 그만두지 않겠느냐."라고 하면서 괴로움을 줬지만 여인은 만나지 않겠다는 말을 하지 않았다. 죽을

각오로 5일이 지나고 7일이 지나도 음식에 손을 대지 않았다.[8]

화대가 체불된 손님에게 유녀가 개인적인 정을 느껴 포주의 권유를
무시하며 계속 만나자 주인에게 린치를 당하는 내용이다. 부조리한 봉
건적 체제에 대한 저항으로 높이 평가할 수 있지만 원록기(元禄期, 겐로
쿠키)의 유녀가 포주의 허락 없이 개인적으로 사랑을 나눈다고 하는
것은 유곽의 의리(義理, 포주와 유녀의 인간적 관계-필자)에 반하는 행동인
것이다. 포주는 유녀를 통해 금전적인 수익을 올리려고 투자를 많이
한 사람들이기에 부유한 손님의 접촉은 허락해도 가난한 자가 유녀에
게 접근하는 것은 이른바 사업을 망치는 행위였다. 1684년에 간행된
『제염대감(諸艶大鑑, 쇼엔오카가미)』에서 사이카쿠는 포주의 입장에서 유
녀의 행태를 비난하는 기술도 보인다.

　　㉠ 유녀는 아침저녁으로 근무하는 것도 괴로울 터인데 무슨 연유에서
정인(情人)을 만들려고 하는 것일까. 이러한 행위는 세상 일반 여자가 불
의를 저지르는 것보다도 얄미운 짓이다. …(중략)… 많은 남자를 만나면서
또 정인을 만드는데 이도 다름 아닌 남자이다. 게다가 추한 남자에게 물
건을 주면서까지 만나는 고급 유녀(太夫, 다유)도 있다. 포주에게는 손해
를 입히고 자신의 몸을 괴롭히면서까지 남자를 그리워한단 말인가. 여러
가지로 생각을 해봤지만 이 이유만은 알 수가 없다.[9]

　　㉡ 기쿄야의 모나카(最中)는 유래가 없는 대담한 유녀였다. 와카를 잘
읊으며 사리분별력이 있어 사람을 가리질 않았다. 기량은 그다지 훌륭하
지는 않았지만 어딘가 사람을 끄는 힘이 있었다. 언제부터인가 교토 배우
인 야마카와(山川)라는 미남에게 마음을 빼앗겨 지금까지 자기의 귀중한

8　『호색일대남』(決定版対訳西鶴全集一), 명치서원, pp.186~188.
9　『諸艶大鑑』(決定版対訳西鶴全集二), 명치서원, pp.153~156.

부자 손님을 소홀히 하며 세상의 소문에는 아랑곳하지 않아 그 이름이 세간에 널리 회자됐다. 자연히 손님이 끊겨 포주가 여러 가지 방법으로 린치를 가했다.[10]

㉠의 예는 유곽의 논리로 사이카쿠 작품의 사회적 토대를 예상할 수 있는 내용이기도 하다. ㉡의 경우는 반노예적 상태에서 유녀 생활을 강요받으면서 개인적인 사랑을 꿈꾸는 유녀의 기개를 세간의 사람들은 높이 평가했다는 내용으로 ㉠의 내용과는 대립한다. 유녀가 비록 현실적으로는 계약에 묶여있는 몸이지만 정신만은 자유롭고자 했던 것을 사이카쿠도 알고 있었기에 추앙받는 유녀를 설명하는 가운데 다카오(高雄)의 예를 들면서 현실적인 부귀영화보다는 사랑을 선택한 여인으로 높이 평가한다.

> 에도 요시와라 최고급 기루(妓楼)인 미우라야의 2대 다카오(高雄)는 62만석의 센다이 영주인 이토 쓰네무네(伊藤綱宗)가 거액을 제시하며 낙적을 요구했다. 그러나 다카오는 애인인 일개 낭인 시마다 주사부로(島田重三郎)와의 의리를 내세워 끝내 그 청을 거절했다고 한다.[11]

역사적인 사실로 확인되는 내용은 아니지만 당대에 널리 회자된 이야기로 유녀 다카오가 현실적인 영화보다도 자신이 선택하는 삶과 의리에 대해 보다 큰 가치를 부여했다는 내용이다. 이 이야기에서는 유곽의 입장이 드러나 있질 않지만 현실적으로 가능한 일은 아닐 것이다. 또한 유녀들은 자신들의 세계 내에서 상호간의 의리를 존중했는데

---

10 상동서, p.232.
11 宮城栄昌 外編, 『日本女性史』, 吉川弘文館, 1980, p.167.

그 예의 하나가 서로 손님을 차지하려고 다투지 않는다는 것이다.

> (한루는) 포주 이자에몬 집에 있는 유녀 아카시(明石)를 고르면서 불렀
> 다. 그러나 아카시는 "유녀의 체면은 이런 것이 아닙니다. 특히 와카야마
> 님의 뒤라 말할 나위도 없습니다."라고 하면서 한루의 부름을 거절했다.
> "과연 와카야마와의 의리를 지키는 것은 훌륭하다만 이미 그녀는 유곽을
> 떠나 보통의 여자가 됐다. 오랫동안 사귀었기에 그녀를 낙적해 자유롭게
> 해주었다."[12]

유녀가 일반적으로 추앙 받는 존재는 아니지만 전면적인 비난의 대
상도 아니었다는 것이다. 실제로 그녀들은 10년 정도의 유녀 생활이
끝나면 다른 일로 전환이 가능했으며 계약 기간 중에는 손님의 배려로
낙적을 하는 경우에는 일반인처럼 결혼생활을 보냈으며 이러한 삶은
유녀들의 꿈이기도 했다. 에도 시대를 통해 많이 유포된『오토기보코
(伽婢子)』의 미야기노의 이야기는 훌륭한 유녀는 훌륭한 아내가 될 수
있다는 것을 당대의 독자들에게 각인시켰다고 할 수 있다.

(나) 상인계층의 여인

조선통신사가 양가의 여인으로 묘사했을 가능성이 높은 계층이 이
상공계층이다. 이러한 상공계층의 겐로쿠기 풍속에 대해 사이카쿠도
상세하게 묘사하고 있다.

> ㉠ 사람의 사려분별로는 어떻게 할 수 없는 것이 사랑의 길이라고『겐지
> 이야기(源氏物語)』에도 쓰여 있다. 무라사키시키부(紫式部)가 작품을 썼

다고 하는 이시야마사(石山寺)에서 그 자료를 보여준다고 하자 온 교토
사람들이 동산에 핀 벚꽃은 거들떠보지도 않고 구경하러 나섰다.[13]

ⓛ 옛날에는 결혼을 해서 친정집을 나설 때 부모 곁을 떠나는 것을 슬퍼
하며 옷자락을 적셨는데 지금의 딸들은 영리해져 중매인이 안내하는 것
도 더디다고 생각해 재빨리 준비를 끝내고 나서는 가마가 오는 것을 학수
고대했다는 듯이 가볍게 올라타고서는 그 기쁨을 온몸으로 나타낸다.[14]

ⓒ 남편과 사별해 7일도 지나지 않았는데도 다시 남편을 구해 또 이혼
당해도 5번, 7번 계속해서 남편을 취한다. 정말로 안타까운 미천한 여인
의 마음이다. 상류의 가정에서는 이러한 일이 결코 없다. 여자는 일생에
단 한 명의 남편에 몸을 의지하고 끝까지 함께 하지 못할 경우에는 젊은
나이라고 하더라도 가와치의 도묘사(道明寺)나 나라의 호케사(法華寺)에
서 출가할 수 있다. 그런데, 세상에서는 몰래 정인(情人)을 두고 있는 부
녀자가 많이 있다. 그러나 그 남편도 부질없이 이름이 거론되는 것을 싫
어해 그 일을 감추고 여자를 친정으로 돌려보낸다. 혹은 몰래 만나는 현
장을 목격해도 비열하게 돈에 눈이 멀어 서로 합의를 보면서 어설프게
목숨을 연명시켜주니 불륜관계가 끊이질 않는다.[15]

ⓔ 여인은 평생 함께할 남편은 한 명이어야 하는데, 행동거지가 좋지
않아 이혼을 당하고 또 다른 남편을 구한다고 하는 것은 신분이 낮은 여자
가 하는 것으로 상당한 집안에서 태어난 처자로서는 무엇보다도 경계해
야 한다. 시집을 간 뒤에 다시 친정으로 돌아오는 것은 여자로서 이보다
큰 불효가 없다. 또한 남편과의 인연이 깊지 못해 사별한다면 비구니가
되는 것이 여자의 길이다.[16]

겐로쿠 시대의 여성은 전반적으로 그 이전의 여성에 비해 개방적인

---

13 『好色五人女』(決定版対訳西鶴全集三), 명치서원, 1992, p.77.
14 『好色一代女』(決定版対訳西鶴全集三), 명치서원, 1992, p.159.
15 『好色五人女』(決定版対訳西鶴全集三), 명치서원, p.54.
16 『本朝二十不孝』(決定版対訳西鶴全集十), 명치서원, p.26.

자세를 보였는데 상공계층 내에서도 하층부를 이루는 여성들의 삶이 보다 더 자유로운 형태를 띠고 있었음을 알 수가 있다. 이러한 겐로쿠 기의 상공계층의 여성과 가족의 생각에 대해 사이카쿠가 제시하고 있는 의견은 미망인이 희망해 남편과 사별한 후 비구니가 된다면 가장 무난하겠지만 가족의 욕심에 의해 비구니가 된 사람은 언젠가는 문제를 일으키므로 차라리 재혼하는 것이 좋지 않겠느냐는 것이다.

⊙ 요사이 미망인을 내세우는 것은, 남편과 사별한 후에 막대한 유산이 생기면 그녀의 친지들이 욕심에서 의견을 내 아직 젊은 여자인데도 억지로 머리를 자르고 마음에도 없는 불심을 강요하며 죽은 남편의 명복을 빌도록 한다. 그런데 이런 무리한 행동을 하면, 머지않아 반드시 소문이 나게 된다. 그 집에서 오랫동안 부리는 점원을 남편으로 삼는 예를 각처에서 발견할 수 있다. 이렇게까지 일이 전개되는 것보다는 다른 곳에 재혼하는 편이 훨씬 낫고 다른 사람에게도 웃음거리가 되지 않는다.[17]

⊙ 누구의 처가 된다는 것은, 천한 집안의 딸이라고 하더라도 그 용모에 이끌려 맺어지는 경우도 있고 언니가 죽은 뒤를 이어 나이가 많은 남편을 취해야 하는 경우도 있다. 상인계층에 있어서는 점원을 승격시켜 함께 사는 경우도 있고 지참금을 제시하며 농촌 출신의 양자를 받아들이는 경우도 있다.[18]

조선통신사가 일본인의 성문화를 비난했지만 다양한 성문화는 비교적 하층의 상공계층 내지는 농민의 하층부에서 보이는 현상으로 상공계층의 중상층부에 있어서는 남의 이목이 있어 상당히 보수적인 색채가 짙었다고 할 수 있다.

---

17 『日本永代蔵』(決定版対訳西鶴全集十二), 명치서원, p.33.
18 『諸艶大鑑』(決定版対訳西鶴全集二), 명치서원, p.154.

(다) 무사 계층의 여인

일본 무사 계층의 여성의 삶에 대해서는 자료가 부족해 단정적으로 정의하기 어려운 점이 많은데 데루오카 야스타카(暉峻康隆) 씨는 다음과 같이 정리한다.

> 무사의 결혼은 자손을 만들기 위한 것으로서 부모와 주군의 일방적인 결정으로 이루어지며 사랑이 매개가 된 결혼은 좀처럼 없었다. 게다가 교대근무(参勤交代, 산킨코타이)로 주군을 모시고 1년간 장기 출장을 해야 하고 아내는 독수공방에 한숨짓는 딜레마가 있었기에 엄격한 무가사회에 의외로 간통이 많았다.[19]

데루오카 씨의 지적은 봉건제의 상층부를 이루는 무사 계층에 대한 흥미로운 지적이다. 일본의 도쿠가와 시대에 연애를 해서 결혼을 한 사람은 아마도 계층을 막론하고 그 수가 많지 않았을 것이다. 대부분이 중매결혼을 했기에 무사 계층에 간통이 많았다는 것은 다소 현대적인 논리이지만 일기류에서 그 사례를 찾는 것은 어려운 일이 아니다. 단지 출판물에서 무사 내지는 그 가족의 예를 찾는 것이 용이하지 않은 것은 1712년의 다음과 같은 법령 때문이다.

> 잡설 혹은 다른 이의 소문을 출판하고 함부로 사고파는 행위는 앞으로 일절 금하도록 한다. 이를 어기는 자가 있을 시에는 죄를 묻고 사고팔게 한 자까지 반드시 벌을 내릴 것이다.[20]

출판물에서 무가의 간통 사건이 보이질 않는 것은 위 법령의 내용에

---

19 데루오카 야스타카 저·정형 역, 『일본인의 사랑과 성』, 소화, p.165.
20 상동서, p.172.

서 알 수 있듯이 출판 통제가 강하게 작용하고 있었기 때문이라고 데루
오카 씨는 정리하고 있다. 즉, 무가 사회에도 간통이 많았으나 그것을
작가들이 표현할 수 없었기에 현재의 우리가 파악할 수 없을 뿐이라는
입장이다. 개연성이 충분한 주장이다. 무사 계층의 사례가 많지 않은
것은 다른 계층보다 인구수도 적어 발생건수가 적었기 때문이라고 이
해하는 것도 가능하겠지만 타인의 일을 출판하는 것을 경계했기 때문
일 가능성이 크다. 개인적인 일기에 기록된 내용을 보면 무사의 간통
사건이 빈번하게 이루어졌으며 사회적으로도 큰 관심사였다는 것을
알 수 있다.[21] 무사 계층의 여성도 사적인 사랑을 나누었겠지만 그녀들
에게 요구되는 삶의 태도는 어느 계층보다도 통제가 심했던 것도 사실
이다.

　　무가(武家) 여인의 거처에는 사촌까지만 출입을 허용한다고 하는데 이
　　것이야말로 합당한 규정이다. 여하튼 타인이 손쉽게 출입하는데서 불의
　　(不義)를 일으키는 것이다.[22]

　일본 무사 계층에 있어서 여성에게 정조를 요구하는 것은 조선의
양반가와 크게 다를 바가 없다. 여인의 거처에는 사촌 정도까지만 출입
을 허용한다는 것으로 일반 여성의 삶과 무사 계층의 여성의 삶은 상당
한 거리가 있었다. 게다가 특징적인 것은 무사 계층의 여성은 자신의
정조를 지키는 것이 핵심이 아니고 집안의 명예를 존중하고 유지하는
것이 오히려 중요시되는 여성상이었다. 이른바 집안(家)에 대한 의리를

21　神坂次朗,『元禄御畳奉行の日記』(中公新書740), 中央公論社, p.113.
　　朝日重章 著・塚元学 編注,『摘録鸚鵡籠中記(上・下)』(岩波文庫670), 岩波書店, 1995.
22　『新可笑記』, 명치서원, p.86.

강조해 여성에 대한 규율과 통제가 무사 계층에서는 가중된다는 것을 의미한다. 그렇기에 사이카쿠의 무가물(武家物)에 등장하는 여성상은 봉건제하에서의 계급성을 철저하게 반영하는 존재로 그려졌다.

　ⓐ 평소에 배려를 해두었던 마시타 지헤이(増田治平)라고 하는 낭인에게 협조를 부탁하고 햐쿠에몬(百右衛門)이 유람을 하고 귀가하는 길에 두 여인은 이름을 대며 기습을 했다. 지헤이가 햐쿠에몬의 오른 팔을 절단하자 왼손으로 칼을 뽑아 덤벼오는 것을 긴나이의 딸이 장검으로 베려고 달려들었다. 상대가 주춤하는 사이에 긴나이의 첩인 마리(鞠)가 달려들어 적의 가슴을 찌르며 마침내 복수를 했다. 집으로 돌아와 문을 걸고 주군의 평결을 기다렸다. 비록 여자이지만 할복을 하려고 마음먹고 준비를 하고 있는 모습은 과연 무사의 딸이었다.[23]

　ⓑ "제가 분부에 따른다면 앞으로 정실을 맞이하지 않으실 수 있습니까?"라고 말하자, "물론이지, 네 마음만 바뀌지 않는다면 세상의 평판 따위에 신경 쓸 정도로 가벼운 마음이 아니다."라고 마음을 놓은 채 쉬고 있는 다노모(頼母)에게 달려들며 "남편의 원수, 놓칠 수 없다."라고 하면서 칼을 뽑으려다 다노모에게 오히려 제압을 당했다. …(중략)… 그녀의 여동생이 언니의 죽음에 대해 전해 듣고 경호무사인 남편 보조(兵蔵)에게 계속해서 이혼을 요구했다. 남편이 그 이유를 묻자 사건의 전말을 이야기하면서 자신이 비록 여자의 몸이지만 언니의 복수를 하고 싶다고 했다.[24]

　ⓒ 기회를 보고 있던 중에 여자의 몸은 어쩔 수 없는 것으로 마침내 임신을 하고 고민을 하면서 달이 차 남자아이를 안산했다. 무라쿠(夢楽)는 불안한 생활을 하던 차에 생긴 아이라 너무 귀여워 그 여인도 버리기 어렵게 되자, "오늘부터 내 정실이다."라고 많은 여자들에게 선포하고 말씀씀이를 바꾸게 했다. 은혜를 저버리기 어려울 정도인 무라쿠의 대우에

23 『武道伝来記』(決定版対訳西鶴全集七), 명치서원, p.82.
24 『武道伝来記』(決定版対訳西鶴全集七), 명치서원, pp.248~249.

여자의 마음이 흔들려 도라노스케(虎之助)가 무라쿠를 노리고 있다는 것을 알려줘 치도록 할까라는 생각도 들었다. 그때, "아니, 내 생각이지만 부끄러운 일이다. 한 번 도라노스케 님과 언약을 해놓고서 이제 와서 영화로운 생활을 한다고 마음을 바꿔서는 안 된다."라고 굳게 결심했다. ⋯(중략)⋯ 여자가 자초지종을 이야기하고, "이 아이도 단지 내 배를 빌려 태어난 것으로 적의 아이입니다."라고 그대로 찔러 죽이고 자신도 그 자리에서 자결을 했다.[25]

㉠㉡㉢ 모두 여성이 중심인 '사적 복수담'이다. 통상적으로 '사적 보복'의 세계는 남자들의 세계이지만 여성이 자신의 손으로 복수하는 경우와 남편 등 타인의 도움을 받아서 하는 경우 등 다양한 여성복수담이 등장한다. ㉢ 이야기에서 여성이 아이를 죽이고 자결한 것은 두 남자사이의 '의리' 관계에서 자유롭지 못한 결과에서 빚어진 것이다. 그 어느 쪽의 관계가 '의(義)'로운가를 판단하기 어려운 일본적 '의리(義理)'의식이 충돌하는 상황으로 개인의 삶보다는 타인과의 '의리(義理)관계'를 존중하는 태도라고 할 수 있다.

그 아내는 남편인 우메마루(梅丸)가 주군의 죽음을 정리하고 자신도 말끔하게 할복을 했다는 소식을 듣자마자 아내도 남편의 뒤를 이어 할복을 했다.[26]

무사 계층의 여성의 삶은 현재적 시점에서 보면 가장 비현실적이고 관념적인 형태라고 할 수 있는데 일본 내에서는 명치시대부터 1945년 패전까지 무사 계층의 여성상을 모범적인 모델로 전 국민에게 강요했

---

25 『武道伝来記』(決定版対訳西鶴全集七), 명치서원, pp.276~284.
26 『武家義理物語』(決定版対訳西鶴全集八), 명치서원, p.123.

다고 해도 과언이 아니다. 도쿠가와 시대에 용인됐던 '사적 보복'은 명치시대에 들어서면서 근대적인 법체계를 받아들여 금지됐지만 현재까지 일본인이 전통 복수극의 하나인 '충신장(忠臣蔵, 주신구라)'에 열광하는 것을 보면 '사적 보복'에 대해 관용적인 사회적 분위기가 남아 있는 듯하다.

겐로쿠기 여성상을 세 부류로 나누어 사이카쿠 작품을 중심으로 정리해 보면 각 계층에 따라 요구하는 삶의 양식이 대단히 판이했음을 알 수 있다. 조선통신사가 관찰한 여성상은 유녀와 상인계층의 하층부를 구성하는 사람들의 모습으로 일본 사회의 자유로운 모습을 조선 사회와 비교해 언급한 것으로 이해된다. 겐로쿠기의 일본이 비록 한국과는 풍습의 차이로 인해 다소 자유로운 기운을 보였지만 일본 사회에서 여성은 철저하게 집안(家)에 희생하는 존재로 통제의 대상이었던 것이다.

4. 여성의 삶과 교화

한국이나 중국에서는 '삼종지도(三從之道)'라 해서 유교적인 여성관을 이야기하는 경우가 많으나 일본에서는 불교적인 색채가 강한 만큼 유교적인 교훈에 불교적인 것까지 가미해 말하는 것이 보통이며 일본신도의 경우에 있어서도 여성에 대해 호의적이지는 않다는 것이 일반적으로 널리 알려져 있다.

이세 신궁에 있었던 대여사제라든가 천황제 초기의 여제들이 보여주었던 활약상에도 불구하고 수 세기 동안 여성들은 일본의 종교 생활 속에서 상대적으로 부수적인 역할만을 담당해 왔다. 800년경, 중국 유교의 강고한 가부장적 이데올로기의 영향으로 말미암아 천황제 초기의 성평등성은 사실상 사라지고 말았던 것이다. 이후에도 계속해서 아마테라스를 신도의 가장 중요한 신격으로 숭상하긴 했지만 모든 천황과 사제는 남성들이 독점하게 되었다.[27]

이러한 일본 여성의 삶은 도쿠가와 시대 초기에 일반인들을 상대로 설파된 교훈서의 내용을 보면 좀 더 명확하게 그 모습이 드러난다.

> 여인의 몸에는 오장삼종(五障三從)이라고 하는 여덟 가지의 어려운 일들이 있다.
> 오장(五障)이라는 것은 불경에서 말하는 것으로, 첫째로 여인은 생생유전(生生流転), 세세윤회(世世輪廻)의 사이에 있어 범천왕(梵天王)이 될 수 없다. 둘째로는 절리천왕(切利天王)이 될 수 없으며, 셋째로는 마해수라왕(魔醯首羅王)이 될 수 없다. 넷째로는 전윤왕(転輪王)이 될 수 없으며 다섯째로는 부처가 될 수 없다고 한다. 그렇기에 불법에서는 여인은 이 다섯 가지의 장애가 있어 성불하기 어렵다고 깨우치고 있다. 또 삼종(三從)이라는 것은 어렸을 때는 부모를 따르고 커서는 남편을 따르며 나이가 들어서는 아들을 따르면서 일생동안 사람을 따르면서 자신의 뜻대로 행동하는 것을 이룰 수 없다.[28]

불교와 유교의 이야기를 인용하면서 여성이 삶의 주체가 되기 어렵고 남성의 부차적인 존재로서 사는 것이 현명하다고 강조하는 내용이다. 이러한 여성관은 전통적인 일본의 여성관에 외래적인 유교와 불교

27 C.스콧 리틀턴 저·박규태 역, 『일본 정신의 고향 신도』, 유토피아, p.114.
28 坂巻甲太 校訂, 『堪忍記』, 国書刊行会, p.146.

가 들어와 복합적으로 형성된 것으로 여성 자체에 대한 해석이 보다 차별적인 방향으로 일본 사회 내에서 진행되고 있다고 해도 과언이 아니다.

여인의 유래에 관한 것

천지가 갈라지고 구니토고타치노미고토의 세상에서 천신 7대까지는 남녀의 구별이 없었다. 7대 째의 이자나기, 이자나미의 두 기둥에서 남녀가 분리되고 관계를 맺지 못하다가 처음으로 남녀관계를 맺으면서 1녀3남을 낳으셨다. 1녀는 천조태신(天照太神, 아마테라스오미카미)으로 3남의 누님으로 군림하셨다. 용모가 빛을 발하면서 번쩍이는 아름다움을 지녔기에 아마테루온카미(天照御神)라고 말한다. 또한 태양신이라고도 말하며 천상세계(高天原)를 지배하신다. 인간 세상에 내려와 하늘 아래를 지배하면서 땅신(地神)의 조상으로 숭앙받았으며 지금의 세상에 이르기까지 세상 사람들이 어려워하며 공경하고 있다. 그렇다면 여인은 태조태신의 후예이므로 신대(神代)는 물론, 인간의 세상이 되고서도, 고대의 여인은 마음이 곧아 사악함이 없었다. 말세인 지금의 세상에 이르러서는 여자의 마음이 나날이 나빠져 타인을 질투하며 몸가짐이 거만하고 색을 밝히면서 거짓으로 꾸미면서 욕심이 많고 상냥한 마음씀씀이와 인정을 모른다. 여인은 지옥의 심부름꾼이다. 불제자의 씨를 말리며 외모는 보살을 닮지만 내심은 야차와 같다고 석가모니도 경전에서 설파하고 있으며, 여인을 가까이 두면 불손해 진다라고 공자도 논어에서 기술하고 있다.[29]

위의 인용은 1692년에 출판된 『여중보기(女重宝記, 온나초호키)』의 내용으로 일본의 신화시대에 긍정적으로 작용하고 있던 여성성이 시간이 지나면서 약해져 교화가 필요하다는 내용이다. 말세인 지금에 이르

---

29 長友千代治 校註, 『元禄若者心得集 女重宝記 男重宝記』, 社会思想社, 1993.

러 여성이 사악해졌는데 이 모습은 불교나 유교에서 말하는 내용과
일치한다는 기술로 주장을 논리화시키고 있다. 일본 사회에서의 여성
에 대한 통제에 관한 아마 씨의 정리가 있다.

> 일본 열도에서는 본래 여성이 신 마쓰리의 중심에 있었음이 거의 틀림
> 이 없다. 그것이 점차 남성지배로 바뀌어 가면서 결국 부정(不淨)이라는
> 명분으로 여성이 배제되기에 이르렀던 것이다. 성스러운 것은 한번 성성
> (聖性)을 상실하면 반대로 강한 기피의 대상이 된다.[30]

고대에는 여성 자체에 대한 기술이 차별적이라고 할 수 없으나 점차
여성에 대한 통제가 사회적으로 강화되고 있었으며 그러한 경향은 겐
로쿠기의 여성 교훈서인『여중보기(女重宝記)』에서 강조되고 있다. 특
별한 여성교육기관이 존재하지 않던 시대인 만큼 이러한 교훈서의 역
할이 지금과 비교해 상대적으로 크다고 할 수 있다.

> 여자는 남편의 집을 평생 동안 자신의 집으로 삼기 때문에 여인(女)변에
> 집 가(家)를 써서 시집갈 가(嫁)라고 한다. 또한 여인은 부모의 집을 집으
> 로 하지 않고 남편의 집을 자신의 집으로 삼기 때문에 남편의 집에 돌아간
> 다(帰)는 의미로 시집간다(帰)라고도 한다. 한편 죽은 사람이 다시 돌아오
> 지 않듯이 시집을 가서 다시 부모의 집에 돌아오지 않는다는 의미로 가마
> 와 탈 것 등을 죽은 자가 출관하듯이 처마에서부터 나가도록 하면서 대문
> 에 불을 세우고 소금과 재를 뿌리는 것은 죽은 자의 흉내를 내는 것으로
> 윗사람들도 하는 일이다. 경사스러운 혼사 날에 죽은 사람의 흉내를 내며
> 기피하는 것은 힘들여 돌아오는 것을 막고자 함이니 시집가는 여인은 시
> 부모님께 효행을 다하고 남편을 받들며 아랫사람을 잘 보살피면서 되돌

---

30 아마 도시히로 저·정형 역,『천황제 국가 비판』, 제이앤씨, p.33.

아오지 않도록 노력을 해야 한다.[31]

　이러한 설명이 얼마나 현실을 반영하고 있는지 판단하기 어렵지만 출가한 여성이 집으로 돌아오는 것을 기피한 일본적인 해석으로 이해할 수 있다. 실제 일반 서민들에게 널리 보급된 이러한 교훈서를 통해 여성을 교화시키려고 하는 노력이 사회 전반에 폭넓게 이루어진 것은 이러한 가르침에 반하는 현실이 있었음을 반증하는 것이기도 하다. 한편 일본여성 교화의 한 특징으로는 남녀 간의 차별을 강조해 여성의 성적 역할을 전통적으로 강조했다는 점이다.

　　세상의 여자는 무슨 일이 있어도 남자 가까이서 키워서는 안 된다. 남자들 사이에서 큰 여자는 마음도 사내다워지고 말 씀씀이도 남자처럼 변하게 된다. 남자가 쓰는 말투를 여자가 말하는 것은 귀에 거슬리고 듣기 거북하다. 여자의 말은 완결되지 않아 어눌하고 부드러운 것이 좋다. 고어나 한문 투의 어휘를 쓰는 것은 결코 해서는 안되며 좋지 못하다. 모든 말에 오(お)나 모지(もじ)를 붙여서 부드럽게 이야기해야 한다.[32]

　겐로쿠 시대의 일본 여성이 차별적인 지위에 있었다는 것은 자명한 일이지만 그 차별의 내용을 일상생활의 수준에서 내재화시키는 면이 있었다. 성별과 지위에 따라 언어의 씀씀이가 다르다는 것은 11세기 초에 세이쇼나곤(清少納言)이 쓴 『침초자(枕草子, 마쿠라노소시)』[33]에도 나오는 내용이다. 일본 사회가 전통적으로 남녀 간의 차별의 한 방법으

31　상계서, p.52.
32　長友千代治 校註, 『元禄若者心得集 女重宝記 男重宝記』, 社会思想社, pp.24~25.
33　정순분 역, 『마쿠라노소시』, 갑인공방, p.19.

로 언어생활의 성적 역할을 강조했음을 알 수 있다.

5. 마치며

조선통신사가 일본을 기행하며 관찰했던 부분은 내용적으로 정확할 것이다. 문제는 통신사가 관찰한 내용이 일본 사회의 어느 부분을 형상화했으며 관찰자의 시점은 어떠했는가 하는 것으로 종합적인 검토가 필요한 내용이기도 하다. 통신사의 사행기록을 일본 측의 문학 작품과 비교해 보면 통신사의 일본 여성관이 대부분 일본 봉건시대의 중하층민의 삶을 기준으로 기술됐을 가능성이 크다. 통신사가 방문한 시기에 활약한 사이카쿠의 문학작품에 등장하는 여성을 유녀·상인계층·무사계층 세 계층으로 나누어 생각할 수 있다. 유녀는 계약에 매여 자유롭지 못한 상태에서 자신의 삶을 주장하는 비운의 여성이 많이 그려졌다. 상인계층은 작가가 속한 사회인만큼 세부적인 내용의 묘사를 통해 상층부의 여성에게 교훈적인 언설을 제시하고 있으나 유녀보다는 자신의 삶을 보다 자유롭게 영위한 계층으로 봉건제적 틀 안에서 비교적 자유로운 계층이었다. 이러한 상공계층에 반해 무사계층의 여성은 지속적으로 집안과 가족을 위해 자기희생을 요구받는 존재로 형상화됐다.

　사이카쿠의 작품과 통신사의 기록을 비교해 보면 접촉이 가능한 봉건시대의 중하층민의 삶을 기준으로 일본 여성관이 기술됐다고 하는 점이다. 조선통신사가 일본 여성 전체를 유기적으로 파악하기에는 어려움이 따랐을 것이다. 조선통신사의 제한된 관찰을 통해 일본이라는 이미지를 형상화하는 과정에서 오해가 발생할 수 있다. 기록이 잘못된 정보나 편견에 의해서 구성되었다기보다는 특정한 내용을 일반화하는 과정에서 자신의 상황을 포함해 좀 더 객관적인 기술이 이루어졌다면 조선통신사의 사행문이 보다 가치를 더하지 않았을까 아쉬움이 남는 부분이다.

일본 사회의 윤리의식이 우리와 다른 점이 있었던 것은 자명한 일이나 일본이 그 사회를 유지하는 데 있어서 공동체의 윤리관이 결여됐던 것은 아니다. 다만 그 불교적·유교적 윤리의식의 강조가 주로 무사 내지는 상층 상공인의 여성을 중심으로 행해져 통신사가 저자거리에서 쉽게 접할 수 있는 사람들과는 차이가 있었다고 하는 것이다. 일본에서의 일반인에 대한 통제는 조선시대에 통신사가 관찰한 것이나 현재 한국인이 일본에서 목격한 것이나 크게 다르지 않을 수 있다. 일본인의 질서의식 내지는 공동체를 위한 자기 규제의 방식이 하루아침에 형성됐다고 이해하기보다는 오랜 시간을 거쳐 이루어진 것으로 평가하는 것이 타당하지 않을까 한다.

제7장

한학과 도쿠가와 시대의 대중문학
-『화한승합선』을 중심으로

1. 시작하며

일본의 도쿠가와 시대는 긴 전란의 시기를 통해 국토를 통일하여 새롭게 성립한 사회를 바탕으로 하고 있다. 계속된 내전으로 주위의 국가들에 비하여 문명의 발전이 늦어졌지만 도쿠가와 막부의 성립을 계기로 대륙문화가 급속히 일본사회에 보급됐다. 전란이 끝나고 사회가 안정되자 식자율의 증가와 함께 출판문화가 발전하여 서적을 통해 정보가 빠르게 전달되게 되었다. 도쿠가와 막부의 문예부흥에 중요한 역할을 담당한 유학자 중에 한 사람이 하야시 라잔(林羅山, 1583~1657)으로 그의 주된 역할은 막부의 외교업무를 통괄하는 것과 유학을 진흥시키는 것이었다. 그는 전쟁기를 통해 유입된 조선판본의 한학 자료에 기초한 새로운 지식을 일본사회에 제공하는 역할도 충분히 이행하였다.

하야시 라잔의 다양한 활동 중에 이색적인 것은 『괴담전서』라고 하는 괴담물을 번역하여 남긴 것이다. 『괴담전서』(1698)는 중국괴담과 도쿠가와 시대의 대중문학을 연결하는 역할을 한 작품으로 가나조시에서 『우게쓰 이야기(雨月物語)』(1776), 『남총리견팔견전(南総里見八犬伝, 난

소사토미핫켄덴)』(1814~1842) 등의 대표적인 요미혼(読本)에 이르는 중간
에 위치하는 작품으로 평가하는 것도 가능하다. 가나조시에서 요미혼
으로의 전개는 도식적으로 설명하기 어려운 내용으로 우에다 아키나
리(上田秋成, 1734~1809)와 같이 출중한 문예가는 우키요조시에서 요미
혼에 걸쳐 폭넓게 작품을 남겼다. 상인(町人, 조닌)들의 문학인 우키요
조시의 출발은 역사적인 사건을 다루지 않고 현실 생활에서 소설의
재료를 취했지만 작자의 교양이 높아지면서 역사적인 사건과 한학의
자료들을 적극적으로 활용하게 된다. 한학과 대중문학과의 만남을 통
해 탄생한 작품 중에 하나가 『화한승합선(和漢乘合船, 와칸노리아이후네)』
(1713년 간행)이다. 지금까지 평가받지 못한 우키요조시 작품이었지만
일본 대중문학과 한학의 관계를 고찰하는 데 있어서는 유효한 시점을
제공할 수 있는 작품이다. 나카무라 유키히코 씨는 도쿠가와 시대 문
학의 특징을 아속(雅俗)으로 분리해 파악했으나 도쿠가와 시대의 작가
나 작품을 아속의 이분법으로 명확하게 분리하는 것은 용이하지 않다.
예를 들어 하야시 라잔의 경우처럼 성리학이라는 관념적인 세계를 다
루면서도 대중적인 출판문화를 배경으로 활동하는 새로운 지식인상이
출현하는 토대가 마련되고 실제적으로 복합적인 성격의 작가가 등장
했기 때문이다.

　　우키요조시인 『화한승합선』은 전부 12개의 이야기로 구성됐다. 한
학 자료를 대량으로 인용하고 있는데, 『전등신화』, 『진신좌설』, 『둔재
간람』 등이다. 이런 한학 자료의 활용은 가나조시에서는 많이 볼 수 있
는 현상이지만 우키요조시에서는 일반적이지 않다. 한 작품 내에서의
한학 자료의 인용과 방법 면에서 이례적인 작품이라고 할 수 있다. 도
쿠가와 시대의 대중문학에 있어서 한학의 활용법은 시대와 작자의 역
량에 따라 변화가 있었는데 가나조시 이래 작품에 새로움을 부여하는

방법으로 널리 애용된 것이 중국의 고사나 이야기를 작품에 활용하는 방법으로 요미혼에 이르러서는 스토리의 구성에까지 커다란 영향을 미치고 있다. 그리고 『화한승합선』에서는 새로운 설정으로 1711년에 일본을 방문한 조선통신사 제술관인 이동곽(李東郭)이라는 인물을 통해 조선, 중국의 고사나 이야기를 논평하는 방법을 취하고 있다.

본고에서는 일본 문예의 부흥기에, 하야시 라잔으로부터 시작한 일본 한학의 성격과 그 한학이 대중문학과 어떤 접점을 지니고 있는가를 『화한승합선』을 중심으로 조명해 보고자 한다. 이러한 작업을 통해서 도쿠가와 시대의 대중문학에 있어서의 한학수용의 의미를 파악할 수 있다고 본다.

2. 한학 수용과 하야시 라잔

도쿠가와 사회는 식자율의 증가와 출판문화의 발달에 의해 대량의 서적이 제공된 시대다. 그 중 중요한 역할을 한 인물이 후지와라 세이카(藤原惺窩, 1561~1619)의 제자인 하야시 라잔이다. 그의 등장은 일본 유학이 성리학으로 전환하는 신구 유학의 교대를 의미하는 중요한 사건이었다. 그의 연보를 통해 그 일면을 읽을 수 있다.

> 1603년
> 선생 21세. 문도를 모아 『논어집주(論語集註)』를 강의했다. 들으러 오는 사람으로 자리가 찼다. 기요하라 히데카타가 그 재주를 꺼려 윤허를 받지 않은 행위라고 진정을 했다. 즉 강론을 해서는 안된다는 것이다. 조정의 신하도 그러한데 어찌 속인은 말할 것이 있겠는가. 벌주기를 청했다. 마

침내 도쿠가와 이에야스가 듣고서 웃으며 말하기를, 강론하는 자는 기이
함을 말하여야 하고 호소하는 자는 그 뜻을 사랑함이다. 여기에서 히데카
타가 입을 다물었고 그 이후로 선생이 강론을 계속했다. 『사서장구집주』
에 훈점과 가점을 붙였다. 오직 정주의 학설을 주로 삼았다. 노부즈미(信
澄)도 선생에게 학문을 배워 그 이름을 다소 드러냈다.[1]

　일본에서 전통적으로 한학을 담당했던 귀족(公家)인 기요하라 히데
카타(清原秀賢, 1575~1614)와 하야시 라잔 사이의 불화가 묘사된 내용으
로 기존의 귀족 중심의 학문에서 새로운 재야의 학문이 중심으로 등장
하는 교체기의 면모를 소개한 내용이다. 라잔의 연보에 기술되어 있다
는 것을 고려해도 새로운 지적 배경을 갖춘 라잔이 전통적인 권위를
지닌 기요하라 히데카타에 도전하는 양상을 추론할 수 있는 내용이다.
그 전까지 유지되어온 귀족인 공가(公家) 중심의 비전(秘伝)의 세계가
권력 교체와 출판문화의 등장으로 붕괴되어 가는 것을 상징하는 내용
이기도 하다. 하야시 라잔의 학문은 스승인 후자와라 세이카에게서 이
어받은 것으로 널리 알려진 사실이다. 후자와라 세이카의 성리학은 조
선의 강항(姜沆, 1567~1618)으로부터 전해진 것이다. 따라서 라잔이 '오
직 정주의 학설을 주로 삼았다(専以程朱之説為主)'라고 강조한 것은 성리
학의 정통한 맥을 잇고 있다는 자부심의 표현이기도 하다.

　조선형부원외인 강항이 아카마쓰 집에 있었다. 강항이 선생을 보고서

---

1 『林羅山詩集附録 巻一』, p.4, 「八年癸卯 先生二十一歳. 聚徒弟開筵. 講論語集註. 来
聞者満席. 外史清原秀賢. 忌其才奏曰. 自古無勅許. 則不能講書. 廷臣猶然. 況於俗士
乎. 請罪之. 遂聞達於大神君. 大君莞爾曰. 講者可謂奇也. 訴者其志隘矣. 於是秀賢緘
口. 自是先生講書不休. 加訓点於四書章句集註. 専以程朱之説為主. 信澄亦就先生学
問. 其名稍顕」

일본국에서 이러한 사람과 함께 이야기를 나눌 수 있어 기쁘다고 했다.
강항이 말하기를 조선국 삼백년 이래 이와 같은 사람을 들어보지 못했다.
…(중략)… 일본의 유학자, 박사는 태고부터 오직 한당의 주석서에 일본의
훈을 붙여 경전을 읽었다. 그리하여 정주의 서적에 이르러서는 열에 하나
도 알지 못한다. 따라서 성리의 이치를 아는 학자가 드물다. 이에 선생이
아카마쓰에게 권해서 강항과 십수 명에게 4서 5경을 정서하도록 시켰다.
선생의 정주의 뜻에 의거해 훈점을 한 것은 실로 공이 크다.[2]

조선의 성리학을 수용한 하야시 라잔은 이전의 유학과는 다른 신시
대의 학문을 대표하는 인물로 성장하면서 다양한 경로를 통해서 정보
를 얻었다고 생각한다. 라잔 스스로가 오산의 승려나 지인, 서점으로
부터 책을 구입하여 학문을 닦았다고 표명하고 있다.

　　선생의 집에는 원래 책이 없었다. 처음에 동산(東山)에 있었는데 때때
　　로 에이유(永雄) 지케이(慈稽)가 소장한 것을 보았다. 집으로 돌아와서는
　　혹은 서점에서 책을 구하고 혹은 소장자에게 빌리거나 전사했다. 여러
　　해를 보내면서 책이 집안에 꽉 찰 정도였다.[3]

연보 22세에는 440여 부의 기독서 목록이 기재되어 있는데 라잔이
책을 섭렵하고 있음을 알 수 있다. 그 중에서 주목되는 것이 「권선서
·위선음즐·장문성유선굴·전등신화·전등여화」 등의 서명이다. 그가

2　『林羅山文集 四十』, p.463, 「朝鮮刑部員外即姜沆来在赤松氏家. 沆見先生而喜日本
　　国有斯人俱談有日矣. 沆曰朝鮮国三百年以来有如此人吾未之聞也. −中略−本朝儒者
　　博士自古唯読漢唐註疏. 点経伝加倭訓. 然而至于程朱書. 未知什一. 故性理之学識者
　　鮮矣. 由是先生勧赤松氏. 使姜沆等十数輩浄書四書五経. 先生自据程朱之意. 為之訓
　　点其功為大.」
3　『林羅山詩集附録 巻一』, p.5, 「先生家素無蔵書. 初在東山. 時見永雄慈稽所蓄逮帰
　　家. 或閲書肆求之. 或借於所相識者. 写之. 数歳之間. 殆充揀宇」

경서의 연구 외에도 다양한 방면에 힘을 기울였다고 생각되는데『권선서』,『위선음즐』은 선서류이고 장문성의『유선굴』,『전등신화』,『전등여화』는 중국의 대중문학이다. 라잔이 조선의『금오신화』에 훈점을 해 간행한 만큼『유선굴』,『전등신화』 등을 감상하였다고 해도 이상할 것이 없다. 라잔이 대륙의 대중문학에 상당한 관심을 가지고 있었다는 것을 보여주는 예이다. 또 라잔은 조선의『삼강행실』의 번역인『정녀왜자기』도 남기고 있는데 이 작업은『권선서』,『위선음즐』에 관심을 보인 것처럼 서민교화 내지는 새로운 이야기에 대한 관심 표명으로 이해할 수 있다. 도쿠가와 시대를 통하여 하야시 집안은 관학(官学)을 대표하는 흐름을 형성하면서 학문의 권위를 상징하는 집안이었지만 출판 활동을 놓고 하야시 라잔을 평가할 때에는 다양한 의견이 나올 가능성이 있다. 예를 들면『훈몽고사요언』을 편찬하는 과정에서 인용된 라잔의 모습은 다음과 같다.

> 일찍이 라잔옹이 편찬한 괴담(怪談) 재필(載筆) 동관(童観) 치언(巵言) 등의 아류인가.
> 형, 고개를 끄덕이며 말하기를 닮기는 닮았구려.
> 그는, 일본의 문종인데 이 졸저를 어찌 비교할 수 있겠는가.[4]

라잔을 일본의 문종으로서 존경하며 대표적인 저작물로서 언급한 것이「괴담·재필·동관·치언」이다. 이들 서적은 고사집과 괴담물로 학문의 문종에 어울리는 책들인지 다소 의문은 가지만 그 만큼 출판문

---

4 「嘗羅山叟, 所纂之怪談載筆童観巵言等之流亜乎.
　兄, 頷曰, 似則似矣.
　彼, 海内文宗, 此兎園之冊子, 何足以比焉.」

화를 배경으로 한 라잔의 활동 폭이 넓었음을 반증하는 것이기도 하다. 고사집 등의 출판은 도쿠가와 시대 초기의 계몽적인 역할을 담당한 라잔으로서는 당연한 것이었다고 추론된다. 또 여기서 언급하고 있는「괴담」은『괴담전서』로 막부의 장군을 시종한 도쿠가와 시대 유학자의 '이야기 공급자'로써의 일면을 볼 수 있는 예이기도 하다.

> 괴담 2권. 간에이 말년에 장군이 편찮으실 때 위로해 드리고자 헌상했음.[5]

라잔이 장군의 즐거움을 위하여「괴담」을 편집했다고 밝히고 있는 내용이다. 이러한 라잔의 복합적인 역할에 의해 한학과 일본의 대중문학을 연결하는『괴담전서』가 탄생할 여지가 생겼을 것이다.『괴담전서』는 필사본으로 유포되다가 1698년에 간행됐는데 라잔(1583~1657)의 사망으로부터 상당한 시간이 흐른 시점이었다. 도쿠가와 시대의 문학은 가나조시부터 우키요조시로, 우키요조시에서 요미혼으로 발전했다고 파악하는 것이 일반적이지만『괴담전서』는 가나조시에 속하는 작품이다. 라잔의『괴담전서』의 간행은 당대의 학문의 권위였던 라잔의 편집물이었기에 대중문학 등에 흥미가 있던 문인 작가들에게 심리적으로 활동의 논리적 근거를 제공해 주었으리라 추정된다.『괴담전서』(1698)부터 요미혼의 대표작인『우게쓰 이야기(雨月物語)』(1776)에 이어지는 중간 과정에는 다양한 문인작가들의 작품이 존재하지만 그 중에서 특이한 위치를 점하는『화한승합선』(1713년 간행)을 중심으로 일본의 대중문학에서 한학의 역할에 대해 고찰해 보고자 한다.

---

5 『林羅山詩集附錄 卷四』, p.58,「怪談 二卷 寬永末年 幕府御不豫時 応教献之 為被慰御病心也.」

3. 『화한승합선』의 출전 표기

『화한승합선(和漢乗合船)』은 전부 12화로, 기본 구성은 일본의 이야기와 외국의 이야기를 대비시키는 형식을 취하고 있다. 해외의 이야기를 소개하는 과정에서 한학 자료를 많이 인용하고 있다는 인상을 주기 위해 서명을 작품 내에 제시하고 있다.

권1의1 『돈제간람(遯斎間覧)』
권1의2 『대괴궁기(大槐宮記)』
권2의1 『청존론(清尊録)』
권2의2 『두양편(杜陽編)』, 『선전습유(仙伝拾遺)』
권3의1 『전등신화(剪灯新話)』, 「애경전(愛卿伝)」
권3의2 『광이기(広異記)』, 『유명록(幽冥録)』, 『보응기(報応記)』,
　　　　『명상기(冥祥記)』
권4의1 『계림국서(鶏林国書)』
권4의2 『괄이지(括異志)』, 『유양잡저(酉陽雑俎)』
권5의1 『연간록(燕間録)』, 『대취편(代酔編)』, 『속사편(続巳編)』
　　　　『규거지(暌車志)』, 『풍속통(風俗通)』
권5의2 『전등신화(剪灯新話)』「위당기우기(渭塘奇遇記)」
권6의1 『진신좌설(搢紳胜説)』, 『계신록(稽神録)』
권6의2 『계륵(雞肋)』, 『학림옥로(鶴林玉露)』, 『준남자(淮南子)』,
　　　　『유양잡저(酉陽雑俎)』, 『이목기(耳目記)』

　예를 들면, 『전등신화』 등은 도쿠가와 시대를 통해서 많이 활용된 서적으로 하야시 라잔과 『화한승합선』의 작자가 참고한 것은 조선에서 간행된 『전등신화구해』이다. 『전등신화』와 『전등신화구해』의 차이에 관한 견해는 상황에 따라 달라지지만 『전등신화구해』가 없었다면

일본에서 『전등신화』가 이렇게까지 확산되지 않았을 것이다. 일본에
『전등신화』가 1482년쯤에 전해졌다고 하는데 도쿠가와 시대 이전에는
별다른 진전이 없었다. 조선의 연산군이 중국소설류에 적극적인 관심
을 표명하여 중국에서부터 구입을 명령한 것이 『조선왕조실록』에도
기록되어 있다.

　　㉠ 1506년 4월(燕山君 12)
　　『전등신화(剪灯新話)』, 『전등여화(剪灯余話)』, 『효빈집(效顰集)』, 『교홍
기(嬌紅記)』, 『서상기(西廂記)』 등을 중국에서 구입해 오도록 함.
　　㉡ 1506년 4월(燕山君 12)
　　『전등신화(剪灯新話)』, 『전등여화(剪灯余話)』 등의 책을 간행해 바침.
　　㉢ 1506년 8월(燕山君 12)
　　일찍이 『중증전등신화(重增剪灯新話)』를 을람(乙覽)했었는데, 난영(蘭
英)과 혜영(恵英)이 서로 화답한 시(詩) 1백 수를 『연방집』이라 하여 당시
호걸들이 거개 전송(伝誦)하였다 하였으므로 사오게 한 것이며, 또 '위생
(魏生)이 항상 내실에 있으면서 시희(侍姬) 난초(蘭苕)를 거느리고 있었는
데, 『교홍기(嬌紅記)』 한 권을 보았다 하였으므로 『교홍기』가 있는 줄 알
았는데, 지금 내린 책이 바로 그 책이다. 앞서 하교(下敎)에 '으슥한 집
죽창이 아직도 예와 같네(竹窓幽戶尚如初)'란 글귀도 역시 여기에 실려 있
는데, 다만 한어(漢語)가 있어 해석할 수 없는 데가 많으므로 문자(文字)로
주(注)를 달아 간행했다.[6]

　현재 널리 유포되어있는 조선판 『전등신화구해』는 윤춘년(1514~1567)
이 정정하고 임기가 주석을 단 것으로 조선 명종 19년(1564)에 간행된

6　한국고전번역원DB, 「嘗覽『重增剪灯新話』, 有蘭英, 蕙英相与唱和, 有詩百首, 号『聯
　芳集』-中略-但間有漢語多不可解, 其以文字注解開刊.」

것이다. 윤춘년은『금오신화』의 간행에도 깊게 관여한 인물로 사상적
으로 유학 중심의 삼교일치에 가까운 인물이다. 임기는 서자 출신의
한학역관으로 '한어'에 정통한 사람이었다. 조선에서『전등신화구해』
의 간행이 가능했던 것은 작품세계를 인지한 윤춘년과 한어의 지식을
지니고 있는 임기가 있었기 때문이다. 하지만, 불교에 유화적인 자세를
보인 문정왕후의 죽음을 계기로 윤춘년 등은 몰락한다. 새롭게 등장한
성리학 중심의 사림세력은『전등신화구해』에 대하여 매우 비판적인
견해를 보였다. 1569년(선조 2) 6월,

> 『전등신화』는 놀라우리만큼 저속(低俗)하고 외설적(猥藝的)인 책인데
> 도 교서관이 재료를 사사로이 지급하여 각판(刻板)하기까지 하였으니, 식
> 자(識者)들은 모두 이를 마음 아파합니다. 그 판본(板本)을 제거하려고도
> 하였으나 그대로 오늘에 이르렀습니다. 일반 여염 사이에서는 다투어 서
> 로 인쇄하여 보고 있으며 그 내용에는 남녀의 음행(淫行)과 상도(常道)에
> 벗어나는 괴상하고 신기한 말들이 또한 많이 있습니다.[7]

「교서관」에서의 출판을 주도한 윤춘년을 의식한 발언이다.『전등신
화』에 대하여 조선의 유학자는 비판적인 견해를 지니고 있었는데 현재
남아있는 판본의 수와 일본에서의 요청에 응하는 다음의 기록을 보면
『전등신화구해』가 조선 국내에 많이 유통되었다고 볼 수 있다. 1641년
1월(인조 19) 조에,

---

[7] 한국고전번역원DB,「宣祖2年(1569) 6月 (奇大升)剪灯新話, 鄙藝可愕之甚者. 校書館
私給材料, 至於刻板, 有識之人莫不痛心. 或欲去其板本, 而因循至今, 閭巷之間, 争相
印見, 其間男女会淫, 神怪不経之説, 亦多有之矣.」

왜인들이『사서장도(四書章図)』·『양성제집(楊誠斎集)』·『동파집(東坡集)』·『전등신화(剪灯新話)』와 우리나라의 지도를 요구하였는데 조정이『동파집』과『전등신화』만 주고 나머지는 모두 허락하지 않았다.[8]

  일본 대마도에서 조선에『전등신화』를 요청하고 있는 것으로 보아 이 시점까지만 해도『전등신화』는 일본에서 손에 넣기에 쉽지 않았다고 생각된다. 1648년에 일본에 정판본이 간행되어 널리 유포된다. 일본에서의『전등신화』의 유포상황을 고려하면 1713년에 간행된『화한승합선』에서『전등신화』의 이야기를 이용하는 것은 특이한 것이 아니다. 한문본과 대중문학의 차이를 고려하면『화한승합선』에서『전등신화』를 이용하는 것은 한학의 대중화에 기인한다고 할 수 있다. 또 권1의 2『대괴궁기』는 히야시 라잔의『괴담전서』를 이용했을 가능성을 기고시 오사무(木越治) 씨가 지적하고 있다. 라잔의『괴담전서』는 1643, 4년경에 필사본으로 성립해 1698년에 간행되었기에『화한승합선』의 작자가 이용하는데 문제는 없었을 것이다. 그리고 이 작품에 등장하는『진신좌설』,『둔재간람』등 출전의 확인은 현재도 용이하지 않은 상태이다. 이 작품의 출처가 전문(伝聞)인가, 책의 번역인가, 창작인가를 확인하는 작업 또한 쉽지 않다. 예를 들어『진신좌설』,『연간록』,『계록』등으로 기록되어있는 것은『랑사대취편』에서 발췌해 번역했다고 생각된다.

    ㉠ 조선의 학사 이동곽이 이 이야기를 듣고, 또한 여자의 질투에 관한 예는 많다.

---

8 한국고전번역원DB,「仁祖19年(1641) 正月 倭人求四書章図, 楊誠斉集, 東坡, 剪灯新話, 我国地図, 朝廷賜以東坡, 剪灯新話, 余皆不許.」

옛날, 강남의 증사언이라고 하는 사람의 딸이 어느 날 화장을 하려고 거울을 꺼내는데 거울 안쪽에 여인 한 명이 비췄다. 그 모습은 머리를 풀어헤치고 맨발로 어린 아이를 안고 있었다. 이때부터 날마다 거울을 보는데 그 여인이 비추지 않는 날이 없었다. 이로 인해 크게 두려움을 느끼고 슬퍼하며 아버지 사언(思鄢)에게 알렸다. 사언이 놀라 그 거울을 살펴보자 과연 여인의 모습이 있었다. 사언은 조금도 두려워하지 않고 네 정체가 무엇이냐고 물었다. 그때, 거울 속에서 대답하기를 나는 옛날에 건창현(建昌県)의 녹사(録事)의 첩입니다. 당신 딸의 전생은 그때의 정처입니다. 그런데 내가 이 아이를 낳자 녹사의 총애가 깊어졌는데, …(중략)… 따님이 그때부터 질투를 하기 시작해 마침내 그 혼령 때문에 목숨을 잃게 됐답니다.

이 사실은 『진신좌설(搢紳胜説)』에 보인다. 예로부터 여인의 질투가 깊다는 것을 이 예를 통해서 알 수 있습니다. 또한 계모의 아이를 미워하는 것도 정해진 일입니다. 옛날 건안(建安)이라고 하는 곳에 사는 사람이 아내가 죽자 다시 후처를 맞이했는데 이 여자가 아이를 미워하는 것이 몹시 심했지만 남자는 그 여인을 감싸고 제지하지 않았습니다. 어느 날, 전처의 유령이 문에서 안으로 들어와 후처를 질책하며 말하기를 어떤 사람이 죽지 않겠는가. 사람으로서 누가 자식을 생각하는 마음이 없겠는가. 그런데, 내가 낳은 아이를 그토록 미워하는가. 이 원한을 알려주고 당신의 마음을 고치기 위해서 황천에서 십여 일의 휴가를 받아 여기에 온 것입니다. …(중략)… 주변에 가까이 있는 송백나무(栢の木)숲으로 들어갔다고 생각되자 그 유령의 모습이 사라져 버렸다. 이 이야기는 서현(徐絃)의 『계신록(稽神録)』에 실려 있다고 말했다.[9]

---

9 『浮世草子怪談集』, p.237, 「朝鮮の学士李東郭、此談話をききて、又女の嫉妬、其ためし繁多なり。むかし、江南の曾思鄢といふもののむすめ、あるとき仮粧をせんために鏡を取いだせしに、かがみのうちに一人の女うつれり。そのさま、かみをさばき、すあしにてみどり子をいだけり。これより日ごとに鏡をみるに、かの女のうつらずといふことなし。これによって大におそれかなしみ、父の思鄢につぐ。思鄢おどろき、かのかがみをみるに、はたして女のすがたあり。思鄢少もおそれず、汝はなにものなるぞと問ふ。そのとき、鏡

ⓛ「부인이 거울 속에 있다.」
강남의 증사언의 처가 하루는 화장을 하고 있었다. 갑자기 한 부인이 거울 속에 나타났다. …(중략)… 비록 후처라고 하지만 제 목숨에 대한 보상을 받아야 합니다. 마침내 그 처는 사망했다.[10]

이 이야기는 이른바 선서와 관계되는 내용으로 주목된다. 선서는 서민교화에 사용된 서적으로 라잔의 독서기록에 들어있는『권선서』와『위선음즐』이 대표적이다. 조선에서 간행된『삼강행실』은 엄밀한 의미에서 선서와는 다른 요소가 많지만 일본인의 입장에서는 유사한 교화서적으로 받아들였을 가능성이 크다.『위선음즐』은 명의 영락제가 편찬하여 간행한 것으로 일본에서는 1689년에『일본위선록(大和為善録)』

のうちよりこたへていはく、我はいにしへの建昌県の録事が妾なり。御身のむすめが前生は其ときの本妻なり。然るに我此子をうみしかば録事の寵愛ふかかりしに、一中略一むすめは是よりやみつきて、つゐにかの霊のために一命をとられしとかや。此事は『揺紳脞説』にみへたり。むかしより女の嫉妬ふかきためし、これをもってしるべし。又、継母の継子をにくむことも、さだまれるためしなり。むかし、建安といふところのもの、つま死せしかば又後づれの女をめとり、此女、継子をにくむことはなはだしかりしか共、おつとは此女にまよひ、制することあたはず。あるとき、前妻のゆふれい門より内へ入るとみへしが、後妻をせめていはく、人としてたれか死なからん。人としてたれか親の子をおもふ情なからん。しかるに、我うみしところの子をなんぞかくのごとくにはにくむべき。此うらみをのべてなんぢが心をなをさんため、迷途より十余日のいとまをうけ、今ここにきたりけり。一中略一あたりちかき栢の木の林のうちへ入るとおもへば、かのゆふれいがすがたは消てうせにき。此こと徐絃が『稽神録』にのせたり、とぞかたりき。」

10「[婦人在鏡中] 江南曾思郾女一日将粧. 忽見一婦人在鏡中. 披髪徒跣抱一嬰児. 自是日日見之. 思郾自問其故云. 我往歳建昌県録事娉我. 為側室. 踰年生此子. 君女為正妻. 後録事出旁県. 君女并此子投我井中. 以石填之. 詐其夫. 云. 逃去. 我訟於有司. 適会君女卒. 今雖後身. 固当償命也. 其妻遂卒. 揺紳脞説」[前妻責後妻]
『琅邪代酔編』, 巻34, p.464,「建安有人. 妻死再娶. 虐前妻之子. 夫不能制. 忽見亡妻入門. 責後妻曰. 人誰無死誰無子母之情. 乃虐我所生如是. 訴於地下. 与我十日誨汝. 汝不改必殺汝. 夫妻再拝為具酒食. 満十日将去責戒甚厳. 挙家送. 入栢林中. 乃不見. 稽神録.」

이라고 하는 서명으로 일부가 번역되었다.

『화한승합선(和漢乗合船)』이 출판된 시기는 선서가 본격적으로 소개되는 시기이기도 하다. 선서의 중심적인 내용을 말하는 원료범의『음즐록』이 1701년에 출판되었고, 선서의 내용이 많이 포함되어있는 작품인『신감초(新鑑草, 신카가미쿠사)』는 1711년, 『당세지혜감(当世知慧鑑, 도세이치에카가미)』은 1712년에 출판되는 등 선서가 서서히 일본사회의 뿌리를 내린 시기였다. 이러한 측면에서『화한승합선』의 위의 이야기는 당대의 흐름을 반영한 내용의 소개라고 말할 수 있다.

이 작품에서는 인용된 서적을 일일이 참고했다고 말하는 것보다는 일본어로 번역된 책과『랑사대취편』과 같은 총서를 참조했을 가능성이 크다. 총서의 참조는 라잔을 포함해 당대의 문인들이 일반적으로 활용하던 백과사전과 유사하다.『랑사대취편』에 관하여 하야시 라잔의 독서록에도 기록이 있는 것과 같이 이른 시기부터 수용됐다고 보인다.[11] 또『랑사대취편』의 일본판이 1675년에 간행되었기에『화한승합선』의 작자가『랑사대취편』을 활용하는 데는 문제는 없었을 것이다. 이렇게『화한승합선』에서는 자료를 이용할 때 출처에 충실한 경우도 있지만 내용을 변이시켜 활용한 것도 있다. 예를 들어 권4의 1『계림국서』의 내용은 사실로서 인정하는 것이 곤란한 내용이다. 권4의 1의『계림국서』는 한국의 역사를 활용한 것이다. 부분적인 내용이긴 하지만 작자가 자유롭게 설정을 바꿨다고 볼 수 있다. 예를 들어,

---

11 『林羅山文集 五十四』, p.642, 「題琅邪代酔首巻後 琅邪代酔編先是借人本而一涉猟. 如王充之閲市然不留踪. 今日脉子元治齎一部四十巻以与余. 余喜之不已. 乃随見随塗朱可謂異書. 叮琅邪在我目前. 豈啻環瀯而已乎哉. 丙辰十二月二十七日. 題琅邪代酔末巻後 琅邪代酔編合部四十巻者帳中異書乎. 元和戊午仲冬下旬於洛陽家塾涉猟了. 竟以朱句読之. 云羅山子道春記.」

　명말 희종황제의 천계 연중에, 일본에서는 히데타다 다이키군 장군 다
이토쿠인 전하라는 분의 치세, 겐나의 말, 간에이 초년의 일이었던가. 그
때 우리 조선의 안시성에 양파우라고 하는 사람이 있었다. 중변장의 딸
을 맞이하여 대단히 총애했는데 3년이 지나지 않아 중병에 걸려 세상을
떠났다.[12]

　'조선의 안시성'이라고 하는 표현은 조선의 역사를 알지 못하면 쓰기
어려운 부분이다. '안시성'이 조선의 역사에서 등장하는 장면은 2회
있다. 첫 번째는 수양제 때이고 다음은 당태종의 시기이다. 두 번 다
안시성에서 전쟁이 벌어졌다. 645년의 안시성전투를 승리로 이끈 것
이 안시성 성주인 양만춘이다. 고구려가 멸망한 후 안시성이 한국의
역사에서 중요한 쟁점이 된 적이 없다. 1668년에 중국에 연행사로 파
견된 박세당은 『서계연록(西溪燕錄)』에서 "봉황산은 심히 기발한 모습
을 하고 있었다. 산봉우리는 석성(石城)으로 빙 둘러싸였고, 주변은 온
통 푸른 산들이 휘감고 있었는데, 극히 험준한 지형에 축조된 성이었
다. 나를 수행한 자가 이르기를, "여기가 바로 안시성(安市城)입니다."
라고 전언했다." 수행자가 지칭한 안시성을 박세당은 『지지』의 기술에
비추어보면서 "이 성은 안시성이 아님이 너무나 명백하다. 서로 잘못
구전되어 그렇게 단정한 오류인 것이다."라고 기존에 안시성의 전문을
부정한다.[13] 당대의 조선 지식인은 안시성에 대한 역사적 지식은 갖고
있었지만 그 위치를 확인할 정도로 구체적인 것은 아니었던 듯하다.

---

12 『浮世草子怪談集』, p.205, 「明の末、喜宗皇帝の天啓年中、日本にては秀忠大貴君台
　德院殿と申奉るの御治世、元和の末、寛永のはじめにあたるべきか。其ころ吾朝鮮の安
　市城に楊巴友といふものあり。中邊将がむすめをめとりて愛寵はなはだふかかりしに、三
　年をも過さずして重びょうにおかされ身まかりぬ。」
13 박세당 저・김종수 역, 『국역서계연록』, 혜안, 2010, pp.37~38.

당대의 일본인이 한국 역사를 상세하게 알고 있었던 것으로 보이는데
조선통신사와의 대화에서도 역사에 관한 질문이 빈번하게 일어난다.

> 정수(正数) 질문
> 귀국의 서적인 경국대전, 해동제국기, 동국통감 등에는 일본 사적이 빠
> 져있습니다.[14]

　여기서『동국통감』은 한국의 역사를 조선이 개국하는 1392년까지
편년체의 형식으로 서술한 것으로 일본의 다른 서적에서도 인용되고
있다.『훈몽고사요언』에「동국통감」의 인용이 보인다.

> 금을 주워 강에 버리다.
> 조선의 서울에 형제가 있었다. 두 사람이 함께 길을 가다가 도중에 동생
> 이 금 두량을 주웠다. …(중략)… 동국통감 또는 천중기에 보인다.[15]

　『화한승합선』의 기술은 조선의 역사를 참고하고 있는 것은 틀림없
으나, 이야기의 시간설정을 명의 말, 일본의 간에이(寛永, 1624~1644)
로 한 것은 작자의 창의에 의한 것이다. 이렇게『화한승합선』에서는
명확히 출처를 밝히는 것보다는 흥미위주로 내용의 변이가 이루어지
고 있다. 이것은 역사적인 사실과 창작 간의 경계가 불명한 상태에서
혼용이 이루어진 것을 의미한다.『화한승합선』(1712)에서는 중국자료
를 많이 인용하고 있는데 한학 인용을 조선의 유학자인 이동곽을 통해

---

14 『鷄林唱和集』12卷,「貴国書経国大典海東諸国記東国通鑑等闕日本事蹟」
15 『훈몽고사요언』,「拾金捨江 朝鮮ノ都ニ兄弟ノ者アリ, 二人伴ヒ道ヲ行ケルガ其道ニテ
　　弟黄金ヲ二錠拾ヒタリ, −中略− 東国通鑑又天中記ニ見タリ。」

서 제시하는 흥미로운 설정이다. 이동곽은 1711년 조선통신사의 일행
으로서 일본을 방문한 제술관이다.

4. 『화한승합선』의 창작법과 이동곽

기고시 오사무(木越治) 씨는 『화한승합선』의 해설에서 '조선의 학사 이
동곽이 말했다는 형식을 보아도 알 수 있듯이 중국의 이야기에 근거한
것을 전면에 내세운 번역 작품이다'라고 말하고 있다. 하지만, 『화한승
합선』의 창작시점은 중국의 이야기의 소개에 놓여있는 것이 아닌 조선
의 이동곽과 조선물에 중점이 놓여있다고 말할 수 있다. 문제는 조선
물이라 말하면 어떤 것을 말하는 것인가를 작자가 파악하는 것이 곤란
했던 것이 아닌가 생각된다.

　일본 대중문학에 한학이 직접적인 영향을 준 것은 부정할 수 없지만
한학을 활용하는데 새로운 장치가 필요했다. 그것이 당대 통신사 일행
으로 참가해 이름을 떨친 이동곽이라고 하는 조선의 제술관을 활용하
는 형태로 나타난 것이다. 3의 부분에서 고찰한 선서가 작품의 내용을
규정하는 것이라면 조선통신사라 하는 소재는 작품의 시간성을 규정
하는 것으로 우키요조시에서는 대단히 중요한 요소이다. 1684년에 출
판된 이하라 사이카쿠의 『제염대감』[16]에도 당대의 사건을 작품에 활용
하는 시간적(際物)인 요소가 보인다.

　　기온(祇園町)의 오본 맞이 춤은 눈으로 직접 보지 않고서는 형용할 수가

---

16 『제염대감』(8-2話), p.306.

없다. 이 교토, 서울의 밤을 조선의 사절에게도 보여주고 싶다.[17]

화려한 교토의 풍경을 조선의 통신사에게 보이고 싶다라고 말하고 있다. 1682년 사절단 행차 때 도시부의 사람들은 통신사 일행을 접하면서 외국과 자신들의 존재를 돌이켜본 것이 아닌가 생각된다. 이렇게 우키요조시에서는 시대의 흐름을 반영하는 재료가 항상 중요했는데 『화한승합선』에서 활용한 것은 제술관 이동곽이었다. 이동곽은 일본에서 문명을 떨친 저명인이었지만 조선국내에서는 그다지 주목을 받지 못한 인물이다. 그의 행적을 정리해 보면,

> 1654년 생
> 1675년 진사(進士)
> 1693년 11월 28일 문과장원(文科壯元)
> 1697년 1일 28일(숙종 23)
> 송상기(宋相琦)를 부교리(副校理)로, 윤행교(尹行教)를 수찬(修撰)으로, 오명준(吳命峻)을 문학(文學)으로, 이현(李礥)을 호조 좌랑(戶曹佐郎)으로 삼았는데, 이현은 서얼(庶孼) 출신이었다. 그러나 이현의 경우는 본래 결점이 많아 그의 무리들도 끼워주지 않는 터였는데, 갑자기 낭망에 올랐으므로 물정(物情)이 일제히 놀라워하였다.[18]
> 1699년 안악군수(安岳郡守-安岳 李氏世譜)
> 1700년
> 1701년 5월 유배(영광)

---

17 麻生磯次 外, 『諸艶大鑑(好色二代男)』(決定版対訳西鶴全集一), 明治書院, 1992, p.306, 「祇園町の十替り踊り, 見ぬ事は人にも咄されず, 此夜の都, 朝鮮人にも見せたし.」
18 『국역조선왕조실록』(한국고전번역원DB), 「以宋相琦為副郊理, 尹行教為修撰, 吳命峻為文学, 李礥為戶曹佐郎, 礥, 庶孼也. −中略−礥則素多累, 其徒亦所不齒, 而遽玷朗望, 物情斉駭.」

1703년

(3월 5일)사건재론

(9月 18日)유배지에서 돌아옴.

1704년 5월 15일

이봉징·박만정·박정·이현 등은 아울러 감등(減等)하였다.(李鳳徵, 朴
万鼎, 朴涎, 李礥等並減等).

1711년 제8차 통신사 제술관

1712년 『계림창화집(鷄林唱和集)』

1713년 『화한승합선(和漢乘合船)』

1718년 사망

조선통신사로써 일본에 파견된 것과 군수에 임명되었던 것 이외에
는 주목할 만한 것이 없는 경력이다. 이동곽은 '공의 문하생 중에는
이현(호 동곽)이 가장 문장으로 세상에 이름나서 제술관으로 세 번이나
일본에 들어갔으며'라고 김득신(金得臣, 1604~1684)의 제자로 알려져 있
으나[19] 서자 출신이라고 하는 신분상의 제약이 있었다고 생각된다.

1724년(영조 0년 12월 17일)

이현(李礥) 한 사람이 겨우 호조 낭청에 제수되었는데, 때 지어 일어나
배척하는 바람에 결국 체직(遞職)을 청원하였습니다. 그 뒤로는 지금까지
잠잠하기만 합니다.[20]

조선시대에 서자 출신으로서 중용된 사람은 많지 않았음을 알 수

---

19 『記聞錄』(한국고전번역원DB), 「公門生中李礥号東郭最以文章鳴世。以製述官。三入
日本。」

20 『국역조선왕조실록』(한국고전번역원DB), 「僅拜戶朗. 而郡起斥之. 意至呈遞. 尚至今
寂廖.」

있다. 이동곽이 호랑의 직책을 맡은 것을 중용된 것이라고『조선왕조실록』에서 언급하고 있을 정도이다. 조선에서는 외교사절단을 파견할 때 외국인과 시문 등을 응대하는 제술관을 신분보다는 역량중심으로 선발한 듯한데, 서자출신이 주로 선발되었다는 것이 주목할 만한 점이다. 실력의 문제도 있지만 상층부의 사대부의 의식에 문제가 있었던 듯하다. 1682년 일본사행에 다녀온 홍세태는 본래 한어역관으로 천류라고 불려왔던 인물이었다. 이동곽과도 교우관계였는데 이동곽이 일본에 갈 때 소개의 편지를 보냈다. 일본사행의 제술관 등에는 홍세태와 이동곽뿐만 아니라 서자출신의 문인이 많이 포함되어 있다. 홍세태는 원래 한학전문가로 외국사절과의 창화에 많이 참가하였는데 그를 보낸 이유를『조선왕조실록』에서는 다음과 같이 말하고 있다.

> 영조 5년(1729) 4월
> 지난번 명규서가 왔을 적에 우리나라의 문물을 보기를 원했습니다만 사대부들이 모두를 수치스럽게 여겨 드디어 천류인 홍세태로 하여금 응접하게 했습니다.[21]

명규서는 청으로부터 온 사자로서 명을 구하고자 하다가 청의 침략을 받은 조선에서 청의 사신은 그렇게 마음에 드는 상대가 아니었다. 상대에 대한 거부반응으로 인해 조선에서는 신분이 낮은 홍세태를 보내 응대시켰다고 기록되어 있다. 명과 청에 대한 조선의 태도에 대해 일본의 아라이 하쿠세키가 1711년 통신사에 질문을 하고 있다.[22]

---

21 한국고전번역원DB,「英祖5年(1729) 4月 向者明揆叙之来也, 顯観東国之物, 士大夫皆以為恥, 遂使賎流洪世泰応之.」
22 「동사일기」, p.238,「当今西方諸国皆用大清冠服之制貴邦独有大明之旧儀者何也.」

지금 서방 여러 나라들도 다 대청(大淸)의 관복 제도를 쓰고 있는데 귀
국만이 대명(大明)의 옛 의례를 보유하고 있는 것은 무엇 때문입니까?

이 질문에 대하여 정사 조태억은 조선은 예의의 나라이기에 아무리
청이라 해도 예의에서 벗어난 것은 강요할 수 없다고 말했다. 명을 중
국문명의 본류로서 생각하고 있던 당시의 조선인의 인식을 극명히 보
여주는 예이다. 명과 청에 대한 조선인의 인식은 명은 당연히 규범적
인 세계이고 청은 받아들이기 힘든 현실로 두 개의 세계에서 이중적인
기준을 적용하고 있었다고 할 수 있다. 이러한 인식은 일본의 사행에
서도 어느 정도 반영되어 있는 것이 아닐까 생각된다. 직접 일본의 문
인을 상대하는 제술관 등은 서자·중인 출신이 많았는데, 홍세태는 천
류였고 이동곽과 그 전후의 사행의 제술관은 서자·중인 출신이 많았
다. 이렇게 서자 출신을 창화에 참가하는 제술관으로 파견한 것은 그
들의 문재가 기본이었지만 다수의 일본 문인과 교류하는 것이 격무에
해당돼 통신 삼사(三使)가 창화를 감당하기에는 어려움이 많이 따랐으
므로 일본인의 요구를 채워줄 인력이 필요했던 것은 아닌가 생각된다.
『계림창화집』에서는 역사적인 문제에 대한 질문을 많이 볼 수 있다.
예를 들면, 이동곽은 역사관계의 질문에는 명확한 답을 낼 수 없었던
듯하다.

　㉠ (甘白, 松崎祐之) 질문
　우리 일본 역사서에 신세(神世)의 스사노오노미코토가 신라국에 갔다
는 기록이 있는데 귀국에서도 이러한 일들이 전해집니까?[23]

23 『鷄林唱和集 4巻』, 한국국립중앙도서관장서, 1712년간, 「我国史載我神世有素戔嗚尊
　往新羅国. 貴邦今亦此等事耶」

ㄴ (正数) 질문

일본의 신세(神世)에 스사노오노미코토가 그의 아들 이소타케루를 데리고 신라국에 이르러 만든 것이 이른바 회정락(廻庭楽)입니다. 귀국에서 이 음악을 지금 연주하고 있습니까?[24]

우리 역사와 접점이 있는 일본의 역사에 대해 이동곽에게 질문한 내용이다. 이동곽의 대답은 신라시대는 너무 멀리 떨어진 시대라 알 수 없다는 것이었다. 지식이 부족했다고 말할 수 있지만 보다 근본적인 이유는 일본의 역사에 대한 부정적인 인식과 조선에는 자료가 없었기 때문에 대답할 방법이 없었을 가능성이 크다. 그리고 『일본서기』의 내용은 그렇다고 하더라도 정수(正数)의 질문 내용은 후일 위서로 밝혀진 『선대구사본기(先代旧事本紀)』에 나오는 내용으로 상당히 전문적인 질문에 해당돼 조선의 사신으로는 답변할 여지가 없는 질문이었다.

ㄱ 서적으로는 『일본기(日本記)』, 『속일본기(続日本記)』, 『풍토기(風土記)』, 『신사고(神社考)』, 『일본문수(本朝文粋)』 등의 책이 있지만 괴이하고 난잡하여 볼 만한 것이 없음.[25]
ㄴ 왜국의 역사는 개벽천황에서 시작되었다 하나 황당하여 고증할 만한 것이 없다.[26]

ㄱ의 『문견별록』은 1655년 사행 때의 남용익이 남긴 기록이다. ㄴ은

---

24 『鶏林唱和集 12巻』, 한국국립중앙도서관장서, 1712년간, 「日本神世素盞烏尊. 帥其子五十猛神. 到於新羅国. 作楽所謂廻庭楽也. 貴国于今奏此楽耶.」
25 남용익 저·이영무 역, 「聞見別録」, 『국역해행총재Ⅵ』, p.87, 「書籍則有日本記続日本記風土記神社考本朝文粋等書. 而怪誕駁雑. 皆無可観者.」
26 이방언 저·이진영외 역, 「東槎日記(海外記聞)」, 『국역해행총재Ⅸ』, p.282, 「倭国史始於開闢天皇荒誕無可徴者.」

임수간의 1711년 사행기록인『동사일기』내에 첨부된 종사관 이방언의
기술이다. 1711년 사행 때 이방언은 3명의 사신 중 한명으로 이동곽보
다 상사에 해당한다. 통신사일행은 일본의 역사에 대하여 전문적인 지
식이 없었지만 일본의 고대사 자체에 불신이 있었다고도 할 수 있다.
일본 측에서 자주 화제로 삼은 백제의 왕인 박사에 대하여 조선 측에서
는 상세한 답을 내지 않았는데 이유는 왕인은『일본서기』등에는 기록
이 남아있지만 조선의 역사서에서는 확인할 수 없기 때문에 구체적인
전거를 대답할 수 없었을 것이다. 이렇게 양국 문사들은 우호적인 교
류를 진행하면서도 자국의 역사에 대한 견해에서는 큰 인식의 차를
보였다.『화한승합선』의 많은 내용에서 히데요시를 다루면서 신공황
후의 전설을 말하고 있는 것은 조선통신사에게 자국의 역사의 기술을
찾는 문사의 인식과도 통하는 것이기도 하며, 당대의 일본사회에 잠재
되어있던 조선에 대한 대항의식의 발로라고도 할 수 있다.

> 은어의 명소라고 세상에 알려진 다마시마강이라는 곳은 옛날 신공황후
> 가 낚시를 하던 곳으로 올라섰던 바위가 지금도 남아있다. 그 효험이 뚜
> 렷해, 남자가 낚시를 하면 잡히지 않아도 여자의 낚시에는 잘 잡혀 그
> 효험이 지금까지 잘 발휘된다.[27]

신공황후는 일본의 전설상의 인물로 신라를 침공하여 신라에게 모
셔졌다라고『일본서기』등에 기술되어있다. 그 이야기를 일부이지만
『화한승합선』에서 활용하고 있다.『화한승합선』에서 일본의 군기물과

---

27 『和漢乗合船』巻3の2, 「鮎の名所と世に聞えし玉嶋川といふ所は、昔神功皇后の釣を垂
させ給ひし所とて、其登らせ給ひし石今に至って残れり。其しるし明らけく、男の釣には
かからずといへども女の釣にはよくかかりて、神徳を末代にあらはし給ふ。」

이동곽에 의해 표현되어있는 한학 지식의 대비는 일종의 경쟁의식의 발로로 중국자료의 소개에 그 목적이 있었다고는 생각할 수 없는 설정이다. 이러한『화한승합선』의 시점은 선서 등에 보이는 적선의 의식, 즉 선을 행하여 사회와 자기 운명을 변화시켜간다고 하는 의식과는 다른 것으로 집단의식의 표출이다. 예를 들면 서문의 기술에서 국가중심의 상대적인 의식이 잘 드러나 있다.

> 외국 배가 노를 베개 삼아 망망한 수로를 건너 낮과 밤을 거듭해 왔는데 통신사의 무료함을 달래고자 조선인과 일본인의 교류, 고금의 이야기, 나는 그를 무지하다고 생각하지만 그도 역시 나를 무지하다고 생각하리라 여겨진다.[28]

『화한승합선』의 서문에 보이는 기술 태도는 고정된 선악의 가치개념을 인정하지 않는 상대화된 시점이다. 이러한 일본의 상대주의적 시점은 조선의 유학자에게는 받아들일 수 없는 내용이다. 조선 문인은 당연히 있어야 하는 규범적인 세계가 이미 존재해 모두가 그것을 지향하지 않으면 안 되는 성리학적 세계관의 소유자였기에 청과 일본은 그 세계에 포함되지 않는 교화가 필요한 대상이기도 했다. 이러한 사고는 현실과 규범적인 세계의 괴리로부터 오는 것으로 자기긍정의 유형 중에 하나라고 할 수 있다.

『화한승합선』은 당대의 보편적인 내용을 의미하는 선서의 내용을 소개하는 동시에 역사적인 사실을 변경하면서 시대의 흐름을 반영한

---

28 『和漢乗合船』(『浮世草子怪談集』), p.146, 「外国船の楫枕, 水路の遥けきを凌ぎ, 日をつらね, 夜をかさねて信使の徒然を慰せんと, 倭人韓人の交り, 昔今の談話, 我は渠をちんふんと思へれど, 渠はまた我をちんふんとやおもふらんとぞ覚ふ。」

읽을거리를 제공하고 있다. 이 작품이 간행된 시기는 한학의 보편성과
각국의 공동체의식이 교차하는 시점일 가능성이 크다. 다시 말하자면
동아시아의 교양적인 한학의 세계로부터 각국의 언어의 세계로 이동
하고 있는 것이다. 보편적인 한학의 세계에서는 각국의 수준의 차가
있지만 언어의 세계에서는 조선어, 한어, 일본어가 같은 수준으로 상
대화할 수 있는 타국의 언어에 불과한 것이다. 그 의미로서『화한승합
선』이 만들어진 시기는 한학의 보편적인 세계와 각국의 언어가 혼재하
는 변혁기였던 것이다.

5. 마치며 －일본 대중문학에 있어서의 한학의 의미

긴 전란 후에 수용되기 시작한 일본의 한학은 주로 조선을 통해 들어온
것이다. 중국과의 교역·교류를 통해서도 많은 문물을 받아들였지만
토대는 조선인과 조선의 서책이 중심이었다. 조선에서 시간을 들여 검
증한 내용이 일본에서도 받아들이기 쉬웠던 것이다. 도쿠가와 초기의
한학수용에 있어서의 중심적인 역할을 한 하야시 라잔은 법인으로 승
려이긴 하지만 유관이기도 한 막부의 관리였다. 학문의 중심을 성리학
에 두었다는 그의 학문은 여러 방면에 걸쳐있고 계몽기학자에게 두드
러지게 나타나는 다양성이 풍부한 모습을 보이고 있다. 라잔은 유학의
진흥에 힘을 쓰면서 고사집과 괴담소설에도 관심이 많았다. 계몽서의
수용에 있어서는 선서인『권선서』,『위선음즐』과『삼강행실』을 라잔
의 독서목록에서 확인할 수 있다. 라잔에게 보이는 다양한 요소가『화
한승합선』에 이어지고 있다. 그 공통점은 도쿠가와 시대의 한학수용의
일면인 선서와 괴담화의 수용이다. 또『화한승합선』에는 조선통신사

인 이동곽을 적극적으로 활용하고 있는데 그 설정의 기저에는 대외적
인 관심이 일본 내에서 고조되고 있었음을 알 수 있다.

『화한승합선』에서 이동곽과 한학문학을 동시에 활용하고 있는 것은
새로운 화재(話材)를 한학에서 취하면서 시간적인 개념을 조선통신사
로부터 활용한 예로 언제나 새로운 작품을 제공하지 않으면 안 되는
일본의 대중문학의 입장에서는 상당한 모색이라 이해된다.

『화한승합선』에서 한어의 사용은 볼 수 없지만 이 시기에는『신감
초』(1711)에 한어를 활용한 것을 볼 수 있으므로 한학수용으로부터 한
어사용의 시대의 이행이 이루어지고 있다고 볼 수 있다. 1711년의 조
선통신사와의 창화에 오카지마 간잔(岡島冠山, 1674~1728)이 참가한 것
은 상징적이기도 한데 이는 일본의 한학이 문언에서 백화(한어)로 이동
하고 있었음을 나타내는 것이다.

18세기 중반 이후부터 전개된 요미혼은 일본의 공동체의식을 중심
으로 한어의 세계가 적극적으로 활용된 문예이다. 또 요미혼에는 중국
의 화재가 구성상에 많이 사용되고 있는데, 그 배경에는 자국의 공동
체의식과 한어를 중심으로 한 외국취향과의 결합이 있다고 생각된다.
그 의미로 1713년에 간행된『화한승합선』은 한어의 활용은 보이지 않
지만, 외국취향과 일본이라고 하는 공동체의식이 결합돼 있다. 그 의
미에서『화한승합선』은 대중 문학에 외국취향이 활용된 예라고 말할
수 있다.

제8장

도쿠가와 문학의 해학성

1. 시작하며

동아시아를 공간적인 개념으로서 이해할 것인가 문화적인 측면에서 파악할 것인가는 논자에 의해 다르지만 본고에서는 한자를 사용하는 한국, 일본, 중국 지역을 중심으로 고찰을 하도록 하겠다.

전근대 동아시아 사회에서 문학이 담당한 기능을 다양한 관점에서 논하는 것은 가능하지만 그 현저한 특질로서 해학성과 교훈성을 들 수 있다. 봉건적인 지배체제하에서 일반 민중을 대상으로 한 문예의 기능 중에 교훈적인 요소가 포함되는 것은 창작환경을 고려하면 어쩔 수 없는 것이다. 교훈적인 언설이 작품에 요구된 전근대 동아시아 문학 안에서 해학의 의미와 그 모습을 이해하는 것은 문학의 성격 파악에 멈추지 않고 동아시아 사회와 문화를 종합적으로 이해하는 중요한 시점을 제공하는 것이다.

특정한 계층을 위한 고대의 귀족문학과 다르게 도쿠가와 시대에 발전한 문학은 피지배자를 대상으로 하는 것으로 지배자의 회람문학과는 이질적인 존재라고 할 수 있다. 전근대기 문학에서 근대사회의 사회주의 소설과 같이 사회를 과학적으로 이해하며 체제를 논하는 작품이 등장한 것은 아니지만 전근대 문학도 항상 사회의 모순을 지적하면서 독자의 욕구에 부응하는 사회적인 기능을 담당했다.

전근대의 동아시아 문학은 한자와 자국의 문자를 표현수단으로 함께 사용하면서 표현영역의 확대에 힘을 기울였다. 한자를 공유하는 동아시아 문학의 성격은 다른 문명권과 비교해 내적으로 유사한 성격을 지니고 있지만 해당사회의 특수성에 의해 다른 요소를 많이 내포하고 있는 것도 사실이다.

특히 동아시아 지역의 전근대 소설에서 보이는 교훈적인 요소에 유사성이 많은 것은 공통적인 사상과 종교를 받아들여 구축한 문명권이기 때문이다. 또 동아시아 지역의 전근대 문학에서는 교훈성과 해학성이 한 작품 안에 포함되어 있는 것이 일반적이다. 교훈적인 내용은 각각의 문화체를 초월하여 비교적으로 용이하게 전파되는 데 비해 해학성은 교훈적인 내용만큼 보편적인 성격을 갖춘 것은 아니다.

따라서 동아시아 지역의 전근대 문학을 이해하기 위해서는 교훈성과 해학성을 보다 면밀하게 검토할 필요가 있는데 이 두 개의 요소를 분리해 다룰 수 있는 것은 오히려 예외적인 현상으로 엄밀한 의미에서 이 양자는 하나의 작품에서 일체화 되어 있어 하나를 분리시키는 것이 어렵다.

전근대 문학에 있어서도 시대에 따라 작품의 교훈성과 해학성의 강약은 존재하지만 항상 이 두 요소는 문학의 중심내용을 이루고 있다. 그 안에서도 도쿠가와 시대의 문학에서는 교훈성과 해학성은 뺄 수 없는 개념으로 당대의 문예의 본질을 규정하는 요소라고 말할 수 있다.

일본의 도쿠가와 시대는 사회의 안정과 출판문화의 발전으로 고대의 귀족문화를 기점으로 하는 다양한 문학적인 시도가 문예장르로 성립해 향유될 정도로 문학의 대중화가 이루어진 시대이다.

　출판문화에 기초한 도쿠가와 시대의 문학 안에서도 게사쿠(戯作) 문학은 교훈성과 해학성이 작품 창작의 중심개념으로서 활용되었다고 해도 과언이 아니다. 게사쿠 문학은 장르적으로는 요미혼(読本), 곳케본(滑稽本), 닌조본(人情本) 등을 포괄하는 개념으로 주로 에도(江戸, 현 도쿄) 지역을 중심으로 전개된 대중문학을 지칭하는 것이다.

　게사쿠의 사적전인 의미를 고지엔을 통해서 보면 '게사쿠, 에도중기 이후 주로 에도에서 발달한 대중문학, 특히 소설류. 요미혼, 단기본, 샤레본, 곳케본, 기뵤시, 고칸(合巻), 닌조본 등의 총칭'이라고 정의하고 있다. 즉 게사쿠(戯作)라고 하는 용어는 도쿠가와 시대 후반기의 작품을 가리키는 것이 일반적으로, 가미카타(上方) 지역을 중심으로 발달한 사이카쿠(西鶴) 등의 전기 작품과는 다른 것으로서 분류하는 것이 통설이다. 최근 나카노 미쓰토시(中野三敏) 씨는 게사쿠의 범위를 사이카쿠의 문학을 포함한 도쿠가와 시대 전후기 대중문학 전체를 지칭하는 것으로 제시하고 있다.[1]

　　가나조시로 시작하는 도쿠가와 문예가 기본적으로는 교훈을 중심으로 골계적인 표현으로 전한다고 하는 구도에 의해 성립됐다고 하면, 대부분은 찬동할 것이 아닌가. 이것은 가나조시뿐만이 아니라, 사이카쿠도, 또 하치몬지야의 우키요조시도, 거기다 후세의 에도 게사쿠의 종류도 기본적으로는 같은 것이라고 생각한다. 사이카쿠 작품의 중심이 교훈이라고 하면 기이하게 생각되는 경향도 있겠지만 호색이 전면적으로 반윤리적이라고 생각된 것은 명치시대에 들어서 부터라고 하면 사이카쿠 작품에서 교훈을 읽어내는 것이 그다지 기이한 일은 아니라고 생각된다.

---

1   中野三敏(校注), 『新日本古典文学大系81』, 岩波書店, 1990, p.370.

　나카노 씨의 견해는 도쿠가와 시대의 문학에서 게사쿠(戱作)의 범위
와 성격을 어떻게 규정할 것인가에 대한 문제제기이며 게사쿠에 비해
사이카쿠를 높게 평가한 기존의 연구에 대한 반론이다. 나카노 씨의
견해는 도쿠가와 후기작품의 교훈성과 사이카쿠의 교훈성을 동일선상
에서 논하는 것이 가능하며 사이카쿠의 해학성과 도쿠가와 후기작품
의 해학성을 같은 토대 위에서 파악할 수 있다는 입장이다. 이러한 나
카노 씨의 견해는 나카무라 유키히코(中村幸彦) 씨의 주장을 계승한 것
으로 사이카쿠 문학과 도쿠가와 시대의 후기작품은 교훈성과 해학성
이라고 하는 공통의 창작의식을 바탕으로 쓴 속문학, 즉 대중문학으로
양자의 사이에는 차이가 없다는 관점이다. 나카무라 씨와 나카노 씨의
의견은 상위의 아(雅)문학을 설정하고 속(俗)문학인 사이카쿠의 작품과
도쿠가와 후기 게사쿠 작품을 동일시한 것으로 종래의 도쿠가와 문예
를 가미카타를 전기로, 에도는 후기로 이분해 파악한 설에 반하는 것
이기도 하다.[2] 나카무라·나카노 설은 도쿠가와 시대의 시간적, 공간적
틀을 고려하면서 기존의 설을 극복했다기보다는 도쿠가와 시대의 문
학을 어떻게 봐야 하는가에 관한 새로운 관점을 제시한 주장으로 평가
할 만하다.

　본 글에서는 도쿠가와 시대를 통해 전개된 사이카쿠의 우키요조시
와 후기 게사쿠의 차이점을 해학성과 교훈성의 측면에서 상호 비교해
그 특질을 살펴보고자 한다.

2　中野三敏, 『戱作硏究』, 中央公論社, pp.14~15, 「교호개혁정치가 문예에 끼친 직접적
　　인 영향으로서 다음 두 가지를 드는 것이 가능하다. 첫째는, 1722년(교호 7)에 시작된
　　삼도(三都)서림조합 결성과 출판통제령의 포고이고 둘째는 장군 요시무네(吉宗)의 문
　　교정책을 민감하게 반영한 교훈물의 양산이다. 전자는 현대에 까지 영향을 끼치는 정치
　　와 문학의 문제가 원리적인 의미에서 최초로 발현된 사례이다. 후자는 그 구체적인
　　예증인 동시에 이후 에도문예(江戶文芸)의 출발점이 된다고 단언할 수 있으리라.」

2. 하이카이와 해학성

도쿠가와 시대의 문학에 있어서 '게사쿠(戱作)'는 창작의식을 규정하는
어휘이기도 하면서 많은 장르를 포괄하는 용어로서 그 개념을 규정하
는 것은 쉽지 않다. 일본 근대기에 문학의 근대화를 시도한 사람들이
도쿠가와 후기의 게사쿠를 낮게 평가하면서도 사이카쿠의 문학을 높
게 평가한 것은 도쿠가와 문학의 다양성을 인정한 하나의 예라고도
할 수 있다.

　바킨(馬琴, 1767~1848)은 1811년에 출판한 『연석잡지(燕石雜志, 엔세키잣
시)』에서 사이카쿠(西鶴)를 평가해 '사람들이 오늘날 눈으로 본 일을 기
술해 해학(滑稽)스럽게 꾸미는 일은 사이카쿠로부터 시작됐다'고 말하
고 있다.[3] 사이카쿠와 도쿠가와 후기의 게사쿠(戱作)를 구분해 평가한
근대기의 태도와 달리 에도 게사쿠의 연원을 사이카쿠에서 구해 동일
한 것으로 이해한 것이다. 바킨이 요미혼 작자인 자신과 당대 게사쿠
의 원류로서 사이카쿠를 지칭한 것은 현실을 스케치한 게사쿠와 한학
에 기초한 시대물인 요미혼을 구별하고자 한 태도를 반영한 것이다.
근대기에 사이카쿠를 일본의 모파상으로 표현할 정도로 높이 평가한
것은 사이카쿠 작품에서 현실에 대한 진지한 인식과 묘사가 이루어진
것을 발견했기 때문이다. 에도의 게사쿠에서는 현실을 재미를 위해 다
양하게 재구성하는 유희적인 요소가 강해 근대 문학자들에게 도쿠가
와 시대의 게사쿠라고 하는 것은 인생과 현실에 대해 진지하지 못한
문예라는 인식이 강했다. 그런 의미에서 사이카쿠와 에도의 게사쿠를
구분해 평가하는 것은 사이카쿠 작품에 대한 근대기의 평가라고 할

3　江本裕・谷脇理史(編), 『西鶴事典』, おうふう, 1996, p.602.

수 있다.

바킨이 사용한 '골계(滑稽)'라는 어휘는 한어적인 표현으로 조금 더 일본화된 표현으로 바꾸면 "하이카이(俳諧)" 내지는 "니와카(俄か, 갑작스러움)" 등으로 바꿀 수 있다. 『고금아선(古今俄選, 고콘니와카센)』의 「중국 니와카의 남상(漢土俄濫觴)」을 보면,[4]

> 니와카(俄, 갑작스러움)라고 하는 말은 사물을 접해 아무런 궁리도 없이, 생각지도 못하는 일에 홀연히 성큼성큼 가볍게 반응을 나타내는 것을 '니와카(갑작스러움)'라고 말하는 것으로 보인다. 이것이 천하의 통칭이다. 이에 근거해 생각하면 대륙의 골계, 일본의 하이카이, 즉 모두가 '니와카(갑작스러움)'가 된다.

즉, 한자어의 '골계'는 일본어의 '하이카이'이고, '니와카(갑작스러움)'라는 견해이다. '하이카이'는 본래는 웃음을 가리키는 어휘이었지만 일본문학에서는 중요한 문예장르의 하나인 '하이카이' 시(詩)를 가리키는 용어이기도 하다. 즉 해학성을 핵심으로 하는 문예가 하이카이라고 정리하여도 큰 잘못이 아닐 것이다. 하이카이의 유래도 『고금일본노래집(古今和歌集, 고킨와카슈)』에서 즐거움의 '와카(和歌, 일본노래)'의 의미로 사용되기 시작했지만 발전하여 독립된 것이다. 게사쿠인『세상의 목욕탕(浮世風呂 : 우키요후로)』[5]에 '특히 속만요에 하이카이체(体)라고 하는 체(体)를 알았음으로 무심체의 노래도 위안을 삼는 것으로는 좋을 것입니다.'라고 쓰여 있을 정도로 도쿠가와 시대에는 '와카(和歌, 일본노래)'에서 파생한 '하이카이(俳諧)' 시(詩)에 대한 지식이 일반인도 공유하는

4 浜田啓介·中野三敏(校注),『新日本古典文学大系82』, 岩波書店, 1998, p.131.
5 神保五弥(校注),『新日本古典文学大系86』, 岩波書店, 1989, p.198.

폭넓은 교양에 속했다. 하이카이의 성격에 대하여 기라 스에오(雲英末雄) 씨는 『연가집·하이카이집』[6]의 해설에서,

> 하이카이의 말뜻은 중국의 고사전에 '하이는 희(戱), 카이는 화(和)'라고 하여 '장난스럽게 화합하는 것'이라는 뜻이다. 헤이안 말기의 후지와라노 기요스케(藤原淸輔)는 가학서 『오의초(奧義抄, 오우기쇼)』에서 하이카이의 본질을 즉흥성이나 재치성에서 구하여 반정통·도리에 어긋남을 중시하여 그것을 역으로 설정하여 진실을 포착하려고 하는 문예라고 했다. 그러한 생각은 도쿠가와 시대에 이르러서도 이어지고 있다.

일본의 전통적인 시인 '와카(和歌)'의 세계에서 위안의 의미로 사용한 용어가 독립된 시적 형식을 형성하면서 그 하이카이의 정신과 형식이 도쿠가와 시대까지 이어지고 있는 것이다. 즉, 골계를 중시하는 하이카이의 정신에는 변화는 없지만 형식적인 면에서 새로운 형식(5·7·5/ 7·7)의 문예로서 태어난 것이 하이카이이다. '와카'의 세계가 고상하고 격조가 높다고 한다면 하이카이는 비속어를 많이 쓰는 서민의 노래라고 말할 수 있다.

포르투갈 선교사가 편찬한 『일포사전(日葡辞書)』에도 'Faicai 하이카이(俳諧) 한 사람 또는 많은 사람이 모여서 보통의 그다지 세련되지 않은 말을 사용하여 만드는, 미완성의 노래도 있는 양식'으로서 기술하고 있다. 내용적으로 보면 하이카이는 '일본노래(和歌, 와카)'의 하이카이 와카(和歌)와 큰 차이가 없겠지만 형식면에서는 '와카'를 줄인 형식으로서 보다 단순화되고 비속어 등을 많이 사용한 문예이다. 즉 하이카이는 내용면, 형식면으로도 귀족사회의 전통문예에 대한 새로운 해

---

6 雲英末雄(注解), 『連歌集 俳諧集』, 小学館, 2001, p.8.

석으로 도쿠가와 시대에 들어서 널리 행해진 시적 형식이다.

사이카쿠와 하이카이의 관련성은 새삼 논할 필요가 없을 정도로 긴밀한 관련을 갖고 있다. 사이카쿠는 당대의 저명한 하이카이 지도자였던 만큼 하이카이를 자신의 산문에도 적극적으로 활용한 작가이다. 특히 사이카쿠는 하이카이의 지도자로서 탁월한 능력을 발휘하는 것에 멈추지 않고 하이카이적인 발상과 기법을 산문작품에 적극적으로 활용해 새로운 작품 세계를 만들어낸 점이 높게 평가된다.

소설작품에서의 하이카이 활용은 사이카쿠 이후의 문예작품에서도 널리 보이는 현상이다. 후기작품에서는 유희적인 문체에 멈추지 않고 하이카이를 쓰는 사람이 정형화된 이미지로 작품에 빈번히 등장한다. 도쿠가와 시대의 후기 게사쿠(戲作)인 『세상의 목욕탕』[7]에,

> 의사 : "이 흉증은 소위 하이카이 등을 좋아하는 사람에게 있는 병으로 흉증이 수준에 달해야 하이카이가 나옵니다. 사람이 멈칫멈칫할 정도에 달하면 하이카이를 하는 사람에게 생기는 병입니다.
> 은거자 : "과연 그렇게 말씀하시니 하이카이를 좋아합니다."
> 의사 : 아니 그것도 잠깐 가선(歌仙, 36구) 정도는 좋지만 오십 구, 백구 정도가 되면 목이 막혀 병이 됩니다.

하이카이 지식을 의학적인 현상에 접목시켜 작품화시킨 것으로 하이카이에서 널리 활용되는 중의적 표현법이다. 도쿠가와 후기의 게사쿠(戲作)에 하이카이적인 기법과 하이카이 시인들이 빈번히 등장하는 것은 바킨이 평가한 것과 같이 당대의 것을 골계적으로 표현하는 존재가 하이카이 시인이었으며 도쿠가와 시대의 대중문학의 저류에는 하

---

7 神保五弥(校注), 『浮世風呂』(新編日本古典文学大系86), 岩波書店, 1989, p.29.

이카이적인 소양이 바탕에 깔려있다고 해도 과언이 아니다. 이러한 예등을 보면, 도쿠가와 시대의 문학을 '해학'이나 '골계'의 틀로 이해하면서 그 웃음의 원류를 사이카쿠에게 구하는 것은 다소 견해의 차이가 있겠지만 전체적으로는 납득이 가는 해석이다.

여기서 문제가 되는 것은 도쿠가와 시대의 게사쿠의 범위에 사이카쿠를 포함시키려는 연구자는 사이카쿠의 작품에서 해학성뿐만이 아니라 교훈성도 찾아 후기 게사쿠(戱作)와 동일선상에서 이해하려고 하는 시도를 하고 있으나 양자를 같은 토대에서 파악할 것인가는 검토가 필요한 내용이다.

3. 사이카쿠 문학의 해학성

사이카쿠의 대표적인 작품 중에 하나인 『호색일대남(好色一代男, 고쇼쿠이치다이오토코)』의 발문에도 "농촌의 아낙에게 읽어 주었더니 며느리 흥보던 논에서 뚝방으로 올라와 화들짝 웃으며 웃음이 멈추지 않았다."라고 작품을 접한 사람들의 첫 반응이 웃음이었다는 기술이 보인다.[8] 사이카쿠의 작품의 저변에 해학성이 있는 것은 명확하다. 문제가 되는 것은 그 해학성의 성격을 어떻게 이해해야 하는가이다. 사이카쿠의 해학성은 다양한 관점으로 논해지고 있는데 가장 특징적인 요소를 3개정도로 정리하는 것이 가능하다.

하나는 사이카쿠와 일본의 고전문학과의 관계다. 현재, 일본문학에서 『겐지 이야기(源氏物語, 겐지모노가타리)』와 『이세 이야기(伊勢物語, 이

---

8 麻生磯次・富士昭雄(訳注), 『決定版対訳西鶴全集一』, 明治書院, 1992, p.289.

세모노가타리)』등의 왕조문학은 부동의 고전으로서 인식되어 있으나 사이카쿠 시대에 있어서 왕조문학은 유교적인 입장에서 보면 저속한 문학에 지나지 않았다. 이러한 왕조문학은 사이카쿠를 포함해 당대의 대중 문예를 만들어내는 작자에게는 둘도 없는 정보의 원천이기도 했다.

『호색일대남』이『겐지 이야기』의 54첩의 형식적인 틀을 빌려 54장의 형식을 취한 것은 널리 알려진 사실이다.『호색일대남』은『겐지 이야기』를 작품화의 과정에서 널리 참고하면서 주인공인 요노스케(世の介)가 여인국을 향하여 출발했을 때『이세 이야기(伊勢物語, 이세모노가타리)』를 200부 지참해 길을 떠난다는 설정을 취하고 있다. 세상에서는 유학 서적을 읽지만 사이카쿠는 유학자들이 음란 서적으로 지목한『이세 이야기』를 휴대해 출항한다는 해학적인 설정을 취하고 있다. 사이카쿠는 이러한 설정을 포함해 왕조문학을 작품의 안에서 적극적으로 활용하고 있다. 예를 들어『호색일대남』의 '사람에게는 보이지 않는 장소'의 내용은 왕조문학의 '엿보기(垣間見, 가이마미)'의 활용이다.

그때 요노스케 9살의 5월 4일의 일이었는데 창포를 얻어서 이은 처마 끝에 버드나무가 무성해 있고 그 나무그늘은 어둠이 내려 살짝 어두웠다. 처마 밑의 낙수방지 돌 옆에 조릿대로 사람 눈을 피하고자 만든 울타리에 사사야지마의 가타비라와 고시마키를 벗어서 걸어놓고 나카이(하녀) 정도로 보이는 여성이 창포목욕을 하는 모습이었다. "자신 이외에는 솔바람 소리뿐, 만약에 들리는 것이 있어도 벽을 사이에 둔 소리, 어디 보는 사람이 있겠는가."라고 하스네의 흔적이 보이는 것도 의식하지 않고 배꼽 근처의 때를 씻고 있었다. 게다가 그것보다 밑의 그곳 근처까지 겨주머니로 문질러대 흐트러지는 목욕물의 거품은 완전히 기름져 있었다. 요노스케는 아즈마야의 건물에 기어 올라가 정자에 있던 망원경을 손에 쥐고 그녀를 뚫어지게 바라보며, 목욕에 흠뻑 빠져있는 모습을 발견하고 재미있어

하는 것이 우습다.⁹

망원경 등 새로운 도래물의 설정이 되어있지만 이야기의 기본구성은 왕조문학에 빈번히 등장하는 '엿보기'의 설정이다. 예를 들면『이세이야기』에서도 남자가 여자가 있는 곳을 훔쳐보는 '엿보기'의 모습이 그려져 있다.¹⁰

옛날 남자가 성인식을 올리고 나라의 가스가 마을에 영지가 있어 사냥을 나갔다. 그 마을에 대단히 아름다운 자매가 살고 있었다. 이 남자는 틈 사이로 두 사람의 모습을 보고 말았다. 생각지도 않게 이 고도에 어울리지도 않는 미녀들이 있었기에 마음이 동요해 버렸다. 남자가 입고 있던 사냥복의 옷자락을 잘라 그곳에 노래를 적어 보냈다.

『겐지 이야기』에서도 유사한 '엿보기'의 설정을 볼 수가 있다.¹¹

---

9 上同書, pp.13~14, 「其此九才の、五月四日の事ぞかし。あため葺(ふき)かさぬる軒(のき)のつま、見越しの柳(やなぎ)しげりて， 木下闇(きのしたやみ)の夕間幕(ぐれ),みぎりにしのべ竹の人除(よけ)に、笹屋島(ささやじま)の幃子(かたびら)，女の隠(かく)し道具(どうぐ)をかけ捨(すて)ながら， 菖蒲湯(しゃうぶゆ)をかかるよとして、中居(なかい)ぐらいの女房(にうぼう)，「我(わら)より外(ほか)には松(まつ)の声(こえ)，若(もし)きかば壁(かべ)に耳(みみ),みる人はあらじ」と、ながれはすねのあとをもはぢぬ臍(へそ)のあたりの， 垢(ああ)かき流(なが)し,なをそれよりそこらも糠袋(ぬかぶくろ)にみだれて,かきわたる湯玉(ゆだま),油(あうら)ぎりてなん。世の介四阿屋(あづまや)の棟(むね)にさし懸(かか)り、亭(ちん)の遠眼鏡(とをめがね)を取持(とりもち)て、かの女を偸間(あからさま)に見やりて,わけまき事どもを, 見とがめいるこそおかし。」
10 福井貞介(校注·訳), 『新編日本古典文学全集12』, 小学館, 1999, p.113, 「むかし、男、初冠(うひかうぶり)して、奈良の京(きゃう)春日(かすか)の里に、しるよしして、狩(かり)にいにけり。その里に、いとまなめいたる女(をんな)はらからすみけり。この男かいまみてけり。思ほえず、ふる里にいとはしたなくてありければ、心地まどひにけり。男の、着たりける狩衣(かりぎぬ)の裾(すそ)をきりて、歌をかきてやる。」
11 阿部秋生外(校注·訳), 『新編日本古典文学全集20』, 小学館, 1994, p.206, 「きよげなる

산뜻한 뇨보(여인)가 두 사람 정도, 그리고 여자아이가 들락날락하면서 놀고 있다. 그 중에서 10살 정도로 보이는 여자아이는 하얀 치마에 야마부키가사네 등의 몸에 맞는 겉옷을 입고 달려왔는데 놀고 있던 여러 아이들과 비교가 되지 않을 정도, 성인 후의 미모가 기대되는 보기에도 귀여운 얼굴 생김새였다. 머리카락은 부채를 펴놓은 듯 한들한들하고 얼굴은 손으로 비벼서 아주 붉은색이 감돌았다.

사이카쿠의 『호색일대남』에서는 왕조문학의 우아한 '엿보기'가 속세화되어 노골적인 표현으로 전화됐다. 왕조문학의 '엿보기'에 대하여 알고 있는 독자라면 『호색일대남』을 읽으면서 근세기의 '엿보기'의 당돌함과 재미를 충분히 느낄 수 있었을 것이다. 사이카쿠가 당대의 유교적인 틀에서는 평가할 수 없는 왕조문학의 분위기를 자신의 작품에서 재현했다고 해도 과언이 아니다. 이러한 설정은 '와카(和歌, 일본노래)'의 하이카이 와카(和歌)가 하이카이의 원류인 것과 같이 왕조문학을 상당 부분 세속화하여 사용한 것이다. 두 번째는 유교적인 설화와 사이카쿠와의 관계이다. 사이카쿠는 유교에 근거한 설화를 수용하는 자세보다는 자신의 입장과 사고방식을 적극적으로 제시하는 자세를 보이고 있다. 예를 들어 『신가소기(新可笑記)』의 이야기[12]에서 사이카쿠가

大人(おおな)二人ばかり、さては童(わらは)べぞ出で入り遊ぶ。中に、十ばかりやらむと見えて、白き衣(きぬ)、山吹などの萎(な)えたる着て走女子(をむなご)、あまた見えつる子どもに似るべうもあらず、いみじ生(お)ひ先見えてうつくしげなる容貌(かたち)なり。髪(かみ)は扇(あうぎ)をひろげたるやうにゆらゆらとして、顔はいと赤くすりなして立てり」

12 麻生磯次・富士昭雄(訳注)、『決定版対訳西鶴全集九』、明治書院、1992、pp.109〜110、「有時祇園祭り(ぎおんまつり)の山のわたれる中に、月鉾のとをりたる跡(あと)にかまほり山とて、二十四孝(かう)のうちなる郭巨(くはつきよ)がわが子を埋(うづみ)ぬる鍬(くは)の勢(いきほ)ひ、京(きやう)のいづれの細工(さいく)が作(つく)りなして、いきてはたらく風情(ふぜい)有。人是をさして、「いかに親(をや)の孝(かう)なればとて、父の子にあらず母の子にてなし、いまだいとけなきをろんじ、既に命あやうかりしが、天人をころさず、いませい人してか

유교적인 설화를 어떻게 인식하고 있었는지를 알 수 있다.

> 어느 때, 기온축제의 가마가 지나갈 때 쓰키보코가 지나간 뒤에 '솥 캐는 산'이라는 장식물이 있었다. 24효 중에 곽거(郭巨)가 자신의 아이를 묻으려고 괭이질을 하는 것을 교토의 어느 장인의 솜씨인지는 모르지만 살아서 움직이는 것처럼 만들었다. 사람들이 이것을 품평해서 "아무리 부모를 공양하기 위한다고 하지만 자신의 애를 묻는 일이 있을 수 있을까, 황금솥이 나오지 않았다면 그 목숨을 잃었을 것이다. 여기에 있는 사람도 천하에 덕정령이 내렸을 때 부모사이가 나빠져, 아버지의 아이도 아니고 어머니의 아이도 아니라고 어린아이를 사이에 두고 언쟁을 벌여 목숨이 위태로웠는데 하늘은 사람을 죽이지 않는다고 지금은 성인되어 오히려 두 부모에게 효도를 다하고 있다."라고 옛 이야기를 들려줬다. 그 아들이 그 말을 듣고서 부모에게 원한을 품고 모아둔 돈을 빼앗아 어디론가 사라져버렸다.

당시, 5대 장군 쓰나요시(綱吉)의 시대는 효도를 강조하는 시기였는데 사이카쿠는 유교적인 설화에 비판적인 입장을 견지하고 있었다. 시대의 흐름인 효행을 권하는 입장에서 사이카쿠의 설정을 보면 꼬투리잡기처럼 인식될 가능성이 있는 글이다. 특히, 유교에 있어서 효행의 핵심은 부모에 대한 자식의 절대적인 봉사이지만 사이카쿠의 작품 안에서의 부모 자식 간의 관계는 절대적이라던가, 수직적인 것이기보다는 상황에 따라 변화하는 불안정한 것이다. 부모 자식 관계도 세상의 다양한 관계 중의 하나로 언제든지 상대화될 가능성이 있다고 사이카쿠는 인식하고 있는 듯하다.

へつて二親(しん)に孝(かう)ある人や」と、むかしを語(かた)り聞せぬ。此一子、是より父母(ちちはは)に恨みおこりて、たくはへし金銀とつて、いづくへか身をかくしぬ。」

위의 이야기는 부모가 한 때 자신의 존재를 놓고 다툰 것을 후에 전해들은 자식이 스스로 부모를 버린다는 이야기로 유교적인 가르침에 따르기보다는 개인의 감정을 우선시해 부모에 대한 봉사를 부정하는 내용이다. 세 번째는 봉건적인 질서개념의 부재이다. 유교의 기본적인 사회구조에서 보면 집은 부모를 중심으로, 국가는 군주를 중심으로 운영되는 것으로 부모와 군주는 같은 권위를 지니고 있는 존재로 항상 존경을 받아야 하는 입장이다. 이 부모와 군주를 부정하는 것은 사회의 기본질서에 반하는 행위로 매우 죄스러운 행동이다. 그 유교의 핵심이 효행이고 효행이 부모와 자식 간의 질서라고 한다면 사이카쿠는 그 관계설정을 자의적으로 하고 있는 것이다.

예를 들면『제염대감』(호색이대남)의 권1에서는 "나는 여인국에 사는 미면조입니다. 당신의 아버지 요노스케는 드물게도 그 땅으로 건너가셔서 궁궐에서 여왕과 친분이 두터워, 다시 일본으로 돌아오지 않는다고 합니다. 그러나 당신하고는 부모 자식 간의 인연이 깊어 색의 길의 비전을 전해드립니다."라고 요노스케가 자식에게 '호색의 길'을 전수하는 한다는 설정이다.[13] 아버지가 자식에게 전수하는 것이 '색도(色道)'라고 하는 것이 흥미롭다. 이러한 설정은 매우 하이카이적인 발상으로 부모의 존재가 세상에서의 체면으로서가 아니고 해학성에 기초하여 형상화된 것이기 때문에 가능한 것이다. 유교의 가르침에서는 부모의 그림자도 밟으면 안 된다고 하지만 사이카쿠 문학에 있어서는 그러한 가르침은 무의미한 것이다.

『사이카쿠 여러 지방 이야기(西鶴諸国話, 사이카쿠쇼코쿠바나시)』의 권3

13　麻生磯次・富士昭雄(訳注),『決定版対訳西鶴全集二』, 明治書院, 1992, p.5,「是は女護国に住、美面鳥なり。御身の父世の介、まれに彼地に渡り給ひ、女王を玉殿の御かたらひあさからず、二度かへし給はぬなり。されば、親子の契ふかく、色道の秘伝譲り給ふと」

에도 "마침내 네 명에게 수염을 그리게 하고 머리에는 종이자락을 붙여 정장(가미시모)을 갖춰 입고서 한나절동안 사과하며 돌아다니는데 나잇살이나 먹어 손자까지 있는 사람들이 체면이 말이 아니었지만 뜻대로 되지 않는 것이 목숨이라 어쩔 수 없이 시키는 대로 했다."[14]라고 어리석은 행동을 한 노인들이 징계를 받는 모습이 적혀 있다. 『사이카쿠가 남긴 이야기(西鶴置土産, 사이카쿠오키미야게)』의 권3에는[15]

> "세상에는 불효한 자식이 부모가 죽을 것을 예상해 '사망 후 두 배'라는 돈을 빌린다고 들었지만 부모가 돼서 '자식 추방 후 두 배'라는 돈을 빌린다는 것은 들어본 적이 없는 방법이다. 지금부터는 유곽출입을 그만 두세요."라고 온갖 말로 설득을 해도 받아들이지 않는다. "아무리 노력해도 이 길을 그만둘 수 없다. 서로를 위해 조정해 주신다면, 지금 바로 금전 1500냥을 아들에게서 받아주시면 이 집을 나가 평생 부자의 연을 끊겠다는 증서를 써 드리지요."라고 희망하기에 그 바람대로 조정을 해 돈을 지불하고 아버지를 추방했다.

부모를 쫓아낸 이야기이다. 부모의 성적인 방탕을 제어할 수 없었던 자식이 부모와 절연하는 이야기다. 일반상식에 반하는 역설정이다. 이러한 사이카쿠의 글쓰는 방식은 그의 문학을 추종하는 에지마 기세키

---

14 麻生磯次·富士昭雄(訳注), 『西鶴諸国話』(決定版対訳西鶴全集五), p.76, 「やうやう四人に、つくり髭をさせ、かしらにひきさき紙をつけ、上下をちゃくし、日中に詫言よいとしをして、孫子のある者共、めんぼくなけれど、しなれぬ命なれば、是非もなき事也。」

15 麻生磯次·富士昭雄(訳注), 『決定版対訳西鶴全集十五』, 明治書院, 1992, pp.75~76, 「世には不孝の子ども、親の死の一倍といふ銀かる事は聞しが、親の身として、子を追出し一倍といふ銀を借給ふは、ためしなきしかた。向後色町やめ給へと、さまざま御異見きかず、行かないかな、此道とまり難し。両方おぼしめしての御あつかひまらば、只今金子千五百両、が手前よりもらふて給はれ。あの家を罷出、一生親子ふつうの手形と、のぞめば、ねがひの通りにあつかひずまし、小判わたして、親父を追出しける。」

(江島其磧, 1666~1735)의 작품에도 반영되어 있다. 1720년에 발표된 『세상 아버지 기질(浮世親仁形気, 우키요오야지카타기)』[16]에

> "아버지가 유곽에 돈을 쏟아부어서 아무리 벌어도 뒷감당이 안돼 낭비를 견딜 수 없습니다."라고 자리를 함께한 마을 장로와 5인조직의 사람들에게 사정을 이야기하고 아들의 위로금으로 금전 천 냥을 아버지에게 나누어주고 부자 간의 연을 끊는 증명서를 작성해 아버지를 추방해 버리고 집안의 안정을 취했다. 전대미문인 바람난 아버지라고 세상 사람들이 웃음거리로 삼은 것도 옛 이야기가 됐다.

이것도 부모와 절연하여 쫓아내는 이야기다. 이러한 작품의 경향은 사이카쿠로부터 시작된 것으로 도쿠가와 전기문학의 해학적인 성격을 나타내는 것이다. 이들 작품 안에서는 세상의 가르침이 그 의미와 권위를 상실하고 단지 작품의 재료로서 사용되고 있을 뿐이다. 이러한 설정은 세상의 권위에 대한 재해석으로 봉건질서에 대한 회의적 시각을 반영한 것이다. 봉건제도를 유지하려고 하는 위정자가 체제 수호를 위해 단행한 것이 도쿠가와 시대의 개혁인데 호색의 책도 그 개혁의 대상이 된다. 사이카쿠 문학과 도쿠가와 시대의 후기문학을 이분하는 개혁이 교호개혁이다. 이 교호개혁은 1709년에 쓰나요시가 사망하고 아라이 하쿠세키가 등장하면서 개혁이 진행되는데 대표적인 개혁 안이 공표된 것이 1722년으로 당대의 대중문학에 심각한 타격을 주어

---

16 長谷川強(校注・訳), 『新編日本古典文学全集65』, 小学館, 2000, pp.509~510, 「親仁が金をほつく故、何程まうけても尻も結ばぬ糸にて、針を蔵に積んでもたまらぬと、二人の子共申合はせて、町内の年寄、組中へ断り、むすこが形見分として、金子千両づつ親仁にくれて、親でない、子でないと証文取つて、二人の親仁を勘当してのけ、家を無事にかためける。前代ためしなき浮気親仁と、笑うたもむかしゝ」

큰 변화를 초래한다. 1722년에 발표된 출판에 관한 법령[17]은,

　　제1조 향후 신판(新板)의 서적을 출판할 경우, 유학서·불서·신도서(神書)·의학서·가학서(歌書) 등 모든 서적에 대하여 일반적인 사항을 쓴 것은 문제가 없지만 '외설적인 이설(異説)' 등을 혼용해 쓴 것은 엄하게 금지한다.
　　제2조 지금까지 간행된 서적 중에 '호색물(好色物)'의 경우는 풍속을 저해하는 원천이므로 절판하라.
　　제3조 사람들의 집안내력·선조의 일 등을 새로운 출판물(新板)에 기술해 세상에 확산시키는 일을 금지한다. 만약에 이러한 서적이 있어, 자손으로부터 문제가 제기된 경우는 엄하게 조사한다.
　　제4조 어떠한 서적이건 향후 출판하는 경우에는 작가·출판사를 실명으로 기재하라.
　　제5조 도쿠가와 이에야스님의 일은 물론 장군 가(家)의 일을 쓴 서적은 출판물(板本)·필사본을 모두 금지한다. 부득이하게 장군의 일을 언급할 경우에는 관청의 지도를 받아 출판하라.

　　위의 규정을 지켜, 향후 신작(新作)의 서적을 출판할 경우, 잘 검토해 사업을 할 것. 만약 규정을 위반하는 자가 있을 경우에는 관청에 고발할 것. 나중에 위반 내용이 판명된 경우에도 출판사와 서적 도매상에 엄벌을 내릴 것이다. 신판(新板)의 경우에는 업자 간에 잘 검토해서 위반 사항이 없도록 명심할 것.

　권력자 측에는 도쿠가와 세력과 히데요시 잔여 세력의 전투였던 오사카 전투의 내용이 필사본과 출판물에서 다른 것을 고려하면 도쿠가

---

17 今田洋三, 『江戸の禁書』, 吉川弘文館, p.6.

와 막부 초기부터 출판통제에 대한 의식이 있었다고 생각된다. 법령으로써 확인되는 최초의 사례는 1657년 교토의 주민을 대상으로 공포[18]된 것이다.

제1조 일본의 서적(和本) 중에 군서(軍書)류는, 만약에 출판을 하고자 하는 자가 있으면 출판사항 등을 기재해 관청에 바친 후 그 처분을 구할 것.

제2조 비신(飛神)·마법(魔法)·기이(奇異)·요괴(妖怪) 등의 사설(邪説), 새로운 비사(秘社), 신도(門徒) 내지는 야마부시(山伏)·행인(行人) 등 만이 아니라 불신(仏神)에 봉사하는 것에 기대어 백성을 현혹하는 무리, 또는 여러 종파(諸宗)에 법난이 될 만한 것을, 요리키(与力)와 도신(同心)으로 근무하는 자는 대대로 금지된 항목, 새로운 규정에 어긋남이 없는지 그 내용을 잘 파악해 숙지할 것. …(하략)…

위의 내용에서 '대대로'라는 표현이 있는 만큼 출판에 관한 규제가 상당히 이른 시기부터 존재했음을 알 수 있다. 호색물을 중심으로 한 우키요조시의 통제는 교호개혁을 전후해 실시됐을 가능성이 높다고 판단된다. 사회적으로 일정한 움직임이 생기면 그 움직임에 대한 봉건적인 통제가 도쿠가와 막부의 진행에 따라 심화 확대됐을 가능성이 크며 그 통제로 인해 체제의 틀 안에서 작품을 창작해 유포하는 시스템이 점차 갖추어졌다고 할 수 있는데 교호개혁기에 전면적인 통제가 이루어져 사이카쿠 작품과 그 이후의 작품 간에 상당한 차이가 발생했다고 추론된다.

---

18 今田洋三, 『江戸の禁書』, pp.55~56.

4. 게사쿠(戱作) 문학의 해학성

사이카쿠는 작품을 쓰면서 빈번히 고전을 웃음의 재료로 사용하고 있다. 이러한 수법은 도쿠가와 후기의 게사쿠(戱作) 작자에게도 지속된 창작방법이다. 사이카쿠 문학과 후기 게사쿠와는 공통된 점이 적지 않지만 이 둘을 동일시하는 것이 가능한 지는 검토를 요하는 문제이다. 도쿠가와 시대는 통제가 엄격히 행해진 시대였지만 결정적인 변화를 가져온 것은 교호개혁이었다. 개혁의 영향은 출판된 서적을 통해서 확인하는 것이 가능하다. 예를 들면 단기본(談義本)으로 분류되는『현세의 서투른 이야기(當世下手談義, 이마요헤타단기)』(1752년 간행)에 "이미 호색물(好色本)은 국법이 있어 지금 사고팔 수 없다. 인쇄도 금지됐다. 이는 풍속에 해가 되기 때문이다. 당신 조루리는 완전히 호색물에 가락을 붙인 것과 똑같다. 부모형제 앞에서 그대로 읽을 수 있는 책이 못된다."[19]라고 1722년의 호색물 출판규제에 관한 내용을 언급하고 있다. 또, 작자는 우키요조시를 예로 들어 "지쇼, 기세키의『세상 딸 기질(世間娘形気)』(1717),『세상 아들 기질(世間息子形気)』(1715)은 겉으로는 풍류의 꽃을 장식하고 안으로는 가르침의 열매를 품고, 보는 데 따분하지 않고 듣는데 질리지 않아, 이를 현세의 훌륭한 승려의 이야기와도 비교할 만하다."[20]라고 단기(談義)에 사용할 수 있는 작품의 예로 들고 있다.

---

19 中野三敏校注,『當世下手談義』(新日本古典文学大系81), 岩波書店, 1990, p.177,「すでに好色本は国法ありて、今売買せず。板行も停止せらる。是風俗の為に害ある故なり。汝が浄瑠璃は、まったく其好色本に節つけたるにおなじ。父母兄弟の前で素読もなるものにあらず。」

20 中野三敏校注, 상동서, p.107,「自笑、其蹟が『娘形気』、『息子形気』は、表に風流の花をかざり、裏に異見の実を含み、見るに倦まず、聞くに飽かず、是を當世上手の所化談義に比すべし。」

　해학성과 교훈성을 갖춘 작품으로 기세키의 작품을 평가하고 있는데 기세키의『세상 아버지 기질(浮世親父形気)』과 같이 부모의 어리석은 행동을 많이 다룬 작품은 기술로부터 빠져있다. 유교적인 가치에서 보면 부모를 해학(웃음)의 대상으로 삼는 것은 비교육적인 것이었을 것이다. 단기본의『현세의 서투른 이야기(富世下手談義)』는 사이카쿠 문학과 후기 문학과의 중간과정에 위치하는 작품으로 사이카쿠 문학에서 후기 게사쿠(戯作)로의 전개를 파악하기 위해서는 유효한 작품이다.『현세의 서투른 이야기』에서는 사이카쿠 작품의 중심을 이루고 있는 호색책의 부정에 그치지 않고,『세상 아버지 기질(浮世親父形気)』과 같은 작품도 평가하고 있지 않은 것을 보면 사이카쿠 문학과 후기의 게사쿠 문학의 토대는 매우 다른 것이라 할 수 있다. 또,『현세의 서투른 이야기』에서는 사이카쿠보다도 교훈적인 자세가 강한 지카마쓰를 평가하여 "그가 다이쿄시 오산을 선인처럼 그린 것은 지카마쓰의 일생일대의 잘못이다. 불의의 죄인은 있는 그대로 죄인으로 그려야만 악을 징벌하는 가르침이라고 할 수 있다."[21]라고 엄격하게 논하고 있다. 이 오산의 이야기는 사이카쿠도『호색오인녀(好色五人女)』에서 쓰고 있지만 선악의 관점에서 이 사건을 다루고 있지는 않다.

　유교적인 성격이 강한 개혁을 거치면서 인간에 대한 해석이 매우 유형화 되어가는 것을『현세의 서투른 이야기』를 통해서 확인할 수 있는데, 여기서 논하는 선과 악은 봉건적인 질서에 비춘 선과 악의 기준이므로 교호개혁 이전의 사이카쿠에게는 어울리지 않는 척도이다. 이러한 단기본을 통해서 사물을 선악의 가치판단으로 재단하는 자세가

21　中野三敏校注, 상동서, p.117,「彼大経師お三を、善人の様に作りしは、近松一代の誤りなり。不義の罪人はまっすぐに悪人と作りてこそ、懲悪の教といふべし。」

게사쿠(戲作)의 기본적인 성격을 이루게 된다.『현세의 서투른 이야기』
의 기술 배경에는 중국에서 유입된 선서 등이 크게 영향을 끼치고 있다
고 생각된다. 예를 들어 대표적인 선서인『육유연의』를 작품 안에서
거론하며『육유연의』의 대의 등을 매일 읽는 것이 좋다.”라고 적극적
으로 권하고 있다. 자식에게 색도의 지침서를 전한다는 사이카쿠 작품
과는 매우 이질적인 세계이다. 후기 게사쿠의 교훈적인 자세는 ‘『현세
의 서투른 이야기』’ 등의 영향을 받은 것으로 사이카쿠 작품과 동일한
선상에서 다루기에는 무리가 많다고 본다.『세상의 목욕탕(浮世風呂, 우
키요후로)』의 기술을 보면 교훈성이 두드러진다.

　　마쓰에몬 : 하치베도 지금은 어머니 한 분이니 정성으로 효도를 하세요.
　　어머니를 괴롭히지 마세요. 중국의 어떤 사람이 한 겨울에 죽순을 캐려고
　　했다가 금으로 된 솥을 발굴한 적도 있습니다.
　　하치베 : 예, 저희들 효도로는 금 솥을 캘 수 없으니 구리 솥을 짊어지고
　　와서 감주라도 한 사발 대접해 줬으면 합니다.
　　마쓰에몬 : 그래도 좋지요. 지금 (모퉁이 집)방탕한 아들이 그 많던 재
　　산을 물려받아 저 몰골인 것은 불효한 벌입니다.[22]

　『신가소기(新可笑記, 신가쇼키)』에서 사이카쿠는 이 이야기를 효자설
화를 비판하는 의식에서 다루고 있지만,『세상의 목욕탕』에서는 비판

22　神保五弥(校注),『新編日本古典文学大系86』, 岩波書店, 1989, p.29.
　　「松「八兵衛さんも今ではかゝさん一人だから、随分孝行しなさい。世話をやかせなさる
　　な。唐の何とかいふ唐人は、寒の内に筍を掘らうとしたら、金の釜を掘出したとさへあ
　　る。」
　　ハ「ハイ私どもが孝行は金の釜も掘ねへから、唐銅の釜を担て来る、醴でも呑ませくらい
　　な事サネ」
　　松「夫でも能のさ。今のどらがそれ程な身上を受取てあのさまは不孝の罰だ。」

적이기보다는 효행을 적극적으로 옹호하는 자세를 보이고 있다. 맹종의 설화와 항거의 설화를 혼용하고 있는 것은 그 내용을 작자가 모르고 있다는 것보다는 사이카쿠 이래의 자식을 버리는 것에 대한 비판적인 논조를 의식하여 쓴 것은 아닌가 싶다. 후기 게사쿠(戲作)는 전체적으로 유교적 틀을 수용하면서 구체적인 인물묘사에서는 재치 있는 자세를 보이는 것이 특징이다. 예를 들면, 『현세의 이발관(浮世床, 우키요도코)』(1811년 간행)의 다음의 묘사는 유학자를 유형화 하여 그 성벽을 극명히 묘사한 것이다.

공분(孔糞) : 어떤가 주인장, 아침 일찍 일어나 저녁에는 일찍 잠에 들어, 돈을 버는가.
가난한 이웃(貧) : 아, 예, 선생님. 안녕하세요.
선생님이라고 부르면 건방지게 들릴까봐, 선생님에 상을 붙여서 부르는 것이다.
공분(孔糞) : 나는 청빈을 즐기기에 아침 일찍 일어날 필요가 없는데, 가로쿠(家鹿) 때문에 잠이 깼다. 얼마나 날뛰는지 견딜 수가 없다.
가난한 이웃(貧) : 가로쿠(嘉六)가 술에 취해서 왔습니까.
공분(孔糞) : 자넨 무슨 소리를 하는가. 쥐가 술에 취할 수 있단 말인가, 하----.
가난한 이웃(貧) : 에, 저는 저 반대쪽에 사는 가로쿠(嘉六)가 또 취해서 날뛴 게 아닌가 하고 생각했습니다.
공분(孔糞) : 아니. 가로쿠(家鹿)라는 것은 쥐의 다른 이름이라네.[23]

23 神保五弥(校注), 『新編日本古典文学全集80』, 小学館, 2000, pp.255~256.
「孔糞「どうだ主人(しゅじん), 夙(つと)に起き, 夜(よは)に寝(いね)て, かせぐものだの」
びん「ヤこれは先生さん. お早(はや)うございます」
先生といふてはなめげにきこゆるとて, 先生さんと様(さま)をつけていふ也。
孔糞「おれは清貧(せいひん)を楽(たのし)む気だから早く起(おき)る気もないが, 家鹿(か

여기에서 유학자의 이름으로 붙여있는 '공분(孔糞)'은 한자 그대로 '공자의 똥'이라고 하는 의미로 웃음으로서는 저급한 것이다. 유학자의 이미지가 오만하고 자만하는 현학자로서 그려져 있다. 이러한 방식의 글쓰기는 다른 게사쿠(戲作)에서도 일반적인 설정이다. 『극장 좌석의 세련된 이야기(戲場粹言幕の外, 게조스이겐마쿠노소토)』에도 한 자리에 비집고 앉은 두 사람이 등장하는데 한 사람은 사서삼경을 논하는 유학자고 한쪽은 사람을 협박하는 속어를 남발하는 남자로, "특이한 언어도 있군요 양웅(楊雄, 요유)도 아직 모를 것입니다. 공야장(公冶長, 고야초)이 새소리(鳥語, 초고)를 이해했다고 해도 이것을 해독하지는 못할 겁니다."라는 유학자의 말에 "뭐라고요. 요큐(楊弓, 양궁)하러 지금 나가는 곤야초(紺屋町)의 초고로(長五郎)요."라고 두 사람의 대화를 발음의 유사성을 활용해 희화적으로 그리고 있다.[24] 사이카쿠가 활동한 전기 문학의 시대에 비교하면 언어유희적인 내용이 빈번하게 사용되고 있으며 인물설정과 묘사의 수준이 상당히 낮은 편이다. 유학자를 '공자의 똥'으로 그리고 있는 것은, 유학이 외국의 것이기 때문에 비판하고 있는 것이 아니라 유학을 신봉하는 사람들의 고집된 일면을 우스꽝스럽게 강조하기 위하였기 때문일 것이다. 당대에 유행한 국학자의 묘사에도

ろく)の為(ため)に起(おこ)された。やあたけてあたけてどうもならぬ」

びん　「嘉六(かろく)が酒(さけ)にでも酔(よつ)て来(き)やしたかネ」

孔糞　「此男(このをとこ)は何をいふ。鼠(ねずみ)が酒に酔(よつ)てたまるものか八ーーーー」

びん　「ヘエ, わっちは又筋向(すぢむかふ)の嘉六六が, 例の生酔であたけたかと思ひやした」

孔糞　「何さ。家鹿(かろく)とは鼠の異名(いみやう)さ」

24 神保五弥(校注), 『新編日本古典文学大系86』, 岩波書店, 1989, pp.339~340, 「奇絶な言語もあるものぢゃ。楊雄も未だしらず。公冶長が鳥語に通じても、此解はなるまい。何だエ。楊弓へ今出る紺屋町の長五郎エ」

비슷한 것이 『세상의 목욕탕』에서 보인다.

　　모토오리 신앙으로 옛 모습을 학습하는 사람처럼 보여 태도가 정숙하
고 성격이 좋은 듯한 부인 2명, 각각 발 안쪽 깊은 곳에 있으면서 하베루
투성이의 문장에 집착하며 장막 그늘에서 회나무 부채로 품위를 나타내
는 태도임.
　　게리코 : 가모코 씨, 요사이 무엇을 보고 계십니까.
　　가모코 : 예, 우쓰보 이야기를 두 번째 읽으려는 참에 활자본을 구했기
에 다행히 문장의 이동을 교정하고 있습니다. 그러던 차에 작년 겨울부터
여러 일이 생겨 도시카게(俊蔭)권을 반 정도 보고 던져둔 상태입니다.
　　게리코 : 그것 참 좋은 책을 손에 넣으셨군요.
　　가모코 : 게리코 씨, 당신은 역시 겐지 이야기입니까.
　　게리코 : 예, 그렇습니다. 가모 옹의 신해설과 모토오리 대인의 다마노
오구시(玉の御櫛)를 기본으로 삼아 메모를 하고 있습니다만 속세의 일로
방해를 받아 붓을 쥘 시간이 없습니다.[25]

　　국학을 학습한 부인을 등장시켜 세세히 묘사하고 있다. 이러한 이야
기와 모습은 당대의 게사쿠(戯作)의 독자에게는 색다른 모습으로 해학
의 대상이었다. 국학의 유행으로 당대의 작가도 왕조문학을 많이 인용

25　前掲書, p.197, 「本居信仰にていにしへぶりの物まなびなどすると見えて、物しずかに人
がらよき婦人二人、おのおの玉だれの奥ふかく侍るだらけの文章をやりたがり、几張の
かげに桧扇でもかざしいそうな気位なり。
けり子「鴨子さん、此間は何を御覧じます」
かも子「ハイうつぼを読返さうと存じてゐる所へ、活字本を求めましたから幸ひに異動を訂
してをります。さりながら旧冬は何角用事にさへられまして、俊蔭の巻を半過るほどで捨
置きました」
けり子「それはよい物がお手に入ましたネ」
カも子「けり子さん、あなたはやはり源氏でござりますか」
けり子「さやうでござゐります。加茂翁の新釈と本居大人の玉の御櫛を元にいたして、書
入をいたしかけましたが, 俗た事にさへられまして筆を執る間がござりませぬ」

하면서 작품을 쓰고 있다. 다음의 『세상의 목욕탕』의 기술은 『침초자
(枕草子, 마쿠라노소시)』의 첫머리 부분을 빗대어 쓴 것이다.

> 봄은 동틀 무렵. 점점 하얗게 변해가는 비눗가루에, 작년의 얼굴을 씻
> 는 첫 목욕물의 수증기 가늘게 떠 있는 여탕의 모습. 어떻게든 보려고
> 정월 7일까지 단축영업이라는 표찰이 붙어있는 욕탕의 격자창에 머물며,
> 장지문 사이로 엿보는데 그 모습이 우습기도 하다. 또한 시골무사인 모습
> 이 천박하기까지 하다.[26]

『침초자(枕草子, 마쿠라노소시)』의 궁중의 묘사를 당대의 목욕탕에 비
유하여 쓴 것이다. '부자메이타루(ぶざめいたる)'의 '부자(武左)'는 '부자에
몬(武左衛門)'의 약칭으로 에도 지역의 지방에서 파견된 지방의 사무라
이를 경멸하여 사용하는 말이다. 여기서는 여자 목욕탕을 그린 자신을
촌스러운 사무라이로 비유하고 있는 것이다. 또 『극장 좌석의 세련된
이야기(戯場粋言幕の外)』에도 편향된 성격의 국학자의 모습이 등장한다.

> 옆 사람은 국학으로 무장한 인물로 간단한 이야기도 옛말로 하고자 하
> 며 게이추아자리가 어떻게 생각했으며, 아즈마마로가 이렇게 했으며, 가
> 모 옹의 설이 좋으며, 모토오리 대인이 뭐라고 했다는 등, 지칸, 자쿠추,
> 아야타리, 나히코, 오한, 발열로 머리에 열을 내며 옛 모습을 논하며 방울
> 을 흔들면서 이야기를 하는 듯한 인물[27]

---

26 前掲書, p.152,「春はあけぼの、やうやう白くなりゆくあらひ粉に、ふるとしの顔をあらふ初
湯のけぶり、ほそくたなびきたる女湯のありさま、いかで見ん物をとて松の内早仕舞ちふ
札かけたる格子のもとにただずみ、障子のひまよりかいまみるに、そのさまをかしくもあり。
又おのが身のぶざめいたるは、あさましくもありけり。」

27 前掲書, p.338,「となりの人は御国学にこりかたまる人物にて、ちょっとしたはなしにも古言
をいひたがり、契沖あじゃりがどう考えられて、在満がかうして、賀茂翁が説がよいの、本

위의 예에서 볼 수 있는 작가의 자세는, 일반론으로서 유교적인 효행을 적극적으로 권유하면서 특정 종교 또는 사상에 심취하여 행동하는 사람에 대해서는 편향성을 지닌 사람으로서 취급해 희화화시켜 그리고 있다. 일종의 웃음의 재료로서 활용하고 있는 것이다. 이렇게 일반론으로 논리를 강조하면서 특정한 입장을 굳게 견지하는 사람을 비판적으로 다루는 자세는 후기 게사쿠(戲作)의 특징으로 에도 지역에 퍼진 서민의 냉소주의이자 호의적으로 해석하면 균형의식의 발현이라고도 말할 수 있다. 사이카쿠 문학에서는 왕조문학, 당대의 논리의식, 부모 자식 간의 질서의식, 이 모든 것이 작품을 쓸 때 역전되어 자유자재로 사용되고 있지만 후기 게사쿠에 있어서는 표현의 대상과 묘사의 시점이 한정되어 있다. 후기 게사쿠와 사이카쿠 문학의 다양한 차이는 개혁 과정에서 보급된 선서가 심학의 형태로 널리 보급되어 에도 지역을 중심으로 새로운 토대를 형성했기 때문에 발생했을 가능성이 크다고 본다.

5. 참상과 삼교일치

도쿠가와 시대는 봉건신분제 사회이다. 이러한 신분제 사회에 대한 당대의 사람들의 의견을 통일적으로 정리하는 것은 쉽지는 않지만 그 일단을 작품의 기술에서부터 어느 정도 추론하는 것은 가능하다.

사이카쿠는 『제염대감(諸艶大鑑)』(일명 호색이대남)에서 "귀족도 관복

居大人が何といはれたの、似閑、若冲、綾足、魚彦、悪寒発熱、あたまへゆげをたて
て、いにしへぶりを論じ、鈴をふりながらはなしをするやうな人物」

을 입지 않으면 얼굴 하얀 고약팔이이다. 모든 인간, 그 직업이 바뀌면 바뀌는 것이리라."[28]라고 귀족(公家)이라 하는 것은 그들의 의장을 입지 않으면 그저 얼굴이 하얀 고약판매상에 지나지 않는다고 단언하고 있는데, 살아가는 사람에게는 사회적인 역할의 차이는 존재하지만 그 차이는 본질적인 것이 아니라고 하는 생각 방식이다. 바꿔 말하면 역할 이전의 인간은 모두 같아 현실의 신분은 역할의 차이를 의미한다는 인식이다. 또 사이카쿠의 작품 안에서 교훈적인 언설을 많이 볼 수 있는 작품으로서 나카노 씨가 지적하는 『일본이십불효(本朝二十不孝, 혼초니주후코)』도 봉건적인 논리의식을 넓히기 위해 쓰인 작품으로 파악하는 것은 의문이다. 사이카쿠가 다소 교훈적인 입장에서 사용한 '참상'이라고 하는 말의 용례를 검토해 보면, 권2에서 "한 사람에 2천 냥씩이라고 유언을 남겼다. 쓸데없는 허세이지만 인간은 평판이라고들 하지 않는가."[29]라고 죽을 때의 부모가 세상에 대한 체면을 고려하여 거짓의 유언장을 남겼다는 이야기이다. 권5에서는 "어소(御所 : 궁궐)의 좋은 감은 백문에 몇 개인가, 오리는 암수 한 쌍이 어느 정도 하는지 그 야채장수에게 물어봐라, 이 처지가 돼서도 과연 옛날을 잊지 않고 허세를 부리는 것을 듣자니 슬픈 가운데도 우습다."[30]라고 가난한 모습을 보이고 싶지 않기에 의지를 부리는 부모의 모습이다. 이 이야기에 그려져

---

28 麻生磯次・富士昭雄(訳注), 『決定版対訳西鶴全集二』, 明治書院, 1993, p.118, 「公家も装束なしには、かうやく売りのカオの白ひもの也。一切の人間、其職にうつせば、うつる物ぞかし」

29 麻生磯次・富士昭雄(訳注), 『決定版対訳西鶴全集十』, 明治書院, 1993, p.58, 「(壱人に弐千両づつと書置きなり。無用の潜上なれ共、人間は外聞と申されば」

30 麻生磯次・富士昭雄(訳注), 『決定版対訳西鶴全集十』, 明治書院, 1993, p.140, 「御所柿のよきは、百につき何程か、鴨は、番で幾等程か、其八百屋に問へと、此身なりても、流石むかしを忘れぬ潜上、聞けばいたはき中にもおかし。」

있는 '참상'은 사회적인 신분에 관련된 것이라고 하는 것보다 개별 인간의 문제이다. 타락해 가는 인간의 모습을 통해서 인간의 본질을 생각하게 하는 글쓰기 방식으로 전면적인 교훈과는 거리가 있다. 사이카쿠는 '참상'의식을 문학적으로 형상화하기 위해서 적극적으로 활용한 것이 아닌 것인가 추론된다. 그 굴절된 인간의 모습을 통해 독자 스스로의 인생의 의미를 파악하지 않으면 안 된다. 사이카쿠 문학의 특이성 중 하나는 애처로운 내용을 통해 비참함을 제시하면서도 일종의 웃음을 느끼게 하는 인물을 창출해 낸다는 것이다. 우스꽝스러운 '참상'의 모습은 나중에 등장하는 우키요조시 작자인 기세키(其磧)에게도 많이 볼 수 있다. '참상'은 이른바 '양기(浮気)'로 '들뜬 기운'을 의미하며 많은 우키요조시의 인물 조형의 기본이라고 할 수 있다. 기세키는 "참상과 거짓으로 포장되어야 유지되는 것이 주색잡기다."라고[31] 하면서 '참상'을 바탕으로 인물 조형이 행해지고 있는데 삶에 지나치게 집착하는 태도에 대한 비판의식이 내재된 것으로 근세적인 우키요의 인식을 계승하고 있음을 알 수 있다.

교호개혁 이전의 우키요조시에서 '참상'을 배격하고 있다기보다는 창작의 주된 소재로 활용한 측면이 강하지만 봉건적인 개혁으로 인해 단기본(談義本)에서는 사회체제를 위협하는 요소로서 '참상'을 경계하는 윤리적 자세를 보이고 있다. 교호개혁이후의 '참상'은 웃음의 대상이 아니라 교화하지 않으면 안 되는 사회 불안요소이면서 악의 하나였다. 『현세의 서툰 이야기(当世下手談義)』를 중심으로 단기본의 '참상'의 의식의 일단을 검토해 보면,

---

31 『けいせい色三味線』, p.173, 「潜上と偽りつくでもった色遊なり」

　돈이 있는 것을 믿고 분에 넘치는 사치를 해, 형벌에 처해진 자는 수를 헤아리기 어렵다. 하카타 고자에몬, 이시카와 로쿠베가 그 부류다. 그 중에서도 이시카와 로쿠베가 처벌을 받은 항목에, 아사쿠사 산에 갖고 있던 집을 별택(시모야시키)이라고 칭한 것이 최고의 불경한 일이라고 옛 사람들이 말을 했다. 아무리 쟁쟁한 집안의 사람도 대단히 높은 지위에 오르고서야 특별히 시모야시키라고 하사받는 것이다. 요사이 벼락부자가 그 연유를 모르고 시모야시키라고 부른 것은 참상이라고 해야 할지 어리석다고 해야 할지.[32]

　'참상'은 신세를 망치는 행위로 엄한 징벌의 대상이라고 기술하고 있다. 여기서 '참상'은 사회적인 신분을 넘는 행위를 의미하는 것으로 사이카쿠작품 등에서 보이는 개인의 삶의 방식 안에서 '참상'과는 다른 시점으로 쓰여 있다. 이러한 작자의 의식은 신분제도가 형식뿐만 아니라 내용적으로도 작동하는 현실을 반영한 것이기도 하다. 예를 들면 "신세를 망치고 집을 잃으면, 비록 지금 눈 속에서 죽순을 캔다고 해도 불효를 면할 수 없다. 훈점을 하지 않은 중국 원서를 읽어도 부모에게 고통을 주어서는 소용이 없는 것이다."라고[33] 신분사회의 기초를 이루고 있는 집(家)의 중요성을 역설하고 있다. 효도의 의미를 사회제도의 일부인 집의 유지로부터 구하고 있는 것이다.

32　中野三敏校注, 『当世下手談義』(新日本古典文学大系81), 岩波書店, 1990, pp.137~138, 「金銀の有にまかせ分外の奢をなして、刑罰に逢たるもの、かぞへも尽し難し。博多小左衛文、石川六兵衛等が類。中にも石川六兵衛が御咎の御条目に、浅草山の宿に、家屋敷有之を、下屋敷と唱へし事、随一の御咎也とぞ、古き人の申侍りし。いかさま御歴々様がたも、至極の重き御役人とならせられてぞ、格別に御下屋敷とて、御拝領ある事とぞ。今時、なり上がりの出来分限が、訳を知らで、下屋しきよばゝり、僭上とやいわん、愚昧とやいふべき。」

33　『当世下手談義』, p.128, 「身をほろぼし家をうしなへば、たとへ今、雪中に筍掘出してたもつても、不孝の罪はのがれぬ。無点の唐本が読めても、親に苦をかけてはへちまの皮。」

봉건체제의 안에서 직능적인 삶의 방식을 강조하는 언설은 도쿠가와 시대의 문예에서는 일반적인 것이기는 하지만 사이카쿠 문학에서 신분을 대상화해 파악했다면 단기본 이후의 후기 게사쿠(戱作)에서는 신분의 의미보다는 어떻게 해서도 지키지 않으면 안 되는 것으로서 표현되어 있다.

산바(三馬)의 『세상의 목욕탕(浮世風呂)』의 기술을 보면 "단지 생에서 조심해야 하는 것은, 몸을 처한 환경에 잘 수납해 놓고, 영혼에 자물쇠를 채워, 육정이 잘못 운용되지 않도록 굳게 서로 지키는 것이라고 신유불(神儒仏)의 대표자가 경단 크기의 도장을 찍어 이렇게 말한다."[34]라고 항상 신분을 자각하고 행동하는 것을 대중목욕탕의 선반에 비유하며 강조하고 있다. 이러한 게사쿠(戱作)에서 신분에 상응하는 행동과 유불신을 논하는 것은 당대에 유행한 심학을 반영한 것이라고 생각된다. 심학은 사회생활에 있어서의 기본적인 논리의식을 강조하면서도 특정의 종교와 사상을 지지하는 것이 아닌 다양함을 인정하는 삼교일치의 입장을 취한다.

『모든 세계의 탐색(大千世界楽屋探, 다이센세카이가쿠야사가시)』을 보면 자손을 바라지 않는 사람은 없는데 그 이유는 선조의 제사가 단절되서는 안된다는 의식에서가 아닐까 그러기에 "자손이라는 자는 분명 일본의 신에게 제사를 지내거나 또는 중국의 유교식으로 재계를 하고 제사를 지내거나 또는 천축의 불법을 취하여 제사를 행하거나, 자신의 마음이 향하는 바를 가지고 제사를 하면 말할 것도 없이 순하고 착한 효자를 얻을 것이다."[35]라고 종교에 관해서는 다양성을 인정하면서 현

---

34 『浮世風呂』, p.7, 「唯一生の用心は、躯を借切の戸棚へ納め、魂に錠をおろして、六情を履違へぬやうに堅く相守可申事と、神儒仏の組合行事が牡丹餅ほどの判を居てしかいふ」
35 『大千世界楽屋探』, p.419, 「子孫たる者はきつと、日本の神道で祭るとか、或は唐山の

세를 살아가는 자세로서 효행을 권장하고 있다. 이 기술에서 알 수 있
듯이 게사쿠 작자인 산바의 기본적인 사상은 삼교일치이다. 이러한 삼
교일치 사상은 교덴(山東京伝, 1761~1816)과도 공통된 특징이다. 『전등신
화』를 패러디해 '전탕신화(錢湯新話)'로 했는데 일본어음은 '센토신와'
로 같다. 교덴의 『현우 목욕탕 신화(賢愚錢湯新話, 겐구이리고미센토신와)』
를 보면,

> 모든 중생이 혼재하는 욕망의 세계. 마치 목욕탕의 광경과 닮았다. 사
> 념, 악념, 사람의 마음의 때, 한 사람이 열 개의 탕을 가지고 있어도 어찌
> 씻어낼 수 있겠는가. 류큐의 비눗가루, 조선의 가벼운 돌, 오란다의 수세
> 미 껍질은 용도에 닿질 않는다. 단지 신불(神仏)의 겨주머니, 불로(仏老)
> 의 때밀이가 마음의 때를 잘 떨어뜨린다.[36]

산바에게 영향을 준 교덴의 삼교일치를 사상에 기초를 둔 작품의
글쓰기 방식이다. 사이카쿠의 작품에서 상인물(町人物)에는 가업을 중
시하는 태도가 보이는데 도쿠가와 후기에는 그것이 확대, 심화되어 이
미 상식화되었다고 말할 수 있다. 사이카쿠 시대에도 삼교일치가 작품
에 영향을 미치기는 했지만 그 영향이 현저히 나타나는 것은 교호개혁
이후라고 할 수 있다.
　중국의 삼교일치를 기본으로 한 선서와 도쿠가와 시대의 게사쿠(戲

儒法の通りに斎戒して祭るとか、又は天竺の仏法の趣きにして祭るとか、わがこころのお
もむく所をもって祭らば、いはうやうもない孝子順孫。」

36　神保五弥(校注)、『賢愚湊錢湯新話』(新日本古典文学大系86)、岩波書店、1989, p.439.
「一切衆生湊集の欲界、恰も泉湯の光景に一般。邪心悪念人心の垢、箇々十泉を以
て、いかでか濯おとすべき。琉球のとう粉、朝鮮の水花、紅毛の天糸瓜皮は用るにたら
ず、唯神儒の糠包、仏老の垢すり、よく心裡の垢をおとす。」

作) 문학에 영향을 준 삼교일치 심학의 논리의식은 공통점이 많지만 결정적인 차이는 중국 선서에서는 스스로의 노력에 의해 운명도 신분도 바뀌는 것이 가능하지만 도쿠가와 시대의 게사쿠(戱作)에 반영된 삼교일치의 심학은 사회 내부에서 변화의 가능성을 단절하고 그저 가업을 유지하고 개인 수양적인 요소를 강조한다. 이러한 신분의식을 근거로 성립한 단기본과 게사쿠 작품을 사이카쿠 작품과 동일시하는 것은 시공간적 특이성을 고려하지 않고 개념을 확대 적용한 해석이라고 생각한다.

6. 마치며

해학(웃음)을 의미하는 하이카이는 와카(和歌)에 있어서는 파격적인 내용을 의미하는 용어였지만 도쿠가와 시대에 들어서는 웃음을 제공하는 중요한 문예장르로서 성장했다. 웃음을 내포하고 있는 하이카이가 도쿠가와 시대 문예의 중요한 흐름을 형성하였다고 말해도 과언이 아니다.

하이카이 시인으로 활동하고 있던 사이카쿠는 산문작품을 많이 발표하면서도 하이카이 시인으로서의 자각은 항상 지니고 있었다고 한다. 그렇기에 사이카쿠의 산문작품에는 하이카이적인 방법이 많이 사용되어도 이상할 것이 없다.

사이카쿠 이후에도 하이카이는 산문작품에 많이 사용되면서 작품의 재미를 배가시키는 기능을 담당하고 있었다. 사이카쿠의 작품에서 보이는 웃음은 후기의 게사쿠에서도 통하는 것으로 하이카이가 큰 흐름을 형성한 것과도 무관하지 않다. 도쿠가와 시대의 문예는 봉건제도하에서 창작된 것이기에 유사성이 적지 않으나 몇 번의 개혁을 통해 표현이 제한되면서 변화를 이룬 만큼 도쿠가와 후기의 게사쿠(戲作) 문학을 그 이전의 사이카쿠 문학과 동일시하는 것은 재고해야 할 것이다.

사이카쿠 문학에서의 교훈성은 후기의 게사쿠와 같이 작품에 내재화된 교훈이 아니라 봉건체제하에서의 최소한의 언급에 머무르고 있다고 추론된다. 후기의 게사쿠는 사회에서 제시하는 교도관에 근거해 그 틀을 벗어나지 않는 상태에서 인물을 조형하고 상황을 연출해 웃음을 만들어냈지만 사이카쿠의 문학에는 그 전제가 존재하지 않으며 사실적으로 사건을 전달하며 그 사건과 인물에 대해 간단한 평을 내리는 정도라고 해야 할 것이다. 예를 들어 사이카쿠 문학에서는 부모가 자식에게 민폐를 끼쳐 쫓겨나는 이야기가 있지만 후기의 게사쿠(戲作)에서는 그다지 찾아볼 수 없는 설정이다. 또 사이카쿠의 작품에는 부모가 아들에게 색도(色道)의 전수서를 보내는 해학적인 설정을 행하고 있으나 후기 게사쿠에 등장하는 부모는 그러한 행동은 취하지 않는다. 사이카쿠 작품과 후기 게사쿠 사이에는 여러 면에서 차이가 나타나는데 에도를 중심으로 한 통제적 사회의 문예와 막부에 대한 비판적 기운이 강했던 교토, 오사카를 배경으로 한 작품은 그 문화적 환경에서부터 상당히 이질적이었을 것이다.

한국과 중국의 선서가 삼교일치사상과 함께 일본에 전래되었지만 본격적인 영향이 나타나는 것은 1710년의 전후한 시기이다. 겐로쿠 시대 이후 일본 사회가 위기를 맞이하면서 막부에 의한 새로운 교학적 자세의 강조가 『신감초(新鑑草)』를 비롯한 중국 선서의 영향을 받은 작품들의 출간으로 이어졌다고 판단된다. 이러한 사회적인 환경의 변화에 의해 사이카쿠 문학과 도쿠가와 후기 게사쿠(戲作) 문학은 다른 양상을 띠게 된 것으로 추론된다.

제3부
이국인이 본
도쿠가와 시대와
문학

콜럼버스가 아메리카 대륙을 발견한 것은 1492년이고 포르투갈 상인이 중국을 발견한 것은 1514년이라고 서양에서 기술하고 있다고 한다. 서양인의 일방적인 시점에서 논한 것이겠지만 현재도 세계화의 흐름 속에서, 특수한 각 지역과 서양문화가 일체화되어 기존의 한자문화권, 이슬람문화권, 불교문화권 등 중소 규모의 문화권들이 약화되어 가고 있는 것으로 생각된다.

포르투갈의 프란시스코 자비에르가 1549년에 일본에 기독교를 전파한 이후에 많은 서양 선교사가 일본에 입국해 서양식 출판문화에 기초한 서적들을 간행하며 일본 사회에 기여했으나 말년에 도요토미 히데요시가 금지한 이후에 도쿠가와 막부에서도 기독교를 금지하게 된다. 1873년에 기독교를 해금하기까지 일본에서는 기독교를 금지했으나 종교와 교역을 분리해 접근한 네덜란드의 상인을 통해 서양 사정을 간헐적으로 접하는 것이 가능했다. 근대 이전까지 중국인에 대해서는 비교적 관대한 태도를 유지해 시대에 따라 교역선의 편수를 제한하기는 했지만 나가사키(長崎) 내에서의 거주를 포함해 가장 교역과 교류가 풍부한 대상이었다. 특히 황벽종(黃檗宗)의 승려를 중국에서 초빙해 만복사(万福寺)라는 절을 지어주고 문화적인 교류를 추진한 것은 널리 알려진 사실이다. 조선과는 대마도(対馬島, 쓰시마)를 통해서 교역을 추진했는데 인적인 교류는 조선에서 파견된 통신사가 주된 것으로 상당히 제한적이었다. 일본은 남방의 정보는 나가사키를 통해서 빈번하게 접할 수 있었지만 중국 북방의 정보에 대해서는 조선에 의지하는 바가 크지 않았을까 생각된다. 조선의 입장에서도 일본과 중국의 남방 간에 교역이 활발한 것을 숙지하고 있는 사람이 많았으므로 중국에 관한 정보를 일본을 통해 접하면서 상황을 종합적으로 판단했으리라 본다.

특정한 국가에게만 문호를 개방한 도쿠가와 시대에 조선통신사를 비롯한 외국인이 일본의 심층까지 이해한다는 것은 어려운 일이었을 것이다. 특히 조선통신사의 경우는 국가의 임무를 띠고 파견된 만큼 자유롭게 일본 사회를 관찰하는 것이 주된 목적이 아니었으리라 본다. 그럼에도 불구하고 사행에 참가한 관료들이 많은 사적인 기록을 남겼는데 한 개인의 입장에서 보면 일생일대의 장대한 기행이었다.

조선의 서울에서 출발해 부산을 거쳐 일본의 에도(현 동경)까지 이르는 길은 말 그대로 일본의 주요 도시를 관통하는 길로 일본의 주요 문물을 모두 관찰할 수 있는 절호의 기회였다. 중국 문물에 익숙해 있던 조선의 사대부에게 문화를 상대적으로 이해하는 중요한 계기가 됐다고 할 수 있다. 중국을 기행한 사신들이 문헌에서 접했던 중국의 산천을 자신의 눈으로 확인하면서 감탄했듯이 일본의 풍광에 대해서도 통신사행이 거듭되면서 문화적 언어로 표현하고자 한 의지는 높이 평가할 만하다. 조선통신사가 남긴 기록들이 표현에 있어서는 자기중심적인 내용이 많았으나 조선 지식인들의 가감 없는 감정의 시대적 토로인 시대의식을 고찰하는 데 있어서 시사하는 바가 크다. 교역에는 이해득실이 명확하지만 인적 교류에서는 만남 그자체가 목적이라고 할 수 있다. 제한된 시간과 공간을 양국이 공유한 귀한 체험이 아닐 수 없다.

일본의 개화기에 많은 서양인들이 도일했지만 라프카디오 헌만큼 일본의 심층 문화에 긍정적인 이해를 표명한 사람이 없을 정도로 그의 일본 이해는 특별한 것이다. 상당수의 서양인이 자신의 기준에서 일본을 판단했다고 한다면 그 반대쪽에 위치한 사람이 라프카디오 헌이었다. 그의 삶과 일본 이해를 통해서 일본 근대기의 추이를 살펴볼 수 있다고 생각한다.

제1장

한일 아속(雅俗)의 엇걸림(交錯)
－조선통신사와 사이카쿠(西鶴)의 유녀관(遊女觀)을 중심으로

1. 시작하며

한일 간의 관계를 언급하는 경우 빠지지 않고 거론되는 내용이 조선통신사의 사행이다. 조선 후기, 일본의 도쿠가와 시대에 파견된 이 사행의 의미를 특정한 의도에 고착시켜 교류의 의미를 재생산하기보다는 좀 더 다각적으로 고찰할 필요가 있다. 양국 간에 교류가 있었다고 하지만 어떤 교류가 누구와 이루어졌으며 해당국 사람들에게 어떤 모습으로 수용됐는가에 대한 연구는 대단히 피상적인 수준에 머무르고 있다.

현재까지 조선통신사의 교류 연구는 일본에서 한학(漢學)을 하는 학자들과의 관계에 대해서 반복적으로 논해졌다고 할 수 있다. 일본에서 한학자가 갖는 의미와 조선에서 한학자가 갖는 의미에는 상당한 차이가 있는데 조선은 유학자가 절대적인 문화 권력을 갖고 있었지만 도쿠가와 막부에서의 한학자는 봉건적인 이데올로기를 제공하는 기능적인 측면이 강해 실제 사회에서의 주도적인 세력을 형성했는가에 대해서는 이견이 많은 상태이다. 기존의 한국학계에서 한학자 간의 교류를 중심으로 거론하던 양국의 교류 내용을 일본의 신흥세력인 조닌(町人,

일본 도쿠가와 시대의 상·공인-필자)과의 접점을 중심으로 논하는 것도 흥미로운 시점을 제공하리라고 본다. 향후 한일 간의 문화접촉을 올바르게 이해하기 위해서는 특정 계층 간의 접촉의 의미를 일반화시키기보다는 당대의 중심 세력으로 등장하기 시작한 상인계층의 시각을 병행해 검토할 필요가 있다. 특히 일본 상인들의 삶을 구성하는 중요 요소는 한학자들이 추구하던 봉건적인 지배 이데올로기와는 대척점에 존재했다. 당대 일본의 모습을 한학자 간의 교류에서 구하기보다는 상업주의에 기초한 상인의 삶을 통해 보다 구체적인 현실에 접근할 수 있다고 본다. 상인계층 문화의 중심에는 유흥과 유곽이 존재했는데 상인이 자신의 삶을 구성하는 중요한 공간인 유곽과 외국을 어떻게 인지했는지를 조선의 통신사가 성리학적 질서 속에서 바라보았던 상인의 세계와 함께 종합적으로 검토할 필요성이 있다. 도쿠가와 일본을 방문한 조선의 통신사들이 비판적 관심을 표명했던 유곽의 문화에 대해 당대 일본인의 입장을 고려해서 검토하지 않는다면 한일 양국 간의 문화적 이질감이 무엇으로부터 연유하는가를 파악하기 어려울 뿐만 아니라 한쪽의 일방적인 견해의 제시로 끝날 가능성이 크다.

조선통신사 일행의 기록에는 일본 풍속, 특히 유녀를 논한 내용이 많이 보이는데 유녀의 세계를 문학적으로 접근한 당대 풍속소설의 대표작가인 사이카쿠(西鶴, 1642~1693)의 관점과는 대단히 상이한 내용이다. 조선통신사의 기록과 사이카쿠 작품의 관점이 다름에도 불구하고 유녀를 다룬 내용이 많다는 것은 제재를 취하기 용이하다는 점도 작용했겠지만 가장 큰 이유는 도쿠가와 사회에서 유녀가 차지하는 문화적 상징성과 비중이 그만큼 크다는 것의 반증일 것이다.

유녀와 유곽을 문화상품으로 출판한 예는 사이카쿠가 등장하기 이전에도 성행했다. 그 대표적인 장르가 '유녀평판기(遊女評判記)'로 말 그

대로 유녀와 유곽에 대한 정보를 독자들에게 제공해 유곽의 세계로 안내하는 여행지침서 내지는 안내자와 같은 역할을 담당한 종류의 책들이다.

실용적인 평판기가 범람하는 도쿠가와 시대의 출판업계를 직시했을 사이카쿠가 자신의 출발점으로 유곽과 유녀를 선택한 것은 우키요(浮世, 현실 세계)의 작가로서 너무나도 자연스러운 모습이다. 사이카쿠가 열정적으로 다룬 유녀가 일본 사회에서 자취를 감춘 지 오래지만 유흥을 갈망하는 인간의 욕망 자체가 소멸된 것은 아니다. 현재의 유흥업과 도쿠가와 시대(1603~1868)의 유곽과는 바로 비교하기 어려운 점이 많은데 그 이유는 유흥의 성격이 다르다는 것보다 유흥을 둘러싼 시대적 의미가 전혀 다르기 때문이다. 도쿠가와 시대의 유곽이 갖는 사회적 의미에 대해서 사에키 준코 씨는 다음과 같이 정리하고 있다.

'일반 여성'이 관장하는 현실적인 일상세계와 '농염한 사랑'의 비일상적인 정열과는 본질적으로 충돌한다는 도쿠가와 시대인의 사랑에 대한 깨달음이 사랑의 특권적인 성(聖)스러운 공간으로서 유곽을 성장시킨 것이다. 이 특권은 명치시대의 문명개화를 통한 남녀평등론과 폐창론의 고양 속에서 서서히 소멸해간다. 그러나 '농염한 사랑과 가무의 보살'인 성(聖)스러운 여인으로서의 유녀가 가부키를 비롯해 도쿠가와 시대 문화에 기여한 공헌은 막대한 것이었다는 것을 알아야 한다.[1]

도쿠가와 시대에 있어서 유녀는 성(聖)스러운 존재, 유곽은 봉건적 틀에 있어서의 하나의 해방구(解放區) 역할을 했다는 주장이다. 유녀가 성스러운 존재였다는 것은 세계 각지에서 보고되는 역사적 사실로 일

---

1 佐伯順子, 「遊女の誕生」, 『国文学』, 学灯社, 1993. 8, p.34.

본만의 특징은 아니다.[2] 유녀와 관련된 다양한 문화가 도쿠가와 시대를 특징짓는 중요 요소인 만큼 조선통신사의 눈에도 일본의 유곽 문화가 빈번하게 노출됐을 것이다.

통상적으로 일본 학계에서는 유녀평판기의 유행을 바탕으로 사이카쿠의 우키요조시(浮世草子)가 탄생했다고 하는 설에 대해 커다란 이견이 없는 상태이다. 그러나 유녀평판기가 우키요조시로 전개되는 과정에 대한 이해에 있어서는 『호색일대남(好色一代男)』(1682년 10월)을 우키요조시의 효시로 높이 평가하는 입장과 『제염대감(諸艶大鑑)』[3](1684년 4월)이 『호색일대남』보다 유녀평판기 성격에 부합된다는 점에서 『제염대감』의 원고가 『호색일대남』의 원고보다 먼저 성립했다는 쓰쓰미설[4]이 제기되고 있다. 유녀평판기적인 성격을 기준으로 보면 『제염대감』이 『호색일대남』보다 유녀평판기에 더욱 가까운 작품이라는 주장도 나름대로 설득력을 지닐 수 있지만 두 작품 간에는 여러 가지 상이한 점이 많이 보이는 만큼 유녀평판기적인 요소만으로 작품의 성립연대를 판단하는 것은 좀 더 검토가 필요한 사항이다. 특히 『호색일대남』(1682)에는 조선통신사(1682년 사행)에 관한 언급이 구체적으로 등장하지 않지만 『제염대감』(1684)에는 다음과 같은 기술이 보인다.

여러 사찰에서 오본(お盆)의 등불을 밝히고 이시가키초(石垣町)의 찻집 이층에서 떠들썩하게 판이 벌어지고, 기온(祇園町)의 오본 맞이 춤은 눈으로 직접 보지 않고서는 형용할 수가 없다. 이 교토, 서울의 밤을 조선의

---

2 서동수·여지선, 『성담론과 한국문학』, 박이정, 2003, p.203.

3 『제염대감(諸艶大鑑)』은 일반적으로 부제인 '호색이대남(好色二代男)'으로 더 알려져 있다.

4 堤精二, 「「好色一代男」と「諸艶大鑑」―その成立をめぐっての試論―」, 『西鶴』, 有精堂, 1969, p.84.

사절에게도 보여주고 싶다.[5]

조선의 통신사행이 일본의 유녀와 유곽에 대해 비판적인 관심을 표명하는 가운데 당대 우키요조시(浮世草子)를 창시한 사이카쿠는 이러한 유곽의 모습에 오히려 자신감을 피력하며 조선에서 온 사신에게도 보여주고 싶다는 포부를 기술하고 있다. 홍우재의 『동사록』[6]에 의하면 1682년 조선통신사행이 사이카쿠가 거주하는 오사카에 도착한 것이 7월 26일이다. 에도(江戶, 현 동경)에 들러 다시 오사카로 온 것이 10월 2일이다. 『호색일대남』이 출판된 10월과 맞물린 시기로 사이카쿠의 작품에 조선통신사행을 반영하기에는 시간적으로 무리가 있었다고 생각되지만 풍속소설의 특성상 당대의 일을 바로 작품에 반영하지 않고 2년이나 지난 시점에서 거론한다고 하는 것은, 『호색일대남』의 원고가 통신사행을 접하기 이전에 성립했다는 사실과 함께 사이카쿠의 관심이 통신사행이 지나간 2년 후까지 이어질 정도로 컸다는 것을 의미한다고 판단된다.

본고에서는 조선통신사의 일본 유녀와 유곽관(遊廓観)을 살펴보고 일본의 상인계층이 주역으로 등장한 겐로쿠 시대를 대표하는 사이카쿠 초기작품인 『호색일대남(好色一代男)』과 『제염대감(諸艶大鑑, 쇼엔오카가미)』의 전개를 중심으로 일본 상인의 유녀와 유곽에 관한 생각을 정리하고자 한다. 사이카쿠 사후에 오사카를 방문한 조선 사절 신유한이 일본인 통역과 벌인 논쟁의 의미도 동아시아 근세기의 한일 간의 접촉의 의미라는 맥락에서 정리해 보고자 한다.

---

5   麻生磯次 外, 『諸艶大鑑(好色二代男)』(決定版対訳西鶴全集一), 明治書院, 1992, p.306.

6   홍우재 저·허선도 역, 「동사록」, 『국역해행총재Ⅵ』, 민족문화추진회, 1977.

2. 조선통신사의 일본 유녀관

일본 유녀의 역사는 그 연원이 대단히 길고 전개 양상 또한 다양해 전체를 통일적으로 정리하는 것은 용이하지 않다. 『우키요 이야기(浮世物語)』를 쓴 아사이 료이는 유녀의 또 다른 표현인 경성(傾城, 게이세이)에 대해 다음과 같이 정리하고 있다.

> 지금으로부터 보면 옛날, 경성(傾城, 게이세이)이라는 것은 인도(天竺)에도 있었다. 음사(淫肆)라는 것이 경성(傾城)이 있는 장소를 의미한다. 음녀(淫女)라는 것은 경성(傾城)을 지칭하는 말이다. …(중략)… 전한(前漢)의 무제(武帝)가 이부인(李夫人)을 입궐시키려고 했을 때, 그 오빠인 이연년(李延年)이 '그 미녀가 한번 돌아보면 사람은 성(城)을 기울게 하고 한번 더 돌아보면 사람은 나라(国)를 기울게 한다'라고 시를 읊었는데 그 시 안에 '성을 기울게 한다(傾城)'는 글자를 음독해서 경성(傾城)이라고 하게 됐다.[7]

유녀의 연역을 정리한 아사이 료이는 교토의 유곽을 시마바라(嶋原)라고 하는 이유를, 규슈의 크리스트교 신자들이 막부에 반기를 들면서 농성을 한 곳이 시마바라 성(嶋原城)인데 유곽이 시마바라 성처럼 삼면이 막혀있고 한쪽에 입구가 있었기 때문[8]에 일반 사회와 격리된 유곽의 모습과 유사해 그런 이름이 붙여졌다고 부연 설명하고 있다. 흥미로운 사실은 도쿠가와 시대의 3대 악소(惡所)가 유곽, 도박장, 연극공연장이었는데 유곽의 설치에 적극적으로 관여한 것이 도요토미 히데

---

7 谷脇理史校注, 『浮世物語』(新編日本古典文学全集64), 小学館, 1999, pp.97~98.

8 谷脇理史, 상동서, p.98.

요시(豊臣秀吉)라는 사실이다. 도쿠가와 막부의 입장에서 보면 히데요
시의 정치, 군사적인 세력은 제거했지만 유곽과 같은 잠재적인 불안
요소는 계승한 것이 된다. 도쿠가와 문학의 주된 소재가 유곽인 것은
일반인들의 관심과 더불어 막부체제에서 배제당한 지식인들의 심리적
은신처를 유곽이 제공한 이유도 있다. 그런 의미에서 도쿠가와 시대의
유곽은 사회의 하층민들에게 삶의 터전을 제공하는 생업의 현장이기
도 하면서 일본 사회의 역사가 투영된 반사회적 장소이기도 하다. 도
쿠가와 시대에 들어서서 유곽이 본격적으로 발달한 이유를 미야기 씨
는 다음과 같이 설명한다.

> 도시 생활의 전개, 특히 상인(町人)계층이 사회·경제적으로 진출해 생
> 활을 향유하는 풍조를 만들었기 때문이다. 물론, 그 바탕에는 봉건제하에
> 서의 여성 멸시관이 자리 잡고 있었으며 그 위에 도시와 농촌 간의 빈부의
> 차와 화폐경제에 따른 성의 상품화 등의 조건이 작용했다.[9]

유녀는 일본 사회의 오랜 전통이지만 유곽이라는 제도는 히데요시
가 적극적으로 설치하고 도쿠가와 시대에 본격적으로 발달한 것은 도
쿠가와 시대에 전반적으로 상업화가 진전됐기 때문이다. 따라서 조선
통신사가 접한 대부분의 유녀와 유곽은 도쿠가와 시대의 유곽 시스템
하에서 발달한 것들로 조선 사절에게는 상당히 이질적인 것이었지만
일본 사회를 지탱하는 중요한 상업화된 제도였다고 할 수 있다. 이러
한 일본의 상업화된 유녀와 매춘업은 조선 사신에게 놀라움의 대상이
었을 것이다. 조선 사신의 일본 관찰기의 효시라고도 할 수 있는 신숙

---

9 宮城栄昌·大井ミノブ 編著, 『新稿日本女性史』, 吉川弘文館, 1974, p.165.

주의 『해동제국기』[10](1471)에도 유녀에 관한 기술이 보인다.

> 부자들은 의지할 데 없는 여자들을 데려다가 옷과 밥을 주고 얼굴을 꾸며서 경성(傾城)이라 칭하고 지나가는 손님을 끌어들여서 유숙시키고 주식을 먹여 그 대가를 받는다. 그러므로 길가는 사람은 양식을 준비하지 않는다.

신숙주가 『해동제국기』를 정리한 것이 1471년으로 추정되는 만큼 일본에서 유녀 내지는 매춘업이 얼마만큼 오래된 것인가를 알 수 있는 일례이다. 조선 사신의 유녀에 대한 관찰은 계속되는데 1596년에 일본을 방문한 황신은 『일본왕환일기』에서 중국과 비교해 일본의 풍속을 관찰하는 상대화된 기술을 보이고 있다.

> 연도지방에는 으레 양한(養漢, 매춘부)의 점사가 있어, 저자에 나서서 맞이해 값을 받되, 조금도 부끄러운 마음이 없음이 중국의 양한들보다도 심하였다.

유녀의 존재는 중국에서도 오래전부터 있던 문화이기에 황신은 그다지 새롭게 느끼지는 않았지만 그 정도가 일본이 더 심하다는 표현으로 정리하고 있다. 맨시니(Mancini)는 중국의 매춘에 대해, '중국의 매춘은 외국의 군민에 의해 주요한 항구가 점령됐을 때 처음으로 현실세계에서 발전한 것이다. 중국인의 습속에서는 명확한 매춘의 요구는 존재하지 않았다. 그 이유는 일부다처제로 어떤 중국인이나 매춘장소에 가지 않아도 상대를 구하는 것이 가능했기 때문이다'[11]라고 기술하

---

10 申叔舟 저·田中健夫 역주, 『海東諸国紀』, 岩波書店, 1991.

고 있다. 맨시니의 주장을 전적으로 수용하기는 어렵지만 일본의 유곽
이 중국 유곽에 비해 상대적으로 제도화되어 있었음을 확인할 수 있는
내용이다. 이경직은 『부상록』(1617)에서, '여염 속에서도 유녀(遊女)를
두고 영업을 하므로 음탕한 풍습이 크게 일었다'[12]라고 언급하면서 유
곽이 본격적으로 발달하기 전에 유녀와 일반 여염집이 혼재된 상태의
모습을 전하고 있다. 반면에, 김세렴은 『해사록』(1636)에서 '오사카에
서 여기까지는 이른바 경성점(傾城店, 유곽)으로 창녀들의 소굴이다.'[13]
라고 주요 도로를 중심으로 번성한 일본 유곽의 모습을 전하고 있다.
많은 통신사들이 일본 사행 길에서 접한 유녀와 유곽에 대해 부정적인
태도를 취했지만 이국문화에 대한 관심 차원에서 기록을 남겼다고 생
각된다. 그러나 사행에 참여한 조선의 하층민들은 기록을 남기지 않아
아쉬움이 남는다. 단편적인 기록을 통해 그들의 생각과 행동을 유추할
수밖에 없지만 일본 사회에 직접 부닥치며 접하려는 기색이 뚜렷하다.
유녀에 대한 호기심도 해당 사회를 알고자 하는 욕구의 일환으로 이해
할 수 있는데 하층민의 이러한 움직임에 대해 통신사행 상층부의 생각
은 이들의 행동을 강력히 통제해야 한다는 것이었다. 이는 사행의 목
적을 달성하기 위한 당연한 규제였겠지만 사행의 내용이 제한적으로
끝난 아쉬움이 남는다. 예를 들어 김세겸은 『해사록』에서 선장 백일신
의 말을 인용해,

　　　오사카에 머물렀다. …(중략)… 배를 머물러 둔 곳이 경성점(傾城店, 유곽)
　　이므로 남자를 유혹하는 유녀가 손을 흔들어 나오기를 청하며 배에 올라

11　マンシニ 著・寿里茂 訳, 『売春の社会学』, 白水社, 1964, p.55.
12　이경직, 「부상록」, 『국역해행총서Ⅲ』, 민족문화추진회, 1977, p.144.
13　김세렴, 「해사록」, 『국역해행총서Ⅳ』, 민족문화추진회, 1977, p.134.

들어가자고 하는 것이 하루에도 부지기수이니 격군을 엄금하게 하소서[14]

유곽 옆에 배를 정박시켜 유녀들의 유혹을 차단하기 위해 배를 저어 온 격군들을 단속해야 한다는 선장의 의견이다. 또한 유녀들이 조선의 사행을 대상으로 호객행위를 하는 모습을 전한 것으로 일본 측과 협력해 개인적으로 접촉하는 것을 금지했다는 내용이다. 이러한 개인적인 접촉을 막기 위해 조선의 통신사행에서는 '유곽에 드나드는 자는 엄한 법률로 죄를 논한다. 고발하는 자는 상을 준다.'[15]라는 수칙을 정해 숙지시키고 있다.

조선통신사가 구체적으로 파악하기 어려웠겠지만 일본의 유곽과 유녀는 그 나름대로의 논리적 근거를 생성하면서 기능하던 존재와 공간이었다. 조선통신사가 좀 더 실제적인 일본인의 삶을 이해하기 위해서는 유곽을 설치한 일본 사회의 특성에 대해서도 구체적인 검토가 이루어졌다면 흥미로웠겠지만 초기 조선통신사행에 있어서는 유곽에 대한 개인적인 언급은 많지 않다. 이후 숙종 조에 파견된 제술관 신유한(1719년 사행)의 기록에서는 개인적인 의견이 집중적으로 등장한다.

3. 사이카쿠의 대외 인식

조선 후기에 해당하는 도쿠가와 시대에 조선에서 통신사를 파견한 것은 총 12회로 사이카쿠의 생애와 겹치는 것은 1643년 제5회 사행(2세)

---

14 상게서, 「해사록」, p.71.
15 상게서, 「해사록」, p.44.

과 1655년 6회 사행(14세), 1682년 7회 사행(41세)이다. 사이카쿠가 평생을 보낸 오사카는 조선통신사가 해로에서 상륙해 육로로 이동하는 중간지역으로 도쿠가와 시대의 최대의 항구이자 에도(江戶, 현재의 동경)로 가지 않는 통신사행의 상당수가 대기하는 장소인 만큼 조선통신사행에게는 인상이 깊은 지역이라고 할 수 있다. 이러한 오사카에서 사이카쿠는 조선통신사를 접했을 것이고 조선통신사는 오사카를 통해 당대 일본의 구체적인 모습을 형상화했을 것이다.

1682년 오사카에 도착한 통신사행 중에 한학 김지남의 기술을 보면 사이카쿠가 활동하던 일본의 겐로쿠 시대(元禄, 1688~1704, 이 시기를 전후에 오사카, 교토 지역의 상인을 중심으로 발달한 문화—필자)가 얼마나 충격적인 모습이었는가를 짐작할 수가 있다.

> 하구(河口)에는 장사하는 배가 꼬리에 꼬리를 물고 있어 몇천 척이나 되는지 알 수가 없다. 언덕 위에는 인가와 층층으로 된 누각과 큰 집들이 즐비하게 섞여 늘어서 있는데 몹시 크고 화려하다. …(중략)… 문 앞에는 각각 등불과 촛불을 달아서 환하기가 대낮과 같아 몇천, 몇만 호가 되는지 알 수가 없다. 대체로 성지(城池)의 견고함과 배의 정밀하고 교묘함과 누각의 웅장하고 화려함과 사람들의 번성한 것이 사람의 마음과 눈을 놀라게 하여, 중국의 소주(蘇州)나 항주(杭州)를 보기 전에는 이곳을 제일이라 하겠다.[16]

김지남은 오사카의 외관을 보고서 놀라워하면서도 그곳에 사는 사람에 대한 구체적인 사고에 대해서는 언급하고 있지 않다. 아마도 그 구체적인 내용을 파악하기 어려웠을 것이다. 당시 41세의 사이카쿠도

---

16 김지남 저·이민수 역, 「동사일록」, pp.287~288.

어디선가 조선통신사의 이 사행을 보고 있었을 가능성이 크다. 조선통
신사가 사행에 참가한 자국인과 유녀를 포함해 현지인의 접촉을 스스
로 단속했는데 상인작가 사이카쿠의 발상은 전혀 달랐음을 그의 작품
을 통해서 알 수 있다.

> 오무로(御室)의 유서 있는 나무에서 꽃이 피었는데, 중국인이 '주막 두
> 른 높은 누각이 셀 수 없이 많고 궁 앞에는 버드나무가, 관청 앞에는 꽃이
> 피었네(酒幡高楼一百家, 宮前楊柳寺前花)'라고 읊은 경치도 이보다 훌
> 륭하지는 않을 것이다. 가슴을 감추는 저쪽의 여자보다도 가슴을 풀어헤
> 쳐 보여주는 일본의 풍속이 얼마나 훌륭한지 모르겠다. '무슨 일에 있어
> 서도 숨겨서 좋은 일은 없다'고 첩을 찾아주는 것이 생업인 오이케(御池)
> 의 다네라고 하는 노파가 말을 했다.[17]

사이카쿠의 작품을 조선의 통신사가 읽었다면 어떤 평가를 내렸을
까. 사이카쿠의 작품은 일반 세상에 통용되는 출판물이었지만 유곽의
논리와 일반 세상의 논리 사이에는 커다란 차이가 있음을 보여준다.
여기서 사이카쿠가 '일본의 풍속(和朝の風俗)'이라고 하면서 기술한 내
용은 외국을 의식한 내용으로 인간의 욕망을 감추기보다는 그것을 그
대로 드러내는 것이 일본의 풍속이고 이러한 일본의 풍속이 다른 나라
의 풍속보다 낫다는 사이카쿠의 농(弄)이 섞인 자국 중심적이며 상인
중심적인 주장이다. 조선통신사행이 에도를 거쳐 다시 오사카를 지나
갈 때 출판된 사이카쿠의 『호색일대남』(1682)에는 나가사키(長崎)의 풍
속[18]을 묘사하는 글 중에 외국인과 일본 유녀와의 관계를 언급한 기술

17　麻生磯次　外, 『諸艶大鑑(好色二代男)』(決定版対訳西鶴全集二), 明治書院, 1992,
　　p.222. 도쿠가와 막부도 1682년의 사행에서는 조선통신사와의 접촉을 제한했다.
18　신유한은 『해유록』(1719)에서 나가사키에 대해, 「오란다의 장사꾼들이 장기에 와서 무

이 보인다.

> 중국인을 구별해, 유녀도 그들만을 상대하는 사람이 있다고 한다. 중국
> 인은 집착이 심해서 상대하는 유녀를 다른 사람이 보는 것조차 싫어하며
> 밤낮으로 약을 먹고 싫증내는 일없이 잠자리를 한다고 한다. 네덜란드
> 사람은 데지마(出島, 네덜란드인의 거주를 제한하기 위해 만든 인공의 섬—필
> 자)의 거주지에 유녀를 불러서 놀고, 중국인은 시중의 숙소에서 유녀를
> 자유롭게 불러 마음껏 즐긴다고 한다.[19]

조선통신사의 1682년 사행의 기록에는 유녀에 대한 구체적인 기술
이 보이질 않는다. 아마도 일본의 유곽 등에 대한 경계의 의식이 작용
하고 있었던 것이 아닐까 여겨진다. 그에 비하면 사이카쿠는 중국인에
대한 기술을 조선 사절에게 일본의 유곽을 보여주고 싶다는 말과 함께
『제염대감(호색이대남)』(1684)에서 다음과 같이 언급하고 있다.

> 이 모든 것이 다 세상살이로, 중국인과도 탐탁지 않은 잠자리를 갖지만
> 이도 정이 들면 출항을 슬퍼하게 되는데, 마쓰우라 사요히메(松浦佐用姬,
> 중국으로 떠나는 남편과의 이별 때문에 망부석이 됐다는 전설이 있음—필자)
> 가 떠오릅니다.[20]

역하면서 기생과 많이 친한데 그들의 성질이 음(淫)을 좋아하고 성내기를 잘 한다」
(p.490) 「장기(長崎)는 물화가 모이는 곳으로 아름다운 창녀가 많다」(p.421), 「장기는
중국 상선이 닿는 곳으로 명승지와 물산의 번영이 국 중에서 가장 유명한 곳인데, 우리
배가 그리로 경유하지 않으므로 하나도 구경할 수 없어 유감스러웠다」(p.429)라고 기술
하고 있다.

19 麻生磯次 外, 『好色一代男』(決定版対訳西鶴全集一), 明治書院, 1992, pp.281~282.
20 麻生磯次 外, 『諸艶大鑑(好色二代男)』(決定版対訳西鶴全集二), 明治書院, 1992, p.208.

중국인과의 관계를 유녀가 적극적으로 원하는 것은 아니지만 이것도 유녀의 일중에 하나라는 견해를 피력한다. 사행 시기에 따라 사정이 다르지만 일본 유곽의 유녀들의 생활에 견주어 봤을 때 조선통신사 일행의 의지만 있었다면 유곽에 들어가는 것은 크게 어려운 일이 아니었을 것이다. 실제로 신유한은 『해유록』(1719)에서 오사카 유곽[21]을 둘러본 감상을 남기고 있다. 일본의 유녀, 유곽에서는 인간은 모두 같다는 의식으로 접촉을 거부하지 않지만 왕명을 받아 근 500명에 이르는 사행단을 통솔하는 통신사행의 책임자가 일행의 유곽 출입을 단속하는 것은 납득이 가는 조치이다. 그러나 일본 풍속을 보면서 조선통신사 일행이 이해하기 어려웠던 것 중에 하나가 유녀를 대하는 일본인의 태도였다. 통신사는 유교적 가치관하에서 유녀와 유곽을 바라보았지만 일본의 상인계층은 유곽을 독립된 하나의 성(聖)스러운 공간으로 인식하면서 자신들만의 세계를 구축하는 데 대단히 열심이었다. 이러한 상인계층의 사고가 사이카쿠의 작품 여러 곳에서 감지된다.

　　㉠ 낮에는 낙서한 부채를 강물에 띄워서 놀고 밤에는 하늘을 수놓는 불꽃놀이가 하늘도 취할 정도로 장관이다. 이 뱃놀이가 교토의 산(山)을 유람하는 것보다 좋다는 것을, 천황에게도 보여주고 싶을 정도이다.[22]
　　㉡ 이 교토의 밤을 조선의 사절에게도 보여주고 싶다.[23]
　　㉢ 참배하는 사람을 구경하는데, 이 넓은 야산에 사람이 넘쳐나 …(중

---

21 신유한은 『해유록』에서 오사카의 유곽에 대해, 「노화정(蘆花町)이라 부르는 기생이 사는 거리는 10여 리에 뻗쳤는데, 비단·향사·붉은 주렴·그림 장막을 설치하였고 여자는 국색(国色)이 많았는데 명품(名品)을 설치하고 아름다운 얼굴을 자랑하여, 애교를 파는 데 하룻밤에 백 금의 값을 요구하기도 하였다」라고 기술하고 있다.(p.481)
22 麻生磯次 外, 『好色一代男』(決定版対訳西鶴全集一), 明治書院, 1992, p.178.
23 麻生磯次 外, 『諸艶大鑑(好色二代男)』(決定版対訳西鶴全集二), 明治書院, 1992, p.303.

략)… 이 번성함은 아마도 저 멀리 중국에서도 볼 수가 없는 것이리라.[24]

㉠은 교토의 일본 천황이 귀족과 함께하는 우아한 유희보다 오사카의 상인들의 유흥이 더욱 흥겹다는 것을 천황에게 보여주고 싶다는 사이카쿠의 자신감어린 표현으로『호색일대남』에 나오는 구절이다. 상인계층의 자긍심은 천황에게뿐만 아니라 외국 사절에 대한 기술로 이어지는데 그 예가『제염대감』의 ㉡, ㉢이다. 사이카쿠는 자신과 상인의 정체성을 유곽에 두고 천황으로 대표되는 귀족문화와 상인의 문화를 비교하면서 중국의 문화와도 비교하고 있다. 상인이 구축한 유곽의 문화를 조선의 사절에게 자긍심을 가지고 보여주고 싶다는 것이다. 자국중심의 자긍심을 상인 문화를 대표하는 사이카쿠의 작품의 변화 속에서 감지할 수 있다는 것은 대단히 흥미로운 사실이다. 이러한 사이카쿠 문학의 저변에는 상인계층의 강렬한 자기긍정의 에너지가 지배계층과 외국세력을 향해 작용하고 있는 것이다.『제염대감』에서 사이카쿠는,

　　뭐든지 상상한 그대로 물건을 마련했다. 이러한 사치스러운 유흥을 즐기는 것은 상인의 신분으로는 천벌이 두려울 따름이다. 그러나 할 수 있는 일이라면 한 번 해보고 싶다.[25]

비록 유흥의 세계이지만 겐로쿠 시대의 상인들의 내적 에너지의 바탕에는 봉건적 질서, 민족 내지는 계급에 의한 차이보다는 유곽으로 수렴되는 인간적 동질성에 의미를 부여하고자 하는 의도가 강하게 느

24 麻生磯次 外,『諸艶大鑑(好色二代男)』(決定版対訳西鶴全集二), 明治書院, 1992, p.211.
25 麻生磯次 外,『諸艶大鑑(好色二代男)』(決定版対訳西鶴全集二), 明治書院, 1992, p.103.

껴진다. 종래에는 『호색일대남』의 여호도(女護島)로의 출항을 근세 상인계층의 에너지의 분출로 높이 평가하는 입장이 강했으나 『호색일대남』에 이어 출판된 『제염대감』의 대외인식은 『호색일대남』의 대외인식보다 더욱 적극적이고 국제적인 비교의식이 한층 강화되고 있음을 알 수가 있다. 그리고 『호색일대남』에서 상상의 섬인 여호도를 설정한 사이카쿠가 2년 후에 현재의 북해도를 기술한 것은 『호색일대남』에서의 해학적인 시도에서 벗어나 다소 현실적인 지리관을 제시한 점에서 비록 2년이라는 짧은 시간이었지만 이 시간을 통해서 사이카쿠의 작풍이 동아시아 사회의 움직임을 인식하면서 권력자의 입장이 아닌 상인계층의 내적인 의지를 작품 내에서 강하게 표출하고 있음을 알 수 있다. 사이카쿠의 대외인식의 변화는 다양한 요소를 반영한 것이겠지만 조선통신사라는 구체적인 역사적 사건을 계기로 자신들의 진솔한 모습을 보여주고 싶다는 상인계층의 자기 표출의식이 증폭되고 있음을 알 수 있다. 『호색일대남』에서 『제염대감』으로의 이행에서 조선과 중국 등을 구체적으로 인지한 작가의 견해가 적극적으로 반영되고 있음을 알 수 있다.

4. 한일유녀관의 갈등

일본에 파견되는 사행자는 조선시대 최고의 지식 계급으로 조선의 국시인 성리학을 신봉하는 사람들로 구성됐다고 할 수 있다. 이러한 조선의 최상위 계층이라고 해도 개인과 시대적 상황의 차이가 존재하기 마련인데 일본의 겐로쿠 시대(1688~1704)와 맞물려 있는 조선의 숙종조(1675~1720)에 파견된 사행의 경우는, 개인적인 성향인지 시대적인 분위기인지 단정 짓기 어렵지만 초기 통신사에 비해 상당히 유화적인 자세로 일본 사회를 관찰하려는 의지가 보인다.

임수간(이방언)은 『동사일기』(1711)에서, '창녀라도 뛰어난 미인이면 온 시중 사람들을 맞이하면서 조금도 부끄러움이 없다.'[26]라며 일본에서는 모두가 유녀에게 매달리는 모습이 특이하다고 기록으로 남기고 있다. 조선통신사가 놀란 것은, 유녀라는 것이 천직(賤職)의 일종인데 이러한 천직에 종사하는 사람을 추앙하는 일본 사회의 정서와 여러 사람을 동시에 상대하면서도 전혀 흔들림이 없는 유녀와 고객의 사유 방식으로 정리할 수 있다. 조선사회의 지도층인 임수간 등의 입장에서는 너무나도 자연스러운 의문으로 공적인 임무를 수행해야하는 사신으로서는 일본 사회에서 유곽과 유녀가 차지하는 의미와 정서를 정확하게 이해하기는 어려웠을 것이다. 그러나 일방적으로 유녀를 폄하하는 겐로쿠 시대 이전 통신사의 관찰기록에 비하면 진일보한 일본 사회의 관찰 기록이라고 할 수 있다.

비록 유녀는 일본 사회에서도 차별받는 천직이었지만 일반인이 모든 유녀를 접할 수 있는 것은 아니었다. 특히, 문학 작품에 주로 등장하는 다유(太夫)는 유녀 중에서 최상급의 유녀로 그 비용과 절차를 일반 상인은 물론 수입이 많지 않은 무사 등이 감당해낼 수 있는 존재가 아니었다. 이러한 최상급 유녀가 일반인과 만났다는 사실 자체가 문학의 소재가 될 정도로 다유와 일반인 간의 교류 가능성은 대단히 희박했다. 일반인이 현실적으로 만나기 어려운 존재인 다유도 출신을 보면 일반인보다 어려운 빈한한 가정의 출신이다. 가난한 농촌 출신의 소녀

---

26 임수간 저, 「동사일기」, 『국역해행총서IX』, 민족문화추진회, 1977, p.279, 종사관 이방언의 기록을 별첨한 것.

가 명망 있는 다유로 성공한다는 것은 일종의 꿈의 실현에 가까운 것으로 이해됐으며 다유는 단순한 유녀라기보다는 일반인의 선망의 대상에 가까웠다.

조선에서는 극존칭에 해당하는 '어(御)'자를 일본 사회에서는 무분별하게 다용하는 경향이 있지만 유녀 사회에서 '어(御)'자를 사용한 것은 그 만큼 유녀를 존중한다는 말이기도 하다. 신유한은 일본인이 선물을 보냈을 때, '어선(御扇), 어필(御筆), 어용지(御用紙), 어과자(御菓子)라고 쓴 것이 많았는데, 처음에는 매우 놀라 퇴각시키려 했더니'라고 하면서 '어(御)'를 다용하는 일본의 문화에 놀라움을 나타내고 있다.[27] 사이카쿠의 『제염대감』에도,

> 어(御) 자가 붙는 제 일류 다유로 말하면, 히코사에몬 집의 요시노, 미우라 집의 다카오, 야마모토 집의 리쇼, 구헤에 집의 유기리 등으로 이들을 당대의 사천왕으로 손님과 만나 주눅 드는 일이 없었다. 일 년에 하루도 쉬는 날이 없었다.[28]

하루도 쉬는 날이 없을 정도라는 것은 그 만큼 그녀를 원하는 고객이 많다는 의미이다. 당대 최고의 인기를 구가하는 다유는 서적이나 다른 출판물을 통해서나 접할 수 있는 존재였다. 유녀에게 '어(御)'자를 붙이는 것을 조선의 유학자 입장에서는 납득하기가 어려웠을 것이다. 그러나 일본의 풍속에서 '어(御)'자를 빈번하게 사용한다고 해도 유녀 모두에게 '어(御)'자를 붙이는 것은 아니다. 이 '어(御)'자를 사용할 수 있다는 것은 유녀의 세계에서 대단히 명예스러운 일임에도 불구하고

---

27 신유한 저, 「해유록 하」, 『해행총재 Ⅱ』, 민족문화추진회, 1977, p.66.
28 麻生磯次 外, 『諸艶大鑑(好色二代男)』(決定版対訳西鶴全集二), 明治書院, 1992, p.320.

이 존재가치를 인정하지 않는 조선의 사절 눈에는 너무나도 주제 넘는 표현(僭称)이었을 것이다. 가난한 농촌지역에서 부모가 부양하기 어려워 매춘업자에게 10년 계약으로 판 딸들이 역경을 헤치며 '어(御)' 자가 붙는 다유가 된 것이다. 이러한 유녀들의 삶에 대해서 일본 도쿠가와 시대의 일반인들은 자신들의 감정을 한마디로 단정 짓기 어려웠을 것이다. 도쿠가와 시대의 도시 인구의 팽창은 농촌의 잉여 노동력을 유입해 형성된 만큼 농촌에서 도시지역으로 이동한 많은 상가의 점원이나 다른 노동에 종사하는 사람들과 유녀와의 사이에는 심리적 유대감이 강하게 작용했으리라는 것은 의심의 여지가 없다. 반면에 조선의 상층사회에서 파견된 통신사 임수간이나 신유한[29]과 같은 사람의 눈에는, 유녀는 의아하고 절개가 없는 이국의 풍속으로 비춰졌을 것이다. 특히, 신유한은 『해유록』(1719)에서 조선의 기생제도가 일본에는 없으며 부자들이 운영하는 유곽이 있는데 오사카가 가장 번화하다고 언급하면서,

> 옛적부터 정(情)과 색 가운데 빠져서 혹한 남녀들이 있어, 남자는 인연을 기뻐하여 천금을 아끼지 아니하고, 여자는 정에 감동되어 한 푼의 돈도 사랑하지 아니하나니, 이것이야말로 상상(上上)의 풍류스런 일인데, 지금 너희들이 말하는 상상주(上上姝)라는 것은 추잡한 놈이나 이름난 사람들 가리지 않고 다만 돈만 계산하여 애교를 바친다하니, 이것은 문에 기대어 웃음을 파는 하품(下品)으로서 몇 푼어치도 못 되는 것이로다.[30]

---

29 정응수, 「조선 유학자가 본 일본의 성문화」, 『일본문화학보』(제7집), 한국일본문화학회, 1999. 8.
30 신유한 저, 「해유록 하」, 『해행총재 Ⅱ』, 민족문화추진회, 1977, p.93.

일본 유녀에 대한 신유한의 비판적 언사의 핵심은 돈을 받기위해 웃음을 판다는 것으로 남녀 간에는 돈보다 인연과 정이 중요하다는 의견이다. 신유한을 동행해 유곽을 안내한 일본인 통역은 유녀를 옹호하는 입장에서 다음과 같이 말을 한다.

> 나라의 풍속이 서로 다릅니다. 여자의 마음이야 어찌 그렇겠습니까? 일본의 호귀(豪貴)한 집에서 그런 특수한 미인을 사서 이익을 얻는 물건으로 삼기 때문에 소위 창루(娼樓)에 화려한 온갖 기구를 다 주인이 설비하여 놓고 문에 간판을 붙여서 그 값을 정하고는 매일 세(稅)를 받아가니, 저 미인들은 감히 제가 임의로 할 수 없으므로 눈물을 흘리면서 이별을 서러워하는 자도 있고 부끄러움을 무릅쓰고 억지로 몸을 바치는 자도 있습니다.[31]

신유한의 통역자가 유녀에 대해 특별히 관대한 입장을 견지하고 있다고 보기보다는 신유한이 제대로 이해하고 있지 못한 일본의 매춘업에 대해 설명해 주는 내용이다. 신유한이 일본의 풍속 중에서 유녀와 유곽에 관한 내용은 모두가 오사카에 관한 것이다. 사이카쿠가 활동했던 상인들의 수도인 오사카를 보면서 신유한은, '오사카에 이르러 목도해 보니 가옥·시가·남녀의복의 찬란함은 자못 천하의 기이한 구경이었다. 그 풍요(風謠)·습속에 이르러서는 추하여서 기록할 만한 것이 없었다. 간간이 관에 있는 통역의 말을 들어서 소위 유녀들이 외설한 모든 형상을 알게 되어 심히 추해 입에 담을 것이 못되었다'[32]라고 기록하고 있다. 사이카쿠가 조선통신사에게 보여주고 싶다는 그 세계를 오

---

31 신유한 저, 앞의 책, p.93.

32 신유한 저, 「해유록 상」, 『해행총재 Ⅰ』, 민족문화추진회, 1977, pp.485~486.

사카에서 통역을 통해 보고 접한 신유한의 반응은 냉담하다. 신유한이 호객 행위를 하는 유녀를 인간적인 차원에게 경원하는 자세를 보였다면 매춘업의 생리를 이해하고 있는 일본의 통역자의 입장에서는 일방적으로 유녀를 비난하기는 어려웠을 것이다. 이러한 통역자의 태도가 겐로쿠 시대 일본인의 공통 인식에 가까운 것이 아니었을까 여겨진다. 겐로쿠 시대의 선구자인 사이카쿠도 통역자의 발언보다 약 35년 전에 출판된 『제염대감(諸艶大鑑)』에서 다음과 같이 기술하고 있다.

> 원래 유녀가 되는 사람은 스스로의 욕정에 의한 것이 아니라 거의 그 부모 때문이다. 유곽 십년이라고 하는 것은 수습 기간은 계산에 넣지 않고 미즈아게(水揚, 유녀가 손님을 처음 받는 날)부터 세는 것으로 정해져 있다.[33]

유녀라고 하는 것은 스스로 그 길을 선택해서 들어간 것이 아니라 부모의 경제 사정에 의하여 빚어진 불가피한 상황이라는 것이다. 이러한 처지에 대해 사이카쿠는 인간적인 이해를 표명하면서도 유곽을 없애야 한다는 논리를 보이고 있지는 않다. 단지, 유녀의 현실을 다양한 각도에서 파헤쳐 독자에게 유녀와 유곽의 세계에 대해서 설명하는 자세를 취하고 있을 뿐이다.

> 보면 볼수록 매력이 있는 여성이었다. "무슨 사정으로 이런 가게에서 일하는 겁니까? 손님을 접대해야하는 일인 만큼 괴롭겠지요."라고 묻자, 여인은 "다른 사람에게 마음의 밑바닥까지 보이게 되는 것도 이런 일을 하기 때문으로 예의에 벗어나 사람의 도리를 다하지 못한답니다. 모든

---

33 麻生磯次 外, 『諸艶大鑑(好色二代男)』(決定版対訳西鶴全集二), 明治書院, 1992, p.161.

것이 부족한 처지라 뜻하지 않은 욕심도 생기게 됩니다. 손님에게 제 자
신의 물건은 물론이고 벽의 띠지까지 부탁해 새는 바람을 막고 있습니다.
오노(小野)의 숯, 요시노(吉野)의 종이, 히덴인(悲田院)의 짚신까지도 제
몸을 괴롭혀 마련하고 있습니다."[34]

당대의 유녀가 생활을 유지하기 위해서 손님의 도움을 받아야 하는
현실의 한 단면을 기술한『호색일대남』의 내용이다. 유녀도 생활의 방
편으로 유곽에서 일하고 있는 만큼 생활을 위한 정도는 인정을 했지만
손님과의 관계에 몰입해 서로에게 무리가 가는 것을 사이카쿠는 그다
지 좋게 생각하지 않았다는 것을 그가 평가한 유녀의 모습을 통해서
간접적으로 알 수 있다.

손님 쪽에서 목숨을 버릴 정도로 다유에게 몰입해 오면 도리(道理)를
말하며 거리를 두었다. 소문이 나려고하면 잘 설득을 해서 유곽출입을
하지 말도록 권했다. 지나치게 열을 내면 세상의 도리를 설파해 관계를
끊었으며 신분이 높은 사람에게는 사회적 체면을 존중하도록 의견을 제
시했다.[35]

신유한의 논리라면 사랑을 위하여 자신을 버리는 것이 이러한 세계
에서 일하는 여성에게도 필요하다는 내용이 되겠지만 사이카쿠는 유
녀의 애절한 사랑에 대해서는 경계의 입장을 보인다.『호색일대남』에
서 주인공인 요노스케(世之介)에 반한 다유가 다른 손님을 받는 것을
거부하자,

---

34 麻生磯次 外,『好色一代男』(決定版対訳西鶴全集一), 明治書院, 1992, p.24.
35 麻生磯次 外,『諸艶大鑑(好色二代男)』(決定版対訳西鶴全集二), 明治書院, 1992, p.192.

요노스케는 사랑은 서로 공유하는 것이라고 생각해 다유를 설득하며 "그 손님에게 가거라."라고 권했다. 다유는 "오늘만은 일본의 신에 맹서하건데 가지 않겠습니다."라고 대답을 했다. …(중략)… 포주가 달려와, "오늘은 오하리의 손님에게도 요노스케 님에게도 팔지 않겠습니다."라고 말하며 다유 다카하시의 머리채를 휘어잡고 집으로 끌고 갔다.[36]

유곽에서, 유녀와의 사랑은 독점하는 것이 아니라 서로 공유하는 것이라고 주인공을 통해서 작자가 제시하고 있다. 이러한 미의식은 유곽이라는 특수한 공간에서만 작용할 수 있는 것으로 삼종지도(三從之道)를 강조하는 일반 사회에서는 통용되기 어려운 내용이었다. 신유한의 유녀에 대한 평가는 사회의 일반의 논리와는 통하지만 유곽이라는 특수한 공간에서는 무의미한 지적에 가깝다. 그러나 상업적 입장에서 유곽의 존재를 인정하고 유곽 나름의 미의식을 묘사한 사이카쿠이지만 금전에 집착하는 유녀를 높이 평가하지는 않았다. 유녀가 돈을 추구할 수밖에 없는 존재라는 것을 인정하면서도 지나치게 돈을 추구하는 유녀를 경계하는 글을 남기고 있다. 『호색일대남』 권7-1화에서, 유녀가 금전을 유난히 밝히며 접근하자 유녀에게 벌을 주기 위해 요노스케는 그 유녀를 몰래 만난다. 얼마 후, 유녀로부터 돈을 원한다는 편지를 받고서 요노스케가 유녀에게 답장을 보낸다.

정월의 경비를 부탁하는 편지를 받았습니다. 연말에 바쁘신 와중에도 서신을 보내주신 것에 감사드립니다. 돈을 내고 유녀와 즐겨야 한다면, 잘 알고 계시겠지만 저에게 반한 다유(太夫)와 오랫동안 친밀하게 지내고 있습니다. 당신이 돈을 지불하지 않아도 된다고 하셨기에 사랑놀이에 여

---

36 麻生磯次 外, 『好色一代男』(決定版対訳西鶴全集一), 明治書院, 1992, p.228.

넘이 없는 이 몸이지만 가끔 인정에 못 이겨 만나드린 겁니다. 돈은 다른 남자를 상대로 버세요. 일수 돈이 필요하다면 변통해 드리겠습니다.

돈을 목적으로 접근한 유녀에 대해서도, 유곽 내에서 개인적인 사랑에 빠진 유녀에 대해서도 사이카쿠는 경계의 자세를 보인다. 도쿠가와 시대의 유녀는 생계형으로 직업을 택한 사람이 대부분인 만큼 그런 유녀들에게 봉건적인 윤리의식 내지는 유곽 내에서의 무모하고 위험한 사랑을 추천하기에 사이카쿠는 세상을 너무 많이 알고 있었다고 생각된다. 봉건 사회의 윤리와 틀을 옹호할 정도로 사이카쿠는 교학적이지도 않았으며 봉건사회에서 유곽이 존재해야 하는 이유처럼 유곽 내에서도 유녀가 손님이외의 마음이 통하는 사람과 사랑을 나눈다고 하는 것은 피할 수 없는 일인 만큼 유곽이라는 틀을 유지하기 위해서는 사이카쿠 스스로가 나서서 유녀의 사적인 사랑을 권장할 일도 아니었다.

신유한 등의 조선통신사에게, 유곽의 호객행위는 이국의 저급한 풍속에 지나지 않았지만 일본의 상인에게 유녀와 유곽은 삶의 한 부분이었다. 사이카쿠는 이러한 유녀들의 삶을 긍정하는데 그치지 않고 그속에서 일본적인 풍속의 장점을 발견해 상인의 삶을 합리화시키려고까지 노력했다. 사이카쿠가 조선의 사절에게 보여주고 싶었던 오사카의 유곽을 신유한은 일본인 통역자를 통해 상당히 깊숙하게 접했지만 서로의 주장은 접점을 찾을 수 있는 내용이 아니었다.

사에키 준코의 정리처럼, 유곽은 도쿠가와 시대의 논리하에 작용했으며 사이카쿠는 현실 세계와 또 다른 질서가 작용하는 유곽이라는 공간이 공존하기를 희망했다. '유녀의 처지처럼 슬픈 존재는 없다'[37]라

---

37 麻生磯次 外, 『諸艶大鑑(好色二代男)』(決定版対訳西鶴全集二), 明治書院, 1992, p.89.

며, 유녀가 불행한 존재라는 뚜렷한 의식을 가졌지만 그런 유녀가 유
곽 내에서 사랑을 하는 것에는 반대한 사이카쿠의 태도는 유곽이라는
공간이 상인계층이 지닌 상업적 의미의 중요성을 충분히 감지하고 있
었기에 빚어진 것이 아닌가 생각된다. 이러한 도쿠가와 시대의 유곽에
대해 미야기(宮城) 씨도 사회적 기능을 인정하고 있다.

> 유곽은 화폐로 여성의 육체를 사는 곳이었지만 적나라한 인간 대 인간의
> 관계가 있었다. 봉건 사회가 강요한 신분이라는 족쇄도 유교 도덕도 의미
> 가 없는 세계였다. 특히나 봉건 사회에 기생한다고 천대받던 상인(町人)들
> 이 풍부한 재력을 바탕으로 획득할 수 있는 인간으로서의 자유세계가 유곽
> 이었다. 그렇기에, 유곽에 다닌 상인들은 성만이 목적은 아니었다.[38]

이러한 유곽의 모습과 기능은 유녀를 바라보는 신유한의 입장과는
너무나도 다른 것이다. 신유한은 상업주의적인 요소가 배제된 인본주
의적인 남녀 간의 사랑관으로 풍류를 존중하는 조선 선비의 도덕적
기준으로 일본의 유녀를 판단한 것이다. 조선의 현실에서는 진실성을
갖춘 내용이지만 일본의 유곽에서는 적용하기 어려운 내용이라고 할
수 있다. 일본에서 유녀를 없애기 위해서는 유곽을 없애야 하는 것이
고 유곽을 없애기 위해서는 가난과 봉건적 수탈구조를 해체시켜야 하
는데 신유한은 물론이고 그를 통역한 일본인과 사이카쿠 또한 그에
대한 해답을 가지고 있었을 리가 없다. 신유한이 경제적 논리를 배제
한 인간적인 사랑의 논리를 이야기했다면 사이카쿠는 현실의 질서 속
에서의 유곽이라는 해방구를 통해 상인계층의 정신적 안위와 희망을
유지하고자 했다고 본다. 신유한의 순수한 사랑관은 후일 사이카쿠가

---

[38] 전게서, 『新稿日本女性史』, 吉川弘文館, 1974, p.167.

유곽에서 벗어나 일반인의 사랑을 다룬 작품세계에 가까운 내용이다.

조선통신사와 사이카쿠 등의 일본 상인계층과의 입장의 차이는 유녀와 유곽이라는 도쿠가와 사회의 시스템을 어떻게 볼 것인가에 귀착되는데 특정한 개념을 설정해 인간의 행위를 판단하고자 하는 조선통신사와 인간의 욕망과 삶의 현상을 인정하고 그것을 종합해 인간관을 구축한 상인과는 결정적인 차이가 있다. 따라서 사이카쿠가 유녀에 집착한 것도 당시대에 일본에 파견된 조선의 통신사행이 유녀에 지대한 관심을 표명한 것도 개인적인 취향의 문제가 아니라 당대 일본이라는 사회를 관찰하면서 자신들의 정체성을 확인하기 위한 의식의 발현으로 이질적인 삶을 지향하는 양자가 접점을 찾기에는 어려움이 따랐다고 생각된다.

5. 마치며

일본을 방문했던 조선통신사에게 도쿠가와 시대의 일본은 대단히 이질적인 사회로 성리학적 기준에서 그 사회를 판단한다면 그다지 긍정적인 답을 얻기는 어려웠을 것이다. 이러한 통신사들의 일본 체험은 여러 가지 측면에서 기술이 이루어졌지만 풍속적인 측면에서는 경멸에 가까운 감정을 여과 없이 토로했다. 그 중에서도 신유한의 기술은 종래에 높은 평가를 받는 기행문임에도 불구하고 조선사회와 일본사회를 상대화시킨 이해보다는 자신의 입장에서 일본을 좀 더 폭넓게 관찰하려는 의지가 강하게 표출된 기행문이다. 그 기행문의 내용 중에 일본의 유녀에 대한 평가는 신유한의 의견뿐만 아니라 그 의견에 대한 일본 역관의 반응을 함께 접할 수 있어 다른 통신사의 일방적인 기록에 비해 유익하다고 할 수 있다. 신유한을 비롯한 다수의 통신사가 경멸에 가까운 시점에서 논한 일본의 유곽과 문화를 당대의 작가인 사이카쿠가 적극적으로 옹호한 것을 보면 조선의 사대부와 일본의 상인계층은 전혀 이질적인 존재였음을 알 수가 있다.

사이카쿠 작품에 많이 보이는 유곽의 존재를 전제로 한 유녀의 모습은 봉건적 틀을 완전히 거부하지 못한 사이카쿠와 일본 상인계층의 사회적 입장을 반영한 것이다. 사이카쿠는 초기에 유곽을 배경으로 한 『호색일대남』, 『제염대감』에서 벗어나 봉건적 틀에 도전하는 『호색오인녀』와 같은 일반 사회의 사랑을 다룬 내용으로 관심이 이동한다. 유곽에서 일반 사회로의 전환을 통해 좀 더 일본적이면서 좀 더 상인적인 문학의 세계가 구축될 수 있는 틀이 마련됐다고 생각된다. 일본의 상인계층과 조선통신사의 견해에는 서로가 받아들이기 어려울 정도의 인식의 차이가 있었지만 조선통신사행과의 접촉을 통해 도쿠가와 시대 문학의 내연이 확대되는 계기가 마련된 것은 아닌가 추론해 본다.

제2장

조선통신사가 본 일본의 원림(園林)과 문화 환경

-신유한과 조엄을 중심으로

1. 시작하며

한·일·중 삼국을 동아시아, 동북아시아라는 지역적 개념 내지는 한자문화권, 유교문화권 등 문화적 개념으로 이해하려는 공통의 인식이 이 지역에서 점차 확대되고 있다. 한·일·중에 있어서 지역을 기반으로 한 공통의 인식이 어떻게 형성되어 왔는가를 살펴보는 작업은 향후 지역의 미래를 모색하는 데 있어서 중요한 의의가 있다고 본다.

특히, 전근대 시대에 한국인이 일본이라는 공간을 어떠한 맥락에서 이해하고 있었는지를 파악하는 데 있어서 조선통신사의 사행기록은 한국과 중국의 관계를 고려하는 데 있어서 활용되는 각종 연행록과 함께 대단히 유효한 기본 자료이다.

일본 사행을 통해 대조적인 관찰기록을 남긴 신유한(1718)과 조엄(1763)의 사행기록은 18세기 조선인이 일본이라는 공간을 어떻게 이해하고 있었는지 흥미로운 시점을 제공하고 있다. 조엄은 사행임무를 마치고 부산에 도착하기 직전인 1764년 5월 16일에 일본 도포(鞱浦)의 대조루(対潮楼)에 올라, "바다 경치와 달빛이 완연히 올 때와 같았다."[1]라고 감회를 토로한다. 심복인 최천종(崔天宗)이 오사카에서 살해된 1764년 4월 7일 이후에 처음으로 일본의 풍광에 대해 언급한 말이다. 1763년 8월 3일 서울을 출발해 1764년 7월 8일에 서울에 재입성해 왕에게 귀국보고를 하기까지 그의 통신사행은 결코 순탄치만은 않은 여정이었다.

조엄은 조선통신사와 피랍인들의 기록을 정리한『해행총재(海行摠載)』를 편집한 인물인 만큼 조선통신사의 일본관의 허실에 대해서 가장 많은 정보를 정리해 일본으로 향한 조선통신사임에 틀림이 없으며 당대 최고의 사행록으로 평가받는 신유한(申維翰)의『해유록(海遊録)』도 충분히 참고를 했다고 여겨진다.

신유한은 어느 사행 참가자보다도 적극적인 자세를 보여, "국금에 의해 겹겹의 문 안에 갇혀 있어 감히 시낭(奚囊-시주머니)을 가지고 모든 절과 누각을 두루 구경하지 못하니, 이역의 풍경이 다만 사람의 마음에 슬픔을 더할 뿐이었소."[2]라고 일본의 풍광을 더 탐닉하지 못한 아쉬움을 여과 없이 표현하고 있다. 일본인에 의한 통제가 없었다면 더 많은 풍속과 경치를 시에 담아올 수 있었겠지만 그 뜻을 다 펼치지 못한 것을 못내 아쉬워하는 내용이다.

신유한처럼 적극적으로 일본의 원림과 자연을 즐기고자 했던 인물들이 일본의 자연을 높이 평가하려고 했던 것과는 달리 조엄은 신중한 자세로 일관하는 모습을 보인다. 1763년 사행 길에 오른 조엄은 그 해 12월 29일에, "적간관(赤間関)은 기세는 비록 웅장하나 관방(関防)에 지나지 않으니, 그 승경(勝景)과 가취(佳趣)로 말하면 어찌 감히 우리 쌍호

---

1 조엄 저·김주희 외 역,「海槎日記」,『국역해행총재Ⅶ』, 민족문화추진회, 1977, p.292.
2 신유한 저·역자 미상,「海遊録」,『국역해행총재Ⅰ』, 1977, pp.484~485.

정(双湖亭)을 당하겠는가? 설령 참으로 아름답다 하더라도 우리 땅이 아닌데 장차 어디에 쓰겠는가? 하물며 우리 쌍호정의 모든 승경은 모두 적간관에는 없음에랴?"[3]라며 여행일지로서는 대단히 긴 지면을 할애해 가며 조선의 쌍호정의 우월함을 구체적으로 기술하고 있다. 일본에 대한 자신의 평가가 객관적임을 강조하려는 필자의 의지를 강하게 느끼게 하는 부분이다. 동시대의 일본의 모습을 보고서도 무엇이 신유한과 조엄의 인식의 차이를 낳게 한 것인지 두 사행인의 기술을 중심으로 그들이 일본을 어떻게 이해하고 고찰했는가를 생태학적 환경과 문화적 환경의 측면에서 재구성해보고자 한다.

2. 일본적 원림(園林)의 특성

일반적으로 원림이라는 용어를 중국에서는 정원의 의미로 사용[4]하고 있으나 일본에 파견된 조선통신사가 남긴 기록물에 등장하는 원림(園林)의 의미는 폭이 넓은 편이다. 『사화기략』에서 "절의 제도는 매우 크고 넓었으며 지대(池台)와 원림은 조용하고 깊숙하여 사랑스러웠다."[5]라는 기술에 보이는 원림[6]은 정원의 의미로도 대체할 수 있으나 『문견

---

3 「惟此赤間関. 気勢雖壯. 不過関防之地. 若其勝景佳趣. 安敢当吾双湖亭也. 設令信美. 既非吾土. 将焉用哉. 況吾双湖亭. 諸般勝景. 皆是赤間関所無也. 以是将此第一関防. 謂不若弊廬者. 事近妄矣. 人或以私於己有笑之. 而第為記之. 因要副従使及幕僚輩之 他日来観湖亭後評論之. 未知其果如何也.」(한국고전종합DB). 조선통신사의 원문기록 은『국역 해행총재』와 한국고전번역원의 「한국고전종합DB」를 통해 비교적 간단하게 확인이 가능하므로 생략함.

4 박희성, 『원림 경계 없는 자연』, 서울대학교출판문화원, 2011, p.5.

5 박영효 저·이재호 역, 「使和記略」, 『국역해행총재XI』, 1977, p.333.

6 남용익 저·이영무 역, 「聞見別錄」, 『국역해행총재VI』, 1977, pp.92~94.

별록(聞見別錄)』에서 사용한 원림은 정원의 의미보다는 꽃과 나무들을 포괄하는 좀 더 큰 의미의 틀로서 사용하고 있다. 본고에서는 '원림'을 집안의 정원에 한정시키지 않고 사람의 손길이 미친 식생의 의미로 다루고자 한다.

1935년에 일본을 방문한 카잔차키스의 일본의 원림에 대한 언급은 일본 정원문화의 핵심을 언급한 내용으로 주목할 만하다. 일본의 정원사가 정원을 가꾸는 모습을 보면서 카잔차키스는 다음과 같이 기술하고 있다.

> 마침 정원사가 작은 매화나무의 가지들을 쓰다듬으며 휘어진 매화나무가 축 처진 버드나무같이 인상적이며 멋진 형태를 갖도록 손질을 하는 중이었다. 나는 한동안 그곳에 서서 늙은 정원사의 가늘고 솜씨 좋은 손가락들이 그토록 사랑스럽게 자연을 길들이는 것을 보고 경탄했다.[7]

아름다운 정원을 위해 나무를 길들이는 일본인 정원사의 모습을 보면서 카잔차키스는 경탄에 찬 수사를 늘어놓는다. 일본인이 미적인 관점에 맞춰 자연을 변형시킨다는 내용을 조선통신사의 기록에서 찾는 것은 그다지 어렵지가 않다. 1655년의 사행록인『문견별록』에서, "집집마다 정원에는 반드시 꽃나무를 심는데, 재배하고 가꾸는 것이 아주 교묘하고 기이하다."[8]라고 묘사하고 있으며, 1711년의『동사일기(東槎日記)』에서도, "정원에는 반드시 화초를 심어 그 가지와 줄기를 다듬으니 그 모양이 매우 교묘하다. 또 물을 끌어다가 곡지(曲池)를 만들고, 돌을 모아 가산(假山)을 만든 것이 곳곳에 있다."[9]고 했다. 신유한은『해

---

7   카잔차키스 저·이종인 역,『일본·중국 기행』, 열린책들, 2008, p.134.
8 「聞見別錄」, pp.92~94.

유록』에서 "화원(花園)에는 수사앵(垂糸桜), 수사해당(垂糸海党) …(중략)… 어애황(御愛黄), 불두백(仏頭白) 두 종류가 더욱 아름다웠다."[10]라며 화원을 통해 유통되는 일본의 화초에 대해 언급하고 있다. 그 밖에도 일본의 정원과 화초에 대한 조선통신사의 언급은 그 예가 상당히 많은데 정원과 함께 감탄한 것은 인공적으로 조성한 담장의 모습이나 조화(造花)를 활용해 장식한 화상(花床) 등, 자연을 실생활에 재현하고 활용하는 기술들이다. 당대의 일본은 화원을 통해서 식물을 재배하고 판매하는 시스템이 잘 구축되어 있었듯이 일본인의 취미가 상당히 시장경제화의 과정을 통해서 이루어지고 있었음을 실감케 하는 내용이다.

> ㉠ 정원의 경계(庭際)에는 삼나무(杉木)를 틀어 담을 만들었는데, 그 주밀하고 방정한 것이 마치 먹줄을 치고 대패로 깎은 것 같다. 그리고 높이는 1장(丈, 약 3m)이나 되고 길이는 거의 수십 길(약 3m)이나 되었다.[11]
> ㉡ 조화인 매화, 국화, 모란꽃 등속이 있는데 그 줄기와 잎 꽃이 꼭 생화와 같아 보는 사람들이 대개 생화로 오인하였다. 이 나라 풍속이 기괴한 것을 좋아하고 교묘한 것을 숭상함이 대개 이와 같았다.[12]
> ㉢ 화상(花床)에 각각 진찬(珍饌)을 담고 그 가운데 꽃나무를 심었는데, 꽃술과 잎사귀가 갖가지로 빛나 마치 천연적인 것처럼 교묘하여 자세히 보지 않으면 자못 진가를 분간할 수 없었다. 이리하여 비로소 사람의 기묘한 솜씨도 자연(化工)의 묘기를 얻을 수 있다는 것을 알았다.[13]

일본인의 기교는 정원과 그 주변을 단순히 가꾸는 일에 한정된 것이

9   임수간 저·이진영 외 역, 「東槎日記」, 『국역해행총재IX』, 1977, p.276.
10 신유한 저, 「海遊録」, pp.480~481.
11 조엄 저, 「東槎日記」, p.169.
12 신유한 저, 「海遊録」, p.416.
13 임수간 저, 「東槎日記」, p.173.

아니라 그 것을 재현하는 기술에 있어서도 탁월한 능력을 발휘해, 조
선통신사가 '자연의 묘기' 즉 '조물주의 조화'로까지 감탄할 정도이다.
조엄의 경우는, 1763년 12월 15일에 "봉행(奉行) 평여민(平如敏)이 귤(柑
子)과 노송분(老松盆)을 바치므로 귤은 받고 소나무는 보지 않고 돌려보
내며 말하기를, 나는 본디 화초에 대한 성벽(性癖)이 없으니, 당신이
즐기는 것이 좋겠다."[14]라며 거절의사를 분명히 밝힌다. 정사인 조엄이
일본 측의 분재 선물에 대해 화초를 애호하는 마음이 없다는 이유로
거부의사를 밝힌 내용이다. 조엄이 처음에는 일본의 화초에 대해서 관
심이 없다고 밝혔지만 사행이 진행되면서 점차 다른 조선통신사처럼
일본의 정원내지는 그 주변의 식생에 대해서 대단히 구체적이고 다양
한 기술을 남기고 있다. 1764년 3월 14일의 기록을 보면,

　　그 뜰에 맑은 샘이 있고 샘을 따라 작은 못을 만들었는데 노는 물고기들
이 모이를 다투어 먹었으며, 기이한 화초가 집을 둘렀고, 울룩불룩한 돌
들이 또한 기관(奇観)을 도왔다. 환궤(圜闠, 거리−필자) 가운데에 이런 절
경이 있으리라고는 생각하지 못했다.[15]

　거리의 한가운데 위치한 저택에 절경의 원림을 꾸며 놓은 솜씨에
감탄하면서 일본인의 기묘함을 숭상하는 문화에 대해 놀라움을 표현
하고 있다. 이러한 일본인의 원림에 대한 집착은 조선통신사를 접대하
기 위해 조성됐다고 보기보다는 당대 일본인의 삶의 자연스러운 반영
이며 일본인의 원림에 대한 자긍심과 기술력의 발현으로 보인다.

_____

14 조엄 저, 「海槎日記」, p.115, 「奉行平如敏. 呈柑子老松盆. 柑則受之. 松則不見而還之
　日. 我則本無花草癖. 汝自玩也.」

15 조엄 저, 「海槎日記」, p.166.

사가의 산그늘에 별장을 마련해 교토를 내려다보고 아라시야마를 정원
으로 끌어들이고 오오이강의 물이 샘물로 흐르게 하였다. 3월 3일에 그
곳에서 연회를 열었는데 아직 복사꽃이 피질 않았다. 이 상태로는 흥취
가 나지 않는다며 기타노의 종이 공예가를 불러 조화로 복사꽃을 만들게
했다.[16]

사이카쿠(西鶴)의 『남색대감』에 나오는 내용이다. 조선통신사가 감
탄한 일본의 원림과 조화는 당대 일본인들도 감상하고 싶어 했던 문화
였다는 것을 알 수 있다. 일본인들이 기묘한 화초와 원림을 조성하는
것을 부와 권력의 상징으로 삼고 있었다는 것을 사이카쿠의 문학이나
『송음일기(松蔭日記, 마쓰카게닛키)』[17] 등에서 확인하는 것이 가능하다.
특히 이 일기를 작성한 사람은 당대의 최고 권력자인 야나기사와 요시
야스(柳沢吉保, 1658~1714)의 두 번째 부인으로 '육의원(六義園)'이라는 당
대 최고의 정원을 에도에 조성해 귀족적인 일본문화의 근거지를 마련
한 것으로 유명하다.

자연을 재구성하는 일본의 원림문화에 대한 조선통신사들의 반응은
놀라움 그 자체였으나 일본의 원림문화를 전적으로 인정하는 차원의
언급이 아니었음을 조엄의 기술을 통해서 엿볼 수 있다. 조엄은 "호사
가(好事者)들은 대부분 화초를 숭상하여 한 풀 한 나무의 약간 볼만함이
있는 것이면 배식(培植)하지 않는 일이 없고, 혹은 매기도 하고 당기기
도 하여 다양하게 기교를 부려서 거의 그 본성을 온전케 한 것이 없으

---

16 富士昭男外訳注, 『男色大鑑』(決定版対訳西鶴全集六), 明治書院, 1992, p.148.
　「嵯峨の山陰に座敷をしつらひ, 都を目の下に詠めおろし, 嵐の山を庭に取, 大井川を泉
　水に仕かけ, 弥生の三日爰に噪て, いまだ其年は桃花もまだしく, けふの風情の興なきと
　て, 北野なる紙細工, 幾人か俄によびよせ, 桃の唐花をつくらせ.」
17 上野洋三校注, 『松蔭日記』, 岩波書店, 2004.

니, 그는 쓸 데 없는 곳에 힘을 낭비한다고 할 만하다."라고 일본의
원림문화가 식생의 본성에 반하는 행위이며 힘의 낭비라고 폄하하고
있다. 인공적인 원림의 조성과 조화를 만드는 기술의 정교함에 대해
감탄을 하면서도 자연의 본성을 왜곡하는 행위라고 인식하는 조엄의
입장은 양국의 자연관의 차이를 드러낸 구체적인 예라고 할 수 있다.

3. 생태적 환경과 문화적 이상향

일본의 원림과 생태적 환경에 대한 조선통신사의 경탄과 찬사는 정도
이상의 것이었다. 특히 주목되는 내용은 일본의 식생을 접한 조선통신
사의 감회가 문화적인 감흥으로 연결되고 있다는 것이다. 신유한은 호
기심이 왕성한 관찰자였는데 목수(木秀)라는 나무를 보고서는, "왜인들
의 말이, 이것은 가을과 겨울 사이에 엄한 서리를 맞아야 비로소 꽃이
피는데, 꽃이 담자색(淡紫色)으로 복숭아꽃과 같고 향기가 사랑스럽다
는 것이다. 오랑캐의 풍속이 괴이한 것을 좋아하는데 하늘이 낸 식물
도 또한 이상한 것이 많다."[18]라고 식생과 일본인의 기질을 연결시켜
이해하고 있다. 조선통신사들이 일본의 다양한 식생을 접하면서 한국
내에서는 직접 감상하지 못하고 중국의 문헌 내지는 시를 통해서 인지
하던 식물과의 만남이 일본 땅에서 이루어졌다는 것이다. 조선통신사
들이 읊은 시를 보면,

　　　㉠ 종려(椶櫚)[19]

---

18 신유한 저, 「海遊錄」, pp.443~444.

두자미(杜子美)시 가운데 촉(蜀)땅의 종려나무(子美詩中蜀欏木)
이제 일역에 와서 참 모양을 보았네(今来日域見真身)
…(하략)…

ⓛ 비파편(枇杷篇)[20]
내가 일찍 촉도부를 읽어 보니(嘗読蜀都賦)
－중략(中略)－
비파란 무슨 물건인지 몰라서(枇杷是何物)
문견이 좁은 것을 탄식했더니(坐井良可嗟)
이제 해외의 나라에 와서(今来海外国)
마침 비파가 익을 때라(正値枇杷熟)
도주가 한 바구니를 선사하기로(島主餉一籠)
…(하략)…

ⓒ 양매(楊梅)[21]
이 백 시에 나오는 옥소반의 양매를(玉盤楊梅李白詩)
이 아침에 보았네, 동해 가에서(今朝見之東海湄)
…(하략)…

　중국의 문헌과 시를 통해서 종려나무, 비파, 양매를 접했던 조선통신사가 일본에 와서 비로소 그 실체를 접하게 됐다는 내용이다. 관념적으로 이해하던 중국문화 속의 식생을 일본의 생태적 환경을 통해서 처음으로 정확하게 인식하기 시작한 것이다. 이처럼 조선통신사의 일본 방문은 한국과는 이질적인 기후를 접하면서 동아시아의 생태적 특

19 조경 저·양주동 역, 「東槎録」, 1977, p.41.
20 조경 저, 「東槎録」, p.42.
21 조경 저, 「東槎録」, p.56.

성과 중국적인 문화관의 의미를 재인식하는 과정이라고도 할 수 있다.

문헌을 통한 시적 세계의 지식을 잘못 적용한 대표적 사례가 일본의 '원산(猿山)'을 둘러싼 오해이다. 원산은 원숭이가 많이 사는 산이라는 뜻에서 붙여진 이름이다. 원숭이는 한국 내에서는 접하기 어려운 동물이었던 것을 이유로 조선통신사가 관심을 표명했을 가능성도 있지만 중국의 시적 정취를 너무 적극적으로 일본의 산야에 적용시키는 과정에서 발생한 해프닝으로 이해된다. 1643년 사행에서 '원산(猿山)'[22]에 대해서 읊은 시를 보면,

> 원산(猿山)
> 협곡사이 맑은 강에 석양이 비꼈는데(峽裏淸江帶落暉),
> 구슬픈 잔나비 울음이 지나는 돛을 전송하네(哀猿啼送暮帆歸)
> …(하략)…

중국의 시인 이백[23]이 읊은 '아침 일찍 백제성을 출발하다(早發白帝城)'에서의 '양쪽 언덕의 원숭이 울음소리 계속 들으며(兩岸猿声啼不住)'를 의식한 내용이다. 중국 시인들이 전통적으로 많이 다루는 시재(詩材)인 '원숭이'와 '원숭이의 울음'에 대한 정취를 살리면서 일본의 원산(猿山)을 대상으로 조선통신사가 읊은 시이다. 1643년의『계미 동사일기(癸未東槎日記)』에서도, "일본에는 원숭이가 원래 많지만 그 중에서도 이 산에 가장 많다고 한다."[24]라고 기술하고 있다. 원산에 대한 인식을 후대의 조선통신사들도 함께 공유하다가 1718년 사행에 참가한 신유

22 조경 저,「東槎錄」, p.156.
23 松浦友久 編訳,『李白詩選』(岩波文庫赤5-1), 岩波書店, 1997, p.9.
24 저자 미상·이민수 역,「癸未東槎日記」,『국역해행총재Ⅴ』, 1977, p.248.

한이 아메노모리 호슈(雨森芳洲, 1668~1755)와 이야기를 나누는 과정에서 그 오해가 밝혀진다.

> 일찍이 들어보니 적간관의 동쪽에 원산(猿山)이 있는데 산에 원숭이가 많이 산출되어 원숭이의 소리가 들을 만 하다는데, 어느 곳이 원산입니까? …(중략)… 전하는 사람이 한번 잘못하여 원(猿) 자(字)를 만들었고, 두 번 잘못하여 원숭이가 산출된다고 전하였으며, 또 원숭이 소리가 들을 만하다고 보태었으니, 이것은 농장(弄獐, 弄璋의 오류-필자)의 그릇된 것보다 심하니, 참으로 사람으로 하여금 포복절도할 일이었다.[25]

일본의 원산(猿山)에 대한 명성이 단순한 오해에서 비롯된 것임을 밝히고 있다. 조선통신사들은 처음으로 접하는 일본의 생태적 환경에 대해 서로 정보를 주고받으면서 중국의 자연 내지는 한국의 자연과 비교하면서 평가하는 입장을 보인다. 일본에 대해서 부정적이며 유보적인 입장을 견지하던 조엄도 시간이 경과함에 따라 일본의 생태적 환경에 의미를 부여하며 시적 해석을 더하는 모습을 보인다. 조엄이 1764년 1월 11일에 도포를 보면서 지적하고 있듯이, "전후의 신사들이 다 도포(鞆浦)를 일본 연로의 제일 명승지라고 하여 혹은 동정호(洞庭湖)에 비유하고 악양루(岳陽樓)에 비유했다. 동정호와 악양루는 아직 목격하지 못하였으니 그 우열을 평가할 수는 없으나 …(중략)… 참으로 좋은 강산에 좋은 누대였다." 조엄은 솔직하게 중국의 동정호나 악양루를 보지 못해 비교할 수 없으나 도포의 풍광이 빼어남은 인정하고 있다. 이러한 조엄의 자세는 1월 29일에 비와호(琵琶湖)를 보면서도, "동정호에 비유하더라도 그 우열이 과연 어떠할지 알지는 못하겠다."라고 조심스럽게

25 신유한 저, 「海遊錄」, p.459.

일본의 풍광을 인정한다. 2월 11일, 에도로 가는 길에 들렀던 청견사(淸見寺)를 보고서는 "비록 듣던 바만은 못하나 또한 흔히 있는 게 아니라 하겠다."라며 청견사의 경치를 인정하면서도 이전의 조선통신사보다는 인색한 입장을 취한다. 에도에서 임무를 마치고 귀국길에 청견사를 다시 방문한 1764년 3월 20일에는 다소 입장의 변화가 보인다. "매화는 비록 떨어졌지만 연약한 푸른 잎은 그늘을 이루고, 괴이한 화초는 새 잎이 많이 돋았으며, 폭포는 비 뒤에 수세를 더했다. 절은 더욱 깊숙하고 경치는 퍽 그윽하였으니, 푸른 그늘 꽃다운 풀, 꽃피는 시절보다 낫구나(綠陰芳草勝花時)라는 것은 참으로 헛말이 아니다."[26]라고 귀국길에 다시 들린 청견사에서 왕안석의 '초여름에 부쳐(初夏即事)'의 싯구인 '짙은 그늘 그윽한 풀이 꽃보다 좋은 시절이구나(綠陰幽草勝花時)'를 인용[27]해 청견사의 빼어난 풍광과 원림을 언급하고 있다. 조엄은 1764년 4월 1일에 비와호의 망호정(望湖亭)에 올라서도 "백로주가 하나의 물줄기를 중분하였네(一水中分白鷺洲)."[28] "동정호의 군산(君山)이 혹시 이와 같을 런지" 하면서 이백(李白)의 '금릉의 봉황대에 올라(登金陵鳳凰台)'의 시구(詩句)를 인용하면서 비와호의 풍경을 동정호에 비유해 언급하고 있다. 조엄을 비롯해 많은 조선의 통신사가 일본의 풍광을 읊으면서 중국의 예를 빗대어 표현하고 있는 것은 일본의 생태적 환경을 전통적인 문화관 안으로 편입시키려는 시도로 이해할 수 있다. 이러한 작업을 통해 조선인들에게 무의미하고 생경했던 일본의 생태적 환경이 하나의 의미 있는 문화적 공간으로 기능하기 시작한 것이다.

---

26 조엄 저, 「海槎日記」, p.234.
27 유영표 편저, 『王安石詩選』, 문이재, 2003, p.75.
28 松浦友久 編訳, 『李白詩選』(岩波文庫赤5—1), 岩波書店, 1997, p.155.

일본의 생태적 환경을 접하면서 조선통신사는 경탄을 금치 못하는데 중국적인 문화관으로의 단순한 편입에서 한 발 더 나아간 사람들이 있다. 그들은 중국적인 지리관을 단순하게 적용해 해석하기보다는 중국적인 지리관의 한계를 넘어 일본의 풍광을 설명하고자 하는 적극성을 보인 예이다. 1624년『동사록(東槎錄)』에서, "호수에 비친 동정호의 악양루인들 어찌 이보다 좋겠는가? 지나온 길에서 본 부사산(富士山, 후지산), 상근호(箱根湖, 하코네 호수), 청견사의 번매(幡梅), 비와호 등은 참으로 천하장관이었다."[29]라고 했다 후지산(富士山)을 보면서는, "곽박(郭璞)이 산해경(山海経)을 지을 때 눈이 넓지 못하여, 한갓 오악(五岳)만을 삼공(三公)에 열거했네."[30]라고 중국 중심의 지리관의 한계를 지적하며 일본의 생태적 환경을 이상향으로 비유하고 표현하는 데 주저하지 않는 행보를 보인다.

　　㉠ 대나무와 곡식이 무성하여 푸른빛이 구름을 연하였으니 참으로 이른바 낙토(楽土)라 하겠다.[31]
　　㉡ 산 아래 큰 촌락을 지나는데 밀감과 귤이 울타리를 이루었고 시냇물이 졸졸 흐르니 바로 별세계였다.[32]
　　㉢ 십주(十洲)에 아름다운 곳이 이만한 데가 몇 군데나 되는지 알 수 없지마는, 바로 마고(麻姑), 영랑(永郎)의 무리로 하여금 손잡고 오게 하더라도 다소 머뭇거리며 바라보게 되지 않을 것인가?[33]
　　㉣ 대울타리와 꽃동산을 보니 눈에 보이는 것마다 그림과 같았고, 사람

29 조경 저, 「東槎錄」, p.250(부분생략).
30 조경 저, 「東槎錄」, p.71.
31 저자 미상, 「癸未東槎日記」, p.256.
32 남용익 저·성락훈 역, 「扶桑録」, 『국역해행총재Ⅴ』, 1977, p.549.
33 신유한 저, 「海遊錄」, p.435.

들이 혹 마주앉아 바둑을 두는데 소리가 땅땅하여 바로 소동파(蘇東坡)의 백학관(白鶴観)이 생각났었다.**34**

『동사일기』의 저자를 포함해 신유한에게 일본의 생태적 환경은 말 그대로 감탄의 대상이자 이상적인 세계의 한 모습이었다. 이러한 이상적인 세계의 인식 과정에서 조선통신사는 지진, 화산과 같은 물리적 현상도 함께 목격한다.

   ㉠ 미시에 큰 지진이 일어나 1천여 간이나 되는 큰 집이 흔들려 쓰러지려 하니 실로 평생에 보지 못하던 일이었다.**35**
   ㉡ 후지산은 하루에 절로 솟아났고 비와호는 하루 동안에 절로 열렸으니, 이것은 신령의 조화로 설치된 것이므로 사방에서 유람하러 오는 자가 반드시 재계한 뒤에야 양화를 면하는데, 후지산은 재계를 열흘 동안 하여야 되고 비와호는 하루 동안 재계하여도 된다.**36**

지진과 화산은 두려운 경험이겠지만 조선통신사가 감탄했던 경치는 모두가 화산, 지진과 관련이 깊은 장소이다. 화산과 지진이 아름다운 일본의 생태적 환경을 이루는 기초였음을 조선통신사도 감지하고 호기심과 함께 그 원리를 이해하려고 노력하고 있었음을 조엄의 기술을 통해 알 수 있다. 조엄은 "후지산 역시 그 머리가 희고 꼭대기에는 또 못이 있다고 하니 그도 역시 백두산의 아손일는지?"**37**라고 의문을 품으면서 후지산이 백두산과 같은 계통일 것이라는 사뭇 과학적인 추측

---

34 신유한 저, 「海遊録」, p.434.
35 임수간 저, 「東槎日記」, p.194.
36 신유한 저, 「海遊録」, 『国訳 海行摠載Ⅱ』, p.34.
37 조엄 저, 「海槎日記」, p.183.

을 하고 있다. 결국은 일본의 지형에 대해, "물리(物理)에는 더러 이해하기 어려운 것이 있으니 화산이나 온천 같은 유가 그것이다."[38]라고 자신의 인식의 한계를 인정하고 있다.[39]

일본의 생태적 환경은 일본인에게 두려움이자 신앙의 대상이었지만 신유한과 같은 조선통신사는 그곳에서 이상적인 세계를 발견하고자 했다. 신유한 등의 기록을 숙지하고 있던 조엄은 낭만적인 이상향의 예찬보다는 조선의 지형과의 연속성 속에서 일본의 물리적 특성을 파악하려는 노력을 했다는 점이 흥미로운 사실이자 양자의 커다란 차이이다.

4. 일본의 환경과 조선통신사의 역할의 인식

일본을 이상향으로 보고 시를 읊는데 온 정열을 바친 조선의 통신사행인을 꼽는다면 신유한 만한 인물이 없을 것이다. 그는 일본의 생태적 환경을 다양한 수사를 통해 묘사했는데 남도(藍島, 아이노시마)를 보면서 "만약 내 일생 백 년 즉, 3만 6천 일에 길이 이 속에서 앉아서 살 수 있다면 바로 겨드랑이에 날개가 생겨 신선이 되어 올라갈 것이다."[40]라고 일본의 환경을 이상화하고 있다. 일본의 자연에 대한 높은 평가와는 달리 그 자연 속에서 생을 영유하는 일본 사람의 평가에는 대단히 인색했다. "나는 개연히 어떤 오랑캐가 이 좋은 강산을 맡았는가 하고

---

38 조엄 저, 「海槎日記」, p.182.
39 일본의 지진과 온천에 대한 현재적인 이해를 얻기 위해서는 1912년 베게너가 발표한 대륙이동설을 기다려야 했다.
40 신유한 저, 「海遊錄」, p.435.

는 탄식하며 갔다."[41]는 표현 속에서 일본에 거주하는 사람들에 대한 그의 의식의 한 단면을 인식할 수가 있다. 신유한이 일본의 생태적 환경과 문화적 환경을 분리해서 사고하고 있었음을 느끼게 하는 발언이다.

> 옛적에 해상에 자라가 다섯 산을 머리에 이고 있다고 전하는데 일본 사람들이 자기네끼리 후지산(富士山) 아쓰타산(熱田山), 구마노산(熊野山)으로서 봉래(蓬莱), 방장(方丈), 영주(瀛州)라 한다. 그러나 나는 산의 형상을 가지고 볼 때는 후지산을 원교(円嶠)라 불러야 하겠고, 하코네산(箱根山)은 방호(方壺)라 부름이 합당하겠다. 이것은 조물주가 비밀히 아껴서 구주의 밖에 두어서 중화의 높은 선비로 하여금 생각해도 보지 못하게 하고, 또 왜속(倭俗)으로 하여금 보고도 그 이름을 알지 못하게 하였으니 동일하게 불우한 것이다.[42]

전대의 통신사들이 일본을 이상향으로 보고 기이하게 여겼던 일본의 생태적 환경에 대해 신유한은 적극적으로 긍정을 하면서 조물주가 중국인은 이 경치를 보지 못하게 했으며 일본인은 스스로 이 경치를 대외적으로 읊어내지 못하고 있는 상황이라고 규정했다. 자신만이 이 아름다운 생태적 환경을 문화적인 한시(漢詩)로 표현해 낼 수 있다는 자긍심의 표현으로도 해석할 수 있는 내용이다. 이처럼 일본의 생태적 환경과 문화적 환경의 불균형을 언급한 내용이 신유한의 기행문에서는 빈번하게 등장한다.

---

41 신유한 저, 「海遊録」, p.504.
42 신유한 저, 「海遊録」, p.519.

이 항구의 경치를 만약 장안의 귀공자로 하여금 자기 근방에 갔다 놀
수 있었다면 마땅히 금수(錦繡)같은 누대와 주옥같은 문장으로 천하에 자
랑하게 되어 천하에서 이름을 아는 사람들이 날마다 천만 명씩이라도 가
보게 될 것인데 불행히도 먼 바다 밖에 버려져 있어 욕되게 이무기와 고래
의 소굴이 되어 있다.[43]

　신유한의 시적 열정은 아마도 중국과 일본 사이에서 일본의 생태적
환경과 중국적인 문화적 환경을 조화시킬 수 있는 존재로서의 자기
역할을 충분히 인지하고 있었기에 가능한 것이 아니었을까 생각한다.
"국금에 의해 겹겹의 문안에 갇혀 있어 감히 시낭을 가지고 모든 절과
누각을 두루 구경하지 못하니, 이역의 풍경이 다만 사람의 마음에 슬
픔을 더할 뿐이었소.[44]라는 신유한의 호소는 일본 유람의 한계와 제약
에 대한 갈증이자 분절된 동아시아 세계에서 자유롭게 꿈을 펼치지
못하는 자신의 입장에 대한 종합적인 인식 위에서 이루어진 것이라
판단된다. 이러한 신유한의 태도와는 대조적으로 조엄은 일본인과 한
국인의 이상향에 대해 사뭇 비판적인 자세를 견지한다. 신유한의 사행
기록을 숙지했을 조엄은 이상향의 자국화 내지는 일본에 적용시키려
는 의도에 대해서 비판적인 자세를 취했다. 2월 9일 부사산(富士山, 후지
산)을 지나면서 조엄은 다음과 같은 기술을 남긴다.

　후지산(富士山), 야쓰타산(熱田山), 구마노산(熊野山) 등 세 산을 봉래산,
방장산, 영주산이라고 하는데 …(중략)… 그러나 삼신산(三神山)이란 말은
본디가 황당한 말에 가깝다. 그런데 또 다 일본 땅에 있다는 것을 어떻게

43　신유한 저, 「海遊録」, p.394.
44　신유한 저, 「海遊録」, pp.484~485.

믿겠느냐? …(중략)… 제주의 한라산과 고성의 금강산과 남원의 지리산을
세상에서 삼신산이라고 칭하는데, 이 말 역시 꼭 믿을 수는 없다.[45]

　일본의 산들이 전설적인 이상향이 아니듯이 조선의 명산 또한 이상
향이 아니라고 부정하는 조엄의 태도는 합리적이다. '설령 아름답다
하더라도 우리 땅이 아닌데 장차 어디에 쓰겠는가?'라고 생태적인 환
경에 국토의 개념을 적용해 평가했다. 실증적인 내용이 아니면 언급을
피하려고 했던 조엄의 절제된 사고방식에 기인하는 바가 크다고 여겨
진다.
　신유한이 자신의 역할을 특정한 국가영역에 한정시키지 않고 국경
을 초월한 동아시아적인 관점에서 인식하고 있었다고 한다면 조엄은
조선의 책임있는 관료이자 사대부로서의 삶에 상당한 비중을 두고 있
다고 할 수 있다. 조엄은 자신이 그냥 지나친 영조원(靈照院, 레이쇼인)의
경치가 뛰어나다는 말을 듣고, "강산은 역시 사람에 의해서 그 이름을
얻기 마련이니, 영조원이 이름을 낼 시기는 아직 뒷사람을 기다려야
될 모양인가."라고 했다. 이러한 조엄의 언급 속에서도 일본의 생태적
환경에 대한 평가와 문화권으로서의 평가가 일치하지 않고 있음을 알
수가 있다.
　즉, 신유한이 일본의 생태적 환경과 문화적 환경의 부조화를 조정하
는 조정자로서의 자신의 역할을 적극적으로 의식하고 표현했다고 한
다면 조엄은 훗날의 사람들에게 그 역할의 여지를 남겨두자는 절제된
자세를 취한다. 이러한 신유한과 조엄의 태도의 차이는 단순한 일본의
생태적 환경에 대한 평가의 문제에 국한되기보다는 국내에서의 입지

---

45 조엄 저, 「海槎日記」, p.175.

의 차이와도 밀접한 관계를 맺고 있다고 본다. 일본사행이 서얼 출신의 제술관인 신유한에게는 자신의 문명을 높이고 훌륭한 유람의 기회였겠지만 사행의 책임자인 조엄에게는 무사히 왕명을 수행해야 하는 사무적인 일 이상의 의미는 아니었을 것이다. 두 사람의 처해진 환경과 일본에서의 경험의 차이가 관찰기록과 역할의 이해에서의 차이를 보이게 된 직접적인 원인으로 파악된다.

5. 마치며

일본의 원림과 환경에 대해 조선통신사는 관찰자로서 충실한 기록을 남기고 있다. 신유한으로 대표되는 일군의 사행인은 일본의 원림은 물론 생태적 환경의 아름다움 속에서 동양적인 이상향을 발견하고 노래한다. 일본을 이상향으로 평가하는 신유한의 태도는 중국인이 아직 경험하지 못한 미지의 세계, 일본에 사는 사람들이 아직 노래하지 못하는 세계를 종합할 수 있는 자신의 시적능력과 경험에 대한 자부심이 강하게 작용하고 있다. 신유한은 전근대 동아시아에 있어서 가장 적극적으로 자신의 역할을 발견한 동아시아인 중에 한 명이라고 할 수 있을 것이다. 이에 반해 조엄은 신유한과는 대조적으로 일본에 대한 평가보다는 자국에 대한 자부심과 객관적인 관찰자적인 태도를 통해 일본을 평가하려는 자세를 유지한다. 일본에 대한 그의 평가 역시 생태적 환경에 대해서는 평가를 하고 있으나 문화적 환경에 대해서는 그다지 후한 점수를 주지 않은 것만은 명확하다.

일본의 생태적 환경과 문화적 환경이 불균형을 이루고 있다는 평가에서는 두 사람의 견해가 상당히 유사한 성격을 보이는데 이들의 견해는 당대 조선인의 일반적인 이해라고 봐도 크게 어긋나지는 않을 것이다. 그 불균형을 어떻게 해소할 것인가에 있어서는 커다란 입장의 차이가 있었다고 생각되는데 신유한은 자신이 그 불균형을 조정하는 조정자이자 시인이 되고자 했다면 조엄은 후인의 일로 남겨두고 남의 땅에 대한 자신의 감정 이입을 절제하는 태도를 보였다.

두 사람의 성향의 차이를 시대적 배경 내지는 사회적 입지의 차이에서 구하는 것이 타당한 접근방법이지만 사행록이 사행을 마치고 최종적으로 정리하는 글인 만큼 개인적인 환경과 통신사행을 통해 겪은 체험이 최종적으로 정리돼 기행문의 성격을 이룬다고 본다.

제3장

조선시대 사행(使行) 문학과 '관광(觀光)'의식
−통신사·연행사·신사유람단을 중심으로

1. 시작하며

국가 간에 사람이 이동한다는 것은 필연적으로 이문화(異文化) 간의 접촉현상을 동반한다. 특히 제한된 범위에서 외국과의 교류를 갖던 조선시대와 도쿠가와 시대에는 그 접촉이 지금보다 상대적으로 큰 의미를 지니게 된다. 공식적으로 조선시대에 외국으로 파견되던 사신으로는 중국에 가는 연행사와 일본에 가는 통신사행이 전부였다. 근래에 이러한 사행을 중심으로 한 연구와 관심이 증가하고 있는데 연구의 초기 단계라 사행 기록을 통일적인 시점에서 종합적으로 분석하는 것보다 개별 기록을 중심으로 연구가 진행되는 경우가 일반적이다. 이러한 개별적인 연구를 토대로 향후 이문화 간의 접촉의 핵심인 상대를 '보고', 나를 '보이는' 행위가 갖는 의미를 통합적인 시점에서 고찰할 필요성이 있다고 본다.

　동아시아 근세의 교류 양상을 연행록을 중심으로 정리한 임기중[1]에

1　임기중 저, 『연행록연구』, 일지사, 2002, p.11.

의하면 조선 사신이 원·명·청에 사행한 총 회수는 579회로, 원대(1271~
1368)에 1회, 명대(1368~1636)에 82회, 청대(1637~1912)에 497회로 정리
하고 있다. 후마 스스무(夫馬進)²는 중국에 간 조선의 사행을 451회로
보고 있는데 일본에 파견된 횟수에 비해서는 상당히 횟수가 많았음을
알 수 있다. 조선에 있어서 중국과 일본의 위상의 차이를 반영한 것으
로 일본 사행은 횟수가 적은 만큼 상대적으로 사행 기록이 갖는 의미의
비중이 크다고 할 수 있다. 지금까지는 통신사와 그 이후의 수신사(修信
使)·신사유람단(紳士遊覽團)을 분리해 고찰하는 것이 일반적이었는데
본고에서는 사행문학의 심리적 요인이 중심인 만큼 통신사와 신사유
람단 등을 분리하지 않고 포괄적인 시점에서 다루고자 한다.

   조선 왕조의 국운의 향방이 묘연하던 1881년에 신사유람단으로 일
본을 관찰하기 위해 방일한 이헌영은『일사집략』³에서 다음과 같이 기
술하고 있다.

   한 곳에 족자가 있기에 보니, 1백 17년 전에 우리나라 사신이 입경(入京)
   하던 그림인데, 정사(正使)는 쌍교(双轎)를 타고 종사관(從事官)은 견여(肩
   輿)를 탔으며, 일산(日傘)과 청도기(淸道旗)와 앞에 벌여 선 위의(威儀)가
   자못 초초(草草, 간략하여 품위가 없음-필자)하지 않았다.

이 그림은 1764년 조엄을 정사(正使)로 한 통신사행이 일본의 도심으
로 들어가는 모습을 형상화한 것으로 통신사행을 대표하는 작품 중에
하나이다. 신사유람단으로 방일한 자신들의 모습과 백여 년 전의 통신
사들의 방일 모습에 커다란 차이가 있음을 실감하고 기술한 내용이다.

---

2   후마 스스무 저·하정식 외 역,『연행사와 통신사』, 신서원, 2008, p.168.
3   이헌영 저·문선규 외 역,「일사집략」,『국역해행총재XI』, 민족문화추진회, 1977, p.89.

도쿠가와 시대에서 근대 일본으로 이행하는 역사의 흐름 속에서 초라하게 전락한 국체(國體)[4]의 모습을 재확인하는 조선 지식인의 자기 고백이기도 하다. 이 신사유람단보다 몇 년 전에 일본을 방문한 수신사(修信使) 김기수가 1876년에 기록한 『일동기유』[5]의 기록을 보면 다음과 같은 구절이 나온다.

　　이로부터 내가 정박하는 곳에는 **구경**하러 온 일본인이 몰려들어 거리를 메울 정도로 혼란하였으나 이것을 막을 수도 없는 노릇이었다. 그 중에는 지묵을 가지고 와서 서화를 청하는 사람도 많아, 수원과 종인들은 그들을 막기에 팔이 빠질 지경이었으나 이 당상관 국인(菊人)이 흥이 나서 마다하지 않았다.(自此, 凡有停泊, 彼人之遊玩来者, 塡街塞巷, 不可禁也. 其中, 捧紙墨乞書画者, 踵相接, 隨員從人輩, 腕為之脱, 而李堂上菊人, 独与勃勃己也)

　1811년 통신사가 마지막으로 대마도를 방문한 이후 65년 만에 처음으로 방일한 김기수의 사행을 구경하고자 몰려든 일본의 군중을 물리치기 어려웠다고 토로하는 내용이다. '구경을 나온 일본인(遊玩来者)'이 수신사행에게 서화를 얻고자 노력하는 모습과 그 요구에 응해야하는 곤혹스러운 모습은 조선 후기의 통신사행에서는 매번 반복되는 광경으로 새삼스러울 것도 없는 내용이다. 예를 들어, 통신사의 사행문학

4　「사상록(槎上録)」, 『국역해행총재Ⅳ』, 민족문화추진회, 1977, p.194.
　　玉節龍章出禁城　옥절 용장 앞세우고 궁정을 떠나오니
　　南門祖席會公卿　남문 밖 조전자리 정승 판서 모였구려.
　　星文逈接扶桑動　별빛은 아스라이 저 부상으로 움직이고,
　　槎影先從碧漢橫　사영은 먼저 은하수에 비꼈다오.
　　只爲交隣關國體　이웃 나라 사귀는 일 국가 체면 매인거라.
5　김기수 저·이재호 역, 『국역해행총재Ⅹ』, 민족문화추진회, 1977, p.365.

으로 높은 평가를 받는 신유한의 『해유록(海游錄)』을 보면 '겹겹으로 쌓
인 종이가 구름과 같았고 꽂힌 붓이 수풀과 같았으나 잠깐 동안에 바닥
이 나서 다시 들어왔다'[6]와 함께 다음과 같은 기록[7]을 남겼다.

> 길 양쪽을 끼고 관광하는 남녀들이 그 난간 안에 꿇어앉았는데, 이와
> 같은 것이 연대에 뻗어 있었다.(以夾路觀光男女跪坐欄內, 如是者連桓)

주목되는 내용은 이러한 일본의 군중들이 자신을 어떻게 보고 있는
가에 대한 사행자의 자의식이 조선 후기의 통신사행의 기록과 수신사
·신사유람단에서는 사뭇 다르게 표현되고 있다는 것이다. 조선 후기
에 편찬된 『해행총제』의 통신사행의 기록을 보면 자신들의 모습을 당
대의 일본인들이 '취미로 보러왔다(遊玩)'라는 기술은 찾아볼 수가 없
다. 한편 수신사·신사유람단의 기록에는 통신사가 즐겨 사용한 일본
인이 자신들을 '관광한다(觀光)'라는 기술이 보이질 않는다. 이러한 용
어 사용의 차이는 단순한 취사선택의 문제가 아니라 기행문을 작성한
필자들의 의식이 반영된 결과라고 생각된다. 본고에서는 사행에 참가
한 조선 후기 조선인의 의식 변화를 자신들이 상대를 어떻게 보고 있는
가와 상대가 자신들을 어떻게 보고 있는가의 문제를 중심으로 추론해
보고자 한다.

6　신유한 저, 「해유록」, 『국역해행총재 I』, 민족문화추진회, 1977, p.548.
7　같은 책, p.407.

2. 조선통신사의 관광의식

현재 동아시아 삼국에서 일상적으로 '여행(旅行)'의 의미로 사용하고 있
는 '관광(觀光)'이라는 용어를 사행문학의 백미라고 높은 평가를 받는
신유한의 사행 기록 등을 통해 살펴보면 단순한 유람의 뜻이 아님을
알 수가 있다. 예를 들어, 신유한의 『해유록』(1718)에 나오는 '관광'의
용례를 살펴보면 다음과 같다.[8]

> ㉠ 지붕은 총총 들어서서 한 치의 틈도 없었고, **비단 옷을 입고 관광하
> 는 남녀**가 동서를 메웠고 그 가운데는 장사꾼, 창녀(娼女)와 부인(富人)의
> 찻집이 많으므로 각 주(州)의 관원들이 왕래하며 머물며 대단히 번화하였
> 다.(觀光男女衣錦者)[9]
> ㉡ 밥 먹은 뒤에 국서 용정(國書龍亭)을 받들고 세 명의 사신은 금관,
> 옥패와 조복을 갖추고 홀(笏)을 잡고 우리나라의 가마를 타고, 나와 당상
> 역관 세 사람과 상통사(上通事)는 흑단령을 입고 현교(縣轎)를 타고, 서기
> 와 의관(醫官)도 또한 모두 흑단령에 사모를 쓰고 띠를 띠고, 군관은 우립
> (羽笠), 금포(錦袍)에 칼을 차서 무관의 정장을 갖추고 아울러 금안(金鞍)
> 준마를 타고서 기(旗), 절월(節鉞)을 세워들고 양부고취(兩部鼓吹)와 관현
> (管絃)의 음악을 울리면서 떼를 지어 잇달아 나아갔다. 제1의 성문에 들어
> 가니 **관광하는 남녀**가 누에머리처럼 **빽빽이** 들어찼는데 모두 비단 옷을
> 입었다.(觀光男女)[10]

예문 ㉠과 ㉡처럼 신유한은 자신의 기행문에서 일본인들이 열정적

---

8 『국역해행총재』의 본문은 가능한 한 수정 없이 그대로 인용했다. 원문이 긴 경우에는
   해당 부분만 인용해 진하게 표시했다.
9 신유한, 앞의 책, p.466.
10 같은 책, p.531.

으로 자신들을 바라본다는 의미에서 빈번하게 '관광'이라는 어휘를 사용하고 있다. 신유한을 비롯한 당대의 사행문학 기록자들이 일관되게 일본인이 조선의 사절을 보는 행위에 한해서 '관광(観光)'이라는 용어를 사용하고 있으나 『국역해행총재』의 번역에서는 '구경'과 '관광'을 혼용하고 있다. 이는 현대적인 개념에서 '관광'의 의미를 규정해 '구경'과 '관광'을 구별 없이 번역했기 때문에 생긴 오류라 판단된다.

'관광(観光)'의 의미에 대해, 『표준국어대사전』[11]에서는 '다른 지방이나 다른 나라에 가서 그곳의 풍경, 풍습, 문물 따위를 구경함'으로 규정하고 있다. 한편, 일본의 『일본국어대사전(日本国語大辞典)』[12]에서는 종래의 일반적인 의미를 기술한 후, '관광 타국, 타향의 경치, 사적, 풍물 등을 유람하는 것. 또한, 풍속, 제도 등을 시찰하는 것. -중략- 한적(漢籍)에서는 원래 나라의 위광을 본다는 뜻으로 나라의 문물과 제도를 관찰한다고 하는 의미가 있다. 일본에서도 중세 이후 거의 같은 의미로 사용되다가 현재와 같은 유람의 의미로 사용하게 된 것은 비교적 최근의 일로 명치기 후반부터이다.'라고 '관광'이라는 의미에 대해 개정판에서 새롭게 부가 설명을 하고 있다. 통신사의 '관광'이라는 용어 사용은 국가적 위광의 의미로 사용된 것으로 『일본국어대사전』에서 설명하는 한적에 의한 사용 예와 일치하는 내용이다.

조선 초기의 학자인 서거정은 『사가집(四佳集)』에서, '관광은 곧 상국의 문물을 본다는 뜻으로'라고 의미를 명확하게 규정하고 있다. 『조선왕조실록』에서도 성종 19년(1488) 조에, '지금 중국사신이 오는데 만약 관광(観光)을 금하지 않으면 부녀자(婦女輩)가 떼를 지어 모여서 조심성

11 국립국어연구원, 『표준국어대사전』, 두산동아, 1999.
12 小学館国語辞典編輯部, 『日本国語大辞典 第二版』, 小学館, 2001.

없이 바라볼 것입니다'라고 하면서 중국의 사신을 바라보는 행위를 '관광'이라는 용어를 사용해 표현하고 있다. 『승정원일기』에서 고종 연간인 1864년에, '칙사를 영접할 때에 관광(觀光)하는 사람들이 시끄럽게 구는 것이 염려되어'라고 중국 사신 행렬을 바라보는 행위에 대해서 '관광'이라는 용어를 사용하고 있음을 확인할 수가 있다.[13]

통신사가 근 300년의 교류의 역사에서 자신의 모습을 보는 일본인과 일본 사회에 대해 '관광(觀光)'이라는 용어를 사용한 것을 중국의 예에서 비춰보면 상당히 의식적으로 사용하고 있음을 알 수 있다. '관광'이라는 단어는 내가 무엇을 보는 경우에는 자연스러운 표현이지만 누가 나를 보는 행위를 가리킬 경우에는 어법상 그다지 자연스러운 것은 아니다. 예를 들어, 현재의 '관광하다'는 내가 무엇을 보는 것임에 반해서 통신사들의 기록은 그들이 나를 '우러러본다'는 시점에서 기술된 것이다. 이러한 기술은 통신사가 일본에 대해 조선을 상국(上國)으로 인식하는 의식이 용어 선택에 반영됐기 때문이다. 통신사의 입장에서 보면 자신들이 본 일본인과 일본사회에 대해 '관광의식'이란 성립하기 어렵다. 일본과의 관계에서 '빛(光)'은 조선에 있는 것으로 일본인은 그 빛을 보는 존재라고 생각했기 때문이다.

통상적으로 일본에 파견된 사신을 '통신사'라는 용어로 지칭하지만 통신사라는 명칭을 사용한 시기는 임진왜란 전과 1636년부터 1811년 사행까지이다. 임진왜란을 겪고 난 뒤에 포로를 쇄환하기 위해 파견된 사신은 통신사가 아니라 쇄환사였다.[14] 통신사를 다시 파견하기 시작한 것은 양국의 신뢰관계가 회복되고 있다는 것을 의미하며 사신단의

---

13 한국고전번역원의 「한국고전종합DB」(http://db.itkc.or.kr)에 의한 조사 정리.(검색일 : 2010.1.20)

14 손승철, 『조선통신사, 일본과 通하다』, 동아시아, 2006, p.166.

명칭을 통해 최종적으로 관계의 양상이 수렴됐다고 할 수 있다. 임진왜란을 계기로 파탄에 직면한 양국 관계가 도요토미 히데요시의 사망 후 권력을 잡은 도쿠가와 이에야스의 국교회복 의지에 의해 근 30년 만에 정상화의 길에 접어든 것이다. 조선 후기에 파견된 통신사들이 다수의 기행문을 작성했는데 그 기행문에는 특정한 시점이 작용하고 있다고 판단되기에 그 시점을 추론하는 방법으로 '관광'이라는 용어가 어떻게 사용됐는지를 구체적으로 정리해 보고자 한다.

1599년 정희득의 생환기록인『해상록』에는 구체적으로 '관광'이라는 용어를 사용하지 않고 있다. 1607년의 경섬『해사록』에서도 '관광'이라는 용어는 보이질 않는다. 일본인이 자신을 보는 것도, 자신이 일본인을 보는 행위에도 '관광'이라는 용어를 사용하지 않았다. 이 당시의 기록이 포로들에 관한 기록이거나 포로를 송환하는 것이 주된 목적이었던 만큼 국가의 격을 과시하는 '관광'과 같은 표현을 그다지 사용하고 있지 않음을 알 수가 있다. 1617년 사행인 오윤겸의『동사상일록』까지는 '관광'이라는 의식이 뚜렷이 등장하지 않지만 양국관계가 정상화되기 시작한 1624년의 강홍중의『동사록』(1624)에서 '관광'이라는 용어를 사용하며 사행기록을 남기고 있다. 이 당시 사행단이 일본에 가면 '관광'하는 사람 중에 임진왜란, 정유재란 때 포로로 잡혀왔다가 현지에서 살고 있던 사람들이 연로에 찾아와 자신들의 처지를 호소하는 등 전쟁의 후유증이 가시지 않은 과도기적 상태였다.

ㄱ 관광하는 자가 길가에 줄을 지어 좌우를 메웠으며–대개 존귀하게 여기는 것이었다.[15]

---

15 강홍중, 「동사록」, 『국역해행총재III』, 민족문화추진회, 1977, p.208.

ⓛ 한 여인이 관광하는 가운데 끼어 통곡하여 말하기를[16]

이 시기부터 '관광'이라는 용어를 사용한 사행단의 기록이 빈번하게 등장하기 시작한다. 1636년 임광의『병자일본일기』에서도 '관광'이라는 '보임'의 기록이 많이 등장하는데 이후의 사행기록에 등장하는 '관광'이라는 단어를 간단히 정리하면 다음과 같다.[17]

『병자일본일기』

ㄱ 몸을 숨기고 얼굴만 내밀고 관광하는 자도 부지기수(隱身露面而觀光者)[18]

ㄴ 남녀 관광하는 사람들이(男女觀光者)[19]

『해사록』, 김세렴, 1636

ㄱ 관광하는 자는 감히 다리에 가까이 오지 못한다.(觀光者不敢近橋)[20] 관광하는 사람이 천만으로 무리를 이루었으되 감히 소리를 내지 못한다.(觀光之人. 千萬爲群. 不敢出聲)

ㄴ 관광하는 남녀가 좌우를 메우고 금훤(禁喧, 떠드는 것을 금하는 것-필자)하는 장관(將官)이 몽둥이를 들고 죽 늘어섰다.(觀光男女塡塞左右. 禁喧將官. 持杖林立)[21]

『동사록』, 황호, 1636

ㄱ 관광인이 좌우에 나뉘어 벌여 섰는데, 감히 떠들지 못하며, 손을 모

---

16 같은 책, p.209.
17 『국역해행총재』의 번역문을 그대로 사용하고 한문 원문의 일부를 병기하도록 했다.
18 임광, 「병자일본일기」, 『국역해행총재Ⅲ』, 민족문화추진회, 1977, p.321.
19 같은 책, p.334.
20 김세렴, 「해사록」, 『국역해행총재Ⅳ』, 민족문화추진회, 1977, p.69.
21 같은 책, p.92.

아 비는 사람도 있었다.(觀光者分列左右. 不敢喧譁. 或有攢手而祝者)**22**

ⓒ 교자를 타고 관광하는 사람이 천백으로 셀 만하였다.(乘轎觀光者. 可以千百數矣)**23**

『계미동사일기』, 작자 미상, 1643

관광하는 남녀들은 이루 셀 수가 없는데 배를 타고 위아래에서 관광하는 자가 또한 많았다.(觀光士女. 指不勝屈. 乘舟上下而觀者亦多)**24**

『부상록』, 남용익, 1655

ⓐ 관광하는 사람들이 끊이질 아니하였다.(觀光者絡繹不絶)**25**

ⓒ 관광하는 사람들이 빽빽이 메워서 갈 수가 없었다.(觀光者嗔咽不得行)**26**

『동사록』, 홍우재, 1682

ⓐ 수많은 관광인들이 서로를 과장하면서(千百觀光者. 傳相誇張)**27**

ⓒ 좁은 길에 관광 나온 사람들이 빽빽이 모여 엎드려(狹路觀光者層面狀)**28**

『동사일록』, 김지남, 1682

ⓐ 관광하는 남녀들이 길 좌우에 가득하여(觀光男女挾路彌滿)**29**

ⓒ 관광하는 남녀들이(觀光男女)**30**

---

22 황호, 「동사록」, 『국역해행총재Ⅳ』, 민족문화추진회, 1977, p.360.
23 같은 책, p.369.
24 작자 미상, 「계미동사일기」, 『국역해행총재Ⅴ』, 민족문화추진회, 1977, p.254.
25 남용익, 「부상록」, 『국역해행총재Ⅴ』, 민족문화추진회, 1977, p.529.
26 같은 책, p.564.
27 홍우재, 「동사록」, 『국역해행총재Ⅵ』, 민족문화추진회, 1977, p.151.
28 같은 책, p.170.
29 김지남, 「동사일록」, 『국역해행총재Ⅵ』, 민족문화추진회, 1977, p.269.

『해유록』, 신유한, 1718

ㄱ 길 양쪽을 끼고 관광하는 남녀들이 그 난간 안에 꿇어앉았는데(以夾路觀光男女跪坐欄)[31]

ㄴ 다만 관광하는 남녀들이 3일 동안이나 흩어지지 않고(但見觀光男女三日不散)[32]

『봉사일본시견문록』, 조명채, 1748

ㄱ 길가에 남녀가 꽉 메워 관광하는데(道傍男女嗔咽觀光)[33]

ㄴ 관광하는 남녀가 산과(觀光男女漫山)[34]

『해사일기』, 조엄, 1763

ㄱ 양식을 싸가지고 와서 기다리면서 관광한 자(糧來待而觀光者)[35]

ㄴ 아름다운 복색으로 관광하고 있었는데(美服觀光者)[36]

　조명채의 기록에도 '관광'이라는 용어가 빈번하게 사용됐는데 일본에서 성리학을 수용한 후지와라 세이카(藤原惺窩, 1561~1619)의 일화를 소개하는 글에서 조명채가 '관광'이라는 용어를 정확하게 이해하고 사용하고 있음을 알 수가 있다.

　　조선을 건너가려 하였으나 군사출동이 잇달아 있어 서로 용납되지 않을 듯하므로 드디어 돌아와서 끝내 상국(上國)을 관광하지 못한 것은 또한

30 같은 책, p.299.
31 신유한, 앞의 책 p.407.
32 같은 책, p.426.
33 조명채, 「봉사일본시견문록」, 『국역해행총재Ⅹ』, 민족문화추진회, 1977, p.58.
34 같은 책, p.94.
35 조엄, 「해사일기」, 『국역해행총재Ⅶ』, 민족문화추진회, 1977, p.73.
36 같은 책, p.319.

운명이다.(終不得觀光上國者亦命也)[37]

후지와라 세이카가 중국과 조선으로 건너가 성리학을 학습하고자 했으나 계속되는 전란으로 유학을 포기했다는 내용으로 상국을 보는 것이 '관광'이라는 것을 명확히 하고 있다. 당대의 통신사들의 기록에서 '관광'이라는 용어는 자신들의 사행을 상국에서 파견된 사절단의 의미에서 적극적으로 활용하고 있음을 알 수가 있다.

일본의 도쿠가와 막부는 조선의 사행에게 도쿠가와 이에야스(德川家康, 1542~1616)를 모신 신사인 도쇼구(東照宮)를 보여주고자 했다. 이러한 일본인의 제의에 사신 행렬이 닛코(日光)까지 가기는 했지만 조선 사행단의 입장에서는 항상 관찰내지는 바라보는 행위에 지나지 않았다.

ㄱ 유람하시기를 청합니다(請遊覽)[38]
ㄴ 관백이 일광산을 구경할 것을 원하는데(關白願觀日光)[39]
ㄷ 이제 관백이 일광을 구경해줄 것을 원해서(關白願觀日光)[40]

닛코(日光)의 방문뿐만 아니라 일본 측에서 제공하는 행사에 초청된 조선의 통신사행단이 일본 행사를 '관광한다'는 의식이 투영된 기록은 발견하기 어렵다. 일본 측에서 좋은 것을 '관광'시키고자 의도했는지는 모르지만 조선 사신의 기록에서는 그저 '관람'이고 '유람'에 지나지 않았으며 풍광 뛰어난 경우에는 '기관'이고 '장관'이었으나 결코 '관광'

37 조명채, 앞의 책, p.270.
38 황호, 앞의 책, p.381.
39 같은 책, p.383.
40 임광, 앞의 책, p.352.

은 아니었다.

> ㉠ 그 신사를 열게 해서 구경했다.[41]
> ㉡ 저 사람들이 바다에서 착경희(捉鯨戱)를 베풀고 우리 일행에게 구경(觀)하기를 청하였으니,[42]

사행단의 입장에서는 일본인의 사찰과 신사를 유람한 것이며 고래를 잡는 모습을 보여주는 것도 단지 진기한 구경거리에 지나지 않았다. 조선통신사는 국서를 다루는 사절인 만큼 문서에 사용되는 용어에 대단히 민감한 반응을 보였는데 자신들의 사행기록에 세심한 주의를 기울이는 것이 보통이다. 당시 통신사들은 사신으로 파견되기 전에 사행단의 기록을 널리 참고했다고 여겨진다.

> 전후의 통신사가 사신이나 원역을 논할 것 없이 일기가 있는 자가 많았는데, 상서 홍계희가 널리 수집하여 『해행총재』(海行摠載)라고 이름한 것을 부제학 서명응이 번등(翻謄)하여 『식파록』(息波錄)이라고 제목하여 모두 61편을 만들어 사신 일행이 참고하여 열람할 자료를 삼았다.[43]

조엄의 『해사일기』(1763)에는 통신사행단이 참고한 도서가 공식적인 기록에 머무르지 않고 어학교습서인 『첩해신어』와 같은 서적까지도 적극적으로 참조하고 있음을 알 수가 있다.

> 연향(宴享) 때 왕복한 수작은 모두 전례가 있고 『첩해신어』(捷解新語)에

---

41 김지남, 앞의 책, p.278.
42 조엄, 앞의 책, p.77.
43 같은 책, p.52.

자세히 나와서 별로 딴 일이 없으며, 집의 기교함과 기명의 선명함에 이
르러서는 앞서 사람들이 이미 기록하였으므로 아울러 다시 기록하지 않
는다.[44]

조엄의 시기에 오면 사행을 통해 일본을 관찰하는 내용이 더 이상
진척이 없을 정도로 자세히 이루어졌음을 암시하는 내용도 보인다.

일기는 애초에 자세히 적으려 하였으나 때로 『식파록』(息波錄)과 『사상
기』(槎上記)를 보았더니 전인들이 이미 다 말하였으므로 거듭할 필요가
없고 또 내가 병들고 게을러서 빠뜨린 것이 더러 많다.[45]

조엄과 함께 사행을 동반한 김인겸의 한글 가사인 『일동장유가』에
'관광'이라는 단어는 단 한 번도 등장하지 않는다. 정사인 조엄이 '관
광'이라는 단어로 표현한 곳에 그는 '굿'이라는 표현을 사용했다. 김인
겸이 정식 관리가 아니라 야인 중에서 발탁된 인물이기에 자유롭게
글을 쓴 이유도 있겠지만 공식적인 행사에 그다지 관심이 없어 '관광'
이라는 표현에 집착하지 않았던 듯하다. 이 '관광'이라는 단어는 조엄
과 같은 공식 사절이 한문으로 사행을 기술할 때 의식적으로 사용하던
용어였음을 추론할 수 있다.

조선 후기 일본에 파견된 통신사행은 자신들의 모습을 일본인들이
'관광한다'는 사실에 대단히 자부심을 느끼면서 일본인이 제공한 행사
에 대해서는 일반적인 유람으로 기술하는 특징을 보이고 있다. 특히,
일본 측에서 보여주고 싶어 했던 도쿠가와 이에야스(德川家康)를 모신

---

44 같은 책, p.76.
45 같은 책, p.94.

닛코(日光)의 도쇼구(東照宮)를 보고서도 조선통신사는 '유람(遊覽)'이라는 표현을 쓰며 '관광(觀光)'이라는 표현을 사용하지 않는다. 니코에 가는 의미를 단순한 유람으로 해석하고자 한 조선통신사의 의지를 엿볼 수 있는 내용이다.

일본사행 중에 사물을 관찰한 기록은 개인의 차가 존재하지만 '관광'이라는 용어의 사용에 있어서는 일관된 틀을 유지하고 있다. 통신사행의 기록 중에 신유한과 조엄처럼 평가가 높은 사행기록일수록 '관광'이라는 용어가 빈번하게 사용되고 있는 것은 흥미로운 사실이다. 조선 후기의 통신사가 특정한 시점을 공유하고 있다는 것은 사행의 성격에 대한 공통의 인식이 전제되었기에 가능했던 것이라고 판단된다.

3. 연행사의 관광의식

연행(燕行)의 역사만큼 연행록의 양이 방대해 한 개인이 조사, 정리하는데 한계가 있으므로『국역연행록선집』[46]과 통신사행에 참가하고 연행사로도 참가한 사람들의 기록을 중심으로 조선 후기 연행사에게 '관광'의 의미를 살펴보고자 한다.

기본적으로 중국에 가는 것은 조선시대 지식인들에게 있어서 자신의 학문과 직결되는 성지를 방문하는 '관광의 길'임에도 불구하고 조선 후기 연행사의 기록은 문명에 대한 선망보다는 비판적인 내용이 많다. 중국의 명청교체기를 거치면서 한족과 호족을 분리해서 사고하는 조선지식인의 의식이 투영된 결과이며 청국과의 전란을 통해 형성된 비

---

46 임기중 편, 『연행록전집 1~100』, 동국대학교출판부, 2001.

판적 체험이 당대의 중국관에 강하게 작용하고 있기 때문이다.

1763년 통신사행으로 일본에 파견된 조엄은 그의 사행기록인 『해사일기』에서 청나라와 일본을 같은 수준에서 판단하는 글을 남기고 있다.

> 연향 때 군관과 원역들은 각기 후청에서 상을 먼저 베풀어 놓았는데,
> 음식을 먹기 시작하자마자 빌어먹는 왜인이 아주 어지럽게 굴고 시끄럽
> 게 떠들어서 곧 빌어먹는 귀신같았다고 한다. 일찍이 들으니, '연경 사행
> 의 연향 때, 사신과 원역의 상을 한 청에 같이 베풀었는데, 잔치가 파하기
> 전에 무뢰배들이 뛰어들어 잔칫상의 음식물을 움켜쥐고, 기명을 때려 부
> 수기까지 하여 보기에 아주 해괴하였으나, 자리에 앉은 예관이 또한 금지
> 하지 못하였'고 한다. 이로 미루어 본다면, 호(胡)나 왜 두 나라는 기강
> 이 점차 더욱 떨어져 감을 알 만하다.[47]

조엄의 인식은 소위 조선 후기 조선지식인의 동아시아인식의 한 전형이라고 할 수 있다. 이러한 조선지식인의 자기중심적 우월의식에 대해 정옥자는 『조선 후기 조선중화사상연구』에서 1704년(숙종30) 정초에 발의된 대보단의 설립과 연결시켜 조선의 중화사상의 의미를 적극적으로 논하고 있다.

> 대보단의 설립은 …(중략)… 조선성리학(朝鮮性理學)에 대한 자부심과 조
> 선을 무력으로 짓밟은 야만족 청에 대한 적개심이 혼합되어 조선이 문화적
> 으로 당시 세계(천하로 표현된 동아시아)에서 가장 우월하다는 것을 강조하
> 는 일종의 자기 시위였고, 나아가 자기극복의 한 방법이기도 하였다.[48]

---

47 조엄, 앞의 책, p.76.
48 정옥자, 『조선 후기 조선중화사상연구』, 일지사, 1998, pp.96~97.

조엄은 일본에 대해 상당히 비판적인 글을 많이 남기고 있다. 자신이 데리고 간 최천종의 죽음으로 인한 심리적 고통과 분노도 하나의 원인으로 작용했겠지만 기본적으로는 청과 일본을 바라보는 당대 조선지식인의 시각이 반영된 기술이라고 보아야 할 것이다. 특히, 조엄의 경우는 사행에 함께 참여한 김인겸의 『일동장유가』와 비교해 보면 조선의 명망 있는 가문 출신의 관료답게 자신의 글과 행동거지에 상당히 신경을 쓰고 있음을 알 수가 있다.

조선의 지식인이 중국과 일본을 같은 수준에서 파악한다고 하더라도 중국에 간 사행단과 일본에 간 사행단이 민간인에게서 받은 외교적 대접은 같은 수준의 것은 아니었다. 일본에서 '저자에 색종이로 기를 만들어 '청도(淸道)'라고 쓴 것이 있는데 우리나라 기 모양을 본떴고, 또 행중의 위의(威儀)의 형상을 그려 왜국 아이들이 앞을 다투어 사며'[49]라고 통신사가 존중받는 존재였던데 비해 중국으로 간 연행 사절단은 중국 아이들에게 희롱을 당한 경험을 여러 기록에 남기고 있다.

⊙ 오랑캐 아이(胡兒)들이 손가락질을 하면서 다투어 고함치기를 '고려사람 지나간다' 하였다.[50]
ⓛ 마을 아이들 10여 명이 '고려'라고 외치고 오기에[51]
ⓒ 오랑캐(胡)들이 우리나라 사행(使行)의 의복을 보며 웃어 가로되, '배우와 같은 모습(戲子一樣)'이라고 했다.[52]
ⓔ 대체로 오랑캐(胡人) 아이들이 우리나라 조복 입은 사람을 보게 되면 반드시 광대라고 하는 것은 대개 이 때문이다.[53]

---

49 조명채, 앞의 책, p.194.
50 김창업, 「연행일기」, 『국역연행록선집IV』, 민족문화추진회, 1976, p.235.
51 같은 책, p.140.
52 서유문, 「무오연행록」, 『국역연행록선집VII』, 민족문화추진회, 1976, p.88.

428 제3부 이국인이 본 도쿠가와 시대와 문학

ㄹ 요동 사람들은 우리가 지나가는 것을 보면, 반드시 '가오리(嘉吾麗)'
라 부르니, 그 업신여기고 능멸히 여기는 태도가 다른 데 비하여 심한
편이었다.[54]

위의 내용을 통해 조선의 연행사행에 대한 중국 당국의 지원이 일본
에 비해 체계적이지 못하고 연도의 중국인들도 조선 사행단에 대한
존경심도 희박했다는 것을 알 수 있다. 특히, 조선 사행단의 복장을
보면서 시중의 극장 배우들의 모습과 같다는 말을 했다는 것은 이미
역사의 유품이 된 명나라의 제도와 풍습을 조선사행단을 통해서 확인
하고 있었다는 표현으로 조선의 사행단이 청조의 만주족에게 당한 모
멸감 중에 한 예라고 할 수 있다.

　　세 사신을 빼고는 모두가 다 꾀죄죄하고 착용한 의관도 또한 흔히 여기
　　에 와서 돈을 주고서 빌린 것이기 때문에 도포는 길이가 맞지 않고 사모가
　　눈까지 내려와 보기에 사람 같지 않으니 더욱 한탄할 일이다.[55]

김창업이 중국 사행 길에서 국가의 위엄이 서지 않는 모습을 스스로
평가하면서 자괴감을 기술한 내용이다. 조선 후기의 지식인은 청나라
에 대해 내적으로 높이 평가하지 않는 입장을 견지하고 있었지만 사행
길에서 스스로의 위엄을 지킬 만큼의 환경을 조성하지 못했음을 위의
기록을 통해 알 수 있다. 정옥자의 주장처럼 조선 중심의 중화사상은
외부의 압력이 존재하는 상황에서 스스로의 자존을 확보하고자 하는

53　저자 미상, 「계산기정(1803)」, 『국역연행록선집Ⅷ』, 민족문화추진회, 1976, p.299.
54　서경순, 「몽경당일사」, 『국역연행록선집ⅩⅠ』, 민족문화추진회, 1976, p.492.
55　김창업, 앞의 책, p.216.

조선 지식인의 자기노력의 일환이지만 중국과 일본에 대한 인식에는 차이가 있어, 사행에서 자신의 우월적 지위를 남에게 보이는 '관광'의 식이 중국 사행에서도 단편적으로 보이나 그 빈도와 대상이 일본의 통신사행보다는 상당히 약화되어 표현되고 있음을 알 수가 있다.

> ㉠ 이 마을 주민은 모두 청인이었고 호녀(胡女)가 무리지어 길옆에서 관광하였다(此村皆是淸人. 胡女群路左觀光).[56]
> ㉡ 여인들이 고운 화장에 수레를 타고 많이 모여서 관광하는데(女兒凝粧乘車多聚觀光)[57]
> ㉢ 8리 정도 지나가자 신평장(新平庄)이 나타났는데 거기에는 관광하러 온 마을 여자(村女)들이 매우 많았다(八里許出新平庄觀光村女最多).[58]
> ㉣ 백씨가 앉은 곳에서는 관광하는 호인들이 문을 밀치고 들어와 추잡하게 달려드는 광경이 바라다 보였다(伯氏所坐處觀光胡人排門而入腥臊).[59]
> ㉤ 촌락과 점방을 지날 적마다 유봉산은 상건을 독촉하여 나팔을 불게 한다. 나팔소리가 나면 관광하는 여인이 나오기 때문이다(每過村店, 柳鳳山輒催尙建吹喇叭盖聞吹喇聲則觀光女人出來故也).[60]

일본에서와 마찬가지로 조선의 연행사절을 관광 나오는 중국인이 많았던 모양이다. 이러한 중국인 '관광자'에게 적극적으로 호응하면서 조선의 사행단이 행로를 진행하게 되는데 일본의 통신사행에서와 같은 자신감과 '피관광인'으로서의 자부심이 보이질 않는다. 오랑캐의 아녀자들에게 사신의 행렬은 '관광'의 대상이라고 필자들이 기록하고

---

56 최덕중, 「연행록」, 『국역연행록선집Ⅲ』, 민족문화추진회, 1976, p.330.
57 같은 책, p.331.
58 김창업, 앞의 책, p.427.
59 같은 책, p.517.
60 같은 책, p.125.

있는데 일본에 파견된 통신사처럼 전체적인 시점으로 성립했다기보다는 부분적인 기술에 그치고 있다.

중국 사행에 참여한 많은 사람들이 책을 통해 익힌 중국에 대한 지식을 실제로 확인하는 작업에 큰 관심을 보였는데 기본적으로 중국으로 가는 길이 조선 사행단에 있어서는 자신을 보이는 '피관광인'의 입장보다는 중국을 보고자 하는 '관광인'의 입장이 상대적으로 더 강하게 작용했기 때문이다.

> ㉠ 그는 북경에 가서는 태상황(太上皇)의 상중이라 관광(觀光)을 삼간다는 명분 때문에—큰 자금성(紫禁城)의 광대한 건축에 경이를 표하는 것은 관광자(觀光者)로서 당연한 것이다.[61]
> ㉡ 처음 온 관광자들은 따라오다가 서원문에 이르러 제지당하였는데(初行觀光者随至西苑門見阻少選闖門内)[62]

조선 후기에 중국에 간 연행사가 대국의 위광을 본다는 의미에서 '관광'이라는 용어를 쓴 예는 많지는 않지만 자신들을 보는 중국인에 대해서도 일본의 통신사행의 기록과 비교해 봤을 때는 상당히 소극적으로 쓰고 있음을 알 수가 있다. 중국 사행에 참가한 조선 후기의 지식인이 중국의 풍물에 깊은 관심을 보이면서도 중국을 상국으로 관광한다는 표현을 그다지 사용하지 않은 것은 비록 조선이라는 작은 나라에서 왔지만 당대의 중국은 오랑캐인 만주족이 세운 왕조로 상국으로 모시기에는 명분에 어긋나는 점이 많아 현실과 이념이 충돌했기 때문일 것이다. 이러한 조선 후기 연행사행단의 의식은 중국 사행 길에서

---

61 서유문, 앞의 책, p.13.

62 김경선, 「연원직지」, 『국역연행록선집XI』, 민족문화추진회, 1976, p.286.

당하는 모멸감과 자신을 중화문명의 존주로 의식하는 자존의식, 중국
문명에 대한 경외심 등이 혼합된 형태로 생성되고 있음을 알 수 있다.

　일본에 사행으로 다녀온 사람이 중국에 간 기록을『연행록전집』,『국
역연행록선집』,『해행총재』를 중심으로 판단해 보면, 정몽주(『赴南時』),
김성일(『朝天日記』,『朝天錄』), 신유(『燕臺錄』,『藩館錄』), 남용익(『曾祖考燕行
錄』,『燕行錄』), 오윤겸(『海槎朝天日錄』) 등이 있다. 이들의 사행기록에 중
국으로의 사행에 '관광'이라는 용어를 거의 사용하고 있지 않는 것을
보면 당시 조선인이 중국에 가는 것을 '관광'이라는 용어로 표현하는
것을 그다지 선호하지 않았음을 추론할 수 있다.

4. 변화하는 관광의식

타의에 의해 근대적 개국을 준비하게 된 조선은 1882년 박영효를 일본
에 파견하는데 그의『사화기략』[63]을 보면 '관광(觀光)'이라는 용어가 등
장한다.

　　22일. 맑음. 사시(巳時)에 기차를 타고 요코하마(橫濱)로 나가서 경마장
　(競馬場)에 도착하였다. 일본 조정의 군신과 각국의 공사들이 모두 가족
　을 거느리고 와서 모이니, 일황(日皇)이 불러보고 위문하였다. **관광(觀光)
　하는 남녀가 담을 두른 듯이 많이 모였다.**(士女觀光者如堵)

박영효가 쓴 이 '관광'용어는 일본인이 박영효 일행에게 보인 태도라

기보다는 일본 천황을 보기위해 모여든 행사장 사람들로 조선의 사절
은 더 이상 관광의 대상이 아니다. 일본의 권력자에 대한 배려가 '관광
의식'으로 표현된 것이다. 일본의 권력자에 대한 '관광의식'은 임진왜
란 전의 김성일의 「허장관에게 보낸 편지」에 등장한 이후, 조선 후기
통신사 기록에서는 보이지 않다가 다시 박영효의 기행문에 등장한 것
이다.

임진왜란 직전에 통신부사로 일본에 파견된 김성일은 자신의 기행
문인『해사록』에서 '관광'이라는 용어를 특이하게 사용하고 있다. 서장
관인 허성에게 보낸 편지인 '허서장관에게 준 관광을 논한 편지(与許書
狀論觀光書)'[64]에서 조선의 사신이 히데요시의 행차를 본 것을 '관광'이
라는 용어를 사용해 표현했는데 김성일의 '관광'용어의 사용은 조선
후기 통신사행의 기록과 비교해 봤을 때 상당히 이례적인 표현이라고
할 수 있다. 예를 들어,

> ㉠ 관백이 환도(還都)할 때에 우리 하인들이 관광하려고 하자 왜인들이
> 왕명을 전하기 전이라고 하여 금하지 않았습니까?[65]
> ㉡ 관광의 욕이 만약 형 한 몸에만 관계된다면 그만이지만 형을 욕보인
> 것이 사신이 욕본 것입니다.
> ㉢ **관광하는 사람들이 내 앞**에 와서는 혹 무릎을 꿇고 차수(叉手)하여
> 예법대로 공경하면서 다른 사신에게는 보는 둥 마는 둥하였다(觀光者至
> 我前).[66]

---

64 김성일, 「해사록」, 『국역해행총재Ⅰ』, 민족문화추진회, 1977, p.307.
65 같은 책, p.310.
66 같은 책, p.338.

  김성일은 '관광'이라는 용어를 사행단이 일본의 권력자의 행차를 본 것도 '관광'이고 일본인이 조선의 행차, 특히 자신을 본 것도 '관광'이라고 기술하고 있다. 정구(鄭逑)가 쓴 『해사록』 5편 행장(行狀)의 내용을 보면, 김성일의 '관광'이라는 용어는 '외국의 광화(光華)'의 개념으로 사용한 것으로 일본의 권력자를 조선의 사행단과 대등한 관계에서 기술했다고 해도 무방하다. 조선 초기에 상국의 문물을 보는 개념으로 '관광'을 사용한 것과도 다르며, 임진왜란 이후에 일본을 사행한 조선통신사의 '관광' 용어의 사용과도 차이를 보이는 내용이다.

  조선 후기 통신사들이 일본의 권력자인 장군에 대해 남긴 기술을 보면 김성일, 박영효와 달리 철저하게 조선의 사행을 일본의 장군이 '관광한다'는 시점에 서있다.

  ㉠ 장군도 또한 누각 위에서 관광합니다.(將軍亦於樓上觀光云)[67]
  ㉡ 당초에, 관백이 마상재, 악공 및 사후를 구경하려고 이미 처소를 닦고서 끝내 관광하는 일이 없으므로, 그 까닭을 모르겠더니 이제 와서 들으니, 관백이 두 번이나 의성의 집에 가서 관광하였다 한다.(竟無觀光之擧. …(중략)… 則關白再往義成家觀光)[68]
  ㉢ 관백도 가만히 관광하였다 한다.(亦潛爲觀光云)[69]
  ㉣ (마상재)관백이 거기에 있었다는 것을 짐작하겠고, 각 주의 태수들은 한 당(堂)에 모조리 모여서 손으로 가리켜가며 관광하였는데 조용하고 떠드는 일이 없었다 한다.(想是關白所在也. 各州太守都會於一堂. 指點觀光. 寂無喧譁云矣)[70]

---

67 강홍중, 앞의 책, p.236.
68 황호, 앞의 책, p.407.
69 남용익, 앞의 책, p.529.
70 조엄, 앞의 책, p.217.

ⓟ 관백은 어느 곳에서 관광하는지 알 수 없었다 하고, 마주 봉행들로서 사장에 같이 들어간 자나 좌우에서 구경하는 사람들은 모두 훌륭한 기사(騎射)라고 칭찬해 마지않았다 한다.(關白何處而觀光云矣. 馬州奉行輩之同入射場者左右觀者. 皆以善騎射. 稱歎不已云)[71]

일본의 장군이 사행단의 마상재와 활쏘기를 '관광했다'는 내용을 『국역해행총재』에서 접하는 것은 그리 어려운 일이 아니다. 조선의 권력자가 마상재나 활쏘기를 보는 경우에는 '관광을 했다'는 표현을 쓰지 않을 것이다. 일본의 관백(장군)이 조선인의 행사를 구경했기에 '관광'이라는 용어를 사용한 것이다. 주목할 내용은, 일반인이 사행단의 모습을 보는 것을 '관광'이라고 표현하는 것은 충분히 납득이 가는 내용이나 일본의 최고 권력자인 장군이 사행단을 보는 것도 '관광'이라는 표현을 쓰는 데 주저하지 않았다는 점이다.

'관광'이라는 용어는 '상국의 풍물을 본다.'라는 뜻이 있지만 상대국의 최고 권력자가 마상재나 활쏘기를 보는 것까지 이 용어를 적용해야 하는 가에 대해서는 이론의 여지가 있을 것이다. 조선통신사가 일본의 장군이 사행단을 바라보는 행위에 대해서 '관광을 한다'는 입장을 견지한 것은 상국으로서의 자세를 관철시키고자 한 측면이 강하다.

이러한 임진왜란 이후 통신사의 서술시점은 김성일의 '관광' 용어 사용과는 다소 차이를 보이는 내용이다. 김성일은 일본 장군의 행차를 조선 사신이 보는 것을 '관광한다'는 표현을 썼는데 이는 이후의 사신들이 예외 없이 일본인 내지는 하층민이 자신들을 '관광한다'고 기술한 것과는 대조적인 용법이다.

---

71 같은 책, p.222.

일본의 최고 권력자의 행차를 보고 '관광'이라고 표현한 예가 임진왜란 전의 김성일의 기록과 개화기 박영효의 기록에 등장하는데 조선 후기 통신사가 일관되게 '관광'이라는 용어를 적용했다는 것은 의식적으로 이 어휘를 사용했음을 반증하는 예가 아닐까 추론해 본다.

일본의 권력자를 존중해 준다는 것은 상호주의의 입장에서 평가할 만하나 박영효의 경우는 조선의 국가적 권위가 추락하는 과정에서 이 용어를 쓴 만큼 상당한 의식의 변화가 있었음을 알 수 있다.

신사유람단으로 참가한 이헌영의 『일사집략』(1881)에 '여러분은 그동안 몇 곳이나 유람을 했습니까? 비록 유람이라고는 말하지만, 틀림없이 탐지(探知)할 것이 있어서 일 것입니다'[72]라고 조선인이 '유람'이라는 명칭으로 방문한 것에 대해 무언가 학습할 내용이 있지 않았느냐는 일본 측의 물음이다. 이러한 일본 측의 태도와 변화된 환경을 근대기의 사행단이 접하면서 이전 통신사의 위엄을 새삼스럽게 실감했을 것이다.

조선과 일본 간의 '보고', '보이는' 관계의 기술인 '관광'이 임진왜란 전후와 근대이행기에 다소 혼용이 보이는데 특히 근대기에 동아시아 내의 기존의 관념의 질서가 붕괴되면서 '관광'이라는 의식 자체에도 변화가 생겨 현재와 같이 단순히 무엇을 '구경한다'는 평이한 의미로 전화됐다고 본다. 그러나 조선 후기에 파견된 통신사는 국가의 위엄을 지키기 위하여 '관광(觀光)'이라는 단어의 개념을 이해하면서 일관되게 활용했다. 이것은 조선 후기 통신사행의 '관광' 의식이 양국의 긴장된 관계 속에서 자신들의 자긍심을 응축적으로 표현하기 위한 의도적인 어휘의 선택이었기에 가능했다고 판단된다.

[72] 이헌영, 앞의 책, p.153.

5. 마치며

한국은 지정학적으로 일본, 중국과 접해 있어 지역 내의 흐름이 국가의 향방에 영향을 끼치는 예가 적지 않다. 특히 임진왜란을 계기로 촉발된 동아시아의 지각변동은 히데요시 세력의 몰락과 중국 명왕조의 멸망으로 이어졌다. 새롭게 등장한 이에야스 정권과 청왕조와의 관계설정이 조선 후기 조선왕조의 중심과제였다고 할 수 있다. 일본과는 전쟁으로 손상된 신뢰관계의 회복이, 청과는 만주족을 중국의 정통세력으로 인정하는 문제가 있었다. 결론적으로 조선왕조는 이에야스 정권을 일본의 정통세력으로, 만주족을 중국의 정통세력으로 인정해 외교관계를 유지하게 된다. 형식적인 외교관계의 회복에 따라 의식의 전환이 함께 이루어진 것은 아니다. 일본과 청왕조를 바라보는 조선의 시선은 체험에 기초해 형성된 감정이었던 만큼 쉽게 변할 성질의 것이 아니었다. 이런 형식과 내용의 차이를 극명하게 보여주는 자기 기술의 예를 '관광(觀光)'이라는 단어를 통해서 확인하는 것이 가능하다. 일본에 자신의 선박으로 대규모의 사절을 꾸려 초청에 응하던 통신사행은 사행단의 모습을 통해 조선 사절의 상국(上國)으로서의 위광을 보여주려고 노력한 모습을 다양한 기행문을 통해서 확인할 수 있다. 그렇기에, 통신사행의 문학에서 '관광'이라는 용어를 일관되고 반복적으로 사용한 것으로 이해된다. 그에 비해, 일본 측에서 조선의 사절에게 보여주고자 했던 많은 것들을 '관광'이 아닌 유희적 관람에 지나지 않는 것으로 판단해 일본 측에서 제공하는 행사와 시설에 존중의 마음이 담긴 관심을 표명하지 않았다.

중국에 파견되는 연행사는 그 횟수가 많은 만큼 다양한 사행기록이 남아있다. 중국을 바라보는 조선 지식인의 시선은 관념의 준거집단인 중국문명에 대한 존중의 마음과 함께 사행 길에서 만주족을 접하는 과정에서 복잡한 심경을 드러낸다. 요동의 만주족들의 경시를 받으면서 북경으로 들어가는 과정에서의 느낌을 기술하는 과정에서 아녀자와 촌부들이 자신들을 '관광'하고 있다는 기술을 남기고 있는 동시에 북경에 가서는 자신들이 중국을 '관광'하는 존재임을 피력하기도 한다. 이러한 기술태도는 일본에 파견된 통신사행의 체계적인 기록과는 차이가 있는 내용이다. 통신사행은 일본의 최고 권력자인 장군에게도 그가 자신들로 대표되는 국가의 위엄을 '관광'하고 있다는 표현을 쓰고 있는 것에 비춰보면 중국에 대한 당대 조선 연행단의 시점은 조선 중심적인 의식도 작용하고 있으나 복합적인 요소의 충돌로 인해 상대적으로 분열적이라 할 수 있다.

인식이 현실을 정확하게 반영하기란 용이한 일이 아니다. 특히 국가의 사명을 띠고 타국을 방문하는 외교사절은 현실의 세세한 표현보다는 자국의 위상과 자신의 임무에 초점을 맞춰 내용을 기술했을 가능성이 크다. 조선 후기 사행문학에 '관광'이라는 표현이 반복적으로 등장하는 이유는 통신사행의 자긍심의 자연스러운 발로이자 의지의 표출이라고 본다.

제4장

라프카디오 헌의 일본관
-삶의 여정과 『괴담』 출판을 중심으로

1. 시작하며

'인간은 왜 평생 가볼 수도 없는 나라를 연모하는 것일까?'라고 『괴담
(Kwaidan)』의 저자인 라프카디오 헌(Lafcadio Hearn, 1850~1904)은 미국
남부 소도시 신문에서 미지의 세계를 그리며 살아가는 인간 군상에
대한 글을 쓰면서 묻고 있다.[1]

    그리스 레프카스에서 아일랜드 출신의 영국군 군의관인 부친과 그
리스인인 모친 사이에서 1850년에 태어나 1869년에 미국으로 건너가
기 전까지 프랑스와 영국의 신학교에서 수학을 하다가 중도에 포기하
고 런던에서 생활을 한다. 미국에 건너가서는 다양한 직업을 거쳐 오
하이오 주의 신시내티에서 기자 생활을 시작했으며 1877년부터는 뉴
올리언스로 옮겨 활동을 했다.

    1884년에 뉴올리언스 개항 백주년 기념 박람회에서 일본 문부성에
서 파견된 핫토리 이치조(服部一三, 1851~1929)를 알게 되고 그의 도움과

---

1   平井呈一 訳, 「広場の人名」, 『全訳小泉八雲作品集 第一巻』, 恒文社, 1967, p.37.

『고사기(古事記)』영역본을 간행한 챔벌레인(Chamberlain, 1850~1935) 동경제국대학 교수의 추천으로 1890년에 시마네(島根)현 이즈모(八雲)에 부임한다.[2]

미국에서 일본으로 건너간 라프카디오의 이국취미는 일본에 건너간 후에 형성됐다고 보기보다는 미국에서 활동하고 있던 시기부터 이국적인 삶과 문화를 지면에 소개하는 작업에 지대한 관심을 표명하고 있다.[3]

> 나는 특히나 이야기를 듣는 것을 좋아한다. 무엇하나 지금까지 들어보지 못한 너무나도 진기한 이야기들뿐이다. 나는 그 속에서 몇 개를 그대로 이곳에 쓸 수 있을 정도로 필기하는 데 성공했다.

1890년 40세의 나이로 도일해서 1904년에 사망하기 전까지 그의 삶은 일본 열도를 중심으로 이루어졌으며 결혼 후에는 처가의 성과 자신이 처음으로 정착한 이즈모(出雲) 지방의 명칭을 따서 고이즈미 야쿠모(小泉八雲)라는 이름을 사용했다. 이즈모에서 구마모토, 고베, 동경 등으로 직장과 거주지를 옮기며 생활을 했다.

라프카디오의 도일의 의미를 히라이 데이이치(平井呈一) 씨는 단순한 유랑의 의미보다는 현실적인 의미에 무게를 두는 해석을 내놓고 있는데, 외부적인 요인으로는 뉴올리언스의 박람회, 피에르 로티(Pierre Loti, 1850~1923)의 『국화아가씨』의 영향을 들고 있으며 내면적인 동기로는 단순한 방랑기가 아닌 미지의 세계를 통해 자신의 일을 추구하려는 내적 성찰로 이해하고 있다.[4] 전체적으로 수긍이 가는 설이지만 라프카

---

2 사에키 쇼이치 외 편·배준호 역, 『파란 눈에 비친 일본』, 계명, 2000. 2.
3 平井呈一 訳, 「エ(ye)」, 『全訳小泉八雲作品集 第四巻』, 恒文社, 1967, p.129.

디오는 일본을 탐색해 서구 세계에 흥미로운 미지의 세계를 보고하는 형식을 통해 생활의 의미를 구하려고 한 만큼 내적 성찰이라는 구도적 측면보다는 좀 더 외적인 요인이 작용했을 가능성이 크다고 본다.

1890년에 일본에 도항하기 이전까지는 일본에 대해 구체적인 지식이 부족했던 라프카디오를 니토베 이나조(新渡戸稲造)가 1905년에 출판한 『무사도』의 서문에서 언급할 정도로 성공할 수 있었던 것은 근 15년간의 일본 체재를 통해 일본을 적극적으로 영어권의 세계에 소개한 그의 성실성과 출판에 대한 전문적인 지식에 의한 것으로 파악된다.

라프카디오 헌(고이즈미 야쿠모)의 저술은 다양한 방면에 걸쳐 존재하지만 그 중에서도 1904년에 출판한 『괴담(Kwaidan)』이 가장 널리 알려진 책이다. 이 작품집은 생애 마지막 출판물로 일본어 문장을 자유롭게 해독할 수 없었던 라프카디오가 일본인 부인과 다양한 조력자를 통해서 일본과 중국의 이야기를 정리, 번역, 출판한 것이다. 『괴담』의 출전은 본인도 밝히고 있지만 직접 채록한 이야기를 포함해 대부분이 중국과 일본의 서적을 통해 정리한 작품집이다. 이 『괴담』은 1886년 3월에 라프카디오가 뉴올리언스에서 출간한 『중국괴담집(Some Chinese Ghosts)』의 연속선상에 있으며 라프카디오의 마지막 출판물인 만큼 그의 일본관을 결산하는 의미에서 중요한 위치를 점하는 작품으로 볼 수 있다.

이 『중국괴담집』, 『괴담』집의 전거를 밝히는 작업은 상당 부분 진척이 된 만큼 그가 표현하고자 했던 일본의 이미지와 일본체재의 의미를 그의 삶과 대표적인 출판물인 두 작품 간의 변화를 중심으로 논해 보고자 한다.

---

4   平井呈一 訳,「八雲と日本(その一)」,『全訳小泉八雲作品集 第六巻』, 恒文社, pp.447~454.

2. 봉래(蓬萊)라는 이상향

1850년에 태어난 라프카디오가 1890년에 일본에 도항한 것은 당대 일본 전문가들의 일본 도항과 견주어볼 때 상당히 늦은 감이 있다. 라프카디오에게 커다란 영향을 끼친 챔벌레인과 피에르 로티(Pierre Loti, 1850~1923)는 같은 1850년생이지만 챔벌레인은 1873년에 도일해 동경제국대학의 교수로 활동했으며 로티는 1885년에 도항한 경험을 바탕으로 소설을 써 명성이 높은 상태였다.

라프카디오가 도항하기 전에 일본 주요 지역은 이미 서양 세계에 어느 정도 알려진 상태로 후발주자인 라프카디오의 일본 스케치는 그들과는 다른 시점과 깊이가 요구됐다. 라프카디오는 편지와 서적에서 그 지역에 서양인의 왕래가 있었는가에 대해서 상당히 민감할 정도의 반응을 보이고 있다. 예를 들어, 자신이 처음으로 이즈모 신사의 신전을 방문했다는 사실에 대한 감상을 감격에 찬 어조로 기술하고 있다.

> 기즈키(杵築)를 방문하는 것은 신도에 있어서 기즈키의 전설을 듣고 난 이후에 나의 큰 열망이었다. 그리고 이 나의 바람은 지금까지 기즈키를 방문한 서양인이 대단히 드물다는 것과 신전의 본당에 올라가는 것을 허락받은 사람이 없다는 것을 듣고 나서는 참을 수 없을 정도로 강렬해졌다. 실제로, 서양인들 중에는 신사 경내에 접근하는 것조차 거절당한 사람이 있을 정도이다. 이러한 사람들과 비교해보면 내가 얼마나 운이 좋은 가를 믿어 의심치 않는다.[5]

이러한 라프카디오의 감격스러워하는 체험에 대하여 이즈모신사의

---

5 平井呈一 訳, 『全訳小泉八雲作品集 第五巻』, 恒文社, p.236.

궁사(宮司)도 그의 방문이 특별한 의미를 갖고 있다는 것을 라프카디오
에게 강조한다.

> 궁사는 아키라를 통해, "실로 신전의 본당에 올라오는 것을 허락받은
> 최초의 서양인입니다. 지금까지 다른 서양인이 이 기즈키를 방문한 예는
> 많았지만 경내에 들어오는 것을 허락받은 사람은 소수이며 당신처럼 본
> 당에 들어오는 것을 허락한 예는 없었습니다. 당신이 처음입니다."[6]

남들보다 뒤쳐져서 일본에 온 것을 부담스럽게 생각하면서 자신만
의 독특한 경험을 필요로 했던 라프카디오에게 이즈모신사의 본당에
올라간 경험이 얼마나 소중한 체험인가를 상상하기는 어렵지 않다. 그
는 1891년 8월에 보낸 서신에서도 '이 신사에 들어가는 것을 허락받은
외국인은 저 이전에는 아직 한 명도 없었습니다.'[7]라고 빈번하게 강조
하고 있다. 이 최초의 경험이 라프카디오의 일본체험의 핵심이며 그의
일본관 형성에 얼마만큼 중요한 요소였는가는 이후의 저술활동이 신
도를 중심으로 한 종교적인 고찰에 집중돼 있는 것을 보아도 알 수
있다.

> 니시다(西田)는 내가 일본에 온 것은 일본의 오랜 종교와 습속을 알고
> 싶어서 왔다는 것, 특히 신도와 이즈모의 전설에 흥미를 갖고 있다는 것
> 을 도지사(知事)에게 말을 했다.[8]

라프카디오가 처음으로 정착한 곳은 다름 아닌 일본신화의 땅인 이

---

6 平井呈一 訳, 『全訳小泉八雲作品集 第五巻』, 恒文社, p.259.
7 大谷正信 外訳, 『小泉八雲全集 第九巻』, 第一書房, p.542.
8 平井呈一 訳, 『全訳小泉八雲作品集 第六巻』, 恒文社, p.116.

즈모 지역이었다. 일본에서의 후원자격인 챔벌레인 교수의 추천이 강하게 작용했겠지만 아직 미지의 땅인 이즈모를 영어권 세계에 소개하고자 한 그의 바람이 이즈모 지역을 선택한 것으로 판단된다. 일본에 막 도착한 라프카디오는 챔벌레인에게 일본에서의 안정된 직업의 소개를 의뢰하면서 다음과 같은 편지를 보내고 있다.

> 일본에 관한 좋은 책을 쓰고 싶은 저의 열망은 말로 다 표현하기 어려울 정도입니다. 하버출판사에서는 제가 제공하는 재료는 무엇이든 흔쾌히 출판을 합니다. 그러나 그 밖의 일에서는 도와주지 않습니다. 그렇기에 저의 모험은 완전히 제 책임입니다. 일본에서 무언가 직업을 얻을 수 있다면-영어 가정교사라든지 제가 만족하며 할 수 있는 다른 일이 있으면-제 계획은 성공하리라 믿습니다.

이 내용은 1890년 4월 4일에 라프카디오가 챔벌레인에게 보낸 서신의 일부이다. 라프카디오가 남긴 챔벌레인 교수와의 서신의 다수는 챔벌레인의 의문사항에 대한 기초적인 조사를 라프카디오가 현지에서 수행하는 공동작업의 내용을 많이 포함하고 있다. 챔벌레인은 동경제국대학에서 근무하면서 방대한 업적을 남긴 연구자인 만큼 현지 조사를 포함한 기초적인 조사 작업을 본인이 수행하기에는 현실적으로 어려움이 많이 따랐으리라 본다. 따라서 많은 조력자가 필요한 가운데 라프카디오도 그 중에 한 명이었다고 판단된다.

라프카디오는 일본에 오기 전에도 많은 출판 활동에 관여했던 사람인 만큼 일본을 새로운 출판물의 소재 공급지로 파악하고 있음을 알 수 있다. 자신은 발굴된 자료를 충분히 출판할 역량을 갖추고 있으며 동아시아에 대해서도 『중국괴담집』이라는 책을 출판했음을 챔벌레인에게 강조하고 있다. 라프카디오가 일본에 도착해서 그의 출판 경력과

업적을 취업에 활용하고 있음을 알 수 있다.

핫토리 이치조와 챔벌레인의 도움으로 이즈모 지역에 부임하게 된 라프카디오는 자신의 일본론의 근거를 종교적인 내용, 특히 일본인의 신도(神道)에 대해서 정리 보고하는 것에 중점을 맞추고 있다.

챔벌레인과 사토와 같은 박학다식한 인물의 특수한 저서를 제외하고는 신도(神道)란 무엇인가라는 기본적인 개념을 제공하는 영어로 쓰인 책이 없는 것이 현실이다.[9]

라프카디오의 신도에 대한 관심이 일본에 온 이유라기보다는 우연히 그의 일본에서의 최초의 경험과 연결되어 신도가 그의 일본론의 커다란 특색을 이루게 된다. 서양인 최초의 체험을 갈구하는 라프카디오의 바람은 이즈모 지역을 중심으로 전개된 여행담에서도 빈번하게 등장한다.

오키(隱岐)에 가기로 했다. 서양인 선교사 중에 오키에 간 사람은 지금까지 한 명도 없다. 오키 해안은 드물게 동해를 순항하는 군함이 근처를 지나가는 것 외에 지금까지 서양인의 눈길에 노출된 적이 없다. 이것만으로도 오키에 갈 이유는 충분히 있는 것이지만[10]

라프카디오의 기술은 기존의 서양인들의 체험과 차별화된 자신만의 새로운 정보를 탐색하는 노력의 일환으로 이해할 수 있다. 라프카디오가 집착한 서양인에 있어서의 처녀지 발견과 함께 그가 일본에 도착해

9   平井呈一 訳, 『全訳小泉八雲作品集 第六巻』, 恒文社, p.57.
10 平井呈一 訳, 『全訳小泉八雲作品集 第六巻』, 恒文社, p.265.

받은 최초의 인상을 기술한 내용을 보면 대단히 이상화된 낯선 세계의 모습으로 일본을 형상화하고 있음을 알 수 있다.

> 사물의 움직임이 안정돼있고 온화하며 소리도 그다지 크게 내지 않는 세계-이런 대지에 인간은 물론 하늘까지 그 어느 나라에서 볼 수 없는 세계- 그러한 세계 속에서 갑자기 자신을 발견한다는 것은 우리들처럼 영국의 옛이야기로 성장한 인간의 상상력으로써는 마치 옛날 꿈에서 본 소인국의 재현 그대로였다.[11]

일본에 도착해서 느낀 첫인상을 정리한 문장이다. 꿈속에서 그리던 이상향의 세계를 자신이 보고 있는 듯하다는 라프카디오의 기술이 빈번하게 등장한다. 서양인을 위한 이상화된 동양의 낯선 세계로의 안내자 역을 라프카디오가 담당한 것이다.

> 오늘 아침 효고(兵庫)의 거리는 맑게 개었다. 말로 표현하기 어려운 따사로운 햇살 속에 잠겨있다. 봄 햇살이 길게 뻗친 안개를 뚫고 보이는 원경의 모습을 신기루처럼 보이도록 분위기를 자아내고 있다. 사물의 형태는 모든 것이 선명한데 그곳에 무언가 바탕색에는 없는 희미한 색조가 살짝 배어 나와 마치 한 폭의 봉래섬의 그림처럼 보인다.[12]

일본을 유토피아인 봉래섬으로 인지하는 라프카디오는 이상화된 지역으로서 일본을 감지하고 있다. 이러한 라프카디오의 이상향으로서의 일본관은 상당히 회화적인 색채가 짙은데 실제로 라프카디오는 일본인의 모습을 자신이 감상한 우키요에(浮世絵)의 모습과 중첩시키면

11　平井呈一 訳,「極東第一日」,『全訳小泉八雲作品集 第五巻』, 恒文社, p.21.
12　平井呈一 訳,「戦後」,『全訳小泉八雲作品集 第七巻』, 恒文社, p.439.

서 환상적 이미지를 극대화시키는 기술을 보이고 있다.

> 봐라! 여기에 호쿠사이(北斎)가 그린 그림속의 인물이 실제로 걸어 다
> 니고 있다. 도롱이를 입고 송이버섯을 닮은 커다란 갓을 쓰고 짚신을 신
> 고 있다. 비바람과 햇살에 검게 그을린 팔뚝과 정강이를 들어낸 농민이
> 말이다. [13]

실제 일본의 풍경에 대해서는 '히로시게(広重)의 오래된 우키요에(浮
世絵) 화첩에 있는 마을이다. 그 판화의 풍경과 꼭 같은 색을 지닌 마을'
이라고 가미이치(上市)의 마을을 평가하고 있다.[14] 라프카디오에게 일
본의 풍경과 사람은 우키요에의 모습과 중첩돼서 보이는 모습으로 묘
사하면서, 많은 사람이 우키요에(浮世絵)는 사물과 풍경을 왜곡해서 표
현했다는 의견을 피력하는데 그는 이 의견에 반대하며 우키요에(浮世
絵)는 일본의 실제의 모습을 반영한 실경이라고 주장한다.

우키요에를 통해서 일본을 보듯이 라프카디오는 일본의 신의 세계
를 통해서 일본 사회를 응시한다. 신화의 땅이라는 의미에서 이즈모에
대한 강한 매력과 함께 이즈모는 라프카디오가 희구해온 하나의 이상
향으로 묘사되면서 그의 일본관의 일반화 논리의 근거로 작용하고 있
음을 알 수가 있다.

> 내가 이즈모(出雲)에 온 지 이미 14개월이 되지만 아직 한 번도 이곳에
> 서 고함치는 소리를 들은 적이 없다. 싸움을 목격한 적도 없다. 남자들끼
> 리 치고받거나 혹은 부인이 곤란에 처하거나 아이들이 맞고 있는 장면을

---

13 平井呈一 訳, 『全訳小泉八雲作品集 第五巻』, 恒文社, p.27.
14 平井呈一 訳, 『全訳小泉八雲作品集 第五巻』, 恒文社, p.180.

나는 한 번도 본 예가 없다. 솔직한 이야기로 나는 일본에 와서 개항장 이외의 장소에서 진정한 의미의 난폭이라는 것을 그 어느 곳에서도 본 적이 없다. 개항장은 별개인 것이다. 그곳은 하등사회의 사람이 유럽인과 접촉해 본래의 예의와 고유한 도의심을 상실하고 순수한 유쾌함을 추구하는 능력조차 상실해 버린 듯이 보인다.[15]

그의 일본에 대한 이상적인 선입관은 그의 일본 여행기에서 빈번하게 등장한다. 라프카디오가 이즈모를 처음으로 선택한 이유가 일본적인 세계에 대한 강한 동기부여에서 시작된 것일지도 모르지만 내용적으로도 독자적인 내용을 구축할 수 있는 훌륭한 출발이었다. 이러한 라프카디오의 일본관은 당대의 중국 지식인과도 상통하는 일면을 지니고 있다. 중국에서 파견된 동연배의 황준헌(黃遵憲, 1848~1905)은 시를 통해 일본이라는 땅을 봉래섬으로 설정해 이상화해서 읊고 있다.

16. 영토
망망대해의 파도가 사면을 깎아댄다.
삼신산(三神山)의 바람이 배를 되돌린다는 것이 사실일까.
봉래(蓬莱)로 향하는 길이 수월해졌다지만
물에 뜬 잠자리(蜻蜓)처럼 지세는 그대로라네.[16]

구한말에 조선에게 일본, 미국과의 동맹을 권한 황준헌의 일련의 기술들을 보면 동아시아에 있어서 일본의 이상적인 모습과 역할에 대해서 긍정적으로 평가하는 입장을 견지하고 있음을 알 수 있다. 단지, 라프카디오가 몰입한 일본의 신도에 대해서는 그다지 큰 흥미를 보이

15 平井呈一 訳, 『全訳小泉八雲作品集 第五巻』, 恒文社, p.319.
16 黄遵憲 著·実藤恵秀 外 訳, 『日本雑事詩』, 平凡社, 1968, p.37.

고 있지 않다. 일본이 본래부터 신도를 존중해 기독교 신자가 적다는
사실과 일본인은 수많은 신들을 섬기는 것에 열중해 있다는 것을 관조
적인 관점에서 기술하고 있다.[17] 신도에 대해서는 다소 비판적인 자세
를 보였던 황준헌도 일본의 풍속과 새로운 조세제도에 대해서는 높이
평가하고 있다.

> 처음에 내항해서 히라도(平戸)에 정박했을 때, 논두렁길을 따라서 걷는
> 데 석양이 빨갛게 물들 즈음에 보리 순이 새파랗게 보였다. 민가 한쪽에
> 고구마가 있기에 사려고 마음먹고 대금을 치르려고 해도 받지를 않았다.
> 백성들의 기풍이 소박한 것이 마치 도원경에 들어온 듯 했다. 또한 나가사
> 키(長崎)에서는 며느리와 시어머니의 다투는 소리가 들리지 않는다. 길에
> 떨어진 것이 있으면 반드시 분실한 주인을 찾아서 되돌려준다. 상가에서
> 는 종업원을 고용하는데 이 사람에게 열쇠를 맡기고 외출해도 무엇 하나
> 분실되는 것이 없다. 이 얼마나 훌륭한 일인가! 이른바 '사람이, 예양(禮
> 讓)을 존중하고 백성이 도적질과 음탕함을 저지르지 않는다.'라고 하는
> 것이리라. 2, 3십년 전만해도 일본국 어디를 가나 이 같은 풍속이었는데
> 지금은 도쿄·요코하마·고베 사람 중에는 교활한 사람도 있다고 한다.[18]

19세기 일본의 농촌의 모습에서 라프카디오나 황준헌은 이상적인
세계의 모습을 발견한다. 황준헌의 일본 평가는 지역적, 혈연적 연관
성에 기초한 것이다. 일본을 서복(徐福)의 후손으로 파악해 '지금의 일
본은 실은 우리와 같은 종자이다.'[19]라고 일본에 호의적인 태도를 보인
다. 중국의 고대 미덕을 일본이 간직하고 있다는 동류의식이 초기 황

17 黄遵憲 著·実藤恵秀 外 訳, 『日本雑事詩』, 平凡社, 1968, p.139.
18 黄遵憲 著·実藤恵秀 外 訳, 『日本雑事詩』, 平凡社, 1968, p.42.
19 黄遵憲 著·実藤恵秀 外 訳, 『日本雑事詩』, 平凡社, 1968, p.22.

준헌의 일본관에 작용하고 있음을 알 수 있다. 황준헌은 고전적인 일본을 평가하면서 근대 문명화를 추진하는 근대 서양문명의 일본화에 대해서도 많은 관심을 표명하고 있다. 황준헌의 입장은 이른바 '동도서기(東道西器)'론의 전형으로 동양적인 세계를 유지하면서 서양의 기술을 접목시키는 변화의 가능성을 모색했다고 할 수 있다. 그에 반해서 라프카디오의 이상향론은 미문명화된 일본사회에 대한 관심으로 이른바 서양의 영향하에서 진행되는 문명개화의 모습에 대해서는 다소 냉소적인 태도를 보인다. 라프카디오는 '저는 문명이라는 것을 일종의 사기라고 생각합니다. 왜 그렇게 생각하는가를 말씀드리면 저는 희망이 없는 다툼을 좋아하지 않기 때문입니다.'라며 문명적인 요소의 평가를 거부하며 고전적인 세계를 고집한다. 그의 충실한 제자이자 조력자인 오타니(大谷)가 영문학을 전공하고자 한다는 말에 적극적으로 반대 의사를 개진하며 실용학문을 하도록 강하게 권한다. 라프카디오 자신은 문명적인 요소를 거부한다고 했지만 자신의 제자가 살면서 무엇을 전공해야 하는가에 대한 의견은 일본에서 수요가 증대하는 식물학, 화학, 토목학, 건축가 등의 실용학문이었다.[20] 따라서 직업을 삶의 유용성 측면에서 파악하는 라프카디오가 서구적인 문명을 거부하고 신화의 땅인 이즈모에 정착해 그 이상적인 모습을 형상화해 영어권에 출판한 것은 출판에 정통한 출판인 라프카디오의 생활인으로서의 선택으로 이해된다.

---

20 大谷正信 外 訳, 『小泉八雲全集 第十一巻』, 第一書房, p.152.

3. 이원적 세계관과 괴담취미

라프카디오가 경험했던 19세기말의 일본은 말 그대로 근대로의 이행기로 서구적인 요소와 전통적인 세계가 혼재하던 격동의 시기였다. 그 두 가지 요소를 바라보는 라프카디오의 의식은 극명하게 대비된다.

> 이 정원의 흙 담장은, 나를 거리 이상의 것으로부터 격리시켜준다. 흙 담장밖에는, 전신, 전화, 신문, 기선, 온갖 변해버린 근대 일본의 소리가, 굉음의 신음소리를 내고 있다. 그런데, 한번 이 담장의 안쪽으로 들어오면 이곳에는 한적한 자연의 평화로운 위안과 16세기의 수많은 꿈들이 깊은 곳에 깃들어 있다.[21]

라프카디오가 꿈꾸던 이상적인 일본의 모습은 근대화 이전의 여러 가지 전통문화적인 요소가 주류를 이루던 상태를 의미한다. 근대화를 갈망하는 일본에서 그가 주목하고자 했던 일본적인 세계는 일부 일본인이 주장하는 순수한 일본 내지는 동양적인 전통위에서 삶을 향유하는 선량한 인간상이었을 것이다. 그리고 라프카디오는 한 때 신부가 되려고 수학할 정도로 개인적으로는 대단히 윤리적인 삶을 살고자 노력했던 인물로 일상에서도 자신의 생각을 드러내고 있다. 예를 들어,

> 마쓰에(松江)에 와서 한동안 자이모쿠초(材木町)의 여관에서 생활을 했습니다. 그런데, 머지않아 서둘러서 다른 곳으로 이사를 하게 됐습니다. 다른 사정도 있었겠지만 중요한 원인은 여관의 작은 딸이 눈병을 앓고 있는 것을 안타깝게 생각해 빨리 병원에 가서 치료를 받도록 부모에게

---

21 平井呈一 訳, 「日本の庭」, 『全訳小泉八雲作品集 第六巻』, 恒文社, p.52.

부탁을 했는데도 여관 주인은 그저 예, 예라고 대답하고 시간만 끌고 있었기 때문에, "천하에 인정머리 없는 놈이다, 부모의 마음이 없다."고 말하면서 대단히 화를 내며 그곳을 나왔던 것입니다.[22]

라프카디오 자신도 평생 좋지 못한 시력 때문에 고생이 많았다. 그때문인지 몰라도 눈병에 관심이 많았으며 부모의 조그만 관심이 아이의 장래에 얼마만큼 큰 영향을 끼치는가에 대해서도 충분히 숙지하고 있었기에 여관집 주인의 태도에 분노를 느끼며 거처를 다른 곳으로 옮겨 자신의 노여움을 피력한 것이다. 특히, 부모의 이혼으로 고통을 받은 그였기에 부모역할에 대한 남다른 책임감이 작용했는지도 모른다. 라프카디오의 성격을 짐작할 수 있는 일화 중에 하나이다. 고이즈미 부인과의 결혼을 통해서도 사람을 평가하는 라프카디오의 입장을 알 수 있다.

> 대단히 잔인한 직업이나 매우 비열한 장사에 대해서는 절대로 호의를 보이질 않았지만 그 이외의 직업이라면 무엇이든 경의를 표하셨습니다. 일찍이 미국에서 생활할 때 간단한 음식점을 개업한 적도 있었고 산인(山陰) 마쓰에(松江)의 공장에서 여공으로 일한 적이 있던 어머니의 과거에 커다란 경의와 동정을 표해 결혼했을 정도의 아버지였습니다.[23]

결혼에 실패하고 직공으로도 일한 부인에 대한 라프카디오의 애정은 그의 인간적 심성의 여유로움을 엿볼 수 있는 내용이다. 다양한 직업을 거치면서 자수성가한 라프카디오가 보편적인 인간애를 소유한

---

22 小泉節子, 「思い出の記」, 『全訳小泉八雲作品集 第十二巻』, 恒文社, p.6.
23 小泉一雄, 「海へ」, 『全訳小泉八雲作品集 第十二巻』, 恒文社, p.356.

인물이라는 점에서는 충분히 공감이 간다. 개인적인 삶에서는 인간적인 요소가 강한 라프카디오였지만 사회문제에 대해서는 적극적으로 언급하지 않는 태도로 일관한다. 오히려 기존의 질서를 수용하면서 자신의 삶을 그 논리를 맞추려는 모습마저 보인다.

> "선생님이 천장절 날 천황의 영정에 경례를 하시는 것을 보았습니다. 이전 영어선생님과는 전혀 다른 모습이십니다."
> "어떻게 다른가?"
> "전번의 선생님은 저희를 야만인이라고 하셨습니다."
> "왜."
> "신 이외에 —그 선생님이 신앙하는 신 말고는 존귀한 것은 없다고. 그 밖의 것을 존경하는 인간은 야만과 무지몽매한 인간에 지나지 않는다고 것입니다."
> "그 선생님은 어느 나라 사람이었는데."
> "기독교 목사님으로 영국의 신민이라고 말씀하셨습니다." …(중략)…
> "천황을 존경하고, 천황이 포고한 국법을 준수하며 천황이 일본국을 위해 자네의 생명을 요구할 경우에는 언제든지 몸과 마음을 바칠 각오가 돼 있다고 하는 것은 자네의 숭고한 사회적 의무라고 나는 생각하네."[24]

라프카디오가 신앙의 문제에서 개인의 의사를 존중한다는 다양성의 의미에서는 훌륭한 자세라고 할 수 있으나 그 행위가 갖는 사회적 의미와 파장에 대해서는 소홀하게 보고 있음을 알 수가 있다. 일본 국가와 천황의 역할에 대해서 라프카디오는 '저는 이즈모(出雲)의 운동회 쪽을 더 좋아했습니다. 왜냐하면, 아름답고 오래된 천황과 국가에 대한 충

---

24 平井呈一 訳, 「英語教師の日記から」, 『全訳小泉八雲作品集 第六巻』, 恒文社, pp.162 ~163.

정과 경의를 그들이 표현했기 때문입니다'[25]라며 다른 서양인과는 달리 일본 내의 천황중심의 황국화 과정을 긍정적인 태도로 바라보고 있음을 알 수가 있다.

> 나는 현관에서 센키치(浅吉)의 손을 굳게 잡았다.
> "선생님, 조선에서 무엇을 보내드릴까요?"라고 센키치가 물었다.
> "편지를 보내주게나."라고 나는 말했다. ─ "이번에 대승리를 거둔다면 말일세."
> "펜을 잡을 수 있으면 반드시 소식을 전하겠습니다."라고 센키치는 대답을 했다.[26]

1894년에 조선에서 벌어진 청일전쟁에 제자를 보내면서 라프카디오는 승리를 기원하고 있다. 그가 전쟁을 지지했는지 판단하기는 어렵지만 그 전쟁에 참여하는 자신의 학생이 승리하고 귀환하기를 원한 것은 사실이다. 그 전쟁으로 빚어지는 사회적 현상과 전쟁의 의미에 대해서 라프카디오는 그다지 의문을 제기하지 않는다. 그는 '일본에 있어서 유일하고 가장 바람직스러운 일은 전제정치(專制政治)로 복귀하는 것입니다'[27]라며 일본의 전체주의적 흐름에 동조하는 태도를 보인다. 이러한 라프카디오의 태도는 일본 내의 의회민주주의의 가능성에 대해서도 부정적이며 봉건시대의 영주의 재집권을 희망한다는 기이한 견해도 제시하고 있다.

---

25 大谷正信 外訳, 『小泉八雲全集 第十巻』, 第一書房, p.362.
26 平井呈一 訳, 「願望成就」, 『全訳小泉八雲作品集 第七巻』, 恒文社, p.313.
27 大谷正信 外訳, 『小泉八雲全集 第十巻』, 第一書房, p.418.

만세! 의회가 해산됐습니다! 저는 군벌파(軍閥派)가 권력을 잡았으면
합니다. - 이에야스(家康)나 이에미쓰(家光)와 같은 장군이 출현해 이 지
진의 나라, 변동의 국가에 하나의 질서를 수립하는 것을 희망합니다.[28]

개인적으로는 도덕적이며 인간에 대한 사랑과 연민이 풍부했던 라
프카디오였지만 일본이라는 사회의 향방을 객관적으로 조망할 수 있
는 능력을 갖췄는지에 대해서는 의구심이 간다. 군국주의를 추구하던
일본의 특정세력에게는 대단히 우호적이고 친일적인 태도이지만 그
반대편의 몰리고 있는 입장에서는 수용하기 어려운 일방적인 견해이
다. 선량하고 성실한 한 개인으로 라프카디오가 일본생활을 보냈다고
는 할 수 있겠지만 군국주의의 길로 질주하는 일본에 대해서 라프카디
오는 동조 내지는 무관심으로 일관하면서 현실세계와 유리된 기이한
일본 사회의 스케치에 열의를 나타낸다. 그 신비로운 일본의 이미지를
서구 사회를 향해 계속 발신을 했다. 그의 일본 사회에 대한 묘사를
살펴보면 다음과 같다.

> 일본국은 요괴의 나라였다. -불가사의하고 아름답고 기괴한데다가 대
> 단히 신비적인- 어느 나라에서도 그 예가 없다. 전혀 닮지도 않은 진기하
> 고 매력적인 요괴의 나라였다. 그것은 그리스도 탄생 이후의 19세기 후의
> 세계가 아니고 그리스도 이전의 몇 세기 전의 세계였다. 그런데, 그 사실
> - 경이 중에 경이인 이 사실은 아직 인정받고 있질 못하다. 오늘날에도
> 여전히 많은 사람들이 인정하고 있질 않다.[29]

라프카디오의 일본에 대한 인상은 요괴의 나라, 온갖 신들이 난무하

---

28 大谷正信 外 訳, 『小泉八雲全集 第十卷』, 第一書房, p.66.
29 平井呈一 訳, 「前代の遺物」, 『全訳小泉八雲作品集 第十一巻』, 恒文社, p.371.

는 세상에 대한 이미지가 강하다. 그리스도가 등장하기 이전의 다양한 신들이 공존하던 유럽의 한 시기를 떠올리게 하는 이미지로 일본을 파악하고 있다. 이러한 신들의 다양성을 현실세계에서의 다양성으로 연결시켜서 이해하고 있는데 그 다양성을 지탱하는 문화 환경적 요소를 라프카디오는 근대 서구문명인 기계화의 세례를 받지 않은 비근대적 요소에서 찾고 있다.

　개인적인 삶에서는 윤리적 태도를, 전체의 행동과 움직임에 대해서는 대단히 보수적인 태도로 일관하면서 대외적으로는 일본을 다양성이 숨쉬는 신비로운 나라로 소개한다. 일본이라는 생계를 위한 현실적인 기반 위에서 가족에 대한 책임감을 강하게 지닌 그가 취할 수 있는 선택지는 한정됐다고 보여지지만 그의 태도의 이중성은 기이한 이야기인 괴담을 통해 종합화되면서 서구세계의 수요와 맞물린 그의 일본론의 근간을 이루게 된다. 일본인의 종교적, 개인적 삶에 대한 무한한 긍정에서 출발한 그의 일본론은 일본 사회에 대한 종합적인 평가라기보다는 출판인의 감각에 기초한 흥미로운 화제를 영어권 세계에 제공하는 틀을 중심으로 형성된 출판저널리즘적인 성격이 강하다고 볼 수 있다.

4. 『괴담』 속의 일본관

라프카디오는 미국에 체재할 때부터 기이한 이야기에 대단히 관심이 많았다. 미국 주변의 이야기는 차치하고서라도 중국의 기이한 이야기에 관한 『중국괴담집』이라는 책을 출판하고 있는데 세계 각지의 기이한 이야기를 출판하는 과정에서 편집된 책으로 보여진다. 그는 책의

서문에서,

> 이 소소한 소책자에 대한 최상의 변명은 이 책을 구성하고 있는 재료의
> 특이성에 있다고 생각한다. 이러한 전설, 기이한 이야기를 모으는 데 있
> 어서 내가 주목한 것은「괴이미(怪異美)」의 모색이었다.[30]

이러한 라프카디오의 기이함에 대한 추구는 도일해서도 변함이 없
다. 그는 일본체재를 통해『중국괴담집』을 실패한 작품집으로 규정하
게 된다. 미국에서 바라본 동아시아의 기이한 세계와 일본체재를 통해
서 학습한 기이함에 대한 차이가 발생하기 시작한 것이다. 그가 미국
에서 출판한『중국괴담집』의 성격을 서문에서 '괴이미'라고 규정짓고
있지만 내용 자체는 동아시아의 윤리적 기반위에 형성된 기이한 이야
기들로 라프카디오의 생애 마지막 작인『괴담』과는 기반이 다른 내용
을 담고 있다.

『중국괴담집』은 총 6편의 작은 이야기를 수록하고 있는데 그 내용을
보면, '종(鐘)의 혼령', '맹기(孟沂)', '직녀(織女)의 전설', '안진경(顔眞卿)
의 귀환', '차나무(茶木) 연기(緣起)', '자신담(瓷神譚)'이다. 이 중에서 '차
나무(茶木) 연기(緣起)', '자신담(瓷神譚)'은 차와 도자기에 관한 내용이므
로 기이한 이야기라는 의미에서의 이야기는 4편으로 많은 양은 아니
다. 그 출전을 보면, '종(鐘)의 혼령'은『백효도설(百孝圖說)』에 있는 이
야기이고 '맹기(孟沂)'는『금고기관(今古奇觀)』에 있는 이야기이다. 나머
지 '직녀(織女)의 전설'과 '안진경(顔眞卿)의 귀환'은『감응편(感應編)』에
있는 이야기이다. 이 출전을 라프카디오가 직접 밝히고 있기에 출전을

탐색하는 것보다 이 이야기들의 특징을 정리해 보면 서양인의 입장에서는 기이한 이야기임에는 틀림이 없으나 동아시아인에게는 지극히 교훈적인 내용의 괴담이다. 특히『감응편』에서 번역한 이야기는 이른바 선서(善書)로 서민교화적인 측면에서 편집해 보급한 내용이다. 이러한 이야기를 라프카디오가 미국에서 흥미를 느끼고 편집, 출판했다고 하는 것은 그의 이야기를 고르는 선화(選話) 과정에서 교화적인 요소가 강하게 작용하고 있음을 알 수가 있다. 이『중국괴담집』을 미국에서 1886년에 출판한 후에 라프카디오는 일본에 가지고 와서 챔벌레인에게 선물로 증정을 한다.

> 저의 보잘것없는『중국괴담집』을 읽으시고 평가해 주셨으리라 믿습니다. 동양생활에 오랫동안 정통하신 분에게는 아마도 문제투성이의 책이었으리라 봅니다. 책의 완성도나 내용을 예술적인 진지함에 기초해 썼다는 점을 이해하시고 아무 것도 모르는 문외한이 쓸 수밖에 없었던 문제에 대해서는 좀 더 커다란 지식을 얻게 된다면 보다 훌륭한 저술을 할 수 있다는 것을 이해해 주셨으면 합니다.[31]

이『중국괴담집』을 증정받은 챔벌레인의 구체적인 반응은 알 수가 없지만 그의 소개로 라프카디오는 취직을 하게 된다. 라프카디오는 일본 생활을 겪으면서 이 책에 대한 평가를 스스로 내리게 되는데 그다지 긍정적이지는 못하다. 예를 들어,

> 제가 이것과 함께 심하게 훼손된『중국괴담집』을 보냅니다. 극동(極東)을 이해하려고 노력한-그리고 그것이 실패한-어느 한 남자의 초기작입

---

31 大谷正信 外 訳, 『小泉八雲全集 第九卷』, 第一書房, p.479.

니다. 그러나 그때는 진정으로 그 이야기를 예술적인 가치에서 바라본
것입니다. 이 책을 언제가 재판하는 일이 있다고 해도 저는 조금도 내용
을 바꾸지 않겠습니다.—단지 그럴듯한 변명을 신판의 서문에 쓰겠지만
말입니다.[32]

　이 편지에서 라프카디오는 『중국괴담집』을 실패한 작품집으로 평가
하고 있으면서 재판을 하더라도 수정하지는 않겠다는 서로 상충되는
논지의 주장을 하고 있다. 스스로 미국 내에서 유통되는 것조차도 포
기했음에도 말이다.

　　제 저서에서 『중국괴담집』을 제외하고는 —이것은 제 스스로의 의지와
　바람에 의한 것이었지만— 절판(絶版)이 된 책은 한 권도 없습니다.[33]

　『중국괴담집』을 절판한 라프카디오의 태도는 괴담에 대한 흥미가
사라졌다고 보기보다는 일본에 체재하면서 새로운 괴담에 대해서 눈
을 뜨기 시작한 것으로 판단된다. 그가 챔벌레인에게 보낸 편지를 보
면 얼마만큼 괴담의 출판에 라프카디오가 집착하고 있었는가를 알 수
가 있다.

　　새로운 『일본오토기이야기총서(日本お伽話叢書)』를 편찬하는 것을 어
　떻게 생각하시는지요. 기이(奇異)한 삽화와 너무나도 훌륭하게 조화를 이
　룬 이야기를 저는 아주 많이 가지고 있습니다. 이런 것들이 돈이 되지
　않을까요.[34]

32　大谷正信 外 訳, 『小泉八雲全集 第十一巻』, 第一書房, p.425.
33　大谷正信 外 訳, 『小泉八雲全集 第十一巻』, 第一書房, p.382.
34　大谷正信 外 訳, 『小泉八雲全集 第十巻』, 第一書房, p.550.

이 편지 내용은 라프카디오가 챔벌레인에게 괴담에 관한 총서를 기획하는 것이 어떤가하는 기획안을 내보인 것으로 현실적으로 일본 내에서 라프카디오에 의한 총서가 출판되지 않은 것을 보면 이 기획안은 성공하지 못했다. 라프카디오가 끊임없이 괴담에 관련된 사항을 챔벌레인에게 제시하는 가운데 챔벌레인은 그에게 부정적인 의견을 제시했던 것으로 추론된다.

저는 당신이 그 재미있는 오토기 이야기(お伽噺)에서 그 무엇도 얻지 못했다는 말을 듣고서 실망했습니다. 그것으로 저는 큰돈을 벌 수 있다고 생각했습니다. 한 질 한 질 수천 권이 틀림없이 팔렸을 겁니다.[35]

챔벌레인이 부정적인 반응을 보이는 과정에서 라프카디오의 저술에 있어서 유머러스한 면이 부족하다는 것을 지적한 듯하다. 이러한 지적에 대해 라프카디오는 일단 긍정하는 모습을 보이며 자신도 유머러스한 내용을 쓰고 싶다는 포부를 조심스럽게 밝히고 있다.

그러나 저도 유머러스(滑稽)한 면에 대해서 무감각하지는 않습니다. 그 방면에서 최상의 것을 갖고자 합니다. 그러나 저는 다소 소극적으로 그것을 구하고자 합니다.[36]

라프카디오의 많은 저술 가운데 유머러스한 면은 그다지 많이 발견되지 않는다. 『중국괴담집』에서도 유머러스한 내용보다는 교훈적인 내용이 주를 이루고 있다. 아마도 일본문화를 접하기 전에 서책을 통

35 大谷正信 外 訳, 『小泉八雲全集 第十巻』, 第一書房, p.563.
36 大谷正信 外 訳, 『小泉八雲全集 第十巻』, 第一書房, pp.252~253.

해서 접한 동아시아라고 하는 것은 상당히 진지한 내용이 많았으며 개인적인 취향도 작용했으리라 본다. 특히, 중국 대륙에서 발생한 윤리적 규범을 담고 있는『중국괴담집』의 이야기에 라프카디오가 미국에서 미혹됐다고 하는 것은 그의 삶의 저변에 깔려있는 윤리적 기저와 이 이야기들이 공명했기 때문이다. '괴이미' 내지는 '예술적'이라는 표현을 통해서 보면 그의 문학관에 윤리적인 요소가 강하게 작용하고 있음을 알 수 있다. 이러한 윤리적인 괴담에 라프카디오가 흥미를 나타낸 것은 현실세계에서의 그의 관심사를 보아도 알 수가 있다. 한 사원의 묘지에서 이교도인 서양의 무덤을 관리해주고 있는 모습을 보면서 라프카디오는 일본인의 관용에 대하여 기술하고 있다.

> 한 군데, 영국인 이름을 세기고 그 위에 서투르게 십자가를 세긴 묘가 있는 것을 발견했다. 불교의 승려라고 하는 것은 정말로 드물게 커다란 마음을 지니고 있는 것이다. 왜냐하면 이 묘는 크리스트교인의 묘이기 때문이다.[37]

이러한 일본 종교인의 관용적 태도와 비교해 봤을 때 서양인의 종교적 편향성에 대하여 비판적인 태도로 기술하고 있는데 이러한 종교적 다양성의 인정은 일본의 17세기에 유행하던 삼교일치에 기초한 선서에 많이 보이는 내용이다. 중국에서 출발한 삼교일치 사상은 특정종교, 특정사상의 독주보다는 상호간에 다양성을 존중하면서 올바른 가르침을 일반인에게 주고자 하는 윤리의식을 공유하고자 하는 다원주의의 움직임이다. 이때의 삼교는 한국, 중국, 일본이 자신의 토속적인

---

[37] 平井呈一 訳,『全訳小泉八雲作品集 第五巻』, 恒文社, p.72.

사상에 유교와 불교의 공존을 시도 했다면 라프카디오의 경우는 그리
스적인 세계와 영국적인 세계의 조화에서 서양적인 것과 동양적인 것
의 조화를 시도한 것으로 상호간의 다양성을 존중하자는 의미에서는
같다고 할 수 있다. 그러한 다양성 속에서 공통적으로 지켜야 할 윤리
의식을 라프카디오는 강조했는데 그 내용을 살펴보면,

> 요코하마의 어느 영자신문에 한 성직자의 편지가 게재된 것을 보았다.
> – 어느 '개종한' 어부가 한 외국인 선교사의 부탁을 받고 거북이를 한 마
> 리 죽였다. 불교도인 다른 동료 어부가 "부탁하건데 그런 살생은 그만두
> 라."는 말을 무시하고 그 어부는 거북이를 죽였다. 그런데 이 사실을 기독
> 교도의 정조의 승리라고 그 편지에서는 고언하고 있다.[38]

불교도의 입장과 기독교인의 입장에서 갈등이 빚어지고 있는 모습
을 위의 예를 통해서 알 수가 있다. 불교도가 살생을 금하는 것은 널리
알려진 사실이다. 거북이에 대한 살생은 단순한 생물을 살생하는 것이
아니고 영물을 살생하는 것에 대한 두려움이 일본인에 존재한다는 것
을 라프카디오가 이해했는지는 알 수가 없다. 거북이에 대한 살생이
특별한 의미를 갖는 것은 중국적인 이야기에서 출발한 선서에서도 거
북이의 살생에 대해서 금기시하는 내용이 많이 보인다. 예를 들어, 도
쿠가와기(德川期, 1603~1867)에 널리 유포된 선서 중에 하나인『인내기
(堪忍記, 간닌키)』에도 거북이에 관한 일화가 보인다.

> 진(晋)의 함강(咸康) 연중의 일로 예주(予州)라는 곳에 모보(毛宝)라는
> 관리가 있었다. 시장에서 한 마리의 거북이를 사서 강에 놓아주었다. 그

---

38 平井呈一 訳,『全訳小泉八雲作品集 第六巻』, 恒文社, p.340.

후 석호장군이라는 사람이 난을 일으켜서 사성(邪城)이라는 성을 공략을
했다. 모보는 이 싸움에서 패퇴해 호타하(滹沱河)라는 강에 이르렀다. 사
람들이 모두 익사하는 가운데 모보가 갑옷을 입고 물에 들어가자 발밑에
돌을 밟은 듯 물에 빠지지 않았다. 반대쪽 강가에 상륙해 뒤돌아보자 그
전에 놓아준 거북이가 보였다. 목숨을 구해주려고 강가 놓아준 하얀 거북
이가 은혜를 갚으려고 목숨을 구해준 것이다. 음덕(陰德)의 인과야말로
고귀하다.[39]

거북이에 대한 신성시는 동아시아 일반에 널리 보이는 현상이라고
도 할 수 있다. 이러한 동아시아적인 기이한 이야기에 라프카디오는
상당히 심취한 모습을 보였는데 미국에서 출판한『중국괴담집』의 내
용을 보면 이른바 선서에 해당하는 이야기로 라프카디오의 동양취미
에 도덕적인 요소가 강하게 작용하고 있다는 것을 알 수가 있다.
　이러한 선서적인 기담 내지는 괴담이 일본 사회에서도 도쿠가와기
를 통해서 광범위하게 유통되며 특히 도쿠가와 초기의 가나조시에 널
리 보이는 현상이다. 이러한 선서적인 기담, 괴담에 빠져있던 라프카
디오가 일본 생활을 통해서 자신이 선정한 작품을 부정한 것이다. 일
본에서의 체험이 미국에서의 자신의 인식을 부정한 것으로, 그가 미국
에서 편집한『중국괴담집』은 일본에서는 17세기에 이미 유통되기 시
작한 이야기들과 맥을 같이 하는 내용으로 일본 체재를 통해서 라프카
디오의 괴담에 대한 인식이 변화하는 것은 너무나도 당연한 것이다.
　1904년에 출판한『괴담』에서는 '원앙새'에서 살생의 인과로 인해 벌
을 받는 이야기가 보이는데 이는 살생을 경계하는 선서의 전형적인
이야기 중에 하나이다. 도덕적인 이야기를 통해서 괴이한 미를 추구하

39 「堪忍記」,『浅井了意』, 国書刊行会, 1993, pp.202~203.

던 라프카디오가 일본에 와서는 일본적인 재료에 매료되고 있었음을
그의 저서를 통해서 확인하는 것이 가능하다.

1904년에 출판한 『괴담(Kwaidan)』은 생애 마지막 출판물로 다양한
요소를 지니고 있다. 전체 17화로 구성된 이 작품집은 작자가 서문에
서 출전을 『야창귀담(夜窓鬼談)』, 『불교백과전서(仏教百科全書)』, 『고금
저문집(古今著聞集)』, 『구슬 발(玉すだれ, 다마수다레)』, 『백 가지 이야기
(百物語)』로 밝히고 있듯이 주로 일본 고전에서 제재를 취했으며 중국
의 이야기가 일본으로 들어온 것과 본인이 채록한 이야기도 포함돼
있음을 기술하고 있다. 『중국괴담집』과는 사뭇 다른 느낌의 괴담집으
로 일본 괴담의 특질을 반영한 것으로 이해할 수 있다.

이 『괴담』을 통해 라프카디오는 일본적인 세계를 구성하는 대표적
인 괴담의 내용을 자연과 융화된 삶의 괴담과 또 다른 하나는 낙천적인
성격의 일본인이 만들어낸 괴담의 발견을 주장하고 있다.

자연과 인생을 즐겁게 사랑한다는 점에서는, 일본인의 혼은 불가사의
하게도 고대 그리스인의 정신과 아주 유사하다. 이 사실은 교양이 없는
무학의 서민에게도 분명하게 인정하는 것이 가능하리라.[40]

기질적인 면에서 그리스와 유사한 일본의 기이한 이야기를 라프카
디오는 그리스적인 신화의 세계와 연결을 시켜 파악을 하면서 '일본의
동물신화, 식물신화에는 그리스의 변형담과 불가사의하게도 흡사한
이야기가 많다.[41]'고 기술하고 있다. 그 예로는

40 平井呈一 訳, 「杵築」, 『全訳小泉八雲作品集 第五巻』, 恒文社, p.281.
41 平井呈一 訳, 「日本の庭」, 『全訳小泉八雲作品集 第六巻』, 恒文社, p.29.

옛날, 교토의 어느 무사 저택의 정원에 있던 버드나무에 대해, 그리스의 木靈(Dryad)을 연상시키는 상당히 애절한 이야기가 있다.[42]

이러한 일본적인 자연관에 기초한 기이담에 라프카디오는 그리스와의 공통점을 발견하며 흥미를 나타내 『괴담』에서도 몇 편의 이야기를 다루고 있다. 자연과 일체된 이야기의 유형으로는 나무가 사람으로 사람이 나무로 변하는 이야기 등으로 '유모벚나무', '아오야기 이야기', '십육 벚꽃' 등이 일본의 식물에 기초한 괴담의 예라고 할 수 있다. 라프카디오의 자연 친화적인 일본인관을 그의 모친의 고향인 그리스의 세계와 연결시켜 파악을 하고 있는 점이 흥미롭다. 또 다른 일본인의 특징으로 라프카디오가 언급한 것은 낙천적인 일본인의 기질로 유희적인 성격이 강하다는 것을 간파하고 있다. 엄숙해야 할 종교적인 세계가 일본인에게는 근엄함보다 친숙한 일상 속에 내화되어 있다는 것이다.

라프카디오는 현실세계에서의 다양성의 존재를 비서구문명에서 찾고 있으며 다른 한 편에서는 유일신적인 절대적인 존재의 부재에서 오는 인간과 신의 수평적 공생관계를 일본인의 낙천적인 성격과 연결시켜 주목하고 있다.

내가 무엇보다도 깊은 인상을 받은 것은, 이 나라 민중의 신앙이 너무나도 즐겁게 느껴졌다는 사실이다. 신앙의 엄격함, 거창함 혹은 자제심이라고 하는 것이 그들에게는 추호도 보이지 않았다. 진지함 혹은 그것에 가까운 것조차 끝내 보이질 않았다. 밝은 사원과 신사의 경내, 법당과 신사의 계단에는 많은 아이들이 모여서 이상한 놀이를 하면서 즐거워하고 있

42　平井呈一 訳, 「日本の庭」, 『全訳小泉八雲作品集 第六巻』, 恒文社, p.23.

었으며 법당에 참배하러 오는 부녀자들도 아이를 방에서 기어 다니게 하고 마음껏 소리치게 놔두었다. 즉, 이 나라 국민은 모두가 자신의 신앙을 가볍고 즐겁게 생각하고 있는 것이다.[43]

 이러한 종교에 대한 친화력을 일본인들의 특징으로 이해하고 있다. 일본인을 세계에서 가장 낙천적인 인종으로 인식한 라프카디오의 일본관이『괴담』의 내용에서도 잘 드러나 있다. 예를 들어, '흥정'은 죽음을 앞둔 사형수가 재판을 담당하는 관료와 원혼의 복수를 놓고서 흥정을 한다는 내용이다. 상식적으로는 죽음이라는 긴박한 상황에서 벌어지기 어려운 일이지만 어떠한 심각성도 느껴지지 않는 우스운 이야기(笑話)의 일종이다. 라프카디오가 미국에서 출판한『중국괴담집』과는 완전히 이질적인 이야기이다. 이러한 이야기는 도쿠가와기의 후반에 유행하는 이야기로 라프카디오의『중국괴담집』과『괴담』의 차이는 도쿠가와 시대 전기와 후기의 문예양상의 차이를 반영한다고 할 수 있다. 그런 의미에서『괴담』에는『중국괴담집』에 결여돼 있던 해학성이 풍부하게 포함되어 있다. 이러한 해학성 내지는 유희적 성격은 작자의 의도에서도 감지가 된다. 일본인의 낙천적인 성격에 대해서 라프카디오는 영국인과의 비교를 통해서 그 특질을 기술을 하고 있다.

 영국인보다 진정성이 부족한 인종과 일본인을 비교해 봐도, 일본인은 겉과 속에서 무언가 진솔함이 부족하다. 이 사실은 거의 이론의 여지가 없는 정설이 되어 있다. 진정성이 부족한 만큼 일본인은 어딘가 여유와 낙천적인 점이 있다. 아마도 오늘날 문명세계 내에서 가장 낙천적인 인종은 일본인이라고 일컬어지고 있다.[44]

43 平井呈一 訳,「地蔵」,『全訳小泉八雲作品集 第五巻』, 恒文社, p.62.

라프카디오가 시간을 보냈던 1890년대부터의 일본은 그 어느 시기보다도 전쟁에 몰두하던 시기라고 할 수 있다. 전쟁에 광분하는 일본에서 라프카디오는 진정성이 부족한 낙천성을 발견하고 무작위한 일본인의 모습을 묘사하고 있다.

> 그 중에서도 진기한 선물은 흙으로 만든 러시아 병사의 머리통이다. 이것을 "우리들이 돌아올 때는 진짜를 가지고 와서 주겠다."라고 반쯤 농담이 섞인 약속과 함께 주는 것이다. 머리통 위에 작은 쇠로된 고리가 붙어있어 그것에 고무줄을 묶도록 되어 있다. 이전 중국과의 전쟁 때에도 마찬가지로 긴 변발(弁髮)을 늘어뜨린 흙으로 만든 중국인의 머리 모형이 장난감으로 인기를 끌었었다.[45]

이 이야기는 현실세계에서 벌어지는 기묘한 풍경으로 전쟁 상대국의 병사의 머리를 장난감으로 만들어 모두가 즐기는 일본인의 모습이다. 라프카디오는 눈앞에서 목격한 현상과 같이 괴물의 해골을 달고 다닌다는 이야기인 『괴담』의 '도르래 목'을 특별한 감정이입 없이 다소 해학적으로 다루고 있다. 일본 고전에서 괴담으로 고른 이야기의 배경에는 그 고전의 세계가 현실 세계에서도 작용하고 있음은 암묵적으로 표현하고 싶었던 것이리라. 이러한 일본인의 비이성적이고 낙천적인 기질을 고전문학과 현실세계를 연결시켜 라프카디오가 바라보고 있음을 알 수 있다.

라프카디오가 미국에서 흥미를 느끼던 괴담의 특징에는 선서적인 요소가 강한 작품이 많이 보이는데 이것을 예술적인 괴이미(怪異美)라

---

44 平井呈一 訳, 「日本人の微笑」, 『全訳小泉八雲作品集 第六巻』, 恒文社, p.397.
45 平井呈一 訳, 『全訳小泉八雲作品集 第十巻』, 恒文社, p.484.

고 표현했다. 그리고 그가 단편적으로 정리한 이야기 중에서도 일본화한 선서적인 세계가 많이 보이는데 생애 마지막 출판물이라고 할 수 있는 『괴담』에 있어서 라프카디오가 추려낸 괴담의 이야기는 선서적인 세계의 이야기보다 인과담에 기초한 유희적인 요소를 강조한 괴담이 주류를 이루고 있는데 일본생활을 결산하는 의미에서 출판을 강하게 의식하고 편집한 작품집으로 판단된다.

　라프카디오는 출판저널리즘에 정통한 출판인이라고 할 수 있다. 그가 미국에서 『중국괴담집』을 출판해 자신의 동아시아관을 가지고 일본으로 입국해 취업을 부탁할 때 사용했듯이 라프카디오는 『괴담』의 출판을 통해 미국으로의 귀환을 꿈꾸게 된다. 그 직접적인 계기는 그가 근무하던 동경제국대학으로부터 일방적으로 해고를 당한 사건으로 그 이유는 일본에 귀화한 이상 더 이상 외국인교수로 대우해줄 수 없다는 것이었다. 라프카디오가 일본사회에 느낀 배신감은 대단한 것으로 그는 미국으로의 도항을 희망했지만 비용의 문제 등으로 실현되지 못했다. 그 대신에 와세다대학에서 그를 고용했지만 그가 느낀 실망은 『괴담』의 마지막 이야기인 '봉래'에 더 이상 일본이라는 땅이 유토피아가 아님을 은유적으로 표현하고 있다. 라프카디오의 서양세계로의 회귀의 바람이 포함되어 있다는 점에서 이 『괴담』은 단순히 기이한 이야기책에 머무르는 것이 아니라 그의 삶의 중요한 부분과 밀접한 관련을 지닌 작품집으로 평가할 수 있다. 아일랜드에서의 소년기 추억을 '해바라기'를 통해서 이끌어내면서 끊임없이 유랑하는 자신의 삶을 거리를 배회하던 집시음악가의 모습과 중첩시켜 표현하고 있다. 일본과 끝내 하나가 될 수 없었던 자신의 심경을 토로하는 초로의 유랑인의 귀향의식이 엿보이는 대목이다. 일본에 대한 신비로움은 봉래섬으로서의 의구심과 함께 사라진다. 미국에서 시작한 동아시아의 괴담을 추구해 출판하고자 하는 의도는 그의 인생을 통해 관철이 됐으며 괴담을 출판의 축으로 삼은 출판인 라프카디오의 결산은『괴담』으로 축약되는 것이다. 라프카디오는 중국의 괴담에서 시작해 일본의 괴담으로 생을 장식한 출판인으로 그의 일본관을 이해하는 데 있어서『괴담』만큼 훌륭한 작품은 없다고 판단된다.

5. 마치며

『괴담』에서 라프카디오 헌(고이즈미 야쿠모)은 일본의 이상적인 봉래국 이미지가 약화되어 간다고 기술하고 있다. 그가 미국에서 동아시아 세계를 인지한 중요한 축은 중국의 도덕적인 세계를 배경으로 한 이미지였는데 그 중국적인 세계와 다른 의미에서 봉래국의 이상을 일본에서 구현해 가던 그가 최종적으로 발견한 일본인의 특징은 자연친화적이고 비이성적인 유희적 민족으로서의 일본인이었다.

일본인의 자연친화적인 세계를 그리스의 세계와 연결시켜 파악하면서 친근감을 표시했던 라프카디오였지만 비이성적이고 유희적 성격에 대해서는 영국인과 다르다는 입장을 내보이며 일본인에게 일관성이 부족하다는 것을 지적하고 있다. 라프카디오 자신이 영국적인, 그리스적인 요소를 지닌 인간이었기에 자연친화적인 요소에서는 친화감을 느꼈으나 일본인의 비이성적이고 유희적 성격에 대해서는 개인적으로 진정성이 부족하다는 면에서 이질감을 표출하고 있다.

일본인의 이 유희적인『괴담』의 세계야말로 중국적인 도덕적이고 인과적인 세계인『중국괴담집』을 배경으로 하면서도 유희적, 해학적인 세계를 강조하는 일본의『괴담』의 특성이라고 라프카디오는 적확하게 추출해 내고 있다.

　일본의 유희적이고 해학적인 세계는 어느 시대에나 존재했었지만 특히 도쿠가와 시대를 거치면서 그 성격이 더욱 두드러지게 된다. 그가 미국에서 편집한 『중국괴담집』을 예술적인 괴의미라고 라프카디오는 정의했는데 주된 내용은 선서(善書)의 내용으로 교육적인 측면에서 괴담을 다룬 것이라 할 수 있다. 이러한 동아시아의 이야기에는 도덕적인 만큼 진정성이 강하게 배어있는 작품들이다. 그러나 라프카디오가 일본생활을 통해 접한 괴담은 중국적인 선서의 괴담이 도쿠가와 시대를 통해 새롭게 변형된 내용들이다. 라프카디오 헌의 일본에 대한 관심의 비중이 이 시대에 집중된 것은 그가 생활했던 당대의 분위기에 '도쿠가와 취향'이 강하게 작용하고 있었기 때문일 것이다. 그 유희적인 문화 성격은 다양성에서 기인한 것으로 출판의 재료로서는 의미가 있었지만 진정성의 측면에서는 부족하다고 느꼈을 것이다.

　지구 반대편에서 이상향을 구해서 일본인으로 살고자 했던 그에게 일본이라는 나라는 시간이 지날수록 서구적인 세계로 이행해 가는데, 자신만이 특이한 공간을 고수하며 서양적인 물질문명에 거리를 두고 일본문화를 존중한다는 라프카디오의 문화적 다양성의 존중이라는 입장은 시간이 지날수록 입지가 약화됐을 가능성이 높다. 이즈모에 정착해 일본적인 요소를 알리고자 한 그의 출판인으로서의 안목은 높이 평가할만하지만 급변하는 현실은 그의 스케치 이상의 무게로 다가왔을 것이다.

　그가 경험하고 인지하고 싶었던 19세기 말의 일본이라는 공간은 말 그대로 도쿠가와 시대의 연장선상 속에서 서양문명을 적극적으로 수용하던 전통과 변혁이 혼재하던 시기였다. 그렇기에 그의 『괴담』의 성격은 비서양적이며 보다 일본적인 세계에 대한 라프카디오의 고집스러운 출판인으로서의 응시의 결과였으며 일본적 특징과 자신의 일본 관을 정리한 괴담집으로서 『괴담』을 출판할 수 있었다고 판단된다.

제5장

일본문화변혁기에 있어서
선서(善書)적인 세계의 역할과 변용

-엔초(圓朝)와 고이즈미 야쿠모의 문학관을 중심으로

1. 시작하며

동아시아 연구는 각국 차원에서 개별적으로 추진되어 온 감이 있으나
한·일·중 세 나라가 오랫동안 밀접한 관계를 맺어온 전통을 고려한다
면 국가단위의 연구보다는 공통기반에 기초한 통합적인 접근과 국가
별 특이성에 관한 연구가 병행되어야 한다고 본다. 특히 일본은 한국
과 중국문명의 영향하에 있다가 서양문명을 선도적으로 수용해 동아
시아의 근대화를 주도한 역사가 있는 만큼 외래문화 수용에 있어서도
상대적으로 역동적이고 성공적이었다. 이러한 일본의 외래문화 수용
과 내적 발전의 특징을 사적 전개에 초점을 맞추어 고찰하는 작업은
일본문화의 근대화 과정뿐만 아니라 동아시아 문화의 한 유형을 파악
하는 데 있어서도 의의가 있다.

   오랜 세월 동아시아 문명에 근거한 일본적인 세계가 서양의 객관적
인 물질문명에 의해 상대화되면서 위기를 맞이하게 된 근대기(1868~)는
동아시아 문화에 대한 전반적인 재평가가 내려지고 정부의 엄격한 통
제하에 총체적인 변용이 진행된 시기이기도 하다. 근대로 이행하는 과

정에서 가장 큰 변화를 겪게 된 분야 중에 하나가 동아시아인의 상상력
을 바탕으로 축적된 괴담(怪談)의 세계였다. 통사적으로 괴담을 정리하
는 작업이 용이하지 않지만 야마구치 다케시(山口剛, 1884~1932)의 『괴담
명작집(怪談名作集)』[1]을 도쿠가와 시대(1603~1867)의 괴담문학의 평가기
준으로 삼는 것이 일반적이다. 야마구치는 도쿠가와 시대 괴담문학의
명작으로 『오토기보코(伽婢子)』(1666)에서 시작해 『이누하리코(狗張子)』
(1692), 『괴담전서(怪談全書)』(1698), 『하나부사소시(英草紙)』(1749), 『시게시
게야화(繁野話)』(1766), 『우게쓰 이야기(雨月物語)』(1776), 『가라니시키(唐
錦)』(1780), 『히쓰지구사(莠句冊)』(1786), 『가키네구사(垣根草)』(1793), 『만
유기(慢遊記)』(1798)를 들고 있다. 『오토기보코』를 그 출발로 파악한 것
은 일본 괴담문학의 독자적인 틀을 중시했다는 의미에서 현재까지도
유효하다.

　『오토기보코』[2]는 일본이 중세에서 근세로 이행하는 과정에서 중국
의 『전등신화』와 조선의 『전등신화구해』, 『금오신화』를 적극적으로
수용해 성립된 작품이다. 이 『오토기보코』는 260년간 도쿠가와 시대
의 괴담(怪談) 문학에서 중심적인 역할을 하다가 엔초의 『괴담모란등롱
(怪談牡丹灯籠)』(1884)과 고이즈미 야쿠모의 『괴담(怪談)』[3](1904)으로 이어
진다. 중국에서 발원해 한국을 거쳐 일본에서 꽃을 피우고 세계에 널
리 알려졌다는 의미에서 동아시아 문화 유전(流転)의 전형적인 예라고
할 수 있다.

　『전등신화』, 『금오신화』, 『오토기보코』의 이야기는 모두 괴이담(怪

1　山口剛 해설, 『怪談名作集』, 日本名著全集刊行会, 1927.
2　황소연 역, 『오토기보코』, 강원대학교 출판부, 2008.
3　백낙승 외 역, 『서양인이 반한 신기한 동양이야기』, 강원대학교 출판부, 2009.

異談)이라는 특징을 지니고 있으며 '권선담(勸善譚)', '유혼담(幽魂譚)' 등 다양한 이야기로 구성되지만 기본적으로 권선징악적인 요소가 강하다. 『오토기보코』의 '권선담'을 비롯해 일본 괴담의 교훈적인 요소는 조선 왕조와 명(明)왕조를 통해 전래된 선서(善書)와 관련되는 이야기가 다수를 점하며 '유혼담'의 경우에는 자유연애가 불가능했던 전근대 동아시아 사회 속에서 변형된 연애담의 이야기가 많은 편이다. 그 중에서도 널리 알려진 대표적 작품이 「모란등롱」이다. 현실에서 이룰 수 없는 만남을 혼령이 되어서라도 성취하겠다는 시대적 욕망과 욕정에 대한 경계심이 동시에 담겨 있는데 낭만적 요소와 교훈적 요소가 잘 융합되어 동아시아 문화의 특질을 훌륭하게 형상화하고 있다.

야마구치 다케시가 『괴담명작집』에서 「모란등롱」을 중심으로 상세하게 기술한 것도 도쿠가와 시대를 관통해 근대로 이어지는 괴담문학의 내용적 연속성을 「모란등롱」에서 발견했기 때문일 것이다. 이러한 야마구치의 견해는 일본문학의 이해에 머무르지 않고 괴담을 동아시아적 맥락에서 이해하는 데 있어서도 유익하다고 본다. 단지 괴담문학의 대미를 장식하는 작품으로 『만유기』를 선정해 도쿠가와 시대 괴담문학의 외연이 근대문학 형성기에 어떻게 작용했는가에 대한 전체적인 검토가 결여된 상태이다.

따라서 야마구치의 견해를 보완한다는 의미에서 도쿠가와 시대 괴담문학의 논의에 근대기의 엔초(円朝)의 작품과 고이즈미 야쿠모(小泉八雲, 1850~1904)의 작품 등을 포함시켜 선서와 밀접한 관련성을 갖는 괴담이 일본의 근대 문화변혁기에 어떤 과정을 거치면서 야나기타 구니오(柳田国男, 1875~1962)의 근대 민속학으로 이어지는가를 연속선상에서 파악하고자 한다.

2. 괴담과 근대화

일본의 근대기는 스펜서(Herbert Spencer, 1820~1903)의 사회진화론에 대한 인식이 일본 사회에 점차 확대되면서 민권론 계열의 자유주의자들과 보수주의 계열의 사회유기체론자들이 갈등을 일으켜 자유민권운동세력이 몰락하고 보수주의적 입장이 강화되는 과정이라고 할 수 있다.[4] 후쿠자와 유키치(福沢諭吉, 1834~1901)가 1885년에 탈아입구(脱亜入欧)를 주장한 것에서도 알 수 있듯이 야만적인 동양의 세계에서 벗어나 서양 중심의 문명화된 세계로 일본이 집단적으로 이동하고자 노력한 시기이다. 모든 변혁기에는 새로운 흐름에 편승하는 개화세력과 그 흐름에 저항하는 수구세력이 공존, 갈등하는 것이 일반적인데 일본의 경우도 예외는 아니었다. 서양의 문물을 도입해 일본 사회를 근대적으로 개혁하고자 하는 움직임이 강화되는 가운데 아직 전근대적인 사유양식을 존중하고 있던 일반인에게도 사회적 개량운동의 여파가 밀려왔으며 그 일반 민중이 선호하던 괴담(怪談) 문화에도 영향을 미치게 된다. 괴담을 배척하는 사회분위기 속에서도 새롭게 근대적 매체로 등장한 신문이 대중의 기호에 영합하는 기사를 양산하면서 괴담이 오히려 전국적으로 확산되는 현상을 보인다. 그러나 도시부의 신문에서는 괴담에 관한 기사가 그다지 실리지 않았다는 분석도 있으며[5] 전통적으로 도시에서는 괴담에 대해서 비판적이었다. '하코네 이쪽에는 촌놈과 귀신 따위는 존재하지 않는다'는 도쿠가와 시대 동경 지역의 속담에서도

---

4 신연재,『동아시아 3국의 社會進化論 受容에 관한 研究』, 서울대학교 대학원 박사학위
   논문, 1991. 2, pp.86~87.
5 湯本豪一,「明治期の新聞における怪異記事その分析と考察」,『明治期怪異妖怪記事資
   料集成』, 国書刊行会, 2009, p.8.

확인할 수 있듯이,[6] 괴담에 대해 도시지역과 그 밖의 지역에서는 인식의 차이가 있었음을 알 수 있다. 당대 괴담에 대해 비우호적인 인물로 빈번하게 인용되는 사람이 이노우에 엔료(井上円了, 1858~1919)이다. 이노우에는 당대의 전형적인 지식인으로 서구 학문에 기초해 일본 사회를 개량하는 활동을 자신의 주요한 역할로 이해하던 인물이다. 이노우에의 활동 영역에 대해서 고마쓰 가즈히코(小松和彦, 1947~)는 다음과 같이 정리하고 있다.

> 일본에서 최초로 '요괴학'이라고 하는 학문을 제창한 이노우에 엔료(井上円了)의 요괴학은 이러한 의미에서의 요괴학이었다. 따라서 이런 종류의 요괴학자는 이 세상에서 요괴를 믿는 사람이 한 사람도 남지 않고 모두 없어질 때까지 요괴퇴치를 계속하려 한다. 이 연구는 요괴가 없어짐으로써 인간이 행복한 생활을 할 수 있다는 신념에서 비롯된다. 이노우에는 1880년대부터 1910년대에 걸쳐서 정력적으로 요괴현상을 조사하며 요괴박멸을 계속했다.[7]

이노우에 엔료(井上円了)의 미신타파 운동의 내용을 설명한 것이다. '요괴'에 대한 이노우에의 부정적 견해에도 불구하고 일본에서 요괴학의 기점을 이노우에로부터 잡는 것은 이노우에가 도쿠가와 시대 이래의 괴담에 기초해 근대적 시각에서 괴이한 현상과 그 원리를 밝히고자 노력했기 때문이다. 이노우에 이후에 요괴학의 맥을 이은 사람으로 고마쓰는 에마 쓰토무(江馬務, 1884~1979)와 야나기타 구니오(柳田国男, 1875~1962)를 들고 있는데 이들의 입각점은 이노우에의 포괄적이고 체

---

6 加藤定彦 外, 『俚諺大成』, 青裳堂書店, 1992, p.470.
7 고마쓰 가즈히코 저·박전열 옮김, 『일본의 요괴학 연구』, 민속원, 2009, pp.19~20.

계적인 접근과는 판이하게 다르다고 할 수 있다. 이노우에는 자신의 요괴학의 지향점을 물질적인 근대문명과 함께 내적인 무형의 정신세계의 발달에 두고 있다. 정신적인 발달을 어떻게 도모할 것인가에 대한 답으로 '요괴학'을 주창한 것이다. '어리석은 사람들이 요괴가 있다고 하는 것은 마치 배를 타고서 자신이 움직이는 것을 느끼지 못하고 해안선이 달리는 것이라 인정해 실제로 움직인다고 생각하는 것과 같다. 그렇기에 학자는 크게 그 어리석음을 비웃는다. 그리고 학자가 요괴가 없다고 하는 것은 마치 지구에 살면서 태양이 상하운동을 하는 것을 보고 이 지구가 움직이는 것이 아니고 태양이 움직인다고 믿는 것과 같다. …(중략)… 고개를 들어 천문을 바라보면 일월성신, 정연하게 나열된 것, 그 무엇 하나 요괴가 아닌 것이 없다'는 이노우에의 언급은 현재 사용하는 '요괴'라는 어휘에서 보면 대단히 이질적인 표현으로 새롭게 정의를 내려 사용해야 할 용어이다. 이노우에가 사용한 '요괴'라는 단어의 뜻은 고마쓰 등이 현재 사용하고 있는 '이상한 현상으로서의 요괴'와는 상당한 거리가 있는 우주의 질서와 체계를 의미하는 내용이다. '요괴학'을 주창한 이노우에의 일련의 활동은 당시의 일본 사회를 주도하던 개화주의자들과 견해를 같이하는 것으로 일반 민중을 우매한 계도의 대상으로 삼았는데 민중의 정서에서 새로운 가치를 발견하고자 하는 태도와는 거리가 있었다.

신학문에 기초한 이노우에의 요괴퇴치 운동은 당대 확산 중이던 대중신문에서도 주목하던 내용이었다. 일본입헌정당신문(日本立憲政党新聞)의 1884년 8월 17일 기사에 '이노우에 씨는 히가시 혼간지파 승려로 동경대학 철학과 4학년 학생이다. 일찍이 심리학(心理學) 등의 연구를 위해 이른바 세상의 괴물들을 실증하려고 마음먹고'라는 기사가 보인다.[8] 이노우에는 고마쓰 씨 등의 설명처럼 민간의 미신타파에는 적극적인 실천가였지만 본래 승려였던 만큼 괴이한 현상과 종교적 인과론 사이에서 상당히 고민을 했을 가능성이 크다. 실제로 불교 혁신운동에도 적극적이었던 만큼 불교적인 인과론을 완전히 부정했다기보다는 민간의 현상적이고 말초적인 요괴취미에 대해서 강경한 입장을 취했다고 보는 것이 타당하다. 이노우에가 동경대학에서 강의를 들은 교수 중에는 페롤로사(Fenollosa, 1853~1908)가 있었다. 스펜서에 심취한 페롤로사가 하버드 대학을 졸업하고 동경대학에 부임한 것이 1878년으로 이노우에에게 직간접적으로 큰 영향을 끼쳤을 것이다. 원대한 이노우에 요괴학의 틀은 현재에도 다양한 형태로 분화, 계승되고 있는데, 특히 심리학을 기초로 인간의 내적 세계에 대한 체계화를 시도했다는 점에서 중요한 의미가 있다고 할 수 있다. 일본 사회의 근대적 변화를 상징하는 이노우에를 적극적으로 활용해 근대화의 물결 속에서 궁지에 몰린 자신들의 입지를 정당화시키려는 모습을 엔초와 그의 주변에서 보이고 있다.

　무슨 일이든 이치에 맞는 명치의 오늘날, 이혼병이라는 병이 있겠습니까. 엄청나게 이상한 것을 말씀드리는 것이 아닙니다. 대개 중국의 소설이라도 주워 읽고 거만한 얼굴을 하는 거겠지, 라고 말씀하시는 손님도 계십니다만 좀처럼 말씀대로 되는 것이 아닙니다. 손쉬운 비교가 유령입니다. 제가 아무리 생각해도 있을 리가 없다고 생각합니다. 요사이는 모든 분이 이 의견에 찬성하고 계시리라 생각합니다만, 그런데 여기서 말입니다. 손님들께서 아시는 그 유령박사……에서는 황송합니다만, 그 이노우에 엔료 선생님 말입니다. 이 선생님이 말씀하시기를 유령이 반드시 없는 것은 아니다. 세상에는 이치로 알 수 없는 영역의 이치라는 것이

8　湯本豪一, 「明治期の新聞における怪異記事その分析と考察」, 『明治期怪異妖怪記事資料集成』, 国書刊行会, 2009, p.141.

있어, 그것을 연구하는 것이 철학의 정수라고까지 말씀하시고 계십니다. 그렇다고 한다면 이혼병이라고 하는 인간의 신체가 둘이 되고, 그리고 각각의 생각이 가능한 이상한 병이 한마디로 없다고 말하기도 어렵습니다. 이처럼 정말로 편리한 병에 저도 한 번은 걸려보고 싶습니다.[9]

1883년 야마토신문에 연재된 『인과 무덤의 유래』에서 나오는 내용이다. 엔초는 이노우에가 '유령이 존재하지 않는다.'라고 단언한 것이 아니며 그 알 수 없는 영역을 연구하는 것이 '철학'이라는 이노우에의 말을 인용하고 있다. 고마쓰가 위 책에서 언급한 이노우에의 활동에 대한 평가와는 배치되는 내용이다. 이노우에는 세상을 거대한 틀로 이해하면서 세속적인 미신으로서의 요괴의 존재와는 결별해야 한다고 역설한 것이 그의 요괴학의 중심 내용이라고 할 수 있다. 요괴학을 통해 미신적인 것을 극복할 수 있는 학문적인 체계를 구상한 것이다.

오늘부터 괴담을 말씀드립니다만, 괴담이라고 하면 근래에는 쇠퇴해서 그다지 라쿠고(落語, 만담)의 소재로 쓰는 사람도 없습니다. 이렇게 말씀드리는 것은 '유령이라는 것은 없다, 완전히 신경병'이라고 말하며 괴담

---

9 「因果塚の由来」, 『円朝全集巻四』, pp. 436~437, 「何事も究理のつんで居ります明治の今日、離婚病なんかてえ病気があるもんか、箆棒くせえこたア言はねえもんだ、大方支那の小説でも拾読しアがツて、高慢らしい顔しアがるんだろう、と仰しやるお客様もありませうが、中々もつて左様いふわけではございません。早い譬へが幽霊でございます、私などが考へましても何うしても有るべき道理がないと存じます。先づ常今のところでは誰方でも之には御賛成遊ばすだらうと存じますが、扨てここでございます、お客様方もご承知で居らせられる幽霊博士……では恐れ入りますが、あの井上円了先生でございます。この先生の仰しやるには幽霊といふものは必ず無い物でない、世の中には理外の理のあるもので、それを研究するのが哲学の蘊奥だとやら申されますさうでございます、さうして見ると離婚病と申し人間の身体が二個になつて、そして別々に思ひゝ事が出来るといふやうな不思議な病気も一概にないとは申されません、斯ういふ誠に便利な病気には私どもは是非一度罹りたうございます。」

을 개화된 선생님들이 싫어하시기 때문입니다. 그 때문에 오랫동안 쇠퇴했습니다만 지금에서 보면 오래된 것이 오히려 신선하게 생각됩니다.[10]

엔초와 그의 주변에서 선호하는 유령의 존재와 이야기를 요괴학을 주창한 이노우에가 전적으로 수긍했다고 볼 수는 없을 것이다. 엔초는 괴담만을 이야기하는 라쿠고가(落語家)는 아니었지만 시대의 흐름에 민감한 그인 만큼 괴담을 부정하는 시류에 대해 곤란함을 감지하며 자신이 옹호하는 가치를 유지하고자 노력을 했다. 이노우에와 엔초의 태도에 상이성이 존재하는 가운데 요괴학 내지 괴담은 새로운 대중매체 등을 통해 공전의 붐을 형성하며 유사한 작품들이 양산되는 현상을 보인다. 개화된 선생님들이 싫어하는 이야기지만 모두가 이야기하지 않아 오히려 신선한 면도 있을 것이라는 소극적인 자기 긍정적 태도와 발언이 가능했던 것은 일부 지식인들이 요괴를 퇴치하고 괴담을 부정한다고 해도 괴담을 선호하는 일반인들의 기호가 사회 저변에 강하게 작용하고 있었기 때문이다. 엔초가 출판한『괴담모란등롱』이 한때 12만 부나 팔린 초베스트셀러 작품[11]이라고 할 정도로 일반인들에게는 대단히 흥미로운 읽을거리였음을 알 수 있다.

　　매번, 여러 사람이 괴담, 괴담이라고 자주 이야기를 하고 있습니다만 옛날과 달리 지금은 초등학교에 다니는 여섯, 일곱 살 아이조차 괴담이라

---

10 「真景累ヶ淵」,『円朝全集巻一』, 世界文庫, 1963, p.1, 「今日より怪談のお話を申し上げまするが、怪談ばなしと申すは近来大きに廃りまして、余り寄席で致す者もございません、と申すものは、幽霊と云ふものは無い、全く神経病だと云ふことになりましたから、怪談は開化先生方はお嫌ひなさる事でございます。それ故に久しく廃って居りましたが、今日になって見ると、却って古めかしい方が、耳新しい様に思われます。」

11 百瀬泉,「円朝の幽霊、シエイクスピアの幽霊」,『紀要』, 中央大学文学部, 88号, 2001. 2.

든지 유령이라는 것은 없다고 합니다. 라쿠고가는 거짓말만 한다고 말씀하고 있는 것 같습니다만 결코 유령이 없다고 단정 지을 수 있는 것도 아닙니다. 이는 모든 이치에 포괄되지 않는 이치이기에 학문상의 논의로 결론을 내리기도 어렵습니다.[12]

엔초의 작품을 통해서 명치 일본 정부가 학교 교육을 활용해 체계적인 국가의 틀을 완성하려고 노력했으며 공적인 교육을 통해서 유령의 존재를 부정하는 근대화 교육이 진행됐다는 것을 알 수 있다. 과학이 발달했다고 하는 현재에도 유령의 존재 여부에 대한 개인의 견해는 입장에 따라 뚜렷하게 갈릴 것이다. 엔초의 학문상의 논의는 아마도 이노우에의 발언을 염두에 둔 것이라고 생각되지만 이노우에와는 다른 차원에서 유령의 존재에 접근하는 움직임이 일본 사회에 영향을 주기 시작한 것은 다소 시간이 경과한 후의 일이다. 1908년 7월 30일자 에히메신보(愛媛新報)에서는 동경외국어학교의 교수인 히라이 긴조(平井金三, 1859~1916)를 중심으로 '유령연구회'가 결성됐다는 소식을 전하고 있다. 주된 내용은 과학이 발달해 유령이 없다는 이야기가 일반화되고 있지만 서양에서는 일본보다 그 유령의 존재를 믿는 사람이 많으며 '최면술' 등으로 인해 유령의 존재가 없다고 단언하기는 어렵다[13]는 것이다. 유령의 존재가 주로 사후의 문제이지만 생명의 기원 문제를 포함해 삶을 어떻게 이해해야 하는가에 대한 질문은 현재도

---

12 「怪談乳房榎」, 『円朝全集巻八』, p.122, 「拟、毎度連中が怪談怪談と申しますお話をよく申し上げますが、昔と違ひまして、唯今は小学校へお通ひなさいますお六つかお七つぐらゐのお子様方でさへ、怪談だの幽霊だのといふ事はない、落語家は嘘ばつかり吐くとおつしやるさうでございますが、決して幽霊がないといふ限つた訳もないとやら、これらは凡て理外の理とか申して学問上の議論で押付けるばかりにもゆかぬ。」
13 「学者の幽霊談」, 『明治期の新聞における怪異記事』, p.666.

지속적으로 이루어지고 있다고 할 수 있다.

3. 엔초의 문학관

엔초(円朝)의 문학은 라쿠고(落語)라는 장르적인 제약이 있었지만 도쿠가와 시대 문예의 특질을 잘 나타내면서 근대 사회로의 진행과정이 작품에 충실하게 반영되어 있다는 점에서 흥미롭다. 특히 유령에 대한 태도와 개인의 사적 복수(敵討)에 대한 태도에 엔초 문학의 시대적, 상황적 특질이 잘 나타나 있다.

이시카와 고사이(石川鴻斉)는 『야창귀담(夜窓鬼談)』[14]의 「모란등」의 말미에서 "이는 엔초가 구연하던 라쿠고에 들어있는 이야기이다. 이지마 씨의 종인 고스케의 충심과 한조의 간악함, 그 아내가 횡사한 이야기도 들어있지만 지엽적인 것이라 여기서는 생략했다. …(중략)… 고스케가 복수한 것과 한조가 도둑이 되었던 일들은 아마도 엔초 씨가 사족을 보탠 것 같다."라고 언급하고 있다. 이시카와가 중요하지 않게 생각하던 부분이야말로 엔초 문학의 특징이자 도쿠가와 시대 선서의 역사적 전개의 결과물이라고 볼 수 있다. 유령에 대한 엔초의 태도는 앞 장에서 언급했듯이 자신은 그 존재를 긍정하면서도 그것을 비판하는 당대 지도층의 언설에 대해 반론보다는 소극적인 거부 의사를 밝히고 있다. '유령은 없다'고 주장하는 사람들의 언설은 '유령이란 존재하지 않고 단지 심리적인 요인에 지나지 않는다'라고 하는 것이었다. 이에 대해 엔초는 심리적인 요인이라고 하지만 자신으로서는 납득하기 어렵다는

---

14 김정숙·고영란 역, 『야창귀담』, 도서출판문, 2008, p.161.

태도를 밝히고 있는데 자신의 종교적인 신념에 기초한 거부 표현인 것이다. 유령의 존재를 둘러싼 양자의 견해는 인간의 인지력이 미치지 않는 범위에 대해 논의해야 하므로 어느 한쪽이 절대적으로 옳다는 결론을 도출하기 어려운 문제이기도 하다. 근세 초기에 출판된 『오토기보코』의 서문에서도 '눈에 보이는 세계'와 '눈에 보이지 않는 세계'가 있음을 언급한 뒤에 '눈에 보이지 않는 세계'를 믿지 않는 자세의 경솔함에 대해 지적하고 있다. 『오토기보코』의 작자인 아사이 료이(浅井了意)가 승려인 이유도 있었겠지만 『오토기보코』에서는 불교적인 요소를 강조한 부분이 적지 않다. 중국에서 유입된 선서의 내용에 있어서도 인과론에 기초한 서사구조가 적극적으로 활용됐으며 그 특징이 일본의 괴담에도 영향을 미쳤다. 단지 눈에 보이는 것만으로 세상을 판단해서는 안 된다는 괴담의 주장은 당대 성리학에 대한 견제이며 불교적 세계에 대한 긍정이기도 했다. 근대기에 수용된 심리학에서도 '눈에 보이지 않는 세계'를 어떻게 설명해야 하는 가에 대한 문제의식에서는 같다고 할 수 있으나 엔초 내지는 일본인 다수가 신봉하던 불교적 인과론의 세계와는 논의의 토대가 달랐다. 엔초는 서구 학문에 기초해 유령을 부정하는 주장에 대해서 부정적인 자세를 보이고 있다.

> 지금 그런 일을 신경병이라고 말합니다. 이런 때는 무엇을 보아도 바케모노(귀신)로 보이는 것으로, 말하자면 신경도 있고 일종의 잔념도 있는 것이라고 식자 선생님들이 다양하게 논의하고 계십니다만 이 엔초에게는 도대체 무슨 말을 하는 건지 알 수가 없습니다.[15]

---

15 「鏡ヶ池操松影」, 『円朝全集巻十一』, p.92, 「只今では斯ういふ事は神経病だと申しますが、斯ういふ時は何を見ても化物に見えるもので、詰り神経もあり、一つは念の残る所もあるなどと識者のお方々には種々と御議論がありますけれども、円朝などには何ういふも

유령이 없다는 세간의 인식에 대해 그 뜻을 잘 모르겠다는 식으로 외면하든지 과거의 특정한 시점에 이야기의 배경을 설정해 시대적 비판을 모면하려는 방법을 취하면서 전통적인 세계관을 유지하려고 했다. 이러한 갈등 구조 속에서 엔초는 자신의 주장을 뒷받침하는 가장 핵심적인 근거로 불교의 인연론을 들고 있다.

　　㉠ 지금은 대개의 일은 신경병이라고 말을 해 조금도 이상한 일이 없는 개화된 세상입니다만 옛날에는 유령이 나오는 것은 저주가 있기 때문이라고 해서 원한이 삼세에 전달된다고 말씀하시는 인연담을 빈번히 들은 적이 있습니다.[16]
　　㉡ 좋은 것도 나쁜 것도 인연으로 단념할 수가 있습니다만 그 인연이 있기 때문에 유령이라는 것이 나오는 것입니다. 그 눈에 보이지 않는 곳을 불교에서는 설파하시는 듯하고, 외국에서는 유령이 없다고 알고 있던 차에 요전에 저의 집에 외국인이 부인과 통역을 대동하고 셋이서 왔습니다. …(중략)… "일본은 예부터 유령이 있다고만 알고 있어 일본인에게는 유령이 있는 듯한데 당신의 나라에서는 유령이 없다고 학문상 결정돼 있다."고 한다니, "결국은 없는 사람에게는 유령이 없고 있는 사람에게는 있는 것이겠지요."라고 어쩔 수 없이 대답했다.[17]

のか少しも分りません。」

16 「真景累ヶ淵」,『円朝全集巻一』, p.87,「只今では大抵の事は神経病と云つてしまつて少しも怪しい事はござりません。明らかな世の中でござりますが、昔は幽霊が出るのは祟りがあるからだと怨の一念三世に伝はると申す因縁話を度々承まはりました事がございます。」

17 상게서, p.43,「善いも悪いも因縁として諦めをつけますが、其因縁が有るので幽霊といふものが出て来ます。その眼に見えない処を仏教では説尽してございまするさうで、外国には幽霊は無いかと存じて居りました処が、先達て私の宅へさる外国人が婦人と通弁が附いて三人でお出になりまして、－中略－日本の国には昔から有るとのみ存じてゐますから、日本人には有るやうで、貴方のお国には無いと云ふことが学問上決して居るさうですから無いので、詰まり無い人には無い有る人には有るのでございましょうと、仕方なしに答えました」

㉠에서 엔초는 지금은 아니지만 예전에는 불교적인 인연의식에 근거한 이야기가 많았으며 자신은 그 시대의 이야기를 하고 있다는 표현을 하고 있지만 ㉡에서 보면 엔초는 개인적으로 인연을 인정하고 있었음을 알 수 있다. 불교 인연담의 성격은 도쿠가와 초기부터 일본 괴담에 현저하게 나타나는 특징 중에 하나이며 불교를 수용한 동아시아 사회에서 다른 종교적, 학문적 태도와 결합돼 빈번하게 활용되는 서사구조의 특징이기도 하다. 근대기의 유령 내지는 괴담을 배척하는 사회 분위기 속에서도 엔초는 인연담의 특징 속에서 자신의 입지를 확보하려고 노력했음을 알 수 있다. 인연담을 강조하는 엔초의 귀결점은 다른 인연담의 결론이 그러하듯 권선징악적인 요소를 강조한다. 엔초가 근대화 과정 속에서는 괴담의 낭만적인 세계보다는 괴담이 갖는 교훈적인 요소에 관심을 보였던 것이다. 개화된 세상을 강조하면서 유령담을 계속해야 한다는 것에 대한 부담이 작용했을 것이다. 그렇기에, 개화된 세상에 어울리지 않는 '유령담'보다 일본적인 '사적 복수극'에 대해 좀 더 열의를 나타내게 된다. 엔초의 입장을 잘 이해할 수 있는 예가 『괴담모란등롱』에서 「모란등롱」의 전통적인 서사구조를 무시하고 유령에 의한 행위를 인간의 소행으로 변경시킨 내용이다.

> 도모 "실은 유령에 부탁받았다고 하는 것도, 하기와라 님이 그렇게 괴이한 모습으로 죽은 것도 여러 가지 이유가 있어 모두 내가 꾸민 일이네. 실은 내가 하기와라 님의 늑골을 차서 살해한 뒤에 몰래 신반즈인의 묘소에 가서, 새로 조영한 무덤을 파서, 해골을 꺼내가지고 와서는 하기와라 님의 침상 위에 늘어놓고 괴이한 죽음으로 가장 했다네. 하쿠오도의 노인을 감쪽같이 속이고, 또 해음여래의 부적도 보기 좋게 훔쳐내 네즈의 시미즈 화단 안에 묻어놓았다네. 그때부터 내가 여러 가지로 거짓말을 퍼뜨려 주변 사람들에게 겁을 줘 모두가 사방으로 이사가는 틈을 타서 나도

오미네를 데리고 돈 백 냥을 거머쥔 채 이곳으로 이주해 지금의 처지라네. 그런데 내가 다른 여자에게 수작을 걸었더니 마누라가 질투를 해서, 이전 의 악행을 노발대발 떠들어대서 어쩔 수 없이 잘 꼬드겨 제방 밑으로 불러 내 내 손으로 살해하고는 강도를 당해 죽은 것처럼 거짓 눈물로 사람들을 속여서 장례까지 치렀다네."18

「모란등롱」의 전통적인 서사구조에서는 유령의 애집에 의한 복수인 것을 악당의 꾀에 의한 계획적인 살인으로 설정을 변경한 것이다. 유 령을 부정하는 세태를 반영한 자의적인 변형이다. 『괴담모란등롱』에 서 유령에 대한 이야기는 부정하면서 부친을 위한 사적 복수(敵討)를 인정하는 구조는 당대 일본인의 의식이 사적 보복에 대해서는 전체적 으로 관용적인 분위기가 있었기 때문이라고 판단된다. 개인의 사적 복 수에 대해서 도쿠가와 시대에는 일정한 범위 내에서 인정하는 입장이 었지만 근대기에 들어서면서는 개인의 사적 복수를 금지하고 근대적 인 사법 심판에 전담시키는 방향으로 이행한다. 그러한 시대의 변화를 예시하는 내용이 작품에도 등장한다.

---

18 『怪談牡丹灯籠』, 岩波書店, 2003, pp.211~212, 「伴「実は幽霊に頼まれたと云うのも、 萩原様のああ云う怪しい姿で死んだというのも、いろいろ訳があって皆私が拵えた事、と いうのは私が萩原様の肋を蹴て殺しておいて、こっそりと新幡随院の墓場へ忍び、新塚 を掘起し、骸骨を取出し、持ち帰って萩原の床の中へ並べておき、怪しい死ざまに見せ かけて白翁堂の老爺をば一ぺい嵌込み、また海音如来の御守もまんまと首尾好く盗み出 し、根津の清水の花壇の中へ埋めておき、それからおれが色々法螺を吹いて近所の者 を怖がらせ、皆あちこちへ引越したを好いしおにして、おれもまたおみねを連れ、百両の 金を掴んでこの土地へ引込んで今の身の上、ところがおれが他の女に掛り合ったところ から、噂アが悋気を起し、以前の悪事をがアがアと怒鳴り立てられ仕方なく、旨く賺して 土手下へ連出して、おれが手に掛け殺しておいて、追剥に殺されたと空涙で人を騙か し、弔いをも済してしまった訳なんだ。」

ⓐ 옛날 사무라이는 크고 작은 칼을 차고 활보를 했습니다만 대도를 금지한 이후 여러 해가 지나 곰팡이 피는 것을 방지한다고 장롱에서 긴 칼을 꺼내 허리에 차보면 지금은 왠지 허리 뼈가 아파서 견딜 수가 없다고 합니다. "옛날에는 용케도 이걸 차고 다녔다."라고 스스로 놀라서 말씀하시는 분이 있습니다. 과연 지당하신 말씀입니다.[19]

ⓑ 노인이, "지금 세상에 사적인 복수(敵討)는 있을 수 없다. 그런 일을 하면 네가 처형당한다. 안된다."라고 말려도, "처형되거나 살해당해도, 제가 죽은 양친의 원한을 풀지 않으면 자식의 도리를 다하지 못한 것입니다."이라는 말을 듣고서,[20]

일본적 윤리 의식인 사적 복수가 인정받지 못하는 시대가 도래했지만 아직도 그 기풍이 살아있다는 것을 말하고 있다. 사무라이의 역할이 소멸해가는 시대의 잔상을 그리고 있다. 근대에 들어서 사적 복수를 금지하면서 새롭게 마련된 제도가 약한 사람을 보호해 준다는 의미에서 경찰 조직이 합리적이라는 견해도 피력하고 있다.

ⓐ 그때는 순사라고 하는 인민의 안녕을 지켜주시는 직무를 담당하는 분이 없었기 때문에, 강한 놈이 왕이라고 '무리가 통하면 도리가 움츠린다'는 비유처럼 난폭한 상황에 처해도 약한 사람은 가만히 있습니다.[21]

---

19 「因果塚の由来」, 전게서, p.423, 「昔はお武家が大小を帯びてお歩きなすつたものですが、廃刀以来幾星霜を経たる今日に至つて、お虫干の時か何かに、刀箪笥から長い刀を取出して、これを兵児帯へ帯して見るが、何うも腰の骨が痛くツて堪らぬ、昔は良くこれを帯して歩けたものだと、ご自分で驚くと仰しやつた方がありましたが、成程是は左様でござりませう。」

20 「霧隠伊香保湯煙」, 전게서, p.566, 「此の老爺さんが今の世の中には敵討は無え事だ、其様な事をすると汝が御処刑を受ける、駄目だから止せてえと、御処刑を受けても殺されても、己ア死んだ両親の恨みを晴らさねえば子の道が済まぬと云ふのを聞いて」

21 「業平文治漂流奇談」, 『円朝全集巻四』, p.1, 「その頃は巡査と云ふ人民の安寧を護つてくださる職務のものがございませんゆゑに、強いもの勝ちで、無理が通れば道理引込む

ⓛ 순사고 뭐고 구별 없이 고집을 부려 순사의 손을 잡고 향산의 언덕을 내려서 또 올라 파출소에 왔습니다.[22]

엔초의 문학은 유령뿐만 아니라 개인의 복수(復讐)에 있어서도 근대로의 이행기에 발생하던 모습을 담아내고 있다. 일본의 복수극은 동아시아에서 17세기 이후 독자적인 전개를 보였는데 근대기에 들어와서 그 전통에 국가권력이 개입하면서 변형이 이루어지게 된다. 중국과 한국의 선서가 수용되는 과정에서 개인의 사적 복수에 대한 부정적인 이야기가 일본 사회에도 많이 유입되지만 일본 사회에서는 오히려 개인의 복수가 정당하다는 쪽으로 민중 차원에서 전개됐다. 그 대표적인 예가 주신구라(忠臣蔵)로 복수를 부정적으로 평결한 국가의 판단보다도 일반 민중의 정서는 개인 복수극의 정당성을 인정하는 방향으로 진행됐다. 엔초의 문학이 근대문학의 언문일치체 형성에 절대적으로 기여했다는 평가는 차치하고서라도 도쿠가와 시대의 삶의 양식과 가치관이 근대기를 통해서 변형되고 있음을 알 수 있다.

엔초를 포함해 도쿠가와 시대의 괴담문학 내지는 문화적 요소는 일본의 근대기의 커다란 흐름인 국가주의 강화에 부합하는 방향에서 새롭게 활로를 모색한 예라고 할 수 있다. 근세 초기의 괴담문학이 조선과 중국의 낭만적인 기운을 바탕으로 형성된 측면이 강했지만 일본화되면서 괴담문학은 낭만적인 요소와 함께 일본적인 충의의 표현인 '사적 복수담(敵討ち)'이 대단히 중요한 요소로 자리 잡게 된다. 『괴담모란등롱』이 사적 복수극의 구조를 갖춘 것도 근세기 이후 일본의 괴담문

の讐の通り)、乱暴を云ひ掛けられても、弱い者は黙つて居ります。」
22 「霧隠伊香保湯煙」, 전게서, p.465, 「巡査様でも何でも見境なく無暗に強情を張つて巡査様の手を取つて向山の坂を降り、また登つて派出所に参りました。」

학의 큰 흐름 위에서 형성된 것이다. 근대 국가주의로의 이행 과정에서 전통적인 사적 보복은 금지됐지만 주군, 부친을 위한 충정이 가부장적인 국가권력에 대한 충정으로 전화되면서 엔초의 문학이 시대적 요청에 부응하는 연결고리를 마련했다고 할 수 있다.

4. 고이즈미 야쿠모의 문학관

일본의 민속학이 성립하기 이전에 괴담을 언급한 대표적 인물로는 엔초와 함께 고이즈미 야쿠모(小泉八雲, 1850~1904)를 들 수 있다. 그가 일본의 괴담에 흥미를 나타내고 서양에 일본을 적극적으로 소개했다는 의미에서뿐만 아니라 일본의 근대화 과정에 대해 비판적인 입장을 취하면서 민속적인 세계에 대해서 상당한 공감을 표명했다는 점에서 특이한 존재이다. 근대 국가의 건설이라는 미명아래 전통적인 괴담의 세계를 부정하던 일본 지식인들이 괴담의 가치에 대해 재인식하도록 논의의 토대를 제공했다고 할 수 있다. '물질적인 세계의 진보'가 행복을 가져다주고 삶을 풍부하게 하는 것이 아니라 '눈에 보이지 않는 세계에 대한 인지'야말로 인간의 삶을 풍부하게 한다는 인식을 피력한 것이다.

고이즈미 야쿠모(라프카디오 헌)가 일본에 도항한 1890년에 엔초의 『괴담모란등롱』은 이미 저명한 작품이었다. 고이즈미도 이 작품을 연극으로 보고 영어 번역을 시도했다.

이 괴담극(『모란등롱』)은 세계를 18세기로 설정해 라쿠고가인 엔초가 구어체로 만든 인정담을 연극으로 각색한 것이다. 원작은 중국의 훈사소설에서 번안한 것인데, 그것을 완전히 일본의 세계로 탈바꿈시킨 것이다.

…(중략)… 엔초의 인정담의 이색적인 이야기를 대개 다음과 같이 정리한 것이다. 군데군데, 원작을 어쩔 수 없이 삭제하지 않으면 안되는 부분이 여러 군데 있었지만, 단지 회화 부분만은 가능한 한 원작에 가깝게 번역하고자 노력했다. 그것은 회화 안에 빈번하게 심리학상, 어떤 특수한 흥미를 포함하고 있는 요소가 있었기 때문이다.[23]

『괴담모란등롱』의 원전은 『전등신화』이지만 『오토기보코』이래 일본에 수용되면서 다양한 번안과정을 거치게 된다. 엔초에 의해 하나의 종결점에 이르렀다고 할 수 있는데 그 이야기의 구조를 도쿠가와 초기의 『오토기보코』와 비교해 설명하면, 1548년 교토를 배경으로 한 이야기가 18세기 에도를 배경으로 한 이야기로 바뀐다. 『오토기보코』에서는 여주인공의 아버지가 니카이도 마사유키로 몰락한 명문귀족으로 작품 내에서 특별한 역할이 없지만 『괴담모란등롱』에서는 이지마라는 사무라이로 설정이 바뀐다. 시비를 거는 술주정꾼을 살해했는데 결국은 그 아들의 사적 복수의 대상이 된다. 본래의 이야기에 일본적인 사적 복수담의 설정이 부가된 것이다. 한편, 남주인공이 오기하라는 『오토기보코』에서는 귀신인 여주인공의 애집에 의해 목숨을 잃는 이야기이지만 엔초의 『괴담모란등롱』에서는 집안의 하인 부부가 주인을 살해하고 귀신이 주인을 살해했다고 소문을 내는 중층적인 구조를 취하고

---

23 「恋の因果」, 『全訳小泉八雲作品集第九』, 恒文社, 1967, pp.55~56, 「この怪談劇(「牡丹灯籠」)は、世界を十八世紀にとってあり、落語家の円朝がはなし体の日本語につづった人情話を、芝居に仕組んだもので、原作は中国の渾詞小説から翻案したものだが、それをすっかり日本の世界に焼き直してある。一中略一円朝の人情話の異色ある部分をだいたい次のようなものにまとめ上げたのである。ところどころ、原作をやむなく刈り込まなければならなかった個所が幾個所かあったけれども、ただし、会話の部分だけは、なるべく原作に忠実に即して行くことにつとめた。それは会話のなかに、往々にして、心理学上、ある特殊な興味を含んでいるものがあったからである。」

있다. 「모란등롱」의 전통적인 구조를 활용하면서 하인 부부의 고백을 통해서 주인의 죽음이 자신들이 꾸민 자작극이라는 반전을 설정한 내용이다. 이 부분을 엔초의 창의라고 볼 수 있는데 전통적인 이야기의 구조를 택하지 않고 개변한 것은 새롭게 이야기를 구성해야 한다는 의식과 함께 유령의 존재를 부정적으로 보는 세간의 견해를 수용해 타협적으로 서사구조를 변경했기 때문이다. 그리고 엔초의 『괴담모란 등롱』은 중국소설의 충실한 번안인 『오토기보코』와 달리 『괴담모란등 롱』에서는 사적 복수(敵討)의 스토리를 다양한 주변 인물의 등장을 통해 인과론적으로 연결하고 있다. 이러한 『괴담모란등롱』의 이야기를 고이즈미 야쿠모가 요약, 번역하면서 엔초가 구상한 『괴담모란등롱』의 많은 부분이 삭제되고 재조정 당하게 된다. 고이즈미 야쿠모의 번역 내용은 엔초의 이야기보다 전통적인 「모란등롱」의 이야기에 더 가까운 내용으로 '눈에 보이지 않는 세계'에 대한 경외심이 투영돼 있다. 고이즈미 야쿠모의 「모란등롱」의 번역을 단순한 축약내지는 이시카와 고사이의 『야창귀담』의 참고라기보다는 일본문화에 대한 깊은 이해와 통찰력을 바탕으로 이루어진 창의적인 작업을 수행했다고 평가할 수 있다. 그는 도일하기 전에 미국에서 기이한 사건 내지는 이국적인 문화 현상에 대한 추격자라고 인정받을 정도로 이문화를 개념화하고 전달하는데 있어서 고도의 전문성을 지닌 인물이었다. 그가 미국에서 사건을 취재하던 열정으로 일본에 와서는,

> 괴담을 대단히 좋아해, "괴담집은 나의 보물입니다."라고 했습니다. 저는 헌책방을 이 집 저 집 상당히 찾아다녔습니다. 쓸쓸한 밤에 램프의 심지를 내리고 괴담을 이야기했습니다.[24]

고이즈미 야쿠모가 일본, 동양적인 세계에 매료돼 괴담 수집을 낙으로 삼아 생활하고 있었음을 일본인 처의 수기를 통해서 알 수 있다. 고이즈미 야쿠모는 이문화와 종교에 대해서 상당히 유연한 사고를 지니고 있었던 듯하다. 그가 남긴 유령에 대한 언급을 보면 유령의 유무보다는 유령의 존재를 추구하는 인간의 삶과 문화를 동경하고 있었음을 알 수 있다.

> 나는 유령을 믿는다. 내가 유령을 보았기 때문일까? 그렇지 않다. 나는 유령을 믿지는 않지만 유령을 믿는다. 지금 이 시대에는 완전히 유령이 존재하지 않기에 나는 유령을 믿는 것이다. 그리고 유령이 넘치는 세계와 그렇지 않은 세계와의 차이야 말로, 유령—내지는 신들—의 의의를 우리들에게 제시해 주는 것이다.[25]

고이즈미 야쿠모가 유령을 인정하는 태도에는 종교적인 경건함보다 잃어버린 것에 대한 향수가 더 강하다. 스스로 유령 내지는 신의 존재를 믿지 않는다고 밝히고 있는 만큼 유령은 고이즈미 야쿠모의 취향의 영역에 존재했다고 할 수 있다.

> 유령도, 천사도, 악마도, 신들도, 지금은 존재하지 않는다. 모든 것이

---

24 「思い出の記」, 『全訳小泉八雲作品集第十二』, p.21, 「怪談は大層好きでありまして, 「怪談の書物は私の宝です」といっていました。私は古本屋をそれからそれへと大分探しました。淋しそうな夜, ランプの心を下げて怪談をいたしました。」

25 「書簡集2」, 『学生版小泉八雲全集第十巻』(第一書房), p.397, 「さて, 私は幽霊を信ずる。私が幽霊を見たからであるのか？さうではない。私は霊魂を信じないけれども, 幽霊を信ずる。今や近代の世界には全く幽霊がゐないから, 私は幽霊を信ずるのである。して, 幽霊に満ちた世界と別種の世界との差異こそは, 幽霊—及び神々—の意義を私達に示してくれるのである。」

죽어 버렸다. 전기, 증기, 수학의 세계는 공허하고 차갑다. 어느 누구도 그에 대해 언급할 수 없다. 누가 그 안에서 한 점의 시상이라도 발견할 수 있을까? 무엇을 현대의 소설가들은 이루고 있는 것일까?[26]

　세상이 너무나도 합리적인 방향으로 진행하는 모습을 보면서 고이즈미 야쿠모는 풍부한 인간의 문화적 유산이 경원시되는 모습에 안타까움을 느끼며 그 가치에 대한 복원을 강조하려는 자세를 보인다. 유령이라는 존재가 있어서 있는 것이 아니라 있었으면 좋겠다는 소박하고 주관적인 희망에 기초해 괴담의 세계를 연출해 내고 있는 것이다. 이러한 고이즈미 야쿠모의 바람은 소위 서구적인 합리주의라는 미명 아래 일본사회의 토속적이고 전통적이던 세계가 소멸해 가는 현실에 대한 비판이자 반발이라고 할 수 있다. 그러한 일본의 현실에 대해 고이즈미는,

　　㉠ 일본의 민간신앙–특히 불교에서 유래한 종교관념, 즉 본서에서 언급한 진기한 미신은 새로운 일본의 지식계급 사이에서는 거의 믿어지지 않고 있다. …(중략)… 일본의 지식인은 특히 초자연에 관한 견해가 되면, 하나에서 열까지, 때에 따라서는 부당하다고 생각될 정도까지 극단적으로 이것을 경멸하는 경향이 있다.[27]

26　상게서, p.398, 「幽霊も、天使も、悪魔も、神々も、今は存在しない。すべて死んでしまった。電気、蒸気、数学の世界は、空虚で、冷たい。誰でもそれに就いて書く事さへできぬ。誰がその中に一点の詩趣を発見しうるだらうか?何を現代の小説家はなしつつあるか?」

27　「日本瞥見記(上)」, 『全訳小泉八雲作品集第五』, p.4, 「日本の民間信仰―ことに仏教に由来する宗教観念、つまり本書のなかで触れておいたような、世にも珍奇な迷信は、これは新しい日本の知識階級のあいだではほとんど信じられていない。一中略一そういう日本の知識人は、こと超自然に関する意見となると、一から十まで、時によると不当と思われるくらいにまで、極端にこれを軽侮する傾向がある。」

ⓛ 전국 2만 7천의 초등학교의 영향으로 일본의 오랜 향토문학, 문자로
기록되지 않은 민요와 전승문학이 요사이 급속하게 사람들의 기억에서
사라져가고 있다.²⁸

근대적인 교육을 통해 새롭게 국민을 양성, 확대시켜가는 과정에서
상상력으로 가득찬 전통적인 기층 세계가 붕괴돼 가고 있음을 지적하
고 있다. 그 책임의 많은 부분은 서구 학문에 기초해 자신의 존립기반
을 구축하려고 했던 일본 지식인의 지적풍토와 밀접한 관련을 맺고
있으며 그러한 책무로부터 자유로웠던 이방인 고이즈미 야쿠모의 입
장에서 보면 일본 지식인의 태도는 공정함을 잃은 편협한 합리주의자
의 모습에 지나지 않았을 것이다. 고이즈미 야쿠모와 같이 일본의 근
대주의적 교육과 지적풍토에 대한 문제 제기를 하는 사람이 있었기에
도쿠가와 시대에 숙성된 일본의 기층문화에 대한 재평가의 움직임이
확산됐다고 할 수 있다. 야나기타 구니오(柳田国男, 1875~1962)가 『도노
이야기(遠野物語)』를 출판한 해가 1910년인 것을 고려하면 일본 내에서
전승문화의 보전에 대한 열의가 전반적으로 확산되는 시기에 고이즈
미가 선구적인 역할을 수행했음을 알 수 있다. 일본의 기층문화에 대
해 무한한 애정이 새로운 시대적 흐름으로 연결된 예라고 하겠다.

ⓗ 일본의 대중이 지닌 비교적 가볍고 친숙하기 쉬운 미신이 어느 정도
일본인의 생활의 아름다움을 더해주고 있는가, 이것은 일본에 오랫동안
산 경험이 있는 사람만이 알 수 있는 것이다.²⁹

28 「日本のわらべ歌」,『全訳小泉八雲作品集第九』, p.482,「全国二万七千の小学校の影
   響で、日本の古い郷土文学、文字に書かれない民謡と伝承文学は、このところ急速に
   人々の記憶から消え去りつつある。」
29 상게서, p.7,「日本の大衆のもつ比較的な気軽な、親しみやすいそうした迷信が、どれほ

ⓛ 초자연의 괴이는 인류 안에 광범위하고 깊게 퍼져 있다. 어떤 강력한 정감에 호소하는 것으로 너무 강한 압력을 가하면 탄력을 잃기 쉬운 일종의 용수철과 같은 것이다.[30]

'일본인의 미신이 일본인의 생활에 아름다움을 더해준다'는 것으로 그 입장에서 괴이한 현상에 대한 일본인들의 믿음을 존중하는 태도의 표현이다. 이러한 고이즈미의 시점은 스스로 초자연의 괴이를 믿지 않는 상황에서도 자신이 존중하는 미적 세계가 기능하기를 바라는 태도의 표명이다. 고이즈미의 괴담은 엔초의 전근대적인 가치 중심의 괴담에서 이탈해 미적 세계를 중심으로 재구성됐는데 이러한 흐름은 윤리적 가치와 융합된 동양적이고 선서적인 괴담과의 결별을 의미하는 것이기도 하다. 엔초에서 고이즈미로의 변화는, 이노우에 엔료의 '요괴학'이 인간의 삶의 체계로서의 철학적 성찰에서 현재의 기이한 현상을 의미하는 '요괴'로 의미가 전화된 것과 궤를 같이하는 내용이나. 고이즈미를 거치면서 일본의 괴담이 독립된 미적 대상으로 분화됐으며 그 과정에서 동양적 삶의 가치를 반영한 괴담의 세계에서 윤리적 시점이 결여돼 사회와의 연결고리가 상실됐다. 고이즈미는 괴담을 통해서 삶의 다양성을 제시하고 그 삶의 가치를 인정하는 태도를 취했으나 일본의 기층문화가 전체주의적 국가체제의 중요한 요소로 작용하는 것에

ど日本人の生活の美しさを増しているか、このことは、日本の内地に永年住んだことのある人だけにわかることだ。そうした迷信のなかには、多少は邪教もある。キツネつかいなどはその一例であるが、しかしこういうものは、今日には教育の一般普及によって、どしどし撲滅されて行きつつある。」

30 「中国怪談集」、『全訳小泉八雲作品集第一』、p.242、「超自然の怪異は、人類のあいだに広く深く蒔かれた、ある強力な情感に訴えるものであるが、それにしてもあまり強く圧力を加えると、とくにその弾力を失いやすい、一種のバネのようなものだ。」

대한 비판적 시각은 부족했다. 고이즈미가 지향한 세계는 일본의 근대화 과정에서 엔초에 의해 강조되면서 구축된 천황제 국가체계의 방향과는 다른 것이었지만 그러한 현실을 용인하는 태도를 보였다.

> 한 반의 14세에서 16세까지의 젊은 일본 학생에게, 그들이 가장 소중한 바람이 무엇인가 물어보라. 만약, 그들이 질문자를 신뢰하고 있다면 열 명에서 아홉까지는 '천황폐하를 위해 죽는 것입니다'라고 대답할 것이다.[31]

교육현장에서 많은 학생들이 '천황폐하를 위해서 죽겠다'는 이야기를 한다는 사실을 긍정적으로 지적하면서 그것이 의미하는 구체적인 내용에 대해서는 언급을 피하고 있다. 일본이 서구 열강에 배워 군사력을 증강시키는 근대화 과정을 고이즈미는 비판적으로 기술하기도 했지만 천황중심의 전체주의적 사회체계에 대해서는 용인하면서 수용하는 태도를 보였다. 이러한 고이즈미의 태도는 사회발전의 한 단계로 권위주의적 체제를 지지한 스펜서의 견해와도 맥을 같이 한다. 고이즈미는 전장에 출전하는 제자의 안부를 걱정하는 자애로운 모습을 보이지만 그 제자의 총구 앞에 놓인 미지의 인간에 대한 상상력이 결여돼 있다. 한 민족의 감성적 상상력을 평가하면서 근대적 교육 내지는 이성적 사고에 대해서 경계의 자세를 보인 고이즈미의 견해였지만 인간의 보편적 가치에 대한 구체적인 언급이 없다는 점에서 시대적, 공간적 한계를 드러내고 있다.

---

31 「家庭の祭壇」, 『全訳小泉八雲作品集第六』, p.62, 「一つのクラスの日本の学生に一十四歳から十六歳までの若い学生に、かれらの一番だいじな願望は何かを尋ねてみたまえ。もし、かれらが質問者に信頼をおいていれば、十人のうち九人までが、「天皇陛下のために死ぬことです」と答えるだろう。」

5. 마치며

일본의 근대는 정치적 의미에서 1868년부터이지만 문화적으로 새로운 시대를 맞이하기까지는 상당한 내적 축적과 다양한 외부 자극이 필요했다. 도쿠가와 시대 초기에 조선, 중국을 통해서 대륙의 선서를 수용해 260년간 발전시켜 온 일본적인 괴담은 서구적인 가치체계로의 전환을 꾀하는 근대화 과정에서 내용적인 변용이 일어났다.

현재 우리는 도쿠가와 시대에 집중적으로 구축된 일본적인 세계와 근대화된 일본이라는 상이한 모습을 통해 형상화된 일본을 인지하고 있는데 그 이질적인 세계, 즉 서양이라는 새로운 물결이 전통적인 세계관과 조우한 문화변혁기에 활동한 대표적인 작가로 엔초(円朝)와 고이즈미 야쿠모(라프카디오 헌)를 들 수 있다. 엔초의 문학은 근세기에 대륙의 문화를 수용해 숙성된 도쿠가와 시대 괴담의 종착역이자 근대문학을 지향하는 출발점이라고도 할 수 있다. 엔초의 많은 작품 중에서 『괴담모란등롱』은 일본이라는 공간에서 숙성된 '괴이성'과 '사적 복수'를 불교적 인과론으로 엮어낸 작품이다. 엔초가 축으로 삼고 있던 불교적 인과론과 사적 복수, 괴이성은 근대기에 비판의 대상이 되는데 그 중에서도 괴이성은 사회의 진화에 맞추어 유령의 존재를 부정하던 세론에 의해 『괴담모란등롱』의 핵심적인 내용임에도 불구하고 개변을 강요당하게 된다. 이 설정의 변경을 통해 근대적인 사회의 흐름과 문학 작품에 대한 엔초의 접근 자세의 한 단면을 볼 수 있다. 이 시기에 활동한 계몽가 이노우에 엔료는 괴이성을 부정했지만 학문의 통합적 성격을 '요괴학'이라는 틀을 통해서 주장하고 있다. 엔초가 근대계몽기라는 전환기를 살면서 전면적인 괴담의 내용의 혁신보다는 괴담이 지닌 통합적 기능에 충실한 것은 그 기능이 선서(善書)로 대표되는 동아시아 문화의 기본적인 성격이기에 틀 자체를 부정하기는 어려웠기 때문이다. 전통적으로 괴이성과 인간의 삶, 사회적 윤리를 통합적으로 다루던 괴담이 근대적 국가체계에 편입되기 시작한 시점이라고도 할 수 있다.

1890년에 일본에 입국한 고이즈미 야쿠모(라프카디오 헌)는 괴담의 미적 가치와 민속학적인 상상력을 통해 전근대적인 일본 괴담의 새로운 가능성을 제시했으며 일본 민족의 상상력이라는 잠재된 가능성에 의미를 부여했다. 그 과정에서 엔초가 시대의 흐름을 반영해 변형한『괴담모란등롱』의 유령이야기를 다시 복원시켜 서양세계에 소개했다. 고이즈미 야쿠모는 서구를 모방한 일본의 근대화 과정에 대해서는 부정적인 입장을 보였지만 전근대 일본적 세계에 대해서는 일종의 환상을 품고 있었다. 그런 의미에서 고이즈미 야쿠모의『괴담』은 현실 세계의 윤리 의식과 미적 세계를 분리시켜 형상화시킨 작품으로 엔초의 통합적 성격의 문예와는 전혀 성질이 다른 작품이다. 엔초와 고이즈미 야쿠모 모두 근대 일본이라는 통제적 시스템하에서 생을 보냈지만 엔초가 국가체계의 윤리 의식 고양에 적극적이었다고 한다면 고이즈미는 학문과 예술이 전문화되고 분화되는 추세 속에서 괴담을 윤리와 사회라는 통합적 틀에서 분리, 독립시켰다.

엔초와 고이즈미 야쿠모는 도쿠가와 시대의 문화에 강한 애착과 향수를 지닌 근대기의 작가들이지만 서로의 입각점은 상이했다고 할 수 있다. 봉건시대의 문화에 대한 고집이 퇴행적이고 수구적인 요소를 나타내는 경우도 있지만 근대기를 거치면서도 엔초와 고이즈미의 영향력이 쇠퇴하지 않는 것은 일본인의 보편적 감성을 포괄적으로 담아내는데 성공했기 때문일 것이다.

일본의 근대 국가주의적 틀 속에서 엔초와 고이즈미는 상이하면서

도 체제를 옹호하는 역할을 담당했지만 일본 근대문화변혁기에 도쿠
가와 시대의 삶과 문예의 가치를 인식하고 심화시킨 대표적인 작가라
고 할 수 있다.

부록

도쿠가와 시대 출판사의 발생, 소멸 건수

将軍·西暦·対照表

도쿠가와 시대 출판사의 발생, 소멸 건수

(森田誠吾「江戸期書店の発生動向」출전)*

年号	年数	京都		大阪		江戸		地方		地域不明		計	
		発生	消滅	発生	消滅	発生	消滅	発生	消滅	発生	消滅	発生	消滅
年代不詳		32	173	32	88	77	145	55	24	38	10	234	440
文禄	3									1		1	
慶長	19	9								2		11	
元和	9	8		1				2		3		14	
寛永	20	70	1	4		1				23		98	1
正保	4	7	3			1				3	1	11	4
慶安	4	21	2	1		2				13		37	2
承応	3	17	4							1		18	4
明暦	3	12	1			5		1		3	1	21	2
万治	3	15	2	1		8				14	1	38	3
寛文	12	58	7	3		18		3		48	1	130	8
延宝	8	43	16	12		25	1	3		34		117	17
天和	3	17	11	4	1	7	2	1		11	1	40	15
貞享	4	32	2	10		27	2	3		21		93	4
元禄	16	115	3	62	1	80	3	10		67	1	334	8
宝永	7	31	37	16	6	15	20	2	1	19	3	83	67
正徳	5	37	8	23	4	12	3	3		10	4	85	19
享保	20	80	7	81	4	48	5	12	1	70	1	291	18
元文	5	19	31	28	7	9	12	4		15	3	75	53
寛保	3	5	6	10	7	2	3	2	1	7	2	26	19
延享	4	12	1	12	2	15	2	3	1	4	2	46	8
寛延	3	16	2	17	6	20	2			15		68	10

* 鈴木敏夫, 『江戸の本屋(上)』(中公新書568), 中央公論社, 1980, p.55.

年号	年数	京都		大阪		江戸		地方		地域不明		計	
		発生	消滅	発生	消滅	発生	消滅	発生	消滅	発生	消滅	発生	消滅
宝暦	13	49	3	69	4	50	6	7	1	59	2	234	16
明和	8	42	21	37	21	38	16	11	1	30	2	158	61
安永	9	59	13	45	20	19	5	28		22	2	173	40
天明	8	44	19	45	14	18	14	14	2	28	4	149	53
寛政	12	71	17	62	13	47	12	19	1	39	1	238	44
享和	3	21	29	17	32	11	13	6	1	8	6	63	81
文化	14	43	12	52	11	85	1	18		68	1	266	25
文政	12	24	49	36	30	29	28	24	3	23	5	136	115
天保	14	31	15	39	18	50	34	22	9	25	4	167	80
弘化	4	8	24	11	25	14	26	7	10	10	1	50	86
嘉永	6	16	5	22	2	34	11	33	1	31		136	19
安政	6	4	4	3	11	11	13	25	15	8	3	51	46
万延	1	1	2	1	7	1	7	2	14	1	1	6	31
文久	3	11	1	2	2	8		1		2	2	24	5
元治	1	1	7		3	4	6	1	4	2		8	20
慶応	3	5	2	4		6	2	8	2	4		27	6
明治			13		6		9		2		1		31
以降			42		29		36		3		4		114
総計		1086	595	762	374	797	439	330	97	782	70	3757	1575

将軍·西暦·対照表

朝鮮	将軍名·생몰	西暦	歴代·在職	조선통신사 및 쇄환사	中國
宣祖(1568~1609)	이에야스 德川家康 (1542~1616)	1603 〜 1605	一代 2.2年	·1590년 황윤길 ·1607년 여우길	明神宗(1573~1620)
光海君 (1609~1623)	히데타다 德川秀忠 (1579~1632)	1605 〜 1623	二代 18.3年	·1617년 오윤겸	明神宗(1573~1620) 明光宗(1620~1621) 明熹宗(1621~1628) 清太祖(1616~1627)
仁祖(1623~1650)	이에미쓰 德川家光 (1604~1651)	1623 〜 1651	三代 27.9年	·1624년 정입 ·1636년 임광 ·1643년 윤순지	明熹宗(1621~1628) 明毅宗(1628~1644) 1644(명, 멸망) 清太祖(1616~1627) 清太宗(1627~1636 ~1644) 1636(청, 건국) 清世祖(1644~1662)
孝宗(1650~1660) 顯宗(1660~1675)	이에쓰나 德川家綱 (1641~1680)	1651 〜 1680	四代 28.9年	·1655년 조연	清聖祖(1662~1723)
肅宗(1675~1721)	쓰나요시 德川綱吉 (1646~1709)	1680 〜 1709	五代 28.5年	·1682년 윤지완	清聖祖(1662~1723)
肅宗(1675~1721)	이에노부 德川家宣 (1662~1712)	1709 〜 1712	六代 3.5年	·1711년 조태억	清聖祖(1662~1723)
肅宗(1675~1721)	이에쓰구 德川家継 (1709~1716)	1713 〜 1716	七代 3.0年		清聖祖(1662~1723)
肅宗(1675~1721) 景宗(1721~1725) 英宗(1725~1777)	요시무네 德川吉宗 (1684~1751)	1716 〜 1745	八代 29.1年	·1719년 홍치중	清聖祖(1662~1723) 清世宗(1723~1736) 清高宗(1736~1796)

朝鮮	將軍名·생몰	西曆	歷代·在職	조선통신사 및 쇄환사	中國
英宗(1725~1777)	이에시게 德川家重 (1711~1761)	1745 ∼ 1760	九代 14.6年	·1748년 홍계희	清高宗(1736~1796)
英宗(1725~1777) 正祖(1777~1801)	이에하루 德川家治 (1737~1786)	1760 ∼ 1786	十代 26.0年	·1764년 조엄	清高宗(1736~1796)
正祖(1777~1801) 純祖(1801~1835)	이에나리 德川家斉 (1773~1841)	1787 ∼ 1837	十一代 50.0年	·1811년 김이교(대마도)	清高宗(1736~1796) 清仁宗(1796~1821) 清宣宗(1821~1851)
憲宗(1835~1850) 哲宗(1850~1864)	이에요시 德川家慶 (1793~1853)	1837 ∼ 1853	十二代 16.2年		清宣宗(1821~1851) 清文宗(1851~1862)
哲宗(1850~1864)	이에사다 德川家定 (1824~1858)	1853 ∼ 1858	十三代 4.9年		清文宗(1851~1862)
哲宗(1850~1864) 高宗(1864~1907)	이에모치 德川家茂 (1846~1866)	1858 ∼ 1866	十四代 7.8年		清文宗(1851~1862)
高宗(1864~1907)	요시노부 德川慶喜 (1837~1913)	1866 ∼ 1867	十五代 1.1年		清穆宗(1862~1875)

文禄(분로쿠 : 1592.12.08–1596.10.26)

慶長(게이초 : 1596.10.27–1615.07.12)

元和(겐나 : 1615.07.13–1624.02.29)

寛永(간에이 : 1624.02.30–1644.12.15)

正保(쇼호 : 1644.12.16–1648.02.14)

慶安(게이안 : 1648.02.15–1652.09.17)

承応(쇼오 : 1652.09.18–1655.04.12)

明暦(메이레키 : 1655.04.13–1658.07.23)

万治(만지 : 1658.07.23–1661.04.24)

寛文(간분 : 1661.04.25–1673.09.20)

延宝(엔포 : 1673.09.21–1681.09.28)

天和(덴와 : 1681.09.29–1684.02.20)

貞享(조쿄 : 1684.02.21–1688.09.29)

元禄(겐로쿠 : 1688.09.30–1704.03.12)

宝永(호에이 : 1704.03.13–1711.04.24)

正徳(쇼토쿠 : 1711.04.25–1716.06.21)

享保(교호 : 1716.06.22–1736.04.27)

元文(겐분 : 1736.04.28–1741.02.26)

寛保(간포 : 1741.02.27–1744.02.20)

延享(엔쿄 : 1744.02.21–1748.07.11)

寛延(간엔 : 1748.07.12–1751.10.26)

宝暦(호레키 : 1751.10.27–1764.06.01)

明和(메이와 : 1764.06.02–1772.11.15)

安永(안에이 : 1772.11.16–1781.04.01)

天明(덴메이 : 1781.04.02–1789.01.24)

寛政(간세이 : 1789.01.25–1801.02.04)

享和(교와 : 1801.02.05–1804.02.10)

文化(분카 : 1804.02.11–1818.04.21)

文政(분세이 : 1818.04.22–1830.12.09)

天保(덴포 : 1830.12.10–1844.12.01)

弘化(고카 : 1844.12.02–1848.02.27)

嘉永(가에이 : 1848.02.28–1854.11.26)

安政(안세이 : 1854.11.27–1860.03.17)

万延(만엔 : 1860.03.18–1861.02.18)

文久(분큐 : 1861.02.19–1864.02.19)

元治(겐지 : 1864.02.20–1865.04.06)

慶応(게이오 : 1865.04.07–1868.09.07)

明治(메이지 : 1868.09.08–1912.07.29)

大正(다이쇼 : 1912.07.30–1926.12.24)

昭和(쇼와 : 1926.12.25–1989.01.07)

平成(헤이세이 : 1989.01.08–현재)

참고문헌

간노 카쿠모 저·이이화 역, 『어머니가 없는 나라 일본』, 집문당, 2003.

강동엽, 『조선시대의 동아시아 문화와 문학』, 북스힐, 2006.

강동엽, 『조선 지식인의 문학과 현실인식』, 박이정, 2008.

검열연구회, 『식민지 검열』, 소명출판, 2011.

고마고메 다케시 저·오성철 외 역, 『식민지제국 일본의 문화통합』, 역사비평
　　　　사, 2008.

곽신환 외 역, 『태극해의』, 소명출판, 2009.

국립진주박물관 편, 『임진왜란과 조선인포로의 기억』, 지앤에이커뮤니케이션,
　　　　2010.

국역학봉전집편찬위원회, 『국역학봉전집』, 학봉선생기념사업회, 1976.

김기민, 『첩해신어의 개수 과정과 어휘 연구』, 보고사, 2004.

김낙진, 『의리의 윤리와 한국의 유교문화』, 집문당, 2004.

김대현 외, 『백세중·연행일기』, 담양군(한국가사문학관), 2004.

김인겸 저·최강현 역주, 『일동장유가』, 보고사, 2007.

김인환 역해, 『주역』, 고려대학교출판부, 2006.

김진근 역, 『완역역학계몽』, 청계, 2008.

김현미, 『18세기 연행록의 전개와 특성』, 혜안, 2007.

다니와키 마사치카·박정임 역, 「사이카쿠 연구와 비평」, 『日東学研究』, 강원
　　　　대학교 일본연구센터, 2009.

라프카디오 헌 저·노재명 역, 『19세기 일본 속으로 들어가다』, 한울, 2010.

민족문화추진회 편, 『부상록』(국역해행총재3), 민족문화추진회구센터, 1977.

민족문화추진회 편, 『국역해행총재1-12』, 민족문화추진회, 1977.

박진영 편, 『일재 조중환 번역소설 불여귀』, 보고사, 2006.

박찬기, 『조선통신사와 일본근세문학』, 보고사, 2001.

박창기, 「『淸水物語』와 계몽성」, 『일본어문학』(2집), 일본어문학회, 1996.

박희병 역, 『베트남의 기이한 옛이야기』, 돌베개, 2000.

박희성, 『원림 경계 없는 자연』, 서울대학교출판문화원, 2011.

서동수·여지선, 『성담론과 한국문학』, 박이정, 2003.

손승철, 『조선통신사, 일본과 通하다』, 동아시아, 2006.

송휘칠, 「근세일본의 주자학수용과 그 변용에 관하여」, 『퇴계학과 유교문화』
          22집, 경북대학교 퇴계학연구소, 1994.

숭실대학교 한국전통문화연구소 편, 『연행록연구총서 1-10』, 학고방, 2006.

오석원, 『한국 도학파의 의리사상』, 성균관대학교 출판부, 2005.

오성철, 『식민지 초등 교육의 형성』, 교육과학사, 2005.

유교경전번역총서 편찬위원회 역, 『서경』, 성균관대학교 출판부, 2011.

유영표 편저, 『王安石詩選』, 문이재, 2003.

윌리엄 시어도어 드 배리 저·한평수 역, 『동아시아 문명』, 실천문학사, 2001.

이기원, 『知의 형성과 변용의 사상사』, 경인문화사, 2013.

이민수 역, 『추탄선생문집』, 법전출판사, 1980.

이상호, 『양명우파와 정제두의 양명학』, 혜안, 2008.

이시카와 고사이저 김경숙·고영란 역, 『야창귀담』, 도서출판 문, 2008.

E.엘스 저·우정규 역, 『합리적 결단과 인과성』, 서광사, 1994.

이정구, 『17세기 조선 지식인 지도』, 푸른역사, 2009.

이혜순, 『조선통신사의 문학』, 이화여자대학교출판부, 1996.

이희복 외 역, 『일본사상사』, 논형, 2009.

임기중 편, 『연행록전집 1-100』, 동국대학교출판부, 2001.

정옥자, 『조선후기 조선중화사상연구』, 일지사, 1998.

정옥자 외, 『조선시대 문화사(상·하)』, 일지사, 2007.

주릉가 교주·최용철 역, 『전등삼종(상·하)』, 소명출판, 2005.

정용수 역주, 『전등신화구해』, 푸른사상, 2003.

최소자 외편, 『18세기 연행록과 중국사회』, 혜안, 2007.

최용철 역, 『전등삼종(상·하)』, 소명출판, 2005.

최원식, 『제국 이후의 동아시아』, 창비, 2009.

최진아, 『당대 애정류 전기 연구』, 문학과 지성사, 2008.

카잔차키스 저·이종인 역, 『일본·중국 기행』, 열린책들, 2008.

하우봉, 『조선시대 한국인의 일본인식』, 혜안, 2006.

한국분석철학회 편, 『인과와 인과이론』, 철학과 현실사, 1996.

한국학연구소 편, 『18세기 조선지식인의 문화의식』, 한양대학교 출판부, 2001.

후마 스스무 저·정태섭 외 역, 『연행사와 통신사』, 신서원, 2008.

황경식 외, 『윤리질서의 융합』, 철학과 현실사, 1996.

황소연, 「李文長과 그의 시대」, 『日本学研究』, 단국대학교 일본학연구소, 2012.

황소연 역, 『오토기보코』, 강원대학교출판부, 2008.

황소연, 『일본 근세문학과 선서』, 보고사, 2004.

황정덕 외, 『임진왜란과 히라도 미카와치 사기장』, 동북아시아역사재단, 2010.

황준헌 저·조일문 역주, 『조선책략』, 건국대학교출판부, 2001.

황패강, 『임진왜란과 실기문학』, 일지사, 1992.

히라이시 나오아키·이승률 역, 『한 단어사전, 천』, 푸른역사, 2013.

江本裕, 『近世前期小説の研究』, 若草書房, 2000.

江本裕·谷脇理史 編, 『西鶴事典』, おうふう社, 1996.

高橋和夫, 『日本文学と気象』, 中央公論, 1978.

谷脇理史, 『西鶴研究序説』, 新典社, 1981.

谷脇理史, 『西鶴文芸への視座』, 新典社, 1999.

谷脇理史, 『西鶴 研究と批評』, 若草書房, 1995.

関西大学東西学術研究所 編, 『雨森芳州全集』, 関西大学出版·広報部, 1980.

駒田信二, 『中国怪奇物語 幽霊編』, 講談社, 1982.

宮城栄昌·大井ミノブ 編著, 『新稿日本女性史』, 吉川弘文館, 1974.

今谷明, 『武家と天皇』, 岩波書店, 1993.

稲垣史生 編, 『三田村鳶魚 武家事典』, 青蛙房, 1961.

渡辺憲司校注, 「清水物語」 『仮名草子集』(新日本古典文学大系74), 岩波書

店, 1991.

渡辺浩, 『近世日本社会と宋学』, 東京大学出版部, 2010.

麻生磯次 外, 『諸艶大鑑(好色二代男)』(決定版対訳西鶴全集二), 明治書院, 1992.

麻生磯次 外, 『好色一代男』(決定版対訳西鶴全集一), 明治書院, 1992.

マンシニ 著, 寿里茂 訳, 『売春の社会学』, 白水社, 1964.

大谷正信 外編訳, 『小泉八雲全集 全十八巻』, 第一書房, 1926.

大庭健, 『善と悪』, 岩波書店, 2006.

藤井譲治 外監修, 『御陽成天皇実録1, 2』(天皇皇族実録), ゆまに書房, 2005.

藤岡作太郎, 『近世絵畫史』, ぺりかん社, 1983.

富士昭雄 外訳注, 『決定版 村訳西鶴全集』, 明治書院, 1992.

北島正元, 『徳川家康』, 中央公論社, 1963.

棚橋正博校訂, 『十返舎一九集』, 国書刊行会, 1997.

棚橋正博校訂, 『式亭三馬集』, 国書刊行会, 1992.

Lafcadio Hearn, 『KWAIDAN』, North Books, 1998.

라프카디오헌 저·平井呈一 訳, 『怪談』, 岩波書店, 1966.

鈴木行三編, 『定本円朝全集』, 世界文庫, 1963.

蘆花生, 『小説 不如帰』, 일본근대문학관, 1984.

柳田国男, 『遠野物語·山の人生』, 岩波書店, 1984.

頼祺一 監修, 『広島藩朝鮮通信使来聘記』, 呉市, 1990.

三遊亭円朝作, 『怪談牡丹灯籠』, 岩波書店, 2003.

石田一良 外編, 「本佐録」, 『藤原惺窩 林羅山』(日本思想大系28), 岩波書店, 1975.

石田一良, 『日本思想史概論』, 吉川弘文館, 1970.

山口剛解説, 『怪談名作集』, 江戸文芸第十巻, 日本名著全集刊行会, 1927.

三遊亭円朝, 『怪談牡丹灯籠』, 岩波書店, 2003.

杉下元明, 「南海の桃源郷」, 『日本思想史(特集—朝鮮通信使)』49, 1996.

上野洋三校注, 『松蔭日記』, 岩波書店, 2004.

小椋嶺一, 「近世文学と仏教思想」, 『研究紀要』(第15号), 京都女子大学, 2002.

小泉一雄編，『妖魔詩話』，小山書店，1934.

松島栄一，『忠臣蔵』，岩波書店，1970.

松島栄一，『元禄文化』，文英堂，1970.

松田修・渡邊守邦・花田富二夫 校注，『伽婢子』，岩波書店，2001.

新渡戸稲造 著・矢内原忠雄 訳，『武士道』，岩波書店，1989.

神保五弥 編，『近世日本文学史』，有斐閣双書，1985.

申叔舟 著・田中健夫 訳注，『海東諸国紀』，岩波書店，1991.

神坂次朗，『元禄武士道』，中央公論社，1987.

神奈川大学人文学研究所 編，『『明六雑誌』とその周辺』，お茶の水書房，2004.

辻善之助 編，『鹿苑日録』(第四巻)，太洋社，1935

阿部吉雄，『日本朱子学と朝鮮』，東京大学出版会，1965.

野間光辰，『補刪西鶴年譜考証』，中央公論社，1983.

野口武彦，『江戸百鬼夜行』，ぺりかん社 1990.

源了円，『義理と人情』，中央公論社，1969.

酉水庵無底居士作・中野三敏校注，『難波鉦』(黄二六二－一)，岩波書店，1991.

劉岸偉，『小泉八雲と近代日本』，岩波書店，2004.

伊藤真昭外編，『相国寺蔵西笑和尚文案』，思文閣，2007.

李元植，『朝鮮通信使の研究』，思文閣出版，1997.

日本文学研究資料叢書，『西鶴』，有精堂，1969.

朝倉治彦編，「祇園物語」，『仮名草子集成』(第二十二巻)，東京堂出版，1998.

長谷川強，『浮世草子の研究』，桜楓社，1969.

朝山意林庵，『清水物語』，韓国中央図書館蔵，1638.

中嶋隆，『西鶴と元禄メディア』，日本放送出版協会，1994.

池上裕子『織豊政権と江戸幕府』(日本の歴史15)，講談社，2002.

池田雅之 編訳，『小泉八雲コレクション　妖怪・妖精譚』，ちくま文庫，2005.

青野春水 編，『天和度 朝鮮通信使と福山藩の記録』，福山市鞆の浦歴史民族
　　　　資料館，1995.

筑波大学近代文学研究会編，『明治から大正へ　メデイアと文学』，筑波大学近
　　　　代文学研究会，2001.

諏訪春雄, 『江戸文学の方法』, 勉誠社, 1997.

坂巻甲太校訂, 『浅井了意集』, 国書刊行会, 1993.

太刀川清校訂, 『続百物語怪談集成』, 国書刊行会, 1993.

太刀川清, 『牡丹灯記の系譜』, 勉誠社, 1998.

太刀川清校訂, 『百物語怪談集成』, 国書刊行会, 1987.

沢庵和尚全集刊行会, 『沢庵和尚全集』, 巧芸社, 1930.

平井呈一 編訳, 『全訳小泉八雲作品集 全十二巻』, 恒文社, 1967.

平川祐弘, 『小泉八雲事典』, 恒文社, 2000.

キャメロン 外編・高橋経 訳, 『『怪談』以前の怪談』, 同時代社, 2004.

河竹登志夫, 『憂世と浮世ー世阿弥から黙阿弥へ』, 日本放送出版協会, 1994.

鶴園裕 外, 『日本近世初期における渡来朝鮮人の研究ー加賀藩を中心にー』
    1990. 年度日本科学学術費補助金研究成果報告書, 1991.

花田富二夫, 『仮名草子研究』, 新典社, 2003.

黄遵憲, 『日本国志』, 文海出版社, 1974.

黄遵憲, 『日本雑事詩』, 文海出版社, 1974.

黄遵憲 著, 実藤恵秀 外 訳, 『日本雑事詩』, 平凡社, 1968.

桧谷昭彦・江本裕 校注, 『太閤記』, 岩波書店, 1996.

横田冬彦, 『天下太平』(日本の歴史16), 講談社, 2002.

暉峻康隆, 『西鶴評論と研究(상・하)』, 中央公論社, 1948.

暉峻康隆 外, 『西鶴への招待』, 岩波書店, 1995.

초출일람

1부 도쿠가와 시대의 문학의 성립

(1) 「李文長과 그의 시대-德川時代를 예견한 조선의 儒学者」, 『日本学研究』 37집, 단국대학교 일본연구소, 2012. 6.
(2) 「『기요미즈모노가타리』의 창작의식-이상 사회를 위한 현실비판을 중심으로-」, 『日本文化研究』 50집, 동아시아 일본학회, 2014. 4.
(3) 「일본근세초기문학과 '義理'의식의 행방」, 『日本文化研究』 29집, 동아시아 일본학회, 2009. 1.
(4) 「『오토기보코』의 세계관 : '우키요(浮世)'를 바라보는 시점을 중심으로」, 『中国小説論叢』 29집, 한국중국소설학회, 2009. 3.

2부 사이카쿠로 본 도쿠가와 시대와 문학

(1) 「사이카쿠 소설의 창작의식」, 『日本文化研究』 12집, 2004.10
(2) 「오사카의 출판문화 전개와 사이카쿠(西鶴)」, 『일본어문학』 9집, 한국일본어문학회, 2000. 9.
(3) 「『세켄무네산요(世間胸算用)』의 성립과 사이카쿠의 변화」, 『日本語文学』 15집, 대한일어일문학회, 2001. 5.
(4) 「사이카쿠소설작품의 서반부(序盤部) 기술과 창작방법」, 『日本文化研究』 8집, 2003. 4.
(5) 「일본 겐로쿠 시대 문학과 여성-사이카쿠 작품 속의 여성상을 중심으로-」, 『성평등연구』 12집, 가톨릭대학교 성평등연구소, 2008.
(6) 「일본상인문화와 부자-사이카쿠의 『일본영대장』을 중심으로-」, 『문학과

부자』(부자학연구학회 총서10), 신정, 2012. 1.
(7) 「漢学与日本近世俗文学：以≪和漢乗合船≫為主」, 『日本漢学研究続探 文学編』(東亜文明研究叢書40), 台湾大学出版中心, 2005.
(8) 「東アジア文学の諧謔性－徳川時代を中心に－」, 『日本文化研究』 20집, 동아시아 일본학회, 2006. 10.

3부 이국인이 본 도쿠가와 시대와 문학

(1) 「한일 아속(雅俗)의 엇걸림(交錯)－조선통신사와 사이카쿠(西鶴)의 유녀 관(遊女観)을 중심으로－」, 『일동학연구』창간호, 강원대학교 일본연구 센터, 2009. 8.
(2) 「조선통신사가 본 일본의 원림(園林)과 환경 －신유한과 조엄을 중심으 로－」, 『일어일문학연구』78집 1권, 한국일어일문학회, 2011. 8.
(3) 「조선시대 사행(使行) 문학과 '관광(観光)'의식－통신사·연행사·신사유람 단을 중심으로」, 『日本学研究』30집, 단국대학교 일본연구소, 2010. 5.
(4) 「라프카디온 헌의 삶의 일본관－삶의 여정과 『괴담』출판을 중심으로－」, 『日本文化研究』30집, 동아시아 일본학회, 2009. 4.
(5) 「일본문화변혁기에 있어서 선서(善書)적인 세계의 역할과 변용－엔초(円 朝)와 고이즈미 야쿠모의 문학관을 중심으로－」, 『인문과학연구』37집, 강원대학교 인문과학연구소, 2013. 6.

찾아보기

후기

고려대학교 김채수 교수님께서 정년에 즈음하여 30년간의 연구를 정리해 18권의 저작집을 출간하셨다. 한국 일본학계의 지표이자 귀감이 아닐 수 없다. 스승의 그림자도 밟지 않는다고 했지만 나의 부족한 능력으로는 100년의 세월로도 다가갈 수 없을 만큼 큰 업적이라고 생각한다. 본서를 출간하기로 마음먹은 것도 교수님의 뒷모습에 자극을 받아 이루어진 것임을 고백한다. 대학시절부터 365일간 연구실을 지키는 교수님의 모습을 보면서 무엇이 그토록 한 인간을 강하게 지탱하게 할 수 있는가 궁금하기도 하고 두렵기도 했다. 언젠가 기회가 된다면 여쭤보고 싶다.

동아시아 문화를 이해하기 위한 필독서 중에 하나인 논어에 나오는 말 중에 '회사후소(絵事後素)'라는 말이 있다. 기본을 이룬 뒤에 일을 도모한다는 뜻으로 세상일에는 기본과 응용이 있다는 이야기가 아닐까 싶다. 예를 들어, 동아시아 세계라는 그림을 그린다면 이 지역에 사는 사람들은 어떤 그림을 그릴 수 있을까 궁금하다. 아마도 중국문명을 바탕으로 동아시아라는 그림을 그리는 사람이 많지 않을까 싶다. 한때 칭기즈 칸이 그러했고 근대기에 일본이 새로운 동아시아라는 그림을 그리겠다고 나선 결과 한국과 중국은 분절됐으며 류큐의 왕국은 소멸했다. 춘천에 사는 나에게 동아시아의 그림을 그리라면 아마도 백두대

간을 줄기삼아 예맥조선의 그림을 그리지 않을까 싶다. 누가 동아시아의 어떤 그림을 그리듯 그 그림은 세계 문화에 도움이 되고 지역에 거주하는 사람들의 삶을 풍성하게 해야 할 것이다.

임진왜란 때 포로로 잡혀갔다가 일본 성리학의 기초를 제공한 강항은 조선과 명이 일본인의 생명과 재산을 보호하면서 일본에 들어간다면 일본의 끝까지라도 갈 수 있을 것이라는 후지하라 세이카의 말을 전하고 있다. 세상의 어느 정부도 국민의 생명과 생활을 지키지 못하면서 군림할 수는 없을 것이다. 일본의 도쿠가와 막부의 성립도 결국은 다수의 생활을 보전할 수 있는 정부가 도쿠가와 막부였기에 260년간 유지될 수 있었다고 본다. 오다 노부나가와 도요토미 히데요시는 영토를 확장하며 군위를 자랑했지만 소위 그들은 미완성인 채로 생을 마감했다. 자신들의 세계를 꿈꿨지만 그 꿈의 섬을 유지할 수 있는 가치체계의 핵심이 결여돼 있었던 것이다. 그에 비해서 도쿠가와 이에야스는 동아시아적 가치체계를 중심으로 내적인 완결성을 일구어낸 인물로 평가할 수 있다.

기존의 단편적인 논문들을 엮으면서 절실하게 느낀 것은 전체를 관통하는 주제의식의 결여내지는 박약함이었다. 단순한 편집상의 문제가 아니라 삶을 언급하는 진정성이 부족하다는 생각이 들었다. 그 진정성의 결여를 나는 연구 대상에서도 느낀다. 사이카쿠를 비롯한 도쿠가와 시대의 작가들을 떠올리면서 그들이 진지하게 살기에는 위험한 봉건제 사회의 일원이었으며 웃고 살자니 자신의 삶이 너무나 무기력하고 싱겁지 않았을까 생각해 본다. 일본속담에 '상인과 병풍은 똑바로는 설 수 없다.'라는 말이 있는데 자신의 뜻을 있는 그대로 관철시켜서는 일이 성립되지 않으므로 일부는 접어야 한다는 것이다. 상인계층인 사이카쿠의 작품에서 근대기의 이념화된 완결성을 기대한다는 것은 너무나 근대적인 발상이 아닐까 싶다. 사이카쿠는 작품을 통해 '인간은 욕망에 손발이 붙은 존재'라고 규정했다. 이러한 인간관을 가진 사이카쿠였기에 호색물 등을 통해 파멸의 길로 질주하는 인간의 모습을 조형해 낼 수 있었을 것이다. 이른바 봉건제 사회에서 '매운 여뀌 잎을 먹는 벌레도 제멋'이라고 자기주장하면서 독자적인 삶을 모색하며 고뇌하는 존재들이다. 일본에서 생을 마감한 조선인 이문장과 미국인 라프카디오 헌의 인생 역정을 보면서 사이카쿠에게서 느끼는 유사한 감정을 품게 되는 이유는 무엇일까. 이문장, 사이카쿠, 라프카디오 헌에게 공통되는 것이 있다면 자신이 속한 공동체로 부터 이탈된 인간상이 아닐까 싶다. 이문장이 생활의 터전이 있는 일본에서 조선으로 돌아올 수 없는 처지였듯이 라프카디오 헌 또한 일본에 심취해 기독교인의 정신을 잃은 것이 말년에 그의 귀환을 어렵게 했는데 모두가 문화와 공동체를 상대주의적 시점에서 바라본 결과였다. 사이카쿠가 조형한 주인공 역시 요노스케처럼 일본을 떠나든지 은둔하는 존재가 많다. 사회의 지배적인 가치관에서 유리된 사이카쿠의 발언이 당대에는 대단히 이단적이었겠지만 지금은 말 그대로 사이카쿠가 이야기하던 욕망의 시대이며, 돈이 생명인 시대이며, 돈이 돈을 버는 시대가 도래한 것이다. 한 인간에 있어서 태어난 땅과 자란 문화적 환경이 생애에 얼마나 큰 영향력을 끼치는가를 세 사람을 통해서도 느끼게 되는데 그것도 시대적 환경에 따라 변화하는 것이다. 그런 면에서, 자국에 기반을 두고 한정된 시간 외국을 다녀온 조선통신사나 일본에서 외국의 정보를 재편집한 아사이 료이와 달리 세 사람의 삶의 태도가 앞으로 주류가 될 글로벌 사회의 시민상에 가깝지 않을까 생각한다.

　본서에 수록한 글은 모두가 기존에 발표했던 내용을 수정, 편집한 것으로 체계적인 연관성이 부족한 것을 반성한다. 그리고 도쿠가와 시대의 많은 작품을 다루지 못하고 교호기를 전후한 시점까지만 언급했으며 교호개혁기의 출판통제나 이후의 문예의 전개에 대해서는 전체적으로 기술이 부족했다. 이른바 에도 지역을 중심으로 한 역사소설(読本)과 게사쿠(戲作) 문학에 대해 본격적으로 언급하지 못하고 가나조시에서 우키요조시까지만 다루었는데 향후의 과제로 삼고자 한다.

　삶을 구제할 수 있는 길을 '생의 연소와 생성'에서 찾는다면 이 책이 거름이 될 수 있을지 후인들에게 조심스럽게 묻고 싶다.

황소연 黃昭淵

고려대학교 일문과에서 학사과정을 마치고 일본 와세다대학에서 일본문학 전공으로 석박사 과정을 졸업했다. 미국 노스캐롤라이나주립대학과 일본 천리대학에 방문교수를 다녀왔다. 동아시아세계의 문학과 교류에 관심이 많아 『일본근세문학과 선서』(저서), 『오토기보코』(역서), 『동양의 신비로운 이야기』(공역) 등을 출간했다. 현재 강원대학교 일본학과에 재직 중이다.

도쿠가와 시대의 문학 연구

2015년 2월 12일 초판 1쇄 펴냄

지은이 황소연
펴낸이 김흥국
펴낸곳 도서출판 보고사

책임편집 황효은
표지디자인 이준기

등록 1990년 12월 13일 제6-0429호
주소 서울특별시 성북구 보문동7가 11번지 2층
전화 922-5120~1(편집), 922-2246(영업)
팩스 922-6990
메일 kanapub3@naver.com
http://www.bogosabooks.co.kr

ISBN 979-11-5516-329-0 93830
ⓒ 황소연, 2015

이 도서의 국립중앙도서관 출판예정도서목록(CIP)은 서지정보유통지원시스템 홈페이지(http://seoji.nl.go.kr)와 국가자료공동목록시스템(http://www.nl.go.kr/kolisnet)에서 이용하실 수 있습니다.(CIP제어번호: CIP2015001395)